Nie wirst du entkommen

KAREN

ROSE

Nie wirst du entkommen

Thriller

Aus dem Amerikanischen
von Kerstin Winter

Weltbild

Die amerikanische Originalausgabe erschien 2006 unter dem Titel
You can't hide bei Warner Books, Inc., New York

Besuchen Sie uns im Internet:
www.weltbild.de

Genehmigte Lizenzausgabe
für Verlagsgruppe Weltbild GmbH,
Steinerne Furt, 86167 Augsburg

Dieses Werk wurde vermittelt durch die Literarische Agentur
Thomas Schlück GmbH, 30827 Garbsen.
Übersetzung: Kerstin Winter
Umschlaggestaltung: Jarzina Kommunikations-Design, Köln
Umschlagmotiv: Corbis (© Bernd Vogel), Düsseldorf
Gesamtherstellung: CPI Moravia Books s.r.o., Pohorelice
Printed in the EU
ISBN 978-3-8289-8823-1

2010 2009 2008 2007
Die letzte Jahreszahl gibt die aktuelle Lizenzausgabe an.

Für Martin, der mich genau so liebt, wie ich bin,
und der mir immer dann M&Ms kauft,
wenn ich sie am nötigsten habe. Ich liebe dich.
Für meine Kinder, die Verständnis zeigen,
wenn ich mich zum Schreiben
in mein Arbeitszimmer einschließe,
und die selbst schon unglaubliche Geschichten erfinden.
Ich bin euch dankbar und sehr, sehr stolz auf euch beide.
Für Karen Koszolnyik und Karen Solem,
die immer noch all meine Träume wahrmachen,
obwohl ich dachte,
dass bereits alle wahrgemacht worden wären.

Prolog

Chicago

Samstag, 11. März, 23.45 Uhr

Cynthia.«

Es war bloß ein Flüstern, unendlich leise, aber sie hörte es dennoch.

Nein. Cynthia Adams kniff die Augen zusammen und drückte ihren Hinterkopf ins Kissen, dessen Weichheit ihren erstarrten Körper zu verspotten schien. Ihre Finger gruben sich in das Laken und krallten sich so fest in den Stoff, dass es schmerzte. *Nicht schon wieder.* Ein Schluchzen stieg in ihrer Kehle auf, unkontrolliert und verzweifelt. »Geh weg«, flüsterte sie heiser. »Geh weg. Bitte lass mich in Frieden.«

Aber sie wusste, dass sie ins Leere sprach. Wenn sie die Augen öffnete, würde sie nur ins Dunkel ihres Schlafzimmers starren. Hier war niemand. Und dennoch quälte sie das furchtbare Flüstern bereits seit Wochen. Jede Nacht lag sie voller Furcht im Bett und wartete. Wartete auf die Stimme aus ihrem schlimmsten Alptraum. Manchmal hörte sie sie. Manchmal lag sie nur wach, steif wie ein Brett, und wartete. Es war der Wind. Und es waren Schatten. Es war gar nichts.

Aber es war real. Sie wusste es.

»Cynthia? Hilf mir doch!« Die Stimme eines kleinen Mädchens, das mitten in der Nacht Trost brauchte. Ein verängstigtes kleines Mädchen. Ein totes kleines Mädchen.

Sie ist tot. Ich weiß, dass sie tot ist. Jeden Sonntag legte sie Lilien auf Melanies Grab. Melanie war tot.

Aber sie war trotzdem hier. *Und sie will mich zu sich holen.*

Blind griff sie nach der Flasche auf ihrem Nachttisch und schluckte zwei Tabletten. *Geh weg. Bitte geh doch weg.*

»Cynthia?« Es war echt. So echt. *Bitte, lieber Gott, hilf mir. Ich verliere den Verstand.* »Warum hast du das getan?« Das Flüstern verebbte, kehrte dann jedoch lauter zurück. »Ich muss es wissen. Warum?«

Warum? Sie wusste nicht, warum. Verdammt, sie wusste doch nicht, warum. Sie drehte sich auf die Seite, vergrub ihr Gesicht im Kissen und machte sich so klein wie möglich. Hielt den Atem an. Wartete.

Es war still. Melanie war fort. Cynthia holte vorsichtig Atem und fuhr entsetzt hoch, als der Duft in ihre Nase drang. Lilien! »Nein.« Hastig floh sie aus dem Bett und wich zurück, ohne den Blick von dem Kissen nehmen zu können, unter dem die Spitze einer einzelnen Lilie zu sehen war.

»Du hättest dort sein müssen, Cynthia.« Das Flüstern war nun scharf, verbittert. »*Ich* hätte Lilien auf dein Grab legen müssen.«

Cynthia sog bebend die Luft ein. Sie zwang sich zu wiederholen, was die Psychiaterin ihr zu sagen geraten hatte. »Das ist nicht echt. Das ist nicht echt.«

»Es ist echt, Cynthia. Ich bin echt.« Melanie war nicht länger ein Kind, ihre Stimme klang wie die einer verärgerten

Erwachsenen. Cynthia schauderte. Melanie hatte ein Recht darauf, wütend zu sein. *Ich bin ein Feigling gewesen.* »Du bist einmal weggelaufen, Cyn. Du hast dich versteckt. Dieses Mal kannst du dich nicht mehr verstecken. Du wirst mich nie wieder im Stich lassen!«

Cynthia wich langsam zurück, bis sie an ihre Zimmertür stieß. Sie schloss die Augen, während sie hinter sich nach dem kalten, tröstenden Griff tastete. »Du bist nicht echt. Du bist nicht echt.«

»Du hättest an meiner Stelle sein sollen. Warum hast du mich verlassen? Wieso hast du mich bei ihm gelassen? Wie konntest du das nur tun? Du hast gesagt, du liebst mich. Aber du hast mich im Stich gelassen. Mit ihm. Du hast mich nie geliebt.« Ein Schluchzen brach durch Melanies Stimme, und in Cynthias Augen brannten Tränen.

»Das ist nicht wahr. Ich habe dich geliebt«, flüsterte sie verzweifelt. »So sehr.«

»Du hast mich nie geliebt.« Melanie war wieder das Kind. Das unschuldige Kind. »Er hat mir wehgetan, Cyn. Und du hast es zugelassen. Du hast zugelassen, dass er mir wehgetan hat … immer wieder. Wieso?«

Cynthia riss die Tür auf und taumelte rückwärts in den Flur, wo eine einzelne Lampe brannte. Sie erstarrte. Noch mehr Lilien. Überall. Sie wandte sich langsam um und starrte fassungslos auf die Blumen. Sie verspotteten sie. Verspotteten ihren Verstand.

»Komm zu mir, Cyn.« Melanies Stimme klang lockend. »Komm. Es ist gar nicht so schlecht hier. Wir können zusammen sein. Du kannst für mich sorgen. Wie du es versprochen hast.«

»Nein.« Sie presste sich die Hände auf die Ohren und rannte zur Tür. *»Nein!«*

»Du kannst dich nicht verstecken, Cyn. Komm zu mir. Du willst es doch.« Sie klang jetzt so lieb, so süß. Melanie war so süß gewesen. Damals. Nun war sie tot. *Und ich bin schuld.*

Cynthia riss die Wohnungstür auf. Und unterdrückte einen Schrei. Dann bückte sie sich langsam und hob das Bild auf, das auf der Fußmatte lag. Entsetzt starrte sie auf die leblose Gestalt, die an einem Seil baumelte, und die Erinnerungen an den Tag, an dem sie sie gefunden hatte, stürmten in ihr Bewusstsein. Melanie hatte am Seil gebaumelt, sich sachte bewegt …

»Du hast mich dazu getrieben«, sagte Melanie, die Stimme nun kalt wie Eis. »Du verdienst dein Leben nicht.«

Die Hände, die das Foto hielten, zitterten heftig. »Das ist wahr«, flüsterte sie.

»Dann komm zu mir, Cyn. Bitte komm.«

Cynthia wich wieder zurück, hinein in die Wohnung, ihre Hand tastete nach dem Telefon. »Ruf Dr. Chick an. Los«, murmelte sie. *Sie wird mir sagen, dass ich nicht wahnsinnig geworden bin.* Aber in diesem Moment klingelte das Telefon, und sie zuckte erschreckt zurück. Starrte auf den Hörer, als sei er ein lebendes Wesen. Als könne er im nächsten Moment zischeln und zubeißen. Aber der Apparat klingelte nur.

»Geh ran, Cynthia«, sagte Melanie ruhig. »Mach schon.«

Mit bebenden Händen griff Cynthia nach dem Telefon. »H-hallo?«

»Cynthia? Hier ist Dr. Ciccotelli.«

Die Erleichterung war so groß, dass Cynthia die Knie nachgaben. Diese feste, vertraute, lebendige Stimme. Cynthia schluchzte auf. »Ich höre sie, Dr. Chick. Melanie. Sie ist hier. Ich höre sie.«

»Natürlich hören Sie sie. Sie ruft Sie zu sich. Und genau das ist es, was Sie verdienen. Gehen Sie zu ihr. Machen Sie dem ein Ende. Jetzt gleich.«

»Aber …« Tränen rannen Cynthia über die Wangen.

»Aber …«

»Tun Sie es, Cynthia. Sie ist tot, und das haben Sie zu verantworten. Gehen Sie zu ihr. Tun Sie, was Sie schon vor Jahren hätten tun müssen. Kümmern Sie sich um sie.«

»Komm zu mir«, befahl Melanie, ihre Stimme nun wieder die einer Erwachsenen. »Komm.«

Cynthia ließ den Hörer fallen und wich zurück. *Ich bin so müde. So furchtbar müde*. »Lass mich schlafen«, flüsterte sie. »Ich möchte nur schlafen.«

»Komm zu mir«, sagte Melanie ebenso leise. »Dann lass ich dich schlafen.«

Das hatte Melanie ihr schon so oft versprochen. In so vielen Nächten. Cynthia wandte sich um und blickte zum Fenster. Hinter der Scheibe lag das Dunkel der Nacht. Und was noch? Schlaf. Frieden.

Frieden.

Das Wohnzimmer war leer. Cynthia Adams war nicht länger in Reichweite der Kamera. Der Bildschirm des Laptops zeigte die panische Frau nicht mehr. Sie würde es tun. Die Spannung stieg. Nach vier Wochen würde Cynthia Adams es nun endlich tun. Nach vier Wochen intensiver »Pflege« stand sie nun am Rand des Wahnsinns. Nur noch

ein kleiner Schubs, und sie würde in den Abgrund stürzen. Und das hoffentlich buchstäblich.
»Sie ist am Fenster.« Die Frau auf dem Beifahrersitz war bleich. Ihre Stimme zitterte, als sie das Mikrofon behutsam in den Schoß legte. »Ich kann das nicht mehr.«
»Du machst das, solange ich es dir sage.«
Sie zog den Kopf ein. »Sie will springen. Bitte, ich muss ihr sagen, dass sie das nicht darf.«
Nicht darf? Das Mädchen war so irre wie Cynthia Adams. »Sag ihr, dass sie kommen soll.« Sie rührte sich nicht. Die Wut kochte augenblicklich hoch. »Sag es ihr, oder dein Bruder stirbt. Du solltest inzwischen wissen, dass ich nicht bluffe. Sag ihr, sie soll kommen, du würdest sie brauchen, sie schulde es dir. Sag ihr, dass alles gut wird, wenn ihr zusammen seid. Mach schon. Und tu es mit Gefühl.« Aber sie regte sich immer noch nicht. *»Mach schon!«*
Endlich nahm sie das Mikrofon. »Cyn«, flüsterte sie. »Ich brauche dich. Ich habe Angst.« Und das war die Wahrheit. Nichts steigerte die Dramatik effektiver als die Wirklichkeit. »Bitte, komm.« Ihre Stimme brach. »Dann wird alles wieder gut. Bitte.« Ihr Flüstern wurde flehend.
Der Blick auf Adams' Fenster vom Fahrersitz aus war großartig. Die Schiebetür glitt langsam zur Seite, und Cynthia Adams erschien. Ihr Nachthemd wehte im kalten Märzwind.
Sie würde eine attraktive Leiche abgeben. Ganz Gloria Swanson. *Boulevard der Dämmerung* … ein toller Film. Heutzutage brachte Hollywood so etwas nicht mehr zustande. Ja, damit würde sich dieses Ereignis wunderbar feiern lassen: Popcorn und ein alter Film. Nur gäbe es

nichts zu feiern, wenn Cynthia Adams nur auf dem Balkon herumstand. *Spring schon, du dumme Kuh.*

»Sag ihr, dass sie kommen soll. Sie soll springen. Gib alles, Herzchen.«

Sie schluckte bei diesem sarkastischen Kosenamen, gehorchte aber. »Cynthia, nur noch einen Schritt. Einen kleinen Schritt. Ich warte auf dich.«

»Jetzt wie ein Kind. Wie ein kleines Mädchen.«

»Bitte, Cynthia. Ich habe solche Angst.« Das Mädchen konnte wirklich gut mit der Stimme umgehen. Es konnte problemlos von einer Erwachsenen zu einem Kind, von der toten Melanie zu der Psychiaterin Ciccotelli überwechseln. »Bitte komm.« Sie holte tief Luft und stieß sie bebend wieder aus. »Ich brauche dich.«

Und dann war es geschafft. Das Mädchen stieß einen entsetzten Schrei aus, als Adams fiel. Zweiundzwanzig Stockwerke. Sogar im Auto hörten sie den Aufschlag des Körpers. Tja, vielleicht war sie als Leiche doch nicht mehr so attraktiv. Aber Schönheit lag im Auge des Betrachters, und Adams' Anblick, wie sie mit zerschmetterten Gliedern halb auf dem Gehweg lag, war … atemberaubend. Das Mädchen auf dem Beifahrersitz schluchzte hysterisch.

»Reiß dich zusammen. Du musst noch einen Anruf erledigen.«

»O Gott, o Gott!« Sie wandte sich vom Beifahrerfenster ab, als der Wagen an Adams' Leiche vorbeifuhr. »Ich kann nicht glauben, dass … Gott, mir wird schlecht.«

»Aber nicht in meinem Auto! Nimm das Telefon. Los!«

Schaudernd griff sie nach dem Telefon. »Ich … ich kann nicht.«

»O doch. Drück auf die Kurzwahl eins. Das ist die Privatnummer von Ciccotelli. Wenn sie drangeht, sagst du ihr, dass du eine besorgte Nachbarin von Cynthia Adams bist. Sie würde auf der Brüstung stehen und springen wollen.«
Sie wählte und wartete. »Es geht keiner ran. Sie schläft bestimmt.«
»Dann ruf noch einmal an. Lass es klingeln, bis die Prinzessin drangeht. Und mach den Lautsprecher an. Ich will das hören.«
Beim dritten Versuch war es so weit. »Hallo?«
Sie hatte tatsächlich geschlafen. Am Samstagabend allein zu Hause. Es war sehr befriedigend zu wissen, dass selbst Ciccotellis Privatleben eine bekannte und kontrollierbare Größe war. Ein Stoß veranlasste das Mädchen, ihren Text aufzusagen. »Dr. Ciccotelli? Dr. Tess Ciccotelli?«
»Ja. Wer ist da?«
»Eine … eine Nachbarin von einer Ihrer Patientinnen. Cynthia Adams. Da stimmt etwas nicht. Sie steht am Balkongeländer. Sie sagt, sie will springen.« Mit geschlossenen Augen beendete das Mädchen den Anruf und ließ das Handy in den Schoß fallen. »Mir reicht's.«
»Für heute Abend schon.«
»Aber …« Sie fuhr herum, den Mund geöffnet. »Aber Sie haben doch gesagt …«
»Dass dein Bruder am Leben bleibt, wenn du mir hilfst. Und ich brauche deine Hilfe noch länger. Übe weiter an Ciccotellis Stimme. Du musst sie in ein paar Tagen noch einmal spielen. Für heute Abend sind wir fertig. Ein Wort darüber, und dein Bruder stirbt.«
Ciccotelli war im Anmarsch. *Mögen die Spiele beginnen.*

1

Sonntag, 12. März, 0.30 Uhr

Normalerweise zog ein Selbstmord eine größere Menschenmenge an, selbst in einer exklusiven Gegend wie dieser hier, dachte Detective Aidan Reagan grimmig, als er die Wagentür zuwarf und ihn der kalte Wind erfasste, der vom See herüberwehte. Aber natürlich blieben Leute mit Verstand in einer solchen Nacht im Warmen. Aidan konnte sich den Luxus nicht erlauben. Die Zentrale hatte sich gemeldet, und Aidan und sein Partner waren die Nächsten in der Umgebung gewesen. Und dann ausgerechnet ein verdammter Selbstmord.

Aber immerhin konnte ihn das von dem Kindermord ablenken, an dem er seit zwei Tagen arbeitete. Er hasste Kindermorde, aber vielleicht hasste er Selbstmorde noch ein bisschen mehr. Blieb nur zu hoffen, dass er die Akte dieser Lebensmüden möglichst rasch vom Tisch bekam, damit er sich wieder um den Kerl kümmern konnte, der einem Sechsjährigen einfach das Genick gebrochen hatte.

Die Leute, die am Bordstein standen und gafften, sahen aus wie die typischen Twens, die sich in der Stadt vergnügt hatten und nun nach Hause wollten. Sie warteten schweigend und blickten mit einer Mischung aus Entsetzen, morbider Faszination und Mitgefühl auf die Szenerie. Das

Entsetzen konnte Aidan verstehen. Leichen sahen niemals hübsch aus, aber jemand, der aus dem zweiundzwanzigsten Stock gefallen war, bot einen Anblick, der das übliche Grauen bei weitem übertraf. Was das Mitleid anging ... das würde Aidan sich für die wirklichen Opfer aufheben. Wer behauptete, dass Selbstmord ein Verbrechen ohne Opfer war, hatte noch nie eine betroffene Familie benachrichtigen müssen.

Aidan hingegen schon.

Wie schön, wenn diese Gaffer das einmal miterleben könnten. Dann würden sie eine solche Szene gewiss nicht mehr so verdammt faszinierend finden. Aber wenigstens wussten sie, was sich gehörte, und standen brav hinter dem gelben Absperrband, das ein Officer zwischen zwei Laternenmasten gespannt hatte. Ein gelegentliches Stampfen von frierenden Füßen unterbrach dann und wann die unnatürliche Stille. Einer der beiden Uniformierten wartete am Absperrband, der andere der Leiche abgewandt auf dem Bürgersteig.

Aidan näherte sich dem Officer, sein Abzeichen in der Hand. Selbst nach vier Monaten kam es ihm noch seltsam vor, sich einem Uniformierten vorzustellen, ohne selbst in Uniform zu sein. »Reagan, Morddezernat«, sagte er knapp, dann blieb er wie angenagelt stehen, als ihm der Gestank entgegenschlug und er die Tote aus nächster Nähe sehen konnte. Sein Magen, von dem er geglaubt hatte, er sei nach zwölf Jahren Polizei abgehärtet, krampfte sich zusammen. »Lieber Himmel.«

Der Beamte nickte nüchtern. »Das habe ich auch gesagt.«

Aidan ließ seinen Blick rasch über die Reihen identischer

Balkone das Haus hinaufgleiten, dann wieder zurück zu dem eisernen Stachel, der aus dem ragte, was einst die Brust der Frau gewesen war. Ihr Oberkörper war aufgerissen, und man sah zerschmetterte Knochen und ... Innereien. Einen kurzen Moment lang starrte er sie an und dachte an das andere Mal, dass er so etwas gesehen hatte. Doch dann straffte er die Schultern. Dies war nicht damit vergleichbar. Im anderen Fall war das Opfer unschuldig gewesen. Diese Frau war durch eigenen Wunsch gestorben. *Kein Mitgefühl*, sagte er sich.

Diese Frau hatte sich zweiundzwanzig Stockwerke tief auf Beton fallen lassen ... und auf einen dekorativen, schmiedeeisernen Zaun. Der Zaun war nur ungefähr einen Fuß hoch und bestand aus hübschen Bögen, zwischen denen im Abstand von ungefähr einem Meter jeweils ein spitzer Dorn aufragte. Die Wucht des Aufpralls hatte sie buchstäblich aufgesprengt und ihr Blut in einer Fontäne auf einen schmuddeligen Schneehaufen in einiger Entfernung sprudeln lassen. »Volltreffer«, murmelte er.

Der Uniformierte verzog das Gesicht. »Sozusagen.«

Aidan riss sich von dem Anblick los und sah dem Mann ins Gesicht. »Sie sind?«

»Forbes. Das da drüben ist mein Partner DiBello. Er hält die Menge in Schach.« Forbes schnitt ein Gesicht. »Ich habe beim Münzenwerfen verloren.«

Aidan betrachtete die Menge, die nicht in Schach gehalten werden musste, aber gelost war gelost. »Hat jemand etwas gesehen?«

»Zwei Siebzehnjährige sagen, sie sei gegen Mitternacht vom Balkon gesprungen.« Forbes zeigte mit einem

behandschuhten Finger nach oben. »Von dem Balkon, wo die Vorhänge flattern. Dritter von links.«
»Kein Schubs oder Stoß?«
»Die Kids haben jedenfalls nichts gesehen. Sie meinen, sie sei das Geländer aufwärts geglitten.«
Aidan runzelte die Stirn. »Geglitten? Klingt nach einem Geist.«
Forbes hob die Schultern. »Ihre Worte. Die sie übrigens mehrmals wiederholt haben. Sie sitzen im Streifenwagen und warten, dass Sie mit ihnen sprechen. Sie sind ziemlich aufgewühlt.«
»Arme Kids.« Sie hatten sein Mitgefühl verdient. Diese Erfahrung würde sie noch lange verfolgen. Sie waren erst siebzehn, nur ein Jahr älter als seine Schwester.
Er schauderte, als er sich vorstellte, dass Rachel solch einen scheußlichen Anblick verarbeiten müsste, dann nickte er in Richtung Menschenmenge. »Kannte sie jemand von denen da?«
»DiBello hat sie gefragt, aber es sieht nicht so aus.«
Aidan betrachtete das Gesicht der Frau, das nun aufgedunsen und formlos wirkte. Blut rann aus Ohren, Nase und dem offenen Mund. Der Zaun hatte den Aufprall etwas gemildert, aber jeder Sturz aus solcher Höhe zerschmetterte den Schädel und ließ die Gesichtszüge zu einer makabren, wächsernen Maske erstarren. »Tja, ich denke, jetzt würde sie ohnehin niemand mehr erkennen. Wir müssen in ihre Wohnung. Ist der Hausmeister irgendwo in der Nähe?«
»Ich habe geklopft, aber er ist nicht da. Ein Nachbar meinte, er sei bei einem Spiel von den Bulls.«

»Das Spiel war vor zwei Stunden zu Ende. Wo ist er denn jetzt?«

»Ich habe ihn angefunkt. Aber ich werde es noch einmal versuchen.«

»Danke. Können wir übrigens die Leute auf die andere Straßenseite schaffen? Und niemand soll Fotos machen. Sagen Sie Ihrem Partner, er soll darauf achten, dass die Leute ihre Fotohandys in der Tasche lassen.« Aidan holte sein eigenes Handy hervor und forderte eine richterliche Anordnung und einen Gerichtsmediziner an. Dann hockte er sich neben die Leiche, um sie genauer zu betrachten. Sie war in schwarze Seide und Spitze gekleidet, und er hätte gerne gewusst, ob sie sich extra zu dem Anlass angezogen hatte. Falls ja, war der Effekt durch den Eisendorn zunichte gemacht worden. Die Eingeweide quollen auf den Beton.

Er schluckte. Wer immer das aufwischen musste, würde keinen Spaß haben. Das war das Problem mit Selbstmorden, dachte er bitter. Die Leute verabschiedeten sich mit viel Dramatik, dachten aber nie darüber nach, welche Konsequenzen das für andere hatte. Für die anderen, die sie zurückließen. Für die anderen, die hinter ihnen aufräumen mussten.

Verdammt egoistisch, so ein Selbstmord. Verdammt vermeidbar. *Verdammt noch mal!*

Erst jetzt bemerkte er, dass er die Fäuste geballt hatte, und er lockerte sie wieder. *Reiß dich zusammen, Reagan.* Er holte tief Luft, und der metallischer Blutgeruch und der Gestank geplatzter Gedärme ließ ihn würgen. Aber er nahm auch einen Hauch Zimt wahr, und einen Sekundenbruchteil danach hörte er hinter sich das Knirschen im Schnee. Sein Partner war da.

»Scheußliche Art, abzutreten«, bemerkte Murphy in seiner typischen, ruhigen Art.

Aidan warf ihm einen Blick über die Schulter zu. »Scheußliche Sache für ihre Angehörigen. Ich kann's kaum erwarten, sie zu besuchen.«

»Alles der Reihe nach, Aidan«, sagte Murphy. Aber seine Augen waren so freundlich und verständnisvoll, dass Aidan sich wie ein grüner Junge vorkam. »Was wissen wir?«

»Nur, dass sie aus dem zweiundzwanzigsten Stock gesprungen ist. Zwei Zeugen behaupten, sie sei die Brüstung hinauf›geglitten‹, was immer das bedeuten soll. Ich habe noch nicht mit ihnen gesprochen. Was sie betrifft – sie war jung. Ihre Arme sind recht straff.« Er konzentrierte sich auf die Gliedmaßen, die die einzigen relativ unbeschädigten Körperteile waren. »Ende zwanzig, Anfang dreißig, schätze ich.« Er deutete auf eine Hand, die über einem Bogen des Schmuckzauns hing. »Dicker Klunker an der rechten Hand, keine Anzeichen für einen Ring an der linken, also ist sie vermutlich unverheiratet. Da hatte jedenfalls einer anständig Geld. Dieser Ring da dürfte ein paar Scheinchen kosten. An Armen und Händen sind keine Hinweise auf Gegenwehr zu erkennen.«

Murphy hockte sich neben ihn. »Todschicke Farben.«

Ihre langen Fingernägel waren leuchtend rot lackiert. »Ist mir auch schon aufgefallen. Rot im Kontrast zu schwarzer Seide, macht was her.«

Murphy zuckte die Achseln. »Wäre nicht die erste Selbstmörderin, die einen bleibenden Eindruck hinterlassen wollte. Und niemand kennt sie?«

Aidan stemmte sich hoch. »Nein. Bleibt zu hoffen, dass die Wohnung, aus der sie gesprungen ist, ihre war. Ich habe einen Durchsuchungsbefehl angefordert, und die Gerichtsmedizin ist auf dem Weg. Komm, reden wir mit den Kids, die ...«

»Lassen Sie mich durch.« Eine sanfte Stimme drang zu ihnen herüber - sanft, aber sehr bestimmt.

»Ma'am, ich kann Sie nicht durchlassen. Bleiben Sie bitte hinter der Absperrung.«

Aidan sah auf, als DiBello den Arm hob, um einer Frau in einem dunkelbraunen Wollmantel den Weg zu versperren. Der Wind wehte ihr das dunkle Haar ins Gesicht.

Wieder sprach sie. Ihre Stimme war ruhig und gelassen, klang aber nach Autorität. »Ich bin ihre Ärztin. Und jetzt lassen Sie mich bitte durch, Officer.«

»Tun Sie es«, rief Murphy, und DiBello gehorchte, aber Aidan vertrat ihr rasch den Weg, bevor sie den Tatort kontaminieren konnte. Sie stellte sich auf Zehenspitzen, war aber immer noch nicht groß genug, um über seine Schulter zu blicken. Aidan legte ihr die Hände an die Oberarme und drückte sie sanft zurück, obwohl er spürte, dass sie sich versteifte.

»Ma'am, wir warten auf die Gerichtsmedizin. Sie können im Augenblick nichts tun.«

Sie trat einen Schritt zurück und verharrte reglos. »Sie ist also gesprungen?«

Aidan nickte. »Tut mir leid, Ma'am. Vielleicht können Sie uns sagen ...« Doch seine Worte verklangen, als sie sich endlich die Haare aus dem Gesicht schob und er sie augenblicklich erkannte. Erneut brachte der Zorn sein Blut in Wallungen. »Sie sind Ciccotelli!« Dr. Tess Ciccotelli. Diese Frau war keine Ärztin. Sie war ein Seelenklempner. Und als sei das allein nicht schlimm genug, hatte *Miz Chick* auch noch einen Ruf wie Donnerhall.

Nein, sie war nicht einfach eine Wald-und-Wiesen-Psychiaterin für gestörte Geschäftsleute, die gestanden, ihre Mutter zu hassen. Sie war eine Seelenklempnerin, die wochenlange handfeste Polizeiarbeit über den Haufen warf, sobald sie in den Zeugenstand trat und mit ruhiger Stimme aussagte, dass der geständige Mörder von drei Kindern und einem Polizisten nicht in der Lage war, den Prozess durchzustehen. Vier trauernde Familien mussten auf Gerechtigkeit verzichten, weil eine »Ärztin« behauptet hatte, der Killer sei geistig umnachtet und nicht zurechnungsfähig gewesen.

Natürlich war der Mistkerl geistig umnachtet. Er hatte den brutalen Mord an drei kleinen Mädchen gestanden. Fast noch Babys. Und dann hatte er mit bloßen Händen einen erfahrenen Cop erwürgt, der versucht hatte, ihn aus dem Verkehr zu ziehen. Dass der Mann verrückt war, machte ihn nicht weniger schuldig. Nun saß der verdammte Dreckskerl in einer kuscheligen Nervenklinik in Chicago und häkelte Topflappen, anstatt in der Todeszelle auf seine Spritze zu warten. Das war nicht fair. Nicht richtig. Aber es war geschehen. Und diese Frau war schuld daran.

Aidan war mit den anderen Cops im Gerichtssaal gewesen und hatte wider besseres Wissen gehofft, dass Ciccotelli ihre Meinung ändern und das Richtige tun würde. Er erinnerte sich noch genau, wie die Eltern der Mädchen leise geweint hatten, als sie erkannten, dass es für sie keine Gerechtigkeit geben würde. Wie die Frau des Polizisten reglos und umgeben von einer Armee anderer Cops dagesessen und ins Leere gestarrt hatte. Aber Ciccotelli hatte nicht mit der Wimper gezuckt, sondern nur mit ihren kühlen braunen Augen emotionslos geradeaus geblickt.

Genauso wie sie ihn jetzt ansah. »Und Sie sind?«, fragte sie.

»Detective Aidan Reagan. Und dies ist Todd Murphy, mein Partner.«

Ihre Augen verengten sich leicht, als sie sein Gesicht musterte, und er musste sich regelrecht Mühe geben, seinen wütenden Ausdruck beizubehalten. Von seinem Platz aus im Gerichtssaal hatte sie aalglatt und extrem beherrscht gewirkt, aus der Nähe jedoch war sie vor allem schön – wenn auch immer noch unerreichbar. Als sie sich nun an Murphy wandte, war es an ihm, die Augen zu verengen.

»Todd, bitte sagen Sie Ihrem Partner, er soll mich durchlassen. Ich kann sie wenigstens identifizieren.«

Murphy legte ihr die Hand auf den Arm. »Ich glaube nicht, dass Sie das tun sollten, Tess. Sie … sie sieht wirklich nicht gut aus.«

Aidan trat zur Seite und streckte den Arm in aufgesetzter Galanterie aus. »Wenn sie sie sehen will, dann lass die liebe Frau Doktor doch um Himmels willen vorbei.«

Murphy warf ihm einen warnenden Blick zu. »Aidan.«

»Schon gut, Todd«, murmelte sie und trat vor. Dann stand sie eine Weile da, betrachtete die Leiche, ohne mit der Wimper zu zucken und wandte sich schließlich gefasst und kühl zu ihnen um. »Sie heißt Cynthia Adams. Sie hat keine nahen Verwandten.« Aus ihrer Jackentasche holte sie eine Visitenkarte und reichte sie Todd mit ruhiger Hand. »Rufen Sie mich an, wenn Sie Fragen haben. Ich beantworte sie, so gut ich kann.«

Und damit drehte sie sich um und ging auf den grauen Mercedes zu, der neben Murphys schlichtem Ford geparkt war. Aidans Verärgerung wallte erneut auf.

»Und das ist alles?«

»Aidan«, warnte Murphy wieder. »Nicht jetzt.«

»Wenn nicht jetzt, wann dann?« Doch er beherrschte sich, als er sich wieder der kleinen Menschenmenge bewusst wurde, die nur allzu nah stand. »Sie rollt hier an und identifiziert das Opfer so kalt, als ob sie Leichenbeschauerin wäre. Und dann geht sie einfach weg? Was ist denn mit dem Grund, warum die Lady sich aus dem zweiundzwanzigsten Stock gestürzt hat, *Doktor*? Sie sollten es doch wissen, oder?« *Und es sollte Ihnen etwas ausmachen, verdammt,* dachte er zornig. *Gibt es überhaupt etwas, das Ihnen etwas ausmacht?*

»Was für eine Ärztin sind Sie eigentlich?«, zischte er und sah, wie sie stehen blieb, die Hände tief in den Taschen vergraben.

Sie holte ihre Handschuhe aus der Manteltasche und zog sie an, ohne sich zu ihnen umzudrehen. »Rufen Sie mich an, wenn Sie mich brauchen, Todd«, sagte sie, bevor sie sich wieder in Bewegung setzte und davonging.

Murphys Augen schleuderten Blitze, als er sich zu Aidan wandte. »Ich sagte doch, *nicht jetzt*, Aidan!«

Aidan machte auf dem Absatz kehrt. »Na und? Sieht nicht so aus, als ob es sie kümmert!«

»Du hast keine Ahnung, wovon du sprichst. Du kennst sie nicht.«

Aidan blickte über die Schulter. Murphy sah Ciccotelli hinterher, die nun die Straße überquerte. Sein Gesicht war, ganz untypisch für ihn, ein einziges, besorgtes Stirnrunzeln. »Aber du, was?« Es war kaum zu fassen. Der ehrwürdige, stoische Todd Murphy hatte sich von einer eiskalten Ziege wie *Miz Chick* um den Finger wickeln lassen. *Tja, das wird mir nicht passieren.*

Murphy stieß verärgert den Atem aus, der sich zu einer Dampfwolke verwandelte, und einen Moment lang stand diese Wolke wie eine Barriere zwischen ihnen. Dann war sie fort, genau wie das Stirnrunzeln, und Murphy sah Ciccotelli mit einer Traurigkeit hinterher, die Aidan verunsicherte. »Ja, zufällig tue ich das. Geh und sprich mit den Teenies. Ich bin gleich zurück.«

Aidan zuckte die Achseln, um das Unbehagen abzuschütteln. Sollte sich Murphy seinetwegen doch mit dem Eiszapfen auseinandersetzen. Er hatte Besseres zu tun. Zum Beispiel einen Tatort zu untersuchen, damit die Gerichtsmedizin aufsammeln konnte, was von Cynthia Adams übriggeblieben war, und sie alle nach Hause gehen konnten. Er würde mit den Kids reden, sich die Wohnung ansehen und dann verschwinden.

Nur noch eine Minute. Eine weitere Minute. Tess Ciccotelli sagte sich die Worte im Geist wieder und wieder, um die Fassung bewahren zu können, bis sie endlich allein war. Cynthia war tot. Lieber Gott. Lag nun auf der Straße, aufgerissen wie …

Nicht daran denken. Denk nicht daran, dass sie tot und verstümmelt ist. Lauf. Lauf weg. Nur noch eine Minute. Dann kannst du zusammenbrechen, Tess. Aber noch nicht.
Sie mühte sich mit dem Autoschlüssel ab, und spürte, dass Todd Murphy und sein Partner sie beobachteten. Todd Murphy und sein zorniger Partner, wer immer das war. Er hatte sich als Aidan Reagan vorgestellt, fiel ihr wieder ein, als der Schlüssel endlich ins Schloss glitt und sie die Tür öffnen konnte.
Sie zwang sich, sich auf seine kalten blauen Augen zu konzentrieren. Er war wütend gewesen. Und wie. *Nur noch eine Min…*
»Tess?«
Verdammt. Vor Schreck ließ sie die Schlüssel fallen, die klirrend unter das Auto rutschten. Sie holte tief Luft. Sie hätte es fast geschafft. »Schon gut, Todd. Machen Sie Ihren Job.«
»Mach ich. Tess, Sie zittern.«
»Todd, bitte.« Ihre Stimme kippte. Wie demütigend. »Ich muss hier weg, und zwar schnell.«
Er nahm ihren Arm und half ihr auf den Fahrersitz. »Aber gerade jetzt sollten Sie nicht fahren. Ich rufe jemanden, der Sie nach Hause bringt.«
»Da gibt es keinen«, sagte sie betäubt. »Deswegen habe ich auch so lange gebraucht, um herzukommen. Ich habe meinen Partner und meine Freunde angerufen. Ich fahre nie allein zu einem Patienten. Das macht man nicht. Das gehört sich nicht.« Sie wusste, dass sie Belanglosigkeiten von sich gab, und konnte sich nicht bremsen. »Aber niemand hat abgenommen, also bin ich letztlich doch allein gefah-

ren.« Sie schloss die Augen. Riss sie wieder auf, als sie Cynthia sah, wie … sie dort lag. »Und es war zu spät.«

»Das ist nicht Ihre Schuld, Tess«, sagte Murphy sanft. »Und das wissen Sie.«

Ein Schluchzen stieg in ihrer Kehle auf. Resolut drängte Tess es zurück. »Sie ist tot, Todd.« Was für eine dämliche Aussage. Cynthia Adams lag mit zertrümmertem Schädel und Innereien, die nach außen gekehrt waren, auf der Straße. O ja, und ob sie tot war.

»Ich weiß.« Er nahm ihre Hand und drückte sie leicht. »Wieso sind Sie hergekommen, Tess? Hat sie Sie angerufen?«

Tess schüttelte den Kopf. »Nein. Es war eine ihrer Nachbarinnen.«

»Warum ist sie gesprungen?«

Seine Stimme war ruhig und so sanft und nagte an dem Damm, der ihre Tränen zurückhielt. »Verdammt, Todd, lassen Sie mich bitte. Ich rede morgen mit Ihnen, versprochen.«

»Ich lasse Sie erst gehen, wenn ich sicher weiß, dass Sie in Ordnung sind.«

Tess holte tief Atem und stieß ihn langsam und kontrolliert wieder aus. Sie packte das Steuer mit beiden Händen und blickte über seine Schulter zu seinem Partner, der am Streifenwagen stand. Sein hartes Gesicht wurde von den blitzenden Lichtern beleuchtet. Er sah zu ihnen herüber, beobachtete sie. Selbst aus dieser Entfernung konnte sie seinen durchdringenden Blick spüren. Seine Feindseligkeit. Er hatte die blauen Augen verengt, die Kiefermuskeln angespannt. »Sie haben einen neuen Partner«, murmelte sie und zwang sich, dem Blick dieses Mannes standzuhalten.

»Ja. Aidan Reagan.«

Aidan Reagan. »Ist er mit Abe verwandt?« Sie kannte Abe Reagan und vertraute ihm. Vertraute auch seiner Frau, Kristen. Die beiden waren gute Menschen.

»Aidan und Abe sind Brüder.«

»Das hätte ich mir denken können.« Aidan Reagan sah genauso gut aus wie sein Bruder. Er hatte dasselbe dunkle Haar und dieselben blauen Augen, obwohl Aidans härter und nüchterner wirkten. Seine Gesichtszüge waren schärfer, sein Kiefer ein wenig kantiger. Der Mund … weicher, bevor er sie erkannt hatte. Er hatte das Potenzial für Leidenschaft. *Aber nicht mir gegenüber*.

»Tess, er …« Murphy brach ab.

»Mag mich nicht«, sagte sie mit aufgesetzter Heiterkeit. »Schon in Ordnung, Todd. Das geht vielen so.«

Sein Seufzen war tief und traurig. »Er war damals im Gerichtssaal.«

Murphy musste nicht erst sagen, um welchen Tag, um welchen Prozess es sich handelte. Sie wussten es beide. Harold Green hatte brutal drei kleine Mädchen getötet. Aber der Obdachlose hatte nicht drei Sechsjährige mit Pferdeschwänzen und Zahnlücken gesehen, sondern Dämonen mit blutigen Reißzähnen, die ihn zerfetzen wollten. Sie war zunächst sehr skeptisch gewesen, aber nach etlichen Stunden Beobachtung und einer eingehenden Beratung mit den Ärzten, die Harold Greens Schizophrenie viele Jahre lang zu behandeln versucht hatten, hatte sie ihm glauben müssen. Der Mann war tatsächlich verrückt. Und deshalb laut Gesetz nicht für seine Taten verantwortlich. Genau das hatte sie vor Gericht ausgesagt, obwohl es ihr kaum gelungen war, bei all den verächtlichen und sogar hasserfüllten Blicken aus dem Publikum ihre kühle Fassade aufrechtzuerhalten.

Sie hielten sie für eiskalt, all die Cops, die sich an jenem Tag im Gerichtssaal aufgehalten hatten. Sie wusste es. Sie glaubten, sie hatte sich von einem rücksichtslosen Mörder täuschen lassen. Sie glaubten, dass ihr die Tränen der Eltern nichts ausmachten.

Aber sie irrten sich. Und wie sie sich irrten.

Dass Detective Reagan an jenem Tag auch dort gewesen war, erklärte vieles. Noch immer stand er auf der anderen Straßenseite und starrte sie mit unverhohlener Feindseligkeit an. Tess war die Erste, die den Augenkontakt unterbrach, indem sie in Murphys besorgtes Gesicht blickte. »Ich verstehe.«

»Nein, tun Sie nicht. Nicht ganz. Er hat das dritte Mädchen gefunden.«

Sie packte das Steuer fester. Sie war an diesem Tag bei Green gewesen und hatte aus ihm herausgebracht, wo das dritte Mädchen versteckt war. Er hatte behauptet, es wäre noch am Leben. Aber als die Polizei ankam, stellte sich heraus, dass das nicht der Fall war. Tess hatte nicht gewusst, wer das Mädchen gefunden hatte. Und sie hatte es auch nicht wirklich wissen wollen. Dass sie den Ort nicht rechtzeitig genug hatte herausfinden können, war bitter gewesen.

Und wie musste es erst dem Menschen ergangen sein, der die Kinderleiche schließlich entdeckt hatte? »Ja, das erklärt es wirklich. Er hat ein Recht auf seine Wut.«

»Er ist ein guter Mensch, Tess. Und ein guter Cop.«

Sie nickte. »Schon gut, Murphy, wirklich. Ich verstehe jetzt.« Und das tat sie. Besser, als sich irgendjemand vorstellen konnte. »Könnten Sie mir meine Schlüssel holen? Sie sind unters Auto gefallen.«

Murphy seufzte. »Okay. Ich rufe Sie morgen an. Ich brauche Cynthia Adams' Akte.« Er tastete auf dem Asphalt und hob ihren Schlüssel auf.

Tess nickte und spürte Erleichterung, als der Motor verlässlich mit einem Grollen zum Leben erwachte. Sie wollte die Tür zuziehen, als sie innehielt. »Sagen Sie Ihrem Partner ...« Aber was immer sie zu sagen hatte – es würde nichts ändern. »Ach, schon gut. Danke, Todd. Wie immer.«

Ihre Hände bebten, als sie anfuhr. Sie gab sich drei Blocks, dann fuhr sie in eine ruhige Seitenstraße, ließ den Kopf auf das Steuer sinken und die Tränen laufen. *Verdammt, Cynthia, warum hast du mich nicht angerufen? Warum hast du dir das angetan?*

Aber sie wusste es ja. Genau wie sie wusste, dass sie nichts hätte tun können, um die Frau daran zu hindern. Sie konnte nur Menschen helfen, die sich helfen lassen wollten. Die anderen taten, was immer sie für richtig hielten. Das wusste sie. Aber das Wissen machte es nicht erträglicher.

Cynthia Adams hatte gelitten und sich für etwas schuldig gefühlt, über das sie keine Kontrolle gehabt hatte. Ihren eigenen Tod jedoch hatte sie kontrollieren können. Und darin lag die bittere Ironie.

Vollkommen erschöpft fuhr Tess wieder an und zu ihrer Wohnung. Heute Nacht würde sie nicht mehr schlafen. Cynthias Akte war zentimeterdick. Es würde mehr als nur ein paar Stunden dauern, für Murphy und seinen zornigen Partner die wichtigen Fakten herauszusuchen. Aber das war das wenigste, was sie tun konnte. Für Aidan Reagan und Cynthia Adams.

Und vielleicht für sich selbst.

Sonntag, 12. März, 1.15 Uhr

Halb erstaunt, halb verärgert hatte Aidan beobachtet, wie Murphy noch eine Weile lang Ciccotellis Wagen nachgeblickt hatte, bevor er sich wieder seiner Arbeit zuwandte und in den Profi verwandelte, den Aidan zu schätzen gelernt hatte. Murphy hatte die Gerichtsmedizin und die Spurensicherung eingewiesen, und Aidan hatte sich mit den beiden Jugendlichen unterhalten.

Die Kids hatten nichts Neues zu sagen. Nur dass Adams auf das Geländer »zugeglitten« war, sich dort umgedreht hatte und mit ausgestreckten Armen hinuntergestürzt war. Er hatte die beiden mit ihren Eltern nach Hause geschickt. Nach solch einer Erfahrung würden sie nie wieder dieselben sein.

Nun standen Murphy und er vor Cynthia Adams' Wohnung und beobachteten den betrunkenen Hausmeister, der sein Bestes gab, um den Schlüssel ins Schloss zu manövrieren. Jim McNulty hatte den Sieg der Bulls offensichtlich gefeiert und sich in seiner Lieblingsbar volllaufen lassen. Sie hatten gerade schon aufgeben wollen, als er torkelnd und mit klimperndem Hauptschlüssel angekommen war. Die Gerichtsmedizin hatte soeben Cynthia Adams' Leiche auf eine Bahre gehoben, und weil sie sie nicht von dem Zaun hatten trennen können, hatten sie ein Stück davon absägen müssen. Der Hausmeister hatte sie wegen des Zaunstücks angeschnauzt, bis sein Blick auf den toten Körper gefallen war.

Seitdem hatte er kein Wort mehr gesagt.

»Wie lange kannten Sie Miss Adams?«, fragte Aidan und zog den Kopf ein, als der Seufzer des Mannes eine stinkende Alkoholwolke hervorbrachte. Was für ein Glück, dass nirgendwo offenes Feuer war. McNulty war bis oben hin voll. »Seit drei Jahren. Sie ist vor drei Jahren eingezogen.« Er drückte die Tür auf, und Aidan fielen sofort zwei Dinge auf. Erstens, dass es in der Wohnung eiskalt war, was er natürlich erwartet hatte. Die Balkontür stand seit über einer Stunde offen. Der überwältigende Duft der Blumen jedoch ließ ihn blinzeln. In Cynthia Adams' Wohnung befanden sich mehr Blumen, als er je bei einem Floristen gesehen hatte.

Murphy runzelte die Stirn. »Was ist das denn?«

»Lilien.« Aidan betrat die Wohnung und hob zögernd eine auf. »Begräbnisblumen.«

»Meine Güte«, murmelte Murphy und ließ den Blick durch das Wohnzimmer gleiten. »Das sind ja Unmengen. Die müssen locker hundert Dollar gekostet haben.«

Aidan zog eine Braue hoch. »Mindestens dreimal so viel.« Als Murphy ihn fragend ansah, zuckte er die Schultern. »Ich habe auf dem College mal einen Gartenbaukurs belegt.« Er nahm den obersten Brief von einem dicken Stapel, der auf einem Tischchen im Eingangsbereich lag. »Ziemlich viel Post.« Er wandte sich an den Hausmeister. »War sie weg?«

Der Mann schüttelte den Kopf. Auf der Oberlippe war ein Schweißfilm erschienen, und sein Blick huschte von hier nach da. »Nein. Aber sie war mit der Miete einen Monat im Rückstand. Zum ersten Mal in den drei Jahren, die sie hier gewohnt hat. Der Verwalter meinte, ich soll sie im Auge behalten, damit sie nicht heimlich auszieht.«

Aidan durchquerte vorsichtig das Wohnzimmer, um nicht auf die Blumen zu treten, und blickte auf den Balkon hinaus. »Eine Trittleiter«, rief er Murphy zu. »Die Jugendlichen meinten, sie sei das Geländer hinaufgeglitten. Sie hat eine Trittleiter benutzt.«

»Sehr praktisch gedacht.«

Der Hausmeister taumelte zur Balkontür. »Die war vor einer Woche noch nicht hier. Ich war neulich hier, um einen tropfenden Wasserhahn zu reparieren, und da stand das Ding noch nicht da.«

»Wenn Sie am Wasserhahn zu tun hatten, wieso haben Sie dann den Balkon sehen können?«, fragte Murphy sanft.

Der Hausmeister wurde blass. »Ich wollte eine rauchen.«

»Sie hat die Leiter also extra für das große Ereignis dorthin plaziert«, murmelte Murphy, dann wurde seine Stimme jedoch scharf. »Aidan.«

Aidan fuhr herum. Murphy hielt ein Papier zwischen zwei behandschuhten Fingern. Seine Lippen waren zu einem Strich zusammengepresst. Es war ein Foto, auf glänzendem Papier gedruckt. Darauf war eine Frau zu sehen, die an einem Seil baumelte, die Füße gut einen halben Meter über dem Boden. Ihr Gesicht sah grotesk aus, die Augen quollen hervor, und der Mund stand offen, als ob sie um Luft rang.

»Wer ist das?«, fragte Murphy den Hausmeister.

Der Mann wich einen Schritt zurück; sein Gesicht war noch eine Spur blasser geworden. »Weiß ich nicht. Hab ich noch nie gesehen. Ich glaube, ich muss hier raus.«

»Moment noch, Mr. McNulty.« Aidan vertrat ihm den Weg. »Bitte. Sie haben gesagt, der Verwalter hätte Sie gebeten, ein Auge auf die Wohnung zu halten. Haben Sie vielleicht gesehen, wer die vielen Blumen angeschleppt hat? War es Miss Adams?«

»Ich weiß es nicht. Tut mir leid«, nuschelte er.

»Na gut. Wir können uns ja die Bänder vom Sicherheitsdienst ansehen.« Er hatte die Kamera, die auf den Fahrstuhl gerichtet war, gesehen, sobald sie das Gebäude betreten hatten.

McNulty schüttelte den Kopf. »Leider nicht. Die Kamera ist kaputt.«

»Wie praktisch«, knurrte Murphy. »Seit wann?«

McNulty scharrte mit den Füßen. »Seit ein paar Wochen.«

Aidan sah ihm in die Augen. »Wochen?«

McNulty sah zur Seite. Sein blasses Gesicht bekam rote Flecken. »Okay, Monaten.«

Aidan war sicher, dass McNulty mehr wusste, als er sagte. »Hat Miss Adams kürzlich Besuch gehabt?«

McNulty wirkte, als würde er am liebsten im Boden versinken. »Sie hat viel Besuch gekriegt.«

Nun war Aidan hellwach. Aus dem Augenwinkel sah er, dass auch Murphy aufhorchte. »Was für Besuch, Sir?«

McNultys Versuch, nonchalant zu sein, scheiterte kläglich. »Viele Leute mochten Cynthia.«

»Sie meinen viele Männer?«, fragte Aidan scharf.

McNulty schloss die Augen. Seine Miene war deutlich schuldbewusst. Wäre er nüchtern gewesen, hätte man ihn vermutlich nicht so leicht durchschauen können, dachte Aidan. *Vielen Dank, Bulls.* »Auch, ja.«

»Auch ja oder grundsätzlich ja?«

Er riss die Augen auf, nun panisch. »Hören Sie, wenn meine Frau das rausfindet … die bringt mich um.«

Murphy blinzelte. »Sie hatten also eine Affäre mit Miss Adams?«

»Nein.« McNulty schüttelte vehement den Kopf. »Keine Affäre. Es war nur einmal.«

Aidan zog eine Braue hoch. »Einmal.«

McNulty wich noch einen Schritt zurück. »Zwei-, dreimal. Höchstens.«

»Hat sie … sich bezahlen lassen, Mr. McNulty?«, fragte Murphy ruhig.

Aidan bezweifelte, dass der entsetzte Gesichtsausdruck des Mannes gespielt war. »Nein, meine Güte, nein! Sie war nur … dankbar. Das ist alles.«

Langsam wurde es interessant, fand Aidan. »Dankbar? Wofür?«

»Ich habe die Kamera in diesem Stock ausgeschaltet, okay? Ein paar von ihren Freunden wollten nicht gesehen werden. Ich weiß keine Namen, und ich wollte sie auch nicht wissen. Sie hat eben ihr Ding gemacht, und ich habe weggesehen. Das schwöre ich. Kann ich jetzt bitte gehen?«

Aidan warf Murphy einen Blick zu. »Brauchen wir ihn noch?«

»Im Moment nicht«, erwiderte Murphy freundlich, und sie sahen zu, wie McNulty unbeholfen durch die Blumen stakste. »Wir melden uns bei Ihnen, Mr. McNulty«, fügte er hinzu. Der Mann nickte hastig und war fort.

Aidan drückte die Tür hinter ihm zu. »Ich hätte gerne gewusst, um was für Freunde es sich gehandelt hat.«

»Und ich hätte gerne gewusst, ob einer davon ihr dies hier zugesteckt hat.« Murphy hielt das Foto von der erhängten Frau hoch. »Autoerotische Asphyxie?«

Aidan verzog das Gesicht. »Frag mich nicht. So etwas ist mir noch nicht begegnet.«

»Mir schon«, sagte Murphy, während er sich in Richtung Schlafzimmer bewegte. »Und wenn es schiefgeht, geht es richtig schief. Schau mal nach, ob du ein Foto von Adams findest, damit wir wenigstens wissen, wie sie aussah. Ich schaue mich mal dort drin um.«

Aidan hörte, wie Murphy im Schlafzimmer Schubladen öffnete, während er ihre Brieftasche durchsuchte und den Führerschein fand. Das ernste Gesicht, das ihm entgegenstarrte, weckte in ihm ein Mitleid, das ihm nicht willkommen war. Diese Frau wirkte bodenständig. Sehr korrekt. Beherrscht.

Nun wurde sie ins Leichenschauhaus gefahren, nachdem sie zweiundzwanzig Stockwerke tief gesprungen war. Warum hatte sie es getan? Was war im letzten Monat geschehen, dass sie ihre Miete nicht mehr gezahlt und geglaubt hatte, Selbstmord sei die einzige Lösung? Aber das war ja immer das Problem mit Selbstmördern, dachte er bitter. Sie blieben nicht lange genug am Leben, um denen, die sie liebten, die Chance zu geben, Antworten auf diese Frage zu erhalten. »Sie war vierunddreißig, Murphy. Sie hat Kontaktlinsen getragen und war Organspenderin.«

Murphy erschien in der Schlafzimmertür, plüschbezogene Handschellen in der einen und eine kleine Lederpeitsche in der anderen Hand. »Und sie hatte ein paar niedliche Vorlieben. In der Decke ist ein Flaschenzug befestigt. Sieht aus, als hätte sie sich dann und wann ein bisschen hängen lassen.«

Aidan blinzelte, als er die Utensilien in Murphys Händen betrachtete und versuchte, sie mit der ernsten Frau auf dem Führerschein in Einklang zu bringen. »Man sollte es nicht glauben, wenn man sie sieht.«

»So einfach ist es nie. Was hat sie in ihrer Handtasche?«

Rasch durchsuchte Aidan die kleine Tasche. »Vier Kreditkarten, ein Handy, verschiedene Lippenstifte und einen Schlüsselbund.« Er hielt ihn hoch. »Honda, Wohnung, und noch einen kleinen Schlüssel.«

»Zu einem Banksafe?«

Aidan legte den Schlüsselbund in eine Tüte, während Murphy dasselbe mit den Handschellen und der Peitsche tat. »Vielleicht. Hast du Bankauszüge in der Post gesehen?«

Murphy ging zurück zu dem Tischchen und durchsuchte den Stapel. »Sie hat keinen der Briefe aufgemacht. Hier ist einer von der Bank. Wir können ja ... Nanu?« Murphy sah finster auf einen Umschlag in seiner Hand. »Den hier hat sie aufgemacht. Keine Briefmarke, kein Absender.« Er holte ein Foto aus dem Umschlag und betrachtete es grimmig. »Wieder eine tote Frau. Die hier liegt im Sarg.« Er reichte es Aidan. »Schau mal auf ihre Hände.«

Ein Prickeln lief Aidan den Rücken herab. »Sie hält eine Lilie. Und sie sieht aus wie die, die am Galgen gebaumelt hat.« Er nahm sich einige Briefe von dem Stapel und sortierte sie. Innerhalb weniger Minuten hatten sie zehn solcher Fotos gefunden, alle ähnlich grausig. Alle von derselben Frau. Alle verstörend. Kein einziger dieser Briefe war mit einem Namen oder einem Absender versehen.

»Da hat jemand mit Cynthias Verstand herumgespielt.«

Murphy nahm ein gerahmtes Foto von Adams' Schreibtisch. Ein junges Mädchen, dem die Haare in die Augen hingen, blickte ihm entgegen. »Das ist die Frau. Adams hat sie also gekannt.« Er holte das Bild aus dem Rahmen. »Leider kein Name hinten drauf.«

»Sie ist jünger als hier auf dem Foto. Vielleicht sechzehn? Sieht aus wie ein Schulfoto. Meine Schwester Rachel hat Fotos von sich, die vor einem ähnlichen Hintergrund gemacht worden sind.« Aidan bückte sich und holte eine längliche Schachtel unter dem Tisch hervor, die genau die richtige Größe für ein Dutzend Rosen hatte. Aber irgendwie bezweifelte er, dass sie Blumen darin finden würden.

»Mach auf«, sagte Murphy gepresst.

Vorsichtig hob Aidan den Deckel. »Mist.« Ein Strick, der zu einer Schlinge gebunden war, lag auf einem Bett aus weißem Papier. Ein kleiner, goldener Anhänger war daran befestigt. »›Komm zu mir. Finde Frieden‹«, las er. Er sah auf und begegnete Murphys Blick. »Lass uns die Spurensicherung raufholen.«

Murphy rief sie per Handy, dann seufzte er, als er sein Telefon wieder in die Tasche schob. »Ich fürchte, Tess muss uns morgen eine Menge Fragen beantworten.«

Aidan presste die Kiefer zusammen. »Da hast du wohl recht.«

2

Sonntag, 12. März, 10.30 Uhr

Joanna Carmichael sah zu, wie ihre Fotos eingehend gemustert, wie der Text, den sie heute Morgen geschrieben und immer wieder bearbeitet hatte, konzentriert gelesen wurde. Nach einer Weile, die ihr wie eine Ewigkeit vorkam, hob der Chefredakteur des *Chicago Bulletin* den Kopf.

»Wo haben Sie die her?«, fragte Reese Schmidt und deutete auf die Fotos.

»Richtige Zeit, richtiger Ort.« Joanna zuckte die Achseln. *Karma*, dachte sie, war sich aber sicher, dass Reese diese Erklärung nicht zu würdigen gewusst hätte. »Das Opfer wohnte in meinem Wohnhaus. Ich war fast zu Hause, als sie sprang. Ich hörte einen Schrei und lief mit drei anderen Leuten los. Zwei Jugendliche haben sie springen sehen.« Sie zeigte auf das erste Bild, das eine blutende, zerschmetterte Frau und zwei Jugendliche zeigte, deren Entsetzen durch den Schwarz-Weiß-Kontrast stark hervorgehoben wurde. »Da habe ich einfach draufgehalten.«

Er sah sie skeptisch an. »Vor den Cops?«

»Die waren noch gar nicht da«, erwiderte sie ruhig. »Und als sie kamen, knippste ich weiter, allerdings weniger auffällig.«

»Sie haben keinen Blitz verwendet?«

»Meine Kamera ist gut. Ich brauchte keinen.« Sie zog eine Braue hoch. »Ich ziehe es vor, mir meine Fotos nicht abnehmen zu lassen.«

Er verzog den Mund zu einem schiefen Lächeln. »Ich verstehe. Und was ist mit der Story?«

»Die habe ich geschrieben.«

Er schüttelte den Kopf. »Nein, das meine ich nicht. Woher haben Sie die Informationen? ›Laut einer anonymen Quelle hat die Polizei Beweise gefunden, dass das Opfer dazu getrieben wurde, sich aus dem zweiundzwanzigsten Stock zu stürzen.‹ Wer ist diese anonyme Quelle?«

Als sie keine Antwort gab, musterte Schmidt sie kritisch. »Sie haben also keine Quelle. Entweder haben Sie sich das aus den Fingern gesogen oder Sie haben die Cops belauscht. Also?«

Joanna sog frustriert die Wangen ein. »Das Zweite.«

»Dachte ich mir.« Er setzte sich auf seinen Stuhl und verschränkte die Finger. »Wenn Sie mir jemanden von der Spurensicherung besorgen, irgendjemanden, den ich zur Bestätigung kontaktieren kann, bringe ich die Story.«

Ja! Die Worte, auf die sie seit zwei Jahren wartete. »Wo?«

Sein Grinsen war leicht spöttisch. »Werden Sie nicht größenwahnsinnig, Miss … Carmichael, richtig? Besorgen Sie mir eine Aussage, die einer Überprüfung standhält, und wir reden weiter.«

Das war nur fair, dachte sie. Nicht ideal, aber fair. Einen Sekundenbruchteil überlegte sie, den anderen Trumpf, den sie besaß – ihren Vater – aus dem Ärmel zu ziehen, überlegte es sich aber anders. Das wäre weder Schmidt noch ihr selbst gegenüber fair. Also begann sie, ihre Fotos zusammenzusammeln und zog die Stirn in Falten, als er seine Hand auf das erste, das mit den beiden Teenagern, legte.

»Ich habe keine Lust, wegen falscher Informationen verklagt zu werden«, sagte er glatt. »Aber diese Fotos kann ich dennoch verwenden. Sie lügen nicht.«

Joanna knirschte innerlich mit den Zähnen. »Ich auch nicht. Ich komme wieder.« Und dann war sie mit strammem Schritt unterwegs zur Polizeistation. Sie hatte keine Ahnung, wie sie an eine Bestätigung kommen sollte, aber es würde ihr gelingen.

Das Schicksal hatte ihr sozusagen eine heiße Story vor die Füße geworfen, nun würde sie aus dem Geschenk das Beste machen.

Sonntag, 12. März, 12.30 Uhr

Aidan verabscheute die Räume der Gerichtsmedizin. Selbst an einem guten Tag konnte der Geruch ihm den Magen umdrehen. Und heute schien kein besonders guter Tag zu werden. Jedenfalls für niemanden, der mit der Sache zu tun hatte.

Er trat ein und blieb direkt hinter der Tür stehen. Sein Blick fiel auf die Gestalt auf dem Untersuchungstisch. Für Cynthia Adams hatte der Tag definitiv schlecht begonnen. Falls sie wirklich Selbstmord begangen hatte, dann hatte sie dabei Unterstützung gehabt. So viel stand inzwischen fest. Jemand hatte diese Frau systematisch mit Fotos und kleinen »Gaben« gequält. Und immer wieder tauchte der Name »Melanie« auf. Murphy vermutete, dass es sich um

die Frau im Sarg handelte, und Aidan war mehr als geneigt, ihm zuzustimmen.
Die Gerichtsmedizinerin hatte ihn nicht hineinkommen hören; sie war in die Betrachtung von Cynthias Händen vertieft. Zum Glück hatte sie die Leiche mit einem Tuch bedeckt. Er räusperte sich, und Julia VanderBeck sah auf. Sie trug eine Schutzbrille. Er konnte nicht verstehen, wie sie den Geruch aushielt – zumal sie sehr offensichtlich schwanger war. Seine Achtung vor Julia stieg noch ein wenig. »Du hast angerufen?«, fragte er, und sie lächelte leicht.
»Habe ich. Wo ist Murphy?«
»Er hört den Anrufbeantworter des Opfers ab und sieht sich die Überwachungsbänder aus dem Eingangsbereich ihres Hauses an.« Die Dankbarkeit des Hausmeisters McNulty hatte sich offenbar nicht darauf erstreckt, sämtliche Kameras in dem Gebäude zu sabotieren. »Er versucht herauszufinden, wer die ganzen Lilien angeschleppt hat.«
Julia nickte knapp. »Erinnere mich noch einmal an die Lilien, bevor du gehst«, sagte sie, »aber zuerst willst du sicher den toxikologischen Bericht.«
»Ja. Was war es?« Aidan nahm das Klemmbrett, das sie ihm über die Leiche hinweg reichte. Sie hatten siebzehn verschiedene rezeptpflichtige Medikamente in der Wohnung des Opfers gefunden. Vier hatte Dr. Tess Ciccotelli verschrieben. Die übrigen dreizehn stammten von anderen Ärzten und waren teilweise über fünf Jahre alt.
Julia streckte sich und presste dabei die Hände auf ihre Lendenwirbel. »Ihr habt Glück, dass ich Murphy noch etwas schulde. Ich wäre nicht für jeden mitten in der Nacht

hergekommen.« Sie atmete tief aus und ließ sich langsam auf einen Hocker neben dem Tisch nieder. »In ihrem Urin war nichts von all den Mitteln nachzuweisen. Das Medikament, das ihr zuletzt verschrieben wurde, von Ciccotelli übrigens, war Xanax. Gegen Angstzustände und Depressionen. Das hätte ich eigentlich finden müssen. Tatsächlich aber fand ich PCP. In hoher Konzentration.«

Aidan zog die Stirn in Falten. »Sie kann süchtig gewesen sein.«

Sie hievte sich von dem Hocker hoch. »Komm mal her. Ich will dir was zeigen.«

Sie führte ihn aus der Halle und ins Labor. Hier war der Geruch nicht ganz so schlimm. Aidan atmete erleichtert ein und ignorierte ihr Grinsen. »Und? Was gibt's?«

Sie gab ein paar Kapseln aus zwei verschiedenen Flaschen auf ein weißes Blatt Papier. Eine der Flaschen erkannte Aidan aus Adams' Wohnung wieder. Die andere Flasche trug das Etikett einer Krankenhausapotheke. »Links Xanax aus dem Krankenhaus, rechts die Kapseln, die ihr von Adams' Nachttisch mitgenommen habt.«

Aidan betrachtete sie prüfend. »Die sehen absolut gleich aus.«

»Nicht wahr? Jemand hat die Kapseln geleert und sie mit PCP gefüllt.«

Aidan begegneten ihrem Blick. »Dieser Jemand hat sich verdammt viel Mühe gemacht.«

»Dieser Jemand wollte, dass sie durchdreht und manipulierbar wird.«

Aidan dachte an die Fotos und die Schlinge in dem Geschenkkarton. Die geladene Pistole, die sie in einer weiteren

Geschenkschachtel im Schrank gefunden hatten. An die Trittleiter auf dem Balkon, die eine Woche zuvor noch nicht dort gewesen war. An die Lilien. »Mist.«

»Treffend ausgedrückt«, sagte Julia. »Komm noch mal zurück in den Untersuchungsraum. Ich will dir etwas anderes zeigen.« Er folgte ihr und sah zu, wie sie Adams' Arm anhob. Tiefe, vertikale Narben verunstalteten ihr Handgelenk.

»Sie hat schon einmal versucht, sich umzubringen«, murmelte er.

»Mindestens einmal.«

»Wir haben eine geladene Waffe und eine fertige Schlinge in ihrer Wohnung gefunden. An beiden hingen goldene Anhänger mit der Aufschrift ›Komm zu mir‹.«

Julia seufzte. »Da hat jemand wirklich alles darangesetzt, dass sie sich das Leben nimmt.«

»So sieht es wohl aus. Aber du hast gesagt, ich soll dich an die Lilien erinnern.«

»Ach ja. Ich habe Pollen in ihrer Nase gefunden.«

»Eine Blume lag unter ihrem Kopfkissen.«

»Okay, das ergibt Sinn. Denn ich habe an den Händen keine Pollen gefunden.«

»Vielleicht hat sie sie gewaschen.«

»Möglich ist es, aber bei den Blumenmassen, die in der Wohnung verstreut gewesen sind, ist es unwahrscheinlich, dass sie nicht wenigstens Reste unter den Fingernägeln gehabt hätte, wenn sie sie selbst verteilt hätte. Vor allen Dingen bei den Nägeln.«

Aidan betrachtete die langen, rot lackierten Nägel. »Sie hat die Lilien also nicht angefasst.«

»Wahrscheinlich nicht.«
»Das heißt, jemand anderes hat sie angeschleppt.« Sein Handy klingelte, und er zog es aus der Tasche.
Es war Murphy, und er klang ... wütend. »Aidan, wo bist du?«
»Im Leichenschauhaus. Was ist los?«
»Latent hat mir die Auswertung der Fingerabdrücke gebracht, die die Spurensicherung in Adams' Wohnung genommen hat.«
Aidan wartete, aber Murphy schwieg. »Und? Was hat Latent gefunden?«
»Komm einfach hoch«, fauchte Murphy. »Sofort, verdammt noch mal.«

Sonntag, 12. März, 12.30 Uhr

Tess betrachtete ihr Bild im Spiegel neben der Eingangstür. Ein guter Concealer war wirklich Gold wert; die dunklen Ringe unter ihren Augen waren so gut wie unsichtbar. Es war der zweite Sonntag im Monat und Zeit für den Brunch mit Freunden im Blue Lemon Bistro. Nachdem sie den größten Teil der Nacht Cynthia Adams' Akte durchgesehen und nur kurz und unruhig geschlafen hatte, war sie versucht, ihre Freunde anzurufen und sich zu entschuldigen. Aber sie widerstand. Der Verlust einer Patientin durfte ihr Leben nicht durcheinanderbringen. Sie wusste das inzwischen. Es war Jons Standardspruch, und er war Chirurg und hatte schon Patienten auf dem OP-Tisch verloren. Zum Glück nicht allzu oft.
Um dem Schicksal die Stirn zu bieten, hatte sie sich heute

Morgen extra hübsch gemacht. Sie hatte sich besondere Mühe mit ihrem Haar gegeben, ihr Make-up sorgfältiger aufgetragen und sogar das Preisschild von der roten Lederjacke entfernt, die sie sich für eine besondere Gelegenheit hatte aufheben wollen. Amy würde sich an ihrem Kaffee verschlucken, wenn sie sie sah, dachte Tess. Sie würde sie anflehen, die Jacke ausleihen zu dürfen, und wie immer würde Tess nachgeben. Und wie eine kleine, lästige, wenn auch liebenswerte Schwester, die Tess nie gehabt hatte, würde Amy die Jacke behalten, bis Tess irgendwann in einer Razzia in ihrem Schrank einfallen und all ihre Sachen zurückholen würde. So war es schon immer gewesen. Seit Amy vor zwanzig Jahren bei den Ciccotellis eingezogen war.

Tess schloss die Augen. Allein der Gedanke an ihre Familie tat weh, besonders an den Sonntagen. Sie würden sich nun alle um den großen Tisch versammeln, dort im alten Haus ihrer Familie im Süden Philadelphias. Es würde laut und turbulent und wundervoll sein, und alle Stühle – bis auf ihren – wären besetzt. In der alten Tradition, den Toten zu gedenken, würde ihr Platz leer bleiben. Denn in den Augen ihres Vaters war sie tot.

An den meisten Tagen konnte sie den Schmerz darüber in Schach halten. Heute aber war es schlimmer denn je, vielleicht weil sie sich die halbe Nacht gewahr gewesen war, wie einsam Cynthia Adams gelebt hatte. Sie hatte keine Familie gehabt, niemanden, dem sie wichtig war. Niemanden, der sie jetzt vermissen konnte. Und es hatte Tess daran erinnert, dass sie auch keine Familie hatte … mit Ausnahme ihres Bruders Vito, der sich gegen ihren Vater aufgelehnt hatte. Aber Vito war so weit weg. In Philadelphia. Und darüber hinaus war, genau wie bei Cynthia, niemand da, dem sie wichtig war, denn Phillip, zur Hölle mit ihm, hatte es vorgezogen, zweigleisig zu fahren.

Aber sie hatte Freunde. Sie riss den Blick von ihrem Spiegelbild los und betrachtete das letzte Gruppenfoto, das im Lemon entstanden war. Amy und Jon und Robin. Jim, der vor kurzem nach Afrika entschwunden war, um sich dort zu engagieren. Ihr Herz zog sich zusammen, als sie sein Gesicht musterte. Hoffentlich ging alles gut, und er kam irgendwann gesund und munter wieder. Dann Gen und Rhonda und all die anderen, die wahrscheinlich bereits im Lemon warteten und sich fragten, wo sie wohl bliebe.

Sie rückte das Foto an der Wand gerade und wandte sich wieder dem Spiegel zu, um ihre Lippen nachzuziehen. Das Rot passte zur Jacke und rundete ihre Erscheinung ab, die hoffentlich den einen oder anderen Blick auf sich ziehen würde. Und vielleicht den einen oder anderen interessanten Mann aus der Versenkung holen würde. Ihr Liebesleben konnte ein wenig Auffrischung gebrauchen. Verdammt, ihr Liebesleben konnte eine echte Bluttransfusion gebrauchen! Oder vielleicht gleich ein Medium, denn im Grunde war es verstorben. Das war auch etwas, das Jon dauernd anmahnte. Sie war wirklich dankbar für ihre Freunde. Aber manchmal wünschte sie sich, sie würden einfach die Klappe halten.

Sie ging am Fahrstuhl vorbei und trabte wie üblich die zehn Stockwerke hinunter, bis sie in der Eingangshalle ankam, wo Mr. Hughes wie immer am Empfang Wache stand. »Morgen, Dr. Chick.«

Tess lächelte den Mann an. »Guten Morgen, Mr. Hughes. Wie geht's?«

Der alte Mann gluckste vergnügt. »Keine Klagen. Oder vielleicht doch, aber Ethel sagt, die will sowieso keiner hören.« Doch dann verengte Mr. Hughes die Augen. »Sie sehen aber gar nicht gut aus, Dr. Chick. Sind Sie wieder krank?«

Sie schlang sich den Riemen der Tasche um die Schulter. Cynthia Adams' Akte wog schwer. »Nur müde.«

»Riggin hat gesagt, Sie sind gestern spät wiedergekommen. Und hätten geweint.«

Riggin war der Nachtportier. Dass die beiden über sie sprachen, ärgerte sie. Wann sie kam und wie sie ankam, ging niemanden etwas an. Aber natürlich hatte Sicherheit im Haus einen Preis, und der hieß Privatsphäre. Das wusste sie. Mit ihrem Seufzer verflog der Ärger.

»Mr. Hughes, es geht mir gut. Könnten Sie mir ein Taxi rufen? Ich bin ziemlich spät dran.« Ein Taxi brauchte nicht lange herumzufahren, um in der Nähe des Lemon einen Parkplatz zu finden.

Mr. Hughes betrachtete sie noch immer besorgt. »Wo wollen Sie denn hin, Miss Chick? Ach ja, Moment. Zweiter Sonntag im Monat, also Brunch im Blue Lemon.«

Sie zog die Brauen zusammen, als sie durch die Tür ging, die er ihr öffnete. »Meine Güte, ist mein Leben so vorhersagbar?« Es hatte eine Zeit gegeben, als das nicht der Fall gewesen war.

»Ich kann meine Uhr nach Ihnen stellen«, gab Hughes fröhlich zurück, als er nach einem Taxi winkte. »Das Blue Lemon am zweiten Sonntag, montags Krankenhaus, Din-

ner mit dem Doktor am Mitt…« Er unterbrach sich hastig und sah sie schuldbewusst an. »Tut mir leid.«
Sie zwang sich zu einem Lächeln. »Schon gut, Mr. Hughes.«
Ihre Mittwochstreffen mit dem Doktor waren Vergangenheit. Weil der Doktor selbst Vergangenheit war. Dass der Gedanke an Phillip noch immer weh tun konnte, machte sie wütend, aber sie unterdrückte ihre Gefühle, als das Taxi am Straßenrand hielt. Weder Schmerz noch Wut waren gesund. Weder Schmerz noch Wut änderten die Vergangenheit.
»Sie brauchen kein Taxi«, sagte eine harte Stimme hinter ihr, und Tess fuhr herum und starrte in dieselben kalten, blauen Augen, die sie gestern Nacht mit so viel Verachtung bedacht hatten. Auch im Tageslicht waren sie nicht freundlicher geworden.
»Detective Reagan«, sagte sie, verärgert, dass er hierhergekommen war, in ihr Privatleben eingedrungen war, verärgert, dass er auftrat, als gehöre die Welt ihm. Verärgert, dass er im Tageslicht sogar noch attraktiver war. Und dass es ihr überhaupt auffiel. »Was kann ich für Sie tun?«
Murphy trat an Reagans Seite. Zusammen versperrten sie ihr die Sicht zur Straße. »Wir müssen über Cynthia Adams reden, Tess.«
»Ich habe ihre Akte hier«, sagte sie ruhig und klopfte auf ihre Tasche. »Ich hatte ehrlich gesagt schon vor Stunden mit Ihrem Anruf gerechnet.« Sie riss ihren Blick von Reagans steinernem Gesicht los und sah zu Murphy, dessen Miene ausdruckslos war, und ihr Ärger verwandelte sich rasch in Sorge. Hier stimmte etwas nicht. »Ich bin momentan sehr beschäftigt, meine Herren. Ich habe eine Verabredung zum Lunch. Kann ich Sie danach anrufen?«

Reagan reichte ihr sein Handy. »Sagen Sie die Verabredung ab.«
Tess' Blick flog zu Murphy. In seinen Augen war kein Hauch Freundlichkeit zu sehen. »Was ist hier los, Todd?«
»Sie müssen mit uns kommen, Tess«, sagte er ruhig. »Bitte.«
Sie neigte den Kopf. »Wollen Sie mir Handschellen anlegen, Todd?«, murmelte sie.
Reagan öffnete den Mund, aber Murphy bedachte ihn mit einem scharfen Blick, und er schwieg. »Tess, bringen wir es bitte einfach hinter uns, okay? Dann können wir uns alle wieder um unsere eigenen Angelegenheiten kümmern.« Murphy nahm ihren Ellenbogen und führte sie zu seinem alten, klapprigen Ford. »Bitte.«
Sie stieg ein und sah, wie Mr. Hughes mit offenem Mund an der Gehwegkante stand. Ethel würde Bescheid wissen, bevor Tess noch um den Block herum war. »Kann ich telefonieren?«, fragte sie beißend, als Todd sich in den Verkehr einfädelte.
Er begegnete ihrem Blick im Rückspiegel. »Wen?«
Mit wem, dachte sie, unterdrückte aber die wütende Bemerkung. »Ich möchte meine Verabredung absagen, wie Detective Reagan es eben so höflich vorgeschlagen hat.«
Reagan wandte sich ihr zu und fixierte sie mit seinen zornigen blauen Augen. »Nur einen Anruf.« Er zog mit sarkastischer Miene eine Braue hoch. »Danke für Ihr kooperatives Verhalten, Dr. Ciccotelli.«
Sie schloss die Finger um das Handy und kämpfte das Bedürfnis nieder, ihm das Ding entgegenzuschleudern. Sie war erschüttert über die Wucht der Wut, die sich in ihr

aufbaute. »Gern geschehen, Detective Reagan.« Sie konzentrierte sich darauf, auf die Tastatur einzuhämmern und erlag der äußerst befriedigenden Vorstellung, es sei Reagans Gesicht. In der vergangenen Nacht hatte sie Mitleid für den Mann empfunden, den der Fund von Harold Greens Opfer so offensichtlich geprägt hatte, doch das war nun vorbei. Nun zog er seine Böser-Cop-Nummer bei ihr ab. *Soll er doch zum Teufel gehen.* Sie spürte, dass er sie ansah, während sie dem Tuten lauschte.

Zum Glück ging Amy schon beim dritten Klingeln dran. »Wo bist du?«, fragte sie ohne Einleitung. »Es ist spät.« Tess hörte den Lärm des Blue Lemon im Hintergrund, sowie Jon, der besorgt fragte, was denn los sei.

»Ich kann heute nicht kommen«, sagte Tess förmlich. »Ich habe einen Notfall.«

»Tess.« Amys Stimme hörte sich anklagend an. »Wir haben uns doch geschworen, diesen Termin wichtig zu nehmen. Wir alle haben mal Notfälle.«

Tess starrte Reagan herausfordernd an. »Nicht so einen wie diesen«, sagte sie. »Ich versuche, noch vorbeizukommen, aber fangt schon ohne mich an.«

»Tess, Moment.« Jon hatte Amy das Telefon aus der Hand genommen. »Ich war gestern Abend weg und bin erst gegen drei Uhr wiedergekommen. Ich habe deine Nachricht auf dem Anrufbeantworter gehört. Ist alles in Ordnung?«

Sie hatte ihn angerufen, weil er sie zu einem Hausbesuch bei einer, wie sie glaubte, noch lebenden Patientin hätte begleiten sollen. »Ja, alles in Ordnung. Die Sache hat sich erledigt.« Durch Cynthia Adams selbst. Es lag allein an Reagans eisigem Blick, dass sie den Schauder bei dem

Gedanken an die zerschmetterte Leiche unterdrücken konnte. Jetzt lag Cynthia mit einem Zettel am Zeh im Leichenschauhaus in einer kalten Schublade, aber wenigstens würde sie eine Art von Frieden gefunden haben. Hoffte Tess zumindest. »Jon, ich muss jetzt auflegen. Ich melde mich später, okay?« Sie klappte das Telefon zu. »Ein Anruf, Detective. Ganz Ihrem Wunsch gemäß.«

Seine Augen blitzten bei ihrem beißenden Tonfall. »Danke.«

»Wann erfahre ich, um was es hier eigentlich geht?«

»Wir reden, wenn wir auf dem Revier angekommen sind, Doktor.« Reagan wandte sich von ihr ab und beendete damit das Gespräch.

Revier. Das Wort klang unheilvoll, ganz wie er es beabsichtigt hatte, dessen war sie sich sicher. Der böse Cop versuchte es mit Psychotricks. *Aber da ist er bei mir an der richtigen Stelle.* Sie wandte sich an den guten Cop. »Murphy?«

Murphy blickte stur geradeaus, sah sie nicht an, und zum ersten Mal verspürte sie Furcht. »Wir müssen das Ganze offiziell durchziehen, Tess. Wir reden auf dem Revier.«

Sonntag, 12. März, 13.25 Uhr

Aidan betrachtete Ciccotelli durch den Einweg-Spiegel. Sie saß da und erwiderte seinen Blick direkt, obwohl sie, wie er genau wusste, nur ihr eigenes Spiegelbild sah. Sie hatte oft genug auf beiden Seiten des Spiegels gesessen, um zu wissen, dass sie beobachtet wurde. Sie wusste auch, was als Nächstes kommen würde, aber sie wirkte nicht eingeschüchtert. Ihr Blick flackerte nicht. Sie war kühl. Aber man musste mindestens eiskalt sein, um zu tun, was sie getan hatte.

Falls sie es getan hatte. Die Beweise sprachen dafür.

Aber es war unwahrscheinlich. So gut wie nicht machbar. Im Grunde genommen unmöglich.

Murphy war sich sicher, dass sie es nicht getan hatte. Aber Murphy schien nicht hundertprozentig objektiv, wenn es um Dr. Tess Ciccotelli ging. Und Aidan konnte es ihm kaum verdenken, wenn er ehrlich war. Auf der anderen Seite des Spiegels saß eine absolut umwerfende Frau in Hüftjeans und engem Rollkragenpulli, beides schwarz. Ihre dunklen Locken fielen wild über ihre Schultern, und sie sah aus wie eine moderne Zigeunerin, die sich als respektable Psychiaterin getarnt hatte. Sie war auf dem Weg zu einem Mittagessen gewesen, hatte sie gesagt. *Ha. Niemand geht so angezogen zu einem Geschäftsessen.*

Himmel, keine Frau, die er kannte, zog sich so an. Oder sah so aus, wenn sie es darauf anlegte. Er biss die Zähne zusammen, als sein Körper unwillkürlich auf den Anblick dieser Frau reagierte. Wie ärgerlich. Sie war immerhin eine Verdächtige, auch wenn es unwahrscheinlich zu sein schien. Und falls sich herausstellte, dass sie nicht mehr verdächtig war, blieb sie immer noch eine eiskalte Ziege. Dass sie zufällig eine ausgesprochen sexy eiskalte Ziege war, gehörte zu den Gemeinheiten des Schicksals, mit denen ein Mann sich dann und wann herumschlagen musste.

Neben ihm fuhr Murphy sich mit den Händen über das Gesicht. »Sie hat Ringe unter den Augen. Scheint, als hätte sie wenig geschlafen gestern Nacht.«

»Dann sind wir ja schon drei«, erwiderte Aidan. Er sah über die Schulter zu dem Lieutenant, der an der Wand lehnte und sorgenvoll dreinblickte. Sein grauschwarzer Schnurrbart hing matt herab. »Sie sind noch immer anderer Meinung.«

Lieutenant Marc Spinnelli nickte langsam. »Ich kenne Dr. Tess Ciccotelli seit Jahren. Sie ist ein guter Mensch. Eine gute Ärztin. Vielleicht stellt sie nicht immer die Diagnose, die uns gefällt, aber sie ist garantiert nicht dazu fähig, einen Menschen an den Rand des Wahnsinns zu treiben.«

»Und ihn dann noch in den Abgrund zu stoßen«, murmelte Murphy. »Komm, bringen wir es hinter uns.«

Aidan sah zu, wie Murphy in den Verhörraum ging und sich so weit wie möglich von Ciccotelli wegsetzte. Sie gönnte ihm einen kurzen Blick, fixierte dann aber wieder den Spiegel, und Aidan sah den Zorn in ihren Augen. Gut. Zorn war besser, als den lieben langen Tag kühl und gefasst zu sein. »Er ist befangen«, murmelte Aidan, die Hand schon an der Türklinke, den Blick auf Murphys ausdrucksloses Gesicht gerichtet.

»Das sind wir alle«, sagte Spinnelli barsch. »Das ist jeder Cop in der Stadt. Es gibt nicht viele, die nichts von Harold Green wissen, aber die meisten kennen Tess nicht. Gehen Sie rein und machen Sie Ihren Job, Aidan. Das tut Murphy auch.«

»Und wenn nicht?«

Spinnelli seufzte frustriert. »Dann mische ich mich ein.«

Halbwegs zufrieden betrat auch Aidan den Raum. Ihr wütender Blick richtete sich auf ihn, und sie wirkte … gefährlich.

»Detective Reagan. Ich bin hier, genau wo Sie mich haben wollten. Sie haben mich eine Viertelstunde beobachtet. Wann sagen Sie mir endlich, worum es hier verdammt noch mal geht?«

Er setzte sich neben sie ans Ende des Tisches. »Erzählen Sie mir von Cynthia Adams.«

Sie blinzelte und holte Luft, sichtlich bemüht, die Fassung zu wahren. Und es gelang ihr, wie er fasziniert beobachten konnte. »Cynthia Adams war ein komplizierter Mensch«, sagte sie schließlich, während sie Murphy ignorierte und Aidan direkt ansah. »Aber das wissen Sie wahrscheinlich, wenn Sie in ihrer Wohnung gewesen sind.«

»Sind Sie es gewesen?«, fragte Aidan. »In ihrer Wohnung, meine ich.«

»Nein. Noch nie. Nicht in der Wohnung.«

Die Frau log, ohne mit der Wimper zu zucken. Aus dem Augenwinkel sah er, wie ein Muskel im Gesicht seines Partners zuckte. Aidan empfand Mitleid für Murphy, und auch für Spinnelli. Sie machten sich offensichtlich etwas aus dieser Frau. Und daher würde es schwer für sie werden. *Also ist es jetzt an mir, dachte er.* »Aber Sie waren schon einmal *bei* Ihrer Wohnung?«, hakte er nach. »Draußen?«

Sie musterte ihn misstrauisch. »Ja, einmal. Sie kam nicht zu unserem Termin, und ich machte mir Sorgen. Ich rief sie an, bekam aber nur den Anrufbeantworter, also sind mein Partner, Dr. Ernst, und ich hingefahren.«

Sie hatte seit fünf Jahren die Praxisgemeinschaft mit Dr. Harrison Ernst. Der Arzt, der sich dem Rentenalter näherte, war hoch angesehen. Das hatte Aidan bei seiner kurzen Recherche zu Dr. Ciccotelli herausgefunden, bevor sie sie zum Verhör abgeholt hatten. »Machen Sie das oft? Hausbesuche, meine ich?«

»Nein, ganz und gar nicht. Cynthia war sozusagen ein spezieller Fall.«

»Warum?«

Ihre Kiefer pressten sich zusammen, und sie verschränkte die Finger fest in ihrem Schoß. Aus ihrer Miene ließ sich nichts lesen. »Sie war mir wichtig.«

»Wann war das? Der Hausbesuch«, erklärte er und beobachtete, wie sie die Lippen zusammenpresste. Seine Befragungstaktik mit den nachfolgenden Erläuterungen schien sie zu ärgern. Schön.

»Etwa vor drei Wochen.«

»Hat sie Sie zurückgerufen?«

»Irgendwann, ja.«

»Und?«

»Und hat einen neuen Termin vereinbart.« Jetzt spielte sie das Spiel mit. Und nicht einmal schlecht. Beantwortete nur die Fragen, die er stellte.

»Ist sie aufgetaucht? Zu dem neuen Termin?«

»Nein.« Plötzlich war alle Gefasstheit weg, und für einen Sekundenbruchteil sah er eine solche Traurigkeit in ihrer Miene, dass er im Geist den Rückzug antrat. Falls sie unschuldig war, hatte die Frau ihr wirklich etwas bedeutet. Falls sie schuldig war, war sie verdammt gut. »Nein, ist sie nicht«, murmelte sie. »Ich rief sie wieder an und sprach auf ihren Anrufbeantworter, aber sie hat nie zurückgerufen. Ich habe nicht mehr mit ihr gesprochen.«

Aidan zog seinen Block aus der Tasche. »Warum war Miss Adams bei Ihnen, Doktor?«

Der misstrauische Blick war wieder da. »Sie war depressiv.«
»Weswegen?«
Ciccotelli schloss die Augen. »Wenn sie noch lebte, könnte ich Ihnen das nicht sagen, das wissen Sie. Ärztliche Schweigepflicht.«
»Aber sie lebt nicht mehr«, antwortete Aidan mit samtener Stimme. »Sie liegt ausgeweidet auf einer Bahre im Leichenschauhaus.« Ihre Lider flogen auf, und er sah schockierte Empörung. Doch sie hatte sich rasch wieder im Griff.
»Ich begann vor über einem Jahr mit der Behandlung. Sie war schon bei gut einem Dutzend Ärzte gewesen, bevor sie zu mir kam.«
Aidan dachte an all die verschreibungspflichtigen Medikamente, die er bei Adams gefunden hatte. So viele Ärzte. Und doch war Cynthia Adams jetzt tot. »Sie haben ihr ja offensichtlich so sehr helfen können, dass sie sich umgebracht hat«, bemerkte er scharf. Ihre Augen blitzten auf, während Murphy ihm einen warnenden Blick zuwarf.
Sie holte eine Mappe aus ihrer Tasche und legte sie auf den Tisch. »Cynthia Adams litt unter schweren Depressionen, die von Missbrauch in ihrer Kindheit herrührten. Ihr Vater hatte sie zum ersten Mal belästigt, als sie zehn war, und er machte weiter, bis sie mit siebzehn von zu Hause ausriss.« Sie bedachte ihn mit einem ruhigen Blick. »Ich nehme an, Sie haben Beweise für … extreme sexuelle Vorlieben in ihrer Wohnung gefunden, Detective.«
»Wir haben Handschellen und Peitschen gefunden, ja. Und ein paar Fotos.«
Ihr Blick war immer noch ruhig. »Cynthia hasste sich

selbst, hasste ihren Vater. Manchmal tun Missbrauchsopfer genau das, was sie am meisten verabscheuen. Sie definieren sich über diese verhasste Tat. Manchmal werden Missbrauchsopfer sexsüchtig. Cynthia war so ein Fall. Sie schlief mit so vielen Männern, wie sie in einer Nacht schaffte, und verabscheute sich dann am nächsten Tag dafür. Sie hatte versprochen, es sein zu lassen, aber es wurde immer schlimmer.«

»Also war sie wegen ihrer Sexsucht bei Ihnen in Behandlung«, schloss Aidan, aber sie schüttelte den Kopf.

»Nein, sie war wegen ihrer Depressionen bei mir. Ich lernte sie vor fast einem Jahr kennen. Sie war nach einem Selbstmordversuch im Krankenhaus gewesen. Sie hatte sich die Pulsadern aufgeschlitzt, und zwar so, wie es Menschen tun, die wirklich sterben wollen. Sie werden Narben an ihren Handgelenken finden, wenn Sie sie nicht schon entdeckt haben.«

Ja, er hatte sie schon entdeckt. Ironischerweise hatten die Narben zu den wenigen Identifikationsmerkmalen gehört, die den Sturz überstanden hatten. »Was war der Grund für den Selbstmordversuch vor einem Jahr, Doktor?«

»Wie ich schon sagte. Selbsthass.«

»Aber sie hasste sich doch schon eine ganze Weile. Warum hat sie sich ausgerechnet diesen Moment ausgesucht, um sich die Pulsadern aufzuschneiden?«

»Sie hatte ein weiteres Trauma zu verarbeiten.«

Langsam fing sie an, ihn mächtig zu ärgern. »Und was war das?«

»Ihre Schwester hatte sich erhängt. Cynthia hat sie gefunden.«

Er musste sich beherrschen, um sich seine plötzliche Erregung nicht anmerken zu lassen. »Und warum hat sie sich erhängt? Ihre Schwester.«
»Die Schwester war jünger als Cynthia. Als Cynthia von zu Hause fortgelaufen war, machte sich ihr Vater über die Schwester her. Das Mädchen kam auch als Erwachsene mit den Erinnerungen nicht zurecht und brachte sich um. Cynthia hatte enorme Schuldgefühle, dass sie ihre Schwester mit dem Vater allein gelassen hatte. Ihr Selbstmord war mehr, als sie ertragen konnte.«
»Wie hieß denn diese Schwester, Doktor?«
Sie schlug die Akte auf und ging durch die Blätter. Die meisten Seiten waren getippt, doch einige waren auch handgeschrieben. Sie zog eine solche handschriftliche Seite hervor und überflog sie. Er las oben ein Datum im April des vergangenen Jahres. »Die Schwester hieß Melanie. Sie hat sich …« Sie brach ab und starrte mit aufgerissenen Augen auf die Seite. »Exakt vor einem Jahr umgebracht. O Gott. Das hätte ich vorhersehen müssen.« Ihr Kehlkopf arbeitete, als sie zu schlucken versuchte, und einen Moment lang war Aidan versucht zu glauben, dass Murphy recht hatte.
Murphy fuhr sich mit dem Handrücken über die Lippen. »Wir haben Medikamente in ihrer Wohnung gefunden. Ziemlich viele.«
Sie hob ihren Blick zu Murphy, und ihre Augen waren vollkommen frei von Ärger oder Trotz. »Ich habe ihr Xanax verschrieben.«
»Die toxikologische Untersuchung hat ergeben, dass sie PCP genommen hat.«

Ciccotelli schüttelte vehement den Kopf. »PCP? Ich habe nie Anzeichen von Drogenmissbrauch bei ihr gesehen.«

»Nun, nicht, wenn Sie ihr die Drogen gegeben haben«, sagte Aidan freundlich.

Ihr Kopf fuhr herum, und sie starrte ihn an, zwei rote Flecken auf den Wangenknochen. »Was soll denn das heißen?«

Aidan schwieg. Stattdessen begann er, die Fotos auf den Tisch zu legen, die sie in Adams' Wohnung gefunden hatten.

Und sah zu, wie ihr alles Blut aus dem Gesicht wich. »Oh, mein Gott«, flüsterte sie und nahm mit zitternden Händen ein Bild nach dem anderen auf. Als sie das letzte sah, das von Melanie, die tot in der Schlinge baumelte, stieß sie einen wimmernden Laut aus. »Wo haben Sie die gefunden?«, fragte sie mit einem erstickten Flüstern.

Murphy begegnete seinem Blick, und er konnte einwandfrei *Ich hab's dir ja gesagt* herauslesen. Er stieß das Galgenbild an. »Dies hier lag an der Balkontür. Einige von den anderen sind per Post gekommen. Ohne Absender.«

Sie starrte immer noch auf die Fotos, ihre Stimme immer noch ein Flüstern. »Aber wer tut denn so etwas?«

Aidan zog eine Braue hoch. Erneut musste er zugeben, dass es sie wirklich zu treffen schien ... falls sie unschuldig war. Falls nicht, war sie die beste Lügnerin, die ihm je über den Weg gelaufen war. Und solange Murphy an die erste Möglichkeit glaubte, musste er die zweite verteidigen.

»Ein paar der Bilder kamen auch als E-Mail. Haben Sie Cynthias E-Mail-Adresse, Doktor?«

Sie wandte sich ihm langsam zu, die Augen erneut voller

Misstrauen. »Ich habe sie irgendwo, ja. Das ist ein Punkt auf meinen neuen Annahme-Formularen.« Sie wandte sich wieder an Murphy. »Warum?«

Murphy schürzte die Lippen. »Zeig's ihr.«

Aidan verließ den Raum und kam mit dem Kassettenrekorder zurück, den er draußen gelassen hatte. Er stellte den Apparat neben Ciccotelli und wartete, bis sie ihn ansah, bevor er die Playtaste drückte.

»Cynthia.« Es war ein kindliches Jammern, unheimlich irgendwie. Ciccotelli zuckte zusammen, als die Stimme weitersprach. »Du bist nicht gekommen. Aber du hast versprochen, mich nicht allein zu lassen. Ruf deine E-Mails ab, Cynthia.«

Aidan hielt das Band an und nahm das Bild mit dem Sarg vom Tisch. »Das war auf ihrem Anrufbeantworter. Und das als Anhang in ihrer Mailbox. Als wir gestern Abend ihre Wohnung betraten, lagen überall dieselben Blumen verstreut wie die, die die Tote in den Händen hat.«

»Jemand hat versucht, sie Melanies Tod noch einmal durchleben zu lassen«, sagte Ciccotelli leise und schloss die Augen. »Das PCP im Blut hat dafür gesorgt, dass sie daran glaubte, Geister reden zu hören. Wer tut nur so etwas?«, wiederholte sie.

Tja, wer? Aidan setzte das Band wieder in Gang und beobachtete sie genau. Er musste nicht lange warten. Schon bei den ersten Worten riss sie die Augen auf und starrte schockiert auf den Kassettenrekorder.

»Cynthia, hier ist Dr. Ciccotelli. Ich habe dich vermisst. Und Melanie hat dich auch vermisst. Es ist heute genau ein Jahr her. Es ist ihr Geburtstag, Cynthia. Melanie hat

Geschenke für dich dagelassen. Ist es nicht an der Zeit, dass du ihr gibst, was sie möchte? Dass du dein Versprechen hältst, Cynthia? Halte dein Versprechen, Cyn.«
Aidan drückte die Stopp-Taste, und plötzlich war es totenstill im Verhörraum. Sie sagte nichts, starrte nur weiterhin auf den Apparat, als handelte es sich um eine Giftschlange, die gleich zubeißen würde. Er legte zwei weitere Fotos vor ihr auf den Tisch – die Waffe und die Schlinge. »Das waren Melanies Geschenke an Cynthia«, sagte er tonlos.
Er sah, wie ihr Blick auf die Fotos fiel.
Und begann zu glauben, dass Murphy mit seiner Meinung richtig lag. Ihr schockierter Ausdruck war vollkommen überzeugend. Aber schließlich wusste diese Frau alles über den menschlichen Verstand; sie musste auch wissen, wie man eine solche Szene spielte. Oder?
»Tess«, sagte Murphy. Seine Stimme war heiser. »Die Aufnahmen der Sicherheitskamera aus Adams' Wohnhaus zeigen eine Frau mit schwarzen Haaren und einem braunen Mantel, die eine große Tüte zum Aufzug trägt.« Er zögerte, dann fuhr er fort: »Auf den Schachteln, in denen die Pistole und die Schlinge lagen, haben wir Fingerabdrücke gefunden. Ebenfalls auf der Flasche mit Xanax.«
Langsam wandte sie sich zu Murphy um. »Wessen Fingerabdrücke?« Aber der furchtsame Ausdruck in ihren Augen verriet, dass sie die Antwort schon kannte.
Murphy schluckte. »Ihre, Tess. Ihre Fingerabdrücke befinden sich auf dem Strick, der Pistole und dem Medikament. Sie passten zu denen auf der Visitenkarte, die Sie mir gestern gegeben haben.«

Sie lehnte sich behutsam im Stuhl zurück. Dann sah sie Aidan mit derselben Ruhe an, die ihn gestern so aufgebracht hatte.

»Ich denke, ich rufe jetzt meinen Anwalt an, Detective. Dieses Verhör ist vorbei.«

3

Sonntag, 12. März, 14.43 Uhr

Es war einfach unglaublich. Konnte nicht wirklich sein. *Aber es geschieht mir.*

Cynthia war tot. *Und ich sitze auf der falschen Seite des Spiegels und brauche zum ersten Mal in meinem Leben einen Anwalt.* Es hatte nur eine Person gegeben, der Tess genügend vertraute, um sie anzurufen. Ihre beste Freundin Amy war eigentlich Verteidigerin in Zivilstreitigkeiten, aber Tess wusste, dass sie ab und zu umsonst in Strafrechtsfällen arbeitete. Also wo zum Teufel blieb sie? Das Blue Lemon war nur zwanzig Minuten von der Polizeistation entfernt, aber Tess war sicher, dass sie schon mindestens doppelt so lange hier saß. Und wartete. Dennoch bekämpfte sie den dringenden Wunsch, auf die Uhr zu sehen, und starrte stur geradeaus.

Sie beobachteten sie. Durch den Spiegel. Sie wusste es. Todd Murphy und das arrogante Arschloch von neuem Partner mit seinem versteinerten Gesicht und den kalten Augen. Sie dachte ja gar nicht daran, ihren Blick abzuwenden. *Soll der Mistkerl ruhig gucken. Und sich den Kopf zerbrechen.*

Sie glaubten, sie habe es getan. Sie habe Cynthia Adams dazu gebracht, sich umzubringen. Sie glaubten tatsächlich, dass sie es getan hatte. Und der Gedanke daran verursachte ihr eiskalte Wut.

Sogar Murphy dachte es. Ihr Herz krampfte sich zusammen, während sie weiterhin auf ihr eigenes Spiegelbild starrte, hinter dem die Cops standen und sie beobachteten. Von Reagan hätte sie erwartet, dass er die Beweise sofort aufgriff und gegen sie verwendete. Aber Todd Murphy? Dass er glaubte, sie sei zu so einer Tat fähig, war ... unglaublich verletzend.

Sie waren doch Freunde gewesen. Ein solcher Vertrauensbruch ... ein solcher Vertrauensbruch war nie mehr zu kitten. Das wusste sie aus eigener Erfahrung. Vertrauen war eine fragile Angelegenheit, und nur Vollidioten spielten damit herum. Und nur noch größere Idioten versuchten, es einfach wieder zusammenzuflicken, wenn es vernichtet war. Tess Ciccotelli war keine Idiotin.

Und ich bin auch noch nicht vernichtet. Sie verengte die Augen und stellte sich vor, wie Reagan dort draußen stand, die Arme vor der breiten Brust verschränkt, und sie beobachtete. Mit kalten, finsteren Augen beobachtete. Er wusste seine Größe effektiv einzusetzen. Wie er sich vorgebeugt und sie gemustert hatte, als er ihr das Band vorspielte! Sie hatte erwartet, dass er versuchen würde, sie einzuschüchtern. Er hatte es versucht. Aber es war ihm nicht gelungen.

Aber er hatte sie sehr wohl schockiert. Das konnte sie ohne weiteres zugeben. Ihre eigene Stimme zu hören, die so unglaubliche Dinge sagte ... zu erfahren, dass sich ihre Fingerabdrücke auf Gegenständen befanden, die Cynthia quälen sollten ... Sie war noch immer schockiert. Aber zum Glück war eine Woge der Wut darüber hinweggespült und hatte die Taubheit durch eine erhöhte Wahrnehmung ersetzt.

Irgendjemand hatte das getan. Mit Absicht. Irgendjemand hatte Cynthia in den Tod getrieben, und das war kaltblütiger Mord. *Und dieser Jemand will mir die Sache anhängen.*

Und das tat er sehr geschickt. Auch das konnte sie zugeben. Sie war nie in Cynthias Wohnung gewesen. Hatte niemals etwas, das ihr gehörte, angefasst. Hatte niemals Grund gehabt, ihre Medikamente anzufassen. Hatte ihr auch niemals Schachteln geschickt, die zu solch einem schrecklichen Zweck missbraucht hätten werden können. Und doch waren ihre Fingerabdrücke gefunden worden, war ihre Stimme auf dem Anrufbeantworter zu hören.

Reagan war sehr, sehr ernst gewesen. Er glaubte an ihre Schuld. Er hatte sie zwar nicht direkt beschuldigt, aber sein Blick hatte alles gesagt.

Und damit setzte er sich für Cynthia Adams ein.

Tess' Seufzen schien in der Stille des Raumes zu dröhnen. Aidan Reagan hatte sich schon für Cynthia Adams' Rechte eingesetzt, als sie noch zerschmettert auf der Straße gelegen hatte. *Was für eine Ärztin sind Sie eigentlich?*, hatte er gefragt. Seine Wut am Abend zuvor war von etwas anderem – vielleicht einer seelischen Qual? - durchzogen gewesen. Cynthia Adams war ihm nicht egal gewesen. Ihr Tod kümmerte ihn, während er glaubte, dass es *sie* nicht kümmerte. Er war ein guter Mensch, hatte Murphy gesagt. Ein guter Cop.

Tess konnte es nur hoffen. Sie konnte nur hoffen, dass er

ein Cop war, der sich die Mühe machte, an offensichtlich arrangierten Beweisen vorbeizusehen und die Wahrheit zu suchen. Der in der Lage war, seine eigene vorgefasste Meinung in Frage zu stellen und herauszufinden, was für eine Ärztin sie verdammt noch mal wirklich war.

Ihr Zorn war nun so weit abgeebbt, dass sie den Blick senken und die Bilder betrachten konnte, die Reagan passenderweise liegen gelassen hatte. Wahrscheinlich hoffte er, dass sie unter der Last ihrer eigenen Schuld zusammenbrechen und gestehen würde, was sie getan hatte.

Tut mir leid, Detective, heute nicht mehr. Tess nahm das Foto, das Murphy auf Cynthias Fußboden gefunden hatte. Das letzte Foto, das Cynthia erhalten hatte – das Timing war wirklich perfekt. Sie kannte natürlich die Geschichte von Melanies Selbstmord; Cynthia hatte sie ihr erzählt. Viele Male. Melanie hatte gedroht, sich umzubringen, aber Cynthia hatte ihr nicht wirklich geglaubt. Im vergangenen Jahr dann war Cynthia zu Melanie gegangen, um sie zu ihrem Geburtstag auszuführen, und hatte sie tot vorgefunden. Tot an einer Schlinge baumelnd, eine Nachricht an ihre Bluse geheftet. Tess hielt sich das Bild näher an die Augen und drehte es ein wenig, um der Spiegelung von der Deckenbeleuchtung zu entgehen.

Ah, da war es. Die Nachricht an Melanies Bluse. Das Foto war gemacht worden, bevor die Polizei ihre Leiche heruntergeholt hatte. Aber wer hatte das Foto gemacht? Die Polizei? Es sah aber nicht aus wie ein Polizeifoto. Cynthia selbst? Unwahrscheinlich. Laut Bericht war sie vollkommen aufgelöst gewesen, als die Polizei am Tatort eintraf. Melanie selbst in einem letzten grausamen Schlag gegen ihre Schwester? Das war durchaus möglich, insbesondere, da sie sich sehr präzise zu der Zeit geäußert hatte, zu der Cynthia sie abholen sollte. Vermutlich hatte Melanie es mit Absicht so arrangiert, dass Cynthia sie vom Seil herabbaumelnd finden würde, und dass sie eine Kamera installiert hatte, um ein Bild von sich kurz nach dem Tod zu machen, war nicht unvorstellbar.

Aber wer hätte das Foto in die Finger bekommen können? Wer konnte so viel über Cynthias Vergangenheit wissen? Cynthia war überaus darauf bedacht gewesen, dass alles, was sie Tess erzählte, vertraulich behandelt wurde. Sie hatte sich gefürchtet, dass ihre sexuellen Zwangshandlungen sie ihren Job bei einer größeren Finanzberatungsgesellschaft kosten würde. Cynthia hätte niemals freiwillig über ihr Leben geplaudert.

Und wer hatte Cynthias Tod gewollt? Und warum? Und da war noch die Frage, die Tess im Augenblick am wichtigsten erschien: »Warum mich dazu benutzen?«, murmelte sie.

Tess atmete langsam aus und gab endlich dem Wunsch nach, auf die Uhr zu sehen. Sie saß nun seit dreiundsechzig Minuten allein in diesem Raum. Verdammt noch mal, wo blieb Amy?

Aidan stand auf der anderen Seite des Spiegels und beobachtete sie. Nach dem Moment des größten Schocks hatte sie ihre Fassung zurückerlangt und auch nicht mehr verloren.

Hinter ihm öffnete sich eine Tür und schloss sich wieder, und Aidan nahm den schwachen Geruch nach Zimt und Zigarettenrauch wahr. Armer Murphy. Die ganzen vier

Monate über, die sie nun zusammenarbeiteten, hatte er Zimtkaugummi gekaut, um sich den Verzicht auf Zigaretten zu erleichtern. Aber wie es schien, hatten die letzten paar Stunden seinen Partner aus der Bahn geworfen. »Und? Ist die Packung weg, Murphy?«

»Die halbe.« Murphy räusperte sich. »Wie macht sie sich?«

»Scheint sich ganz gut erholt zu haben.« Sie hatte den größten Teil der vergangenen Stunde mit einer Mischung aus sturer Ruhe und trotziger Herausforderung auf ihr Spiegelbild gestarrt. Er hätte sie gehen lassen sollen – hätte sie gehen lassen *müssen,* das wusste er. Sie hatten nicht genug in der Hand, um sie festzuhalten, dessen war er sich verdammt sicher. Dennoch konnte er sich nicht dazu durchringen und stand stattdessen da und sah sie an, als habe er sonst nichts zu tun.

Sie berührte etwas in ihm, das musste Aidan zugeben. Allerdings konnte er sich nicht vorstellen, dass es irgendeinem lebendigen Mann gelingen konnte, dieses Gesicht, diesen Körper zu betrachten, ohne eine Regung zu verspüren, und Aidan war durchaus lebendig. Aber seine Reaktion beruhte nicht nur auf der hübschen äußeren Verpackung. Sie besaß eine stille Würde, der er sich nicht entziehen konnte.

Sie ist eine Psychiaterin, sagte er sich. *Sie ist darauf trainiert, ihre Gefühle zu verbergen. Ist darauf trainiert, lange Zeit schweigend zu warten.* Ähnlich wie Cops eigentlich. Er hatte etwas gemein mit Dr. Ciccotelli. Und das gefiel ihm nicht.

Auf der anderen Seite des Spiegels gab es eine plötzliche Bewegung, und sie seufzte, während ihre Schultern einen winzigen Moment lang nach vorne sackten. Sie senkte den Blick auf die Fotos, die er auf dem Tisch hatte liegen lassen, und schob die Polizeifotos von Cynthia Adams' gepfählten Körper zu einer Seite. Dann nahm sie das Bild der gehängten Schwester und hielt es sich dichter vor die Augen.

»Warum mich dazu benutzen?«, murmelte sie, kaum laut genug, dass es jemand hören konnte.

»Das ist eine verdammt gute Frage«, sagte Aidan leise.

»Du weißt, dass sie es nicht getan hat«, murmelte Murphy.

Aidan sog eine Wange ein. »Ich *weiß* gar nichts, Murphy. Und du auch nicht. Aber ich weiß es zu schätzen, dass du mir die Zeit lässt, meine eigenen Schlüsse zu ziehen. Du hättest die Befragung für beendet erklären und sie bereits gehen lassen können.« Wenn die Vorzeichen andersherum gewesen wären, wenn Aidan der Erfahrene und Murphy der Neue gewesen wäre, dann hätte Aidan vermutlich genau das getan. »Warum hast du sie hier behalten?«

Murphy seufzte. »Vielleicht, weil ich mir selbst nicht hundertprozentig sicher war, bis du sie mit der Bandaufnahme konfrontiert hast. Sie ist wütend auf uns beide, aber ich habe sie tief verletzt, und das wird sie mir nicht leicht verzeihen. Kommt ihre Anwältin eigentlich von einem anderen Planeten, oder was?«

»Anscheinend. Ich hätte erwartet, dass sie vor einer halben Stunde hier eintrudelt. Sie heißt Amy Miller.« Aidan sah, wie Murphy sich versteifte. »Du kennst sie also?«

»Sie ist mir einmal begegnet, ja«, sagte Murphy. »Hab noch nicht mit ihr gearbeitet.«

Aidan wandte seine Aufmerksamkeit wieder Ciccotelli zu,

die nun jedes Foto konzentriert betrachtete. Er hatte die Fotos liegen lassen nur für den unwahrscheinlichen Fall, dass sie sie zu einem Zusammenbruch führen würden, aber er hatte selbst nicht ernsthaft daran geglaubt. »Ich bin gewillt zuzugeben, dass sie als Mörderin ziemlich unwahrscheinlich ist. Aber es ist auch möglich, dass sie nur deshalb schockiert war, weil wir sie geschnappt haben.«

»Glaubst du das?«

»Nein. Dazu ist sie zu schlau. Ich denke, wenn sie mit der Sache zu tun hätte, wäre sie wohl mit ihren Fingerabdrücken vorsichtiger gewesen. Oder hätte garantiert nicht auf den Anrufbeantworter gesprochen. Aber wir haben diese Beweise nun einmal, und wir dürfen sie nicht einfach ignorieren. Was sagt der SA?«

Den Staatsanwalt Patrick Hurst anzurufen, war Murphys Ausrede gewesen, den Raum zu verlassen, aber Aidan vermutete, Murphy hatte in Wahrheit dem kühlen Blick der Frau im Verhörraum entgehen wollen. Und eine halbe Packung Zigaretten rauchen müssen.

»Er war erschüttert.« Murphy lachte freudlos. »Auch Patrick kennt sie. Er will das alles nicht glauben. Er sagt, er braucht ein vernünftiges Motiv. Und mehr Beweise dafür, dass hier wirklich ein Verbrechen stattgefunden hat.«

Aidan zog die Brauen zusammen. »Eine Frau ist tot. Seit wann ist das kein verdammtes Verbrechen?«

Die Tür öffnete sich, und die frische Luft wehte eine Wolke von schwerem Parfüm herein, der eine Frau über dreißig in einem seriös wirkenden, blauen Kostüm folgte. Ihr blondes Haar war zu einem Knoten zusammengefasst, und kleine Diamanten funkelten in ihren Ohrläppchen.

Ihre grünen Augen blickten hart, der Mund lächelte nicht, und ihre ganze Erscheinung wirkte streng und mürrisch. »Da niemand die Frau vom Balkon geschubst hat, gibt es kein verdammtes Verbrechen«, sagte sie. »Ich bin Amy Miller, Dr. Ciccotellis Anwältin, und ich nehme sie jetzt mit.« Dann hielt sie inne und sah Murphy prüfend an. »Ich kenne Sie.«

Murphy nickte knapp. »Detective Murphy. Das ist mein Partner, Detective Reagan. Sie und ich haben uns vergangenes Jahr im Krankenhaus kennengelernt, Miss Miller.«

Ihre Augen verengten sich nachdenklich, weiteten sich dann aber, als sie sich entsann. »Sie haben an ihrem Bett gesessen.« Ungläubig schüttelte sie den Kopf. »Sie *kennen* sie. Wie können Sie bloß glauben, dass sie hiermit irgendetwas zu tun hat? Schämen Sie sich. Warum versuchen Sie nicht stattdessen herauszufinden, wer diese Frau tatsächlich in den Selbstmord getrieben hat? Tess Ciccotelli war es ganz sicher *nicht!* Wenn Sie mich jetzt bitte entschuldigen wollen – ich muss mit meiner Mandantin reden.« Sie starrte betont auf den Schalter an der Wand. »Unter vier Augen.«

Murphy legte den Schalter um und schaltete den Lautsprecher aus. »Wieso habe ich bloß nicht daran gedacht?«, murmelte er sarkastisch. »Den wahren Mörder finden – Teufel, brillante Idee.«

Aidan sah zu, wie sich Miller auf die Tischkante hockte und Ciccotelli auf ihre Armbanduhr tippte, während sie ihre Anwältin mit wütenden Blicken ansah. Er wandte sich zu Murphy um, um ihn zu fragen, wieso er am Krankenhausbett dieser Frau gesessen hatte, aber Murphy schüttelte müde den Kopf.

»Nicht jetzt. Ich muss nach Hause, schlafen. Morgen können wir Adams' Banksafe überprüfen und ein bisschen herumschnüffeln. Irgendein Hinweis muss sich doch finden lassen.«

Aidan blieb noch eine weitere Minute stehen und beobachtete die beiden Frauen im Verhörraum. Miller redete und stellte offenbar Fragen, aber Ciccotelli deutete nur auf den Spiegel. Miller warf einen verärgerten Blick über ihre Schulter und rückte ein Stück zur Seite, bis ihre Gestalt Ciccotelli verdeckte. Dass ein Anwalt auf der Seite seines Mandanten stand, war nur logisch, aber Murphys Beteiligung an der Sache schien weit tiefer zu gehen, als er zu sagen bereit war. Aidan fragte sich unwillkürlich, ob die beiden etwas miteinander gehabt hatten, Murphy und Ciccotelli. Er wusste rein gar nichts über Murphys Liebesleben, hatte noch nie von Freundinnen, aktuellen oder verflossenen, gehört.

Es war möglich, und der Gedanke störte ihn. Murphys lässige Ruhe überdeckte echtes Mitgefühl für die Leute, für die Toten, deren Vergänglichkeit er repräsentierte. Stille Wasser sind tief, wie man so schön sagte. Die richtige Frau konnte eine solche Tiefe … attraktiv finden.

Aidan biss die Zähne zusammen, während er zusah, wie Ciccotelli die Fotos einsammelte und sie zu einem sauberen Stapel zusammenschob. Er stellte sich vor, wie sich diese Rundungen in Männerhänden anfühlen mochten. Unter den Händen seines Partners. Und dieses Bild gefiel ihm überhaupt nicht.

Er beobachtete, wie sie ihre Sachen zusammenpackte und mit ihrer Anwältin aus dem Raum kam. Sie wirkte nicht überrascht, ihn dort noch stehen zu sehen, und auch das gefiel ihm überhaupt nicht.

»Detective«, sagte sie und klang genauso wie in der Nacht zuvor. »Ich weiß, dass Sie bei dem Prozess gegen Harold Green dabei gewesen sind, und ich weiß, was Sie über mich denken. Zu sagen, dass Sie sich irren, bringt im Moment wenig.«

Die Tonlosigkeit ihrer Stimme ließ die Härchen in seinem Nacken zu Berge stehen. Er sah ihr in die Augen und nickte. »Da haben Sie recht, Dr. Ciccotelli. Das würde nichts bringen. Wir müssen die Beweise, die wir haben, auswerten. Um Cynthia Adams' willen.«

»Tess.« Ihre Anwältin zupfte an ihrem Arm. »Gehen wir.«

»Nein, Amy, Moment noch.« Sie blickte zur Seite, dann wieder zu ihm, der Blick durchdringend und … traurig. Das warf ihn aus der Bahn. Aber nur ganz kurz. »Detective Reagan, jemand wollte, dass Cynthia stirbt, und ich war es nicht. Bitte.« Dann tat sie das Unerwartete, griff nach seinem Unterarm, und es traf ihn am ganzen Körper. Sein Herz jagte im Galopp davon, und mit einem Mal schien es nicht genug Luft im Raum zu geben. Er konnte sich plötzlich nicht mehr von ihren dunklen Augen lösen. »Finden Sie heraus, wer es getan hat«, flüsterte sie eindringlich. »Man hat mich dazu benutzt, meiner Patientin zu schaden. Cynthia ist in dem Glauben gestorben, ihren Verstand verloren zu haben. Und dass auch ich sie aufgegeben habe. Ich weiß, was Sie von mir halten, aber gestern

Abend hatten Sie Mitgefühl für sie. Bitte sorgen Sie dafür, dass der, der das getan hat, bezahlen muss.«

Dann war ihre Hand wieder fort, und sie auch, und er stand da und starrte ihr hinterher.

Sonntag, 12. März, 15.30 Uhr

Nur noch eine Minute. Der Aufzug machte *Pling*, und bevor die Türen noch ganz zur Seite geglitten waren, war Tess schon hindurch und betrat schweratmend die Eingangshalle der Polizeistation. Amy folgte ihr etwas entspannter. Die Fahrt in dem beengten Aufzug hatte dem bereits widerwärtigen Tag die Krone aufgesetzt. Tess warf einen Blick auf die Glastüren, die zur Straße hinausgingen. *Noch eine Minute.* In einer weiteren Minute war sie aus dem Revier heraus …

Und steckte noch immer in diesem gewaltigen Schlamassel. Tess schubste Amys helfende Hand beiseite und schob ihre Arme in die Mantelärmel, während sie sich in Bewegung setzte. »Du hast mich in diesem Verhörraum schmoren lassen, um nach Hause zu fahren und dein verdammtes Kostüm anzuziehen?«, fauchte sie.

Amy zog eine Braue hoch, wodurch es ihr gelang, gleichzeitig brüskiert und verschmitzt auszusehen. »Ich hielt es für besser, wie ein Profi statt wie eine Bordsteinschwalbe auszusehen.«

Tess knöpfte den Mantel mit wütenden Bewegungen zu. »Ich sehe nicht wie eine Bordsteinschwalbe aus«, spuckte sie aus und sah aus den Augenwinkeln, wie ihre Freundin zu grinsen begann. Endlich begriff sie, dass Amy sie nur hatte ablenken wollen. Wenigstens ein paar Sekunden lang hatte sie weder an den kargen Raum und Aidan Reagans anklagenden Blick gedacht noch an Cynthia Adams' toten Körper auf der Straße. Oder an die Tatsache, dass sich ihre Fingerabdrücke auf Gegenständen befanden, die sie niemals angefasst hatte. Sie stieß geräuschvoll den Atem aus. »Du bist nur neidisch, weil ich die Jacke vor dir entdeckt habe.«

Amy kicherte. »Stimmt. Macy's?«

»Marshall Fields, sechzig Prozent heruntergesetzt.«

Amys Grinsen wurde listig. »Ich darf sie mir bestimmt mal leihen, oder?«

»Klar, warum nicht? Aber nur, wenn ich deinen schwarzen Pulli kriege.« Tess ging am Empfang vorbei, ohne auf die neugierigen Blicke zu achten. Sie war in Begleitung von zwei grimmig blickenden Detectives gekommen und ging in Begleitung einer bekannten Verteidigerin. Himmel, man musste kein Genie sein, um zwei und zwei zusammenzuzählen. Beim Schichtwechsel würde es jeder im Bezirk wissen, und sie kannte keinen Cop, der deshalb eine Träne vergießen würde. Wahrscheinlich würden sie auf Murphy und Reagan trinken, weil sie es der Seelenklempnerin mal so richtig gezeigt hatten.

Amy griff leicht nach ihrem Ellenbogen und dirigierte sie zum Ausgang. »Meinen neuen Kaschmir-Pulli?«, fragte sie, aber die Fröhlichkeit in ihrer Stimme war angestrengt, und Tess wusste, dass ihre Freundin bloß versuchte, für den Fall, dass jemand zufällig mithören sollte, die Fassade aufrechtzuerhalten. »Du hast größere Möpse als ich, du leierst mir das gute Stück nur aus.«

Dass Amy sie aufheitern wollte, verdüsterte Tess' Stimmung nur noch. Die Situation, in der sie sich befand, war verdammt ernst. Wenn das herauskam, würde ihr Ruf als Psychiaterin leiden. Und dass es herauskommen würde, war leider nicht zu bezweifeln. Es gab keinen Cop im weiten Umkreis, der nicht vor Freude Luftsprünge machen würde, wenn er die Gelegenheit hatte, ihrer Praxis zu schaden. Nach der Sache mit Harold Green hatten sie dafür gesorgt, dass ihre Verträge mit dem Büro der Staatsanwaltschaft nicht verlängert wurden. Sie vor Gericht gezerrt zu sehen, wäre das Tüpfelchen auf dem i. »Sei nicht so egoistisch, Amy«, sagte sie beißend. »Der schwarze Pulli wird mich nicht nur warm halten, sondern auch ganz hervorragend zu den Gefängnisstreifen passen. Die machen Gott sei Dank wenigstens schlank.«

»Komm schon, Tess«, murmelte Amy ernüchtert. »Auch wenn es jetzt nicht gut aussieht, das kriegen wir schon hin. Warte ab. Und jetzt besorgen wir dir etwas zu essen. Wahrscheinlich hast du heute noch nichts zu dir genommen, richtig?«

»Nein.« Murphy hatte ihr angeboten, ein Sandwich zu holen, während sie auf Amy gewartet hatte, aber sie hatte abgelehnt. Sie hatte keinen Appetit gehabt, aber selbst wenn, hätte sie keine Hilfe von Todd Murphy annehmen wollen. Jetzt nicht mehr.

»Na komm, wir fahren zu mir, und ich mach dir eine Suppe.«

Der Gedanke an Amys Suppe verursachte ihr erneut ein flaues Gefühl im Magen. »Nein, danke. Fahr mich bitte einfach nach Hause. Das geht schon.«

Amy biss sich auf die Lippe. »Tess, wenn du nichts isst, wirst du wieder krank.«

Tess spürte Verärgerung in sich aufkochen und drückte sie weg. Amy meinte es nur gut. Sie meinte es immer nur gut. »Ich werde etwas essen, versprochen. Und jetzt lass gut sein.«

»Doktor? Dr. Ciccotelli?«

Tess blieb stehen. Nicht, weil sie mit der Frau reden wollte, die sie gerufen hatte, sondern weil die Frau ihr vor der Glastür den Weg versperrte. Sie war jung, fünfundzwanzig vielleicht, und wirkte sehr eifrig mit ihren großen grauen Augen und der schmalen Brille. Ein langer, blonder Zopf hing ihr über die Schulter, und sie hatte ein Grübchen im Kinn. Ihr Akzent entlarvte sie als Südstaatenmädchen, das neugierige Leuchten in ihren Augen als Reporterin. *Na toll, los geht's,* dachte Tess und fragte sich, welcher der Cops im Bezirk seinen Abscheu vor der Presse überwunden hatte, um ihr diesen Piranha auf die Spur zu hetzen.

»Ich heiße Joanna Carmichael und arbeite für den *Bulletin* an dem Fall Adams. Sie waren gestern Abend kurz nach dem Sprung der Frau vor Ort. Was sagen Sie zu der Meinung der Polizei, dass der Sprung von Miss Adams erzwungen war?«

Amys Arm schob sich vor Tess. »Kein Kommentar«, grollte ihre Freundin. »Lassen Sie uns durch.«

Tess betrachtete die junge Frau nachdenklich und traf eine Entscheidung. Joanna Carmichael wusste nicht, dass sie verhört worden war, sonst hätte sie ihre Frage anders gestellt. Wenn die Presse Wind davon bekam, konnte es nützlich sein, ihr eigenes Sprachrohr zu haben. »Geben Sie mir Ihre Karte«, sagte sie. »Wenn ich etwas zu sagen habe, rufe ich Sie an.«

Carmichael suchte in ihrer Tasche und holte eine Visitenkarte heraus. »Vielen Dank.«

Draußen atmete Tess tief die kühle, frische Luft ein. Der graue Himmel hatte beinahe dieselbe Farbe wie die Augen dieser Frau. Aber der Gedanke an Augen rief ihr augenblicklich Aidan Reagans in Erinnerung, diese durchdringenden, blauen und anklagenden Augen.

Sie konnte gehen, wohin sie wollte. Dass das möglicherweise ein Problem hätte sein können, war ein Gedanke, den sie sich im Verhörraum absichtlich versagt hatte. Sie hatte ihre Gefühle in kalte Wut kanalisiert, und die hatte sie die ganze Stunde über, die sie hatte warten müssen, aufrecht gehalten. Wut war sicherer als Angst. Doch nun, da sie unter freiem Himmel stand, traf die Furcht sie mit aller Macht, und sie schauderte heftig.

Der Alptraum war noch nicht vorbei. »Ich muss nach Hause«, murmelte sie. *Ich habe einiges zu tun.*

4

Sonntag, 12. März, 18.30 Uhr

Aidan trat aus dem kalten Regen in die warme Waschküche seiner Eltern. Er schauderte, als ihm der Duft von etwas Köstlichem in die Nase drang. Vermutlich der Braten, den seine Mutter meistens am Sonntag für die Familie machte, und … er schnupperte erwartungsvoll. Kuchen.

Oh, lass es bitte Kirsch sein, dachte er, während er seinen durchnässten Mantel auszog. Er nahm sich ein altes Handtuch aus dem Wäschekorb und rubbelte seine Haare trocken, bevor er in die Küche ging, wo seine Mutter gerade die Spülmaschine belud. Der Tellerstapel deutete darauf hin, dass sie ein volles Haus gehabt hatte, und er wünschte, er hätte ebenfalls hier sein können. Es war schon lange her, dass seine ganze Familie an einem Sonntagnachmittag zusammengekommen war. Alle hatten genug mit ihrem eigenen Leben zu tun.

Becca Reagan schaute auf, und das Lächeln, das ihre Augen aufleuchten ließ, zog ihm aus unerfindlichen Gründen das Herz zusammen. Plötzlich erschien vor seinem inneren Auge das Bild von Cynthia Adams auf der Straße, und er hörte Ciccotellis Stimme sagen, sie habe keine nahen Verwandten. Keine lächelnde Mutter, wenn sie nach Hause gekommen war, und nur furchtbare Erinnerungen an einen Vater, der sie missbraucht hatte. Dann dachte er an den Kindsmord, an dem er gearbeitet hatte, bevor Murphy und er zu dem Adamsfall gerufen worden waren. Ein Sechsjähriger war von seinem eigenen Vater ermordet worden. Nachdem Ciccotelli und ihre Anwältin gegangen waren, hatte Aidan die Mutter des Jungen besucht. Sie wusste, wo sich der Vater versteckte, da war Aidan sich sicher, aber sie deckte ihren Mann, während sie nicht einmal ihren eigenen Sohn beschützt hatte.

Wenn er zu verstehen versuchte, würde er wahrscheinlich den Verstand verlieren. Also konzentrierte er sich lieber auf das herzliche Willkommen seiner Mutter.

»Aidan! Ich habe mich schon gefragt, ob du noch vorbeikommst.«

Aidan küsste sie auf die Wange. »Hi, Mom. Noch was übrig?«

Sie betrachtete ihn von Kopf bis Fuß, eingehend und kritisch. Es war ein vertrauter Blick, und sie hatte seinen Vater jeden Tag so betrachtet, wenn er von seinem Dienst auf der Straße zurückgekehrt war. Nach Jahrzehnten bei der Chicagoer Polizei genoss Kyle Reagan nun seinen Ruhestand.

Becca trocknete sich die Hände ab und legte sie Aidan an die Wangen. Sie verstand ihn. Sie würde nicht fragen, wenn er nicht von sich aus zu erzählen begann. Das war eine der Eigenschaften, die er am meisten an ihr liebte. Eine der Eigenschaften, die er bei noch keiner anderen Frau festgestellt hatte. Was vermutlich der Grund dafür war, warum er mit dreiunddreißig immer noch Single war. Nicht, dass er nicht versucht hätte, diesen Zustand zu ändern. Ja, weiß Gott, er hatte es versucht.

»Im Kühlschrank steht ein Teller mit Resten. Der Kuchen kühlt noch ab.« Sie zog die Brauen hoch. »Du bist mal wieder zum absolut richtigen Zeitpunkt gekommen.«

Er brachte ein müdes Lächeln zustande. »Wunderbar.«

»Du hast nasse Haare, Junge. Du wirst dir noch eine Lungenentzündung holen.«

Er machte die Kühlschranktür auf. »Es regnet draußen, Mom. Und das Dach vom Camaro hat einen Riss.«

Sie seufzte. »Es hat wohl keinen Sinn, dir zu sagen, dass du dir ein vernünftiges Auto besorgen sollst.«

Er grinste nur und setzte sich an den großen Küchentisch. »Die Kiste hat zweihundertneunzig PS.«

Sie verdrehte die Augen über seine Standardantwort. »Dein Vater hat Klebeband in der Garage. Iss auf und reparier deinen Schrotthaufen.«

»Hab ich schon«, sagte er mit vollem Mund. »Ich hab mir auf dem Weg hierher noch Klebeband gekauft.« Als der Teller leer war, räumte sie ihn weg und stellte ihm einen neuen mit einem großen Stück Kuchen hin.

»Du hast Sean und Ruth und die Kinder verpasst. Abe und Kristen sind noch da«, sagte sie. »Dein Vater versucht, dem Baby etwas über Baseballtaktik beizubringen.«

Seine fünfzehn Monate alte Nichte Kara. Sein Patenkind. Sein Herz krampfte sich wieder zusammen, als er an das Glück dachte, dass sein Bruder Abe nach so langer Zeit endlich gefunden hatte.

»Ich weiß. Abes SUV versperrt die ganze Einfahrt, weswegen ich auf der Straße parken musste. Wo ist Rachel?«

Seine sechzehnjährige Schwester wurde für seinen Geschmack viel zu schnell groß.
»Sie ist bei einer Freundin und kommt gegen neun zurück. Ich glaube, sie hat Liebeskummer, aber sie sagt nichts.« Sie sah ihn prüfend an. »Vielleicht kannst du mal mit ihr reden.«
Aidan schnaubte. »Über Jungs? Vergiss es. Wenn ich Dad wäre, würde ich sie einsperren und erst wieder rauslassen, wenn sie fünfundzwanzig ist. Dann muss sich niemand mehr Sorgen um diese Jungs machen.«
»Du warst auch mal einer von diesen Jungs.«
»Na ja, eben deshalb.«
Sie trank einen Schluck Kaffee, und ihre Augen wurden wieder ernst. »Ich habe letzte Woche Shelleys Mutter getroffen. Beim Friseur.«
Aidan presste die Kiefer zusammen. Shelley St. John war als Thema nicht diskutabel. »Mom, bitte nicht jetzt.«
Becca nickte. »Ich weiß. Aber ich will nicht, dass du das von jemand anderem hörst. Sie wird heiraten.«
Früher hätte ihn das getroffen. Heute empfand er nur Verachtung. »Ich weiß.«
Sie sah ihn erstaunt an. »Tatsächlich? Woher?«
»Sie hat mich eingeladen.« Ein letzter, gut plazierter Stich in einer Reihe von vielen. Shelley war sehr versiert in der Kunst des Verrats und der Verletzungen gewesen. »Und jetzt reden wir bitte von etwas anderem.«
Becca seufzte. »Iss den Kuchen, bevor dein Bruder merkt, dass ich ihn für dich angeschnitten habe.«
»Zu spät«, knurrte Abe vom Türrahmen. »Verdammt, Aidan, iss mir nicht alles weg.«

»Wer zu spät kommt, den bestraft das Leben«, erwiderte Aidan glatt.

Brummelnd nahm sich Abe einen Teller und ließ sich neben seinem Bruder nieder. »Was ist denn mit dir passiert? Du bist klatschnass.«

Becca stellte die Kaffeekanne auf den Tisch. »Es regnet, Abe«, sagte sie, und Aidan musste widerwillig lächeln.

Aber Abe lächelte nicht. »Du hast noch gar nicht geschlafen, oder? Arbeitest du immer noch an dem Morrisfall?«

Aidan schüttelte den Kopf. »Murphy und ich haben den ganzen gestrigen Nachmittag damit verbracht, diesen Dreckskerl von Vater zu suchen, aber er ist untergetaucht. Kurz nach Mitternacht haben wir einen neuen Fall bekommen. Der hat uns den ganzen Tag auf Trab gehalten.«

Abe runzelte die Stirn. »Der einzige neue Fall seit gestern ist eine Frau, die gesprungen ist.«

Aidan konzentrierte sich auf seinen Kuchen. »Das war kein Selbstmord. Kein echter jedenfalls.«

»Wie kann ein Selbstmord kein echter sein?«, wollte Becca wissen. »Das klingt ja wie ein bisschen schwanger.«

»Wer ist schwanger?« Seine Schwägerin Kristen betrat mit einem rotlockigen Baby auf dem Arm die Küche. Sie verengte die Augen, als sie den Rest Kuchen sah, dann warf sie Abe einen Blick zu. »Hey.«

»Frag Ma«, sagte Abe mit einem Schulterzucken und nahm ihr das Baby ab.

»Wer ist schwanger?«, wiederholte Kristen und setzte sich zu ihnen.

Abe ließ Kara auf seinem Knie hüpfen. »Niemand. Aidan

hat gestern Nacht den Fall einer Selbstmörderin übernommen.«

Kristen zog ein Gesicht. »Harte Nacht.« Seine Schwägerin wusste genug über harte Nächte. Als Staatsanwältin sah sie täglich ihren Anteil an Leichen.

Aidan seufzte. »Das kann man wohl sagen. Da hängt noch einiges dran. Diese Frau war in Behandlung bei einer Psychiaterin, die ...« Er brach ab, als er sah, dass Abe und Kristen sich einen raschen Blick zuwarfen.

»Tess Ciccotelli«, sagte Kristen tonlos. »Also warst du derjenige, der sie heute Nachmittag zum Verhör geholt hat. Mensch, Aidan.«

Aidan sah von Kristen zu Abe. Kristen sah wütend aus, und Abe versuchte äußerst konzentriert, den Reifen im Haar seiner Tochter zu befestigen. Aidan begriff, dass er hier auf sich allein gestellt war. »Woher weißt du davon?«

»Mein Chef hat mich heute Nachmittag angerufen. Er hat mir erzählt, worum es ging und mich gebeten, den Fall zu übernehmen und mit den Cops zu reden, die sie mitgenommen haben. Ich habe ihm gesagt, dass ich es nicht machen kann. Tess und ich arbeiten seit vielen Jahren zusammen. Wir sind befreundet.«

»Du und die ganze Welt, wie mir scheint.« Aidan stach verärgert auf seinen Kuchen ein. Diese Frau hatte mehr Verbündete als die NATO. »War eigentlich keiner außer mir bei dem Prozess, bei dem sie Harold Green von aller Verantwortung für den Mord an drei kleinen Mädchen freigesprochen hat?«

Kristen verharrte reglos. »Sie hat ihn nicht von der Verantwortung freigesprochen, Aidan.«

»Du warst nicht dabei, Kristen«, sagte Aidan warnend. »Ich schon.«
»Im Gerichtssaal selbst nicht, nein. Aber vorher und nachher ja. Sie kam zu mir, verzweifelt, weil sie nicht wusste, was sie tun sollte. Sie wusste genau, was geschehen würde, wenn sie ihn für unzurechnungsfähig erklärte. Sie hätte niemals ausgesagt, dass er den Prozess nicht überstehen würde, wenn sie nicht wirklich daran geglaubt hätte. So ein Mensch ist sie nicht. Du hast doch heute genug Zeit mit ihr verbracht. Du musst es gemerkt haben.«
Aidan rutschte voller Unbehagen auf seinem Stuhl hin und her. Er war noch immer nicht sicher, wie er das, was er gesehen und gehört hatte, deuten sollte. »Sie ist Psychiaterin. Sie kann Leute so manipulieren, dass sie sehen, was sie sehen sollen.«
Kristen schob ihren Teller weg. »Stimmt, sie ist Psychiaterin, keine Hexe. Du verschwendest deine Zeit, Aidan. Finde lieber heraus, wer sonst Grund hatte, diese Frau in den Tod zu treiben. Und wer Tess genug hasst, um ihr schaden zu wollen.« Sie stand schweratmend auf. »Du wirst feststellen, dass die Liste weit länger ist, als du denkst.«
Aidan rieb sich müde die Stirn. »Kristen, bitte.«
»Bitte was, Aidan? Bitte sieh doch weg, damit du dich in deinen Vorurteilen suhlen kannst? Nein, das werde ich nicht. Weißt du, dass Tess Ciccotelli ihren Vertrag mit der Stadt verloren hat, weil die Polizeigewerkschaft erfolgreich dagegen protestiert hat?«
Er dachte an den Mercedes, den sie in der Nacht zuvor gefahren hatte. »Nein, aber sie scheint mir nicht unter einem Mangel an Einkommen zu leiden.«

Kristens Augen verengten sich gefährlich. »Okay, und dann wusstest du wahrscheinlich auch nicht, dass sie beinahe ihr Leben verloren hat, weil einer dieser Cops nicht schnell genug zur Stelle war, um sie vor einem Irren beim Verhör zu schützen?«

Aidan zog den Kopf ein. »Nein, dass wusste ich auch nicht.«

»Frag Murphy. Er kann dir sagen, was damals geschehen ist. Tess Ciccotelli hat genug dafür zahlen müssen, dass sie das Richtige getan hat. Ich werde nicht einfach zusehen, wie man ihr jetzt eine solche Sache anhängt. Es gibt keine beschissene Möglichkeit, dass sie das getan hat, und das weißt du genauso gut wie ich.«

Becca schnappte nach Luft, Aidan blinzelte, als er seine Schwägerin fluchen hörte, und Abe legte seiner Tochter die Hände auf die Ohren. »Kristen. Nicht vor der Kleinen.«

Kristen schürzte die Lippen. Sie bebte, und ihre Wangen hatten sich gerötet. »Tut mir leid, Abe. Der Ausdruck, meine ich. Aber alles andere tut mir nicht leid. Rede mit Murphy, Aidan. Lass dir eine Liste von all den Kriminellen geben, die wir durch Tess' Hilfe wegsperren konnten. Und dann sag mir noch einmal, dass es niemanden gibt, der sich die Mühe machen würde, ihr eine derartige Falle zu stellen.«

»Kristen«, murmelte Abe. »Beruhig dich. Aidan wird der Sache schon auf den Grund gehen.« Er seufzte und kitzelte Kara, die zu kichern begann. »Und du übernimmst den Fall?«

Kristen schüttelte den Kopf. »Nein. Ich bin nicht objektiv

genug. Ich halte die Sache für eine Riesenschweinerei. Patrick meinte, er kann gelassen bleiben, deshalb übernimmt er.« Sie richtete ihren zornigen Blick auf Aidan. »Zumindest bis die Untersuchung sie von der Verantwortung freispricht.«

Aidan begegnete ihrem Blick. Er hatte noch nie erlebt, dass seine Schwägerin sich irrte, wenn sie so leidenschaftlich für jemanden eintrat. Mehr als alles andere war ihre Fürsprache etwas, das ihn von Ciccotellis Unschuld überzeugen konnte. »Bevor ich eben gefahren bin, habe ich im Archiv um eine Liste der Leute gebeten, gegen die sie ausgesagt hat. Die werde ich vermutlich morgen auf den Tisch kriegen.«

Sie atmete tief ein. »Danke.«

»Und ich werde Murphy nach dem … Irren fragen, der ihr etwas antun wollte.«

»Und ihr etwas angetan hat«, setzte sie ruhig hinzu. »Lerne Tess kennen, Aidan. Dann weißt du, dass du dich irrst.«

»Das hoffe ich, Kristen. Aber in jedem Fall mache ich meinen Job.«

Sie zog eine Braue hoch. »Darauf zähle ich.«

Sonntag, 12. März, 20.30 Uhr

Ciccotelli war wieder zu Hause, gesund und munter. Deutlich sichtbar durch das Fenster. Mit dem Fernglas natürlich. Ein wichtiges Arbeitsinstrument. Gehe niemals ohne aus dem Haus. Die Leute wurden misstrauisch, wenn jemand mit einer Waffe oder einem Messer durch die Gegend lief, aber niemand fragte nach einem Fernglas. Und

falls doch einer Zweifel hatte, konnte man immer noch sagen, man beobachte leidenschaftlich gern Vögel.
So weit käme es noch. Störende, ärgerliche Piepmätze. Es sei denn, es handelte sich um Raubvögel, die schweigend am Himmel kreisten und warteten, plötzlich und unerwartet herabschossen und ihre mächtigen Schnäbel ins warme Fleisch des nichtsahnenden Opfers stießen. Raubvögel waren zu bewundern. Und nachzuahmen.
Das nichtsahnende Opfer saß am Wohnzimmertisch und arbeitete am Laptop, Kopfhörer über den Ohren. Gelegentlich schaute Tess Ciccotelli auf und blickte aus dem Fenster, das ihr Chicago zu Füßen legte. Es war wirklich interessant. Wenn man nur hoch genug oben wohnte, vergaß man, dass man nicht nur wunderbar hinausblicken, sondern auch mit Leichtigkeit gesehen werden konnte. Es war so unglaublich einfach. Und im Augenblick ziemlich langweilig.
Sie saß also nicht im Knast. Obwohl das enttäuschend war, war es auch zu erwarten gewesen. Noch gab es genug Leute, die etwas auf sie hielten, und die Beweise allein reichten nicht aus. Welches Motiv sollte sie haben? Eine bekannte, geschätzte Psychiaterin, die einen guten Ruf zu verlieren hatte … Ein leises Lachen unterbrach die Stille. Morgen um die gleiche Zeit würde die Polizei noch mehr Beweise finden, die auf die geschätzte Psychiaterin hindeuteten, und einige ihrer treuen Verteidiger würden die Sache überdenken müssen.
Aber all das war noch nicht genug. Es würde mehr geschehen. Es sollte mehr geschehen. Das Spiel war noch lange nicht beendet.

Ein Tastendruck auf die Kurzwahl ließ Nicoles Telefon klingeln, und als braves Mädchen, das sie war, ging sie sofort dran.

»Was?« Es klang heiser.

»Was zum Teufel hast du mit deiner Stimme gemacht?« Musste man nicht erwarten, dass eine Schauspielerin pfleglich mit ihrer Stimme umging? Es hörte sich an, als habe Nicole geweint. Eine schwache Frau. Man musste sie im Auge behalten. Vielleicht war ein zweiter Besuch bei ihrem kleinen Bruder nötig, um sich ihrer Mitarbeit zu vergewissern. »Hoffen wir, dass du noch vernünftig spielen kannst.«

Nicole räusperte sich. »Schon gut. Alles in Ordnung.«

»Das sollte es auch sein. Ich habe verdammt viel Zeit und Geld in deine Stimme investiert, Nicole. Vergiss nicht, dass die Unversehrtheit deines Bruders von dir allein abhängt.«

»Was wollen Sie?«, fragte Nicole gepresst.

»Komm um elf an die Michigan, Ecke Eighth. Und bring die Perücke mit.«

Es entstand eine Pause, dann sprach Nicole wieder, diesmal furchtsam und mit erstickter Stimme. »Aber Sie sagten, erst in ein paar Tagen.«

»Ich habe meine Pläne geändert. Um elf.« *Wir werden jemandem einen Besuch abstatten, du und ich. Mr. Avery Winslow.* Winslows Gesicht mit den traurigen, hängenden Basset-Augen starrte dem Betrachter vom obersten Foto des Stapels entgegen. Das Gesicht von Avery junior lag direkt darunter. Der arme Mr. Winslow – so früh seinen Sohn zu verlieren. Dass ein Vater sich dafür schuldig fühlte,

war nur allzu verständlich. Dass er professionelle Hilfe suchte, vernünftig. Dass die professionelle Hilfe von Tess Ciccotelli kam, sein Verhängnis.
Avery Winslow schmorte seit drei Wochen im eigenen Saft. Seine Wohnung war präpariert. Es war Zeit für den zweiten Akt.
Armer Mr. Winslow. Es war wirklich nichts Persönliches. Jedenfalls nichts, was mit ihm zu tun hatte. Aber Ciccotelli ... das war etwas anderes. Bei ihr war es persönlich. Bald würde sie tot sein. Aber vorher hatte sie noch einiges vor sich.

Sonntag, 12. März, 23.30 Uhr

Zu spät. Zu spät. Zu spät. Diese Worte klangen wie ein Singsang in Tess' Kopf, während sie sich durch die Menge drängte. Sie konnte nichts sehen. Konnte an all den Männern nicht vorbeisehen. Große Männer, dunkles Haar. Alle wütend.
Wütend auf mich. Sie drängte sich an dem Letzten vorbei und blieb stehen. Zu ihren Füßen lag Cynthia Adams. Tot. Zu spät. Einer der Männer bückte sich und holte Cynthias Herz aus ihrem aufgerissenen Brustkorb. Er hielt es ihr hin, und es schlug noch.
»Nimm es«, befahl er. Die blauen Augen leuchteten in der Nacht.
»Nein, nein.« Sie wich zurück. Das Herz zuckte, Blut rann durch seine Finger und tropfte auf Cynthias blasses Gesicht. Ihre Augen öffneten sich und starrten sie an. Tot und leer.

Sie wirbelte herum und spürte den Schrei in ihrer Kehle aufsteigen. Und erstarrte. Polizei. Sie wollen mich holen. Uniformen, so weit sie blicken konnte. Anklagende Blicke. *Lauf weg. Wach auf. Verdammt, wach auf und hau ab.*

»Tess, verflixt noch mal. Tess, wach auf!«

Sie hörte einen Schrei, einen schrillen, entsetzten Schrei. Erkannte, dass er aus ihrer eigenen Kehle stammte. Tess riss den Kopf von der Tischplatte hoch und starrte mit weit aufgerissenen Augen ins Leere. Ihre Sicht war verschwommen, doch langsam erschien ein Gesicht in ihrem Blickfeld. Vertraut. Braune Augen, strohblondes, kurzes Haar. Finger zogen die Kopfhörer aus ihren Ohren. Kräftige Hände auf ihrem Gesicht. Lebendig und warm.

Jon. Jon war hier. Alles war in Ordnung. Die würden sie nicht kriegen. Nicht heute jedenfalls.

Ihr Puls raste noch immer, aber sie konnte wieder atmen.

»Gott, Jon.«

Jon Carter hielt ihr Gesicht in seinen Chirurgenhänden und strich ihr mit den Daumen über die Wangenknochen, wartete, bis sie sich wieder gefangen hatte. Tess nickte zitternd und ließ sich in ihrem Stuhl zurücksinken. Auch er holte sich einen Stuhl heran und setzte sich rittlings darauf, ohne sie aus den Augen zu lassen.

»Alles in Ordnung. Ich habe nur schlecht geträumt.«

»Aha.« Er legte ihr die Finger an die Halsschlagader und fühlte ihren Puls, während er lautlos zählte.

»Ich sagte, alles in Ordnung.« Sie schob sich das Haar aus dem Gesicht. »Nur ein Alptraum.«

»Du hast so laut geschrien, dass ich dich draußen im Hausflur gehört habe. Du hast mir vielleicht einen Schrecken eingejagt. Nur gut, dass ich einen Schlüssel habe. Ansonsten hätte ich wahrscheinlich die Bullen gerufen.« Er schauderte. »Es hörte sich an, als ob man dich bei lebendigem Leibe ausnehmen wollte.«

Sie schreckte zurück, die Erinnerung an das klopfende Herz aus ihrem Traum war noch sehr lebendig. »Das ist nicht lustig, Jon.«

»Das sollte es auch nicht sein.« Seine sandfarbenen Brauen zogen sich besorgt zusammen. »Das muss ja ein doller Traum gewesen sein. Was ist passiert?«

Tess stand auf, wütend, dass ihre Knie sich butterweich anfühlten. »Warum bist du überhaupt hier?«

»Ich habe mir Sorgen um dich gemacht. Du hast Amy vom Lunch abberufen und keinem von uns gesagt, was los ist oder ob es dir gut geht. Ich habe am Nachmittag mehrmals versucht, dich anzurufen, und als ich dich nicht erreichen konnte, bin ich lieber nach meiner Schicht vorbeigekommen.«

»Ich habe die Klingel abgestellt, damit ich schlafen konnte.«

»Du schläfst aber nicht«, stellte er fest.

Sie hatte es versucht, mehrmals. Aber der verdammte Traum hatte sie immer wieder gestört. Allerdings hatte sie ihres Wissens bisher noch nicht geschrien. »Na ja, gerade eben schon.«

»Ach ja. Am Tisch, mit dem Gesicht auf der Laptoptastatur. Ich schätze, dein Sabber ist gar nicht gut für all den elektronischen Krimskrams da drin. Was ist denn bloß los, Tess?«

Sein Blick folgte ihr, als sie versuchsweise einen Schritt in Richtung Küche machte. »Hat Amy nichts gesagt?«

»Nö. Sie meinte bloß, du hättest irgendwo festgesessen, also hat sie dich abgeholt, nach Hause gebracht und ins Bett gesteckt. Aber ich gehe davon aus, dass das nicht einmal die Hälfte der Geschichte ist.«
»Ah. Die Schweigepflicht der Anwältin. Also kann sie doch ein Geheimnis für sich behalten. Gut zu wissen.« Tess schaffte es bis zum Kühlschrank und hielt sich, noch immer zitternd, an der Tür fest. »Ich brauch ein Glas Wein. Du auch?«
Er war ihr gefolgt und stand nun im Bogendurchgang zur Küche. »Nein. Was meinst du damit, die Schweigepflicht der Anwältin? Amy hat gesagt, dein Wagen ist liegen geblieben.«
»Amy ist in ihrer Rolle als Verteidigerin diskret gewesen, wie es sich für ihren Beruf gehört.« Tess fand den Korkenzieher und war froh, etwas zu haben, mit dem sie ihre zitternden Hände beschäftigen konnte. »Sieht aus, als sei ich eine Verdächtige.«
Sein Stirnrunzeln vertiefte sich. »Verdächtig, wie in ›verdächtig in einer Straftat‹?«
Tess stieß ein nervöses Schnauben aus, das ein Lachen hätte sein sollen, und zog den Korken aus der Flasche. »Wie in einem Riesenschlamassel von einer Straftat, Jon. Kannst du mir vielleicht eingießen? Meine Hände wollen nicht richtig.« Er schenkte ihr ein Glas ein, das sie mit drei Schlucken austrank. »Mehr.«
Er gehorchte schweigend, und sie nahm das Glas mit zum Wohnzimmertisch, wo sie erschöpft auf einen Stuhl sank. »Eine meiner Patientinnen hat gestern Nacht Selbstmord begangen.«

»Deswegen hast du mich gestern noch angerufen? War das die Frau, zu der du nicht alleine fahren wolltest?«
Sie machte mit der Hand eine fahrige Geste. »Ja, aber das wäre sowieso passiert, also fühl dich bloß nicht schuldig. Setz dich, Lieber. Ich erzähl dir eine Geschichte.«
Er setzte sich, und sie erzählte ihm alles, bis hin zu Reagans anklagendem Blick aus seinen blauen Augen und der jungen Reporterin, die sie an der Tür abgefangen hatte.
Eine lange Weile sagte er nichts. Dann schnaubte er. »Das ist doch total bescheuert.«
Tess lachte. »Ich finde, das trifft es ganz gut.« Sie schob ihr Glas über den Tisch, so dass es gegen die Flasche stieß, die er aus der Küche mitgenommen hatte. »Mehr, bitte.«
Er schenkte ihr Glas Nummer vier ein. »Stehst du unter Anklage?«
»Noch nicht. Du solltest in der Stadt bleiben. Ich brauche dich vielleicht als Leumundszeugen.«
Er zog die Stirn in Falten. »Das ist nicht wirklich komisch, Tess.«
Sie neigte den Kopf. »Ich hab's auch ernst gemeint. Ich stecke in ernsten Schwierigkeiten.« Sie deutete auf den Stapel Kassetten neben ihrem Rekorder. »Und ich finde nirgendwo irgendeinen Hinweis. Cynthia hat in unseren Sitzungen niemand Besonderen erwähnt. Fünf Stunden Aufnahmen, aber ich finde nichts. Ich habe jedes einzelne Wort aufgeschrieben.«
Jon atmete nachdenklich ein. »Und nun?«
Tess zuckte die Achseln. »Zuerst muss ich den Wein austrinken. Dann muss ich schlafen. Wirklich schlafen. Ich hoffe, der Alkohol wird mich so betäuben, dass ich diesen

blöden Traum nicht mehr träume. Morgen bringe ich die Abschriften zu Reagan. Und wenn er nicht über Nacht noch etwas gefunden hat, weswegen er mich festnageln kann, fahre ich ins Krankenhaus und erledige meine Arbeit.« Sie zuckte wieder die Achseln. »Was danach kommt – keine Ahnung.«

»Bist du sicher, dass du das machen willst?«

Sie zog einen Mundwinkel hoch und tippte mit einem Fingernagel gegen die fast leere Flasche. Sie fühlte sich angenehm benebelt. »Habe ich schon. Vier Gläser.«

»Tess.« Jon warf ihr einen warnenden Blick zu. »Ich meine, ob du es für klug hältst, diesem Detective freiwillig die Informationen zu überlassen. Vielleicht ist er einer von denen, durch die du deinen Vertrag verloren hast.«

»Könnte sein. Ist sogar wahrscheinlich. Dennoch sind er und Murphy meine einzige Chance, aus dieser Sache rauszukommen. Wenn sie Murks machen, geh ich eine Etage höher. Spinnelli mag mich immer noch. Im Augenblick aber arbeite ich mit den beiden zusammen.« Sie legte den Kopf zurück auf die Stuhllehne und schloss die Augen. »Jon, jemand hat Cynthia Adams umgebracht, auch wenn er sie nicht eigenhändig vom Balkon geschubst hat. Wenn ich Reagan dabei helfe, den Schuldigen zu finden, helfe ich mir, aus diesem Mist herauszukommen und mein normales Leben wieder aufzunehmen.« Sie kam mühsam auf die Beine, diesmal dankbar für seine Unterstützung. »Und jetzt lege ich mich besser hin.« Mit schweren Schritten wankte sie – auf ihn gestützt – ins Schlafzimmer.

Sie kicherte, als er sie aufs Bett drückte und ihr die Socken auszog. Sie verschränkte die Arme hinterm Kopf und grinste zu ihm auf. Er war ein attraktiver Mann, und sie hatte schon häufig geflüsterte Andeutungen in Bezug auf seine geschickten Hände außerhalb der OP gehört. Aber sie und Jon waren nur Freunde. Zwischen ihnen sprang der Funke einfach nicht über. Nach Amy war er ihr bester Freund, und er war liiert und absolut treu. Dennoch konnte sie der Versuchung nicht widerstehen, ihn ein bisschen zu necken. »Es ist lange her, dass ein Mann in meinem Schlafzimmer gewesen ist, Jon. Sicher, dass du nicht bleiben willst?«

Er lächelte auf sie herab. »Sehr verlockendes Angebot, Tess, aber was würde Robin dazu sagen?«

Sie schloss die Augen. »Dass du dir keine Sorgen zu machen brauchst. Du bist sicher vor meinen gierigen Klauen.« Sie kicherte wieder und fühlte sich warm und duselig genug, um einzuschlafen. »Sag Robin, dass ich meine Hände bei mir behalten habe.« Sie schmiegte sich ins Kissen und seufzte, als er ihr das Haar aus dem Gesicht strich. »Und allein eingeschlafen bin. Mal wieder.«

Jons Hand verharrte zögernd. »Tess.«

Sie öffnete ein Auge. Seine Miene wirkte gequält, und plötzlich wurde ihr ganzer Körper von einer Welle der Sehnsucht erfasst. *Der blöde Wein,* entschied sie. *Über diesen elenden Mistkerl bin ich längst hinweg.* Schließlich schlief sie in diesem Bett seit über einem Jahr ohne Phillip Parks. Sie vermisste ihn nicht. Von ihr aus konnte er in der Hölle schmoren. Aber sie vermisste durchaus ... einen Menschen, der bei ihr war. Sie schüttelte sich ein wenig, so dass das Bett zu schwanken begann. Morgen war genug Zeit für eine Selbstanalyse. *Besonders, wenn Reagan es tatsächlich schafft, mich zu verhaften.* »Alles okay, Jon. Geh nach Hause zu Robin. Mach nur die Tür zu und lass Bella nicht raus.« Als habe sie auf ihr Stichwort gewartet, sprang Tess' Schildpattkatze aufs Bett und rollte sich laut schnurrend neben ihrem Kopf zusammen.

»Ruf mich morgen an, okay, Tess?«

Sie spürte den gnädigen Schlaf kommen. Wunderbar. »Mach ich.«

5

Montag, 13. März, 7.40 Uhr

Daniel Morris. Alter: sechs Jahre, zwei Monate. Todesursache: Ersticken. In der Lunge Fasern, die von einem Schaumstoffkissen stammen könnten.« *Scheiße.* Aidan warf den gerichtsmedizinischen Bericht auf seinen Tisch und kämpfte die bittere Galle nieder, die ihm die Kehle hochkroch. Der Mistkerl von Vater hatte sein Kind mit einem Kissen erstickt, ihm dann das Genick gebrochen und es eine Treppe hinuntergeworfen, um es wie einen Unfall aussehen zu lassen. Aidan knirschte mit den Zähnen. Und die Mutter des kleinen Jungen deckte das Schwein, indem sie dieselbe Geschichte erzählte. Er schloss die Augen und sog die Luft durch die Nase ein. *Beruhig dich. Du kriegst den Kerl nicht, wenn du den Kopf verlierst.* Er hörte Murphys Stimme in Gedanken, die ihn besänftigte und auf ihn einredete, genauso wie er es getan hatte, als sie Schulter an Schulter am Freitagabend am Fundort der Leiche gestanden und dem Assistenten dabei zugesehen hatten, wie er den kleinen Jungen in den Sack steckte.

Verdammt noch mal. Er schluckte hart und schürzte die Lippen. Verfluchte das Brennen in seinen Augen. *Denk an etwas anderes. An irgendetwas anderes.* Cynthia Adams und Tess Ciccotelli. Heute wollte er sein Versprechen an Kristen halten. Sich auf Adams konzentrieren und herausfinden, wer ihren Tod gewollt haben könnte. Er würde zu der Investment-Firma gehen, bei der sie gearbeitet hatte, und erfragen, mit welchen Kollegen sie öfter zusammen gewesen war und wo man sich getroffen hatte. Dann würde er der Spur der Lilien nachgehen. Jemand, der so viele Blumen kaufte, war sicher aufgefallen, und –.

»Detective?«

Die Stimme kam so unerwartet, dass er auf die Füße sprang und gleichzeitig die Augen aufriss. Tess Ciccotelli stand mit nachdenklicher Miene vor seinem Schreibtisch. Sein Herz, das sich gerade ein wenig beruhigt hatte, begann erneut zu rasen, und einen Moment lang hörte er nichts außer dem Rauschen des Bluts in seinen Ohren. Um sich zu fassen, musterte er sie von Kopf bis Fuß.

Ihre Kleiderwahl heute war weit konservativer als am Tag zuvor. Die engen Jeans und die rote Lederjacke waren fort, dafür trug sie Stoffhosen und einen Blazer. Die wilden Locken waren im Nacken zusammengebunden, und ein paar weiche Strähnen fielen ihr ins Gesicht und lockerten die strenge Frisur etwas auf. Auch das Make-up war dezenter, sie hatte auf den roten Lippenstift verzichtet. Die hochhackigen Stiefel waren durch bequeme, flache Schuhe ersetzt worden. Bis auf den roten Seidenschal, den sie um den Hals trug, war sie ganz in gedeckten Farben gekleidet. Sie sah aus wie das Cover-Modell einer Business-Zeitschrift, und hätte er nicht die Zigeunerin von gestern mit eigenen Augen gesehen, dann hätte er eine solche Verwandlung für unmöglich gehalten.

Dennoch: Konservativ oder nicht, kalte Ziege hin oder her, Verdächtige oder unverdächtig … er konnte nicht verhindern, dass ihm bei ihrem Anblick das Wasser im Mund zusammenlief. Was bedeutete, dass sie ihm gefährlich werden konnte. *Nur gucken, nicht anfassen.* Er richtete seinen Blick auf ihr Gesicht. »Dr. Ciccotelli. Ich habe den Aufzug gar nicht gehört.«

Sie hatte seine Musterung schweigend über sich ergehen lassen. »Das liegt daran, dass ich die Treppe genommen habe. Detective Reagan, tut mir leid, dass ich Sie so früh schon störe«, sagte sie ruhig. »Ich muss heute Morgen meine Visite im Krankenhaus machen und wollte Ihnen das noch vorher bringen. Ich hatte nicht vor, hinaufzukommen, aber der Sergeant am Empfang sagte, Sie seien schon da und hat mich hochgeschickt.« Sie hob verlegen die Schultern und verzog leicht die Lippen. »Er scheint noch nichts zu wissen.«

Er deutete auf einen Stuhl neben dem Tisch. »Möchten Sie einen Kaffee?«

»Aus Ihrer Tasse?« Ihr Mund zuckte belustigt, und er gab sich Mühe, sich nicht bezaubern zu lassen. »Lieber nicht, Detective, Sie könnten mich vergiften wollen.« Sie wurde wieder ernst und zog einen braunen DIN-A4-Umschlag aus ihrer Mappe.

»Ich habe gestern Abend die letzten fünf Sitzungen mit Cynthia Adams abgeschrieben. Ich dachte, sie könnten Ihnen vielleicht ein paar … Hintergrundinformationen liefern, wenn Sie diesen Fall untersuchen.«

Das war es nicht, was er zu hören erwartet hatte. Dennoch nahm er den Umschlag und leerte seinen Inhalt auf dem

Tisch aus. Ein Stapel gedruckter Seiten und fünf Kassetten fielen heraus. »Sie nehmen Ihre Sitzungen auf?«
»Nicht alle. Nur bei bestimmten Patienten und nur mit deren Einverständnis.«
»Und Cynthia Adams war einverstanden?«
»Zuerst nicht, nein. Zu Anfang versuchte Cynthia vor allem, die belastenderen Aspekte ihres Verhaltens zu verdrängen. Sie erzählte mir von ihren Phasen.«
»Ihren Affären.«
»Von ihren One-Night-Stands«, korrigierte sie. »In der nächsten Sitzung stritt sie ab, dass sie jemals so etwas gesagt hatte. Ich überzeugte sie, die Gespräche aufzunehmen, damit sie hörte, was ich gehört hatte.« Ein Schatten verdunkelte ihr Gesicht. »Sie war ... am Boden zerstört. Aber letztendlich half es, uns auf die wahren Probleme zu konzentrieren.«
Diese Frau war ganz und gar nicht so, wie er es erwartet hatte. Obwohl Kristen vermutlich nicht überrascht gewesen wäre. Oder Murphy oder Spinnelli, dachte er säuerlich. »Sie meinen, ihre Depressionen.«
»Ja. Sie musste diese Sache unter Kontrolle bekommen, weil es ihr ganzes Verhalten beeinflusste.«
»Zum Beispiel ihren Selbstmordversuch ein Jahr zuvor.«
»Und ihre sexuelle Paraphilie – ihre Sucht«, erklärte sie. »Es war für sie wie ein Zwang. Eine Möglichkeit, Männer und ihren eigenen Körper zu beherrschen.«
»Weil ihr Vater sie missbraucht hat.«
»Ja. Sie nahm selten denselben Mann zweimal mit zu sich, selbst wenn einer darum bettelte.«
Aidan nahm die ausgedruckten Seiten in die Hand und be-

gann, sie zu überfliegen. »Wer hat zum Beispiel darum gebettelt?«

»Da gab es einige. Ich habe die Namen derer hervorgehoben, die hartnäckiger waren, aber Cynthia hat mir nie die Nachnamen gegeben. In den meisten Fällen bin ich davon ausgegangen, dass sie die Vornamen erfunden hat.«

»Und woher wissen Sie, dass sie Sie nicht durch die Bank angelogen hat?«

Tess seufzte müde. »Eins von ihren Medikamenten verursacht möglicherweise einen Leberschaden, daher musste sie regelmäßig Bluttests machen lassen. Die fielen negativ aus, aber einmal zeigte sich, dass sie Gonorrhö hatte. Sie hatte sich vermutlich bei einem ihrer One-Night-Stands angesteckt und es an wer weiß wie viele Männer weitergegeben. Das Gesetz verlangte, dass ich sie dem Gesundheitsamt meldete. Ich sprach mit einer Miss Tuttle, Cynthias Sachbearbeiterin. Wir kamen überein, dass ich Cynthia darüber informieren würde, dass ich sie gemeldet hatte.« Sie holte tief Luft und stieß sie wieder aus. »Cynthia explodierte förmlich, als sie es hörte. Sie tobte, dass sie ihren Job verlieren würde und dass ich in ihre Privatsphäre eingedrungen sei. Es war unsere vorletzte Sitzung. Sie schwor, nie wiederzukommen.«

»Aber da es noch eine letzte Sitzung gab, ist sie wiedergekommen.«

»Ja, ist sie. Sie wachte mit einem Mann im Bett auf, den aufgelesen zu haben sie sich nicht erinnern konnte.«

»Das heißt, sie hatte den Mann nicht kontrollieren können.«

»Ganz genau. Das jagte ihr einen solchen Schrecken ein,

dass sie noch einen Termin machte. Ich verschrieb ihr ein anderes Medikament, und sie sollte eine Woche später zur Überprüfung kommen. Das hat sie aber nicht getan.«

»Und da sind Sie zu ihrer Wohnung gefahren.«

»Ja. Aber entweder war sie nicht da oder sie hat einfach nicht reagiert.« Sie verengte leicht die Augen. »Meine Fingerabdrücke müssen auf der Klingel sein. Wahrscheinlich auch am Türrahmen, aber ich habe an diesem Abend nicht einmal den Türknauf berührt, Detective. Ich war übrigens in Begleitung eines Kollegen – nur für den Fall.«

Das hatte sie auch gestern im Verhör gesagt. »Tun Sie das immer? Nehmen einen Kollegen mit?«

»Ja, immer. Gewöhnlich fahre ich nicht hin, wenn keiner mitkommt.« Sie schloss die Augen. »Mit Ausnahme von Samstagnacht. Niemand von den Kollegen, die ich normalerweise anrufe, war da.«

Er nahm seinen Notizblock zur Hand. »Und wen haben Sie angerufen, Doktor?«

Sie schlug die Augen auf. »Zuerst meinen Partner, Harrison Ernst, aber er war nicht zu Hause. Dann Jonathan Carter, aber auch der war nicht da. Er ist Chirurg am County. Er wird vermutlich nicht mit Ihnen reden wollen. Er ist ein guter Freund und ein wenig sauer über diese ganze Geschichte.«

Aidan notierte den Namen und ignorierte den Stich der Eifersucht, den er in seinen Eingeweiden spürte. Also war die Sache mit Murphy durch, und Carter war der Nächste. Nicht, dass es wichtig war. »Erzählen Sie mir von dem Anruf, den Sie in der Nacht bekommen haben.«

»Es war genau um sechs Minuten nach zwölf. Ich habe

gestern Abend noch nach der Nummernkennung gesehen, aber der Anrufer war unbekannt. Sie können gern die Liste von meinem Privatanschluss überprüfen. Es klang nach einem Handy, es hat ziemlich geknistert. Angerufen hat eine Frau, noch jung.«

»Wie jung?«

»Nicht mehr jugendlich, aber unter dreißig, würde ich sagen. Sie meldete sich nicht mit Namen, sondern meinte nur, sie sei eine Nachbarin von Cynthia. Ich müsse kommen, weil Cynthia zu springen drohe.«

Aidan sah stirnrunzelnd auf seine Notizen. »Sie sagte, Adams drohe zu springen?«

»Ich glaube, dass waren ihre exakten Worte, ja. Warum?«

»Weil ich Zeugen habe, die behaupten, dass sie mit niemandem gesprochen hat. Sie sei einfach zur Balkonbrüstung gegangen, habe sich oben umgedreht und sich dann fallen lassen.«

Ciccotellis Gesicht verhärtete sich beinahe unmerklich. Wenn er sie nicht so genau beobachtet hätte, wäre es ihm entgangen. In der Nacht zum Sonntag *war* es ihm entgangen. Er war aus zu vielen Gründen zu wütend gewesen und hatte angenommen, dass ihr ausdrucksloses Gesicht für ihre Gefühllosigkeit stand. Er hätte es besser wissen müssen, als jemanden nach seinen äußeren Reaktionen zu beurteilen. Zum Teufel, er *wusste* es besser. Trotzdem gab es da noch die Beweise, die sie nicht ignorieren konnten.

»Können Sie sich vorstellen, wie Ihre Fingerabdrücke in die Wohnung kommen, Doktor?«

Sie schüttelte langsam den Kopf. »Nein. Ich habe mir schon den Kopf darüber zerbrochen, wie das möglich sein

kann.« Sie blickte auf ihre Armbanduhr. »Ich muss jetzt los, Detective. Hier ist meine Karte. Ich habe meine Handynummer auf der Rückseite notiert, aber ich habe das Handy im Krankenhaus nicht an. Falls Sie heute noch mit mir reden müssen, wird meine Sekretärin mich erreichen.«
Sie stand auf und zupfte ein wenig an dem roten Schal um ihren Hals. Sie zögerte, dann sah sie ihn noch einmal direkt an. »Ich wollte nicht auf Ihrem Tisch herumschnüffeln, Detective, aber ich habe den gerichtsmedizinischen Bericht gesehen, den Sie gelesen haben, als ich eben zu Ihnen kam. Den von dem kleinen Jungen.«
Seine Augen verengten sich. Er spürte, wie ihm das Blut in die Wangen stieg. »Das geht Sie nichts an, Doktor.«
»Ich weiß. Ich wollte nur sagen … es tut mir leid. Sie müssen sich in Ihrem Beruf sehr viel ansehen. Ich kann mir vorstellen, dass es Sie wütend macht, wenn es sich um Dinge handelt, die man am liebsten nicht sehen will.«
Nun sprach sie *ihn* von der Verantwortung frei! Was für eine Ironie. »Sie sehen auch viel.«
Ihr Lächeln war traurig und auch ein wenig verbittert. »Aber nicht dasselbe wie Sie. Keine kleinen Kinder. Ich habe einmal versucht, mit missbrauchten Kindern zu arbeiten, als ich in meinem Beruf anfing. Aber es ging nicht.« Sie neigte den Kopf, ohne den Blick von ihm zu lösen. »Das überrascht Sie.«
Dass er so leicht zu durchschauen war, ärgerte ihn mehr als nur ein bisschen. »Ein wenig, ja.«
»Sie trauen Psychiatern nicht.«
»Sie haben Ihre Funktion, Doktor, ich habe meine.«
Ihre Lippen verzogen sich zu einem kleinen Lächeln. »Was

bedeutet, hau ab und kümmere dich um kranke Menschen, aber halt dich aus meinen Angelegenheiten raus. Sie haben recht, Detective.« Sie zog ihren braunen Mantel über, während er ihr zusah. Es juckte ihm in den Fingern, ihr zu helfen, doch sein Gehirn schnauzte ihn an, er solle sich zurückhalten. »Ich kontaktiere Sie, wenn mir noch etwas einfällt. Werden Sie mich wissen lassen, falls meine Fingerabdrücke noch irgendwo auftauchen?«

Er lächelte, obwohl er es nicht wollte. »Mach ich. Danke, dass Sie gekommen sind. Und … meine Schwägerin lässt Sie grüßen.«

Sie nickte. »Kristen ist eine gute Freundin. Grüßen Sie sie bitte zurück.« Sie ging auf die Tür zu, die zur Treppe führte, und blieb stehen. Dort stand Murphy, die Hände in den Hosentaschen, die Brauen finster zusammengezogen.

»Tess. Ich hatte nicht erwartet, Sie hier zu sehen.«

»Ich hatte auch nicht vorgehabt, hinaufzukommen.« Sie schob sich an ihm vorbei, und Murphy drehte sich mit ihr um und packte ihren Arm.

»Es tut mir leid, Tess. Ich hätte nie auch nur daran denken dürfen.«

Selbst quer durch den Raum konnte Aidan die plötzliche Kälte spüren, als sie ihre Abwehr hochfuhr und sich hinter ihrer vermeintlichen Gefühllosigkeit verschanzte. Wieder sah er die Frau im Gerichtssaal vor sich, wie sie mit ruhiger Stimme eine Aussage machte, die den Killer vor der Verurteilung rettete. Behutsam drehte sie ihren Arm, bis Murphy sie loslassen musste. »Nein, hätten Sie wirklich nicht. Ich habe Ihnen Lesestoff vorbeigebracht. Einen schönen Tag, Todd.« Und dann war sie fort und ließ ihn einfach stehen.

Murphy ließ den noch immer ausgestreckten Arm sinken und ging zu seinem Tisch, ließ sich auf den Stuhl fallen und starrte eine volle Minute ins Leere, bevor er den Bericht über Danny Morris entdeckte. Er schluckte. »Scheiße. Toller Start in den Tag.«

Aidan holte zwei Kaffee und setzte sich auf die Kante von Murphys Tisch, der an seinen stieß. »Murphy, sag mir, was zwischen dir und Ciccotelli war. Kristen meint, du weißt etwas über einen Angriff auf sie im vergangenen Jahr.«

Murphy umfasste seinen Becher mit beiden Händen. »Es ist kalt draußen.«

»Eben gerade war es hier drinnen buchstäblich eisig.«

Murphy grunzte. »Ja, und noch mal scheiße.« Dann stieß er langsam den Atem aus und lehnte sich zurück. »Ungefähr zwei Wochen nach der Sache mit Harold Green wurde Tess gebeten, einen anderen Verdächtigen zu begutachten.«

»Das muss gewesen sein, bevor der Vertrag mit der Stadt aufgelöst wurde.«

Murphy blickte scharf auf. »Ja. Davor. Dieser Typ, den sie sich ansehen sollte, war ein schlechter Schauspieler. Er hatte seine Vermieterin und ihren bettlägerigen Ehemann ermordet. Er behauptete, schizophren zu sein, aber der Staatsanwalt war überzeugt, dass er einfach nur high gewesen war. Sein Anwalt wollte auf Unzurechnungsfähigkeit plädieren. Ziemlich großes Tier in seiner Branche.« Murphy schwieg einen Moment, dann schüttelte er den Kopf. »Sie brachten ihn, an Händen und Füßen gefesselt, hinein. Tess setzte sich so weit wie möglich von ihm weg. Der Kerl war mein Fall, deshalb saß ich draußen und beobachtete ihn gemeinsam mit dem Staatsanwalt – Patrick Hurst. Aber im Raum war noch ein Wachmann. Als er Tess einen Blick zuwarf, war mir alles klar.« Murphy sah zur Seite und verzog verächtlich die Lippen. »Mistkerl. Der Blick war richtig angewidert, verstehst du?«

»Ja, ich glaube schon.« Und plötzlich schämte er sich, weil er verstand. »Und was hat der Verdächtige gemacht?«

»Hat die Gelegenheit genutzt. Plötzlich stürzte er über den Tisch und packte sie.« Er stellte den Kaffeebecher ab. »Er legte ihr die Kette seiner Handschellen um den Hals und drohte, ihr das Genick zu brechen.«

Aidan verzog gequält das Gesicht. »Und der Wachmann?«

Murphy stieß seine Zunge gegen die Innenseite seiner Wange. »Griff mit einiger Verzögerung ein. Fünfzehn Sekunden später war ich drin, aber der Schaden war schon angerichtet. Der Typ hatte sie herumgewirbelt und ihren Kopf gegen die Wand gerammt, dann hielt er sie fest und würgte sie. Ich werde den Ausdruck in ihren Augen nie vergessen. Sie glaubte, er würde sie umbringen.«

»Und du hast den Kerl überwältigt?«

»Ich, der Staatsanwalt und zwei Wachen. Inzwischen war sie ohnmächtig. Er hat ihr den Arm gebrochen und den Schädel angeknackst. Sie hat am Hals noch eine Narbe von der Kette.«

Aidan dachte an den roten Schal, den sie um den Hals getragen hatte, und begriff. Er dachte an die Hände dieses Schweins um ihren Hals und spürte eiskalte Wut. »Und dann warst du bei ihr im Krankenhaus und hast an ihrem Bett gesessen.«

»Ja. Ich habe ihren Bruder angerufen, der sich in Philadelphia ins Flugzeug setzte. Am nächsten Tag ging ich wieder zu ihr, und wir unterhielten uns. Das heißt, sie konnte nicht sprechen. Sie musste alles aufschreiben. Aber nach ein paar Tagen war ihre Stimme wieder da.« Sein Mund verzog sich zu einem Lächeln. »Sie hat mich an meine kleine Schwester erinnert, so kess wie sie war. Wir wurden Freunde.«

»Tut sie es noch?«

Murphys Brauen hoben sich. »Was – mich an meine Schwester erinnern? Ja.« Er lehnte sich erneut zurück und musterte Aidan nachdenklich. »Erinnert sie dich auch an deine kleine Schwester, Aidan?«

Er zog eine Lüge in Erwägung, entschied sich dann aber dagegen. »Nein.«

Murphy lachte leise. »Da brat mir doch einer einen Storch.«

»Sprich das Thema noch einmal an, und ich brate dich.«

»Warum? Sie hat das hier nicht getan, und das weißt du. Wir sorgen dafür, dass sie vom Verdacht befreit wird, und du hast freie Bahn.«

»Uninteressant, Murphy.« Weil Frauen wie Tess Ciccotelli hochgradig anspruchsvoll waren. Aidan griff hinter sich und nahm ein Papier aus dem Drucker. »Das sind alle Blumenläden im Umkreis von einigen Meilen um Adams' Haus. Ich dachte, wir finden vielleicht heraus, wer vor kurzem massenweise Lilien gekauft hat.«

»Gib mir die Hälfte der Adressen ab.« Murphy wartete, bis Aidan hinter seinem eigenen Tisch saß, bevor er hinzufügte: »Sie ist nicht liiert.«

Aidan, der gerade die erste Nummer eingetippt hatte, hielt inne. »Was?«

»Sie ist nicht liiert. War verlobt, aber jetzt nicht mehr.«

Vergiss es einfach, Reagan, sagte die Stimme der Vernunft in seinem Kopf. Blöder Kopf. Er starrte finster zu Murphy hinüber, der die erste Telefonnummer schon eingegeben hatte und nun so tat, als sei nichts gewesen. Plötzlich erregt und extrem verärgert darüber, widmete sich Aidan grimmig den nächsten fünf Telefonaten, bevor er den Hörer auf die Gabel warf. »Warum?«

»Warum was?«

»Das weißt du verdammt gut«, zischte Aidan. »Sei nicht so ein Arschloch.«

Murphy blickte auf und lächelte. Dieser selbstherrliche Mistkerl. »Sie hat mit dem Typen zwei Wochen vor der Hochzeit Schluss gemacht.« Sein Lächeln verblasste. »Man munkelt, er sei fremdgegangen.«

Aidan schüttelte niedergeschlagen den Kopf. Wie es aussah, hatten Tess Ciccotelli und er mehr gemein, als er geglaubt hätte. »Dann war er ein Vollidiot.«

»Da sind wir einer Meinung. Hast du schon irgendwelche Lilien?«

»Rosen und Nelken. Keine Lilien. Jedenfalls keine in der Menge, wie wir sie in der Wohnung gefunden haben.«

»Wahrscheinlich wurden sie in verschiedenen Läden gekauft. Lass uns noch ein paar anrufen. Dann fahren wir zu der Firma, für die Adams gearbeitet hat.«

»Klingt nach einem vernünftigen Plan.«

Montag, 13. März, 8.30 Uhr

Mit einem Knurren ließ Tess den Regenschirm fallen und zog das Handy aus der Tasche, dass in drei Minuten mindestens ebenso viele Male geklingelt hatte. Da war jemand ziemlich hartnäckig. Sie blickte auf die Nummer auf dem Display. Ihr Sekretariat.

»Ja, Denise?«, fragte sie schärfer, als beabsichtigt, und zog eine Grimasse, als sie in eine Pfütze trat und bis zum Knöchel nass wurde. Sie hüpfte unter das Vordach der Psychiatrischen Klinik und schauderte, als sie das kalte, schmutzige Wasser aus ihrem Schuh schüttete. Der war vermutlich hinüber. So ein elender Morgen, kalt und nass. Und so sehr im Einklang mit ihrer Laune. »Was gibt's?«

»Hier sind ein paar Anrufe eingegangen, Dr. Chick.«

Ein weiterer Schauder, der nichts mit dem kalten Regen zu tun hatte, lief Tess' Rückgrat hinunter, und rigoros schluckte sie herunter, was als sehr, sehr böses Wort herausgekommen wäre. »Von wem?«

»Ein paar Reportern. Einer von der *Tribune*, einer von *Channel Eight.* Sie wollen einen Kommentar zu der Geschichte im *Bulletin*.«

Ein scharfer Schmerz fuhr ihr durch den Kopf. »Im *Bulletin*.« Die Frau mit den grauen Augen und dem blonden Zopf kamen ihr in den Sinn. »Lassen Sie mich raten. Joanna Carmichael.«

»Nein. Cyrus Bremin ist der Autor, aber ... ja. Carmichaels Name steht bei den Fotos. Sie haben den Artikel also noch nicht gesehen?«

Fotos. Der Schmerz nahm zu. »Nein. Wie schlimm ist es?«

»Ziemlich. Außerdem hat sich Dr. Fenwick vom staatlichen Lizenzamt gemeldet. Sie sollen ihn dringend zurückrufen.« Denise gab ihr die Nummer durch. »Ich habe ihm gesagt, dass Sie heute Morgen unterwegs sind, aber er hat darauf bestanden.«

Tess drehte sich der Magen um, während sie sich die Nummer merkte. »Sonst noch was?«

»Mrs. Brown hat Panikattacken. Ich habe sie an Dr. Gryce verwiesen. Mr. Winslow hat schon dreimal angerufen und verlangt, Sie, und nur Sie allein, zu sprechen. Er klang so hysterisch, dass ich ihn für drei bestellt habe.«

»Danke.« Sie ließ das Telefon in ihre Tasche gleiten. Ihr Herz hämmerte so heftig, dass es sie nicht gewundert hätte, wenn sich der Mantel bewegt hätte. Rasch sah sie sich um. Auf der anderen Straßenseite befanden sich eine Reihe Zeitungsautomaten.

Sie ging bei Rot über die Straße und erntete ein Hupkonzert und einige Flüche. Ihre Hände bebten, als sie sich eine Zeitung zog. *Die Titelseite*. Sie war auf der Titelseite.

Der Regen trommelte ihr auf den Kopf und durchweichte ihren Mantel, aber sie konnte sich nicht bewegen. Ihr eigenes Gesicht starrte ihr entgegen, daneben ein scheußliches Foto von der aufgespießten Cynthia Adams auf der Straße. Und dann die Schlagzeile, die ihr das Herz in die Kehle hüpfen ließ. *Bekannte Psychiaterin in Patientenselbstmord verwickelt.*

Ihr Telefon klingelte, und mit steifen Bewegungen nahm sie den Anruf an. »Ciccotelli.«

»Hier ist Amy. Hast du schon den *Bulletin* gesehen?«

»Ja.«

Der Regen rauschte, während sich das Schweigen ausdehnte. »Tess, wo bist du?«
Irgendwie drang die Wirklichkeit wieder in ihr Bewusstsein und vertrieb die Taubheit mit einer weiteren Woge weißglühender Wut. Tess schüttelte sich und stopfte die Zeitung in einen Mülleimer.
Sie hatte Patienten, um die sie sich kümmern musste, und konnte nicht ihre Zeit mit Zeitunglesen im strömenden Regen vertrödeln. »Im Krankenhaus.« Sie wandte sich ab und ging über die Straße – diesmal bei Grün –, ohne sich um den Regen zu kümmern. Sie war ohnehin schon bis auf die Haut durchnässt.
»Ich mache jetzt meine Runde, Amy, aber danach werde ich wohl mit dem Lizenzamt sprechen müssen. Und ich glaube, dazu brauche ich meine Anwältin.«
»Sag mir, wann, und ich komme.«
Tess' Kehle verengte sich, aber sie räusperte sich resolut. »Danke.«

Montag, 13. März, 8.30 Uhr

»Ich bin da.«
Joanna Carmichael sah von der Sportseite auf und hätte sich beinahe an ihren Cornflakes verschluckt. Ihr Freund stand pitschnass im Zimmer und hielt in der einen Hand einen Stapel Zeitungen, in der anderen einen fetten Blumenstrauß. Er grinste das breite, anzügliche Grinsen, das er gewöhnlich nur nach dem Sex zur Schau trug.
»Was hast du denn da?«
»Souvenirs.« Keith warf den Stapel Zeitungen auf den

Tisch, was die Milch aus ihrer Schüssel überschwappen ließ.
Er musste mindestens zwanzig Exemplare des *Bulletin* gekauft haben. Jedes ein Beweis für den miesen Verrat des Redakteurs. Jedes mit Cyrus Bremin als Autor *ihrer* Geschichte. *Meiner Geschichte*. Schmidt hatte ihr eine Geschichte versprochen. *Aber nicht, dass mein Name als Autor darunter erscheint.*
Keith schüttelte sich wie ein nasser Hund, dann hielt er ihr die Blumen mit großer Geste hin. »Ich dachte, du wolltest vielleicht ein paar Ausschnitte nach Hause schicken.«
Von wegen. Sie biss die Zähne zusammen. »Keith, das ist nicht meine Story.«
Sein Lächeln verblasste. Noch immer hielt er ihr die Blumen entgegen, die sie nicht annahm. »Natürlich ist sie das. Und auch noch auf der Titelseite.«
»Es ist Bremins Story«, fauchte sie. »Er steht als Autor in der Verfasserzeile, weil er der Chefreporter ist. Das Arschloch von Schmidt hat ihm meine Geschichte gegeben.«
»Aber dein Name steht bei den Bildern«, sagte er ruhig und legte den Blumenstrauß weg. Seine Fröhlichkeit war vollkommen verschwunden.
»Ein Fotonachweis.« Sie lachte höhnisch. »Ich bin keine Fotografin. Ich bin Journalistin, und wenn du auch nur ein bisschen Verstand im Kopf hast, dann siehst du den Unterschied.«
Er fuhr sich mit den Händen durchs nasse Haar. »Ich denke, ich habe mehr als nur ein bisschen Verstand, Jo, und ich kenne den Unterschied. Ich sehe aber auch deinen Namen in einer großen Zeitung, auf der Titelseite sogar.

Das war es, was du wolltest. Was du deinem Vater beweisen wolltest. Und jetzt können wir nach Hause gehen.«
Sie fegte die Zeitungen zu Boden. Die Erinnerung an ihren Vater und seine unerträgliche Herablassung brachte ihr Blut zum Kochen. »Ich denke überhaupt nicht daran, nach Hause zu fahren, Keith. Nicht, bevor mein Name nicht über einem Artikel auf der Titelseite oberhalb der Falzkante steht! Nicht vorher.«
Er stand einen Moment lang da und sah sie mit dem Blick an, der in ihr stets den Wunsch weckte, den Kopf einzuziehen. »Du hast etwas verdammt Gutes getan, Jo. Du hast eine Ärztin bloßgestellt, die ihren eigenen Patienten schadet. Wenn du in der Lage bist, einmal dein Ego zu vergessen, siehst du vielleicht, wie recht ich habe. Ich habe wirklich viel Geduld gehabt. Du hast gesagt, dass wir nach Atlanta zurückgehen, wenn dein Name auf der Titelseite erscheint. Das ist jetzt der Fall. Und ich will nach Hause.«
»Dann hau ab.« Mit verächtlicher Miene stand sie auf und stellte ihre Schüssel in die Spüle. »Aber du kannst allein gehen. Ich verlasse die Stadt erst, wenn ich da bin, wo ich hinwill.« Sie starrte auf Bremins Namen, der sie vom Fußboden aus zu verspotten schien. »Ich muss Schmidt irgendwie beeindrucken.« Ein Gedanke tauchte aus der kochenden Wut auf. »Ein Exklusivinterview mit Ciccotelli müsste es eigentlich bringen. Sie hat gesagt, ich soll sie anrufen.« Sie schaute auf und sah, wie Keith sich ins Schlafzimmer zurückzog. Plötzlich hatte sie ein schlechtes Gewissen. »Keith, tut mir leid, dass ich dich so angefaucht habe. Ich war bloß so enttäuscht.«
Er nickte, ohne sich umzudrehen. »Vergiss nicht, die Blu-

men ins Wasser zu stellen. Das vergisst du immer, und dann verwelken sie.«

Joanna schüttelte ihr Unbehagen ab. Keith würde es überleben. In den sechs Jahren, die sie zusammen waren, hatte er das immer getan. Nun musste sie sich auf das konzentrieren, was wirklich wichtig war. Ciccotelli zu einem Interview überreden. Nach dem Artikel von heute Morgen würde das nicht leicht werden, aber sie konnte die Schuld auf Bremin schieben und der Frau etwas Besseres versprechen. Es mochte funktionieren. Und dann konnte sie ihrem Vater endlich beweisen, dass er sich irrte. Sie würde auch ohne seine Hilfe ihren Weg in dieser Branche machen. Sie würde ihren Platz im Zeitungsgeschäft der Familie einnehmen, weil sie ihn sich selbst verdient hatte.

Montag, 13. März, 9.15 Uhr

Aidan blinzelte, als eine Zeitung klatschend auf seinem Schreibtisch landete, während er gerade seinen zehnten Floristenanruf erledigte. Er schaute auf und sah seinen Lieutenant, der ihn ernst und mit zusammengepressten Lippen ansah, dann senkte er den Blick auf die Zeitung. Und starrte darauf, während die Stimme der Blumenhändlerin zu einem Summen zusammenschmolz. »Ähm, Ma'am, ich muss später wieder anrufen.« Er legte auf und nahm die Zeitung zur Hand. Es war der *Bulletin*, eine Zeitung, die sich nur haarscharf der Kategorisierung Klatschblatt entzog.

Und Ciccotellis Gesicht starrte ihm von der Titelseite entgegen. »Murphy, sieh dir das mal an.«

Murphy sprang auf die Füße. »Wer hat denn diesen Scheiß verbrochen?«
»Cyrus Bremin«, spuckte Spinnelli aus. Sein Schnurrbart bebte vor unterdrückter Wut. »Er behauptet, er habe eine anonyme Quelle bei der Polizei. Finden Sie heraus, wer diesen Artikel möglich gemacht hat. Ich will ihn in meinem Büro. Und zwar zackig.« Seine Tür krachte so heftig zu, dass die Scheiben wackelten.
Murphy starrte noch immer auf die schwarzweiße Seite. »Ich rede mit Bremin«, sagte er sehr ruhig. »Er wird seine Quelle schon verraten.«
»Und uns noch mehr Ärger bescheren. Du sagst mir immer, ich solle einen kühlen Kopf bewahren. Hör diesmal auf deine eigenen Worte.«
Aidan betrachtete das Foto von Adams' Leiche. »Das muss aufgenommen worden sein, bevor ich dazukam. Ich habe die Leute auf die andere Straßenseite geschickt und DiBello und Forbes angewiesen, auf Kameras zu achten.« Er blinzelte, als er den Fotonachweis las. »Joanna Carmichael hat das Bild gemacht.« Er tippte den Namen in seinen Computer. »Na, da schau her. Sieh dir mal an, wo Miss Carmichael wohnt.«
Murphy sah über seine Schulter. »Im Haus von Cynthia Adams. Sie ist quasi über diese Story gestolpert. Hat die ein Glück.«
»Sie hat eine Verabredung mit uns, das mit dem Glück ist also fraglich.« Aidan druckte die Adresse aus, als Spinnelli seine Tür aufriss.
»Konferenzraum in einer halben Stunde«, bellte der Lieutenant.

»Und rufen Sie Jack Unger unten in der CSU an, er soll auch kommen. Der Staatsanwalt hat was zu sagen.«

Montag, 13. März, 9.30 Uhr

Zeugen waren erwartet worden. Fotografen nicht.

Fröhliche Weihnachten. Cynthia Adams lag auf der Titelseite und schüttete dort, sozusagen, ihr Herz aus. Aber noch besser war der Anblick der schönen Tess Ciccotelli, die sehr müde und erschöpft aus der Wäsche blickte. Diese Art von Publicity konnte man nicht kaufen. Alles in allem bisher ein ziemlich guter Tag.

Mr. Avery Winslow hielt sich auch ganz wunderbar an den Zeitplan. Gestern Nachmittag war er entweder panisch in seiner Wohnung umhergetigert oder hatte sich im Kinderzimmer verkrochen und zwischendurch immer wieder seine geliebte Psychiaterin angerufen.

Er war weit instabiler, als Cynthia Adams es gewesen war. Sie hatte Widerstand geleistet. Hatte lange geleugnet, was sie am meisten fürchtete. Das war sehr frustrierend gewesen. Immer wenn es den Anschein gehabt hatte, als sei sie so weit, hatte sie wieder einen Schritt zurück gemacht und abgestritten, dass sie etwas gehört hatte. Hatte manchmal sogar abgestritten, eine Schwester gehabt zu haben. Ihre »Medikamentendosis« hatte dreimal erhöht werden müssen, bis sie ausreichend verunsichert gewesen war. Schließlich war der Einsatz von Chemikalien erforderlich gewesen. PCP hatte ihr den letzten Anstoß gegeben.

Die Lilien waren ein wundervolles Detail gewesen, das Foto von der Schwester in der Schlinge das Tüpfelchen auf dem i. Und das Datum durfte nicht vergessen werden – der Geburtstag der Schwester. Der Kalender hatte sich bei der mentalen Zersetzung von Miss Adams als außerordentlich kooperativ erwiesen.

Und auch bei Mr. Avery Winslow würde er gute Dienste leisten. Der Kalender und das unaufhörliche Weinen eines Kindes. Meisterhaft.

Und wenn die hübsche, kleine Nicole tat, was sie tun musste, sollte Mr. Avery Winslow in genau diesem Moment ein Foto erhalten, das ihn über die Klippe springen ließ.

Wobei er seine geliebte Dr. Ciccotelli mitreißen würde.

Montag, 13. März, 9.45 Uhr

Staatsanwalt Patrick Hurst schleuderte die Zeitung angewidert auf den Konferenztisch. »Verdammt. Das ist übel, Marc. Ganz, ganz übel.«

Jack Unger von der Spurensicherung zog die Zeitung zu sich herüber und las. »Wer ist denn Bremins anonyme Quelle?«

Murphy sah ihn finster an. »Das wissen wir nicht. Er war jedenfalls gestern Nacht nicht vor Ort. Die Fotografin schon. Die zwei Polizisten, die zuerst dort waren, erinnern sich an sie, behaupten aber, sie hätten kein Wort zu ihr gesagt.«

»Jeder, der gestern Schicht hatte, kann uns mit Ciccotelli gesehen haben.« Aidan zuckte voller Unbehagen die Schultern, als er daran dachte, wie wütend er gewesen war. Ein Blick auf seine Miene hätte alles verraten. »Ihre Anwältin hat sich unten eingetragen, so dass auch jeder wissen konnte, dass sie hier war. Viele werden sie auch gemeinsam gehen gesehen haben. Keiner von ihnen wird zugeben, mit der Presse gesprochen zu haben, Marc, aber ziemlich viele wären wohl mehr als glücklich, Miss Ciccotelli in die Pfanne zu hauen.«

Spinnelli faltete die Zeitung, damit das Bild der Frau sie nicht länger anblickte. »Das ist wohl wahr. Aber wir müssen trotzdem versuchen herauszufinden, wo das Leck ist – wie wir es immer tun. Aber warum sind wir wirklich hier, Patrick? Ihr Besuch erscheint mir ein wenig ... verfrüht.«

Der Staatsanwalt seufzte. »Ich bin hier, weil diese Sache Konsequenzen hat, die über die Frage von Tess Ciccotellis Unschuld oder Schuld oder sogar über die Suche nach der Person, die der armen Frau das angetan hat, hinausgehen.«

»Cynthia Adams«, sagte Aidan sanft und hob die Brauen, als Patrick ihn mit einem finsteren Blick bedachte. »Das war der Name der armen Frau.«

Mitgefühl flackerte in den Augen des Staatsanwalts auf. »Das weiß ich auch, Detective. Aber im Augenblick haben wir den Tod der Frau noch nicht einmal als Mord deklariert.« Er hob die Hand, bevor Aidan protestieren konnte. »Sie werden den Fall untersuchen. Und herausfinden, wer dafür verantwortlich ist. Ich sage Ihnen ja nicht, dass Sie die Ermittlungen einstellen sollen. Tatsächlich sage ich Ihnen sogar, dass Sie sich beeilen sollen. Worum es hier geht, ist Miss Ciccotellis Glaubwürdigkeit bei früheren Fällen. Dass Sie sie zum Verhör geladen haben, ist inzwischen bekannt, dank Bremin und dem *Bulletin*. Jeder Verteidiger, der durch Ciccotellis Aussage einen Fall verloren hat, wird Berufung einlegen. Das kann für mein Büro vernichtend sein. Wissen Sie, bei wie vielen Fällen sie in den vergangenen fünf Jahren hinzugezogen worden ist?«

Ja, dachte Aidan. Inzwischen wusste er es genau. Und Kristen hatte absolut recht gehabt. Harold Green war eine Ausnahme gewesen, ein Fehler, wie er jedem Menschen einmal unterlaufen konnte.

Tess Ciccotelli hatte mehr als nur ihr Scherflein dazu beigetragen, ein paar ganz böse Buben wegzusperren. Das Wissen machte ihn kleinlaut. »Sechsundvierzig«, murmelte er.

Spinnellis Schnurrbart zog sich über seinen geschürzten Lippen zusammen. »Wie bitte?«

Aidan räusperte sich. »Dr. Ciccotelli hat in sechsundvierzig Fällen ausgesagt. Ich habe gestern im Archiv nachgefragt und gebeten, mir eine Liste auszudrucken. Ich habe sie auf dem Weg hierher abgeholt.« Er warf den Ausdruck auf den Tisch.

»Wie viele Verurteilungen, Aidan?«, fragte Spinnelli.

»Einunddreißig davon.«

Murphy ließ den Kopf gegen die Stuhllehne sinken. »Ach, du lieber Gott.«

Patrick nahm den Ausdruck mit grimmiger Miene vom Tisch. »Einunddreißig mögliche Berufungen. Wissen Sie, wie lange mein Personal damit beschäftigt sein wird?«

»Das möchte ich mir nicht einmal vorstellen«, sagte Spinnelli. »Also sehen wir zu, dass wir Tess von dem Verdacht reinwaschen, damit Ihr Personal sich wieder auf all die neuen Arschlöcher konzentrieren kann. Was haben wir außer ihren Fingerabdrücken in Adams Wohnung?«

»Ihre Stimme auf dem Anrufbeantworter«, sagte Aidan. »Ich habe das Band in die Elektronikabteilung geschickt, um ein Stimmprofil zu erstellen.«

Patrick schüttelte den Kopf. »Unzulässig.«

»Vor Gericht, ja, aber wenn sich herausstellt, dass ihre Stimme nicht dieselbe ist wie die auf dem Anrufbeantworter, können wir sie von der Verdächtigenliste streichen«, wandte Jack ein. »Unser Mann ist gut, Patrick. Es ist den Versuch wert.«

»Also gut«, willigte Patrick ein.

»Dann muss Dr. Ciccotelli vorbeikommen, um uns eine Stimmprobe für den Vergleich abzugeben.« Aidan notierte es sich.

»Sie ist bislang sehr kooperativ gewesen, also wird sie wohl nichts dagegen einzuwenden haben. Was ist mit der Pistole und den Geschenkanhängern?«

»Alles ohne Fingerabdrücke. Die Seriennummer ist abgefeilt worden, aber vielleicht kann ich sie wieder herausarbeiten.« Jack sah Patrick an. »Ich nehme an, die Priorität ist hoch?«

»Das nehmen Sie richtig an. Was noch?«

»Wir sind auf der Spur der Lilien«, sagte Murphy. »Bisher haben wir drei Geschäfte, in denen am Samstag größere Mengen verkauft wurden. Wir fahren heute Nachmittag hin. Vorher statten wir Adams' Büro einen Besuch ab. Jemand hat die Frau genug gehasst, um ihren Tod zu wünschen. Wir wissen, dass sie viele Sexualpartner gehabt und dass sie einigen von ihnen ein gemeines, kleines Abschiedsgeschenk mitgegeben hat. Vielleicht ist einer darüber wütend genug geworden.«

Aidan betrachtete die Liste der Prozesse, in denen Tess Ciccotelli ausgesagt hatte, und dachte daran, wie sie im Verhörraum gesessen hatte. *Warum mich dazu benutzen?*, hatte sie gefragt. Vielleicht zäumten sie das Pferd von der falschen Seite auf. »Oder Cynthia Adams war nur ein Instrument, ein Mittel zum Zweck. Vielleicht wollte jemand in Wirklichkeit eine Berufung erreichen.«

Patrick sah ihn überrascht an. »Das sollte aber auch einfacher zu machen sein.«

»Da sind mir zu viele Eventualitäten«, sagte Marc Spinnelli. »Ich will ein paar Fakten. Was ist mit den E-Mails? Sind wir in der Richtung schon weitergekommen?«

»Die Anweisung liegt bei der Elektronikabteilung. Ich mache ein bisschen Druck.« Jack runzelte die Stirn und griff erneut nach der Zeitung. »Das Foto wurde direkt nach ihrem Sturz gemacht. Und ich *meine* direkt. Dreißig Sekunden danach vielleicht. Höchstens eine Minute.«

Aidan beugte sich vor. »Und woher weißt du das?«

»Sieh dir den Beton neben ihrem Kopf an. Keine Blutlache.«

Aidans Puls beschleunigte sich. »Ciccotelli sagt, der anonyme Anruf sei um null Uhr sechs eingegangen. Die Zeugen – die beiden Teenies – meinten, Adams sei um fünf nach gesprungen.«

»Eine enorm genau Angabe«, sagte Patrick skeptisch, doch auch seine Augen hatten zu leuchten begonnen.

»Die beiden Kids waren ziemlich spät dran. Das Mädchen erzählte, sie hätte um Mitternacht zu Hause sein müssen.

Deswegen hatte sie gerade auf die Uhr gesehen; sie wollte keinen Ärger mit ihren Eltern.« Aidan sah zu Murphy hinüber. »Ciccotelli meint, der Anruf hätte sich angehört, als sei er von einem Handy getätigt worden.«

Murphy verengte die Augen. »Also war die Anruferin da. Und hat sie beobachtet.«

»Ciccotelli sagt auch, die Anruferin hätte sich als Nachbarin ausgegeben.«

»Und Carmichael wohnt in demselben Haus«, endete Murphy. »Wäre nicht das erste Mal, dass ein Reporter sich die eigene Nachricht strickt.« Er zuckte die Achseln. »Wir sollten sie jedenfalls auf die Liste setzen.«

»Zumindest sollten wir herausfinden, ob sie sonst noch Fotos gemacht hat«, fügte Jack hinzu. »Vielleicht hat sie etwas gesehen, dass uns weiterbringt.«

Aidan lehnte sich zurück. »Also haben wir als Verdächtige im Augenblick einunddreißig Knastis, die auf Berufung hoffen, eine unbestimmte Anzahl an geschlechtskranken Sexsüchtigen, eine junge Reporterin mit flinker Kamera und dummerweise noch immer Tess Ciccotelli.«

Patrick stand auf.

»Sorgen Sie bitte zuerst dafür, dass Tess von der Liste verschwindet. Ich habe keine Lust, mich mit einer Berufungsflut herumschlagen zu müssen.«

»Alles klar.« Spinnelli stand auf. »Meine Herren.« Er deutete auf die Tür. »Besorgen Sie mir ein paar Fakten. Heute noch. Und ich will diese ›anonyme Quelle‹ noch immer festnageln. An die Arbeit.«

Murphy grüßte militärisch zackig. »Wir fahren zu den Blumenläden. Irgendein Problem mit Ihrer Frau, Marc?

Wir könnten Ihnen ein paar Blümchen mitbringen. Für eine geringe Transportgebühr. Frauen mögen Blumen.«
Spinnelli musste grinsen. »Ich habe immer Probleme mit meiner Frau. Dummerweise steht sie weniger auf Blumen als auf dicke Klunker. Verschwinden Sie.«
Aidan warf Murphy einen Seitenblick zu, als sie den Konferenzraum verließen. »Du kennst dich ja mit Ehen aus. Warst du schon mal verheiratet?«
»Ja. Nicht mehr. Wie heißt der erste Blumenladen auf deiner Liste?«
Es war eindeutig, dass hier jemand das Thema gewechselt hatte. »Josie's Posies. Sie hat am Samstag einen Haufen Lilien verkauft.« Aidan betrachtete die Liste von Ciccotellis Prozessen, während er neben Murphy herging. »Du fährst. Ich will mir diese Namen genauer ansehen. Ein paar von den Jungs sind bereits entlassen worden.« Er sah auf die Uhr. »Bevor wir zu Adams' Büro fahren, sollten wir mal am Gesundheitsamt vorbeifahren und herausfinden, ob Adams und Ciccotelli ein und derselben Person auf den Schlips getreten sind.«

Montag, 13. März, 10.30 Uhr

Die Frau mittleren Alters sah sie düster an. Miss Tuttle saß hinter einem großen massiven Tisch. »Die Informationen, die wir von den Leuten bekommen, sind vertraulich, Detectives. Das wissen Sie.«
»Hier geht es um Mord, Ma'am«, erwiderte Murphy sanft. »Einer von ebendiesen Leuten ist tot. Ihre Privatsphäre steht nicht mehr wirklich zur Debatte.«

»Die Privatsphäre ihrer Partner schon. Ich kann Ihnen da nicht helfen.«
Aidan zog ein Foto aus seinem Notizblock. »Das ist Cynthia Adams, Ma'am. Nachdem sie zweiundzwanzig Stockwerke tief gefallen ist.«
Miss Tuttle sah das Bild an, sah wieder weg und biss die Zähne zusammen, während ihr das Blut aus dem Gesicht wich. »Gehen Sie, Detectives. Ich kann und ich will Ihnen nicht helfen.«
»Jemand hat sie dazu getrieben zu springen, Ma'am«, fuhr Aidan ruhig fort, dann schob er das Bild zurück in sein Notizbuch. »Und dieser Jemand kann durchaus einer ihrer Partner gewesen sein. Jemand, der Groll gegen sie hegte. Können Sie sich erinnern, ob jemand Miss Adams bedroht hat, nachdem er von der Ansteckung erfahren hat?«
»Detective«, begann sie und begegnete seinem Blick. »Wenn ich Einzelheiten über die Personen, die zu mir kommen, verraten würde, käme bald niemand mehr hierher. Meine Aufgabe ist es, die Öffentlichkeit zu schützen. Allein, dass Sie hier sind, macht mir das schwer. Wenn ich Ihnen sagte, was Sie wissen wollen, dann katapultiere ich mich und meine Stelle ins Aus.«
»Wir wollen Sie nicht davon abhalten, Ihre Arbeit zu tun. Ganz sicher nicht.« Aidan bedachte sie mit einem Blick, der, wie er hoffte, überzeugend war. Er hatte durchaus geahnt, dass es nicht leicht werden würde. Tuttle half ihnen im Grunde mehr weiter, als er sich erhofft hatte. »In den Unterlagen ihrer Ärztin stehen Sie als Adams' Kontakt. Können Sie uns wenigstens sagen, ob Sie sich an sie erinnern?« Er holte ein anderes Bild aus seinem Notizbuch,

das Foto, das sie von ihrem Führerschein gemacht hatten. »So sah sie aus. Sie muss vor ungefähr sechs Wochen hier gewesen sein.«

Tuttle biss sich auf die Lippe. »Ich erinnere mich an sie.«

»Können Sie uns denn vielleicht sagen, ob jemand auf sie wütend war, nachdem er von seiner Ansteckung erfahren hat? Keine Namen, sagen Sie uns bloß, ob wir auf der richtigen Spur sind.«

»Keine Namen?«

Aidan schüttelte den Kopf. »Nein, Ma'am.«

Sie sog geräuschvoll die Luft ein. »Da war einer. Er war außer sich. Er hat gewettert, das würde sie bezahlen müssen.«

Aidan trat einen Schritt zurück. »Vielen Dank, Miss Tuttle. Wir gehen jetzt.«

Murphy wartete, bis sie auf der Straße waren, bevor er einen Streifen Zimtkaugummi aus der Tasche holte. »Du hast keinen einzigen Namen bekommen.«

»Das habe ich auch nicht erwartet.« Aidan setzte sich auf den Beifahrersitz und schwieg, bis sein Partner sich hinter das Steuer geklemmt hatte. »Aber jetzt wissen wir, dass wir uns die Mühe machen können, eine richterliche Anordnung zu beantragen, was alles war, was ich erreichen wollte.«

Murphy fädelte sich in den Verkehr ein. »Dann hast du es gut gemacht, Kid. Holen wir uns was zu essen, dann ab zu Adams' Büro. Danach ist Josie's Posies dran.«

6

Montag, 13. März, 15.15 Uhr

Amy schloss die Tür zu Tess' Büro. »Es hätte schlimmer kommen können, Tess.«

Tess ließ sich auf einen Stuhl sinken. Ihr Treffen mit Dr. Fenwick, Leiter des staatlichen Lizenzamts, war nicht gerade spaßig verlaufen. »Es hätte besser sein können.«

»Hör auf. Es hat keine Sanktionen oder sonst einen Mist gegeben. Du hast deine Praxis noch.«

»Weil ich nichts getan habe, verdammt noch mal«, fauchte Tess und rieb sich die Stirn, hinter der sich ein gewaltiger Kopfschmerz aufbaute. »Tut mir leid. Danke, dass du mir beigestanden hast. Deine Anwesenheit hat das Schlimmste verhindert.« Tess nahm an, dass Dr. Fenwick nicht nur »missbilligt« hätte, wenn ihre Anwältin nicht präsent gewesen wäre. Aber missbilligt hatte er, und wie. Das Amt, so hatte er erklärt, könne Anklagen gegen seine Mitglieder nicht hinnehmen. Das Amt mochte es gar nicht, dass man nicht zurückrief, während man Visite im Krankenhaus machte. Das Amt würde die Ermittlungen genau im Auge behalten. Und sobald der Verdacht gegen sie entkräftet war, müsse sie dem Amt eine eidesstattliche Erklärung leisten. »Scheiß auf das Amt. Sollen die es sich doch selbst besorgen«, knurrte sie.

»Ich denke nicht, dass es so weit kommt«, scherzte Amy. »Ich fürchte, die meisten können ohne eine dicke Portion Viagra gar nicht mehr.«

Tess warf ihr einen beißenden Blick zu. »Das ist nicht witzig, Amy. Hier geht es um meine Karriere.«

Amy setzte sich auf eine Sofalehne und verschränkte die Arme vor der Brust. Ihr Blick war wieder ernst. »Was wirst du denn jetzt unternehmen?«

»Was meinst du damit?«

»Ich meine, dass du das mit den Beschuldigungen nicht einfach so hinnehmen kannst. Das kann deine ganze Karriere ruinieren.«

»Ach was.«

»Tess, ich meine das sehr ernst.«

Tess stand auf und begann, ihre Aktentasche zu packen. »Ich werde mit der Polizei zusammenarbeiten, um herauszufinden, wer das getan hat.«

Amy beugte sich vor und zog sarkastisch die Brauen hoch. »Ich glaube, du vergisst da eine Kleinigkeit. Die Polizei glaubt, du bist es gewesen.«

Tess überflog den Inhalt einer Mappe und schob sie dann in die Tasche zu den bereits eingepackten. »Nein, ich denke nicht.«

»Todd Murphy vielleicht nicht, aber dieser Reagan wohl.«

Tess dachte an Reagan und an die Fragen, die er ihr am Morgen gestellt hatte. *Wie* er ihr die Fragen am Morgen gestellt hatte. »Nein, ich glaube, auch er nicht. Aber wie auch immer – sie können mich nicht festnehmen, weil ich nichts getan habe.«

Amys Lachen war humorlos. »Als würde das etwas ausmachen. Wach auf und sieh den Tatsachen ins Auge. Ich verteidige täglich Leute, die glauben, nicht angeklagt werden zu können, weil sie nichts getan haben. Wieso meinst du, dein Fall sei anders?«

Tess ließ den Deckel ihrer Tasche zuschnappen, als kalte Angst durch ihre Eingeweide zog. »Weil ich unschuldig bin. Deshalb!«

Gekränkt sah Amy zur Seite. »Ich vertrete niemals Leute, die ich für schuldig halte, Tess.«

Tess ließ die Schultern nach vorne fallen. »Tut mir leid. Ich wollte dir nicht auf die Füße treten.« Sie legte Amy eine Hand auf den Arm und spürte, wie sich ihre Freundin versteifte. »Ich weiß, dass dir gewisse moralische Prinzipien genauso wichtig sind wie mir.«

Amy nickte knapp. »Schon gut.« Aber das stimmte nicht. Tess sah es Amy an. Dennoch straffte ihre Freundin die Schultern. »Hör zu, ich denke, du solltest die Sache direkt angehen. Ruf die Zeitung an und stell deine Position dar. Lass diesen Bremin wie einen Depp aussehen, der übers Ziel hinausgeschossen ist.«

Tess hatte schon den ganzen Tag eine ähnliche Strategie im Kopf. »Na gut. Hast du einen Kontakt zu irgendeiner Zeitung? Jemanden, dem du vertraust? Den du als fair kennengelernt hast?«

»Ja, habe ich. Ich kümmere mich darum und sage dir, wer und wann, okay?« Amy hob warnend den Finger. »Aber du wirst mit niemand anderem reden. Nur mit dem, den ich dir vermittle. Versprich es mir.«

»Na schön.« Sie blickte stirnrunzelnd auf die Armbanduhr. »Ich habe eine Sitzung um drei. Mit wem denn bloß noch mal?« Sie biss sich auf die Lippe, dann fiel es ihr wieder ein. Mr. Winslow. Dieser arme Mensch. Seine Geschichte brach ihr beinahe das Herz. »Amy, ich muss mich um diesen Patienten kümmern. Ich rufe dich in deinem Büro an, wenn ich fertig bin.«

Amy knöpfte gerade ihren Mantel zu, als es an der Tür leise klopfte. Denise steckte den Kopf herein. »Doktor, ich habe gut zwanzig Anrufe hier. Meistens von Reportern, ein halbes Dutzend von Patienten.« Sie zog die Stirn kraus. »Drei haben ihre Termine für morgen abgesagt.«

Tess seufzte und nahm den Stapel Nachrichten, den Denise ihr hinhielt, und ging sie durch. »Ich nehme an, ein bisschen Schwund ist immer.«

»Ein Detective Reagan hat zweimal angerufen. Er bittet Sie, so bald wie möglich zurückzurufen. Es sei dringend. Er hat seine Handynummer hinterlassen. Oh, und es liegt ein Anruf auf Leitung eins. Es geht um Mr. Winslow. Jemand behauptet, eine Nachbarin zu sein. Sie lässt sich nicht abwimmeln und will unbedingt mit Ihnen sprechen.«

Tess' Kopf fuhr bei dem Wort »Nachbarin« hoch. Ihr Herz sackte ihr in die Magengrube. »Was?«

»Eine Nachbarin von Mr. Wins...«

Tess stürzte sich auf das Telefon. »Mist. Oh, Mist.« Sie riss den Hörer mit zitternden Händen hoch. »Ja?«

»Dr. Ciccotelli?«

Es war nicht dieselbe Frau. Diese klang älter als die Frau, die behauptet hatte, Cynthia Adams' Nachbarin zu sein. Verdammt. Tess bedeutete Amy und Denise, still zu sein. »Ja, hier spricht Dr. Ciccotelli. Worum geht es?«

»Ich bin eine Nachbarin von einem Ihrer Patienten – Avery Winslow. Ich mache mir Sorgen um ihn. Er tut den ganzen Tag schon nichts anderes als weinen. Ich habe geklopft, aber er sagt, ich soll weggehen. Und er hatte ... er hatte eine Pistole in der Hand, Doktor.«

O Gott. »Haben Sie die Polizei gerufen?«

»Nein. Oje, das hätte ich wohl tun sollen. Ich rufe jetzt an.«

»Nein. Das mache ich schon. Vielen Dank, Miss ...?« Aber da klickte es schon. »Scheiße, verdammt!« Mit bebenden Händen suchte sie den Zettel mit Reagans Nummer. »Verdammter Dreck. Denise, rufen Sie 911. Schicken Sie die Polizei direkt zu Mr. Winslows Wohnung. Sagen Sie ihnen, dass er selbstmordgefährdet ist. Dann besorgen Sie mir seine Adresse. Ich rufe Sie an und Sie geben Sie mir durch, sobald ich im Auto bin. Machen Sie schon, Denise.« Leichenblass verschwand ihre Sekretärin. »Verdammt, wo ist mein Handy?«

Amy griff in Tess' Jackentasche. »Hier. Beruhige dich, Tess.«

»Das kann ich nicht.« Ein verzweifeltes Schluchzen stieg in ihrer Kehle auf, aber sie kämpfte es nieder, als sie Reagans Nummer wählte. Sie hatte ihren Mantel gepackt und war bereits aus der Praxis heraus, als er sich meldete.

»Reagan.«

»Detective, Dr. Ciccotelli hier.«

»Dr. Ciccotelli. Ich habe schon den ganzen Nachmittag versucht, Sie zu erreichen.« Seine Stimme klang angespannt, wieder wütend. »Wir ...«

»Was immer es ist, das muss warten.« Sie ging am Fahrstuhl vorbei und rannte die Treppe hinunter, ohne darauf zu achten, ob Amy ihr folgte. »Ich brauche Ihre Hilfe. Ich habe wieder einen Anruf gekriegt.«

»Um wen geht es?«

»Avery Winslow. Meine Sekretärin ruft gerade 911 an. Melden Sie sich bei ihr für die Adresse. Ich bin unterwegs. Wir treffen uns dort.«

»Das werden wir.«

»Schnell, Detective.« Sie klappte das Telefon zu und rannte in die Garage. »Mein Wagen steht da drüben.«

»Wir nehmen meinen.« Amy packte sie am Arm und lenkte sie in die andere Richtung. »Du kannst jetzt sowieso nicht fahren.« Die Minute, die sie brauchten, um Amys Lexus zu erreichen, erschien ihr wie ein Jahr. Tess zitterte am ganzen Leib, als Amy aus der Garage fuhr und sich in den Verkehr einfädelte.

Sie zuckte zusammen, als sich Amys Hand über ihre legte. »Atme, Tess. Atme ganz ruhig. Wir sind gleich da.«

Montag, 13. März, 15.45 Uhr

»Ist ein Geschenkanhänger dran?«, fragte Murphy.

Aidan richtete sich auf. Zwischen zwei behandschuhten Fingern hielt er den .45er Colt von Mr. Winslow.

Diesen würde Mr. Winslow nicht mehr brauchen.

»Kein Anhänger.« Nur Knochensplitter und Hirnspritzer überall im Wohnzimmer des Mannes. Die Wand hinter seinem Computertisch war am stärksten besudelt, aber auch Monitor und Tastatur waren klebrig, grau und rot. Der Monitor war umgekippt. Hinter der Schicht aus Blut und Hirnmasse flackerten abwechselnd eine Reihe von Bildern auf.

Murphy näherte sich dem Bildschirm weit genug, um die Diashow zu betrachten. »Kinderfotos. Ein kleiner Junge.«

Ein Stuhl mit Rollen lag auf dem Boden neben Winslows Leiche. »Er hat auf diesem Stuhl mit dem Rücken zum Bildschirm gesessen«, bemerkte Aidan.

Murphy grunzte. »Die Wucht des Schusses muss ihn in den Monitor geschleudert haben.«

Aidan hockte sich neben den Toten. »Er hat ein Stofftier in der Hand.« Aus irgendeinem Grund wurde ihm plötzlich die Kehle eng. Er schluckte und schaute zu Murphy auf. »Ein Teddybär mit einem goldenen Geschenkanhänger. Wie zuvor. ›Herzlichen Glückwunsch, Avery jr.‹«

Murphy zog ein Gesicht. »Keine Blumen diesmal.«

»Offensichtlich nicht sein Auslöser.«

»Hier ist die Schachtel, in der der Bär ankam.« Murphy nahm sie vom Tisch, neben dem ein Notizblock lag. »Er hatte heute um drei eine Verabredung mit Tess.«

»Sieht aus, als sei er verhindert gewesen«, bemerkte Jack Unger vom Türrahmen aus. »Spinnelli hat mich hergeschickt. Nur für den Fall.« Er musterte die Szenerie kritisch. »Ich hole mein Team her, dann können wir anfangen.«

Aidan deutete auf das Badezimmer. »Schau mal nach, ob er Medikamente genommen hat. Tüte alles ein.«

Jack warf ihm einen Blick unendlicher Geduld zu. »Keine Sorge, Aidan. Wir werden die Wohnung mit der Lupe durchsuchen.«

Murphy beugte sich über den Tisch und tippte die Maus mit dem Zeigefinger an. »Der Computer hängt in der Diashow fest. Die Maus zu bewegen, ändert nichts daran.«

»Könnte durch Hirnmasse abgestürzt sein.«

»Das glaubst du doch selbst nicht, oder?«

Aidan schüttelte den Kopf. »Nein. Lass uns auch die Festplatte einpacken. Was willst du dir vornehmen – Schlafzimmer oder Küche?«

»Schlafzimmer.«

Also ging Aidan in die Küche. Sie war schmuddelig, und in der Spüle standen schmutzige Tellerstapel. Er berührte den Ofen. Er war heiß, der Schalter stand auf höchster Stufe. Auf das, was er sah, als er die Klappe öffnete, war er nicht vorbereitet. Würgend fuhr er zurück, als er begriff.

»Murphy! Komm mal her.«

Murphy war in null Komma nichts bei ihm. »Gott. Was ist das denn?«

»Nicht echt«, sagte Aidan grimmig. Er holte ein Taschentuch aus der Jacke und zog damit am Rost. »Nur eine Puppe, aber sie sieht verdammt echt aus.« Die Finger, Zehen und die Nase der Puppe waren zerschmolzen, und der Geruch von verbranntem Haar quoll beißend in die Küche. »Scheint mit Echthaar gemacht zu sein.«

»Mach wieder zu«, befahl Jack, und Aidan gehorchte rasch. »Vielleicht können wir aufgrund der Innentemperatur feststellen, wie lange das Ding da drin ist.«

Jack schaltete das Licht im Herd an und spähte durch die Glasscheibe. »Das ist ja …« Er schüttelte den Kopf. »Widerlich. Was hat der Kerl eigentlich für eine Geschichte?«

»Das wird Tess uns sagen.« Murphy zog eine Schublade auf. »Aidan, schau mal.«

Aidan blickte angewidert auf den Revolver, der auf einem Stapel Topflappen lag. »Der Täter hat gehofft, dass Winslow die Puppe entdeckt, ausrastet, sie rausholen will und dann das hier findet.«

Eine Stimme erklang im Wohnzimmer. »Detectives?«

Aidan kehrte zurück und begegnete dem Mann von der Gerichtsmedizin, der sich über Winslows Leiche beugte. »Ich bin Johnson von VanderBecks Büro. Julia meinte, der Typ kriegt die Spezialbehandlung. Wonach suche ich?«

»Todeszeitpunkt, zum Beispiel«, sagte Aidan. »Drogen und Medikamente auf jeden Fall.«

Johnson hockte sich neben den Körper. »Er ist noch warm. Das Blut gerinnt noch nicht. Ich würde sagen, er hat vor einer Stunde den Hahn durchgezogen. Höchstens. Was ist mit dem Teddy? Ach du Schande, seht euch das mal an.« Er schaute auf und blickte die Anwesenden verdattert an. »Meine Mutter hat immer gesagt, wir seien zum Haareraufen, aber mir ist noch niemand begegnet, der es tatsächlich getan hat.«

Aidan beugte sich herab. In der linken Hand hielt Winslow ein Büschel dunkelbraunes, mit grau durchzogenes Haar umklammert; dasselbe Haar, das in Strähnen von seinem Kopf herabhing. »Auch auf dem Bären sind Haare. Er muss es sich mit beiden Händen ausgerupft haben, bevor er nach dem Stofftier gegriffen hat.«

»Was haben sie dir angetan, Winslow?«, murmelte Aidan.

»Tut mir leid, Detectives, aber ich brauche etwas Platz. Können Sie zurücktreten?«

Aidan wich vorsichtig zurück, während er sich auf den Gerichtsmediziner konzentrierte, bis ein erstickter Schrei ihn zur offenen Tür herumfahren ließ.

Wo Tess Ciccotelli stand, ohne Mantel, Haar und Jacke klatschnass. Ihr Gesicht vollkommen blutleer. Eine Hand bedeckte ihren Mund, und ihre dunklen Augen waren vor Entsetzen geweitet. Sie machte einen taumelnden Schritt in die Wohnung und blieb wie angenagelt stehen.

»Oh, nein«, flüsterte sie. »Oh, Avery.«

Ein Beamter, der im Flur postiert worden war, packte ihren Arm. »Entschuldigen Sie, Detective. Sie hat sich an mir vorbeigeschlichen.« Er zog, doch sie wehrte sich, den Blick fest auf Winslows Leiche geheftet. Der Cop zog fester. »Kommen Sie, *Doktor.*« Der Namenszusatz war nicht respektvoll gemeint, und dies in Kombination mit dem harten Griff des Mannes brachte Aidans Blut zum Kochen.

»Lassen Sie sie los, Officer.« Obwohl er ruhig hatte sprechen wollen, kamen die Worte als ein Knurren heraus.

Der Mann blinzelte überrascht. »Das ist Tess Ciccotelli, Detective. Sie …«

»Wir wissen, wer sie ist«, sagte Aidan eisig. »Und jetzt lassen Sie sie los.«

Mit gerötetem Gesicht tat der Officer es und wich zurück, nicht ohne Tess einen verächtlichen Blick zuzuwerfen, den sie jedoch nicht bemerkte. Murphy schälte einen Gummihandschuh ab, nahm sie bei der Schulter und zupfte sanft. »Kommen Sie, Tess«, murmelte er. »Sie können im Augenblick nichts tun. Ich rufe jemanden an, der Sie nach Hause bringt.«

Sie schüttelte Murphys Hand ab. »Er hat seinen Sohn verloren«, sagte sie, als habe sie Murphy nicht gehört. »Seinen kleinen Sohn.« Sie hob den Blick zu Aidan, und in diesem Augenblick war jeder Rest Zweifel an ihrer Unschuld einfach … ausgelöscht. Ihre Augen waren voller Trauer. Und Wahrheit.

»Wie ist es passiert?«, fragte Aidan ruhig. Und sah, wie ihre Kehle unter dem Schal, den sie um den Hals trug, arbeitete. Er hatte sich in ihr getäuscht. Dessen war er sich jetzt sicher.

»Es war letzten Sommer«, murmelte sie. »Da war es so heiß, wissen Sie noch? Er wollte gerade zur Tür hinaus und zur Arbeit, als seine Frau ihm sagte, er sei dran, das Kind zum Kindergarten zu bringen.« Ihr Blick sank erneut zu Winslows Leiche, und sie biss sich auf die Lippe, als sie zu zittern begann.

Aus dem Augenwinkel sah Aidan, dass Johnsons Hand verharrte und Jack Unger sie am Türrahmen aufmerksam beobachtete. Doch Ciccotelli schien nichts zu bemerken und redete weiter. Ihre Stimme klang so körperlos, dass es ihm die Haare im Nacken zu Berge stehen ließ.

»Er wollte nicht. Er hatte noch zu tun und war schon spät dran. Sein Kopf war voll mit den Terminen des Tages, aber er tat es dennoch, weil er sich mit seiner Frau die Kindererziehung teilte und er …« Sie schluckte wieder. »Und er seinen Sohn liebte. Also schnallte er den Jungen im Kindersitz fest und fuhr los. Der Verkehr war dicht und hielt ihn noch mehr auf. Er legte zur Beruhigung eine CD ein. Endlich kam er bei der Arbeit an und rannte hinein. Die Kunden warteten schon. Aber in diesem ganzen Stress hatte er seinen Sohn vergessen. Bis er ein paar Stunden später einigen Aufruhr draußen bemerkte. Auf dem Parkplatz standen Polizei und ein Krankenwagen. Einer der Officer zertrümmerte ein Autofenster.«

Sie schloss die Augen. »Es war sein Minivan – Mr. Winslows -, und der Junge war noch drin. Es hieß, die Temperatur drinnen sei auf über achtzig Grad gestiegen. Das kleine Kind war ...« Ihre Stimme verebbte, und sie schüttelte den Kopf, nicht in der Lage, weiterzusprechen. Aber das brauchte sie auch nicht. Das Bild, das sie ihnen gezeichnet hatte, war nur allzu lebendig. Aidan konnte sich die Hilflosigkeit, die Verzweiflung des Vaters vorstellen, der versehentlich sein Kind umgebracht hatte. Und der Gedanke an einen Vater, der nach solch einem Erlebnis eine Babypuppe im Ofen entdeckte, zog ihm alle Innereien schmerzhaft zusammen.

»Sie versuchten, den Kleinen wiederzubeleben, während Avery danebenstand, aber es war zu spät«, endete sie schließlich. »Sein Sohn war schon seit mindestens zwei Stunden tot.«

Aidan sog bebend die Luft ein. Das war jetzt nicht der Zeitpunkt, an all seine Nichten und Neffen zu denken – daran zu denken, wie viel seine Brüder meistens zu tun hatten. Dass so etwas Furchtbares auch treusorgenden Eltern passieren konnte. Aber er dachte dennoch daran. Und weil er es tat, musste er sich räuspern. »Wann ist er zu Ihnen gekommen?«

»Nachdem er den ersten Selbstmordversuch unternommen hatte. Seine Frau hatte ihn da schon verlassen. Er ... er hasste sich selbst. Und alle Menschen in seinem Umfeld gaben ihm die Schuld.« Sie schlug die Augen auf und begegnete seinem Blick. »Es war ein Unfall, Detective. Ein grausamer, scheußlicher Unfall.«

Johnson hatte sich geräuschlos an die Arbeit gemacht. »Detectives, da liegt etwas unter ihm«, sagte er und holte eine flache Schachtel unter der Leiche hervor.

Murphy nahm sie und öffnete sie. Er sah verwirrt auf und hielt die Schachtel hoch, so dass die anderen den Inhalt sehen konnte. »Eine CD. ›Phantom der Oper‹. Aber wieso?«

Sie zuckte so heftig zusammen, als habe sie einen Stromschlag bekommen. Ihre Fingerspitzen pressten sich auf die Lippen. »Das war die Musik, die er an dem Tag im Auto gehört hat. Er sagte, er habe sich beruhigt, indem er lautstark ›Music of the Night‹ mitgesungen hat.« Wieder musste sie schlucken. »Nach diesem Tag hörte er ständig diese Musik in seinem Kopf. Das und das Weinen eines Kindes. Er konnte nicht mehr schlafen, nicht mehr arbeiten. Er verlor seinen Job und seine Frau. Seine Schuldgefühle haben ihn vernichtet.«

»Aber jemand hat ihn dabei kräftig unterstützt«, sagte Aidan, und sie nickte hölzern.

»Ja.«

Murphy klappte den Deckel der CD wieder zu und gab sie Jack. »Eintüten, bitte.«

»Detectives.« Johnson rollte die Leiche auf die Seite, so dass ein Farbfoto sichtbar wurde, eine Vergrößerung auf Hochglanzpapier. Und weit schrecklicher als Melanie, die an einer Schlinge baumelte. Aidan drehte sich der Magen um, und er hätte seinen Blick gerne abgewendet, aber er konnte nicht. Ein Kleinkind in einem blauen Strampler

saß angeschnallt auf einem Autokindersitz, das Gesicht rot und aufgedunsen, die Züge fast nicht mehr erkennbar.
Mit steifen Bewegungen trat Tess Ciccotelli neben Aidan und schaute auf das Foto. »Das ist sein Sohn.« Ihre Stimme war heiser und zitterte nun vor Zorn. »So hat ihn die Polizei an jenem Tag gefunden.« Sie schloss die Augen, und ihre Lippen verzogen sich voller Bitterkeit. »Wissen Sie, was Ironie ist? Wer immer ihm das Foto geschickt hat, hätte sich die Mühe nicht machen müssen. Avery Winslow hat genau dieses Bild jedes Mal gesehen, wenn er die Augen zugemacht hat.«
Ein paar Herzschläge lang sagte niemand ein Wort. Dann stieß Murphy geräuschvoll den Atem aus. »Hier liegt ein Umschlag auf dem Tisch. Gleiche Größe wie das Foto.« Mit einer Grimasse packte er ihn an der einen Ecke, die nicht mit Blut und Gehirn beschmiert war. Und stieß einen Pfiff aus, als er den Absender sah. »›Dr. T. Ciccotelli, MD.‹ Mit Prägung, Tess. Der kommt aus Ihrem Büro.«
Ihr Mund öffnete sich, der Körper erstarrte. Ihr entsetzter Blick hastete vom Umschlag zum Foto und zurück zu Winslows Leiche, neben der sie stand. In ihren Augen tobte ein Sturm. »Verzeihen Sie. Ich muss hier raus.« Sie machte auf dem Absatz kehrt und rannte zur Tür.
Murphy setzte sich in Bewegung, aber Aidan schüttelte den Kopf und streifte die Handschuhe ab. »Ich gehe.« Sie bewegte sich auf das Treppenhaus zu. »Dr. Ciccotelli. Warten Sie.« Doch sie ging weiter, ohne sich umzudrehen. Dann war sie auf der Treppe, und er sah ihren Kopf eine halbe Etage unter sich verschwinden. »Doktor, stopp!« Sie zögerte für einen Bruchteil einer Sekunde, beschleunigte

dann aber ihren Schritt und packte das Geländer fester, als sie um die Ecke bog, um die nächste Etage hinunterzurasen.

Tess floh. Die Stufen unter ihren Füßen verschwammen. Reagan verfolgte sie immer noch, und seine Schritte kamen näher. Doch sie konnte nicht stehen bleiben, konnte nicht atmen. Sie brauchte nur eine Minute. Eine Minute, um sich zu fassen, zu Atem zu kommen.

Das Foto … lieber Gott. Wer kann so was tun? Wer kann nur so grausam sein? Das Bild … diese obszöne Scheußlichkeit hatte in ihrem Umschlag gesteckt. *Mit meinem Namen als Absender darauf.* Avery hatte den Umschlag geöffnet, weil er ihr vertraut hatte. Ihre Kehle verschloss sich. Was musste er gedacht … gefühlt haben? *Die Qual, seinen Sohn noch einmal so zu sehen … und zu glauben, dass ich ihm das Bild geschickt habe!* Dann hatte er den Lauf der Waffe in den Mund genommen und abgedrückt.

Er war tot. Avery war tot. Aber so schlimm das war, die Realität bot noch viel Schlimmeres. Vor nur einer knappen Stunde hatte sie sich noch selbst davon überzeugen können, dass sie keine Schuld hatte, dass sie nur ein Werkzeug für jemanden gewesen war, der Cynthia Adams hatte umbringen wollen.

Jetzt wusste sie, dass das nicht stimmte. Jetzt wusste sie, dass Cynthia und Avery die Werkzeuge gewesen waren. Das wahre Ziel … *bin ich*. Zwei Unschuldige hatten sterben müssen. *Wegen mir*.

Sie atmete schluchzend ein und blieb abrupt stehen, die Hand noch am Geländer, als ihr die Knie nachgaben. Sie ließ sich behutsam auf eine Stufe nieder und rang verzweifelt nach Luft.

Der Klang von Reagans Schritten wurde lauter, dann verharrten sie. Er war direkt hinter ihr. Nun war nichts mehr im Treppenhaus zu hören, als ihre verzweifelten Atemzüge.

»Tess«, sagte er. Nichts mehr. Nur das.

Aber die einzige Silbe schien zwischen ihnen zu schweben und zu pulsieren, als habe sie ein Eigenleben. Sie starrte an die Wand gegenüber. »Ich werde die Stadt nicht verlassen«, sagte sie und stand auf. »Sie haben mein Wort. Ich tue, was ich kann, um Ihnen zu helfen.« Steif setzte sie sich wieder in Bewegung und war eine weitere halbe Etage weit gekommen, bis er sie links überholte. Er blieb auf dem Absatz stehen und versperrte ihr den Weg. Tess stoppte auf der untersten Stufe. Ihre Knie zitterten.

Er kann dich nicht verhaften, sagte sie sich. *Du hast nichts getan.*

Aber sie wusste, dass er es durchaus konnte, wenn er wollte, und dann gäbe es nichts, was sie dagegen unternehmen könnte. »Tut mir leid, Detective.« Ihre Stimme war brüchig, und sie verfluchte ihre jämmerliche Angst. Hier sollte es um Cynthia und Avery gehen, aber sie war pragmatisch genug, um sich einzugestehen, dass dem nicht so war. Hier ging es um sie. »Sie haben den ganzen Nachmittag versucht, mich zu erreichen. Was haben Sie herausgefunden?«

Er stand so dicht vor ihr, dass sie sein Seufzen an der Wange spüren konnte. Er war stark und groß, sein Blick scharf und zornig, doch sie hatte Mitgefühl darin gelesen. Für

Cynthia. Für Avery. Und einen Moment lang erlaubte sie sich darüber nachzudenken, wie es wohl sein würde, von ihm beschützt statt angeklagt zu werden. Doch der Moment war schnell vorüber.

»Wir haben drei Blumengeschäfte ausfindig gemacht, die am Samstag einer jungen Frau Lilien verkauft haben«, sagte er grimmig. »Sie hat mit Kreditkarte bezahlt.«

Tess musste nicht erst fragen. Sie wusste es. Sie nahm all ihren Mut zusammen und schaute zu ihm auf. Seine Augen blickten ernst, aber nicht anklagend. »Mit meiner«, sagte sie tonlos.

Er nickte.

Sie presste die Lippen zusammen. »Ich habe das alles nicht getan, Detective. Nichts davon.« Sie blickte zur Seite. »Natürlich erwarte ich nicht, dass Sie mir glauben.«

»Ich habe auch nicht erwartet, Ihnen zu glauben.«

Verdattert wandte sie den Kopf und sah ihm wieder in die Augen. Er lächelte nicht, und ihr Puls begann einmal mehr zu jagen. »Sie glauben mir?«

Seine Brauen zogen sich zusammen, als ob ihm selbst vollkommen unverständlich war, wieso er zu einem solchen Schluss hatte kommen können. »Ja.«

»Dann …« Sie fürchtete sich beinahe, die Worte auszusprechen. »Dann werden Sie mich nicht verhaften?«

»Nein.« Er packte das Ende des Geländers und trat auf dem Absatz einen Schritt zurück. Sein Blick war besorgt. »Aber ich muss herausfinden, warum es hier um Sie geht.«

»Ich weiß nicht. Ich dachte bisher, ich sei nur ein Werkzeug, ein Mittel. Aber das stimmt nicht.«

»Mir ist heute Morgen schon der Gedanke gekommen, dass Sie das Ziel sein könnten. Aber bis eben war ich mir nicht sicher.«

Sie neigte den Kopf. »Wieso heute Morgen? Was hat sich geändert?«

Er sah einen Moment lang zur Seite. Als er sie wieder anblickte, las sie kleinlaute Beschämung in seinen Augen. »Gestern Nachmittag habe ich eine Liste der Fälle angefordert, in denen Sie auf der Seite der Staatsanwaltschaft ausgesagt haben. Es gibt eine Menge davon und dadurch auch eine Menge Leute, die Sie sicher gerne am Boden sehen würden. Ich muss Sie um Verzeihung bitten, Dr. Ciccotelli. Ich habe mich geirrt.«

Dass er ihren Titel ausgesprochen hatte, errichtete erneut eine Mauer zwischen ihnen. Dennoch war ihr die Formalität zehnmal lieber als eine Anklage. »Danke.«

»Wir müssen überlegen, was wir nun unternehmen.« Er sah auf seine Uhr. »Ich bin schon zu lange hier unten. Ich muss meine Arbeit erledigen. Kommen Sie, wir gehen hoch, und Sie nehmen den Fahrstuhl.«

Tess schüttelte den Kopf. Allein der Gedanke an den Aufzug verursachte ihr Übelkeit. »Schon gut. Ich nehme die Treppe.«

Sein Blick besagte, dass er sie für verrückt hielt. »Wir sind im neunten Stock.«

Neun Stockwerke oder neunzehn, das machte nichts aus. Tess nahm nur Fahrstühle, wenn es absolut unvermeidlich war. Und das war höchstens dann der Fall, wenn sie über zwanzig Etagen hinauf musste. In ihrem momentanen Zustand mochte sie sich noch nicht einmal vorstellen, in einer kleinen Kiste gefangen zu sein. »Ich bin eineinhalb Etagen gelaufen, also sind es jetzt nur noch knapp über sieben. Gehen Sie hinauf und erledigen Sie Ihren Job, Detective. Das ist das mindeste, was wir für Avery Winslow tun können. Ich schaffe das schon. Rufen Sie mich an, wenn Sie Zeit zum Reden haben. Ich setze mich noch einmal an meine Unterlagen zu den Gutachten, die ich für die Staatsanwaltschaft erstellt habe. Vielleicht fällt mir irgendetwas ein.« Sie sah zu Boden, dann wieder in seine Augen. »Danke, dass Sie mir glauben, Detective.«

Er nickte, machte kehrt und ging zwei Stufen hinauf, während sie zwei hinabging. Etwas prickelte in ihrem Nacken, und sie hielt an und schaute auf, nur um zu sehen, dass er auf sie herabsah. Sein Mund war ein grimmiger Strich, seine Augen blau und leuchtend. Er betrachtete ihr Gesicht, das sich unter der Musterung erwärmte. Sein Blick war nicht mehr anklagend, doch der neue Ausdruck war mindestens so eindringlich wie zuvor. Ihr Puls begann zu jagen.

»Gern geschehen, Doktor«, sagte er schließlich. Sehr ernst. Dann nahm er immer zwei Stufen auf einmal, und einen Augenblick später hörte sie über sich eine Tür aufgehen und wieder zufallen.

Tess atmete aus und verspürte leichten Schwindel. Detective Aidan Reagan war ein attraktiver Mann. Ihre Haut prickelte noch immer, Nachwirkungen dieses intensiven Blicks, den sie lieber nicht deuten wollte. *Sei einfach froh, dass er dich nicht verhaftet hat, Tess.* Sie begann, die Treppe hinunterzugehen. Sie würde nicht verhaftet werden.

Aber zwei Menschen waren gestorben. Und das konnte sie nicht mehr ändern.

Obwohl ihre Knie noch immer zitterten, schaffte sie die verbleibenden siebeneinhalb Etagen und kam unten an, als Amy gerade aus dem Fahrstuhl trat.

Sie hatte Tess' Mantel über dem Arm und verengte die Augen, als sie ihre Freundin entdeckte. »Was ist da oben passiert? Als ich endlich einen Parkplatz gefunden hatte und oben ankam, wollten sie mich nicht aus dem Fahrstuhl lassen. Ein großkotziger Cop hat mir gesagt, dass Detective Reagan dich die Treppe hinunter verfolgt. Ich dachte schon, ich müsste dich wieder auf dem Präsidium abholen.«

»Nein, diesmal nicht. Aber Avery Winslow ist tot.«

»Das dachte ich mir schon«, erwiderte Amy. »Überall Cops und CSU.«

»Da war wieder ein Foto, Amy.« Der Gedanke daran verursachte ihr Übelkeit. »Das Foto wurde in einem Umschlag aus meiner Praxis geschickt.«

Amys Brauen zogen sich zusammen. »Das ist nicht gut, aber jedermann kann einen Briefumschlag klauen. Davon geht die Welt nicht unter.«

»Für Avery Winslow schon.«

»Du bist nicht schuld daran, und du kannst es auch nicht mehr ändern. Nimm den Mantel. Ich fahre dich nach Hause.«

Tess nahm den Mantel mit einem kleinen, dankbaren Lächeln. Sie war in einem Block Entfernung aus Amys Wagen gesprungen, als eine Ampel auf Rot geschaltet hatte. »Danke. Das einzig Gute ist, dass Reagan an meine Unschuld glaubt.«

»Tatsächlich? Hat er dir das gesagt, der große Detective?«

Tess scharrte bei Amys spöttischem Ton mit den Füßen.

»Hat er.«
Amys Lachen war beinahe höhnisch. »Und das glaubst du ihm?«
Tess nickte. »Ja.«
»Mann, Tess, sei nicht so blöd.«
Tess straffte gekränkt den Rücken. »Ich bin nicht blöd.«
Amy stieß die Tür auf und trat hinaus auf die Straße. »Wenn du glaubst, was Cops dir sagen, bist du blöd. Mein Wagen steht zwei Blocks entfernt.« Sie musterte Tess' bleiches Gesicht. »Du siehst nicht gut aus. Willst du hier warten, während ich den Wagen hole?«
Tess schüttelte den Kopf. Die Kränkung tat noch immer weh. »Ein bisschen Gehen wird mir guttun.«
Amy zuckte die Achseln und setzte sich in Bewegung. »Wie du willst. Hör zu, es tut mir leid, dass ich dich als blöd bezeichnet habe, aber du machst mir eine Höllenangst. Die Polizei will, dass du ihr vertraust. Das gehört dazu. Reagan hat tolle blaue Augen, die wahrscheinlich aufrichtig leuchten, aber er bleibt immer noch ein Cop. Cops lügen, wenn sie hoffen, dass sie ein Geständnis aus dir herauskriegen.« Sie warf ihr einen scharfen Blick zu. »Du hast im Treppenhaus mit ihm gesprochen, richtig?«
Tess blickte stur geradeaus. »Nur, um ihm zu sagen, dass ich es nicht war.«
»Und dann hat er dich gebeten, später mit ihm zu reden.«
Sie hob das Kinn. Amys verbale Attacke verunsicherte sie. »Eigentlich habe ich ihm das vorgeschlagen.«
Amys höhnisches Lachen tat weh. »Wie viel, habe ich gesagt, will ich dir berechnen? Ich sollte die Summe verdoppeln.«

Tess biss die Zähne zusammen und schwieg.
Amy schnaufte ungeduldig. »Und jetzt bist du sauer auf mich, weil *ich* dir die Wahrheit sage. Tess, du darfst der Polizei nicht über den Weg trauen. Reagan wird sein strahlendes Schauspielerlächeln und seine tollen blauen Augen gnadenlos einsetzen, um dich zu manipulieren, bis du ihm alles mögliche erzählst. Und, Liebes, alles was du sagst, kann und *wird* gegen dich verwendet werden. Mach mir die Arbeit nicht noch schwerer. Halt einfach den Mund, und wir schaffen das schon. Sprich nicht mit irgendeinem Bullen, wenn deine Anwältin nicht bei dir ist. Und wenn ich mich recht erinnere, bin deine Anwältin immer noch ich. Also? Versprichst du es?«
Tess schob die kalten Hände in die Manteltaschen und wusste nicht, was sie mehr kratzte: Amys Ultimatum oder ihre offensichtlich geringe Meinung von Tess' Menschenkenntnis. *Nicht, dass ich Psychiaterin oder so was wäre,* dachte sie sarkastisch. Mit der Polizei zusammenzuarbeiten war kein Fehler. Es konnte durchaus ihre einzige Hoffnung sein, dieser Sache ein Ende zu bereiten, bevor noch jemand starb. »Und wenn ich nein sage, Frau Anwältin?«
Amy blieb mitten auf dem Bürgersteig stehen und brachte Tess dazu, dasselbe zu tun. Ihre Freundin war vollkommen ernst, ihr Blick scharf, ihre Wangen rot vor Zorn. »Dann wirst du dir einen neuen Anwalt suchen müssen, *Doktor*, denn ich werde dich nicht vertreten.« Und damit setzte sie sich wieder in Bewegung und ließ Tess einfach stehen. Mit offenem Mund starrte Tess ihr hinterher. Als Amy in der Menge verschwand, wurde sie sich bewusst,

dass man sie zum zweiten Mal innerhalb einer Stunde in herablassendem Ton Doktor genannt hatte.
Das erste Mal war es der Cop vor Avery Winslows Wohnung gewesen, und sein Griff hatte vermutlich einen blauen Fleck hinterlassen. Aber Aidan Reagan hatte eingegriffen. Hatte dem Cop gesagt, er solle sie loslassen, und das ganz und gar nicht freundlich. Reagan hatte sie beschützt. Aber es lag offenbar in seiner Natur. Anscheinend war er so gestrickt.
Der Gedanke ernüchterte sie, und die Frage, wie sie nach Hause kommen sollte, war nicht erhebender. Amy war weg, und Tess würde sie nicht mehr einholen, selbst wenn sie hinter ihr herrannte, was sie keinesfalls tun würde. Aber sie war ohne Tasche oder Portemonnaie aus ihrer Praxis gestürmt. In ihrer Manteltasche befanden sich ein Dollar fünfzig, ein paar Fussel und ihr Handy. *Wenn ich zu Hause wäre, könnte ich Vito anrufen, und er würde sofort kommen.*
Der Gedanke traf sie so unerwartet, dass sie blinzeln musste. Und die Zähne zusammenbiss. Ihr Zuhause war nun Chicago, nicht Philadelphia. Und ihr Bruder Vito war Hunderte von Meilen entfernt. *Er fehlt mir.* Das konnte sie sich ruhig eingestehen. *Sie fehlen mir alle.* Sie wusste, dass Vito kommen würde, wenn sie ihn anrief. Aber es würde ihm Ärger mit ihrem Vater bescheren, und das wollte sie nicht. Wenn sie tatsächlich verhaftet worden wäre … *Ja, dann hätte ich Vito angerufen.* Aber es war nicht passiert, also waren die Überlegungen müßig.
Jon würde jetzt in einer OP sein, und Denise wäre fort. Sie blickte hinauf zu der Wohnung, in der Avery Winslow

gelebt hatte. Reagan und Murphy mussten noch dort oben sein.

Genau wie das, was von Avery Winslow übrig geblieben war. Sie schloss die Augen bei der Erinnerung und riss sie wieder auf, als die Bilder überdeutlich vor ihrem inneren Auge aufblitzten. Avery, den halben Kopf weggeschossen. Cynthia, aufgeschlitzt und gepfählt auf der Straße. Und der Klang ihrer eigenen Stimme, die Cynthia zum Selbstmord verführte. Das alles würde sie für den Rest des Lebens verfolgen.

Sie konnte nicht noch einmal hinaufgehen.

Und so sehr es sie wurmte, Amys Warnung hatte sich in ihrem Bewusstsein festgesetzt. Reagan war ein guter Mensch, ein guter Cop. Das hatte Murphy ihr gesagt. Und doch hatte Murphy zugelassen, dass man sie zum Verhör geschleppt hatte. Ihre Vernunft sagte ihr, dass er nur seinen Job getan hatte. Aber es tat noch immer weh. Und es zeigte ihr, wie schnell das Vertrauen eines Cops beiseitegeschoben werden konnte.

Sie würde Reagan und Murphy helfen. Aber vorsichtig. Im Moment brauchte sie zu allererst einen warmen Ort, wo sie sich setzen konnte. Sie blickte sich um und sammelte sich. Sie war nur wenige Blocks vom Lemon entfernt, wo sie, wie sie wusste, auch ohne einen Cent willkommen sein würde.

Montag, 13. März, 16.45 Uhr

Joanna rempelte versehentlich eine alte Lady an, die mit ihrem hängebauchigen Basset spazieren ging, und murmelte eine Entschuldigung. Tess Ciccotelli hatte wie alle Fußgänger den Kopf gegen Wind und Regen gesenkt. Wie gemacht für eine stressfreie Beschattung. Sie war der Frau den ganzen Nachmittag gefolgt und wusste nun, dass wieder ein Patient tot war. Das würde eine weitere Titelstory geben.

Mit dem Autorennamen von Cyrus Bremin. *Nur über meine Leiche*. Sie leistete im Stillen Abbitte für die schlechte Wortwahl.

Mit zu Schlitzen verengten Augen folgte sie ihrem Zielobjekt, das um eine Ecke gebogen war und nun in westliche Richtung lief. Sie brauchte Exklusivität, um sicherzustellen, dass dieser Mistkerl Schmidt die Story nicht wieder an Bremin weiterleitete.

Sie musste sich Tess Ciccotelli ungehindert nähern können. Und es deutete alles darauf hin, dass ihr Wunsch in Erfüllung gehen würde. Diese Frau hatte quasi ihre Anwältin gefeuert, und das so schnell, dass Joanna ihre Verblüffung noch immer nicht überwunden hatte. Die Seelenklempnerin wollte tatsächlich mit der Polizei kooperieren.

Im Grunde war Joanna der Meinung der Rechtsanwältin: Ciccotelli benahm sich saudumm. Oder aber – und auch das musste man in Betracht ziehen – sie hatte wirklich nichts Falsches getan und diese ganze Geschichte war rein konstruiert. Aber eigentlich war ganz egal, was wahr und was gelogen war, solange in der Verfasserzeile nur »Joanna Carmichael« stand.

7

Montag, 13. März, 16.45 Uhr

Aidan betrat die Wohnung, als Johnson gerade den Reißverschluss des Leichensacks um Winslow zuzog. Er trat zur Seite, als die Bahre hinausgefahren wurde, und ging zu Murphy. »Sie ist in Ordnung«, sagte Aidan leise, »Ich habe ihr von der Kreditkarte erzählt. Ich musste ihr gar nicht sagen, dass es ihre gewesen ist. Sie hat es sich schon gedacht.«

»Spinnelli hat angerufen, während du weg warst.« Murphy zeigte ihm seinen Notizblock, auf dem er die Adresse einer Postfachagentur auf der anderen Seite der Stadt geschrieben hatte. »Er hat die Rechnungsadresse der Karte bis dorthin zurückverfolgen können. Sie haben bis sechs Uhr auf.«

Aidan sah auf die Uhr. »Das schaffen wir gerade noch.«

»Außerdem meinte Spinnelli, dass fünf verschiedene Anwälte in Berufung gehen wollen.«

»Dreck.«

»Kann man so sagen«, bemerkte Murphy. »Wo ist Tess?«

»Meinte, sie wolle nach Hause und dort ihre Gutachten für die Prozesse durchgehen. Ich habe ihr gesagt, wir rufen sie später noch an.«

»Murphy!« Jack tauchte im Flur auf, der zu den anderen

Zimmern führte, und winkte ihnen. »Du auch, Aidan. Kommt mal her. Das wollt ihr bestimmt sehen.«
Sie gingen hinter Jack in das Zimmer, das dem Kind der Winslows gehört hatte. Die Wiege stand noch in der Ecke, auf dem Wickeltisch befanden sich Windeln und Babypuder. Alles war bedeckt von einer dicken Staubschicht. Einer von Jacks Männern stand auf einem Hocker vor einem Lüftungsschacht, dessen Abdeckung unten an der Wand lehnte.
»Das ist Rick Simms. Zeig ihnen, was du gefunden hast, Rick.«
Rick wandte sich um. Zwischen Daumen und Zeigefinger hielt er einen kleinen schwarzen Kasten.
Aidan trat auf die Kante des Hockers, um besser sehen zu können. Ein Kabel ragte aus dem kleinen Kasten, und mit einem Mal wusste er genau, was Rick Simms gefunden hatte. Er warf Murphy einen Blick zu, und sein Partner sah genauso verblüfft und zornig aus, wie er sich fühlte. Es war erstaunlich, dass er nach allem, was er heute gesehen hatte, noch Derartiges empfinden konnte. »Eine Kamera.«
Rick nickte anerkennend. »Drahtlos, hohe Auflösung.« Er drehte den Kasten ein wenig. »Und außerdem in der Lage, Geräusche aufzunehmen. Hier ist das Mikro.«
»Der Schweinehund sieht gerne zu«, murmelte Murphy. »Woher wusstet ihr, dass das Ding da war?«
»Rick hat gesehen, dass an einer Ecke der Abdeckung kein Staub war«, antwortete Jack, einen Hauch Stolz in der Stimme. »Gute Arbeit.«
Rick grinste breit. »Danke.«

»Wie viele Kameras können wir noch finden?«, wollte Aidan wissen.

»Das haben wir uns auch gerade gefragt.« Jack führte sie zurück ins Wohnzimmer. »Ich denke mir, dass der Täter das große Finale bestimmt nicht verpassen wollte.« Er deutete auf die Lüftung über dem Tisch, von dem der Computer bereits entfernt worden war. »Versuchen wir's mal dort.«

Rick verzog angewidert das Gesicht, als er sich streckte, um die beschmierte Abdeckung zu entfernen. »Mann, das ist ekelig, Jack.«

Jack lachte trocken. »Kann dir nicht schaden, dir auch mal die Hände dreckig zu machen, Rick.« Er wandte sich an Aidan. »Rick gehört zur Elektronikabteilung. Normalerweise arbeitet er im Labor, aber ich brauchte jeden, den ich kriegen konnte.«

Rick gab die Lüftungsabdeckung nach unten weiter.

»Du hattest recht«, sagte er. »Noch eine Kamera mit Mikro und ...« Er leuchtete mit der Taschenlampe in die Öffnung und drehte sich verdattert um. »Und ein Lautsprecher.« Er zog und zupfte daran, bis er ihn herausholen konnte; das Gerät hatte die Größe einer Pflaume. »Wieso denn das?«

»Während du dich mit Tess unterhalten hast, kam eine Nachbarin, Aidan«, erklärte Murphy. »Sie sagte, sie hätte den ganzen Tag ein Baby weinen hören und dachte, er sieht sich vielleicht ein Video an. Jetzt wissen wir es besser.«

Rick betrachtete den Lautsprecher mit gerunzelter Stirn. »Da haben wir es aber mit einem echten Scheißkerl zu tun.«

»Wohin führt das Videokabel?«, fragte Aidan.

»Dazu muss ich den Receiver finden«, sagte Rick. »Aber wenn ich raten soll – ins Ethernet. Und dann …« Er wedelte mit der Hand. »Irgendwo raus.«

Murphy blinzelte. »Ethernet?«

»Datennetztechnologie. Darüber kann man ins Internet«, murmelte Aidan, dessen Gedanken sich zu überschlagen begonnen hatten. Die Möglichkeiten waren einfach erdrückend.

Rick nickte. »Streaming-Video. Der letzte Schrei, Mann. Die Daten werden vom Computernetzwerk empfangen und gleichzeitig weitergeleitet. Wird gerne im Boden installiert, damit man Frauen unter den Rock gucken kann. Diese hier ist zur Überwachung installiert worden.«

Murphy schüttelte den Kopf. »Internet?«, wiederholte er. »Wie eine Website oder so? Soll das heißen, dass jeder zusehen konnte, wie Winslow sich das Hirn rausgepustet hat?«

»Möglicherweise.« Rick hob die Schultern. »Kommt drauf an, was euer Bursche vorhat. Wenn das eine Privatvorführung war, finden wir es nicht mit der normalen Google-Suche.« Er zog eine Braue hoch. »Falls es nicht privat sein soll …«

Aidans Magen verkrampfte sich, als das, was Rick andeutete, in sein Bewusstsein sank. »Ach, du Schande. Wie Pay-TV?« Er warf Murphy einen Blick zu, der offenbar zum selben Schluss gekommen war.

»Snuff-Movies im einundzwanzigsten Jahrhundert.« Ein Muskel in seinem Gesicht zuckte. »Das ist unfassbar.«

»Irgendeine Vermutung, wie lange das Ding schon hier ist?«, fragte Aidan.

Jack hockte sich hin, um die Abdeckung zu untersuchen. »Wir haben hier ziemlich viel Staub auf den Lamellen, aber kaum etwas auf den Schrauben. Vielleicht ein oder zwei Wochen?«

»Also müssen wir herausfinden, wer in den vergangenen ein bis zwei Wochen Zugang zu dieser Wohnung hatte«, sagte Murphy. »Nach was für eine Person suchen wir? Technisch versiert?«

Rick kam vom Hocker herunter. »Ehrlich gesagt könnte jeder Teenie, der ein bisschen was drauf hat, diesen Job erledigen.«

Aidan seufzte müde und fuhr sich durchs Haar. »Jack, wir müssen in Cynthia Adams' Wohnung nach Kameras suchen.«

Jack sah Rick an. »Kannst du das noch heute Abend machen?«

Rick nickte. »Damit wir den Kerl schnell schnappen? O ja.«

»Wir müssen noch der Spur mit den Blumen nachgehen«, sagte Murphy. »Jack, kannst du hier den Rest erledigen?«

Jack entließ sie mit einer lässigen Geste. »Geht schon. Treffen wir uns um acht bei Spinnelli. Sagt ihm, er soll etwas vom Chinesen bestellen. Das wird eine lange Nacht.«

Montag, 13. März, 20.30 Uhr

Sie war noch immer da. Saß an ihrem Wohnzimmertisch in einem roten Seidenmorgenmantel und weißen Socken, ein halbes Glas Rotwein neben sich, und sah ihre Computerdateien durch.

Sie war noch immer dort. Und nicht da, wo sie sein sollte – in einer Zelle, umgeben von ungewaschenen Kleinkriminellen und verzweifelt darauf wartend, dass einer ihrer sogenannten Freunde eine Kaution hinterlegte.

Aber Geduld war eine Tugend. Und Ciccotelli wies alle Anzeichen von Stress und Anspannung auf. Ihre Hand zitterte, wenn sie das Weinglas nahm, und ab und zu erschien auf ihrem Gesicht ein Ausdruck reinen Entsetzens, der ihr das Blut aus den Wangen weichen und ihre Augen glasig wirken ließ. Vermutlich dachte sie an die Leichen. Daran, wie die Opfer sich vor ihrem Tod gefühlt haben mussten und dass ihre Patienten geglaubt hatten, sie habe sie verraten. Und sie würde sich fragen, wer der Nächste sein würde.

Und das musste im Augenblick reichen.

Was die Polizei betraf – die konnte froh sein, wenn sie ihren eigenen Hintern zum Abwischen fand. Irgendwann würden sie sich die Finanzen der Opfer ansehen und auf die hübschen Nägel stoßen, mit denen Ciccotellis Sarg zugehämmert werden würde. Bis dahin gab es wenigstens noch das Lizenzamt. Es war dank Cy Bremin und seiner Titelstory früher als erwartet auf den Plan getreten, und das war wirklich eine feine Sache gewesen.

Und eine Wiederholung wert. Ein Mausklick auf die Audiodatei erweckte Dr. Fenwicks Stimme zum Leben. *Das Amt empfindet solche Vorwürfe als ernst zu nehmendes und inakzeptables Problem.*

Ach was. Ernsthaft? Ernst zu nehmen *und* inakzeptabel. Das war einer der dämlichsten Kommentare, die das Mikrofon aufgenommen hatte, seit es hinter einem Aktenschrank in Ciccotellis Büro versteckt worden war. Das Amt hatte überhaupt nichts gegen Ciccotelli in der Hand, und jeder im Raum hatte das gewusst. Fenwick, Ciccotelli und ihre Anwältin, die die Drohungen des alten Knackers locker beiseitegewischt hatte.

Aber der Besuch selbst hatte den Grundstein für etwas gelegt, auf dem man aufbauen konnte. Der großkotzige Dr. Fenwick würde den Tod von Avery Winslow noch inakzeptabler finden. Zweiter Akt, sozusagen. Der dritte würde für das Lizenzamt allein aufgeführt werden, nicht für die Polizei. Das war nicht der ultimative Schlag, würde aber die Langeweile vertreiben, solange die Bullen herumtrödelten.

Ja, es würde vermutlich ausgesprochen unterhaltend werden.

Montag, 13. März, 20.30 Uhr

»Und?« Spinnelli saß am Kopf des Tisches und aß mit finsterer Miene. Am Tisch befanden sich außerdem Aidan, Murphy, Jack, Rick und Patrick, der sie düster darüber informiert hatte, dass die Zahl der Berufungsabsichten nun auf acht gestiegen war.

»Noch eine Minute, Marc«, protestierte Jack. »Ich habe seit dem Mittag nichts mehr gegessen.«

»Wir haben noch nicht mal mittags gegessen«, brummelte Aidan. Sie hatten sich mit den Blumengeschäften auseinandergesetzt. »Aber wir können Ihnen beim Essen ein Video zeigen.« Er stand auf und nahm die Disc, die sie aus der Kamera von der Postfachagentur geholt hatten, und griff hastig nach seinem Karton mit Bami-Nudeln, als Murphy einen begehrlichen Blick daraufwarf. »Wir mussten nicht lange suchen.« Er schob die Disc ein, drückte auf Play und trat zurück, dass die anderen den Bildschirm sehen konnten. »Das war vergangenen Donnerstagnachmittag.« Eine Frau in einem braunen Mantel trat ins Bild. Ihr schwarzes Haar fiel in Wellen um ihre Schultern. Sie war ungefähr von gleicher Größe wie Tess Ciccotelli, aber der weite Mantel verbarg ihre Statur.

Die Frau schien eine Latina zu sein. Ihr Gesicht war zwar etwas schmaler als Ciccotellis, aber ähnlich genug, um in der Erinnerung eines genervten Angestellten als italienisch durchzugehen.

»Tess hat einen Mantel von derselben Farbe«, sagte Murphy. Dann fügte er hinzu: »Hier kommt etwas, was mich wirklich rasend gemacht hat. Seht euch an, wie sie ihren Mantel aufknöpft, so dass man den Schal um den Hals sehen kann. Sie wollte, dass der Angestellte diesen Schal sieht, weil Tess niemals ohne aus dem Haus geht.«

Es sei denn, sie trägt einen schwarzen Rollkragenpulli, der wie eine zweite Haut sitzt, dachte Aidan und schob dieses Bild rasch so weit wie möglich aus seinem Bewusstsein.

Spinnelli presste die Kiefer zusammen. »Weil sie die Narbe von dem Angriff letztes Jahr verbergen will.«

Nun erschien vor Aidans innerem Auge das Bild seiner eigenen Hände, die sich um den Hals des Mistkerls legte, der sie beinahe getötet hatte.

»Verdammt«, murmelte Patrick. »Sie sieht aus wie sie.«

»Nie und nimmer sieht die wie Tess aus«, fuhr Murphy ihn an. »Sind Sie blind?«

Patrick schüttelte den Kopf. »Nein, ich nicht, aber ein Richter könnte ausreichend Ähnlichkeit sehen, um die Berufungen durchgehen zu lassen. Insbesondere, da wir noch mehr Indizien haben, die gegen sie sprechen. Ohne Motiv reicht es nicht, sie vor Gericht zu stellen«, fügte er hinzu, »wohl aber, um das Wasser zu trüben. Verdammter Mist. Das ist gar nicht gut.«

Aidan beobachtete, wie die Frau zu ihrem Postfach ging, sich vorbeugte und den Schlüssel ins Schloss steckte. »Niemand mit ein bisschen Verstand im Kopf würde glauben, dass es sich um Tess Ciccotelli handelt. Die Frau bewegt sich völlig anders.«

»Ich sehe nicht recht, wie ich das als Argument einem Richter unterbreiten soll, Aidan«, sagte Patrick mit trockenem Humor. »Obwohl ich gerne zugebe, dass sich nur wenig Frauen wie Tess bewegen.«

Aidan sah über seine Schulter zu Patrick, dessen nüchterner Gesichtsaudruck wohl nie einem Lächeln näher gewesen war. Murphy hatte ein plötzliches Interesse an den Resten seines zweimal gebratenen Schweinefleischs entwickelt, Jack grinste unverhohlen, und Rick sah aus, als hätte er es gerne getan. Aidan spürte, wie ihm das Blut in die Wangen stieg und verdrehte die Augen. »Ich meinte nur, dass sie ... ach, verdammt.«

Spinnellis Schnurrbart zuckte. »Wir alle wissen, was Sie meinten, Aidan.« Er räusperte sich und wurde wieder ernst. »Aber abgesehen von der mangelnden Geschmeidigkeit der Bewegungen hat Patrick recht. Wir müssen immer noch beweisen, dass sie nicht Tess ist. Können wir uns Fingerabdrücke holen?«

»Ich schicke ein Team rüber«, sagte Jack. »Aber es sieht so aus, als hätte sie die ganze Zeit ihre Handschuhe angelassen.«

Die Frau auf dem Video schob die Post aus dem Kasten in ihre Aktenmappe. »Sollte das also unser Superhirn sein?«, murmelte Patrick.

»Ich weiß nicht«, sagte Aidan. »Auf mich wirkt sie ziemlich nervös.«

Patrick zuckte die Achseln. »Ist vielleicht nicht unnormal, nervös zu sein, wenn ich zwei Leute umbringen wollte. Aber ich kann es mir auch nicht so recht vorstellen, wenn ich ehrlich bin. Sie lässt sich zu oft blicken. Sie weiß, dass sie gefilmt wird und zieht eine Show ab. Wir müssen herausfinden, wer sie ist.«

Murphy verschränkte die Arme vor der Brust. »Sie war auch auf dem Band aus Adams' Eingangshalle. Der Hausmeister hat die Kamera in Adams' Etage außer Betrieb gesetzt, aber nicht die unten am Aufzug. Finden wir heraus, ob man sie auch in Winslows Haus gesehen hat.«

Spinnelli verschränkte die Finger und legte sein Kinn darauf. »Was ist mit den Kameras, die wir in den Wohnungen selbst gefunden haben?«

Rick schob die Reste seines Abendessens zur Seite. »Ich habe in Adams' Wohnung dasselbe Kamerasystem gefunden. Eine über ihrem Bett, eine im Wohnzimmer. Und eine im Bad«, fügte er etwas verwirrt hinzu.

»Als sie das erste Mal versucht hat, sich umzubringen, hat sie sich die Pulsadern aufgeschnitten«, sagte Aidan, während er die Disc aus der Postfachagentur aus dem Abspielgerät holte. »Das macht man normalerweise in der Badewanne. Vielleicht hat unser Typ geglaubt, sie würde das noch mal versuchen.«

»Vielleicht. Jedenfalls habe ich in beiden Wohnungen ähnliche Einrichtungen gefunden. Drahtlose Kameras und Lautsprecher. Alles war sauber abgewischt, und wer immer die Dinger installiert hat, hat auch auf der Lüftungsabdeckung keine Abdrücke hinterlassen. Und bevor jemand fragt – es dürfte nahezu unmöglich sein, die Einzelteile zu den Geschäften zurückzuverfolgen. Das sind übliche Überwachungssysteme. Gute Qualität. Die kriegt man in jedem Elektronikgeschäft oder aus dem Internet, sie quillen förmlich aus den Regalen. Die sprichwörtliche Nadel im Heuhaufen.«

»Und was ist mit der Übertragung?«, fragte Aidan. »Können wir darüber etwas erreichen?«

»Solange die Leitung aktiv ist, können wir es versuchen. Die in Adams' Wohnung tut nichts mehr, aber die Kamera in Winslows Wohnung sendet noch. Ich habe den Router gefunden, in den die Kamerabilder gehen. Ich kann einen Sniffer auf das Netzwerk ansetzen und die IP-Adresse lesen, an die das Ganze geschickt wird.«

Patrick blinzelte. »Das Ganze verständlich, Rick.«

Rick lachte leise. »Sorry. Die Internet-Übertragung wird in Päckchen aufgebrochen, dorthin geschickt, wo sie hinsoll und an der Stelle wieder zusammengesetzt. Ein Paket-Sniffer zerlegt diese Päckchen in ihre Einzelteile. Eines dieser Einzelteile ist die IP-Adresse – die Stelle, wo's hingeht. Ich kann die Adresse auf meinem Computer lesen, während die Nachricht durch das Netzwerk geschickt wird. Allerdings gibt es zwei dicke Probleme. Das erste seid ihr Jungs.« Er wandte sich an Patrick. »Was ich da vorhabe, ist, als wolle ich ein Telefon abhören. Ich brauche eine Erlaubnis, um überhaupt anzufangen.«

»Das habe ich befürchtet.« Patrick trommelte mit den Fingern auf den Tisch. »Was noch?«

»Das ist das größere Problem. Ich kann zwar die IP-Adresse finden, aber es gibt keine Garantie, dass sie echt ist. Kein Hacker, der etwas auf sich hält, wird ein Video an seine eigene Adresse schicken. Er leitet das Ding auf irgendeinen Zombie-Computer um. Und wenn er clever ist, lässt er es vom ersten Zombie an den nächsten Zombie schicken.« Er zuckte die Achseln. »Wenn ich das Ganze schließlich bis zur letzten Adresse zurückverfolgt habe, muss ich die immer noch mit einer Person in Verbindung bringen, und die Provider spielen da grundsätzlich nicht mit. Das heißt, noch eine richterliche Anordnung.«

»Sniffer und Zombie«, murmelte Spinnelli. »Wie lange brauchen Sie dafür, Rick?«

»Ein paar Tage vielleicht. Aber man muss auch noch wissen, dass einige ISPs über ausländische Firmen laufen. Wenn sie clever sind, richten sie es jedenfalls so ein.«

»Das ist in der Tat clever, würde ich sagen«, brummelte Patrick. »Wenn es ins Ausland geht, rennen wir gegen eine Wand.«

Aidan rieb sich die Schläfen. »Klingt, als würdest du so was ziemlich oft machen, Rick.«

»Leider ja. Eines unserer Hauptbetätigungsfelder sind im Moment Internetverbrechen, und Kinderpornographie steht an oberster Stelle. Die Pädophilen kennen sich dummerweise verdammt gut aus. Sie schubsen einen hierhin und dahin, bis einem so schwindelig ist, dass man nicht mehr geradeaus gucken kann. Und wenn man endlich am Ziel angelangt ist, drehen sie dir eine lange Nase, weil sie längst ihren Kram zusammengepackt und woanders neu angefangen haben. Ich werde tun, was ich kann. Das verspreche ich.«

»Aber richtig viel Hoffnung hast du nicht«, schloss Aidan.

Rick schüttelte den Kopf. »Nein. Schön, wenn's anders wäre.«

Patrick stieß den Atem aus. »Leider haben wir momentan nichts anderes. Sie kriegen Ihre Anordnung innerhalb einer Stunde, Rick. Gehen Sie wieder in Winslows Wohnung und warten Sie da.«

Rick packte seine Sachen zusammen und winkte den anderen. »Danke fürs Essen, Lieutenant. Oh, und noch was. Euer Bursche hat der Kamera in Adams' Wohnung den Saft abgedreht. Wenn er das auch bei Winslow macht, habe ich keine Chance mehr.«

Spinnelli schnaubte frustriert, als Rick den Raum verließ. »Ist der immer so aufbauend?«

Jack hob die Schultern. »Er hat die meiste Zeit mit schmierigen Pädophilen zu tun. Da geht einem der Optimismus ziemlich rasch verloren.«

Patrick stieß sich vom Tisch ab. »Ich muss mich um die richterliche Anordnung kümmern«, sagte er. »Halten Sie mich auf dem Laufenden. Marc, rufen Sie mich an, sobald Sie etwas Brauchbares haben, womit ich mir diese verdammten Berufungen vom Hals schaffen kann.«

Als der Staatsanwalt fort war, betrachtete Spinnelli müde

die anderen. »Wir können versuchen zu beweisen, dass Tess es nicht war, oder wir können herausfinden, wer tatsächlich dahintersteckt. Bislang sind wir in der ersten Sache nicht sehr erfolgreich, also konzentrieren wir uns auf die zweite. Wer käme dafür in Frage?«
Murphy warf Aidan einen Blick zu. »Wir dachten, es könnte einer von Adams' Liebhabern sein, aber wenn wir Winslow mit dazunehmen, hat es wenig Sinn, dem Gesundheitsamt mit einer richterlichen Anordnung auf den Pelz zu rücken.«
»Nein«, stimmte Aidan zu. »Leider nicht. Im Augenblick können wir uns zwei mögliche Szenarien denken. Nummer eins: Jemand will Tess Ciccotelli diskreditieren.«
»Aber warum?«, fragte Spinnelli. »Welches Motiv steckt dahinter? Die Sache ist ziemlich kompliziert aufgezogen. Da muss einer schon sehr sauer auf sie sein, um sich derart Mühe zu geben. Und er muss einiges im Hirn haben. Die meisten der Leute, für die sie ein Gutachten erstellt hat, sind nicht schlau genug, sich so etwas einfallen zu lassen.«
»Die Hoffnung auf Berufung ist ein gutes Motiv«, wandte Murphy ein. »Und diese Leute haben Familien.«
Aidan zog die Liste der Prozesse aus seinem Notizbuch. »Dann sind wir also wieder bei diesen Namen. Ich hatte noch nicht die Zeit, die Liste durchzugehen, aber Tess meinte, sie wolle heute Abend ihre alten Akten sichten. Vielleicht hat sie ja etwas gefunden.« Er starrte auf die Namen, dann schüttelte er den Kopf. Rick Simms hatte etwas gesagt, dass ihm nicht aus dem Sinn wollte. »Aber es gibt noch eine zweite Möglichkeit, und die gefällt mir noch weniger. Was, wenn die Sache gar nicht persönlich ist?

Wenn jemand meint, sie sei bloß eine gute Quelle für Leute, die sich zum Selbstmord treiben lassen? Ihr Fachgebiet sind Patienten, die bereits mindestens einen Versuch hinter sich haben. Was, wenn jemand sich Opfer aus ihrer Patientenkartei herausfischt und sie so lange mit ihrer eigenen Schuld konfrontiert, bis sie sich selbst umbringen?«

»Und das Ganze dann filmt und ins Netz stellt«, endete Jack grimmig.

Spinnelli wirkte nicht überzeugt. »Ziemlich viel Aufwand für das Ergebnis.«

»Es gibt viele Leute, die Spaß an so etwas haben«, sagte Aidan scharf. »Wenn das richtige Publikum den richtigen Preis zahlt ... es ist durchaus möglich, dass nichts weiter dahintersteckt als Geldgier.«

»Nichts weiter? Das ist dicke genug!«, wandte Spinnelli ein. »Aber Sie könnten natürlich recht haben, Aidan. Wir alle haben es natürlich schon mit Soziopathen zu tun gehabt, die aus Geldgier die übelsten Dinge getan haben. Über welche Personen sprehen wir dann in diesem Fall?«

»Wenn Tess nur ein Zulieferer ist und die Patienten die wahre Handelsware ...« Aidan hob die Schultern. »Dann haben wir keinerlei Verbindung. Es könnte praktisch jeder sein.«

Spinnelli seufzte tief. »Sie sind genauso aufbauend wie Rick Simms. Sorgen Sie bitte für bessere Nachrichten, Gentlemen, bevor *mir* die Lust auf Selbstmord kommt.«

Jack schob ein Blatt Papier in die Tischmitte. »Ich bin auf dem Weg nach oben bei Julia vorbeigekommen, und sie hatte den toxikologischen Bericht von Winslow fertig.«

Julia VanderBeck, die Gerichtsmedizinerin, war außerdem Jacks Frau. »Sie hat auch bei dieser Leiche PCP gefunden. Genau wie bei Adams.«

»Ausgetauschte Medikamente?«, fragte Murphy, und Jack nickte.

»Ja. Und wollt ihr raten? Tess hat das Xanax verschrieben, und genau wie bei Adams befinden sich auch auf dieser Flasche ihre Fingerabdrücke.«

Spinnelli blickte finster. »Ich glaube, ich sprach von *besseren* Nachrichten!«

»Geduld, Marc. Denn was außen auf der Flasche war, ist nicht halb so interessant wie das, was sich innen befand. Ich habe die Flasche – genauer gesagt, das, was unten auf dem Boden war – einer Spektralanalyse unterzogen. Im Knick an der Wölbung des Flaschenbodens war etwas, das mit dem bloßen Auge nicht zu sehen war. Und die bessere Nachricht, Marc, lautet, dass dieser Rest weder aus Xanax noch aus PCP bestand. Es ist Soma. Julia meint, das ist ein Muskelrelaxans. Und es befindet sich in beiden Flaschen.«

Spinnelli nickte langsam. »Jemand hat gebrauchte Flaschen neu verwendet.«

»Und da Tess' Fingerabdrücke auf beiden Flaschen sind, könnten es welche von ihr sein«, meinte Murphy. »Das befreit sie allerdings nicht von dem Verdacht, Jack. Im Grunde verstärkt es ihn noch.«

Jack zog eine Braue hoch. »Es sei denn, sie wurden entwendet.«

Spinnelli schüttelte den Kopf. »Zu viele Vielleichts, Leute. Findet heraus, ob Tess jemals Soma genommen hat, und wenn ja, wann. Wir legen die Sache auf den Stapel mit den restlichen Vielleichts. Was haben wir sonst noch, Jack?«

»Wir versuchen über den Schmelzgrad herauszufinden, wie lange die Puppe im Ofen geschmort hat, und wir haben beide Wohnungen komplett ausgesaugt. Wir suchen nach gleichen Fasern, um den Schweinehund sicher an beiden Orten festzunageln.«

»Immer vorausgesetzt, es handelt sich nur um einen«, sagte Aidan. »Tess meinte, dass die Anruferin heute anders klang als die von der Nacht zum Sonntag. Älter.«

»Haben Sie den Einzelverbindungsnachweis eingesehen?«, fragte Spinnelli.

»Von Tess' Privatanschluss, ja. Der Anruf am Samstag scheint von einem Wegwerf-Handy gekommen zu sein. Der Anruf heute ging in ihrer Praxis ein, also habe ich auch von da den Nachweis angefordert. Aber es war noch nichts da, als ich herkam. Ich sage Bescheid, sobald ich etwas habe. Was ist mit der Seriennummer auf den Pistolen, Jack?«

»Meine Leute konnten die Nummer von Adams' Waffe nicht mehr hervorheben, deshalb hab ich sie zum FBI-Labor geschickt. Die haben die bessere Ausrüstung, aber es wird ein paar Tage dauern, bis sie sich dransetzen. Auch Winslows Waffe ist abgefeilt, also wird es da nicht anders aussehen. Tut mir leid.« Jack schob Spinnelli ein weiteres Blatt Papier und ein paar Fotos hin. »Das ist die Liste der Dinge, die wir aus den beiden Wohnungen mitgenommen haben. Der Teddy, den Winslow in der Hand hatte, ist ein 0815-Modell, nichts Besonderes. Wir haben denselben Bären bei Wal-Mart und Toys›R‹Us gefunden, also auch hier eine Sackgasse.«

Aidan beugte sich über den Tisch. Der Gedanke an den Mann mit dem Teddy in der Hand hatte einen noch undefinierbaren Gedanken in ihm geweckt. »Zeigen Sie mir noch mal das Foto von dem Bären.« Als Spinnelli es ihm gegeben hatte, schlug Aidan die Akte auf, die er aus dem Archiv geholt hatte, bevor er zu ihrem Treffen gegangen war. »Verdammt. Und ob der Bär etwas Besonderes ist. Hier ist der Polizeibericht von dem Tag, als Winslows Kind gestorben ist.« Er schob ein Foto aus der Akte direkt neben das Foto von dem Teddy. Auf dem Bild aus der Polizeiakte war die ganze Rückbank des Vans zu sehen. Eine Wickeltasche stand links neben dem Kindersitz, ein Plüschbär zur Rechten. »Der Teddy ist derselbe, den das Kind an seinem Todestag dabeihatte.«

»Dieser Schweinehund lässt sich wirklich nichts entgehen«, knurrte Murphy. Er sah angewidert von den Fotos auf. »Hast du dir auch die Akte von Melanie Adams besorgt?«

»Ja. Ich hatte beide angefordert.« Aidan schob das Polizeifoto von Melanie in die Tischmitte, während Murphy in Jacks Stapel nach einem Abzug des Fotos suchte, das sie in Cynthia Adams' Wohnung gefunden hatten.

»Es sind dieselben«, sagte Murphy. »Selbe Haltung, selbe Kleider. Nur der Hintergrund ist anders. Der vom Polizeifoto wirkt irgendwie flacher. Der hier«, er tippte auf das neuere Bild, »ist glänzender. Wirkt plastischer.«

»Das kann man mit Photoshop hinkriegen«, sagte Aidan und begegnete Murphys verblüfftem Blick. »Ich habe auf dem College einen Grafikkurs belegt. Photoshop ist ein Softwareprogramm. Man kann ein Bild damit beinahe unendlich bearbeiten. Jemand, der sich damit auskennt, könnte es so aussehen lassen, als hätte Melanie am Eiffelturm gebaumelt.«

»Das heißt, jemand hat Zugang zu unseren Akten«, murmelte Spinnelli. »So ein Mistkerl.« Er lehnte sich zurück und starrte ins Leere. Es war ihm anzusehen, dass ihm nicht behagte, was sich da anzudeuten schien.

Eine lange Weile herrschte totale Stille. Dann sprach Aidan aus, was kein anderer zu sagen bereit zu sein schien. »Da wäre noch eine Gruppe, die etwas gegen Tess Ciccotelli haben könnte.«

Spinnelli begegnete seinem Blick, und Aidan erkannte, dass sein Chef bereits zu demselben Schluss gekommen war. »Wir«, sagte er.

Aidan nickte. »Wir.«

Spinnelli sah zur Seite und schloss die Augen mit einem knappen Kopfschütteln. »Murphy, gehen Sie ins Archiv. Tun Sie so, als hätten Sie sich mit Aidan schlecht abgesprochen und wollten jetzt Ihrerseits die Akten einsehen. Fragen Sie nach den Büchern. Wir müssen herausfinden, wer vor uns Einsicht in die Akten verlangt hat.« Er sah die drei Männer mit eindringlichem Blick an. »Im Augenblick behalten wir diese Sache noch für uns. Wenn es sein muss, werde ich allerdings die Dienstaufsichtsbehörde heranziehen.«

»Wir können nicht sicher sein, dass es mit zwei Leichen getan ist«, gab Murphy leise zu bedenken. »Wir müssen Tess' Patientenkartei durchsehen.«

Jack zog voller Unbehagen den Kopf ein. »Sie wird sie euch aber nicht überlassen. Ärztliche Schweigepflicht.«

»Seien wir so höflich und bitten sie erst darum«, sagte Spinnelli. »Wenn sie nein sagt, holen wir uns die richterliche Anordnung. Bis dahin suchen wir nach jemandem, der über Medikamente Bescheid weiß und sich mit Computern auskennt. Vielleicht ist es die Frau auf dem Video, vielleicht aber auch nicht. Und jetzt verschwindet und besorgt mir etwas, mit dem wir arbeiten können. Wir treffen uns morgen früh um acht Uhr wieder hier.«

Damit waren sie entlassen.

Murphy warf Aidan einen Seitenblick zu, als sie zu ihren Schreibtischen gingen. »Ruf mich an, wenn du mit ihr gesprochen hast.«

»Was soll das heißen, wenn *ich* mit ihr gesprochen habe. Du fährst mit.«

Murphy schüttelte den Kopf. »Du hast es doch gehört. Ich vergrabe mich im Archiv.«

»Elender Feigling«, brummelte Aidan. »Du willst ihr bloß nicht gegenübertreten.«

»Sie wird sowieso nicht mit mir reden. Sie ist noch immer gekränkt. Im Übrigen bist du doch derjenige, der gerne ihren Bewegungen zusieht.«

»Halt die Klappe, Murphy.«

Sie hatten ihre Plätze erreicht, und Aidan griff nach seinem Mantel. »Ich habe den ganzen Tag über noch nichts wegen Danny Morris unternehmen können. Diese Parodie von Vater ist immer noch frei, während sein Sohn im Leichenschauhaus liegt.«

»Dann fahr auf dem Weg zu Tess an der Bar vorbei, wo Morris sich normalerweise besäuft. Vielleicht hast du ja Glück, und er ist auf ein Gläschen eingetrudelt.«

»Während du im Archiv vor dich hindümpeln kannst. Das ist unfair, Murphy.«
»Das Privileg der Dienstälteren, Reagan. Und tschüs.«

Montag, 13. März, 23.15 Uhr

Tess beugte sich über den Stapel Akten auf dem Tisch, um Jon aus der Flasche mit dem guten Merlot nachzufüllen. »Du musst nicht dauernd nach mir sehen, das weißt du, oder? Ich kann ganz gut auf mich selbst aufpassen.« Obwohl sie zugeben musste, dass sie für die Unterbrechung durch Jons Besuch dankbar war. Seit Stunden sah sie die alten, richterlich angeforderten Gutachten durch, und der Gedanke, dass einer von den Leuten für den Tod zweier ihrer Patienten verantwortlich sein könnte, war alles andere als erhebend. In ihrer Wohnung war es viel zu still. Normalerweise konnte sie sich mit der Stille abfinden, sie manchmal sogar genießen, aber an diesem Abend ließ jedes Knacken, jedes Knistern und jeder Windstoß gegen ihr Fenster sie zusammenfahren.
Jon sah sie über seinem Weinglas finster an. »Klar kannst du auf dich selbst aufpassen. Du tust es bloß nicht. Du bist zehn Blocks im eiskalten Regen bis zum Lemon marschiert. Verdammt, Tess, Robin sagt, du seiest vollkommen eingefroren gewesen, als du angekommen bist. Kein Hut, kein Regenschirm, gar nichts.«
Sie war zu Robins Blue Lemon Bistro gegangen, nachdem Amy ihren eleganten Bühnenabgang hingelegt hatte, und Robin hatte sie mit offenen Armen empfangen, genau wie Tess es erwartet hatte. »Ich hatte Regenschirm und Tasche

im Büro vergessen. Hör zu, ich laufe den ganzen Winter über bei schlimmerem Wetter. Ja, mir war kalt, aber ich bin schnell wieder warm geworden. Robin hat mir sofort eine heiße Suppe hingestellt.« Sie bedachte ihn mit einem kessen Grinsen, von dem sie hoffte, dass es seinen finsteren Gesichtsausdruck vertreiben würde. »Und dann hat Thomas mir die Schultern massiert. Wirklich, das Talent dieses Mannes ist in der Küche verschwendet. Er hat magische Hände.«

Jons Lippen zuckten. »Das habe ich auch schon gehört.« Er schüttelte den Kopf und seufzte aufgesetzt geduldig. »Aber wenn du das nächste Mal ohne Geld im Regen stehst, dann rufst du mich einfach an, okay? Ich darf mich nämlich um dich sorgen, weißt du?«

»Meinetwegen, aber jetzt kannst du damit aufhören. Robin hat mir das Taxigeld geliehen, ich habe im Büro meine Sachen geholt und bin dann nach Hause gefahren. Ich habe mich in die heiße Wanne gelegt und mich in kuschelige Klamotten geworfen. Hier, siehst du?« Sie hielt ihm ihren Fuß mit der flauschigen Socke hin.

Jon lachte. »Nur du schaffst es, dass Seide und Flauschsocken zusammenpassen.« Aber dann schwand sein Lächeln rasch. »Wie ernst ist die Lage, Tess? Ich habe mir den ganzen Tag Sorgen gemacht. Und als dann die Sache mit dem zweiten Selbstmord in den Medien war … Man konnte es auf allen Sendern sehen, und jeder Reporter hat deinen Namen mehrmals erwähnt.«

Tess schluckte. Die Leichtigkeit des Augenblicks war vorbei und der Schrecken des Nachmittags zurückgekehrt. »Ich bin keine Verdächtige mehr, meint die Polizei.«

»Das klingt gut. Aber?«
»Aber es war scheußlich. Wie er da lag, den Teddy in der Hand. Er hat sich den halben Kopf weggeschossen, Jon.«
Er legte seine Hand auf ihre. »Es ist nicht deine Schuld, Tess.«
Sie senkte den Blick auf seine Hand. »Alle Menschen, die ihm einmal wichtig waren, hatten ihn verlassen. Seine Frau konnte ihm nicht verzeihen. Er konnte sich selbst nicht verzeihen. Die meisten seiner Freunde konnten ihm nicht mehr in die Augen sehen. Ich war die Einzige, mit der er noch sprechen konnte.«
Jons Hand verschwamm, als Tränen in ihre Augen traten. Der Gedanke daran, wie er sich gefühlt haben musste, war beinahe unerträglich. »Es war entsetzlich«, flüsterte sie heiser. »Richtig obszön.«
»Tess, sieh mich an.« Jons Stimme war so ungewohnt scharf, dass sie unwillkürlich gehorchte. In seiner Miene war eine Mischung aus Loyalität, Wut und Sorge zu lesen. Er wischte ihr mit dem Daumen die Tränen ab. »Du darfst dir das nicht antun, Liebes. Wie oft haben wir schon darüber gesprochen, wie ungesund es ist, sich zu stark auf die Patienten einzulassen?«
Ihr Temperament bäumte sich auf und verlieh auch ihrer Stimme eine gewisse Schärfe. »Für dich ist das etwas ganz anderes. Deine Patienten sind die meiste Zeit weggetreten. Sie sind nicht viel anders als Rinderhälften.«
Jon nahm ihre Bemerkung mit Gleichmut hin. »Und genau das gefällt mir daran. Ich kann mich nicht so auf ihr Schicksal einlassen wie du, Tess. Zum Glück, denn das würde mich auffressen. Und ich würde jedes Mal nervös

werden, wenn ich mein Skalpell in die Hand nehme. Was meine Patienten das Leben kosten könnte.«

Sie seufzte. »Ja, ich weiß. Professionelle Distanz. Du kannst das, ich nicht. Hundert Gummipunkte an dich.«

Sein Lächeln war reuig. »Es gibt wohl nicht wenige, die dir die Punkte zuschreiben würden. Ich meine nur, dass du deine Kraft nicht überschätzen sollst, Mädchen. Du bist eine gute Ärztin, weil dir deine Patienten am Herzen liegen, aber was musst du dafür bezahlen? Zu viel, meiner Meinung nach. Vielleicht solltest du mal über die Auswahl deiner Patienten nachdenken. Diese Suizidgefährdeten machen dich auf Dauer fertig.« Plötzlich erhellte sich seine Miene, und Tess war erleichtert. Bis er zu reden fortfuhr. »Wie wär's zur Abwechslung mit ein paar netten Phobien?«

Sie warf ihm einen sparsamen Blick zu. Er war einer der wenigen, die von ihrer peinlichen Phobie wussten. »Wie Klaustrophobie zum Beispiel?«

Ein Mundwinkel hob sich, und sie wusste, dass er sich kein echtes Grinsen traute. »Zum Beispiel. Himmel, vielleicht brauchst du auch nur mal Urlaub. Wann warst du das letzte Mal weg?«

Ihre Kiefer pressten sich automatisch zusammen. »In meinen Flitterwochen.« Die Kreuzfahrt, die sie mit Amy zusammen gemacht hatte, weil sie lieber über heiße Kohlen nach China marschiert wäre, als dem Hurensohn von Phillip mit seiner kleinen Schlampe die Tickets zu überlassen, die selbstverständlich nicht wieder für Bares hatten eingetauscht werden können.

Jon verzog das Gesicht. »Autsch. Tut mir leid. Robin und

ich wollen nächsten Monat nach Cancún. Komm doch mit.«

Sie lachte hohl. »Nein, danke. Das Einzige, was noch schlimmer ist, als mit der besten Freundin in Flitterwochen zu gehen, ist, das fünfte Rad am Wagen zu sein.«

Jon grinste und wackelte mit den Brauen. »Och, komm schon, Tess. Robin macht es nichts aus, und wir finden schon jemanden für dich.«

Sie musste das Lächeln erwidern. »Geh nach Hause, Jon. Ich muss ins Bett.«

Er stellte sein Glas ab und stand auf, wobei er sie auf die Füße zog. »Bring mich zur Tür und …«

»Schieb den Riegel vor.« Sie machte die Tür auf. »Du bist schlimmer als Vito.«

Jon blieb im Türrahmen stehen und riss die Augen auf. »Du hast zu Hause angerufen?«

Ihr Lächeln verschwand. »Nein.«

»Tess …«

»Geh nach Hause, Jon«, wiederholte sie, nun sehr ernst.

Er zögerte und blickte auf seine Füße. »Es gibt noch einen Grund außer Robins Befürchtungen, weswegen ich vorbeigekommen bin.« Er stieß geräuschvoll die Luft aus und betrachtete sie von unten durch Wimpern, für die die meisten Frauen töten würden. Aidan Reagans waren allerdings länger. Dunkler. Und die Augen blauer.

Tess blinzelte mehrmals, um wieder Jons Gesicht zu sehen. *Himmelherrgott. Wo ist denn der Gedanke hergekommen?* Zu wenig Schlaf, zu viel Stress, entschied sie. Und zu viele Nächte mit der Katze als einzigen Bettwärmer.

Jon beugte sich zu ihr. »Tess, alles klar? Du bist ganz blass geworden.«
»Schon gut. Ich bin bloß müder, als ich dachte. Was wolltest du gerade sagen?«
»Nur, dass Amy mich vor zwei Stunden angerufen hat.«
Tess presste die Lippen zusammen. »Aha? Hat sie dir auch gesagt, dass sie mich nicht mehr vertritt?«
»Sie hat gesagt, sie hätte ein paar Dinge gesagt, die sie bereut. Sie meinte, sie hätte solche Angst gehabt, dass dich die Bullen ins Gefängnis stecken, dass sie nicht mehr klar hätte denken können. Sie wollte wissen, ob du noch sauer auf sie bist.«
Tess schüttelte den Kopf. Es war fast wie damals, als sie sechzehn waren und sich im Haus ihrer Eltern ein Zimmer geteilt hatten. »Und sie ist nicht auf die Idee gekommen, mich anzurufen?«
»Sie hat befürchtet, dass du direkt wieder auflegst.«
»Hätte sein können.«
»Und sie meint, sie hätte angerufen, um herauszufinden, ob du gut nach Hause gekommen bist, aber du wärst nicht rangegangen. Ich hab keine Lust, hier den Vermittler zu spielen, also ruf sie bitte an, ja? Sag ihr, du willst dich vertragen. Und hör auf sie, Tess. Sie hat hiervon mehr Ahnung als du. Auch wenn sie sich wie eine blöde Ziege benommen hat, so ist sie doch eine wohlmeinende blöde Ziege, die dich nicht in den Knast wandern lassen will.«
Er hatte recht. Amy meinte es gut. Tess war zu demselben Schluss gekommen, als sie die zehn Blocks zu Robins Bistro marschiert war. »Okay. Wir vertragen uns, und du musst nicht mehr den Friedensrichter spielen.« Aber sie

würde nicht versprechen zu tun, was Amy wollte. Sie hatte ziemlich viel darüber nachgedacht, seit sie Winslows Wohnung verlassen hatte, und sie war immer noch davon überzeugt, dass die Zusammenarbeit mit der Polizei nützlich war. Aber auch Jon machte sich ja nur Sorgen. Impulsiv stellte sie sich auf Zehenspitzen und küsste ihn auf die Wange. »Dank dir.« In dem Moment, als ihre Lippen ihn berührten, versteifte er sich und legte ihr schützend den Arm um die Schultern. Sie folgte seinem Blick, und ihr Herz setzte aus.

Detective Reagan stand im Flur vor dem Aufzug. Und er sah gar nicht glücklich aus. Sie packte die Aufschläge ihres Morgenmantels und zog ihn über ihrem Hals zusammen. Die Geste war reiner Instinkt. Jon kannte die Narbe. Aber nicht viele andere.

Langsam kam Reagan näher, den Blick auf Jons Hand fixiert, die noch immer auf ihrer Schulter lag. Er blieb gerade weit genug von ihnen entfernt stehen, dass eine höfliche Distanz gewahrt blieb. Nah genug, dass sie sein Aftershave wahrnehmen konnte. Weil er sich rasiert hatte, bevor er gekommen war. Heute Nachmittag hatte sie einen dunklen Schatten an seinem Kinn und den Wangen gesehen. Nun war die Haut glatt wie ein Babypopo. »Dr. Ciccotelli.«

»Detective Reagan. Das ist Dr. Jonathan Carter, der Kollege, den ich erwähnt habe.«

Sein Nicken war knapp. »Könnte ich bitte mit Ihnen sprechen, Doktor?«

Jons Finger gruben sich in ihren Arm, und seine Warnung war ungefähr so subtil wie sein wilder Gesichtsausdruck. »Nicht ohne ihre Anwältin.«

Reagans Blick begegnete ihrem, seine Miene undurchsichtig. »Wenn Sie das möchten, Doktor, können Sie Ihre Anwältin anrufen.« Seine Stimme war kalt genug, um ihr einen Schauder über den Rücken zu jagen. »Aber ich brauche noch heute Antworten auf ein paar Fragen.«

Tess tätschelte Jons Brust. »Schon gut, Jon. Und ich rufe Amy an, versprochen. Geh jetzt nach Hause.«

»Ich weiß n…«

»Ich rufe dich an, wenn er wieder weg ist, damit du weißt, dass ich noch am Leben bin«, unterbrach sie ihn, absichtlich spaßig. »Und ich werde auch nichts verraten, was er vor Gericht gegen mich verwenden kann.« Sie löste sich aus seiner Umarmung und versetzte ihm einen kleinen Schubs. Die andere Hand hielt noch immer den Morgenmantel zusammen. »Geh jetzt endlich nach Hause, Jon.«

Jons Abschiedsblick war so scharf wie eins seiner Skalpelle. Aber er schwieg, und eine Minute später war er im Aufzug verschwunden.

Sie war allein. Mit Aidan Reagan und seinen langen Wimpern. »Wo ist Todd?«

»Geht anderen Spuren nach.«

»Aha. Tja, hätten Sie etwas dagegen, in meine Wohnung zu kommen, oder wollen Sie lieber hier im Flur reden?«

»Das bleibt ganz Ihnen überlassen, Ma'am.«

Ach. Jetzt bin ich also Ma'am. Reagans Ma'am klang auffällig nach Beleidigung. »Dann gehen wir hinein. Ich stehe nicht so gerne im Bademantel im Flur.«

Er schloss die Tür hinter sich. »Bitte verzeihen Sie die späte Stunde«, sagte er steif. »Aber ich hatte gehofft, dass Sie noch auf sein würden.«

Sie wedelte mit der Hand zu dem Aktenstapel auf ihrem Wohnzimmertisch. »Ich bin die Gutachten durchgegangen. Lassen Sie mich bitte eben etwas anderes anziehen. Es dauert nur ein paar Minuten.«

In weniger als drei war sie zurück und trug statt Morgenmantel einen Rolli und enge Jeans. Die Flauschsocken waren geblieben. Er stand im Wohnzimmer und betrachtete die gerahmten Tusche- und Bleistiftzeichnungen an der Wand. »Kann ich Ihnen Ihren Mantel abnehmen, Detective?«

Er schüttelte den Kopf. »Nein, danke.«

»Kann ich Ihnen denn vielleicht ein Glas Wein anbieten oder sind Sie noch im Dienst?«

Er wandte sich um und blickte einen Moment lang auf die zwei Weingläser auf dem Esstisch, bevor er sich schließlich ganz zu ihr umdrehte. »Nein, danke.« Seine Stimme war höflich, aber distanziert. »Würden Sie jetzt bitte Ihre Anwältin anrufen? Ich möchte nicht länger bleiben als nötig.«

»Nein. Fragen Sie, Detective. Wenn ich antworten kann, werde ich es tun.«

Das überraschte Aufflackern in seinen Augen war so kurz, dass sie sich schon fragte, ob sie es sich eingebildet hatte.

»Sie haben Ihrem Freund aber doch gesagt, dass Sie sie anrufen wollen.«

»Das werde ich auch. Wenn Sie weg sind. Meine Anwältin und ich haben nicht dasselbe Arbeitsverhältnis zur Polizei, Detective.« Sie lächelte ein wenig reuig. »Übrigens glaube ich nicht einmal, dass sie noch meine Anwältin ist. Wir haben uns gestritten.« Sie zog eine Braue hoch und betrachtete ihn eingehend. »Und Dr. Carter ist nicht *mein* Freund, sondern *ein* Freund.«

Dieses Mal war das Aufflackern in seinen blauen Augen nicht eingebildet, sondern existent, intensiv, unmissverständlich. Sein Blick hielt ihren fest, und einen Moment lang war es wieder wie im Treppenhaus vor ein paar Stunden. Dann war der Augenblick auch schon wieder vorbei. Er blickte weg und konzentrierte sich auf den Aktenstapel auf dem Tisch. »Haben Sie etwas gefunden?«, fragte er mit rauher Stimme.

Tess holte Luft. Die zusätzliche Menge Sauerstoff schaffte es, ihr Hirn zum Arbeiten zu bewegen. Amys Warnung kam ihr wieder zu Bewusstsein – Reagan würde sein attraktives Äußeres gnadenlos einsetzen, um sie zur Kooperation zu bewegen. Ja, verdammt, sie hatte sich gerade becircen lassen, und diese Tatsache beunruhigte sie zutiefst.

»Bevor ich antworte, Detective, habe auch ich eine Frage.« Sie wartete, bis er sie wieder ansah. »Brauche ich einen Anwalt?«

Er zuckte mit keiner Wimper. »Nein.«

Sie wog die Risiken ab, entschied sich dann aber für ihren ursprünglichen Plan. »Okay. Ich bin all die Akten durchgegangen. Ich habe mich hauptsächlich auf die Fälle konzentriert, bei denen mein Gutachten den Ausschlag gegeben hat. Von einunddreißig Verurteilungen waren das fünf. Alles Männer. Vier davon standen wegen Mord vor Gericht, einer wegen Vergewaltigung.« Sie schüttelte zweifelnd den Kopf. »Aber keiner von ihnen scheint mir die intellektuellen Fähigkeiten zu besitzen, einen solchen Plan auszuhecken. Diese Jungs waren Schurken im besten

Sinne, keine kriminellen Genies, wie man ihnen im Kino begegnet. Im Übrigen sitzen alle noch im Gefängnis, falls nicht irgendeine Bewährungsstelle Schei…, ich meine, Mist gebaut hat.«

Sie glaubte, seine Lippen zucken gesehen zu haben. »Wir müssen auch die Familien in Betracht ziehen«, sagte er. »Vielleicht versucht jemand, einen neuen Prozess anzustrengen.«

Tess' Magen zog sich zusammen. »Wir befürchten also Berufungen?«

»Ja.«

Sie seufzte. »Dann ist Patrick Hurst heute Abend bestimmt nicht glücklich.«

»Ganz und gar nicht, Doktor. Haben Sie schon von Soma gehört?«

Der plötzliche Themenwechsel verblüffte sie. »Ja. Das ist ein Muskelrelaxans.«

»Haben Sie das schon einmal genommen?«

Sie nickte langsam. »Ja. Ich hatte vergangenes Jahr einen Unfall.« *Oder besser, einen Zusammenstoß mit einem Knasti mit Kette*, dachte sie, und die Erinnerung daran hatte noch immer die Macht, ihr den Magen umzudrehen. Sie konzentrierte sich auf Reagans Augen und zwang die aufsteigende Panik nieder. »Mein Rücken machte arge Probleme, und mein Arzt hat es mir damals verschrieben.«

»Wie lange haben Sie es genommen?«

Seine Miene war wieder nicht zu deuten, und erneut erklang Amys Warnung in ihrem Kopf. *Sei nicht blöd, Tess.* »Insgesamt ungefähr ein halbes Jahr. Mit Unterbrechungen. Warum?«

»Haben Sie es noch? Das Rezept.«
»Nein. Ich wollte nicht mehr. Ich fühlte mich meistens ziemlich benebelt, wenn ich es genommen hatte.« *Obwohl die Schmerzen manchmal furchtbar gewesen und es immer noch waren.* »Warum fragen Sie mich das?«
Er zögerte, dann zuckte er die Achseln. »Weil Reste von Soma in den Flaschen gefunden wurden, die wir aus den Wohnungen mitgenommen haben.«
Ihr Knie gaben nach. Sie packte eine Tischkante und ließ sich vorsichtig auf einen Stuhl nieder, ohne den Blick von seinem Gesicht zu nehmen. »Die Flaschen mit meinen Fingerabdrücken.«
»Ist in Ihre Wohnung jemals eingebrochen worden?«
Sie schüttelte den Kopf, und ihre Augen weiteten sich bei dem Gedanken, dass dieser Sadist in ihre Wohnung, in ihre Privatsphäre eingedrungen sein könnte. »Nein. Nein, das hätte ich gemeldet.«
»Was ist mit den Flaschen passiert?«
Sie stand auf. Plötzlich war ihr kalt. Sie begann, rastlos auf und ab zu gehen und rieb sich die Arme. Am Fenster blieb sie stehen und blickte auf den Verkehr hinab. »Keine Ahnung. Ich muss sie weggeworfen haben.«
Sie hörte, wie er sich bewegte, dann war er hinter ihr, seine Hände auf ihren Schultern, warm und stark. Wärme wanderte ihre Arme und ihren Rücken herab, und einen schwachen Moment lang wünschte sie sich, sie hätte sich umdrehen und sich an ihn schmiegen, hätte seine Arme um ihren Körper spüren können. Aber das waren eben nur Wünsche. Die Realität war anders … ein Alptraum, der mit jeder neuen Information schlimmer wurde.

»Setzen Sie sich«, murmelte er. »Sie sind ganz blass.« Er führte sie zum Stuhl zurück und drückte sie sanft nieder. Dann ging er vor ihr in die Hocke und sah sie an. »Alles in Ordnung?«

Betäubt nickte sie. »Es deutet immer mehr darauf hin, dass ich es war.«

Er stand auf, sagte aber nichts.

»Ich war's nicht.«

Er zuckte mit keiner Wimper. »Sind Sie jemals bedroht worden, Doktor?«

»Was meinen Sie damit? Ich meine, jemals?«

»Im vergangenen Jahr zum Beispiel.«

Die Erkenntnis dessen, was er andeutete, traf sie wie ein Blitzschlag. »Sie meinen, seit dem Green-Prozess. Sie meinen von … Cops.« Ihr Magen brannte plötzlich. »Oh, mein Gott!«

Wieder schwieg er, was mehr sagte, als jede Bestätigung es getan hätte.

»Ich habe einige Briefe bekommen«, fuhr sie fort. »Keiner davon unterzeichnet. Meistens waren es Beleidigungen, Beschimpfungen. ›Babymörder‹, ›Copkiller‹ … so was eben.« Damals hatte sie das schwer getroffen. Und es tat noch immer weh. »Einer oder eine schrieb mehr als nur einen Brief. Darin stand, dass es mir noch leidtun würde. Einen Monat später erfuhr ich hochoffiziell, dass mein Vertrag mit der Stadt nicht verlängert werden würde. Und ich dachte, darum sei es gegangen. Irgendwer warf mir einen Stein durch das Autofenster, als ich einkaufen fuhr, aber ich habe niemanden gesehen. Und dachte, auch das sei in dem Brief gemeint gewesen.«

Reagan schaute wütend auf. »Haben Sie Anzeige erstattet?«

»Wegen des Fensters ja, aber die Briefe habe ich nicht gemeldet. Es gab keine direkte Bedrohung.«

»Haben Sie die Briefe noch?«

»Irgendwo, ja. Tut mir leid, ich kann im Augenblick nicht wirklich geradeaus denken.«

»Schon gut«, sagte er ruhig. »Lassen Sie sich Zeit.« Er nahm die Weinflasche. »Wollen Sie noch etwas?«

»Nein.« Sie zwang sich, sich auf die Briefe zu konzentrieren, sich zu erinnern, wie sie sie bekommen hatte, was sie damit getan hatte. »Moment. Ich weiß wieder, wo die Briefe sein müssen.«

Aidan sah zu, wie sie sich zurückzog, und ballte die Hände an den Seiten zu Fäusten. Er wusste, dass er ihren Geruch an seinen Handflächen wahrnehmen würde, wenn er dem Bedürfnis nachgab, sich das Gesicht zu reiben. Die letzten fünfzehn Minuten hatten zweifelsfrei bewiesen, dass er ein beherrschter Mensch war. Aus dem Aufzug zu steigen und sie in diesem roten Seidenmorgenmantel zu sehen, hatte ihn in einem Sekundenbruchteil in einen Zustand purer Lust versetzt. Zu sehen, wie sie sich auf Zehenspitzen stellte und diesen blonden Kerl küsste, hatte in ihm eine glühende Eifersucht geweckt, die einen Moment lang sein Gehirn vernebelt hatte.

Sie sagen zu hören, dass der Chirurg nicht ihr Freund war, hatte in ihm den Wunsch geweckt, sie an sich zu ziehen und herauszufinden, ob dieser lange Blick im Treppenhaus für sie dieselbe Bedeutung gehabt hatte wie für ihn.

Allein die Hände auf ihre Schultern zu legen, hatte ihn

nach mehr gieren lassen. Wenn er sie so berührte, wie er es gerne gewollt hätte …

Aber natürlich hatte er das nicht, und er würde es auch nicht. Er sah sich in ihrer Wohnung um. Das Haus lag im schickeren Abschnitt der Michigan Avenue, und die Behausung musste mindestens eine satte Million gekostet haben, die Möbel und die Kunst, die seine Schwester Annie, Innendekorateurin, in Entzückensschreie ausbrechen lassen würde, nicht eingerechnet. Eine Frau, die an einen solchen Lebensstandard gewohnt war, wollte mehr, als Aidan Reagan geben konnte. Er hatte es auf die harte Tour lernen müssen. Gebranntes Kind …

Der Gedanke verpuffte mitsamt dem letzten Tropfen Feuchtigkeit in seiner Kehle.

»Ich habe sie.« Ciccotelli tauchte mit einem großen braunen Umschlag in der Hand auf, dessen Klebestreifen sie gerade mit der Zunge anleckte, und Aidans Vitalfunktionen legten einen Kavaliersstart hin.

Er zwang seine Hand, nur nach dem Umschlag zu greifen – und wurde ausgebremst.

»Was haben Sie denn gemacht?« Ihr Ausruf warf ihn völlig aus der Bahn. Ihre Hand auf seiner tat ein Übriges.

Aidan sog die Luft ein. Seine Fingerknöchel waren aufgeschrammt und blutig, und schuld daran war einer der elenden Freunde von Danny Morris' Vater … Danny Morris' Vater, der in Verdacht stand, seinen Sohn erstickt und ihn dann eine Treppe hinuntergeworfen zu haben. Aidan war auf dem Weg zu Tess in Morris' Stammkneipe gewesen. Morris' elender Freund saß nun in einer Ausnüchterungszelle, nachdem er im betrunkenen Zustand versucht hatte, sich mit Aidan zu prügeln. Morris selbst war noch immer wie vom Erdboden verschluckt. Seine Frau trug ein frisches Veilchen zur Schau, stritt aber immer noch ab, dass ihr Mann etwas mit dem Tod ihres Sohnes zu tun hatte. Und Tess Ciccotelli hielt noch immer seine Hand.

»Ich hatte eine Kollision mit einer Mauer«, sagte er, schockiert, dass seine Stimme noch normal klang. Sein Herz tat das jedenfalls nicht. Er versuchte, sich von ihr loszumachen, aber sie hielt fest. Als sie aufsah, entdeckte er Sorge in ihren dunklen Augen.

»Eine Mauer, die wie ein Gesicht aussah?«

»Nein. Es war wirklich eine Mauer. Ein Verdächtiger hat Widerstand geleistet, und ich habe mir die Hand aufgeschrammt, als ich versuchte, ihn festzunehmen.« Er zog wieder, und sie ließ los.

»War es ein Verdächtiger in diesem Fall?«

»Nein, in einem anderen, an dem ich arbeite.«

Sie nickte kleinlaut. »Der kleine Junge, dessen Autopsiebericht ich gestern Morgen auf Ihrem Tisch gesehen habe.«

»Ja.« Er war stolz, dass er das Wort an dem Klumpen in seiner Kehle vorbeidrücken konnte.

Sie verzog traurig die Lippen, und Aidan knirschte mit den Zähnen. Diese Frau hatte Lippen, die geradezu danach schrien, geküsst zu werden. »Tut mir leid«, sagte sie leise. »Darf ich Ihnen etwas auf die Hand tun? Es sieht ziemlich böse aus.« Als er zögerte, zwang sie diese vollen Lippen zu einem Lächeln. »Ich bin Ärztin, müssen Sie wissen.«

Er sollte gehen. Sofort. Aber seine Füße wollten nicht. »Ja, das sind Sie wohl. Ich vergesse immer, dass auch Psychiater in die Kategorie Dr. med. gehören.«

»Das vergessen die meisten.« Sie ging in die Küche und kehrte mit einem Erste-Hilfe-Koffer zurück. »Aber ich habe genauso Medizin studiert wie alle anderen Ärzte. Dabei habe ich auch Jonathan Carter kennengelernt. Wir sind schon lange befreundet.« Ihr Kopf senkte sich über seine Hand, und ihr Haar fiel wie ein schwarzer, welliger Vorhang über ihr Gesicht. Im Nacken war das Haar noch immer feucht, und der Duft des Shampoos, der von dort aufstieg, peinigte seine Nase. Es bedurfte keine außerordentlichen deduktiven Fähigkeiten, um zu folgern, dass sie geduscht hatte, was darauf schließen ließ, dass sie eben unter dem Hausmantel nackt gewesen war. Er biss fest die Zähne zusammen, als ungewollt das Bild ihres schönen Körpers, nass und eingeseift, vor seinem inneren Auge auftauchte.

»Er meint, er müsse mich beschützen«, fuhr sie fort und sah wieder zu ihm auf. Ihre Wangen wurden plötzlich rot, und was immer sie noch hatte sagen wollen, blieb ihr in der Kehle stecken. Hastig senkte sie wieder den Blick und räusperte sich. »Tja …« Sie holte ein paarmal tief Atem. »Wenigstens ist kein Dreck reingekommen. Achtung. Das kann jetzt ein bisschen brennen.«

Das tat es, aber das Brennen fand an ganz, ganz anderer Stelle statt. »Der Kerl hat mir ein Bier ins Gesicht geschüttet, so dass ich duschen musste, sobald ich ihn abgeliefert hatte. Dabei habe ich die Wunde gereinigt.«

Ihr heiseres, leises Lachen sandte ihm einen Schauder den Rücken herab, und seine Hand zuckte automatisch. Sie verharrte einen Moment lang, dann betupfte sie die Schramme erneut. »Heißt es nicht, dass Bier gut für den Teint ist?« Sie wickelte eine Mullbinde um die Knöchel und befestigte sie mit Pflaster. Dann trat sie zurück und betrachtete ihn, der Blick nun wieder kühl. Vor zwei Tagen noch hatte er geglaubt, dass dieser Blick ihre Emotionslosigkeit verriet. Jetzt wusste er, dass sie sich nur dahinter verbarg. Das Wissen, dass sie diesen Schutz brauchte, weckte in ihm den Wunsch, Dinge zu tun, die er keinesfalls tun sollte. »Sehen Sie zu, dass die Wunde trocken bleibt«, murmelte sie. »Ich denke, Sie werden es überleben.«

Aidan hielt den Umschlag in seiner Hand hoch. »Ich werde mich um die Briefe kümmern. Haben Sie noch weitere Anrufe erhalten?«

»Nein.«

»Wären Sie gewillt, uns Ihre Leitung anzapfen zu lassen, so dass wir mithören können, falls noch etwas kommt?«

Sie schwieg einen Moment. »Ja. Machen Sie es. Ich unterschreibe die Erlaubnis. Aber nur für meinen Privatanschluss. Nicht für die Praxis.«

Das war mehr, als er gehofft hatte. »Wir brauchen außerdem eine Stimmprobe von Ihnen, um sie mit der Nachricht auf Adams' Anrufbeantworter zu vergleichen.«

»Ich komme morgen früh rein. Meine ersten beiden Termine sind abgesagt worden.«

»Das tut mir leid.«

Sie hob die Schultern. »Es war zu erwarten. Nach dem Artikel im *Bulletin*.«

Er hatte das Thema Patientenkartei lange genug vor sich hergeschoben, und mit einem Seufzen verfluchte er im Stillen Todd Murphy. »Es kann wieder passieren. Das wissen Sie.«

Ihr Kinn kam hoch, aber ihr Blick blieb kühl. »Ja, ich weiß.«

»Es ist wichtig, dass wir den nächsten Schachzug voraussehen können. Ich muss Sie um Ihre Patientenkartei bitten.«

Sie zuckte mit keiner Wimper. »Sie wissen, dass ich das nicht machen kann. Die Vertraulichkeit, die meine Patienten erwarten, ist nicht einfach eine nette Geste meinerseits. Es ist Gesetz, Detective.«

Sie klang nicht verärgert, dachte er. Eher resigniert, als hätte sie die Forderung schon lange erwartet. »Sie haben uns aber von Winslow und Adams erzählt.«

»Ich darf Informationen preisgeben, wenn es zur Aufklärung eines Verbrechens erforderlich ist oder wenn Gefahr für einen Patienten besteht, der keine Einwilligung geben kann. In beiden Fällen bin ich zu dem Schluss gekommen, dass die Anforderungen erfüllt waren. Im Übrigen habe ich Ihnen nicht viel mehr gesagt, als Sie ohnehin herausgefunden hätten, wenn Sie in Ihrem Archiv gesucht hätten.«

»Sie haben mir zumindest verraten, dass Cynthia Adams sich eine Geschlechtskrankheit zugezogen hat.«

Etwas blitzte in ihren Augen auf. »Das war, als ich noch glaubte, sie sei das Zielobjekt gewesen. Die Information konnte Ihnen ein Motiv geben. Außerdem hätte die Autopsie es auch ans Licht gebracht.« Sie sog müde den Atem ein. »Ich hatte heute Besuch vom staatlichen Lizenzamt. Dort ist man mit meiner Entscheidung nicht einverstanden.«

Aidan runzelte die Stirn. »Und wie haben sie erfahren, dass Sie mit uns gesprochen haben?«

»Die Frau vom Gesundheitsamt hat sie angerufen. Sie brauchen sich nicht zu entschuldigen, Detective«, sagte sie scharf, als er den Mund öffnete, um genau das zu tun. »Ich wusste, welche Risiken ich einging, als ich diese Fakten weitergab.«

Aber es war ein weiterer Schlag für sie gewesen, das konnte er sehen. Er hatte allerdings keine Ahnung, was ein Lizenzamt unternehmen konnte. »Hatte das … irgendwelche Folgen?«

»Noch nicht. Meine Anwältin war dabei, und das hat die Lage ein wenig entschärft.«

»Aber sie werden wiederkommen. Sobald sie von Winslow erfahren haben.«

»Wahrscheinlich. Genau wie die Reporter, die unten vor der Haustür ihr Lager aufgeschlagen hatten, als ich vorhin nach Hause kam.« Ihre Stimme wurde einen Hauch weicher. »Machen Sie sich keine Sorgen um mich, Detective Reagan. Ich kann schon auf mich aufpassen.«

Aber dessen war er sich nicht so sicher. Und er fragte sich, wie sie die Neuigkeit aufnehmen würde, dass die Selbstmorde ihrer Patienten gefilmt worden waren – vielleicht aus Profitgier. Er dachte an ihren Gesichtsausdruck, als sie Winslows Leiche gesehen hatte, und wünschte sich, dass sie nichts von den Kameras erfahren müsste. Aber natürlich würde sie es früher oder später erfahren. Nur nicht ausgerechnet schon heute Abend. »Dann lass ich Sie jetzt in Ruhe, Dr. Ciccotelli.« Er hob die verbundene Hand. »Und danke.«

Sie lächelte traurig. »Danke, dass Sie meinen Hintern nicht noch mal ins Präsidium geschafft haben.« Sie zog den Kopf ein. »Tut mir leid. Wenn ich müde bin, habe ich sprachliche Aussetzer.«

Es gab viel bessere Orte, an die er ihren Hintern am liebsten geschafft hätte. Er wandte sich ab, bevor seine gestresste Libido irgendetwas davon wahr machte, und stand einmal mehr vor den gerahmten Zeichnungen, die er vorhin schon eingehend betrachtet hatte. »›T. Ciccotelli‹«, las er in den Ecken der Bilder. »Haben Sie die gemalt?«

»Nein. Mein Bruder Tino.«

Er wandte sich überrascht zu ihr um. »Sie haben einen Bruder, der Tino heißt? Ernsthaft?«

Dieses Mal war ich Lächeln wirklich vergnügt. »Ich habe sogar vier ältere Brüder – Tino, Gino, Dino und Vito. Und nein, bevor Sie fragen – keiner davon ist ein Soprano.«

Vier ältere Brüder, die wahrscheinlich mit einem starken Beschützerinstinkt ausgestattet waren ... wenn das kein entmutigender Gedanke war. Aber er reichte nicht aus. Das Bild des Morgenmantels war noch zu lebhaft in seiner Erinnerung. »Lebt einer von denen in der Nähe?«

Ihr Lächeln wurde wieder traurig. »Nein. Sie sind alle zu Hause.«

»In Philadelphia.«

Ihre Augen weiteten sich. »Woher wissen Sie ...? Oh, Sie haben mich überprüft.«

Er nickte ruhig. »Was der Grund dafür ist, warum Ihr Hintern in Ihrer schicken Wohnung sitzt und nicht auf einem harten Stuhl downtown.«

Sie starrte ihn einen Moment lang an und überraschte ihn dann mit einem Lachen, das den ganzen Raum zu erfüllen schien und seinen Puls einmal mehr in Ausnahmezustand versetzte.

»Touché, Detective. Und gute Nacht.«

Er erwiderte das Lächeln. »Gute Nacht.«
Er wartete, bis er den Riegel fallen hörte, dann wandte er sich dem Fahrstuhl zu. Er würde nach Hause fahren und schlafen. Aber zuerst musste er noch einmal duschen. Diesmal am besten eiskalt.

8

Montag, 13. März, 23.55 Uhr

Tess ließ sich gegen die verriegelte Tür sinken und presste sich den Handballen gegen das Herz. Im nicht lächelnden, zornigen Zustand war Aidan Reagan der attraktivste Mann, dem sie je begegnet war. Aber lächelnd … war er einfach schön. Und eine Ablenkung, die sie jetzt überhaupt nicht gebrauchen konnte.

Oder vielleicht doch. Es war verdammt lange her, dass ihr Herz so heftig geschlagen hatte, dass ihre Haut sich angefühlt hatte, als sei sie in einem Dornröschenschlaf gewesen und mit einem Schlag zum Leben erwacht. Dass sie so erregt gewesen war. Sie hatte schon befürchtet, sie wäre dazu gar nicht mehr in der Lage gewesen.

»Na los, sprich es schon aus, Chick«, murmelte sie laut. *Du musst mal wieder auf den Zug aufspringen. Du brauchst einen guten Fick.* Aber sie konnte es nicht aussprechen. Konnte es kaum denken. Phillips Betrug hatte eine tiefere Narbe hinterlassen, als jeder Knasti mit Kette es je hätte schaffen können.

Sie hatte sich eingeredet, dass sie darüber hinwegkommen würde, dass seine Seitensprünge nichts mit ihr zu tun gehabt hatten. Was für ein Witz. Natürlich hatte es etwas mit ihr zu tun gehabt. Sie hatte sich einen Mann ausgesucht,

der nicht in der Lage war, seine Versprechen zu halten. Wenigstens war sie inzwischen ehrlich.
Wie die Mutter, so die Tochter.
Und wenigstens hatte sie genug Stolz gehabt, den Mistkerl vor die Tür zu setzen. Im Gegensatz zu ihrer Mutter. Aber Stolz war ein trauriger Ersatz für menschliche Nähe, nach der sie sich in den Nächten sehnte. Es hatte einige Männer seit Phillip gegeben, die versucht hatten, ihren Blick auf sich zu ziehen. Dummerweise war ihr Blick nicht interessiert gewesen.
Bis jetzt. Ihr Blick war interessiert, und der Rest des Körpers auch. Reagan war ebenfalls interessiert. Und wenn sie auch nur einen Funken Menschenkenntnis besaß, dann gefiel ihm das genauso wenig wie ihr. Andererseits … was für Menschenkenntnis besaß sie denn? Schließlich hatte sie sich damals Phillip ausgesucht.
Toller Gedanke. Vielleicht hatte Amy ja recht. *Ich sollte sie jetzt anrufen. Mich brav mit ihr vertragen und so weiter.* Sie hatte es Jon versprochen, etwas, das Reagan für wichtig genug gehalten hatte, um sie noch einmal daran zu erinnern. Ein Punkt für die guten Jungs. Sie drückte sich von der Tür ab, und machte vor Schreck einen Satz, als die Klingel ertönte. Sie sah durch den Spion und fluchte leise. Die kleine Miss Carmichael stand mit einer Pizzaschachtel vor ihrer Tür.
»Ich weiß, dass sie da sind«, rief das Mädchen laut. »Ich habe den Cop weggehen sehen.«
»Gehen Sie, Miss Carmichael. Ich habe Ihnen nichts zu sagen.«
»Ich möchte Ihnen einen Vorschlag machen.«

Tess öffnete die Tür einen Spalt. »Für das, was Sie mit Ihrem Vorschlag machen können, brauchen Sie Vaseline, Miss Carmichael. Gehen Sie bitte, bevor ich die Polizei rufen muss.«

Joanna Carmichael musterte sie durch den Türspalt. »Ich will ein Exklusivinterview.«

Tess lachte über die absurde Forderung. »Sie haben Ihren Verstand verloren, Miss Carmichael. Und glauben Sie mir – ich weiß, wovon ich rede.«

»Ich schreibe den Artikel mit oder ohne Ihre Hilfe. Wenn Sie mir ein Interview geben, sind es Ihre Worte, die gedruckt werden.«

Tess schüttelte den Kopf. »Als ob ich Ihnen trauen könnte. Und wie sind Sie übrigens hier raufgekommen?«

»Ich hab dem Portier erzählt, dass ich Ihrem Nachbarn eine Pizza ausliefere. Die Sicherheitsvorkehrungen in Ihrem Haus hier sind übrigens jämmerlich.«

Da musste Tess ihr zustimmen. »Gut zu wissen. Verschwinden Sie.« Tess schloss die Tür, schob den Riegel wieder vor. »Wenn Sie in fünf Sekunden noch hier sind, rufe ich die Polizei, und Sie können Ihren Artikel aus einer Zelle schreiben. Fünf, vier, drei …«

Joanna trat mit einem Grinsen zurück. Sie hatte nicht erwartet, dass Ciccotelli dem Exklusiv-Interview zustimmte, hatte aber auch keine derart beißende Reaktion erwartet. Wenn Ciccotelli endlich einwilligte, würde der Artikel außergewöhnlich werden. Jetzt würde sie erst einmal wieder nach Hause fahren und die Pizza selbst essen.

Sie hatte noch viel zu tun. Ihre Mama sagte immer, mit Honig würde man mehr Fliegen fangen als mit Essig. Ihr

Vater hatte behauptet, die Klebstreifen seien am effektivsten. So ungern sie es zugab, diesmal hatte Daddy recht. Sie musste einfach nur abwarten, wie viele Fliegen Ciccotelli am Streifen zappeln sehen konnte, bevor sie endlich nachgab.

Es würde nicht nett werden, und Ciccotelli würde nicht ohne Protest kooperieren.

Hauptsache, sie *würde* kooperieren. *Und wenn der Staub sich gelegt hat, steht mein Name über dem Artikel, und Cy Bremin wird nur noch ein mittleres Ärgernis sein, dem man beikommen kann.*

Zufrieden auf einem Stück Pizza kauend, fuhr sie mit dem Fahrstuhl nach unten und winkte dem blöden Portier beim Hinausgehen.

Dienstag, 14. März, 0.35 Uhr

Aidan hatte sich wieder unter Kontrolle, als er in seine Auffahrt fuhr, und das war gut, denn eiskalte Duschen taten weh und nützten auch nicht sonderlich viel. Er konnte nur hoffen, dass Dolly sein Wohnzimmer nicht zerlegt hatte. Sie war ein guter Hund, gut erzogen, aber er hatte sie ziemlich lang allein gelassen. Normalerweise ließ das zwölfjährige Nachbarkind Dolly hinaus, wenn er wusste, dass er lange fort sein würde, aber heute hatte er vergessen, Bescheid zu geben. Er betrat die Küche und wurde stürmisch von einem neunzig Pfund schweren Rottweiler begrüßt, der frenetisch das Hinterteil rotieren ließ.

Aidan ließ sich auf ein Knie sinken, um ihr die Ohren zu kraulen, und lachte, als Dolly sein Gesicht abschleckte.

»Das ist ekelig, Köter.« Er versetzte ihr einen freundlichen Klaps, richtete sich wieder auf und nahm die Leine vom Haken. Es war spät, aber Dolly brauchte Bewegung, und auch Aidan hatte eine Menge Adrenalin abzubauen.

»Ich war schon mit ihr.«

Aidan griff nach seiner Waffe und fuhr herum, aber in einem Sekundenbruchteil erkannte er die verschlafene Stimme. Er schlug auf den Lichtschalter und tauchte den Raum in hellen Schein.

Seine Schwester Rachel stand im Türrahmen, die Augen weit aufgerissen, eine Hand auf ihre Brust gepresst.

»Was zum Teufel hast du hier zu suchen?«, bellte er sie an. »Du weißt, dass du dich nicht anschleichen darfst. Ich hätte dich niederschießen können.«

»Ich …« Sie stieß bebend Luft aus. »Tut mir leid. Ich hab nicht nachgedacht.«

Aidan schob seine Waffe zurück ins Halfter. »Das kann man wohl sagen.« Aber sie war so blass und zitterte, dass er zu ihr ging und ihr einen Arm um die Schultern legte. »Alles in Ordnung?«

Sie nickte an seiner Brust. »Ja. Ich muss mich nur kurz erholen.« Sie trat zurück und sank gegen die Wand. Ihre dunklen Brauen hatten sich zusammengezogen. Sie hatte wie Aidan das Haar und die Augen ihres Vaters, aber ihre zarte Statur war ganz die Mutter. Genau wie der herrische Gesichtsausdruck. »Du kommst spät.«

»Und du hast dich unerlaubt von der Truppe entfernt«, fuhr er sie an. »Warum bist du nicht zu Hause im Bett? Mom und Dad sterben vor Sorge, wenn sie aufwachen und dich nicht finden können.«

»Nein, tun sie nicht. Sie denken, ich bin bei Marie.«

Aidan starrte sie an. »Du hast sie angelogen? Rachel!«

»Habe ich gar nicht. Ich war bei Marie. Sie hatte eine Party, auf der ich … nicht bleiben wollte.«

Immer noch wütend nahm Aidan eine Tüte Milch aus dem Kühlschrank. »Willst du auch was?«

Sie rümpfte die Nase. »Bäh.«

»Du brauchst Milch, Kind. Sonst kriegst du Osteoporose und dann tut's dir leid.« Er ahmte ihre Mutter nach, um ihr ein Lächeln zu entlocken, aber ihre Lippen blieben fest zusammengepresst. »Warum also hast du dich gegen die Party entschieden? Ganz abgesehen von der Tatsache, dass du morgen in die Schule musst.« Als ihm bewusst wurde, was er da gerade gesagt hatte, verengte er die Augen. »Mom und Dad lassen dich abends so lange weg, wenn du am nächsten Tag Schule hast? Das machen sie doch sonst nie.«

Sie zuckte die Achseln. »Wir wollten für eine Geschichtsklausur lernen.«

»Habt ihr aber nicht.«

»Aidan, ich hatte wirklich die Absicht, mit ihr zu lernen«, sagte sie ruhig. »Glaub mir das. Aber dann tauchte Maries Freund auf und … die Sache lief aus dem Ruder.«

Aidan trank das Glas Milch aus und wischte sich den Mund mit dem Handrücken ab. »Wie aus dem Ruder?«

»Ach, vergiss es. Wichtig ist nur, dass ich nicht dabei sein wollte.« Sie hob den Ärmel an die Nase und schnupperte. »Obwohl es riecht, als wäre ich.«

Aidan beugte sich vor, roch ebenfalls und lehnte sich dann mit einem Stirnrunzeln zurück. »Bier und Shit? Was sind denn das für Leute? Und wo waren Maries Eltern?«

Rachel setzte sich auf einen seiner Küchenstühle vom Flohmarkt. »Nicht zu Hause.« Sie hob die Hand, als er zum Reden ansetzte. »Sag's nicht. Ich hätte sofort gehen sollen, aber in den ersten zwei Stunden waren nur Marie und ich da, und wir haben wirklich gelernt.« Ihre Augen blickten flehend. »Ich schwör's, Aidan.«

»Ich glaub's dir ja.« Er setzte sich neben sie. »Was ist passiert?« Entsetzt sah er, wie ihre blauen Augen sich mit Tränen füllten. »Rachel?«

»Schon gut«, sagte sie und wischte sich die Augenwinkel mit dem Handballen. »Ich hatte einfach Angst. Plötzlich kam ein Haufen Jungs und ...« Sie schauderte. »Dann bin ich durch die Hintertür abgehauen.«

Sein Herz ließ einen Schlag aus, als er sich die möglichen Folgen eines solchen Szenarios ausmalte. »Warum hast du denn Mom und Dad nicht angerufen?«

Sie schüttelte den Kopf. »Einer der Jungs hat sein Bier verschüttet, und ich ... ich wollte nicht, dass sie meinen, ich würde sie anlügen. Also bin ich zu dir gegangen.«

»Gegangen?«

Sie nickte. »Drei Meilen.« Das Lächeln, das sie zustande brachte, war jämmerlich. »Also mecker bloß nicht mehr, dass Videospiele mich zu einem Weichei machen. Ich wollte auch gar nicht bleiben. Ich wollte nur irgendwo abwarten, bis meine Klamotten nicht mehr so stinken. Aber Dolly wollte unbedingt raus, und danach habe ich mich einen Moment auf die Couch gesetzt. Dann bin ich eingeschlafen.«

»Du hättest mich besser angerufen, Rachel. Ich hätte mich schon darum gekümmert.«

Sie verdrehte entnervt die Augen. »Oh, toll. Mein großer Bruder, der Bulle, stürmt heran. Aidan, ich stehe zwar nicht auf bierselige Feten, aber ein bisschen Gesellschaftsleben möchte ich mir doch bewahren.« Sie sackte in sich zusammen. »Sagst du es nicht Mom und Dad? Bitte?«

Er dachte einen Moment lang nach. Abe und Sean hatten ihn oft genug gedeckt, als er jünger gewesen war. »Ist die Party noch im Gang?«

»Nein. Maries Eltern wollten um zwölf nach Hause kommen, also sind jetzt alle längst weg.«

»Versprichst du mir, nicht mehr zu Marie zu gehen?«

Sie schauderte wieder. »O ja.«

»Dann sind wir uns einig. Und jetzt geh duschen. Ich suche dir was zum Anziehen und wir sehen zu, ob wir das Bier aus deinen Klamotten kriegen.« Er grinste sie an. »Ich habe auch Bierklamotten zu waschen, da sparen wir Wasser.«

Sie zog die Brauen hoch. »Auch eine Party?«

»Nein. Kneipenschlägerei.«

Ihre Lippen zuckten. »Und? Hast du gewonnen?«

»Herzchen, ich gewinne immer.« Er tippte ihr mit der Fingerspitze auf die Nase, und beide blickten auf den Verband um seine Hand. *Na ja, nicht immer,* dachte er. Nicht wenn es sich um eine Ärztin aus der Michigan Avenue handelte, die sich ganz offensichtlich außerhalb seiner Preiskategorie bewegte. Obwohl sie interessiert gewesen war. Sehr interessiert.

Rachel schnüffelte und hielt sich seine Hand vors Gesicht. »Forevermore.«

»Wie bitte?«

»Der Duft auf deiner Hand. Das Parfüm heißt Forevermore. Sauteuer.« Ihr Blick wurde verschlagen. »War da vielleicht doch eine kleine Party, Brüderchen? Komm, spuck's aus.«

Er lachte, war aber seltsamerweise peinlich berührt. »Los, geht duschen, Zwerg.«

Sie stand auf, blieb aber im Türrahmen stehen und sah ihn ernst an. »Dank dir, Aidan. Ich wusste nicht, wo ich sonst hätte hingehen sollen.«

Sein Herz schwoll ihm in seiner Brust. Seine kleine Schwester war für seine Eltern eine späte Überraschung gewesen, und sie verwöhnten Rachel entsetzlich. Aber sie war trotzdem klasse. Wirklich klasse. Er hasste den Gedanken daran, dass sie die Schattenseiten des Lebens schon so früh kennenlernen sollte. »Du kannst immer zu mir kommen, Süße. Schleich dich nur nicht wieder an, okay?«

»Okay.«

Dienstag, 14. März, 8.09 Uhr

Aidan setzte sich neben Murphy und mied Spinnellis verärgerten Blick.

»Sie sind zu spät, Aidan.«

»'tschuldigung.« Er hatte Rachel in aller Frühe bei seinen Eltern vorbeigefahren, damit sie sich frische Sachen holen konnte, und sie dann bei der Schule abgesetzt. Das Bier war nicht mehr zu riechen gewesen, der Haschischqualm schon.

Jack schob eine halbleere Schachtel Donuts über den Tisch. »Wer zu spät kommt … Murphy und ich haben die besten schon vertilgt.« Er betrachtete Aidan nachdenklich. »Hast du die Patientenkartei bekommen?«

»Nein.« Aidan nahm einen Donut mit Glasur und leckte sich die Finger ab. »Sie hat sich geweigert, wenn auch höflich. Aber sie hat mir erzählt, dass sie nach der Green-Geschichte Drohbriefe erhalten hat. Hier sind sie.« Mit der sauberen Hand schob er den Umschlag über den Tisch. Der Umschlag roch nach Forevermore. Er war sich dämlich vorgekommen, daran zu schnüffeln, aber er hatte nicht widerstehen können. »Und sie hat bestätigt, dass sie Soma genommen hat. Auch wieder nach der Green-Sache. Sie hatte aber keine von den Flaschen mehr und kann sich auch nicht erinnern, ob sie sie weggeworfen hat oder nicht.« Er sah Spinnelli an. »Sie kommt nachher rein, um eine Stimmprobe abzuliefern und die Erlaubnis zu unterschreiben, ihren Privatanschluss abzuhören.«

Spinnelli seufzte. »Sie tut also alles, was sie kann. Wenn sie uns ihre Patientenkartei überlässt, verliert sie ihre Lizenz.«

»Die Lizenzleute haben sie gestern schon aufs Korn genommen.« Aidan warf Murphy einen Blick zu. »Die Dame vom Gesundheitsamt hat gesungen.«

Murphy verzog das Gesicht. »Verdammt. Das wird ja immer besser.«

»Hast du im Archiv etwas herausfinden können?«

Murphy warf Spinnelli einen Blick zu, der ernst nickte. »Sagen Sie's, Todd.«

»Sowohl die Adams- als auch die Winslow-Akte sind vor drei Monaten eingesehen worden.« Er stieß geräuschvoll die Luft aus. »Und zwar von Preston Tyler.«

Aidan schüttelte verdattert den Kopf. »Das kann nicht sein. Er ist doch ...« Tot. Aber das wussten natürlich alle hier. Harold Green hatte ihn mit bloßen Händen umgebracht. Was weit gnädiger gewesen war als das, was der Mistkerl mit den drei kleinen Mädchen gemacht hatte. Aidan biss fest die Zähne zusammen, um den heillosen Zorn zu unterdrücken, der ihn stets zu übermannen drohte, wenn er an die Leichen der Kinder dachte.

Und daran, dass Harold Green seinem gerechten Urteil entgangen war. Dank Tess Ciccotelli. *Die einunddreißig andere sehr gefährliche Menschen ins Gefängnis gebracht hatte.* Er zwang sich, auch daran zu denken. Zwang sich daran zu denken, dass sie hinter ihrer kühlen Fassade eine Frau war, die sich Gedanken und Sorgen machte – die fühlte. Weil sie ein Mensch war. Und als Mensch hatte sie einen furchtbaren, tragischen Fehler gemacht.

Erst jetzt bemerkte er, dass alle ihn ansahen, und er stieß zischend den Atem aus. »Wie konnte das passieren? Es kann doch niemand Berichte rausgeben, wenn die Person, die sie haben will, mit dem Namen eines Toten unterschreibt!«

»Leider doch. Es war eine neue Angestellte. Sie hatte keine Ahnung«, erklärte Murphy. »Ich habe sie eben noch befragt. Sie sagte, es sei ein Cop mit Marke gewesen. Der Bericht habe den Tisch nicht verlassen, aber er sei in ihrer nächsten Schicht wiedergekommen, um noch einmal reinzusehen.«

»Sie sitzt jetzt bei der Dienstaufsichtsbehörde«, sagte Spinnelli grimmig, »und sieht sich Fotos an.«

Jacks Miene verhärtete sich. »Und wenn sie ihn nicht identifizieren kann? Oder will?«

»Das ist wohl möglich«, gab Spinnelli zu. »Aber die Leute von der Dienstaufsicht haben so ihre Methoden.«

»Die Sicherheitsbänder?«, fragte Aidan.

»Fehlen ganz zufällig.« Murphy zuckte die Achseln.

»Toll, wenn das Archiv nichts archiviert«, brummelte Jack.

»Die IA wird sich auch darum kümmern.« Spinnelli sah müde aus. »Es wird auf jeden Fall eine Untersuchung geben.«

»Du hast recht, Murphy«, sagte Aidan. »Das wird immer besser. Hat Rick wenigstens ein paar gute Nachrichten für uns?«

Jack verneinte. »Er hat die ganze Nacht gearbeitet, aber unser Bursche ist clever. Die Übertragung ist quasi auf den Mars gegangen. Aber ich habe noch andere Neuigkeiten. Einer meiner Jungs hat schwarze Fasern auf einigen der Lilien gefunden. Nylon. Dieselben Fasern scheinen sich auch auf der Puppe aus Winslows Ofen zu befinden, aber die Hitze hat die Fasern an den Kunststoff geschweißt, so dass wir sie nicht isolieren können, um das Ergebnis abzusichern.«

»Vielleicht eine Tasche?«, fragte Murphy. »Etwas, in dem etwas transportiert wurde?«

Jack nickte. »Davon sind wir auch erst einmal ausgegangen. Das führt uns nicht zwingend zu der Tasche, aber wenn wir die Tasche hätten, finden wir wahrscheinlich Lilienpollen darin.«

Aidan musste an die Masse an Lilien denken, die sie in Adams' Wohnung gefunden hatten. »Da muss jemand aber oft gelaufen sein, wenn er die Lilien nur in einer Tüte angeschleppt hat. Wir könnten mit einem Foto der Frau aus der Postfachagentur durch Adams' Wohnhaus gehen und nachfragen, ob jemand sie gesehen hat. Dabei können wir uns auch Joanna Carmichael vornehmen und überprüfen, ob sie noch mehr Tatortfotos besitzt. Gestern Nachmittag war sie jedenfalls nicht da.«

»Klingt vernünftig«, meinte Spinnelli. »Sonst noch Vorschläge?«

Murphy kaute nachdenklich auf seinem Donut. »Wir haben den Schlüssel zu Adams' Safe.«

»Und eine Liste von fünf Verurteilten, die aufgrund von Tess' Aussage verknackt worden sind.« Aidan sah Murphys überraschten Blick. »Sie hat mir die Namen gestern Abend gegeben. Aber die fünf sitzen noch alle.« Weil die Bewährungsstelle weder Scheiße noch Mist gebaut hat, dachte er und erinnerte sich an die hübsche Röte in ihrem Gesicht. Murphy sah ihn immer noch an. »Was ist?«

Murphy wandte den Blick ab. »Nichts. Wer beantragt die richterliche Verfügung für die Patientenkartei?«

Spinnellis Schnurrbart hing herab. »Ich werde Patrick Bescheid geben.«

»Und wir brauchen auch einen Durchsuchungsbefehl für Adams' Safe«, fügte Murphy hinzu.

Spinnelli notierte es sich. »Hat noch jemand eine Bestellung, bevor die Küche dichtmacht?«, fragte er sarkastisch. »Aidan, wann wollte Tess kommen?«

»Irgendwann heute Morgen. Ich rufe Sie an, wenn sie da ist.«

Jack stand auf. »Ich sehe zu, dass ich alles für die Stimmprobe vorbereite.«

Spinnelli sah ihm stirnrunzelnd hinterher. «Wir haben zu viele Möglichkeiten. Seht zu, dass wir sie einengen können.«
Murphy blieb an der Tür stehen. »Wir wissen alle, dass die Dienstaufsicht uns nicht sagen wird, wen die Angestellte identifiziert, Marc.«
»Machen Sie Ihre Arbeit, Murphy.« Spinnellis Stimme war scharf. »Ich kümmere mich um die Dienstaufsicht.«
Murphy schüttelte den Kopf, während sie zu ihren Tischen zurückkehrten. »Besser er als wir. Alles okay mit dir?«
Aidan sah ihn finster an. »Ja, wieso?«
»Deine Fingerknöchel.«
Die sie verbunden hat, war alles, was ihm dazu einfiel. Dann zwang er sich, sich auf die wichtigen Dinge zu konzentrieren. »Morris' Kumpel hat gestern Abend versucht, den Helden zu spielen. Nun kühlt er sich in einer Zelle ab. Ich muss noch den ganzen Papierkram erledigen. Widerstand gegen die Staatsgewalt und so weiter.«
Murphy betrachtete ihn, während sie gingen. »Dein Gesicht ist noch immer hübsch. Wo hat er dich denn getroffen?«
Aidan verzog das Gesicht. »Im Magen. Der Kerl hat einen höllischen Schlag am Leib.«
»Du wirst es überleben.«
Das hat sie auch gesagt.
Murphy setzte sich an seinen Tisch und musterte ihn eingehend, und bei dieser Musterung hätte Aidan sich am liebsten versteckt. Also widmete er sich der Suche nach einem Formular für die Telefonüberwachung. Eine Minu-

te später sah er knurrend auf. Murphy starrte ihn immer noch an. »*Was?!*«

»Du hast sie Tess genannt.«

Aidan wollte es abstreiten, aber er klappte den Mund wieder zu. Murphy hatte recht. »Na und?«

»Also wächst sie auch dir ans Herz.«

Aidan dachte an den Traum, der ihn kurz vor der Dämmerung aufgeweckt hatte. Sie war in seinem Bett gewesen, und ihr Haar hatte auf seinem Bauch gelegen, während sie sich mit Küssen ihren Weg abwärts bahnte. Die schönen Rundungen und die weichen Lippen. Das Telefon auf seinem Tisch klingelte und ersparte ihm eine Antwort. »Der Empfang unten«, sagte er kurz. »Dr. Ciccotelli ist da.«

Murphys Mundwinkel zuckten. »Dann sieh doch zu, dass du Dr. Ciccotelli nach oben begleitest. Ich rufe Jack an und sage ihm, dass wir kommen.«

Tess saß in der Lobby der Polizeistation und war sich bewusst, dass jeder anwesende Cop jede ihrer Bewegungen beobachtete. Zuvor hatte sie Hass und Verachtung gespürt. Nun fragte sie sich, ob einer der Männer mit der Marke ihr tatsächlich schaden wollte. Der Gedanke hatte sie die ganze Nacht wachgehalten. Wie auch die Überlegungen, welcher ihrer Patienten wohl der Nächste sein würde.

Sie hätte Reagan gestern nur allzu gerne ihre Kartei übergeben, allein damit die Patienten beschützt werden konnten. Sie wollte nicht noch eine Leiche sehen müssen. Aber es war moralisch nicht vertretbar. Und Reagan hatte das gewusst. Die Privatsphäre der Patienten musste unter allen Umständen gewahrt bleiben. Zu einem Psychiater zu gehen war wie eine Art Stigma. Viele der Leute, die zu ihr kamen, glaubten, dass es ihr Leben ruinieren würde, falls jemand es herausfand.

Sie konnte nur beten, dass ihr Leben nicht stattdessen ganz beendet werden würde. Sie konnte Reagan die Namen nicht preisgeben, aber sie konnte jeden Einzelnen anrufen. Und das würde sie tun, sobald sie ihren Verpflichtungen hier nachgekommen war. Sie musste ein Formular unterschreiben und eine Stimmprobe abgeben.

Die Aufzugtür glitt auf, und Reagan trat heraus. Wie vorherzusehen war, begann ihr Herz ein wenig schneller zu schlagen. Er sah einfach umwerfend aus. Das konnte sie jetzt zugeben. Er bewegte sich mit solch einer zurückhaltenden Kraft, dass es Spaß machte, ihm zuzusehen. Er sah sich in der Halle um, entdeckte sie, kam auf sie zu. Dabei musterte er sie von Kopf bis Fuß. Dann fiel sein Blick auf den Schal um ihren Hals, und ihre Stimmung sank. Er wusste es, und das gefiel ihr irgendwie nicht.

»Dr. Ciccotelli«, sagte er mit weicher Stimme. »Danke, dass Sie hergekommen sind.«

»Das habe ich gestern ja schon angekündigt.« Sie nahm ihre Tasche. »Und ich tue immer, was ich sage.« Sie folgte ihm, doch als er am Fahrstuhl stehen blieb, zogen sich ihre Eingeweide zusammen. »Ich konnte heute Morgen nicht laufen.« Sie verzog das Gesicht. »Überall Reporter. Macht es Ihnen etwas aus, wenn wir die Treppe nehmen?«

Er sah leicht verwirrt auf sie herab. »Die Technik, wo Sie ihre Stimmprobe abgeben sollen, befindet sich in der vierten.«

»Macht mir nichts.«

Sein Blick wurde weicher. »Dann los.«
»Haben Sie Ihre Anwältin angerufen?«, fragte er, als sie die erste Etage hinter sich hatten.
Dass es ihm so wichtig war, dass sie ihr Versprechen hielt, freute sie irgendwie. »Habe ich.« Amy war wach geblieben und hatte auf ihren Anruf gewartet. Und sich noch einmal bei ihr entschuldigt. Dennoch war die Unterhaltung steif geblieben, und keiner von beiden hatte das Thema ihrer beruflichen Beziehung angeschnitten. Vielleicht war es besser so. Amy und sie hatten schon viel zusammen durchgestanden. Ihre Freundschaft hatte einen herben Schlag erlitten und war zu kostbar, um aufs Spiel gesetzt zu werden. Es gab andere Verteidiger, wenn sie schließlich doch einen brauchen sollte. »Ich habe sie angerufen, nachdem ich den *Bulletin* weggescheucht habe.«
Reagan sah sie überrascht an. »Cyrus Bremin hat Sie aufgesucht?«
»Nein. Niemand so Berühmtes. Sie heißt Joanna Carmichael.«
»Ah. Die Fotografin. Kann ich Ihre Tasche nehmen?«
Sie schüttelte den Kopf. »Nein, danke. Sie kennen Joanna Carmichael?«
»Noch nicht. Wir haben sie überprüft, als wir gestern Morgen den Artikel in der Zeitung gesehen haben. Und wir sind bei ihr gewesen, um herauszufinden, ob sie noch mehr Tatort-Fotos geschossen hat.« Er zögerte, zuckte dann aber die Achseln. »Sie wohnt im selben Haus wie Cynthia Adams.«
»Also ist sie über die große Story gestolpert und musste sie dann an Cyrus Bremin abtreten. Kein Wunder, dass sie ein Exklusiv-Interview haben wollte.«

»Ein Exklusiv-Interview?« Er stieß ein kurzes Lachen aus, das im Treppenhaus widerhallte, während sie aufwärtsgingen. »Die muss total verrückt sein.« Er zog hastig den Kopf ein. »Tut mir leid. Das war nicht besonders taktvoll.«

Tess kicherte. »Schon okay. Ich habe ihr dasselbe gesagt, nur noch ein bisschen farbenprächtiger.«

»Ah? Wieder sprachliche Aussetzer?«

»Ich glaube, ich habe etwas im Zusammenhang mit Vaseline erwähnt.« Sie schnitt eine Grimasse. »Wahrscheinlich werde ich das bereuen.«

Sie gelangten im vierten Stock an, und er hielt ihr die Tür auf. Ein kurzer Marsch brachte sie zum Tonstudio, wo die ganze, an diesem Fall beteiligte Belegschaft zu warten schien. Spinnelli, Patrick Hurst und Murphy standen vor der Glasscheibe zum Studio, während Jack drinnen mit einem Techniker sprach. »Ich singe also vor großem Publikum«, sagte sie aufgesetzt fröhlich, und Spinnelli lächelte. »Aber ich habe meinen Namen gar nicht auf der Neonreklame gesehen.«

»Wir wollen das ganz und gar nach Vorschrift machen, Tess. Zu Ihrem und unserem Nutzen.«

»Ich weiß, und ich weiß es zu schätzen, Marc. Ich habe gehört, dass Sie mit Berufungen zu tun haben, Patrick.«

Patrick machte ein finsteres Gesicht, aber das schien er immer zu tun, wenn sie in der Nähe war. Als er damals nach dem Rücktritt des letzten Staatsanwalts die Stellung übernommen hatte, hatte sie zuerst die Befürchtung gehabt, sie habe ihm irgendwie auf die Zehen getreten. Aber inzwischen wusste sie, dass er immer so wirkte. »Heute Morgen lagen im Fax zwei weitere«, bemerkte er.

»Tut mir leid. Ich wünschte, es gäbe eine Möglichkeit, die Sache ein für alle Mal aus der Welt zu schaffen.« Sie schluckte. »Aber Sie wissen, dass ich Ihnen meine Patientenkartei nicht einfach überlassen kann.«

Er nickte. »Und Sie wissen, dass ich Ihnen eine richterliche Verfügung vorlegen werde.«

»Ich bin verpflichtet, sie anzufechten.«

Patrick zuckte die Achseln. »So läuft das Spiel. Ich hoffe nur, dass niemand anderes sterben muss, während wir feilschen.«

Sie zuckte innerlich zusammen. Das war ein Schlag unter die Gürtellinie, sehr bewusst eingesetzt. »Versuchen wir also herauszufinden, wer hinter der Sache steckt, bevor noch ein Unglück geschieht.«

Spinnelli trat zwischen sie. »Klingt wie eine gute Idee. Sie sind jetzt bereit für Sie, Tess. Bringen wir es hinter uns.«

Jack trat durch die Tür. »Sie wissen, was Sie zu tun haben, Tess?«

Sie holte tief Luft. »Ich soll dieselben Worte sagen, wie ihr sie auf dem Anrufbeantworter gefunden habt. Ich kenne die Vorgehensweise, Jack.«

»Dann wissen Sie auch, dass dies keine exakte Wissenschaft ist. Wir vergleichen die visuellen Ausdrucke, dann werden unsere Experten eine auditorische Analyse machen. Sie müssen außerdem in verschiedenen Tonhöhen sprechen. Aber bei allen Bemühungen kann es sein, dass wir letztlich doch nichts Definitives haben.«

»Ich dachte, dein Mann sei gut«, sagte Murphy mit angespannter Stimme.

»Das bin ich auch.« Die Stimme kam aus dem Studio, und

alle drehten sich um. Der Mann öffnete die Tür und lehnte sich dagegen.

»Das ist Sergeant Dale Burkhardt«, sagte Jack. »Er ist mein Gegenstück in der technischen Abteilung. Er hat mit Forschung und Entwicklung aller neuen Spielzeuge, die wir einsetzen, zu tun. Dale entspricht FBI-Standard. Er *ist* verdammt gut.«

Burkhardts Lippen zuckten. »Süßholzraspeln gleicht die Rechnung nicht aus, Jack. Du schuldest mir trotzdem noch was.« Er wandte sich an Murphy. »In der Theorie sind keine zwei Stimmen gleich. Sie entstehen in der Kehle, mit den Stimmbändern, durch die Mundbewegungen. Stimmimitatoren sind dennoch schwer zu entdecken, weil sie zwar vielleicht andere anatomische Voraussetzungen haben, sie aber die Lippenbewegungen und die Zungenposition genau studieren und … imitieren. Das heißt, diese Aspekte werden gleich ausfallen.« Seine Erklärung war freundlich gemeint, und an jedem anderen Tag hätte Tess gelächelt. Aber nicht heute. Zu viel hing von dieser Analyse ab. »Dr. Ciccotelli, wenn Sie so weit sind, können wir anfangen.«

Sie folgte Burkhardt hinein und setzte sich auf den Stuhl, den er ihr anwies. Ein Stapel Karteikarten lag neben dem Mikrofon auf dem regalartigen Tisch, der sich durch den ganzen Raum zog. Auf der obersten Karte stand die Nachricht von Cynthia Adams' Anrufbeantworter. Mit einem zittrigen Nicken nahm Tess die Karte in die Hand. »Anfangen?«, fragte sie.

»Warten Sie, bis ich draußen bin.« Er setzte sich an die Instrumentenkonsole vor der großen Scheibe und bedeutete ihr anzufangen. Sie versuchte es, aber ihre Stimme brach, und sie schloss die Augen. Diese scheußlichen Worte noch einmal zu hören, weckte die Erinnerung an Cynthia Adams, die sie hörte und in ihrem benebelten Zustand glaubte.

Burkhardts Stimme klang kratzig über die Lautsprecher. »Bitte noch einmal von vorne, Doktor.« Einen Moment lang herrschte Stille, dann setzte der Techniker freundlicher hinzu: »Versuchen Sie, nicht an das Opfer zu denken. Sprechen Sie die Nachricht so, als ob Sie jemanden überzeugen wollten. Samtiger.«

Samtiger. Tess straffte die Schultern und las noch einmal.

»Schon besser, aber noch einmal. Samtiger.«

Sie las ein drittes Mal, blickte zwischendrin auf und begegnete Aidan Reagans Blick. Er nickte ihr aufmunternd zu. »Sehr gut«, formte er mit den Lippen.

Ihre Nerven flatterten noch immer, aber die Übelkeit war abgeebbt, so dass sie den Tonfall der Anrufer einigermaßen nachahmen konnte. Nach dem Text widmete sie sich den anderen Karten, auf denen eine Reihe von unterschiedlichen Wörtern standen, mit denen Laute und Stimmlagen überprüft werden sollte. Sie las alle vor und begann dann noch einmal von vorne. Und immer wieder sah sie zwischendurch zu Reagan, der ihr jedes Mal zunickte. Er lächelte nicht, sagte auch kein weiteres Wort mehr. Dennoch fühlte sie sich diesseits der Scheibe nicht mehr ganz so einsam.

Schließlich hatte sie es geschafft. Burkhardt stand auf, ohne dass in seiner Miene etwas zu lesen war. »Vielen Dank, Doktor. Sie können jetzt herauskommen.«

Tess gehorchte. Ihre Hände und Knie waren zittrig, aber durch pure Willenskraft gelang es ihr, sie zur Ruhe zu zwingen. Die Männer hatten sich um den Computermonitor versammelt. Keiner begegnete ihrem Blick. Schließlich hielt sie es nicht mehr aus. »Und?«

Jack schüttelte den Kopf. »Es ist dicht dran, Tess. Wirklich dicht dran.«

Langsam atmete sie aus. Was hatte sie denn erwartet? Die Stimme auf dem Anrufbeantworter war ihrer ähnlich genug gewesen, um damit ihre eigene Mutter übers Ohr hauen zu können. »Tja, nun. Und jetzt?«

In Burkhardts Blick lag eine Mischung aus Respekt und Mitgefühl. »Ich habe mit der Analyse noch nicht einmal angefangen. Wir hatten uns schon gedacht, dass das erste Bild sehr ähnlich sein würde. Also Kopf hoch.«

Patrick drapierte seinen Mantel über dem Arm. »Rufen Sie mich an, wenn Sie etwas haben. Wäre schön, wenn das bis Mittag geschähe. Ich treffe mich mit Richter Doolittle zum Lunch, und ich würde ungern wie ein kompletter Idiot daherkommen.«

Burkhardt schnaubte, als Hurst aus dem Raum war. »Bis Mittag? Macht der Witze?«

»Nein«, sagte Spinnelli. »Wir werden der Sache auf den Grund gehen, Tess. Versuchen Sie, sich nicht allzu viele Sorgen zu machen.«

Sie nickte steif. »Sicher.« Nicht mehr zu atmen wäre wahrscheinlich einfacher gewesen.

Spinnelli zog kopfschüttelnd ab. »Verdammt. Ich hatte es wirklich gehofft.«

Tess streifte sich den Mantel über und nahm ihre Tasche.

»Danke für den Versuch. Ich werde noch das Formular für die Abhöreinrichtung unterschreiben, dann lass ich die Herren arbeiten.« Sie ging an Murphy vorbei, der während der ganzen Aktion herzlich wenig gesagt hatte. Er wirkte so vernichtet, wie sie sich fühlte, und plötzlich war sie zu müde, um ihm noch länger böse zu sein. Sie wandte sich um und blieb vor ihm stehen. »Ich kann es verstehen, Todd«, murmelte sie. Und das entsprach der Wahrheit. »Es tut immer noch weh, dass Sie mir nicht geglaubt haben, aber ich kann es verstehen. Bei den Beweisen, die vorliegen, hätte ich vermutlich dasselbe gedacht.«

Sie hörte Reagan und Murphy leise miteinander reden, als sie den Raum verließ, dann war Reagan hinter ihr. Die Geräusche, die er machte, das Aftershave, das sie wahrnahm, sagten ihr, dass er es war.

Schweigend gingen sie zu Reagans Platz. Wortlos reichte er ihr das Formular, und sie starrte es einen Moment lang an.

Das Einzige, was ihr im Kopf umherging, waren Amys Worte. *Sei nicht blöd, Tess.* Sie gab freiwillig ihr Bürgerrecht auf Privatsphäre auf. Aber wenn die Frau wieder anrief, würden sie ihre Stimme auf Band haben. *Die nicht die meine imitiert*. Immer vorausgesetzt, dass es dieselbe Frau gewesen war, die all die Anrufe getätigt hatte, aber diese Annahme war nicht weit hergeholt. Es war jedenfalls das Risiko wert. Sie unterschrieb das Formular und schaute zu Reagan auf. »Vielen Dank. Sie haben mir eben ziemlich geholfen.«

Sein Lächeln war kurz, aber es reichte, um ihr einen Schauder den Rücken herablaufen zu lassen. »Sie hatten ein paar harte Tage, Doktor. Ich bin mir nicht sicher, dass ich das genauso gut durchgestanden hätte wie Sie.«

Nun musste sie lächeln. »Einen schönen Tag noch, Detective. Ich finde selbst hinaus.«

Dienstag, 14. März, 11.55 Uhr

Nachdem er sich den ganzen Morgen mit Bankbeamten hatte auseinandersetzen müssen, verstand Aidan endlich die stetig wachsende Beliebtheit von Bankautomaten. Sie mochten ja unpersönlich sein, aber sie erledigten ihre Arbeit rasch und hatten keine Stöcke verschluckt.

Selbst mit der richterlichen Verfügung hatte es einige Zeit gedauert, bis sie herausgefunden hatten, in welcher Zweigstelle Cynthia Adams ihren Safe eröffnet hatte. Endlich wurden sie von einer schmalgesichtigen Frau namens Mrs. Waller in ein Gewölbe geführt. Sie erinnerte Aidan vage an eine Mathematiklehrerin aus der achten Klasse, und die Erinnerung war keine angenehme.

Mrs. Waller zog eine mittelgroße Kiste aus dem Fach und stellte sie auf einen hohen Tisch. »Haben Sie den Schlüssel?«

Murphy zeigte ihn ihr. »Das ist ja wie in einem schlechten Krimi«, murmelte er, während er aufschloss und den Deckel hob. »Aktien. Ihr Testament.« Er reichte es Aidan, der es rasch überflog.

»Das meiste geht an ihre Schwester.«

»Tja, anscheinend hat sie es seit längerer Zeit nicht mehr überarbeitet.« Murphy warf Mrs. Waller einen Blick zu. »Wann war sie zum letzten Mal hier?«

Die Frau faltete züchtig ihre Hände. »Letzten Freitag.«
»Wirklich?« Aidan zog die Brauen zusammen. »Hat sie etwas rausgenommen oder reingetan?«
»Diese Art von Vorgängen werden hier nicht registriert. Wir schützen die Privatsphäre unserer Kunden.«
»Langsam gehen mir die Leute mit ihrer Privatsphäre mächtig auf die Nerven«, grummelte Aidan.
»Dann bin ich bloß froh, dass du als Polizist nicht dafür zuständig bist, unsere Bürgerrechte zu schützen.« Murphy hatte einen kleinen Umschlag aufgenommen und schüttelte ihn. »Ich würde sagen, sie hat etwas hineingelegt.« Er schlitzte eine Schmalkante des Briefumschlags auf und schüttete zwei Mikrokassetten auf den Tisch. »Hoppla.«
»Die passen in ein Diktiergerät«, sagte Aidan. Seine Schwägerin ging niemals ohne den kleinen Rekorder aus dem Haus. »Kristen plappert den ganzen Tag in ein solches Ding. In Patricks Büro steht bestimmt auch eins, das wir benutzen können.«
Murphy sammelte die Sachen aus dem Kasten ein. »Burkhardt wird uns genauso weiterhelfen können.«
»Du willst bloß wissen, ob er schon etwas über die Stimmen herausgefunden hat.«
Murphys Lächeln war flüchtig. »Der Gedanke ist mir durchaus in den Sinn gekommen. Komm, besorgen wir uns was zu essen und gehen dann auf eine Hörprobe zu Burkhardt.«

Dienstag, 14. März, 12.35 Uhr

»Hattest du vor, mich zu versetzen?«

Tess schaute von der Akte auf und blinzelte, um die Gestalt in der Tür zu ihrem Büro zu erkennen, dann sah sie auf die Wanduhr. Die Uhr war eine Antiquität, genau wie Harrison Ernst, mit dem sie sich die Praxis teilte. Sie aßen jeden Dienstag zusammen Lunch.

»Harrison. Entschuldigung. Ich habe die Zeit vergessen. Macht es dir was aus, wenn wir heute nicht essen gehen?«

Harrison nahm ihren Mantel und ihre Tasche von der Garderobe. »Es macht mir in der Tat etwas aus.«

»Ich muss unbedingt noch diese Akten durchsehen.« Schon seit Stunden versuchte sie herauszufinden, welche von ihren Patienten am ehesten manipulierbar waren. Nun schob sie die Mappe, in der sie gerade gelesen hatte, mit einem Hauch Gereiztheit von sich.

»Du brauchst eine Pause, Tess. Deine Augen sind schon ganz rot. Komm, mach einem alten Mann eine Freude.« Er nahm ihre Hand und zog sie auf die Füße. »Na, siehst du. Das war doch gar nicht so schwer.«

»Harrison, bitte.«

Er warf einen raschen Blick auf ihren Tisch. »Du versuchst herauszufinden, wer der Nächste sein kann, richtig?«

Sein nachsichtiger Ton gab ihr Kraft. »Ja.«

»Hättest du erwartet, dass die beiden, die gestorben sind, so empfänglich sind?«

Tess schloss die Augen und hielt seine knotige Hand fest. »Nicht mehr, als bei der Hälfte meiner anderen Patienten auch. Ich kann einfach keinen gemeinsamen Nenner zwischen ihnen finden, außer, dass beide durch ein Trauma suizidgefährdet waren.«

»Wie die Hälfte deiner anderen Patienten auch. Darf ich dir eine andere Vorgehensweise vorschlagen?«

Irgendwie hatte er ihr ihren Mantel übergelegt und sie zum Fahrstuhl geführt. Es waren nur drei Etagen, aber Harrison konnte die Treppe nicht mehr bewältigen. Drei Stockwerke schaffte sie gerade noch. Sie zwang sich zu einem Lächeln. »Kann ich dich davon abhalten?«

Er lachte leise, als er den Knopf zur Garage drückte. »Eher nicht. Tess, hör auf, Gedanken lesen zu wollen. Benimm dich wie eine Psychiaterin.«

Die Türen glitten zu und ihr Puls beschleunigte sich. *Zwei Stockwerke. Nur noch eins.* Die Türen gingen wieder auf, und sie holte tief Luft, obwohl es nach altem Öl und Benzin roch. »Was meinst du damit?«

»Wenn du nicht verdächtig gewesen wärst und diese beiden Detectives dich nur um Rat gefragt hätten, was hättest du getan?«

Er half ihr in den Wagen. »Ich hätte wahrscheinlich ein Profil erstellt«, sagte sie, als er sich hinter das Steuer setzte.

»Dann tu das.« Harrison lächelte leicht und fuhr aus der Parklücke. »Und ich helfe dir dabei. Oh, übrigens werden draußen wohl jede Menge Reporter warten.«

»Tut mir leid.«

Er sah sie vorwurfsvoll an. »Hör auf, Tess. Schau mal in die Tüte.«

Tess öffnete eine braune Papiertüte, die zwischen ihren Sitzen lag, und musste lachen. Darin befand sich ein

schwarzer Filzhut und eine riesige Brille, an der Pappnase und Schnurrbart befestigt war. »Meine Verkleidung?« Seine Lippen zuckten. »Ich dachte, du wolltest inkognito gehen.«
»Hast du auch noch einen falschen Pass und zehntausend Dollar in bar mitgebracht?«
»Wir wollen nicht nach Mexiko, Tess. Nur zum Essen.«
Ihr Herz krampfte sich zusammen. »Harrison, habe ich dir je gesagt, dass du ein lieber Mensch bist?«
Er tätschelte ihren Oberschenkel. »Nein, aber das habe ich mir schon gedacht. Und Eleanor hätte nicht gewollt, dass du herumsitzt und dich selbst zerfleischst.«
Tess dachte an die Frau, die ihr so vieles beigebracht hatte. Eleanor Brigham war ihre Mentorin und Harrisons beste Freundin gewesen. Sie und Harrison hatten die Praxis vor beinahe zwanzig Jahren gegründet. Tess hatte gewusst, dass sie als Nachfolgerin auserwählt gewesen war, aber nie hätte sie gedacht, dass sie so plötzlich und so bald den Posten übernehmen würde. Vor drei Jahren war Eleanor im Schlaf an einem Schlaganfall gestorben; damit hatte niemand gerechnet. »Sie fehlt mir. Und ich bin froh, dass du da bist.«
Er lenkte auf die Straße, ohne den Reportern, die sie aufhalten wollten, einen Blick zu gönnen. »In letzter Zeit habe ich die Medien wirklich zu verabscheuen gelernt.«
»Ja, ich weiß, was du meinst. Also – wer ist dieses Ungeheuer, Harrison?«
»Sag du's mir. Du kennst mehr Fakten als ich.«
»Aber nicht alle. Detective Reagan dürfte mir eine ganze Menge verschweigen.« Sie lehnte sich zurück und biss sich

auf die Lippe. »Aber ich weiß im Grunde genug, um mir einen ersten Eindruck zu verschaffen. Es muss sich um eine Person handeln, die Kontrolle ausüben will und einen Hang zur Dramatik hat. Sie weiß, was Verletzlichkeit ist, und hat die Fähigkeit, sie rücksichtslos auszunutzen. Außerdem hat diese Person Zugang zu den Polizeiberichten und meiner Patientenkartei.«

»Männlich oder weiblich, Tess?«

»Keine Ahnung. Die Person, die mich inzwischen zweimal angerufen hat, ist definitiv weiblich. Die Person, die meine Stimme imitiert hat, ist definitiv weiblich.«

Sein kurzer Blick war schockiert. »Sie hat deine Stimme imitiert?«

»Auf Cynthia Adams' Anrufbeantworter. Ich war heute morgen für eine Stimmprobe bei der Polizei, weil ich gehofft habe, das würde mich als Anruferin ausschließen, aber leider ist es nicht ganz so einfach. Jedenfalls analysieren sie noch.«

»Diese Person muss das Ganze also schon seit einiger Zeit geplant haben.«

»So sieht's aus.«

»Aber woher kennt sie die Namen deiner Patienten?«

»Darüber habe ich mir auch schon den Kopf zerbrochen. Was Winslow und Adams gemein hatten, war die Tatsache, dass sie beide im Krankenhaus lagen, nachdem sie versucht hatten, sich umzubringen. Aber auch das trifft auf die Hälfte meiner Patienten zu.«

»Aber das Krankenhaus hat sie dann natürlich in der Kartei.«

»Ja. Theoretisch sind die Berichte nicht einfach einzu-

sehen, genau wie unsere auch nicht. Aber …« Sie zuckte die Achseln.
»Hast du in deinen Aufzeichnungen nachgesehen?«, fragte er vorsichtig.
»Ja, natürlich habe ich auch daran gedacht, was du andeutest. Aber es fehlt nichts, und meine Computerdateien hat niemand außer Denise und ich eingesehen.«
Er zog die Brauen zusammen. »Sie ist seit fünf Jahren bei uns. Seit du in die Praxis eingestiegen bist.«
Tess seufzte. Sie war nie wirklich glücklich mit Denise gewesen, aber Harrison mochte sie sehr. »Ich weiß. Im Übrigen hat diese Person auch Zugriff auf die Polizeiakten. Sie wusste von Cynthias Schwester und hatte Abzüge von den Polizeifotos. Genau wie in Winslows Fall. Ich habe nichts davon in meinen Unterlagen. Und dann die Lilien in Cynthias Wohnung. Ich wusste nichts von der Bedeutung der Lilien.«
»Also hat jemand vielleicht einen Cop auf seiner Seite.«
»Oder es ist ein Cop.«
Harrison holte tief Luft, als er den Wagen auf den Parkplatz des Restaurants lenkte. »Mit Rache als Motiv?«
»Detective Reagan scheint das für möglich zu halten.«
Er parkte ein. »Wir haben es also mit einem gut organisierten, theatralischen Psychopathen zu tun.«
»Der sich mit Medikamenten auskennt.«
»Ah. Das ist allerdings interessant.«
Sie dachte an die Tragödie der beiden Todesfälle. Selbstmord, obwohl beide so sehr gekämpft hatten, um sich aus dem Sumpf zu ziehen. In der Tat lag eine Grausamkeit, die über normale Gewaltbereitschaft hinausging – sofern

Gewalt als normal bezeichnet werden konnte. »Und der sich nicht gerne die Hände schmutzig macht.«
»Und der bei dir einen Ständer kriegt.«
Tess riss entsetzt die Augen auf. »Harrison!« Ihr Partner war gewöhnlich nicht vulgär. Aber als er nichts sagte, zuckte sie die Achseln. »Wahrscheinlich hast du recht!«
»Das hört sich für mich an wie der Anfang eines fundierten Täterprofils, Doktor«, sagte er mit einem Lächeln. »Und jetzt habe ich Hunger wie ein Wolf.«

Etwas Gutes hatte der Chicagoer Verkehr am Mittag ja, musste Joanna Carmichael zugeben, als sie die Abdeckung von ihrer Kameralinse nahm. Niemand konnte so schnell fahren, dass er einem Motorradfahrer entkam. Die Füße links und rechts neben der Maschine auf den Boden gestellt, schoss sie zehn gute Fotos von Dr. Ciccotelli und ihrer Begleitung.
Nachdem sie Ciccotelli den ganzen Tag gefolgt war, hatte sie kaum noch Platz auf dem Chip. Ihr Fliegenpapier wurde immer klebriger.

9

Dienstag, 14. März, 12.35 Uhr

Ich bin noch nicht fertig«, fauchte Burkhardt, bevor Aidan oder Murphy noch etwas sagen konnte.

»Wir wollten Sie auch nicht drangsalieren«, sagte Aidan und holte eine weiße Papiertüte aus seiner Tasche. »Allerdings wollten wir Sie bestechen.«

Burkhardt zog eine Braue hoch. »Was ist da drin?«

Aidan hielt die Tüte so, dass sie sich gerade außerhalb seiner Reichweite befand. »Baklava. Und zwar richtig gutes.« Eigentlich hatte Aidan sich das süße Zeug selbst am Nachmittag zu Gemüte führen wollen, aber Burkhardt wirkte frustriert und außerdem so zerzaust, als habe er sich die Haare gerauft. Fliegen fing man mit Honig, hatte Aidans Mutter immer gesagt, und Baklava triefte förmlich davon.

Burkhardt runzelte die Stirn. »Sie kämpfen mit schmutzigen Tricks, Reagan. Okay, her damit.« Er schnappte sich die Tüte und hielt schnuppernd die Nase hinein. »Es gibt Nuancen.«

»Was heißt das, Nuancen?«, fragte Murphy.

»Das heißt, dass ich bei gewissen Lauten Unterschiede ausmachen kann, aber sie kommen auf dem Band nicht oft genug vor, dass ich mir sicher sein könnte. Diese Imitatorin ist sehr, sehr gut.« Er zögerte, sah Aidan, dann Murphy an. »Seid ihr Jungs sicher, dass eure Seelenklempnerin nicht schuldig ist?«

Aidan konnte Murphys Zähne knirschen hören. »Wir sind sicher«, presste Murphy hervor.

Burkhardt zuckte die Achseln. »Tja, dann hat diese Frau Ihre Ärztin ziemlich perfekt eingeübt.«

Der Begriff »Imitatorin« hatte bei Aidan etwas ausgelöst, und Bilder von schlechten Richard-Nixon-Imitationen zogen durch sein Bewusstsein. »Sie glauben, Sie könnte ein Profi sein?«

Burkhardt zuckte wieder die Achseln. »Vielleicht. Es ist einen Versuch wert. Die besten Imitatoren landen meistens im Comedy-Bereich. Ein paar davon sind Stimmgeber für Trickfilme, aber man findet in Chicago nicht allzu viele.«

»Theater-Schauspielerinnen haben auch Stimmtraining«, sagte Murphy nachdenklich. Er nahm den Umschlag mit den Kassetten aus der Tasche und gab ihn Burkhardt. »Aber wir sind tatsächlich nicht gekommen, um Sie zu drängen oder zu bestechen. Können Sie uns in die mal reinhören lassen?«

Burkhardt schüttelte die Mikrokassetten auf seine Hand. »Nicht mit meiner Ausrüstung.« Er ging zu einem Schrank und wühlte darin herum, bis er ein kleines Diktiergerät in der Hand hielt. »Etwas Besseres habe ich im Augenblick nicht.« Er schob eine Kassette in das Gerät und drückte auf Play.

Aidan legte die Stirn in Falten, als ein schriller Schrei erklang. »Was ist denn das?«

Burkhardt hielt sich den Lautsprecher ans Ohr. »Klingt wie, ›Cynthia, Cynthia, warum hast du das getan?‹« Er gab den Rekorder mit einer Grimasse an Aidan weiter. »Irgendwie unheimlich. Wie ein kleines Kind, aber es ist schwer, das genau zu sagen. Diese kleinen Kisten sind qualitativ nicht gerade erste Sahne.«

Aidan lauschte, spulte zurück, lauschte wieder. »Cynthia Adams hat die Kassetten zwei Tage vor ihrem Tod in den Safe gelegt.« Er warf Murphy einen Blick zu. »Die Lautsprecher.«

»Du hast recht«, sagte Murphy grimmig. »Unser Täter wollte Cynthia glauben machen, dass ihre Schwester sie aus dem Grab gerufen hat. Fragt sich nur, warum sie das aufgenommen hat.«

»Vielleicht, weil sie befürchtete, ihren Verstand zu verlieren, und Angst hatte, es jemandem zu sagen. Tess meinte, Adams war gut darin, zu leugnen, was sie nicht wahrhaben wollte. Sie wollte nicht glauben, dass sie Stimmen hörte, und mit den Bändern hätte sie beweisen können, dass es nicht nur in ihrem Kopf stattfand.«

Murphy sah Burkhardt an. »Wenn das dieselbe Frau gewesen ist, können Sie die Stimme dann mit der anderen Probe vergleichen?«

Er nickte. »Wie gesagt, die Qualität ist lausig, aber ich gebe mein Bestes.«

Aidan betrachtete die Kassetten. »Was ist mit der anderen Nachricht? Die, in der Adams gedrängt wird, Ihre E-Mails abzurufen? Haben Sie die schon analysiert?«

Burkhardt runzelte die Stirn. »Von der weiß ich nichts.«

Murphy schüttelte verärgert den Kopf. »Wir waren so auf Tess' Nachricht fixiert, dass wir die ganz vergessen haben.«

»Na ja, jetzt weiß ich es ja. Ich besorge sie mir von Jack, und vielleicht haben wir dann bald etwas Aussagekräftiges.«

Dienstag, 14. März, 15.15 Uhr

Mrs. Lister schluchzte verzweifelt und wütend. Aber für Tess' Ohren war das Musik. Seit Monaten kam diese Frau mit Symptomen zu ihr, die von Engegefühl in der Brust bis Schlaflosigkeit reichten. Der darunterliegende Grund dafür war, dass sie nicht mit dem Selbstmord ihres dreißigjährigen Sohns zurechtkam. Sie hatte getan, was man gewöhnlich tat, hatte ihn begraben und betrauert. Aber der Zorn reichte so tief.

Irgendwie hatten die öffentlichen Todesfälle von Cynthia Adams und Avery Winslow es geschafft, diesen Zorn aufzubrechen, und endlich, endlich konnte Mrs. Lister zugeben, wie wütend sie war. Wie sehr sie ihn dafür hasste, dass er sie auf diese Art verlassen hatte. Wie sehr sie ihn geliebt und wie sehr sie gehofft hatte, er möge zu ihr nach Hause kommen. Sie hätte ihn beschützen müssen, aber sie hatte nichts gewusst. Nicht einmal etwas geahnt. Und nun war es zu spät. Sie würde keine zweite Chance mehr bekommen.

Das war nicht ungewöhnlich bei Hinterbliebenen, aber es trieb Tess stets die Tränen in die Augen. Sie drückte Mrs. Lister ein paar Taschentücher in die Hand und ließ sie weinen. Anschließend würde die Frau wie ausgehöhlt sein, wenn auch nicht notwendigerweise bereit, den nächsten Schritt zu unternehmen. Jeder Patient war anders, wusste Tess, jeder hatte unterschiedliche Bedürfnisse.

Während Tess ruhig wartete, brummte der Pager in der Tasche ihrer Hose. Es war Denise. Niemand anderes hatte die Nummer. Mit dem Pager konnte Denise sie auf diskrete Art kontaktieren, während Tess sich in einer Sitzung befand. *Nicht jetzt, Denise.* Dreißig Sekunden später vibrierte das Gerät erneut. Tess stand auf und trat ans Fenster, wobei sie den Apparat heimlich aus der Tasche zog.

Ihr Herz setzte einen Schlag aus. Mehrere »911«-Reihen waren auf dem Display zu lesen. Ein einziges »911« bedeutete einen Notfall – aber gleich mehrere? Mit zitternden Händen ließ sie den Pager wieder in die Tasche gleiten und wandte sich ihrer Patientin zu. »Mrs. Lister, ich gehe einen Moment hinaus, damit Sie Zeit für sich haben«, sagte sie mit erzwungen ruhiger Stimme.

Sie verließ das Zimmer, und ihr stolperndes Herz rutschte ihr in die Magengrube. Denise saß mit leichenblassem Gesicht an ihrem Tisch. »Verzeihen Sie, aber da ist schon wieder ein Anruf. Auf Leitung zwei. Sie will nur mit Ihnen reden und behauptet, Sie würden es auch wollen.«

Tess nahm den Hörer, straffte die Schultern und nickte Denise kurz zu. Denise drückte auf die Taste für Leitung zwei, und Tess hörte augenblicklich das statische Knistern einer Handyverbindung plus diverser Hintergrundgeräusche. Eine Hupe plärrte, eine zweite antwortete. Plötzlich wünschte sie sich verzweifelt, sie hätte Reagan erlaubt, auch dieses Telefon anzuzapfen, obwohl sie genau wusste, dass sie das niemals hätte tun können. »Dr. Ciccotelli am Apparat. Was kann ich für Sie tun?«

»Dr. Ciccotelli, ich bin eine Nachbarin eines Ihrer Patienten.«

Spar dir den Schrott, Lady, lag Tess auf der Zunge, aber sie unterdückte die Bemerkung. Sie wollte nicht, dass die Frau aus Zorn auflegte. »Um welchen Patienten handelt es sich, Ma'am?«

»Malcolm Seward.«

Tess holte tief Luft und bedeutete Denise, ihr einen Stift zu geben. Sie schrieb den Namen auf einen Block, und Denise gab ihn in den Computer ein.

Das waren verdammt schlechte Neuigkeiten. »Was ist denn das Problem?«

»Mr. Seward hat einen furchtbaren Streit mit seiner Frau«, sagte die Stimme am Telefon reserviert. »Ich glaube, er hat ... ja, er hat sie zu Boden geschlagen. Und er schreit, er will sie umbringen.« Es klang, als würde sie sich zum Wetter äußern. »Bitte kümmern Sie sich darum, Doktor.«

Die Frau legte auf. Tess sah zur Tür, hinter der sich noch Mrs. Lister befand. »Denise, rufen Sie Harrison an, er soll sich um Mrs. Lister kümmern.«

»Wie denn?«

»Teufel, was weiß ich!« Tess' Hände zitterten. »Er soll sie trösten oder sonst was. Ihm wird schon etwas einfallen. Machen Sie ihr für morgen einen Termin. Und geben Sie mir Sewards Adresse.« Sie packte den Notizblock, auf dem Denise zwei Adressen notiert hatte. »Was soll das denn?«

»Hier stehen zwei Adressen«, sagte sie hilflos. »Eine in der Stadt und eine weiter draußen. Wo, denken Sie, ist er jetzt?«

»Ich habe Verkehr im Hintergrund gehört«, sagte Tess. »In der Stadt.« Nur drei Blocks von hier. »Und rufen Sie die 911 an. Sie sollen sich beeilen.«

Sie stürmte aus der Praxis, die Treppe hinab, und betete, dass die Reporter verschwunden waren, obwohl es im Endeffekt vollkommen egal war.
Malcolm Seward bedeutete Neuigkeiten. Tolle Neuigkeiten. Wenn die Medien noch nichts davon wussten, dann schon sehr bald. Sie rannte auf die Straße hinaus und ignorierte den empörten Schrei eines Fußgängers, den sie angerempelt hatte. *Reagan.* In ihrem Bewusstsein materialisierte sich sein Gesicht. *Ruf Reagan an.*

Dienstag, 14. März, 15.30 Uhr

Zum Glück war Spinnellis Frau eine Förderin der schönen Künste in ihren vielfältigen Erscheinungsformen. Zum Glück hatte sie ihren Mann in der Woche zuvor zu einem Improvisationstheater mitgeschleppt, dessen Aufführung der Lieutenant spaßig genug fand, um wach zu bleiben, was offenbar nicht bei jeder Show der Fall war, zu der sie ihn mitnahm. Jedenfalls war Spinnelli nur wenige Minuten nach dem Anruf bei seiner Frau in der Lage gewesen, ihnen eine Liste mit Kontakten beim Chicago Studio Theater zu geben, welches ein bekannter Übungsplatz für Improvisationstalente war. Aidan und Murphy betraten das Theater gemeinsam und mit gezückten Marken. Es war eine Probe im Gang, und niemand betrachtete sie freundlich.
»Ich bin Detective Murphy, und das ist mein Partner, Aidan Reagan.«
»Und worum geht's?«, fragte ein älterer Mann auf der Bühne.

»Wir haben nur ein paar Fragen«, sagte Aidan. »Wir suchen nach einer Frau, die Stimmen imitiert, und wurden an Sie verwiesen.«
Der ältere Mann setzte sich am Bühnenrand und ließ sich vorsichtig auf den Boden herab. »Ich bin der Bühnenmanager. Grant Oldham.«
»Nun, Mr. Oldham, wie ich schon sagte, suchen wir nach einer Frau, die Stimmen imitieren kann. Und zwar sehr gut. Wir dachten, dass sie vielleicht irgendwo beim Theater arbeitet.«
Oldham streckte sich zu voller Größe, die vielleicht knappe eins siebzig betrug. »Ich denke nicht daran, Ihnen die Namen von unseren Darstellern zu geben, damit Sie eine Hexenjagd inszenieren können.«
»Hier geht es um eine Ermittlung in einem Mordfall, Mr. Oldham. Von Hexenjagd war keine Rede«, entgegnete Aidan freundlich. »Natürlich sind Sie keinesfalls verpflichtet, uns irgendwelche Informationen zu geben. Ist er doch nicht, oder, Murphy?«
»Nö. Aber ich habe gehört, dass Schauspieler furchtbar seltsam sein können. Wer weiß, was wir in den Garderoben finden, wenn wir mit einem Durchsuchungsbefehl zurückkommen.«
Es war schwer zu erkennen in dem abgedunkelten Theater, aber es schien, als sei Oldham eine Spur blasser geworden. »Sie können uns nicht ohne Grund behelligen. Das ist gegen die Verfassung.«
Aidan seufzte. Wieso war eigentlich jedermann plötzlich Experte für Verfassung und Bürgerrechte? »Wir versuchen, einen Mörder zu finden, der bereits zwei Menschen

auf dem Gewissen hat und wahrscheinlich noch weitere Morde plant. Wir bitten Sie höflich um Hilfe, aber die Sache ist wichtig genug, dass uns niemand böse sein würde, wenn wir Sie zu einem Verhör vorladen. Tun Sie das Richtige und helfen Sie uns einfach ohne Zwang.«

Oldham stieß geräuschvoll die Luft aus. »Was wollen Sie wissen?«

»Welche Frauen Stimmen imitieren können«, sagte Murphy. »Frauen, die wirklich talentiert sind.«

Oldham strich sich über den kahlen Fleck auf seinem Kopf. »Mal sehen. Da ist Jen Rivers, Lani Swenson, Nicole Rivera …« Er warf einen Blick über die Schulter zu den anderen Schauspielern auf der Bühne. »Fällt euch noch jemand ein?«

»Mary Anne Gibbs«, sagte ein Mann mit einem schütteren Ziegenbart. »Sie gibt eine großartige Liza.« Die anderen schüttelten nur stirnrunzelnd die Köpfe.

Aidan notierte die Namen, während Murphy das Foto aus der Postfachagentur aus der Tasche zog.

»Kennen Sie sie?«, fragte er.

Oldham kniff die Augen zusammen. »Hey, Egypt, mach mal das Licht an, ja?« Der Ziegenbart schlenderte hinter den Vorhang, und das plötzliche helle Licht, das das Theater flutete, ließ alle blinzeln. Oldham nahm das Foto und betrachtete es eingehend. »Das Haar stimmt nicht, aber … das könnte Nicole sein. Allerdings ist das Bild ziemlich körnig. Sorry, Detectives.«

Aidans Nackenhärchen richteten sich auf. Vielleicht waren sie einen Schritt weiter. »Wissen Sie, wo wir Nicole finden können?«

Oldham blickte wieder über die Schulter. »Weiß einer von euch, wo Nicole sich so rumtreibt?«

»Sie hat mal in einem Café beim Sears Tower gearbeitet«, sagte der Ziegenbart. »Keine Ahnung, ob sie's noch immer tut. Hab sie seit ein paar Monaten nicht mehr gesehen.«

Aidans Handy klingelte. »Entschuldigen Sie mich bitte. Bin sofort wieder da.« Er entfernte sich ein paar Schritte und blickte aufs Display. Tess Ciccotelli!

»Was ist?«, fragte er ohne Einleitung.

»Sie müssen kommen.« Sie klang atemlos und beinahe panisch. »Ich habe wieder einen Anruf bekommen.«

»Murphy«, rief Aidan scharf. »Wir müssen los. Wer ist es diesmal, Tess?«

»Malcolm Seward.«

Aidan, der sich bereits in Bewegung gesetzt hatte, blieb abrupt stehen, so dass Murphy gegen ihn stieß. »Der Football-Spieler?« Nicht nur irgendein Football-Spieler. Eine Legende! Malcolm Seward war einer ihrer *Patienten*?

»Ja. Bitte, Detective, beeilen Sie sich. Hier ist die Adresse.«

Er klemmte das Handy zwischen Schulter und Ohr und kritzelte die Adresse auf seinen Notizblock unter die Namen der vier Frauen. Es handelte sich um eine teure Wohngegend, nicht weit von Ciccotellis Wohnung entfernt. »Wo sind Sie jetzt?« Er hörte ein Auto hupen und Reifen quietschen und etwas, das sich anhörte, als ob Ciccotelli »Arschloch« gezischt hätte, »Tess? Alles in Ordnung?«

»Ja, alles okay, keine Sorge. Ich laufe gerade in das Wohnhaus rein. Siebter Stock. Machen Sie schnell.«

»Tess, warten Sie! Warten Sie auf uns!« Aber sie hatte

schon aufgelegt. »Los, Murphy«, sagte er, und sie begannen zu laufen.

Ihr Herz hämmerte. Wild. Sein Rhythmus bestimmte ihr Tempo, als sie die Glastüren von Sewards Wohnhaus aufstieß.

Der verdatterte Portier reagierte Sekunden zu spät. »Moment! Sie können da nicht einfach hoch!«

»Ich bin Ärztin!«, keuchte sie mit einem Blick über die Schulter. »Das ist ein medizinischer Notfall.« In diesem Augenblick glitt eine Aufzugtür zur Seite, und nach einem winzigen Zögern sprang sie hinein und hämmerte auf die Taste für den siebten Stock. Das Heulen von Sirenen durchdrang das Pochen in ihrem Kopf, als die Tür sich schloss. Die Polizei war fast da. Nur noch einen Block entfernt.

Nur sieben Etagen. Nur noch sechs. Sie fixierte die Digitalanzeige und zählte ihre Herzschläge, während der Fahrstuhl aufwärtsstieg.

Malcolm Seward, ein Football-Spieler mit einer ungeheuren aufgestauten Wut. Sie sog mühsam Luft in die brennenden Lungen. Der Team-Arzt hatte ihn zur Therapie geschickt, nachdem er in einem Streit, der abseits des Spielfelds und zum Glück abseits jeder Kamera stattgefunden hatte, einem anderen Spieler das Gesicht zerschlagen hatte.

Sie hatte rasch erkannt, was sein Problem war, obwohl er Monate gebraucht hatte, bevor er so weit gewesen war, es auszusprechen.

Die Fahrstuhltür öffnete sich, und Tess taumelte in den Flur. Sewards Wohnung war leicht auszumachen, denn es drang wildes Gebrüll gemischt mit entsetzten, schrillen Schreien in den Korridor.

»Nein. Lieber Gott, nein! Malcolm! Bitte!« Eine Frau schrie. *Er sagt, er will sie umbringen*. Aber sie war noch nicht tot. *Ich bin noch nicht zu spät*.

Die Metalltür hing verbeult in ihren Angeln. Sie starrte sie einen Moment an, versuchte, sich zu sammeln. Er hatte die Tür eingeschlagen. *Wo sind die Cops? Sie hätten vor mir hier sein müssen*. Aber sie waren noch nicht da, und die Schreie hatten aufgehört. Nun war nur noch ein entsetztes Wimmern zu hören, was sogar noch schlimmer war.

»Bitte, Malcolm.« Das Flüstern der Frau war angestrengt, heiser. »Bitte, ich verlasse dich nicht. Ich sage nichts.«

»Du lügst. Du miese Schlampe. Lüg mich nicht an.«

»Ich lüge nicht. Ich …« Ein ersticktes Kreischen.

Tess konnte nicht länger warten. Sie drückte die Tür ganz auf und erstarrte. Nicht weit vom Eingang entfernt stand Malcolm Seward, eins sechsundneunzig geballte Muskelmasse und brodelnder Zorn, der seine zierliche Frau mit dem Unterarm an ihrer Kehle auf den Boden drückte. Die andere Hand presste ihr eine Pistole an die Schläfe. *Ihr Name*, überlegte Tess panisch. *Wie heißt sie? Gwen*. Tess zwang sich zum Atmen, zur Ruhe. Was nicht leicht war angesichts der Tatsache, dass Gwens Augen aus den Höhlen quollen. Ihre kleinen Hände krallten sich in seinen Arm, aber es hatte keine Wirkung. Nun sah sie Tess direkt an und flehte lautlos um Hilfe.

»Malcolm«, sagte Tess so ruhig, wie es ihr möglich war. »Lassen Sie sie los. Ich kann Ihnen helfen, wenn Sie sie loslassen.«

Gwen rang keuchend um Luft und begann, wild mit den Beinen zu strampeln. Aber der Mann war wie ein Fels; auf dem Spielfeld stürmte er mit dem Ball unterm Arm auch dann noch weiter, wenn drei Kolosse von Männern an ihm hingen. Seine zarte Frau war als Gegnerin nicht bedeutender als ein Käfer.

Seward sah auf, sein Blick war wild. Anklagend. Der Schweiß klebte ihm das T-Shirt an den Körper. »Sie haben es ihr gesagt. Sie haben mir versprochen, dass Sie es nicht tun würden, aber Sie haben es doch getan!«

Tess hielt die Hände nach oben.

Ihr Herz hämmerte erneut zu schnell, aber diesmal war es Furcht. Wieder diese Frau. Die Frau, die ihre Stimme auf Cynthias Anrufbeantworter imitiert hatte, hatte auch ihn getäuscht. »Lassen Sie Gwen los, Malcolm.«

»Nein.« Er schüttelte heftig den Kopf. »Nein. Sie wird mich verlassen. Und es allen sagen.« Er packte fester zu, riss seine Frau ein Stück vom Boden. »Niemand verlässt mich.«

»Niemand wird Sie verlassen, Malcolm.« Tess ließ ihre Stimme sanft klingen, melodisch, und sah, wie sein Körper erbebte. »Niemand wird irgendwas sagen.«

Er zitterte jetzt. Tränen strömten ihm über das Gesicht. »Sie haben es ihr gesagt. Sie haben Sie angerufen. Dabei haben Sie mir versprochen, dass Sie es niemals tun würden.« Er schluchzte, riss sein Frau hoch und presste sie mit dem Rücken gegen seine Brust. Gwen hatte zu kämpfen aufgehört. Sie hing in seinem Arm wie eine Stoffpuppe.«

»Nein, Malcolm. Ich habe nichts gesagt.«

»Sie wusste es. Sie *wusste* es.«

Tess Herz setzte aus. Wusste. Nicht weiß. *Wusste.* »Tun Sie ihr nichts. Bitte.«
»Sie hat gesagt, sie wird mich verlassen und es allen sagen. Dann würde ich alles verlieren. *Alles.*« Er verharrte reglos. »Niemand verlässt mich. Niemand sagt etwas.« Er sprach nun sehr deutlich. Sehr akzentuiert.
Dann drückte er ab. Der Schrei blieb in Tess' Kehle stecken, als Gwen Sewards Körper zuckte, dann erschlaffte. Malcolm warf seine Frau zu Boden, und Tess, die vor Entsetzen erstarrt war, folgte mit ihrem Blick. Blut sickerte aus Gwens Schädel und durchtränkte den hellen Berberteppich. Gwen Seward regte sich nicht mehr. Sie war tot. Malcolm hatte seine Frau getötet.
Plötzlich war Tess wieder hellwach. *Verschwinde. Lauf.* Sie machte auf dem Absatz kehrt, aber er war schneller, und in einem Bruchteil einer Sekunde hatte er sie gepackt. Tess schlug und trat nach ihm, aber sein Unterarm schlang sich um ihre Kehle, und der Lauf der Pistole presste sich gegen ihre Schläfe. Seine Stimme, ganz nah an ihrem Ohr, war nun ganz ruhig.
»Niemand sagt etwas«, sagte er. »Gwen nicht. Und Sie auch nicht.«

Aidan ballte die Fäuste an den Seiten. Dieser verdammte Fahrstuhl bewegte sich zäh wie Kaugummi, und seine Innereien schienen sich verflüssigt zu haben. Murphy schwieg beharrlich, und seine Hände hingen ruhig herab. Aber seine Augen verrieten ihn. Schüsse. Geisel. Tess Ciccotelli.
Und wenn wir zu spät kommen? Lieber Gott, lass uns nicht zu spät kommen.

Endlich öffnete sich der Aufzug, und Aidan musste sich zwingen, nicht hinauszustürmen, sondern sich dem Ort des Geschehens vorsichtig zu nähern. Das Wohnhaus war wie ein Hotel aufgebaut, die Flure elend lang. Sechs Uniformierte standen mit gezückten Waffen links und rechts vor einer offenen Tür. Einer der Cops kam mit grimmiger Miene auf sie zu. »Ripley, Sir. Mein Partner und ich waren zuerst hier.«

»Wie ist die Lage?«, fragte Murphy.

»Er hat seine Frau in den Kopf geschossen und weigert sich, unsere Sanitäter hineinzulassen. Aber es sieht nicht so aus, als ob sie noch atmet.«

»Und der Doktor?«, fragte Aidan und hielt unwillkürlich die Luft an.

Ripleys Blick flackerte. »Er hält sie fest und drückt ihr eine Waffe an den Schädel.«

Aidan zuckte zusammen. Das Bild stand nur allzu lebhaft vor seinem inneren Auge.

Murphy schluckte hart. »Schon wieder.«

Ripley neigte den Kopf. »Bitte, Detective?«

»Sie ist schon einmal bedroht worden«, sagte Murphy rauh. »Von einem Insassen, für den sie ein Gutachten erstellen sollte.« Sie setzten sich in Richtung Wohnungstür in Bewegung. »Haben Sie einen Geiselspezialisten holen lassen?«

»Wir haben angerufen, aber er ist eine halbe Stunde Autofahrt entfernt.« Ripley blieb kurz vor der Tür stehen und senkte die Stimme. »Hinter ihm befindet sich ein großes Fenster. Wenn wir einen Scharfschützen im Gebäude gegenüber postieren, könnte der einiges erreichen. Wir haben diese Etage, darunter und darüber evakuieren lassen.«

»Ich rufe Spinnelli an«, sagte Murphy und entfernte sich ein Stück, damit man ihn nicht mehr hören würde.
Aidan streifte seinen Mantel ab. »Lassen Sie mich versuchen, mit ihm zu reden.«
Der Officer schüttelte den Kopf. »Ich glaube nicht, dass es viel nützt. Ich denke, er hat irgendwas genommen.«
»Wir können aber keine halbe Stunde warten, bis der Vermittler hier eintrudelt. Der Mann hat schon seine Frau getötet. Er hat keinen Grund, die Ärztin am Leben zu lassen. Hat irgendjemand eine Ahnung, warum er das tut?«
»Als wir aus dem Fahrstuhl kamen, hörten wir ihn sagen, dass der Doktor seine Frau angerufen und ihr alles erzählt habe, obwohl sie doch versprochen hatte, es nicht zu tun. Seine Frau habe gedroht, ihn zu verlassen. Und dann hat er sie erschossen. Seine Frau.« Ripleys Lippen bildeten einen blassen Strich. »Ihre Ärztin war zuerst wie erstarrt. Dann wollte sie weglaufen, aber er packte sie. Es gab nichts, was wir tun konnten.«
Aidan blickte zum Ende des Korridors, wo Murphy stand und telefonierte. Sein Partner hob den Kopf und blickte ihn warnend an. Schließlich nickte er, und Aidan trat auf die Tür zu. Die Stahltür hing schief in den Angeln. Zwei Männer hätten Mühe gehabt, das Ding einzutreten.
Ein durchtrainierter, wütender Football-Spieler hatte es aber offenbar mühelos geschafft. Und der hielt augenblicklich Tess Ciccotelli im Schwitzkasten und bedrohte sie mit einer Waffe. Es war eine .45er, aber in der Hand des riesigen Mannes wirkte sie wie eine Spielzeugpistole. Tess' Augen waren geschlossen, sie hielt sich still, aber ihre Brust hob und senkte sich sichtlich. Sie hielt seinen Unter-

arm umklammert und zog sich weit genug nach oben, damit sie einigermaßen atmen konnte. Ihre Zehen berührten gerade noch den Boden. Ein Schuh war bis in den Flur geflogen, der andere lag neben Mrs. Sewards Leiche.

Sie hatte sich gegen ihn gewehrt, bewahrte nun aber erzwungene Ruhe.

Seward selbst starrte Aidan direkt an, aber sein Blick schien nicht fokussiert. Der Mann wiegte sich leicht hin und her, als bewege er sich zu einer Musik, die nur er hören konnte.

»Seward«, sagte Aidan, und der Blick des Mannes wurde mit einem Schlag scharf. »Lassen Sie sie los.«

Tess' Lider flogen auf, und Aidan las mühsam kontrolliertes Entsetzen darin. Und das stumme Flehen um Hilfe. Und Vertrauen. Im Stillen befahl er seinen zittrigen Knien, ihn jetzt ja nicht im Stich zu lassen. Ihr Leben lag in seiner Hand.

»Nein«, sagte Seward. »Sie hat es weitergesagt. Sie hat ihr Wort gebrochen.«

In seiner Miene veränderte sich etwas, und Aidan fällte ein Blitzurteil. Dieser Mann war klar genug, um die Fakten zu begreifen, und er war schon zu weit gegangen, um sich mit Plattitüden und Versprechungen abspeisen zu lassen. »Sie hat niemandem etwas gesagt. Jemand anderes hat Ihre Frau angerufen und sich als Dr. Ciccotelli ausgegeben.«

Sein Blick zuckte einen kurzen Moment lang zu seiner toten Frau am Boden, dann richtete er sich wieder auf Aidan. »Sie lügen«, sagte er, doch seine Stimme war unsicher geworden. Offenbar wurde ihm langsam, aber sicher klar, was er getan hatte.

»Lesen Sie Zeitung, Seward? Oder sehen Nachrichten? Haben Sie von den zwei Selbstmorden diese Woche gehört?«

Etwas bewegte sich in seinen Augen. »Ja. Na und?«

»Auch das waren ihre Patienten. Jemand hat sie angerufen. Wir haben Beweise, dass es nicht Dr. Ciccotelli war. Sondern jemand, der ihre Stimme nachahmt.« Das entsprach nicht ganz der Wahrheit, aber das war Aidan momentan herzlich egal.

Wieder blickte Seward zu Boden, zu seiner zierlichen Frau, die in ihrer eigenen Blutlache auf dem Teppich lag. Seine Hand mit der Pistole begann zu zittern, und Aidan sah, wie Tess tief Atem holte. Aber ihre dunklen Augen fixierten ihn noch immer, genau wie sie es am Morgen getan hatten, als sie im Tonstudio saß und die Worte einer Mörderin nachsprechen sollte.

»Sie wusste es«, krächzte Seward. »Sie wollte mich verlassen.«

»Das tut mir leid, Malcolm«, erwiderte Aidan ruhig. »Aber Dr. Ciccotelli hat ihr nichts verraten. Lassen Sie sie bitte los. Tun Sie das Richtige und lassen Sie sie los.«

Er schloss die Augen. »Ich habe sie umgebracht. Meine Gwen.«

Aidan schwieg, und der große Mann begann zu schluchzen. Sein Arm packte fester zu, und Tess verzog vor Schmerz das Gesicht, als er den Pistolenlauf fester an ihren Kopf presste. »Ich habe Sie umgebracht, und das ist ihre Schuld.« Er ruckte mit dem Arm, und Tess schnappte nach Luft und versuchte verzweifelt, sich noch höher zu ziehen. Doch es gelang ihr nicht. Sewards Tränen schnitten Linien in das Blut und den Schmutz in seinem Gesicht.

Aidan kämpfte die Panik nieder. »Eine unschuldige Frau ist bereits tot, Seward«, sagte er scharf. »Machen Sie nicht zwei draus.« Nun hatte er wieder Sewards Aufmerksamkeit, und seine Stimme wurde eine Spur sanfter. »Sie würde das garantiert nicht wollen, Ihre Gwen. Lassen Sie sie los, bevor es zu spät ist.«

Plötzlich straffte sich Seward, stieß Tess von sich und sank neben seiner Frau auf die Knie. Tess taumelte keuchend vorwärts, und Aidan packte ihre Hand und riss sie aus Sewards Reichweite. Sie prallte an seine Brust und zitterte so heftig, als ob sie auseinanderfallen wollte.

Oder vielleicht war auch er es, der derart zitterte. Aidan schlang die Arme um sie und hielt sie fest, während Seward seine Frau aufhob und sie wie ein Baby zu wiegen begann. Das Schluchzen war verebbt, doch die Tränen strömten weiter.

Die Cops hinter Aidan hatten sich in Position gestellt. Sie hatten ihre Waffen auf Seward gerichtet, der mit seiner Gwen in den Armen auf dem Boden kniete und die Pistole noch immer in der Hand hielt.

Murphy schob sich neben Aidan und übernahm in einem Einverständnis, das keiner Worte bedurfte. Aidan wich mit Tess im Arm zurück, und Murphy nahm seinen Platz ein. Auch er zog seine Dienstwaffe. »Lassen Sie die Pistole fallen, Mr. Seward«, sagte Murphy ruhig. Aidan war sich nicht sicher, ob seine Stimme jemals wieder so ruhig klingen würde.

Malcolm Seward legte seine Frau behutsam zu Boden und richtete zärtlich ihre Arme an den Seiten. Dann steckte er sich die Waffe in den Mund und drückte ab.

Tess fuhr in Aidans Armen zusammen, packte sein Hemd und klammerte sich daran fest.

Eine lange Weile herrschte eine beinahe vollkommene Stille. Dann schob Murphy seine Pistole ins Halfter zurück und seufzte. »So eine Scheiße. Verdammt!«

Und dann kam Bewegung in die Leute. Die Sanitäter stürmten die Wohnung und beugten sich über Gwen und Malcolm Seward. Doch genauso schnell richteten sie sich kopfschüttelnd wieder auf. »Nichts mehr zu machen«, sagte einer. »Ruft die Gerichtsmedizin.«

Tess machte sich los, lehnte sich gegen die Korridorwand und sackte zusammen. Sie blickte in Sewards Wohnung, dann hoch zu Aidan, und ihr Gesicht war leichenblass. Der Puls unter ihrer Kehle pochte, und er sah die rote Narbe um ihren Hals. »Danke«, flüsterte sie.

Aidan konnte nur nicken. Er traute seiner Stimme nicht.

Murphy bückte sich, um etwas vom Boden aufzuheben. Ihr Schal. Doch dann ließ er ihn wieder zu Boden fallen. »Das …« Er verzog das Gesicht. »Den wollen Sie bestimmt nicht mehr, Tess.«

Ihre Stimme klang hohl. »Brauchen Sie mich noch hier? Oder kann ich gehen?«

Aidan konnte sich nicht vorstellen, dass sie allein stehen konnte, von gehen ganz zu schweigen. »Wir bringen Sie nach Hause. Aber zuerst brauchen wir noch Ihre Aussage.« Brauchte er nicht unbedingt, zumindest nicht jetzt, aber er wollte, dass sie blieb, bis sie wieder ein wenig Farbe im Gesicht hatte.

Doch sie überraschte ihn, indem sie sich auf die Füße stellte. »Dann lassen Sie uns das über die Bühne bringen, damit ich nach Hause gehen und mich duschen kann.« Sie zupfte an ihrem Jackett, das von Gwens Blut und Malcolm Sewards Schweiß durchtränkt war. Sie schluckte und schwankte. »Ich glaube, ich habe Blut in meinem Haar.« Dann blickte sie auf ihre bestrumpften Zehen. »Und an meinen Füßen. O Gott.« Sie schauderte und führte die Hand zum Mund, bevor sie sie wieder herunterriss und auf die blutige Innenfläche starrte. »O Gott.« Ihr Blick fixierte sein weißes Hemd, das dort, wo sie sich festgeklammert hatte, ebenfalls mit Blut beschmiert war. »Und ich habe Sie auch besudelt. Es tut mir leid.«

Aidans Kehle verengte sich. Sie hatte sich an ihm festgehalten wie eine Ertrinkende an ihrem Retter. »Schon okay. Ich habe schon schlimmer ausgesehen.« Er trat vor, um sie wieder zu Boden zu drücken, bevor sie umfiel, aber einer der Sanitäter war zuerst bei ihr.

»Warten Sie. Ich möchte Sie untersuchen, bevor Sie irgendwo hingehen.«

»Mit mir ist alles in Ordnung«, protestierte sie schwach.

»Hm-hm«, erwiderte der Mann unverbindlich und begann, seinen Job zu tun. Sie ließ zu, dass er ihren Puls und ihren Blutdruck maß, ihr in die Pupillen leuchtete, wich aber zurück, als er seine Finger an ihren Hals legte.

»Die Narbe ist alt«, sagte sie gepresst. »Hören Sie. Ich unterschreibe Ihnen ein Formular, mit dem ich Sie von der Verantwortung entbinde, wenn es sein muss, aber ich bin okay, wirklich. Ich will bloß nach Hause.«

Zwei Leute hatten keinen intakten Schädel mehr. Es hätten drei sein sollen. Aber wie eine verdammte Katze mit neun

Leben hatte Ciccotelli es erneut überstanden. Sie lebte noch, sie atmete noch. Das war einfach nicht fair. Aber vielleicht hatte es auch seinen Nutzen. *Wenn sie stirbt, will ich dabei sein*. Um jeden Moment zu genießen. Jedes Detail zu erleben.

Und doch warf noch etwas anderes seinen Schatten über diesen Tag. Detective Reagan hatte Seward gesagt, man habe Beweise, dass Ciccotellis Stimme eine Imitation gewesen war. Reagan hatte gelogen. Das stand vollkommen außer Zweifel. Nicoles Darbietung war einwandfrei gewesen, wie eines der besten Tonstudios in Deutschland bestätigt hatte. Das Mädchen hätte Ciccotellis eigene Mutter aufs Glatteis führen können.

Viellicht war es ein Fehler gewesen, die Nachricht auf Cynthia Adams' Anrufbeantworter zu hinterlassen, aber ohne die hätte die Polizei noch Tage gebraucht, bevor sie die Fingerabdrücke auf der Schachtel mit Ciccotellis verglichen hätten. Falls sie überhaupt so weit gedacht hätten. Nein, das Hauptproblem lag darin, dass Ciccotelli so viele Cops um sich hatte, die ihr glauben wollten. Anscheinend war der Hass der Bullen auf diese Frau doch nicht so groß oder so hartnäckig, wie behauptet worden war. Dass Detective Reagan einer ihrer Verteidiger geworden war, war … enttäuschend. *Ich hätte mehr von ihm erwartet*.

Aber aus der Mühe zu schließen, die er sich bei ihrer »Rettung« gemacht hatte, hasste er sie ganz und gar nicht. Au contraire. Und der Klammergriff, mit dem er sie umarmt hatte, während Seward sich umbrachte, konnte nur bedeuten, dass sie ihm wichtiger war, als er sich wahrscheinlich selbst eingestehen konnte.

Es war zum Kotzen. Was hatte die Frau an sich, dass die Männer ihr zu Füßen lagen? Männer, die es besser wissen mussten, als auf ein hübsches Gesicht und einen wackelnden Hintern hereinzufallen. Die meisten Männer waren schwach.

Aber ich bin es nicht.

Nun waren zwei Dinge erforderlich. Zum einen die Eliminierung der süßen Nicole. Wenn die Polizei den Verdacht hatte, dass Ciccotellis Stimme nachgeahmt worden war, war es nur noch eine Frage der Zeit, bis sie auf Nicole stieß. Zum Glück war das Mädchen entbehrlich. Zum Glück war sie nicht länger von Nutzen, weil der Plan geändert werden musste. Ciccotelli würde nicht ins Gefängnis gehen. Jedenfalls nicht in ein Gefängnis im herkömmlichen Sinn. Mit hohen Mauern und Eisengittern.

Das war allerdings eine herbe Enttäuschung. Dabei war alles so sorgfältig geplant worden. So viel Zeit war in jeden einzelnen Schritt investiert worden. Tess Ciccotelli hätte im Gefängnis landen sollen. Allein und isoliert. Ohne Freunde, ohne Karriere. Und letztlich ohne ein funktionierendes Leben.

Aber es gab andere Arten von Gefängnissen. Andere Mittel, Isolation herbeizuführen. Angst. Qual. Ciccotellis Gefängnis würde all das zu bieten haben.

Und das hatte sie verdient.

Dienstag, 14. März, 16.45 Uhr

Sie hatten nicht nach Sewards Geheimnis gefragt, dachte Tess betäubt, während sie zusah, wie Murphy und Aidan in der Wohnung Anweisungen erteilten. Jack Unger und ein halbes Dutzend Jungs von der Spurensicherung waren eingetroffen, und die Gerichtsmedizin hatte ihre Bahren und Leichensäcke heraufgebracht. Und bis auf den Sanitäter hatten sie sie alle freundlicherweise in Frieden gelassen. Kein Einziger hatte zu wissen verlangt, was sie laut Malcolm Seward angeblich verraten hatte. Noch keiner, jedenfalls. Aber sie würden es tun. Sie mussten es tun. Und sie würde es verraten.

Es schien ohnehin keinen Unterschied mehr zu machen. Malcolm war tot. Gwen war tot. Sie hatten keine Kinder gehabt. Da war niemand mehr, dem die Wahrheit wehtun konnte.

Tess saß vor der Wohnung an der Wand des Flurs. Ein Officer stand am Fahrstuhl Wache, ein zweiter am Zugang zum Treppenhaus, damit keine unbefugte Person hereinkam. Und, wie sie annahm, damit sie nicht verschwand, bevor sie der Polizei nicht gesagt hatte, was sie wissen wollte. Als ob sie abhauen könnte! Nachdem sie gehört hatte, wie Seward sich selbst erschossen hatte, hatte ein Adrenalinschub dafür gesorgt, dass sie sich bewegen konnte. Jetzt war sie nicht einmal sicher, ob sie sich würde bewegen können, falls jemand ... Sie schluckte hart, als der Rest des klischeehaften Spruchs ihr durch den Kopf ging. *Falls jemand mir eine Waffe an den Kopf hielte*.

Hände und Füße waren inzwischen sauber, die Nylonstrümpfe von einem Sanitäter mit einem aufmunternden Lächeln und sanften Händen entfernt worden. Ihre Füße waren nackt. Der Sanitäter hatte ihr zwar ein Paar Füßlinge mit Gumminoppen an den Sohlen gegeben, aber sie hatte nicht die Kraft, sich vorzubeugen und sie überzustreifen.

Einer ihrer Schuhe war so besudelt mit dem Blut und der Hirnmasse der Sewards, dass sie ihn nicht mehr gebrauchen konnte. Der andere, den sie bis in den Flur geschleudert hatte, stand neben ihrer Hüfte auf dem Boden. Als ob sie ihn je wieder tragen würde. Sobald sie zu Hause war, würde jeder Fetzen Stoff, den sie am Leib trug, in den Müll wandern. Sobald sie zu Hause war, würde sie sich unter eine kochend heiße Dusche stellen und Haare und Haut schrubben, bis kein einziger Tropfen warmen Wassers mehr aus der Brause kam. Aber auch dann würde sie sich nicht sauber fühlen. Sobald sie nach Hause kam, konnte sie ebenso gut die Flasche Rotwein von gestern leeren, bis die Ereignisse der letzten Stunden im Rausch verschwammen.

Aber es würde nichts nützen. Denn wenn sie erwachte, würde der Alptraum andauern. Malcolm und Gwen würden immer noch tot sein. Genau wie Cynthia und Avery.

Wegen mir. Ihr Verstand sagte ihr, dass das nicht stimmte, aber ihr Verstand sagte ihr auch, dass es niemand kümmern würde, sobald die Zeitungen morgen den Artikel brachten. Die Wahrheit war, dass diese Menschen ihr vertraut hatten. Die Wahrheit war, dass vier Menschen gestorben waren. *Wegen mir*.

Die Leute von der Gerichtsmedizin rollten die Leichen an ihr vorbei. Ein großer Sack, ein kleiner. Sie lehnte den Kopf an die Wand und schloss die Augen. Das war ein Bild, das sie ihrer Erinnerung nicht auch noch hinzufügen wollte, aber sie wusste, dass es trotzdem eine lange, lange Zeit bei ihr bleiben würde, was immer sie sich auch wünschte. Was immer sie ihrem Gehirn zu vergessen befahl.

»Tess?«

Sie schlug die Augen auf und sah Aidan Reagan vor sich stehen. Sein Blick war wachsam, als fürchte er, dass sie zusammenbrechen könnte. Sie legte sich die eiskalten Finger an die Wangen. »Sie brauchen jetzt meine Aussage.«

»Wenn Sie meinen, dass Sie dazu in der Lage sind.«

»Bin ich.« Sie wollte sich hochstemmen und auf die Füße kommen, hielt aber verblüfft inne, als er in die Hocke ging und ihr die Socken anzog, als sei sie ein Kind. Dann drehte er sich um und setzte sich neben sie an die Wand. Sie spürte seine Wärme und schauderte, während sie versuchte, nicht daran zu denken, wie seine Arme sich um ihren Körper angefühlt hatten. Wie fest er sie gehalten hatte. Wie gut es sich angefühlt hatte. Wie sicher. Wie sein Herz gehämmert hatte. Er hatte auch Angst gehabt. Und doch hatte er seinen Job sicher und zuverlässig erledigt. Sie schuldete ihm ihr Leben. Der Gedanke daran, wie anders diese Situation hätte enden können, ließ sie erneut schaudern.

»Ihnen ist kalt«, sagte er tonlos. »Guter Gott, Frau, sind Sie etwa ohne Mantel von Ihrer Praxis hergelaufen?« Er nahm seinen eigenen Mantel und legte ihn ihr über die Schultern, bevor sie protestieren konnte. »Widersetzen Sie sich nicht, Tess«, warnte er, als sie Anstalten machte, ihm den Mantel zurückzugeben. »Sie sehen aus, als würde jedes Kleinkind Sie umhauen können.«

»Der wird aber blutig«, murmelte sie. Er nahm ihre Hand zwischen seine und rieb sie, um die Blutzirkulation anzuregen.

»Das macht nichts. Gott, Ihre Hände sind wie Eisklumpen. Warum haben Sie denn nichts gesagt?«
Sie lehnte sich gegen die Wand zurück. Sie war plötzlich so müde. »Sie waren alle ziemlich beschäftigt.« Die Aktiviät um sie herum schien zu einem Summen zusammenzuschmelzen, das sie als Symptom eines akuten Erschöpfungszustands kannte. »Haben ich schon danke gesagt?«
Er nahm ihre andere Hand und wärmte sie. »Ja«, sagte er, nun sanft. »Haben Sie. Erzählen Sie mir von dem Anruf.«
»Ich hatte gerade eine Patientin.« Wer war es noch gleich gewesen? Ach ja. Mrs. Lister. »Denise hat das Gespräch angenommen. Die Frau wollte nur mit mir reden. Sie hörte sich ziemlich gelangweilt an.«
»Klang sie wie dieselbe Frau?«
»Nein. Sie klang auch weder jung noch alt. Nur gelangweilt. Sie sagte, dass Malcolm Seward und seine Frau einen Streit hätten.« Er hatte aufgehört, ihre Hand zu reiben, ließ sie aber nicht los. Sie hätte sie wegziehen können, tat es aber nicht. Konnte es nicht. »Malcolm hätte seine Frau gerade niedergeschlagen.«
»Wann war das?«
»Vielleicht ein paar Minuten, bevor ich Sie angerufen habe. Ich sagte Denise, sie sollte den Notruf wählen, und war aus der Tür.« Sie runzelte die Stirn. »Die Polizei hat ewig gebraucht, bis sie da war. Ich war mir sicher, dass sie schon vor mir eintreffen müssten.« Sie schaute auf und sah, dass er sie anblickte. Die Augen eines Cops, dachte sie. Mit Absicht ausdruckslos. »Ich wollte nicht die Heldin spielen, Detective. Aber da war niemand sonst, der etwas hätte tun können. Er hatte die Tür eingetreten, und ich wusste, dass

er gewalttätig werden konnte, wenn er wütend war. Und ich wusste auch, dass er wirklich Angst hatte, sich eines Tages an seiner Frau zu vergreifen. Er hatte sie an der Kehle gepackt und ...« Ihre Stimme brach, und er drückte ihre Hand.

»Lassen Sie sich Zeit, Tess.«

Sie straffte die Schultern und zwang sich, weiterzusprechen. »Er tobte und brüllte, dass ich seine Frau angerufen und sein Geheimnis verraten hätte. Sie hätte gedroht, ihn zu verlassen, aber niemand würde ihn verlassen, sagte er. Dann hat er sie erschossen.« Ihr ganzer Körper erbebte, und sie hielt sich an seiner Hand fest. »Und dann hat er sie einfach fallen lassen. Ich wollte weglaufen, aber er war schneller. Und dann ...« Ihr Atem wollte ihr in der Kehle stecken bleiben, aber sie holte starrsinnig Luft. »Und dann hat er mir die Pistole an den Kopf gehalten. Gerade als die Cops hereinplatzten.«

»Warum war er bei Ihnen in Behandlung?«

Sie stieß ein humorloses Lachen aus. »Wutkontrolle war das, wovon zuerst die Rede war. Er hatte eine Strafe bekommen, weil er einem anderen Spieler bei einer Schlägerei die Nase gebrochen hatte.«

»Daran erinnere ich mich.«

»Das Team-Management auch. Sie bestanden darauf, dass er sich professionellen Rat holte.«

»Und so kam er zu Ihnen.«

»Nein. Zuerst ging er zum Beweis für seinen guten Willen zum Team-Arzt. Dann kam er zu mir, weil er wirklich Hilfe brauchte.« Sie begegnete seinem Blick. »Er war schwul, Detective. Er hatte es jahrelang verborgen, es immer abgestritten, sogar vor sich selbst. Aber seine Bedürfnisse waren so stark, dass er sie nicht mehr länger kontrollieren konnte. Er hatte eine Frau, eine Karriere. Er hatte höllische Angst, dass er alles verlieren würde, wenn es herauskam. Und da er nun einmal Malcolm Seward war, konnte er nicht einfach abtauchen. Man erkannte ihn überall. Man würde ihn fertigmachen. Also tat er nichts. Und wurde immer zorniger.«

Reagans Blick hatte einmal überrascht geflackert, war nun aber wieder ausdruckslos. »Wurde er erpresst?«

»Das glaube ich nicht, aber ich bezweifle, dass er es mir gesagt hätte. Ehrlich gesagt kamen wir in der Therapie keinen Schritt weiter. Er behauptete, er könne es unterdrücken. Er hatte bisher seine Frau oft genug … befriedigen können, dass sie nichts ahnte, aber die Situation änderte sich. Sie wollte ein Kind, Malcolm nicht. Sie beschuldigte ihn, eine Affäre zu haben.«

»Was für eine Ironie«, sagte Aidan ruhig.

»Ja. Und er wurde immer wütender, attackierte wahllos Fremde.« Sie seufzte traurig. »Attackierte Gwen. Es fraß ihn innerlich auf. Er liebte Gwen, das tat er wirklich. Er wollte ihr nicht wehtun oder sie beschämen. Sie waren seit der High School zusammen. Aber sie war sehr konservativ erzogen worden. Sie hätte seine Homosexualität nicht akzeptiert.« Sie schluckte. »Aber jetzt ist das wohl nicht mehr wichtig.«

Er drückte ihre Hand, machte aber keine Anstalten, sie mit leeren Phrasen zu trösten, und das wusste sie zu schätzen. »Wie ist Seward auf Sie gekommen?«

»Durch die Gelben Seiten. Er traute keinem seiner Freunde genug, um nach einer Empfehlung zu fragen. Er zog es vor, dass sie an Wutbewältigung glaubten, weil das etwas war, was die meisten wohl nachvollziehen konnten. Dass Gwen nichts davon erfuhr, war für ihn allerdings das Wichtigste.« Tess schloss die Augen. Die segensreiche Taubheit verflüchtigte sich, und ihr Verstand setzte wieder ein. Sie musste an die Unterhaltung mit Harrison beim Lunch denken. Nur wenige Stunden zuvor hatte sie sich fast davon überzeugen können, dass jemand ihre Patienten in der Kartei der psychiatrischen Abteilung im Krankenhaus gefunden hatte. Nun musste sie den Tatsachen ins Gesicht sehen. »Die einzige Möglichkeit, dass jemand auf alle drei Opfer stoßen konnte, ist die, dass er meine Praxistür vierundzwanzig Stunden am Tag beobachtet oder irgendwie meine Unterlagen in die Hände bekommen hat.« Allein der Gedanke verursachte ihr Übelkeit. Sämtliche Patientenakten konnten an die Öffentlichkeit gelangen. Sie biss die Zähne zusammen und kämpfte die Übelkeit nieder. »Nach allem, was bisher passiert ist, bin ich eher geneigt, an die zweite Möglichkeit zu glauben.«

Er schwieg einen Moment. »Wo haben Sie Ihre Unterlagen?«

»In einem Tresor. Da liegen auch die von Dr. Harrison Ernst. Er ist mein ...«

»Partner, ich weiß. Wer hat Zugang zu den Akten?«

»Nur ich, Harrison und Denise. Sie ist unsere Sprechstundenhilfe.«

Er ließ ihre Hand los und holte seinen Notizblock aus der Tasche. Tess streckte die Finger und fühlte sich, als habe man ihr etwas genommen. »Ist dieser Tresor sicher?«

»Nein. Er ist im Grunde wie ein großer begehbarer Schrank.«

»Haben Sie die Unterlagen auch elektronisch gespeichert?«

Tess betrachtete ihn misstrauisch. »Einige. Aber nicht von allen Patienten.« Es hatte wahrscheinlich vor fünf Jahren einen Patienten gegeben, dessen Unterlagen Sie nicht in den Computer eingegeben hatte, also log sie theoretisch nicht.

Er warf ihr einen scharfen Blick zu. »Ich habe keinesfalls vor, ihre Datenbank zu knacken, Doktor. Patrick wird mit seiner Verfügung genug erreichen. Wo haben Sie die Daten?«

»Auf der Festplatte in der Praxis. Ich tippe meine Notizen ein, drucke sie aus, lege sie in die Akte. In den …«

»Tresor, okay. Löschen Sie die Daten von Ihrer Festplatte?«

Sie zögerte. »Nicht so oft, wie ich sollte. Aber das System ist mit einem Passwort geschützt.«

»Machen Sie Back-ups von Ihrer Festplatte?«

Wieder zögerte sie. »Jeden Freitagnachmittag. Ich spiele die Daten auf meinen Memory-Stick.« Er zog fragend eine Braue hoch. »Der an meinem Schlüsselbund hängt«, fügte sie hinzu. »So dass ich ihn immer bei mir habe.« *Bis auf gestern.* Da hatte sie Schlüssel und Tasche in ihrer Praxis gelassen. Im Grunde, dachte sie, wobei die Übelkeit stetig wuchs, waren die Daten immer dann ungeschützt, wenn sie den Schlüssel nicht in der Hand hatte.

»Es gibt noch eine Möglichkeit, Doktor«, sagte Reagan nun. Er musterte sie eingehend. »Jemand kann die Sitzungen mit Ihren Patienten belauscht haben.«

Tess riss die Augen auf. »Sie meinen … Sie meinen, mein Büro ist vielleicht verwanzt? Oh, mein Gott. Ja, Sie meinen genau das.« Sie drehte den Kopf und sah zur Tür der Sewardschen Wohnung, aus der Murphy und Jack Unger herauskamen. Das Nicken, mit dem Murphy Aidan bedachte, war kaum zu sehen. »Was ist?« Als Reagan schwieg, packte Tess seinen Arm. »Sagen Sie es mir.«

Reagan seufzte. »Wir haben in allen drei Wohnungen Kameras gefunden. Und Mikrofone.«

Tess ließ sich an die Wand zurücksinken und spürte kaum, dass ihr Kopf dagegenschlug. »Kameras?«

Er nickte. »Mit Verbindung ins Internet.«

Der Lunch, den sie nur mühsam im Magen behielt, stieg in ihrer Speiseröhre auf, und sie sprang auf die Füße. »Nein. Das kann nicht sein!« Er sagte nichts, sondern stand ebenfalls auf und sah sie traurig an. »Lieber Gott, warum?«, fragte sie heiser.

»Das wissen wir noch nicht. Wir dachten ursprünglich, dass die Kameras installiert worden sind, um die Selbstmorde zu filmen. Jetzt sind wir nicht mehr so sicher. Auf dem Weg hierher haben wir überlegt, ob der Täter die Kameras auch benutzt, um seine Opfer auszusuchen. Und wenn er Ihre Patienten ausspioniert, dann könnte er es auch mit Ihnen machen. Würden Sie Jack erlauben, Ihre Praxis zu durchsuchen?«

Tess nickte zittrig. »Ja. Ja, natürlich. Gehen wir sofort.«

»Nein, nicht sofort«, sagte er sanft. »Gehen Sie nach Hause und ziehen Sie sich um. Danach können wir uns um Ihre Praxis kümmern.« Seine Hand strich über ihren Rücken, als er sie sanft zum Fahrstuhl drehte, und hinterließ sogar durch den Mantel, der noch immer über ihren Schultern lag, eine Spur aus Wärme. Der Mantel schleifte über den Boden, und sie hätte ihn ihm zurückgeben sollen, aber sie tat es nicht. Er tippte mit dem Zeigefinger unter ihr Kinn, und sie hob das Gesicht. »Sie zittern immer noch«, murmelte er. »Kommen Sie mit dem Fahrstuhl zurecht, oder sollen wir die Treppe nehmen?«

Sie senkte den Blick, peinlich berührt, dass er ihre Phobie so direkt ansprach. »Blöd, nicht wahr? Ein Seelenklempner mit Klaustrophobie. Der Arzt, der sich selbst heilt, und all der ganze Quatsch.«

Seine Hand schloss sich um ihren Unterarm und schüttelte ihn sanft. »Das ist nicht blöd. Das ist menschlich, Tess.«

Ihr Blick flog hoch, begegnete seinem. In seinen blauen Augen waren Verständnis und Mitgefühl zu lesen. Keine Verachtung. Keine Anklage. Zu ihrem Entsetzen füllten sich ihre Augen mit Tränen. »Danke«, flüsterte sie. »Für alles.«

Er lächelte. »Gern geschehen. Ich denke, das war ich Ihnen schuldig.«

Sie sog schaudernd die Luft ein. »Dann sind wir jetzt ja quitt, Detective.«

Sein Lächeln verdüsterte sich leicht. »Also gut. Unten steht eine ganze Armee Reporter. Wollen Sie so hinaustreten oder brauchen Sie Deckung?«

Tess straffte ihr Rückgrat. »Das schaffe ich schon. Aber nehmen wir bitte die Treppe.«

Er schwieg, während er sie durch das Treppenhaus begleitete und anhielt, wann immer sie sich ausruhen musste, was weit öfter vorkam, als sie für möglich gehalten hätte.

Die Eingangshalle des Gebäudes war mit Polizisten gesäumt, die die Reportermeute zurückhielt. Aidan nickte einem der Uniformierten zu.
»Sie können die evakuierten Bewohner jetzt wieder in ihre Wohnungen lassen«, sagte er. Dann öffnete er die Eingangstür. »Geben Sie keinen Kommentar ab. Sagen Sie am besten gar nichts.«
Er klingt wie Amy, dachte Tess. Es war zu vermuten, dass weder Amy noch Reagan den Vergleich zu schätzen wussten. Aber der Gedanke verlor sich im Meer der Gesichter und Blitzlichter, als sie durch das Mediengetümmel gingen. Mindestens dreißig Menschen standen vor dem Haus, einige mit Kameras auf der Schulter, andere mit Mikrofonen in der Hand.
Kameras. Der Anblick erinnerte sie wieder an die Kameras, die die Polizei in den Wohnungen entdeckt hatte. Damit waren die letzten Atemzüge ihrer Patienten aufgezeichnet worden. Mikrofone. Vielleicht gab es welche in ihrer Praxis. *Lieber Gott*. Wieder wurde ihr übel, und das war das Letzte, was sie jetzt gebrauchen konnte. Sich jetzt zu übergeben, würde sich wunderbar in den Abendnachrichten machen.
Ein Mikrofon wurde ihr ins Gesicht geschoben. »Ist Malcolm Seward tot? Stimmt es, dass Sie bedroht wurden?«
Mit der einen Hand fasste sie Reagans Mantel vor der Brust zusammen, mit der anderen schob sie das Mikrofon zur Seite und ging stur weiter, Reagan an ihrer Seite. Nun sah sie, dass Todd Murphy mit seinem Wagen auf der anderen Straßenseite wartete. *Nur noch eine Minute*.
»Ist auf Sie geschossen worden?«

»Haben Sie Gwen Seward sterben sehen?«
»Stimmt es, dass Malcolm Seward sich selbst getötet hat?«
Das Bombardement der Fragen schmolz in ihrem Bewusstsein zu unbedeutenden Worten zusammen, bis eine perfekt gestylte Blondine ihnen in den Weg trat. Das Leuchten in ihren Augen und das aufgesetzte Lächeln ließ alle Alarmglocken in Tess' Kopf schrillen. Leider einen Moment zu spät. »Dr. Ciccotelli, ich bin Lynne Pope von *Chicago on the Town*. Hat die Tatsache, dass Malcolm Seward seine Homosexualität verbarg, zu seinem Selbstmord geführt?«
Die Menge um sie herum schnappte unisono nach Luft. Hier und da war ungläubiges Gemurmel zu hören.
Es war nur Aidan Reagans Hand an ihrem Arm zu verdanken, dass sie weiterging, statt entsetzt zur Salzsäule zu erstarren. Rasch setzte sie eine ausdruckslose Miene auf, doch es war zu befürchten, dass ihre erste schockierte Reaktion auf die Frage der Reporterin genügend Futter für Klatsch geboten hatte. »Ich kann im Augenblick keinen Kommentar dazu abgeben.«
Lynne Pope lief ihnen hinterher, das Lächeln im Gesicht festgetackert. »Aber Malcolm Seward war doch schwul«, sagte sie. »Sie selbst haben das doch heute Nachmittag bestätigt.«
Um Tess' ausdruckslose Miene war es geschehen, als ihr jeder Tropfen Blut aus dem Gesicht wich. »Wie bitte?«
Murphy riss die Tür des Wagens auf. »Steigen Sie ein, Tess.«
Pope trat ihr in den Weg. »Ich weiß nicht, was für ein

Spielchen Sie spielen, Doktor«, presste sie durch ihre lächelnden Zähne hindurch, »aber ich denke nicht daran, mich von Ihnen ködern zu lassen. Wenn Sie denken, Sie könnten mich extra hierherbestellen und mir die Story des Jahres versprechen und mich dann mit einem ›Kein Kommentar‹ abspeisen, dann sind Sie schief gewickelt. Um acht Uhr wird meine Geschichte gesendet, und ich werde auch die Aufnahme veröffentlichen, in der Sie mir sagen, dass Malcolm Seward eine Bedrohung für die Menschheit ist, weil er seine Homosexualität vor sich selbst leugnet.«

Tess verharrte vollkommen reglos, als die Folgen dessen, was diese Frau da sagte, in ihrem Kopf explodierten.

Die Medien. Der Mistkerl hatte das Geheimnis ihres Patienten an die Medien verkauft. Natürlich würden ihre anderem Patienten, das erfahren und sich fragen, wie weit es mit ihrer ärztlichen Schweigepflicht her war.

Dr. Fenwick und das Lizenzamt würden ganz und gar nicht entzückt sein. Sie würde ihre Lizenz verlieren, ihre Karriere war vorbei. Und wie es inzwischen schien, war genau das das Motiv für diese entsetzlichen Ereignisse.

Bilder der toten Patienten erschienen vor ihrem inneren Auge. Zerstörte Körper, blicklose Augen. Mussten noch mehr Patienten sterben? *Ist er jetzt fertig? Reicht die Vernichtung meiner Karriere oder wird es weitergehen?* Wer würde der Nächste sein?

Pope beobachtete sie eingehend, eine Braue sardonisch hochgezogen. »Überrascht, Doc? Ich zeichne alle eingehenden Anrufe auf. Natürlich nur zum eigenen Nutzen.«

Das muss aufhören. Jetzt sofort. Ihre Patienten mussten gewarnt werden, was auch immer die Konsequenzen für

sie selbst sein würden. Tess hob das Kinn. »Nein, Sie haben keinerlei Aufzeichnung von mir, Miss Pope. Was Sie haben, ist eine gute Imitation.«
»Doktor«, warnte Aidan leise. »Kein Kommentar.«
Tess warf ihm aus dem Augenwinkel einen Blick zu. »Ich kann diese Beschuldigung nicht einfach so stehenlassen, Detective.« Er zögerte kurz und nickte dann, und sie wandte sich wieder zu Pope um, die, wie man ihr zugute halten musste, nun eher interessiert als verärgert wirkte. »Miss Pope, ich kann nichts weiter sagen, als dass ich kategorisch abstreite, in der Vergangenheit jemals Kontakt mit Ihnen aufgenommen zu haben. Ich bin Therapeutin. Es wäre für mich vollkommen kontraproduktiv, wenn ich Ihnen zu Themen, wie Sie sie andeuten, etwas sagen würde. Ich fürchte, man hat Sie getäuscht.«
Popes Augen glitzerten. Sie war offenbar zufrieden, eine Reaktion provoziert zu haben. »Und wer ist man, Doktor?«
»Das weiß ich nicht.« Mit verengten Augen sah Tess direkt in die Kamera. »Aber ich habe jede Absicht, es herauszufinden.«

10

Dienstag, 14. März, 17.10 Uhr

Aidan ließ sein Handy zurück in die Tasche gleiten. »Patrick beantragt eine einstweilige Verfügung. Pope wird diese Sache heute Abend nicht senden.«

Murphy schaute herüber, richtete seinen Blick dann wieder auf die Straße. »Kriegt er das Band?«

»Jep. Jetzt hat Burkhardt noch mehr Material zum Vergleich.«

»Was meinen Sie mit ›zum Vergleich‹?« Die Frage kam von der Rückbank, wo Tess seit zehn Minuten schweigend und beinahe vollkommen reglos dagesessen hatte. Der Verkehr war so dicht, dass sie nur langsam vorankamen, und die Wagen der Nachrichtenanstalten, die aus allen Himmelsrichtungen zusammenströmten, waren zu einem nicht unbedeutenden Maß daran beteiligt.

Aidan wandte sich um, um sie besser sehen zu können. Sie war bleich und zitterte, ihr Haar war noch immer verklebt, und sie hielt sich seinen Mantel mit beiden Händen vor der Kehle zu. Ihre Lippen waren blutleer, aber ihre Augen waren klar. Sie hielt sich mit einer Kraft, die er vor Sonntagnachmittag nicht in ihr vermutet hatte, und er verstand nun, wieso sie bei den Menschen, die sie besser kannten, eine solche Loyalität erzeugte.

»Cynthia Adams hat auch eine Aufnahme gemacht«, sagte er.
Sie schluckte. »Von mir?«
»Nein. Es war nicht gut zu verstehen, aber es klang wie die Stimme eines kleinen Mädchens.«
Tess blickte zur Seite. »Die sie peinigte.«
»Ja. Wir haben das Band Burkhardt gegeben, damit er es mit der Nachricht auf dem AB vergleichen kann.«
Bei diesen Worten sah sie ihn direkt an. »Stimmte das, was Sie Malcolm gesagt haben? Dass Sie beweisen können, dass ich es nicht gewesen bin?«
Aidan warf Murphy einen kurzen Blick zu. Doch sie hatte es gesehen und seufzte. »Sie haben geblufft, damit er mich loslässt.« Ein Mundwinkel hob sich zu einem schiefen Lächeln, das ihm im Herzen wehtat. »Nicht, dass ich mich beschweren will, glauben Sie mir. Ich bin nur ein wenig … enttäuscht.«
»Es war keine Lüge«, sagte Murphy und sah sie im Rückspiegel an.
»Nur nicht die ganze Wahrheit«, fügte Aidan hinzu. »Burkhardt hat mögliche Unterschiede entdeckt, brauchte aber noch mehr Beispiele, um sicher sein zu können. Die hat er jetzt hoffentlich.«
»Er hat gewollt, dass Sie meine Stimme auf Cynthias Anrufbeantworter finden«, murmelte sie. »Er wollte, dass Sie mich verdächtigen. Wollte, dass Sie meine Fingerabdrücke finden.«
Und es hätte funktioniert, dachte Aidan grimmig, wenn sie nicht so unerschütterliche Verteidiger gehabt hätte wie Kristen und Murphy.

»Ich frage mich, ob er weiß, dass Cynthia und Lynne Pope Aufnahmen gemacht haben«, setzte sie hinzu.

»Ich denke, nicht.« Murphy räusperte sich. »Tess, Aidan hat Ihnen doch von den Kameras erzählt.«

Sie verzog das Gesicht. »Ja. Und ich habe gesagt, dass Sie meine Praxis durchsuchen sollen.«

Aidan wusste, worauf Murphy hinauswollte. »Wir sollten vermutlich auch Ihre Wohnung durchsuchen«, sagte er so sanft, wie er konnte.

Sie erstarrte, klappte den Mund auf, und er konnte sehen, dass der Gedanke ihr noch nicht gekommen war. »Tut mir leid«, sagte er leise.

»Schon ... schon gut.« Aber das war es nicht. Er sah, dass sie um Fassung rang. Unbewusst hatte sie begonnen, sich zu wiegen, und die Knöchel, die den Mantelkragen umklammert hielten, traten weiß hervor. »Oh, mein Gott. Oh, mein Gott.«

»Tess.« Aidans Stimme klang scharf, und sie schaute auf, wirkte jedoch noch immer wie betäubt. »Wir sind gleich bei Ihnen. Wahrscheinlich stehen auch vor Ihrem Haus Reporter.«

Sie nickte, und er beobachtete, wie sie sich systematisch zusammennahm. Sie entspannte sich sichtlich, und ihr blasses Gesicht wurde ausdruckslos, die Augen kühl. »Ich verstehe. Vielleicht sollte ich ein paar Sachen zusammenpacken und in ein Hotel gehen. Ich muss ...« Ihre Lippen zitterten einen Moment, bevor sie sie zusammenpresste. »Ich muss irgendwo duschen. Ich kann das Blut in meinem Haar riechen.«

»Du bleibst bei ihr«, sagte Murphy leise zu Aidan. »Sag

Jack und Rico, sie sollen ihre Wohnung durchsuchen, sobald sie weg ist. Dann fahr ihren Wagen in die Polizeigarage und lass auch den filzen.«

Aidan nickte, als Murphy an den Randstein vor Tess' Wohnhaus fuhr, wo tatsächlich eine Gruppe von Reportern wartete. Es waren zwar nicht so viele wie bei Seward, aber die Leute wirkten entschlossen. »Wo gehst du hin?«

»Spinnelli hat die Adresse der Schauspielerin, Nicole Rivera, herausbekommen. Er hat sie mir gegeben, als ich den Scharfschützen angefordert habe.« Murphy hielt den Wagen an. »Lass sie nicht aus den Augen. Wer immer hinter der Sache steckt, dreht gerade erst richtig auf.«

»Was meinen Sie damit?«, fragte Tess.

Murphy drehte seinen Oberkörper herum, so dass er ihr ins Gesicht sehen konnte. »Ich meine, dass jeder Reporter auf der Straße mitgehört hat, als Pope verkündete, Sie hätten die Sache in den Sand gesetzt.«

»Habe ich aber nicht.« Sie pustete sich eine Strähne aus dem Gesicht. »Aber das macht auch nichts mehr. Ich werde eben ein paar wütende Patienten haben.«

Aidan runzelte die Stirn. »Gefährliche?«

»Der eine oder andere. Niemand mag es, wenn sein bestgehütetes Geheimnis live im Fernsehen enthüllt wird. Niemand möchte plötzlich zu einer öffentlichen Person werden.«

Sie straffte den Rücken und öffnete die Autotür. »Glauben Sie mir, das kann ich nachvollziehen.«

Aidan folgte ihr und holte sie ein, als sie das erste Mikrofon zur Seite schob. Er trat vor sie und bahnte ihr einen Weg durch die rufenden Reporter bis zum Eingang des

Gebäudes, an dem ein nervös wirkender Portier wartete. Aidan erkannte ihn vom Samstag wieder.
Anscheinend hatte auch der Portier ein recht gutes Erinnerungsvermögen, denn er legte sein Gesicht in Falten, sobald Aidan die kleine Eingangshalle betrat. Der ältere Mann stürzte voran, blieb aber stehen, als er Tess hinter ihm entdeckte. Der finstere Blick machte einem Ausdruck väterlicher Sorge Platz. »Dr. Chick, sagen Sie mir einfach nur, ob mit Ihnen alles in Ordnung ist.«
Sie lächelte ihn an. »Mir geht's gut, Mr. Hughes. Der Tag war nicht gerade toll, aber mit mir ist alles in Ordnung.«
»Ich lasse niemanden hier rein«, sagte er mit einem wütenden Blick auf die Menge draußen. Dann wandte er sich mit demselben wütenden Blick Aidan zu. »Ihn würde ich auch nicht reinlassen, wenn ich nicht müsste.«
Sie überraschte ihn mit einem kleinen Lachen. »Ach, Mr. Hughes, ich bin so froh, Sie zu sehen.«
»Ethel sagt, dass sie kein Wort von dem glaubt, was man da über Sie erzählt. Kein einziges Wort.«
»Sagen Sie Ethel, dass ich mich über jede gute Presse freue, die ich kriegen kann. Aber ich denke, um den Detective müssen Sie sich keine Sorgen machen.« Ihr Blick wurde weicher. »Er hat mir heute Nachmittag das Leben gerettet.«
Hughes warf Aidan einen Blick zu und nickte dann widerwillig. »Na dann. Im Übrigen habe ich Ihre Freunde hinaufgehen lassen, Dr. Chick. Dr. Carter und Miss Miller. Sie warten oben auf Sie. Ich soll Dr. Carter aufs Handy anrufen, sobald Sie eintreffen.«
»Nun, dann tun Sie das, Mr. Hughes. Und noch mal danke.«

Dieses Mal musste Aidan nicht erst fragen. Er öffnete die Tür zum Treppenhaus und ließ sie vorangehen. Sie blieb am Fuß der Treppe stehen und sah seufzend hinauf. »Haben Sie irgendwelche einschränkenden Phobien, Detective?«

Er zögerte. Dann zuckte er die Achseln. »Ich stehe nicht gerade auf Höhen.« Das war eine gigantische Untertreibung. Er hatte extreme Höhenangst, was er noch niemandem eingestanden hatte. »Wollen Sie mal versuchen, mich zu heilen?«

Ihr Grinsen war schief, aber es schickte ihm einen Stromstoß durch den Körper. Sie sprach ihn auf zu vielen Ebenen an. Am Sonntag hatte er sie noch für eine sexy Zigeunerin mit einem Herz aus Eis gehalten. Und er hatte sie so sehr begehrt, dass es schon wehgetan hatte. Jetzt, da sie mit klebrigen Haaren und gefährlich bleichem Gesicht neben ihm stand, fand er sie umso anziehender. Sie hatte ein weiches Herz, doch ihr Wille war stärker als der der meisten Männer, die er kannte. Als sie in Sewards Gewalt gewesen war, hatte er geglaubt, er würde nie mehr richtig atmen können.

»Vielen Dank«, sagte sie leise. »Selbst wenn Sie gelogen haben, weiß ich die Geste zu schätzen.« Sie schaffte eine halbe Treppe, setzte sich dann aber auf eine Stufe und drehte sich ein wenig, so dass sie ihren Kopf an das Geländer legen konnte. Zwei rote Flecken hatten sich auf ihren blassen Wangen gebildet, und kleine Schweißperlen glitzerten auf ihrer Stirn. Sie atmete schwer, und die Hand, die den Mantel zusammengehalten hatte, erschlaffte. Der Mantel rutschte ihr von den Schulter und enthüllte die

Narbe, die sie so verzweifelt zu verbergen versucht hatte. Nun schien sie zu müde, um es überhaupt zu bemerken. »Tut mir leid. Eine lausige Treppe dürfte mich eigentlich nicht so fertigmachen.«

Er setzte sich neben sie. »Schon gut. Sie hatten einen höllischen Tag. Sie müssen in nur vier Minuten zu Sewards Haus gelaufen sein.«

»Ja, muss ich wohl. Ich habe aber zu dem Zeitpunkt wirklich nicht darüber nachgedacht.«

Ihre Stimme war so dünn, dass es in ihm alle Alarmsirenen auslöste. »Hatten Sie heute schon Lunch?«

»Ja. Mit Harrison.«

»Ich will mich genauer ausdrücken: Haben Sie etwas Essbares zu sich genommen?«

Ihre Lippen zuckten. »Ich habe ein paar Kracker geknabbert. Harrison hat gegrilltes Kotelett bestellt, aber ich war zu aufgewühlt, um etwas runterzubekommen. Vielleicht bin ich deswegen etwas schwächlich.«

»Tatsächlich?«

Darüber musste sie lächeln, was seiner Selbstkontrolle einen weiteren ernsthaften Tiefschlag versetzte. »Geben Sie mir nur eine Minute. Gleich geht's weiter.« Und tatsächlich war sie eine Minute später wieder auf den Füßen. Sie reichte ihm den Mantel. »Können Sie den halten? Er ist ziemlich schwer.« Dann erklomm sie mit der Sturheit eines erfahrenen Bergsteigers die nächste Treppe. Aidan ging zwei Stufen hinter ihr, um sie auffangen zu können, falls sie fiel, hatte aber außerdem einen netten Blick auf ihr noch netteres Hinterteil, das sich nun ungefähr in Augenhöhe befand.

Wirklich lecker. Seine Hände kribbelten, weil er so gerne angefasst hätte, was sich da so verführerisch vor ihm bewegte. Instinktiv wusste er, dass sie sich wunderbar anfühlen würde, und einen Augenblick lang wurde sein Verstand von einer Reihe sehr aufregender Bilder geflutet. Er stellte sich vor, seine Hände auf ihren Hintern zu legen und sie fest an sich zu ziehen. Wie sie sich winden, wie sie stöhnen, wie sie die Kontrolle verlieren würde. Wie sie sich in seinen Armen anfühlen würde, wenn sie vor Erregung den Verstand verlor.

Sie würde nicht mehr vor Angst zittern. Mit einem Mal waren all die schönen Bilder gelöscht, und sein Verstand war wieder klar. Er wusste bereits, wie sie sich in seinen Armen anfühlte, wenn sie vor Angst wie paralysiert war. *Und deswegen bist du hier, Reagan*, schimpfte er mit sich selbst, als sie ihre Etage erreichten. *Also konzentriere dich darauf, sie zu beschützen und vergiss ihren Hint*ern.

Tess führte ihn zu ihrer Wohnung und hielt inne, die Hand am Türknauf. »Meine Freunde werden davon ausgehen, dass ich zu Hause bleibe und sie sich um mich kümmern können. Ich sage Ihnen, dass Sie meinen, es sei wegen der vielen Reporter besser für mich, wenn ich heute Nacht woanders schlafe. Von den Kameras möchte ich lieber nichts sagen.«

Aidan fiel plötzlich ein, wo genau sie heute am besten übernachten sollte. *Bei mir*. Und zu seinem maßlosen Erstaunen war dieser Wunsch nicht rein sexuell bedingt. Tatsächlich wollte er vor allem, dass sie in Sicherheit war. *Dann* erst wollte er sie nackt. Er schaffte es, ernsthaft zu nicken. »Das ist wohl das Beste.«

Ihre Freunde sahen gerade die Nachrichten, als sie eintraten. Beide sprangen augenblicklich auf die Füße. Jon Carter durchquerte das Wohnzimmer mit zwei langen Schritten und zog sie in seine Arme, und diese besitzergreifende Geste passte Aidan gar nicht.

Er ist nur ein Freund. Tess hatte es ihm gesagt, und wahrscheinlich glaubte sie auch daran, aber es war für Aidan sehr offensichtlich, dass der gute Dr. Carter das nicht ganz so sah. Endlich löste der Mann sich von Tess und schnitt ein Gesicht. »Gott, Tess, du siehst aus, als ob du mit mir in der OP warst. Und du riechst auch so. Was hast du im H…« Er brach ab, als Tess sich versteifte. Carters entsetzter Blick richtete sich auf Aidan, der bestätigend nickte.

Carter wurde blass. »Dann ist es also wahr.«

»Es ist von ihr«, sagte Tess dumpf. »Es klebte an ihm, und als er mich packte …«

Carter legte ihr den Arm um die Schulter. »Ab in die Dusche, Liebes.«

Sie machte sich von ihm los. »Ja, aber nicht hier, Jon.«

Carter zog die Brauen zusammen. »Und warum, bitte schön, nicht?«

Aidan trat vor. »Was genau haben Sie in den Nachrichten gesehen?«

»Dass ein dritter Patient von Tess erst seine Frau, dann sich selbst getötet hat«, meldete sich Amy Miller zu Wort. »Und dass Tess der Presse verraten hat, dass er homosexuell ist.« Sie hob das Kinn und starrte Aidan herausfordernd in die Augen. »Aber wir wissen, dass das nicht stimmt.«

»Er glaubt mir, Amy, aber einige meiner Patienten werden das wahrscheinlich nicht tun«, sagte Tess, und Miller richtete ihren Blick voller Unbehagen auf ihre Freundin. Aidan fiel wieder ein, was Tess gestern Abend gesagt hatte. *Ich bin mir nicht sicher, ob sie noch meine Anwältin ist.* Sie hatten Streit gehabt, Tess und diese Amy, und nun war die Atmosphäre im Raum mit unausgesprochenen Worten aufgeladen. »Ich werde mir heute Nacht ein Hotelzimmer nehmen. Ich sage euch, wo ich bin, wenn es so weit ist.«

Miller nickte, die Kiefer zusammengepresst. »Wahrscheinlich ist das das Beste.« Sie warf Aidan einen misstrauischen Blick zu. »Brauchst du immer noch eine Anwältin?«

»Nein.« Sie schluckte und räusperte sich. »Aber ich brauche ganz sicher eine gute Freundin.«

Und bei diesen Worten machte Amy es Dr. Carter nach, war mit wenigen Schritten bei Tess und schlang ihre Arme um sie. Sie hielten sich eine lange Weile umarmt. »Jon hat recht, Tess« sagte Amy, als sie sich schließlich löste. »Du solltest besser jetzt duschen. Ich packe dir ein paar Sachen.«

Tess schüttelte den Kopf. »Ich möchte mir wirklich erst ein Zimmer nehmen. Wenn ich erst mal unter der Dusche war, falle ich sofort ins Bett.«

Aidans Blut rauschte pulsierend in seinen Ohren, während sie mit ihrer Anwaltsfreundin in ihr Schlafzimmer ging. Sie wusste ja nicht, wie exakt sie ausgedrückt hatte, was seine überaktive Libido sich gerade ausgemalt hatte.

»Sie wissen, dass sie das nicht getan hat«, sagte Carter und riss ihn damit wieder in die Realität.

»Ich darf mit Ihnen nicht darüber reden, was ich weiß oder nicht«, erwiderte Aidan knapp. Dann veranlasste ihn eine wenig nette Regung dazu, eine Handgranate in die Unter-

haltung zu werfen. »Immerhin könnten Sie in diese Sache verwickelt sein.«
Carter starrte ihn ungläubig an. »Sie haben ja den Verstand verloren.«
»Was für eine Glück, dass eine Psychiaterin in der Nähe ist.«
Plötzlich warf Carter den Kopf zurück und lachte. »Sie sind gut, Reagan. Einen Augenblick lang hatten Sie mich wirklich.« Noch immer lächelnd schüttelte er den Kopf. »Sie glauben, dass Tess und ich …?« Er beendete den Satz nicht. »Tja, sind wir nicht.« Er wurde plötzlich wieder sehr ernst. »Aber sie ist eine sehr, sehr gute Freundin, und ich will nicht, dass ihr etwas geschieht.«
»Da sind wir einer Meinung.«
»Ist sie in Gefahr, Detective?«
»Im Moment nicht, nein.« Aidan hob die Schultern. »Ich bin nur vorsichtig.«
Carter nickte. »Das sollten Sie wohl auch sein.« Abrupt drehte er sich um und zog eine Schublade eines der Tischchen auf, die hinter Tess' Sofa standen. Er fühlte sich hier ganz wie zu Hause, bemerkte Aidan düster. Carter holte ein Blatt Papier heraus und kritzelte die halbe Seite voll, bevor er es Aidan reichte. »Hier ist meine Privatadresse und einige Notfallnummern. Wenn sie Hilfe braucht, rufen Sie mich bitte an.«
Aidan überflog das Blatt. »Oder Robin?«
»Zu jeder Tages- und Nachtzeit. Wir werden kommen.« Carter zögerte und blickte über die Schulter, bevor er mit leiser Stimme fortfuhr. »Ihre Familie wohnt in Philadelphia.«
»Das hat sie mir gesagt.«

Carter zog die Brauen hoch. »Tatsächlich?« Er blickte wieder über die Schulter. »Hat sie Ihnen auch erzählt, dass sie nicht mehr miteinander reden?«

Aidan ertappte sich dabei, wie er mit Carter zur Schlafzimmertür starrte. »Nein. Sie hat mir nur gesagt, dass sie vier Brüder hat, deren Namen klingen, als ob sie zur Mafia gehören.«

Joe grinste. »Ihr Bruder Vito ist bei der Polizei in Philadelphia. Die anderen sind Lehrer, Künstler, Architekt. Tess ist die Jüngste. Mit Vito hat sie noch Kontakt.« Carters Lächeln wurde schwächer. »Er war derjenige, der herkam, als sie vergangenes Jahr im Krankenhaus lag.«

»Und ihre Eltern nicht?« Aidan war entsetzt.

»Sie wollte nicht, dass Vito es ihnen erzählt. Jedenfalls rufen Sie bitte Vito an, wenn sie Hilfe braucht. Ich kenne seine Nummer nicht aus dem Kopf, aber wenn Sie uns anrufen, kann ich oder Robin sie Ihnen geben. Bitte sorgen Sie gut für Tess, Detective.«

»Das werde ich.« Und in diesem Moment erkannte Aidan, dass er es tun würde, was immer es ihn kostete.

Die Frauen kehrten zurück, Miller mit einer kleinen Tasche an der Hand. Tess trug noch immer die verschmutzten Sachen, aber sie hatte die Socken ausgezogen und stattdessen Turnschuhe übergestreift. »Da sind sie wieder«, sagte Carter mit einer ausladenden Handbewegung. »Amy, ich fahre zurück ins Krankenhaus. Soll ich dich in deinem Büro absetzen?«

»Nein, mein Wagen steht unten.« Sie drückte Tess noch einmal an sich. »Ruf mich an, wenn du eingecheckt hast.« Sie übergab Aidan die Tasche und folgte Carter hinaus.

Die Tür klappte zu, und Tess ließ die Schultern sinken. Sie öffnete den Mund, machte ihn jedoch wieder zu, während sie sich nervös in der Wohnung umsah. »Ich muss noch die Katze füttern, bevor wir gehen.«

Aidan folgte ihr in die Küche und biss die Zähne zusammen, als sie sich bückte, um etwas aus dem Schrank unter der Spüle zu holen, und ihn erneut mit dem appetitlichen Anblick ihres runden Hinterteils quälte. Er ballte die Fäuste an den Seiten, um das Bedürfnis, sie anzufassen, zu unterdrücken. Aber er würde es *nicht* tun!

Nicht hier, wo möglicherweise Kameras jeder ihrer Bewegungen folgten. Nicht jetzt, da der Schock ihr noch tief in den Knochen saß. Als sie sich mit der Schachtel Trockenfutter wieder aufrichtete, hatte Aidan sowohl seine Gedanken als auch seinen Körper wieder unter Kontrolle.

Eine hübsche kleine Schildpattkatze kam, angelockt von dem Prasseln des Futters im Napf, in die Küche getrabt. Tess hob die Katze mit einer Hand auf und hielt sie sich an die Wange.

»Als ich krank war, ist diese Kleine kein einziges Mal von meiner Seite gewichen. Ich wünschte, ich könnte dich mitnehmen, Bella. Aber das geht nicht.« Sie seufzte. »Kein Hotel erlaubt das. Ich müsste dir eine Tierpension suchen.«

Aidan entschied in einem Sekundenbruchteil. Sie ging in kein Hotel. Er würde sie nicht allein lassen. »Haben Sie eine Transportbox für sie?«

Sie sah ihn verdutzt an. »Ja. Aber sie hasst sie.«

»Wollen Sie sie nun bei sich haben oder nicht?«

»Aber ich kann doch nicht …«

»Tess, wir verschwenden Zeit. Sie wollen doch duschen, oder?«

Sie hob das Kinn und sah ihn mit blitzenden Augen an. »Kommandieren Sie mich nicht herum, Aidan. Ich habe in den letzten drei Tagen schon genügend Kontrolle über mein Leben eingebüßt.« Sie holte tief Luft und kämpfte sichtlich darum, sich wieder zu beruhigen. »Ja, ich will die Katze mitnehmen, falls das möglich ist. Kennen Sie ein Hotel, in dem Katzen erlaubt sind?«

Auf die Woge der Zärtlichkeit, die ihn überkam, als sie zum ersten Mal seinen Namen aussprach, war er nicht vorbereitet. »Ja, ich kenne einen Ort. Kommen Sie. Wir nehmen Ihren Wagen.«

Dienstag, 14. März, 18.30 Uhr

Tess knotete mit wütenden Bewegungen den Gürtel des Morgenmantels zu, der nicht ihr gehörte, und stakste den kurzen Weg von Reagans Bad zur Küche, wo sie seine tiefe Stimme hörte. Dieser Mann war bewiesenermaßen verrückt. Und das war das einzige Argument, das sie davon abhalten würde, ihn umzubringen.

Es war schlimm genug, dass er sie hierher, in sein Haus, geschleppt hatte. Er hatte ihr ein Hotel versprochen. *Eigentlich hat er dir einen Ort versprochen, an den du Bella mitnehmen kannst.*

Es war schlimm genug, dass er sie hergeschleppt hatte, aber dass er ins Bad geschlichen war, während sie duschte, und ihren Morgenmantel entwendet hatte … *Und ich habe ihm vertraut!*

Sie blieb im Türrahmen stehen. »Detective Reagan.«
Zwei Köpfe fuhren herum und sahen sie an, und Tess' Schultern entspannten sich ein wenig. »Kristen.«
Reagans Schwägerin stellte ihren Becher behutsam auf dem Tisch ab und schürzte die Lippen. »Mach den Mund zu, Aidan, dein Herz wird kalt.«
Reagan klappte den Mund zu, aber er starrte sie immer noch mit großen Augen an, als hätte er seine Zunge verschluckt. Verlegen zerrte Tess den Gürtel enger um sich und zog die Mantelaufschläge vor ihrem Hals zusammen. Obwohl es ihm recht geschähe, wenn er an seiner verdammten Zunge erstickte.
Kristen betrachtete sie beide aufmerksam, und Tess gab sich Mühe, so zu tun, als würde sie nicht rot.
»Hast du das ins Badezimmer gelegt?«, fragte sie.
Kristen sog die Wangen ein. »Ja. Auf dem Bett in Aidans Zimmer liegen noch mehr Sachen. Wir haben die Katze auch dorthin gebracht.« Sie deutete auf den Rottweiler zu Aidans Füßen. »Dolly ist eine Liebe, aber wir wollten nicht, dass deine Kleine sich erschreckt.«
Tess nickte und warf einen vorsichtigen Blick auf den Rottweiler, der, wie sie bei ihrer Ankunft gesehen hatte, Reagan aufs Wort gehorchte. »Danke. Und wo ist mein Morgenmantel? Den ich in der Tasche hatte?«
»Im Kofferraum deines Autos«, antwortete Kristen.
»Und warum sind meine Sachen im Kofferraum?«
Ihre Freundin warf ihrem Schwager einen Blick zu. »Aidan?« Reagan musterte interessiert den Inhalt seines Bechers. »Ziehen Sie sich bitte um, Tess. Kristen hat Tee und Suppe gemacht. Sie müssen etwas essen.«

Sie schüttelte den Kopf, als die Furcht ihr das Lächeln aus dem Gesicht wischte. »Sagen Sie es mir bitte jetzt, Aidan. Ich muss es wissen.«

Er seufzte. »Dann setzen Sie sich.«

Stumm gehorchte sie und ließ sich neben Kristen nieder, die ihre Hand tätschelte. Nicht, dass sie das hätte beruhigen können.

Reagan sah sie müde und ernst an. »Jack hat Ihre Wohnung durchsucht, nachdem wir gegangen sind.«

Tess hielt den Atem an. »Und?«

»Kameras in jedem Zimmer.«

Sie spürte, wie ihr das Blut aus den Wangen wich. »In jedem?«

Er nickte.

Sie schluckte. »Selbst im Bad?« Er sah sie nur an, sagte nichts. Das war auch nicht nötig.

»Wie lange sind sie schon da?«

»Jack konnte es nicht mit Sicherheit sagen. Länger als die anderen jedenfalls. Vielleicht ein paar Monate.«

Jemand beobachtete sie seit … Monaten. Ihr Magen hob sich, und sie atmete flach, um ihn zu beruhigen. »Und warum sind meine Sachen im Kofferraum?«

»Jack hat sehr gründlich gesucht. In einigen Ihrer Kostümjacken waren Mikrofone ins Futter genäht.«

Sie war wie betäubt, starrte ihn nur an, konnte nicht fassen, was sie das hörte. Ihre Lungen brannten, und sie bemerkte, dass sie die Luft angehalten hatte. »Wollen Sie damit sagen, dass jemand mich auf Schritt und Tritt beobachtet und abgehört hat?«

»Nicht unbedingt«, murmelte er. »Es dürfte immer darauf

ankommen, wie weit Sie sich vom Empfangsgerät entfernt haben.«

Tess blickte zur Decke. Zu viele Gedanken stürmten durch ihren Verstand, als dass sie einen vernünftigen hätte festhalten können. Kameras. Mikrofone. Empfangsgeräte. Und vier Menschen tot.

Die Decke begann sich zu drehen, und sie schloss rasch die Augen. *Nein, du wirst dich nicht übergeben. Du wirst ganz ruhig bleiben.* »Also müssen alle meine Sachen überprüft werden.«

»Leider ja.«

Kristen drückte ihre Hand. »Aidan hat mich angerufen, sobald er von Jack Nachricht bekommen hatte. Wir haben deine Sachen und die Tasche in den Wagen gepackt. Jack schickt einen Abschleppwagen. Sie durchsuchen das Auto und deine Sachen. Ich habe Becca zu Wal-Mart geschickt, damit sie dir ein paar Sachen besorgt, bis du deine Tasche zurückbekommst.«

Dankbarkeit zog ihr Herz zusammen. »Das ist wirklich nett. Aber wer ist Becca?«

»Meine Mutter«, antwortete Reagan. Er beobachtete sie, die Kiefer zusammengepresst, die Augen hart. »Sie freut sich, dass sie helfen kann, also tun Sie bitte so, als würden Sie zu schätzen wissen, was immer sie anschleppt.«

Tess sah ihn stirnrunzelnd an. »Warum sollte ich nicht?«

Kristen stieß sich vom Tisch ab. »Ich hole dir jetzt mal Suppe, Tess«, sagte sie rasch. »Willst du eine Tasse oder einen Teller?«

»Einen Teller, denke ich«, antwortete sie, ohne den Blick von Reagan zu nehmen. Verärgerung machte sich in ihr breit. »Detective, warum soll ich nur vorgeben, dass ich die nette Geste Ihrer Mutter zu schätzen weiß?«

Reagan zuckte mit keiner Wimper. »Ich bezweifle nicht, dass Sie die Geste schätzen. Aber es ist ja kein Geheimnis, dass Sie einen etwas teureren Geschmack haben, der durch Wal-Mart kaum abgedeckt werden kann, Doktor.«

Sie riss die Augen auf. »Halten Sie mich für einen Snob?«

Er antwortete nicht, sondern sah sie nur schweigend an. Die Hand immer noch am Kragen des Morgenmantels, drehte sie sich auf ihrem Stuhl zu Kristen um, die Suppe in einen Teller gab. »Er hält mich für einen Snob.«

Aus unerfindlichen Gründen traf sie das tiefer als alles, was an diesem schrecklichen Tag geschehen war. Entsetzt stellte sie fest, dass ihr Tränen in die Augen stiegen. Hastig senkte sie den Blick auf den Teller, den Kristen ihr hinschob.

Kristen strich ihr beruhigend über den Rücken. »Die Suppe ist aus der Dose, aber besser als das, was du sonst heute gegessen hast. Nichts nämlich, wie ich gehört habe. Also iss.« Dann überraschte Kristen sie, indem sie sich über den Tisch beugte und Aidan einen Klaps auf den Kopf gab. »Und sie ist kein Snob.«

Er rieb sich den Kopf. »Mann, Kristen. Das tat weh.«

»Das sollte es auch. Ich gehe jetzt nach Hause. Abe hat Dienst heute Nacht, und Rachel ist bei Kara. Aber Kara muss ins Bett und Rachel hat morgen Schule. Tess, iss deine Suppe und zieh dir dann die Joggingsachen an, die ich auf Aidans Bett gelegt habe. Becca sollte ungefähr in einer halben Stunde mit einer Jeans oder so etwas hier eintreffen.« Sie blieb an der Tür stehen und sah noch einmal zurück. Ihre Miene war besorgt. »Aidan. Ist mit Rachel eigentlich alles in Ordnung?«

Tess beobachtete Reagan mit gesenkten Lidern und sah, dass er zusammenzuckte. »Was soll sein?«, fragte er.

Kristen hob die Schultern. »Weiß ich nicht. Sie sagt, es sei alles okay, aber ich merke doch, dass irgendetwas sie belastet.«

»Ich rede mal mit ihr«, erwiderte er knapp und stand auf, um die Tür hinter ihr abzuschließen. Aber er wandte sich nicht um, als Kristen fort war. Die Stille, die plötzlich in der Küche herrschte, war angespannt. Er war wütend. Wie in der ersten Nacht, als sie sich begegnet waren. Und als ... *als er geglaubt hat, dass ich eine Mörderin sein könnte*. Wenigstens das glaubte er nun nicht mehr. Dafür hielt er sie für eine arrogante Ziege.

Was er von ihr hielt, sollte sie im Grunde vollkommen kalt lassen. Nur tat es das nicht, und sie war verdammt noch mal zu müde, um etwas anderes vorzugeben. Sie beugte sich über den Teller. Ihre Hand zitterte, und sie machte sich bewusst, dass sie seit mehr als einem Tag nichts mehr gegessen hatte. Die letzte Mahlzeit, die sie zu sich genommen hatte, war eine Suppe in Robins Bistro gewesen. Tess fing langsam an, Suppe zu verabscheuen.

Plötzlich hörte sie, wie Reagan scharf die Luft einsog, und sie schaute auf. Er hatte auf ihre Narbe gestarrt, sie wusste es, doch nun hob er den Blick, um ihr in die Augen zu sehen, und die Suppe war vergessen. Da war nicht nur Zorn in seinen Augen. Sondern auch Lust, reine, unbeherrschte Lust. Das Blut rauschte in ihren Ohren, während sie einander schweigend ansahen. Dann wandte er sich abrupt ab, und als er sprach, war seine Stimme heiser. »Ich gehe in die Garage. Wenn Sie gegessen und sich angezogen haben, treffen wir Jack in Ihrer Praxis. Er will alles durchsuchen, Ihren Tresor eingeschlossen. Dolly, komm.«

Tess blinzelte, als er mit dem Hund auf den Fersen durch eine andere Tür verschwand. Das Hämmern ihres Herzens verebbte, und als sie an sich herabblickte, schoss ihr die Röte ins Gesicht. Ihr Morgenmantel stand weiter offen, als es für irgendeine Vorstellung von Schicklichkeit angemessen gewesen wäre. Vermutlich hatte er doch nicht auf ihre Narbe gestarrt. Und jetzt hielt er sie nicht nur für einen Snob, sondern musste auch glauben, dass sie auf billige Anmache stand. Seit Phillip hatte niemand mehr so viel von ihren Brüsten sehen können, verdammmt und zugenäht.

Ganz abgesehen von demjenigen, der Kameras in ihrer Wohnung installiert hatte. *Der dürfte jede Menge gesehen haben*. Seit Monaten. *Verflucht sei der Mistkerl.*

Aber sie würde jetzt nicht darüber nachdenken. Kristen hatte recht, sie musste essen, also würde sie das nun auch brav tun.

Kameras. Sie schauderte. *In meiner Wohnung*. Visionen von ihr auf Internet-Pornoseiten drohten der Suppe einen zweiten Auftritt zu verschaffen.

Dennoch war das nicht so schlimm wie die Kameras in ihrer Praxis. Die Mikrofone in ihren Jacken. Die Privatsphäre jeder ihrer Patienten war gnadenlos ausgebeutet worden, um an Informationen zu kommen, die sie letztendlich umbringen konnten.

Sie schob die Schüssel von sich. Je eher sie die ganze Wahrheit wusste, umso besser, dachte sie. Sie stand auf, um sich Kristens Joggingsachen anzuziehen. Sie konnte nur hoffen, dass sie etwas größer waren als der Morgenmantel.

Dienstag, 14. März, 18.55 Uhr

Neben ihm setzte Dolly sich auf und knurrte leise. Eine halbe Sekunde später erschien Tess in der Tür von der Küche. »Kann ich reinkommen?«

Aidan sah von seinem Motorrad auf und stellte erleichtert fest, dass sie ernst zu nehmende Kleidung trug. Es waren Sachen von Kristen und zu klein, aber sie reichten zum Glück aus, die entsprechenden Teile ihres Körperbaus zu verbergen. Er war nicht sicher, ob er den Anblick ihrer Brüste ein zweites Mal überlebt hätte. Obwohl sie genauso schön waren, wie er sie sich vorgestellt hatte. Glatt und voll und fest. Es hatte ihn jedes bisschen Kraft gekostet, sich abzuwenden, anstatt seine Hände in den Mantel zu schieben und herauszufinden, wie sie sich anfühlten.

Erregt und fürchterlich frustriert, legte er den Schraubenschlüssel weg, mit dem er einen rostigen Bolzen aus dem Motor entfernt hatte. »Sicher. Aber passen Sie auf, was Sie anfassen. Es ist ziemlich dreckig hier drin.«

Aus drei Meter Entfernung betrachtete sie das Motorrad. »Neues Projekt?«

Er ließ seinen Blick über das Fahrzeug gleiten, das er vor einer Woche gekauft hatte. Lieber über das Fahrzeug als über ihren Körper. »Vielleicht. Kommt drauf an, was die Kiste zu bieten hat, wenn ich erst mal in ihr drin bin.« Er verzog das Gesicht über seine schlechte Wortwahl. Aber

letztendlich war es auch egal, was sie von ihm dachte, denn so sehr er sie begehrte, er würde sie nicht bekommen.
Ihre Miene war eisig geworden, als sie begriffen hatte, dass er sie nicht zu einem Hotel fuhr. Aber sie hatte nicht protestiert, sondern war nur schweigend in sein Haus gekommen und würdevoll wie eine Königin in sein Bad marschiert. Das hatte ihn getroffen, wie er sich eingestehen musste. Er hatte geglaubt, dass sie es zu schätzen wusste, nicht in ein unpersönliches Hotel gehen zu müssen, aber er hatte sich geirrt. Dennoch begehrte er sie. Also musste er sich einmal mehr in Erinnerung rufen, dass sie die Michigan Avenue vertrat, während er zur Wal-Mart-Gemeinde gehörte. Er hatte erwartet, dass sie über seine Bemerkung verärgert sein würde. Aber es hatte ihn erstaunt, dass er sie gekränkt hatte. Das war nicht seine Absicht gewesen.
Sie hatte ihm nun den Rücken zugewandt und betrachtete die Bilder von seinem Camaro in unterschiedlichen Stadien der Restauration. »Sie schrauben gerne.« Sie warf ihm einen Blick über die Schulter zu. »An Autos und Motorrädern.« Sie drehte sich wieder um und nickte in Richtung Motorrad. »Mein Bruder hat auch so eins. Eine echte Rennmaschine.«
Er dachte an das, was Carter ihm erzählt hatte. Dass sie und ihre Familie nicht mehr miteinander sprachen. »Welcher? Dino, Tino, Gino oder Vito?«
Sie lächelte etwas gezwungen. »Vito. Er ist das schwarze Schaf der Familie. Meine Mutter hat sich immer höllische Sorgen gemacht, wenn er auf zwei Rädern durch die Stadt brauste.«

»Das würde meine Mutter auch tun. Wenn sie es wüsste.«
»Aha. Sie haben Geheimnisse vor der Frau Mama? Schämen Sie sich, Detective.«
Aidan zog eine Braue hoch. »Haben Sie vor, mich zu verpetzen?«
»Nein, keine Angst. Ich kann ein Geheimnis für mich behalten.« Das Lächeln verschwand. »Leider wird mir das ab morgen niemand mehr glauben.«
Er wusste nicht, was er dazu sagen sollte, also sagte er gar nichts, sondern nahm sich einen Lappen und wischte sich die öligen Hände ab.
»Wie kommen Sie darauf, dass ich Ihre Mutter kränken könnte?«
Aidan seufzte. »Das habe ich gar nicht gedacht. Jedenfalls würden Sie es nicht mit Absicht tun. Schauen Sie, Sie führen einfach ein ganz anderes Leben. Gehen wahrscheinlich in schicken Läden shoppen. Meine Güte, Sie fahren einen Mercedes!« *Während das Dach meines Camaro mit Klebeband geflickt ist.* »Ihre Wohnung kostet fünfmal mehr als dieses Haus hier.« Er breitete die Arme aus. »Meine Mutter hat keine Ahnung von Mode und exklusiven Boutiquen. Aber sie ist eine herzliche, liebe Frau, und ich will nicht, dass man sie verletzt.«
»Reden wir über Ihre Mutter, Detective? Oder über Sie?«
Er warf den Lappen in eine Tonne, verärgert, dass sie ihn so leicht durchschaute. »Wollen Sie mich vielleicht gleich auf die Couch legen?« Bei seinem beißenden Ton, fuhr sie zusammen, und es tat ihm augenblicklich leid. »Entschuldigen Sie. Das war unangemessen. Sind Sie so weit, dass wir fahren können?«

»Ich dachte, wir wollten noch auf Ihre Mutter warten.«

Er zog die Brauen zusammen. »Na gut. Sie können in der Küche warten. Ich muss hier noch ein paar Kleinigkeiten erledigen.«

»Warten Sie einen Moment.« Sie durchquerte die Garage, wobei sie vorsichtig über die Motorradteile stieg, die er schon abmontiert hatte, und blieb schließlich stehen, so dass sich nur noch das Zweirad zwischen ihnen befand. Sie war nah genug, dass er sie berühren konnte, nah genug, um ihren Duft wahrzunehmen, der den Ölgeruch überlagerte. Nah genug, dass er sah, wie der Puls in der Kuhle unter ihrem Hals pochte.

»Ich würde gerne ein paar Dinge klarstellen, Detective. Ich bin weder ein Snob noch eine Person, die Menschen beleidigt, die ihre Hilfe anbieten. Als ich ein Kind war, träumte ich von Kleidern von Wal-Mart. Meine Mutter hatte zwei Jobs, um fünf Kinder wenigstens mit Second-Hand-Kleidern ausstatten zu können. Ich hatte nur etwas Neues zum Anziehen, wenn ich es mir selbst nähte. Ich kenne den Wert des Dollars durchaus.« Sie hielt inne. »Mein Mercedes ist ein Erbstück. Meine Wohnung auch. Ich fahre den Wagen gerne. Und ich wohne gerne in meiner Wohnung. Ich habe eine gutgehende Praxis, und ich verdiene recht anständig.« Sie biss die Zähne zusammen. »Bisher jedenfalls.«

»Tess …«

»Ich bin noch nicht fertig. Ich denke nicht daran, mich Ihnen oder irgendjemand anderem gegenüber für meinen Lebensstil zu rechtfertigen, aber ich will verdammt sein, wenn Sie genau den gegen mich verwenden und mich zu jemandem machen, der ich garantiert nicht bin.«

Er fühlte sich bemüßigt, sich zu verteidigen. »Sie wollten nicht herkommen.«
Sie verdrehte die Augen. »Natürlich nicht. Ich sah gruselig aus und fühlte mich auch so. Ich hatte fremdes Blut und *Hirn* in meinem Haar. Kann ja sein, dass Sie jeden Tag damit zu tun haben, Detective, aber ich garantiert nicht. Ich konnte nicht in meiner eigenen Wohnung duschen, weil irgendein beschissener, blutrünstiger Spanner zu jeder Tages- und Nachtzeit Bilder von mir macht. Ich konnte Ihnen ja nicht einmal sagen, warum ich in ein Hotel wollte, weil dieser beschissene Spanner vielleicht mein Auto verwanzt hat. Ich wollte nichts anderes als eine Möglichkeit, mich aus den ekelhaften Klamotten zu schälen und mich zu duschen, ohne mir Sorgen machen zu müssen, dass ich ein fremdes Badezimmer einsaue.«
Sie stieß den Atem, den sie angehalten hatte, bebend aus, und der Ärger wich einem Gefühl der Reue. »Es tut mir leid, dass ich so sauer reagiert habe. Sie haben mir Gastfreundschaft angeboten, und ich habe mich mehr als unhöflich benommen.«
In Anbetracht der Tatsache, was sie heute alles hatte durchmachen müssen, war ihre Verärgerung mehr als verständlich, und wieder musste er sich eingestehen, dass er ein Volltrottel war.
»Mir tut es auch leid. Ich habe mich schon wieder geirrt. Ich dachte eben, Sie würden …« Er zuckte verlegen die Achseln. »Sie würden auf mich runtersehen.«
»Nein, tue ich aber nicht«, sagte sie ernst. »Warum sollte ich.«
Der Zorn, die Verwirrung und die Kränkung hatten sich

aufgelöst. In der Stille, die folgte, baute sich eine andere Spannung auf. »Danke.«

»Ihr Badezimmer gefällt mir übrigens.« Sie zog die Mundwinkel hoch. »Die Tapete mit den Gummientchen ist klasse.«

Er spürte, wie seine Wangen heiß wurden. »Die war schon drin, als ich hier einzog. Ich passe manchmal auf meine Neffen und Nichten auf, und denen gefällt sie, also habe ich sie dringelassen.«

»Nett von Ihnen.« Ihr Lächeln wurde schwächer. »Das sind Sie wirklich. Und das hätte ich vor wenigen Tagen noch nicht für möglich gehalten.«

Seine Brust verengte sich. »Vor wenigen Tagen habe ich Ihnen ja auch noch keinen Grund dazu gegeben.«

»Sie haben nur Ihre Arbeit getan.« Sie hob das Kinn. »Und das habe ich auch da schon verstanden.«

Sie war aufrichtig zu ihm gewesen, und das war auch er ihr schuldig. »Nein, es hat mehr dahintergesteckt. Vor wenigen Tagen noch wollte ich Sie verabscheuen.« Sie fuhr zusammen und wich einen Schritt zurück, aber er griff über das Motorrad und hielt sie am Arm fest. »Jetzt bin *ich* noch nicht fertig.« Er ließ locker, so dass seine Finger nur noch sanft um ihr Handgelenk lagen. »Ich wollte Sie verabscheuen, weil Sie den Eindruck machten, als kümmere Sie nichts und niemand. Aber ich konnte Sie nicht ansehen, ohne Sie zu begehren, und das habe ich erst recht gehasst.«

Er sah, wie sich die rote Linie der Narbe bewegte, als sie schluckte. »Aha. Und sind Sie jetzt fertig?« Sie sprach nun entschieden, und vor nicht allzu langer Zeit hätte er ihre Haltung als hochnäsige Geringschätzung missdeutet.

Aber er spürte, dass der Puls an ihrem Handgelenk sich beschleunigte, und das gab ihm den Mut, fortzufahren.
»Nicht ganz. Es war leichter, negativ eingestellt zu sein, als ich Sie noch ausschließlich mit dem Green-Fall in Verbindung gebracht hatte. Aber dann fand ich heraus, wie viele miese Typen aufgrund Ihrer Gutachten weggesperrt worden sind.«
»Ich tue nur meine Arbeit, Detective.«
»Dann war es leicht, negativ eingestellt zu sein, als ich glaubte, Sie könnten die Schuldige sein. Es war mir sehr recht, Sie für kalt und herzlos zu halten. Aber dann sind Sie gestern Nachmittag in Winslows Wohnung marschiert, und ich konnte auch das nicht mehr glauben.«
»Tut mir wirklich leid, dass ich so unkooperativ gewesen bin«, sagte sie steif.
Aidan lächelte und führte ihre Hand an die Lippen, und ihre Augen weiteten sich. »Dein Herz schlägt schnell«, murmelte er. Ihr Mund öffnete sich, aber es kam kein Laut heraus. Ermutigt küsste er das Handgelenk und legte sich dann ihre Hand flach auf die Brust. Zuerst leistete sie Widerstand, gab dann aber nach und spreizte ihre Finger über seinem Herzen.
Ein katzenhaftes Lächeln erschien auf ihren Lippen. »Deins auch.«
»Ich weiß. Das tut es seit kurzem ziemlich häufig.« Er grinste reuig. »Und nicht immer aus so angenehmen Gründen wie jetzt.«
»Tut mir leid, dass ich so unkooperativ gewesen bin«, wiederholte sie, diesmal mit heiserer Stimme.
Das kann man ändern. »Meine letzte Bastion war, dass ich

negativ eingestellt sein konnte, weil du ein Uptown-Mädchen bist.«

»Was ist falsch an Uptown-Mädchen?«

Er sah ihr direkt in die Augen. »Sie haben einen exklusiven Geschmack. Mögen teure Restaurants. Glänzende Steine.«

Ihre Augen verengten sich ganz leicht. »Na und?«

Er biss die Zähne zusammen. »Und ich kann sie mir nicht leis…« Er brach ab, als ihre Augen ihm eine Warnung schickten und ihre Finger sich in sein Hemd krallten.

»Sei vorsichtig, Aidan. Du willst doch nicht schon wieder etwas sagen, was du letztendlich doch nicht meinst.« Sie zog an seinem Hemd, zog ihn zu sich, bis ihre Gesichter auf gleicher Höhe waren. Sie stützte sich mit der freien Hand auf das Motorrad und beugte sich vor. »Ich bin keine dahergelaufene Bordsteinschwalbe, die ein Mann sich *leisten* muss. Ich kann mir mich selbst *leisten*. Wenn ich in einem schicken Restaurant essen will, dann tue ich das. Falls ich zu Hause bleiben will, koche ich eben zu Hause, und das mindestens genauso gut. Falls ich glänzende Steine will, dann kaufe ich sie mir. Ich mir selbst. Haben wir uns verstanden?«

Einen Moment lang konnte er sie nur fasziniert anstarren. Dann schob er seine Hand in ihr feuchtes Haar und tat, wonach er sich schon so lange sehnte – er küsste sie. Sie kam ihm auf halbem Weg entgegen, ließ sein Hemd los und legte die Hand in seinen Nacken, um ihn näher zu sich zu ziehen. Ihr Mund war heiß und hungrig und alles, was er sich erträumt hatte, und sie öffnete ihn ohne zu zögern. Ein Laut kam aus ihrer Kehle, als er den Kuss vertiefte, und er klang genauso zufrieden wie frustriert. Sie beugte sich noch weiter vor, und das Motorrad schwankte bedenklich, so dass Dolly vorsichtshalber aus dem Weg ging.

Tess zog sich zurück und hielt das Rad am Lenker fest, ihre Brüste hoben und senkten sich heftig. Ihre Lippen waren feucht, die Brustspitzen durch das enge Sweatshirt deutlich sichtbar. Ihr Kinn hob sich herausfordernd, und Aidan hatte Mühe zu schlucken. Ohne den Blick von ihr zu lösen, kam er ums Motorrad herum. Er sagte nichts, schloss sie nur in die Arme, senkte die Lippen auf ihre und betete, dass er wieder dort ansetzen durfte, wo sie gerade unterbrochen worden waren.

Und dankte wem auch immer im Himmel, als ihre Arme sich um seinen Hals schlangen und sie den Mund erneut öffnete. Augenblicklich versank alles in glühender Hitze. Seine Hände glitten über ihren Rücken und fuhren auf und ab, während sie sich an ihn schmiegte. Mit einem hübschen kleinen Knurren zog sie sich an ihm hoch und quälte ihn mit der Bewegung ihrer Hüften, war aber immer noch zu tief, um einem von beiden irgendetwas zu nützen. Sein Körper pulsierte, seine Hände fühlten sich nutzlos und leer an.

Er löste sich einen Moment von ihr, damit sie beide Luft holen konnten. Er spürte ihren Atem stoßweise an seiner Wange. »Ich will dich anfassen«, murmelte er an ihren Lippen. »Lass mich dich anfassen.«

Ihr Kopf fiel zurück und entblößte ihre Kehle, und er nutzte das augenblicklich aus und presste mit offenem Mund Küsse auf ihre Haut.

»Wo?«
Seine Lippen erstarrten. »Was?«
»Ich sagte, wo?« Ihr Murmeln klang rauchig. »Wo willst du mich anfassen?«
Er schmiegte sein Gesicht an ihren Hals und schauderte. »Gott, Tess.«
Sie zog ihre Arme von seinem Hals und nahm sein Gesicht in die Hände. »Ich meine es so. Ich will es wissen.« Verblüfft sah er Selbstzweifel in ihren Augen. »Sag es mir. Bitte.« Es war ein heiseres Flüstern, ein Flehen, und Aidan erinnerte sich an das, was Murphy ihm erzählt hatte. Sie war verlobt gewesen, aber ihr Bräutigam hatte sie verlassen. War ihr fremdgegangen. Wie war so etwas möglich? Wie konnte man so etwas auch nur in Erwägung ziehen? Aber Aidan wusste, dass der Grund nicht so wichtig war. Wichtiger war es, die Verwundbarkeit in ihrem Blick zu löschen. Wie er sich in den nächsten Augenblicken benahm, war entscheidend dafür, ob er ihr Vertrauen in ihn noch weiter stärken konnte, oder ob er ihr an einem Tag, an dem sie ohnehin schon durch die Hölle gegangen war, noch einen weiteren Schlag versetzte. Wo wollte er sie anfassen? Heilige Mutter Gottes. Wo wollte er sie *nicht* anfassen?
»Überall«, presste er schließlich hervor. »Überall, wo ich darf.« Seine Hand glitt ihren Rücken herab und legte sich über ihren Hintern. »Hier.« Ihre Lider fielen zu, und ihre Hände lagen ruhig auf seinen Schultern, als er die warme Haut unter dem dünnen Stoff zu kneten begann. Obwohl sie passiv dastand, spürte er die Spannung in ihrem Körper und sah die Lust auf ihrem Gesicht wachsen, während er

sie liebkoste. Er hob eine Hand, legte eine Hand um ihre Brust. »Hier.« Sein Daumen strich über den harten Nippel, und sie versteifte den Rücken. Er auch. Und weil er befürchtete, sich nicht mehr kontrollieren zu können, legte er beide Hände um ihr Gesicht und drückte ihr einen Kuss auf die Stirn. »Du bist wunderschön, Tess.«

Ihre Augen öffneten sich. »Warum hörst du auf?«

Er unterdrückte ein Stöhnen. »Weil du einen höllischen Tag hinter dir hast und ich das nicht ausnutzen will. Jetzt guck mich bloß nicht so an«, fauchte er, als der Zweifel erneut in ihren Augen erschien. Er packte ihre Hinterbacken und zog sie fest an sich, drückte sie gegen die harte Schwellung seiner Erektion und ließ sie dann behutsam wieder auf den Boden ab. »Glaub mir«, sagte er heiser. »Aufhören ist jetzt das Letzte, was ich will. Aber ich will dich zu nichts drängen. Nicht unter diesen Umständen.«

Sie blickte zu ihm auf, das Gesicht erhitzt, und in ihren Augen las er sowohl Erregung als auch Misstrauen. »Unter welchen Umständen?«

Er seufzte wieder. »Ich bin der Erste seit … ihm. Oder?«

»Du weißt es also.« Ihr Blick verhärtete sich. »Du weißt von Phillip, zur Hölle mit ihm.«

»Tess, er war dumm. Ich will gar nicht wissen, welchen Grund er genannt hat.« Zärtlich strich er ihr mit dem Finger über die Wange. »Aber ich muss zugeben, ich bin froh, dass er so blöd war.« Er drückte ihr einen harten Kuss auf die Lippen, als Dolly plötzlich zu knurren begann.

Aidan war mit einem Schlag alarmiert. Er schob Tess hinter sich und bückte sich, um seine Pistole aus dem Halfter am Unterschenkel zu ziehen. Die Tür zur Küche öffnete

sich, und ein bekannter brauner Schopf spähte hindurch. Aidan senkte die Hand mit der Waffe. »Verdammt, Mom.«
Sie sah ihn finster an. »Fluch nicht, Aidan. Und steck das Ding weg.«
Er senkte den Blick. »Tut mir leid«, brummelte er. Hinter ihm hörte er ein Kichern, und es kam ihm in den Sinn, dass er sie erst zum zweiten Mal lachen hörte. Sie hatte in den letzten Tagen zu viele schlimme Dinge erlebt. Wenn Sie sich nun auf seine Kosten amüsierte, konnte er damit leben.
Seine Mutter grinste breit. »Sie müssen Kristens Freundin sein. Ich habe Sachen für Sie. Kristen hat sich Ihre Kleidung angesehen und mir die Größen gegeben. Ich hoffe nur, dass sie passen.«
Tess trat mit einem Lächeln auf dem Gesicht um ihn herum. »Vielen Dank, Mrs. Reagan. Das ist wirklich nett von Ihnen.« Sie ging auf seine Mutter zu. »Aidan hat mir gerade sein Haus gezeigt.«
»Und mit seinem neuen Motorrad angegeben?«, fragte sie augenzwinkernd, und Tess hob die Schultern.
»Merk dir bitte, dass *ich* kein Wort gesagt habe, Reagan.« Sie öffnete die Tür für seine Mutter, und warf einen Blick zurück zu Aidan, der noch immer mit gesenkter Waffe dastand. »So hat eben jeder sein Hobby, Mrs. Reagan.«
»Er wird sich auf dem Ding noch den Hals brechen«, sagte Becca, während sie Tess in die Küche folgte.
Aidan starrte auf die Tür. Dann lachte er. Sich mit dem enormen Ständer zu bücken und die Waffe zu ziehen, hätte ihn beinahe umgebracht, aber ihr Lachen hatte den

Schmerz erträglicher gemacht. Doch er wurde rasch wieder ernst, als er den Frauen in die Küche folgte. Er musste Jack Unger anrufen. Die CSU musste sie in Tess' Praxis treffen. Je eher sie diesen Mörder aufhalten konnten, umso eher konnte Tess wieder ihr normales Leben führen. *Zu dem ich in irgendeiner Form gehören will.*

11

Dienstag, 14. März, 19.45 Uhr

Tess blickte misstrauisch zu dem geklebten Dach von Reagans Camaro und hoffte, dass es halten würde, denn es hatte wieder zu regnen begonnen. Aber sie wagte nicht, eine Bemerkung zu machen, aus Angst, dass er es wieder in den falschen Hals bekäme. Offensichtlich hatte ihm jemand einmal wehgetan. Hatte Geld zum Thema gemacht. Hatte ihm das Gefühl gegeben, unzulänglich zu sein. Sie biss sich auf die Unterlippe. Wer ihn für unzulänglich hielt, hatte ihn augenscheinlich noch nie geküsst. Obwohl sie sich normalerweise eisern im Griff hatte, war es ihm gelungen, sie aus der Reserve zu locken. Natürlich hatte er recht. Es war gewiss nicht klug, sich Hals über Kopf in irgendetwas Körperliches zu stürzen. Nicht heute jedenfalls. Aber sie hatte den Beweis gebraucht, dass sie begehrenswert war. Sie hatte nicht gewusst, wie sehr sie das gebraucht hatte, bis er sie in die Arme gezogen hatte.

Sie hätte gerne gewusst, wer diese Frau gewesen war. Die, die ihm weh getan hatte, die den Wert des Geldes höher eingeschätzt hatte als ihn. Aber sie hielt es für keine gute Idee, ihn jetzt danach zu fragen. Ein anderes Mal. Dennoch nagte das Schweigen an ihr. »Ich mag deine Mutter.«

Aidan warf ihr einen Blick zu, dann sah er wieder auf die dunkle, nasse Straße hinaus. »Jeder mag meine Mutter.« Ein Lächeln erschien auf seinen Lippen. »Aber danke. Sie war völlig aus dem Häuschen, weil dir die Sachen gefallen haben, die sie dir gekauft hat.«
Tess befühlte den weichen Pullover, den sie trug. »Sie hat dieselben Sachen ausgesucht, die ich auch genommen hätte. Danke, dass du ihr gesagt hast, sie soll Rollis kaufen.«
»Gern geschehen.«
Sie stieß den Atem aus. »Und danke, dass du genügend Selbstkontrolle gehabt hast. Ich werfe mich normalerweise nicht so Männern an den Hals.«
Er sagte nichts, aber sie sah im Licht der vorbeifahrenden Wagen, wie sich seine Kiefermuskeln anspannten. Dann seufzte er. »Tess, wenn du dich entschuldigen willst, lass es. Und glaub nicht, dass ich mich das nächste Mal zurückhalten kann, nur weil es mir eben gelungen ist.«
Ihre Haut prickelte. »Das nächste Mal?«
Sein Blick war kurz, aber direkt. »Es wird ein nächstes Mal geben, Tess.«
Sie lehnte sich mit einem zufriedenen Lächeln im Sitz zurück. »Gut.«
Sein Lachen war alles, was zu hören war, bis er den Camaro auf ihrem Platz in der Garage des Hauses parkte. Tess stieg aus und sah sich besorgt um. »Harrisons Wagen steht noch hier. Er arbeitet sonst nicht mehr um diese Zeit.« Dann drehte sich ihr der Magen um. »Oh, nein!« Sie rannte auf die Treppe zu, und Aidan folgte ihr. Sie trafen Jack an der Tür zu ihrer Praxis.
Reagan nahm die Schlüssel aus ihren zitternden Händen,

schloss auf, schaltete innen das Licht an und blockierte augenblicklich den Eingang. »Nicht reingehen.«

Sie schaute an ihm vorbei und schnappte entsetzt nach Luft. »Oh, mein Gott!« In Denises Büro herrschte Chaos, der Computer lag zerschmettert am Boden. Zerfetzte Bücher und Zeitungen überall, und die Holztür zum Tresor war aus den Angeln gerissen worden. Der Tresor selbst war zu.

Jack und Aidan traten mit gezogenen Waffen langsam ein. »Polizei!« Aidans Stimme hallte von den Wänden wider, dann Stille.

Tess deutete auf Harrisons Tür, die angelehnt war. Er ließ sie niemals unverschlossen. »Aidan, bitte sieh in Harrisons Büro nach.«

Er stieß die Tür weit auf. »Niemand, Tess. Aber hier sieht es genauso schlimm aus.« Harrisons Vitrinen waren zertrümmert, die Couch zerfetzt worden. Auch hier lag der Computermonitor zerschmettert am Boden.

Jack drückte die Tür zu ihrem Zimmer auf. »In Ihrem auch, Tess. Da hat jemand nach etwas gesucht.«

Sie schluckte. »Der mit den Kameras?«

Jack schüttelte den Kopf. »Eher nicht. Der, der die Kameras installiert hat, ist sehr vorsichtig vorgegangen. Sie sagen, Sie haben in Ihrem Büro keine Unterlagen?«

»Nein. Nur im Tresor.«

Den Reagan gerade eingehend betrachtete. »Jack, komm mal her.« Er zeigte auf eine der schweren Angeln, und Tess war plötzlich eiskalt.

Am Rand der Angel war ein dunkelbrauner Fleck zu sehen. Getrocknetes Blut. Jack warf ihr einen Blick zu.

»Kommen Sie bitte und machen Sie ihn auf. Aber vorsichtig. Hier liegt überall Glas.«

Sie nickte zittrig und zwang ihre Hände zur Ruhe, als sie die Kombination eingab und den Griff zog. Dann schnappte sie nach Luft. Jede Akte war aus den Regalen gezerrt, jede Mappe geleert, jeder Karton ausgekippt worden. Papiere bedeckten den Boden, an manchen Stellen gute zwanzig Zentimeter hoch. Unter einem Regal war es in länglicher Form aufgeschichtet worden.

»Harrison!« Mit verengter Kehle ließ Tess sich auf die Knie fallen, schob frenetisch die Papiere zur Seite und legte einen weißen Haarschopf mit blutverklebten Strähnen frei. Als Harrisons Gesicht zu sehen war, legte sie ihm die Finger an den Hals. Sie hielt den Atem an, bis sie seinen Puls fand. Er war schwach, aber noch vorhanden.

Reagan hockte sich neben sie. »Lebt er?«

Sie nickte. »Gerade noch. Hilf mir, das Zeug zur Seite zu schaffen. Ich muss sehen, ob er noch andere Verletzungen hat. Vorsichtig! Beweg ihn nicht.« Hinter sich hörte sie das Knistern des Funkgeräts im Büro, mit dem Jack den Krankenwagen rief, während Aidan den alten Mann von dem Papier befreite. »Er blutet noch immer aus der Kopfwunde«, sagte sie. »Ich brauche etwas, um die Blutung zu stoppen.«

»Hast du einen Erste-Hilfe-Kasten?«, fragte Reagan.

»Im Vorratsschrank.« Sie tastete nach ihren Schlüsseln, dann fiel ihr ein, dass er sie noch immer hatte. »Es ist einer der mittelgroßen. Nummer sechzig. Danke.«

Reagan drückte ihre Schulter und entfernte sich rasch.

Harrison stöhnte, dann öffnete er die Augen. »Tess.«

Sie sah ihm ins Gesicht, während ihre Hände ihn auf der

Suche nach Verletzungen abtasteten. »Still, Harrison. Ich bin ja jetzt da. Gleich kommt der Krankenwagen.«
Da sie keine weitere Wunde entdeckte, krabbelte sie zu seinem Kopf und beugte sich über sein Gesicht. »Wer hat dir das angetan?«
Er verzog das Gesicht. »Patient. Deiner. Hat mich am Auto erwischt. Hatte ein Messer.«
Ihr Herz setzte einen Schlag aus. »O Gott, das tut mir leid.«
»Halt die … Klappe, Tess. Hör zu. Er hat … seine Akte genommen. Und gesagt …« Wieder verzog er das Gesicht. »Will nicht, dass du Geheimnisse verrätst. Tötet dich … vorher.«
Ihre Finger, die an den Knöpfen seines Mantels nestelten, hielten kurz inne, dann fuhr sie mit ihrer Aufgabe fort. »Ich passe auf, Harrison. Das verspreche ich.«
Reagan kniete sich neben sie und öffnete den Erste-Hilfe-Kasten mit ruhigen Bewegungen. Er reichte ihr eine Mullkompresse. »Welcher Patient war es, Dr. Ernst?«
Harrisons Lippen zitterten in dem jämmerlichen Versuch, ein Lächeln zustande zu bringen. Tess' Herz verkrampfte sich. »Einer der gestörten … nehme ich an.« Er runzelte die Stirn. »Hatte ihn länger nicht gesehen. Jung. Stoppelschnitt. Große Ohren.« Er hustete heiser. »Verdammt, das tut weh.«
»Wo?« Sie speicherte die Personenbeschreibung im Hinterkopf und konzentrierte sich ganz auf Harrison. Endlich war der Mantel auf, und sie nahm sich das Hemd vor. Als sie die hässlichen dunklen Flecken auf seinem Oberkörper sah, zuckte sie zusammen. »Wo tut es weh?«

Wieder versuchte er ein Grinsen. »Wo nicht?« Seine Lider fielen zu, und er stöhnte. »Rippen. Rücken. Wollte … den Tresor nicht aufmachen … da hat er zugeschlagen. Musste schließlich was sagen …« Er holte mühsam Atem. »Ruf Flo an. Sag ihr …«

Tess' Kehle schien immer enger zu werden. »Ich rufe sie an, Harrison. Wir treffen sie im Krankenhaus.«

»Sag ihr, ich liebe sie.«

Tränen brannten in ihren Augen, als sie die Kompresse an seine Kopfwunde drückte. »Jetzt red keinen Quatsch, Harrison. Das kannst du ihr selbst sagen. Du hast bloß eine blöde Wunde am Kopf.« Er sah sie nur an, und sie erkannte, dass er es wusste. Die dunklen Flecken deuteten auf massive innere Blutungen hin, die ausgesprochen schwer zu behandeln waren.

»Wer ist Flo?«, fragte Reagan leise.

»Seine Frau. Kannst du sie anrufen? Mein Handy ist in der Jacke, und die Nummer steht unter ›Ernst privat‹. Sag ihr, dass wir uns im Krankenhaus treffen. Hier drin kannst du keine Verbindung herstellen.« Er nickte, drückte wieder ihre Schulter und ging.

Harrisons Lungen pfiffen. »Er ist ein hübscher Kerl … dein Cop.«

Tess blinzelte, um klar sehen zu können, und rieb sich die nasse Wange an der Schulter ab. »Schsch.«

»Hab ihn in den Nachrichten gesehen. Neben dir. Fast so hübsch wie ich.« Tess stieß ein Lachen aus, das mehr wie ein Schluchzen klang.

»Sei endlich still, alter Mann«, brachte sie heraus. »Spar dir deinen Charme für Flo auf.«

Seine Augen öffneten sich wieder. Sein Blick war eindringlich. »Sag es ihr, Tess. Bitte.«
Sie streichelte seine Wange. »Bestimmt. Versprochen.« Und da schien er zur Ruhe zu kommen, während sein Atem immer flacher wurde. Sie wusste, dass das ein schlechtes Zeichen war.
Reagan war wieder hinter ihr und zog sie auf die Füße. »Die Ambulanz ist hier, Tess. Lass sie ihre Arbeit machen.«
Wie betäubt sah sie zu, wie sie Harrison fortbrachten. Reagan blieb, die Hände auf ihren Schultern, hinter ihr stehen. Dann drehte er sie zu sich um, und die blauen Augen, die einmal voller Anklage gewesen waren, bewahrten sie nun davor, zusammenzubrechen. »Es ist nicht deine Schuld«, sagte er.
»Seine Lunge ist punktiert«, sagte sie, ohne auf seine Worte einzugehen. »Habe ich ihnen das gesagt?«
Er schüttelte sie sanft. »Hast du. Nun reiß dich zusammen, Tess. Du musst nachdenken können.« Er drückte ihre Schultern fest. »Tess!«
Sie blinzelte und straffte den Rücken. »Was ist?«
»Von wem hat er gesprochen? Jung, Stoppelschnitt, große Ohren. War länger nicht hier.«
Sie schloss die Augen und sah das Gesicht des Mannes vor ihrem inneren Auge. Es konnte so einfach sein. Ein Name, und sie würden ihn einsperren. Bestrafen. So einfach. Aber es wäre nicht richtig. »Ich kann's dir nicht sagen.«
»Was soll das heißen, du kannst es mir nicht sagen?«
Sie schlug die Augen auf und blickte in sein ungläubiges Gesicht. »Das heißt, wenn ich mich irre, dann habe ich unnötigerweise die Identität eines Patienten preisgegegen.«

Er ließ die Hände sinken und wich zurück. »Du machst Witze.«

Ihre Knie waren weich, und sie sah sich um, aber es gab nirgendwo etwas zum Sitzen. »Ich wünschte, es wäre so.«

»Du hast doch gehört, was dein Freund gesagt hat. Wer immer das getan hat, droht, dich umzubringen.«

Müde ging sie zur Wand und lehnte sich dagegen. »Ja, ich hab's gehört.« Sie war beinahe sicher, dass sie wusste, wen Harrison gemeint hatte. Groß, jung, bösartig, einer von den Patienten, die ihr wirklich Angst gemacht hatten. *Er würde mich ohne mit der Wimper zu zucken erledigen.* Tränen stiegen in ihrer Kehle auf, aber sie schluckte, gewillt, sie niederzukämpfen. »Ich habe Angst«, flüsterte sie, und ihre Stimme brach. »Okay?«

Reagan stellte sich vor sie und hob ihr Kinn mit einem Finger an. »Dann sag es mir«, murmelte er. »Ich erzähle es auch niemandem. Versprochen.«

Sie schüttelte den Kopf, obwohl die Versuchung stark war. Die Versuchung, sich an ihn zu schmiegen und sich halten zu lassen.

»Ich kann nicht. Heute hat man mich beschuldigt, Patientengeheimnisse preiszugeben. Ich wusste, dass es nicht stimmte. Aber wenn ich dir jetzt etwas sage, dann ist es wahr.«

»Tess, niemand wird es erfahren.«

»*Ich* wüsste es.« Sie sah zur Seite. *Und du auch.*

Jacks Team war angekommen, und betäubt sah sie zu, wie die Leute den Tresor betraten. »Jack kann die Akten nicht ohne richterliche Anordnung nehmen, Aidan.«

Mit zusammengepressten Lippen nickte Aidan. »Fass

nichts von den Unterlagen an, bevor wir nicht offiziell dürfen, Jack«, rief er.

Jack steckte den Kopf durch die Tür. »Hatte ich auch nicht vor. Wir stauben alle Oberflächen da drin ein, Wände und Regale. Wenn sonst nur drei Leute Zugang dazu haben, dürfte es leicht sein, andere Abdrücke zu finden.«

»Falls er nicht Handschuhe getragen hat«, sagte Reagan.

Jack hob die Schultern. »Ich bin ein unverbesserlicher Optimist.«

Aidan drehte sich um, lehnte sich neben sie an die Wand und wandte den Kopf gerade so weit, dass er sie ansehen konnte. »Kannst du mir wenigstens eine Richtung weisen?«

Sie zögerte, dann nickte sie. »Wenn ihr einen Abdruck findet, habt ihr ihn in der Datenbank.«

»Er hat also ein Vorstrafenregister?«

Ihr Lächeln war gänzlich humorlos. »Länger als dein Arm. Falls es die Person ist, die ich glaube.« Sie sah auf ihre Uhr. »Ich muss zum Krankenhaus. Wie lange wird Jack da drin brauchen? Ich muss abschließen, bevor ich gehe.«

Seine Augen wurden dunkler. »Du traust uns nicht, die Finger von den Süßigkeiten zu lassen, was?«

Sie ballte die Fäuste an den Seiten und zwang sich zu einem ruhigen Tonfall. »Dafür würde ich dich gerne ohrfeigen, weißt du das? Verdammt, das hat überhaupt nichts mit Vertrauen zu tun. Jedes Zettelchen da drin ist per Gesetz geschützt. Wenn ich dir davon etwas ohne richterliche Anordnung überlasse, mache ich mich strafbar. Hat das für dich denn gar keine Bedeutung?«

Er biss die Zähne zusammen. »Was für mich Bedeutung

hat, ist, dass ein Gestörter mit einem Vorstrafenregister länger als mein Arm vorhat, dich umzubringen. Genau das hat für mich Bedeutung.« Er holte tief Luft und stieß sie mit einem Seufzen aus. »Wir beeilen uns, dann kannst du abschließen.«

Ihre Frustration löste sich in nichts auf. »Ich bin wieder unkooperativ, nicht wahr?«

»Ja, aber ich verstehe dich. Es muss mir nicht gefallen, aber ich verstehe es.« Er fischte ihr Handy aus der Tasche. »Als ich Miss Ernst anrufen wollte, habe ich gesehen, dass bei dir Anrufe eingegangen sind.«

Tess blickte verständnislos auf das Telefon, dann fiel es ihr wieder ein. »Ich hatte auf lautlos geschaltet, als ich heute in der Sitzung war.« Sie klappte es auf und starrte ungläubig auf die Anzeige. »Dreißig Anrufe?«

»Die meisten wahrscheinlich von Reportern.«

»Aber woher sollen die meine Handynummer haben?«

»Woher bekommen die sonst ihre Informationen?«

»Stimmt.« Sie betrachtete stirnrunzelnd ihr Handy. »Kann das auch verwanzt sein?«

Nun sah er ratlos aus. »Keine Ahnung. Lass die Finger von den Festanschlüssen hier, aber du kannst meins benutzen, wenn du deine Mailbox abrufen willst.« Er schob eine Hand unter ihr Haar, strich mit dem Daumen sanft über ihren Hals und fand die Stelle, an der die Muskeln besonders verspannt waren. Ein Schauder lief ihr über den Rücken. »Versuch, dir nicht zu viele Sorgen um deinen Freund zu machen«, murmelte er. »Okay?« Er reichte ihr sein Telefon und ging an die Arbeit.

»Dreißig Nachrichten«, murmelte sie, während sie die

Nummer der Mailbox wählte und hoffte, dass diese Beschäftigung ausreichen würde, um sie von Harrison abzulenken, während Jack den Tresor nach Spuren absuchte. Aber sie wusste im Grunde, dass es nicht funktionieren würde.

Dienstag, 14. März, 20.50 Uhr

Aidan setzte sich auf Murphys Beifahrersitz, hustete und wedelte mit der Hand in der rauchigen Luft. »Mann, Murphy, hast du ein ganzes Päckchen auf einmal gequalmt?«

»Tut mir leid.« Murphy kurbelte das Fenster herunter, sog ein letztes Mal an der Kippe und drückte sie dann in dem überquellenden Aschenbecher aus. »Warum hast du so verdammt lange gebraucht?«

Er hatte Murphys ersten Anruf verpasst, weil Tess sein Handy benutzt hatte, was er allerdings für sich behalten würde. »Hast du sie gesehen?«, fragte er stattdessen. *Sie* war Nicole Rivera, ihres Zeichens außergewöhnliche Stimmakteurin.

»Nein, aber sie arbeitet da.« Er deutete auf ein Restaurant auf der anderen Straßenseite.

»Teuer.« Aidan wusste es aus Erfahrung. Der Anblick des Ladens hinterließ einen bitteren Geschmack in seinem Mund.

»Jep. Alle superschick«, stimmte Murphy zu. »Der Manager hat bestätigt, dass sie da arbeitet, obwohl er nicht gerade glücklich war, mit mir zu reden. Jetzt wird seine Laune wohl noch mehr den Bach runtergehen. Sie ist zwanzig Minuten zu spät dran.«

»Meinst du, sie ist gewarnt worden?«
»Kann gut sein. Ich war vor etwa zwei Stunden hier. Der Manager hat mir die Adresse gegeben, die sie auf der Bewerbung angegeben hat.«
»Falsch?«
»Alt. Die Frau, die mir die Tür aufgemacht hat, sagte, sie sei vor ungefähr zwei Monaten ausgezogen, weil sie die Miete nicht mehr bezahlen konnte.«
»Wenn sie hier arbeitet, verdient sie aber nicht schlecht. Hat sie eine Nachsendeadresse hinterlassen?«
»Ja, und ich war schon da, aber sie war nicht zu Hause, und für diese Adresse hatte ich noch keinen Durchsuchungsbefehl. Den habe ich aber jetzt.«
»Du warst ja fleißig.«
Murphy nickte. »Und du hast mir immer noch nicht gesagt, wieso du so lange gebraucht hast, um herzukommen.«
»Ich musste Tess am Krankenhaus absetzen.« Er hatte bereits von den Ereignissen in der Praxis erzählt.
Das stimmte Murphy etwas milder. »Hast du den Sicherheitsleuten im Krankenhaus Bescheid gegeben?«
»Ja.« Aidan blickte finster. »Großer Kerl, Stoppelhaarschnitt, große Ohren. Wahrscheinlich aufgeschürfte Knöchel, weil er einen alten Mann zusammengeschlagen hat. Kein verdammter Name.« Sie hatte beharrlich auf ihrer Weigerung bestanden, und obwohl er sie verstehen konnte, hatte er dennoch das Bedürfnis, irgendetwas zu treten – oder jemanden. Er hoffte, er würde da sein, wenn Jack den Namen aus der Zentraldatei holte.
»Meinst du, dass Ernst es schafft?«

»Halbe, halbe. Sie hat die Blutung professionell gestoppt, bevor die Ambulanz eintraf. Hat einen kühlen Kopf bewahrt.« Er betrachtete seine Hand und dachte daran, wie sie sie ihm am Abend zuvor verbunden hatte. »Ich vergesse immer wieder, dass sie eine echte Ärztin ist.«

Murphys Lächeln war schief. »Das solltest du ihr so aber besser nicht sagen.«

Er lachte leise. »Nein, wohl nicht. Hör mal, der Laden da wird gleich ziemlich voll werden. Wenn wir noch einmal mit dem Manager reden wollen, dann sollten wir es jetzt tun.«

Sie stiegen aus, und Reagan sog dankbar die frische Luft ein. Murphy warf ihm einen säuerlichen Blick zu. »Ich meinte schon, dass es mir leid tut.«

»Habe ich etwas gesagt?«

»Himmel. Woher weißt du überhaupt, dass der Laden gleich voll wird?«

»Meine Ex hat mich gerne hierhin geschleppt. Nach diversen Konzerten oder Premieren.«

Murphy pfiff leise, als er die Tür öffnete. »Anspruchsvolles Mädchen.«

Da sagst du was, dachte Aidan grimmig, während der Anblick der jungfräulich weißen Tischdecken ihm einen Schwall Erinnerungen bescherte. Dieser Laden war einer von Shelleys Lieblingsrestaurants gewesen. Ein Essen mit Cocktails und Wein hatte sich leicht auf den Gegenwert von zwei Tagen Lohn belaufen, da er damals noch Uniform getragen hatte, also hatte er der Sache einen Riegel vorgeschoben. Und sie hatte geschmollt.

Shelley hätte sich mit einer Schmollschule ein Vermögen

verdienen können. Aber das musste sie ja nicht mehr. Sie hatte ihr Ziel erreicht und einen Mann gefunden, der ihr den gleichen Lebensstandard bieten konnte wie ihr Vater. Der arme Bursche. Ihr zukünftiger Ehemann, nicht der Vater. Shelleys Vater war ein reicher Mistkerl. Er holte tief Luft. Und Shelley war nun nicht mehr sein Problem.

Aidan hatte sich in solchen Restaurants noch nie wohl gefühlt, hatte immer Angst gehabt, die falsche Gabel zu benutzen. Dafür so viel zu bezahlen, war ihm krank erschienen. Tess allerdings würde sich hier vollkommen normal benehmen, dachte er und wünschte sich augenblicklich, er hätte es nicht getan. Sie konnte sich es selbst leisten, hatte sie gesagt, und obwohl sie ausgesprochen appetitlich gewirkt hatte, als sie ihm das gesagt hatte, würde es nie im Leben dazu kommen, dass Aidan der Frau die Rechnung überließ.

Wie chauvinistisch, maulte sein Gewissen. *Na und?*, fauchte er innerlich. *Ist das nicht mein Problem?*

»Alte Geschichte«, sagte er knapp und betrachtete die Gesichter der hin und her eilenden Kellner. »Verzeihen Sie.« Er sicherte sich die Aufmerksamkeit eines in Schwarz gekleideten *Maitre d'*, der ihn mit einem herablassenden Blick musterte. »Wir suchen nach Nicole Rivera.«

»Willkommen im Club«, höhnte der Mann. »Wenn Sie sie finden, sagen Sie ihr, dass sie gefeuert ist.«

»Weil sie zwanzig Minuten zu spät kommt?«, fragte Murphy ruhig.

»Nein, weil es schon die dritte Schicht in einer Woche ist, zu der sie gar nicht erscheint.«

»An welchen Tagen war das?«, fragte Aidan.

Der Mann seufzte ungeduldig. »Weiß ich nicht mehr.«
»Versuchen Sie, sich zu erinnern«, riet Murphy. »Oder wir bleiben noch ein Weilchen.«
Er verdrehte die Augen. »Gestern und Samstagabend. Und wenn Sie mich jetzt bitte entschuldigen würden.« Er wies ihnen die Tür mit solch einer Verachtung, dass Aidan am liebsten zugeschlagen hätte. Stattdessen reichte er dem Mann eine Karte. »Rufen Sie uns an, falls sie auftaucht.«
Der Mann hielt die Karte an einer Ecke fest. »Selbstverständlich.«
Wieder auf der Straße, schüttelte Murphy den Kopf. »Was kostet denn so ein Essen da drin? Hundert Mäuse?«
»Pro Nase.« Er musste über Murphys glotzäugigen Blick lachen. »Und noch mal so viel, wenn du Wein bestellst.«
»Was der Grund dafür ist, dass die Ex ex ist.«
»Komm, fahren wir noch einmal zu Nicoles Wohnung. Vielleicht war sie ja doch zu Hause und wollte nur nicht aufmachen.«

Dienstag, 14. März, 21.40 Uhr

»Mist«, murmelte Murphy. »Verdammte Scheiße. Wir sind zu spät.«
Wahrer hätte es nicht sein können. Nicole Rivera war durchaus zu Hause gewesen, dachte Aidan, während er die Szenerie überblickte. Aber sie hatte einen verdammt guten Grund gehabt, nicht aufzumachen.
Sie hatten sie vor ihrem Bett kniend gefunden. Sie trug eine schwarze Hose und eine zerknitterte Bluse, die einmal weiß gewesen war – ihre Arbeitskleidung. Ihre Hände

waren hinter dem Rücken zusammengebunden, und ihr Oberkörper lag auf der Überdecke, die aus zart geblümtem Stoff genäht war. Nun waren Bluse und geblümter Stoff dunkel von Blut.

Aidan ließ das Telefon in seine Tasche gleiten. »Die Gerichtsmedizin ist auf dem Weg.« Er hockte sich neben die Leiche und inspizierte das Einschussloch im Hinterkopf. »Sieht nach Exekution aus.« Schnell und gnädig. Gnädiger jedenfalls, als Adams, Winslow und die Sewards gestorben waren. »Wahrscheinlich mit einer 22er. Keine Austrittswunde, also steckt die Kugel noch.«

Murphy überprüfte den Schrank. »Ist sie kalt?«

Aidan streifte ein paar Handschuhe über und berührte ihren Hals. »Lauwarm. So lange ist sie noch nicht tot.« Er begann, Schubladen aufzuziehen. »Socken, T-Shirts. Unterwäsche, noch mehr Unterwäsche ... Hallo! Was haben wir denn hier?« Er sammelte ein paar Quittungen ein, die aus dem Körbchen eines Spitzen-BHs flatterten. »Kopien. *Die Spielkiste*. Eine Babypuppe.« Er sah die anderen durch. »Und eine Bratpfanne und ein Teddy von Wal-Mart, alle von gestern Morgen. Sie hat die Sachen bar bezahlt.« Er legte sie beiseite, um sie einzutüten. »Sie müssen sich gedacht haben, dass wir die Kreditkarte zurückverfolgen.«

»Oder die Karte war nur eine einmalige Aktion, um uns in die Falle zu locken«, sagte Murphy, der im Schrank steckte. »Die Lilien waren die einzige Ware, die mit Karte bezahlt worden sind. Mann, die Frau hatte aber verflixt viel Schuhe für jemanden, der seine Miete nicht bezahlen kann.«

»Vielleicht gibt es noch andere Karten. Ich habe heute

Morgen eine Aufstellung aller Kreditkartenaktivitäten in Tess' Namen angefordert. Hoffentlich liegt sie schon in meinem Fach, wenn wir zurückkommen.«

»Gute Idee.« Murphy trat aus dem Schrank. An seinem Finger baumelte eine schwarze Sporttasche. »Die lag zusammengerollt in einem Schuhkarton. Duftet nach Blumen, finde ich.«

Aidan schaute auf die Leiche herab. »Warum sie ausgerechnet jetzt ermorden?« Dann stieß er plötzlich den Atem aus. »Er hat heute Nachmittag zugehört. Ich habe Seward gesagt, wir könnten beweisen, dass Tess' Stimme nachgeahmt worden ist. Ich hab's glatt verdorben.«

»Du hattest keine andere Wahl. Seward hat ihr die Pistole an den Kopf gehalten, Aidan. Es war richtig, was du getan hast.«

»Aber Tote können nicht mehr gestehen, andere Stimmen nachgemacht zu haben.«

Murphy zuckte resigniert die Achseln. »Mit ein bisschen Glück reichen Tasche und Quittungen, um Patrick glücklich zu machen. Ich rufe Spinnelli an. Du Jack.«

Dienstag, 14. März, 22.55 Uhr

Aidan hatte gewusst, wie viele Kameras Jacks Team in Tess' Wohnung gefunden hatte, aber irgendwie versetzte es ihm dennoch einen Schlag, als er sie alle auf dem Konferenztisch sah. Nach einer Achterbahnfahrt von Tag, der seinen Adrenalinspiegel in beruflicher und privater Hinsicht gründlich aufgemischt hatte, war seine Selbstbeherrschung bestenfalls als fragil zu bezeichnen. Er wusste, dass er Rick besser nicht hätte fragen sollen, wo genau in der Wohnung, im Auto, im Büro und in den Kleidern die Kameras und Mikrofone verborgen gewesen waren, aber aus irgendeinem Grund hatte er es wissen müssen.

Im Übrigen hätte es jeder als merkwürdig empfunden, wenn er nicht gefragt hätte. Schon den ganzen Abend ermahnte er sich, so zu tun, als wäre nichts. Wenn Spinnelli glaubte, er sei emotional in die Geschichte verwickelt, würde er ihn abziehen und für Tess jemand anderen abstellen.

Ich bin emotional in die Geschichte verwickelt, dachte er. Das musste er sich einfach eingestehen. Er wollte auf Tess aufpassen. Und weil er das wollte, konnte er seinen Blick nicht von den Kameras abwenden. Insbesondere von einer, die sich von den anderen abhob. Sie war wasserdicht und hatte leichte Schimmelflecken an den Kanten. Der Mistkerl hatte das Ding in der Lüftung über der Dusche installiert. Ein Mikrofon hätte beim Wasserrauschen nichts gebracht, aber die Filmaufnahmen waren vermutlich erstklassig.

Ekel machte sich in seinen Eingeweiden breit, als der Gedanke, dass dieses Schwein sie beobachtet hatte, wie eine zischelnde Schlange durch sein Bewusstsein glitt. Wie viele andere sabbernde Wichser hatten ihr noch zugesehen? Er konnte seine Gedanken genauso wenig kontrollieren wie das wilde Hämmern seines Herzens.

Sie war missbraucht worden, und dafür allein hätte der Typ sterben müssen.

Spinnelli stand am Kopf des Tisches. Er hatte die Fäuste in die Hüften gestemmt und schüttelte den Kopf. »Meine

Güte. Hier ist ja mehr elektronisches Gerät als im Technomarkt.«
Und das entsprach der Wahrheit. Aidan zwang seinen brodelnden Zorn unter Kontrolle. Jack und Rick hatten die Kameras und Mikrofone, die sie in den vergangenen zwei Tagen gefunden hatten, in sieben Grüppchen arrangiert. Die ersten drei stammten aus den Wohnungen der drei Opfer – Adams, Winslow und Seward. Das vierte, das größte Grüppchen, war aus den Geräten aus Tess' Wohnung zusammengestellt worden. Und das fünfte, etwa halb so groß, war aus Tess' Büro. Das sechste, noch kleinere, enthielt die Mikrofone, die Rick in einer ersten Kurzdurchsuchung in ihrem Wagen entdeckt hatte. Wahrscheinlich würde er noch mehr finden. Der letzte Stapel war der kleinste. Er bestand aus Mikrofonen in Nadelgröße, die in das Futter einer jeden Jacke, die sie besaß, eingenäht gewesen waren. Sie hatten sogar eins in der roten Lederjacke gefunden, die sie am Sonntag getragen hatte. *Als ich sie des Mordes beschuldigt habe.*
»Also sagen Sie was, Rick«, meinte Spinnelli. »Was wissen wir über diesen Mist?«
Rick stand auf. »Nicht so viel, wie es wünschenswert wäre, aber hören Sie zu. Erstens hatte ich keinen Erfolg, die Übertragung oder die E-Mails von Adams' Wohnung zurückzuverfolgen. Ich habe in jeder Wohnung eine Kamera gelassen, falls sie wieder zu senden beginnen sollten, aber es tut sich nichts. Wer immer sie installiert hat, scheint zu wissen, dass wir sie gefunden haben.«
»Wir geben also auf?«, fragte Spinnelli pampig.
»Es war in jedem Fall einen Versuch wert.« Ricks Gesicht

hellte sich auf. »Aber ich habe etwas über diese kleinen Dinger da rausgefunden.« Er zeigte auf die ersten beiden Stapel. »Die Geräte aus Adams' und Winslows Wohnung sind vom gleichen Modell und haben aufeinanderfolgende Seriennummern.«

Spinnelli nickte. »Dann sind sie zur gleichen Zeit gekauft worden.«

»Wahrscheinlich. Bis vor ungefähr zwei Wochen war dieses Modell der Bestseller der Firma. Anschließend haben sie dieses Modell eingeführt.« Rick zeigte auf den Stoß Sewardhaufen. »Jetzt ist dieses der Bestseller. Das heißt nicht unbedingt, dass Sewards Kameras später gekauft wurden, aber es könnte so sein.«

»Daraus könnten wir also schließen, dass Seward nicht zum ursprünglichen Plan gehörte«, dachte Aidan laut. *Konzentriere dich, Reagan.* Der Anblick der vielen Kameras machte ihn wirklich fertig. »Adams' Chef meinte, sie sei seit Wochen unkonzentriert gewesen, und Tess sagte, sie habe einen Termin vor drei Wochen sausen lassen. Die Kameras aus Sewards Wohnung waren noch nicht zu haben, als das alles begann.«

»Möglich.« Spinnelli setzte sich und verschränkte die Arme vor der Brust. »Aber ich will wissen, wie unser Mann diese Kameras und Mikrofone überall verstecken konnte. In Wohnungen, Büros, Autos?« Er nahm ein Tütchen nadelgroßer Mikrofone in die Hand. »In Mäntel und Jacken? Wie ist er an all das herangekommen?«

»Wir können nur die Sicherheitsaufnahmen der letzten zwei Tage aus Sewards Wohnhaus sichten und sie mit denen von Winslows Haus vorgestern vergleichen«, sagte

Jack. »Vorausgesetzt, es war in beiden Fällen dieselbe Person. Wir haben zumindest einen Zeitrahmen, was Winslow betrifft. Die Puppe war nicht länger als drei Stunden im Ofen, wie der Grad der Schmelze verraten hat, also müssen wir von elf bis eins nachsehen.«

»Wie kann man eine Puppe in den Ofen stecken, ohne dass der Wohnungsbesitzer das merkt?« Spinnelli verzog das Gesicht. »Mein Gott, das ist in meinen Augen die scheußlichste von allen Inszenierungen.«

Aidan konnte ihm da ganz und gar nicht zustimmen. Die scheußlichste Inszenierung in seinen Augen war die wasserdichte Kamera, aber darüber durfte er im Moment nicht einmal nachdenken. Denn dann würde er ausrasten, so viel stand fest. »Falls Winslow geschlafen hat, war es vielleicht möglich, die Puppe in den Ofen zu stecken. Aber jetzt, da wir einen Zeitrahmen haben, können wir die anderen Mieter noch einmal befragen. Was ist mit den Kameras aus Tess' Wohnung?«

»Das sind ältere Modelle«, antwortete Rick. »Drei verschiedene Hersteller.«

»Wie alt?«, fragte Aidan gepresst.

»Das heißt sowieso nicht, dass sie sich schon so lange in der Wohnung befinden«, sagte Rick mahnend. »Sie waren vor sechs Monaten der Renner in Elektronikgeschäften.« Er zögerte. »Bis auf die hier.« Er zeigte auf die wasserfeste. »Die ist ungefähr vier Jahre alt. Allerdings«, fügte er hastig hinzu, »sieht es nicht so aus, als sei sie schon viel früher als die anderen installiert worden. Ich würde sagen, vor sechs Monaten höchstens.«

Aidans Magen drehte sich um. »Sechs Monate? Irgendein

Perversling beobachtete sie seit sechs beschissenen Monaten?«

Spinnelli zog die Brauen hoch. »Woher wissen wir, dass er pervers ist?«

Innerlich kochend und kurz vor der Explosion griff Aidan nach der Kamera. »Weil dieses Ding in ihrer Dusche war, verdammt noch mal«, presste er durch zusammengebissene Zähne hervor. Er war wütend genug, um etwas zu zerschlagen, also stellte er das Gerät vorsichtig wieder hin.

Jack sah Rick finster an. »Hast du ihm das erzählt?«

Rick zuckte verlegen die Achseln. »Na ja, er hat mich gefragt. Ich habe nicht ... ach, schon gut.«

Aidan schüttelte den Kopf, um den Verstand zu klären. »Tut mir leid. Ihr habt nicht ihr Gesicht gesehen, als ich es ihr sagen musste. Tut mir wirklich leid.« Er rieb sich über das Gesicht. »Es war ein langer Tag.«

»Nicht für Nicole Rivera«, sagte Murphy ruhig. »Wir haben die ganze Wohnung durchsucht, aber nichts gefunden, was darauf hinweisen könnte, wer sie dafür bezahlt hat.«

»Haben Sie Mantel und Perücke gefunden?«

Murphy schüttelte den Kopf. »Nein, aber Bandaufnahmen von Tess' Stimme. Hinter einer Schachtel *Hamburger Fix* in ihrem Küchenschrank. Es waren Aufnahmen von Patientensitzungen.«

»Sie hatte also Übungsmaterial.« Spinnelli rieb sich die Stirn. »Das sollte eigentlich ausreichen, damit Patrick die Berufungsanträge vom Tisch wischen kann. Vielleicht kann die Ballistik uns noch etwas zu der Kugel sagen. Und nun zu der Sache in der Praxis. Was ist passiert?«

»Ihr Partner sagt, es sei einer der Patienten gewesen«, erzählte Aidan. »Tess glaubt zu wissen, um wen es sich handelt, wollte aber nichts sagen.« Und er sollte verdammt sein, wenn er sie nicht für ihre Prinzipien bewunderte, auch wenn er sie gleichzeitig am liebsten geschüttelt hätte.

Murphy wandte sich mit grimmiger Miene an Jack. »Hast du das Arschloch schon identifiziert?«

»In diesem Moment ist einer meiner Jungs dabei, die Fingerabdrücke durch das Zentralregister zu schicken«, antwortete Jack. »In der nächsten Stunde müsste etwas da sein.«

»Ich gehe, wenn du etwas hast.« Murphys Stimme war kontrolliert und ruhig, aber darunter lag etwas, das brodelte. Aidan wusste genau, wie er sich fühlte.

»Nein, dafür stelle ich jemand anderen ab«, wandte Spinnelli ein und bedachte beide mit einem warnenden Blick. »Sie kümmern sich um unseren Spanner. Haben wir uns verstanden?«

Aidan nickte knapp. »Absolut. Patrick wird übrigens ganz und gar nicht glücklich sein«, wechselte er das Thema, damit er und Murphy sich ein wenig beruhigen konnten. »Er kann so viele richterliche Anordnungen besorgen, wie er will, aber wir werden trotzdem Tage brauchen, die ganzen Unterlagen wieder in die richtigen Akten einzusortieren. Die müssen Papiere von zwanzig Jahren im Tresor gehabt haben, und jetzt liegt alles auf dem Boden. Das Beste, was wir erreichen können, ist eine Patientenliste, aber das wird ihm nicht sagen, wer besonders suizidgefährdet ist.« Dann fiel ihm plötzlich etwas ein. »Es sei denn …«

Spinnelli beugte sich vor. »Es sei denn was?«

Aidan holte Tess' Schlüssel aus der Tasche. Er trug sie bei sich, seit sie die Praxis betreten hatten, weil er vergessen hatte, sie ihr zurückzugeben. An ihrem Schlüsselring hing der kleine Memory-Stick, der nicht größer war als ein Männerdaumen. »Sie hat die Daten hier aufgespielt.«

Murphy verengte die Augen. »Was ist denn das?«

»Ein USB-Stick«, sagte Aidan. »Wie eine Diskette, aber mit weit mehr Speicherplatz. Es passen – wie viel? – vielleicht fünfzig Disketten drauf. Ich habe im Grafikkurs oft einen verwendet.«

Murphy schüttelte den Kopf. »Auf das kleine Ding passen fünfzig Disketten?«

Rick beäugte das Gerät. »Leg ein paar Hundert drauf.«

»Wow.« Spinnelli griff danach, aber Aidan schüttelte den Kopf.

»Nein. Das ist nicht anders, als holten wir die Akten aus ihrem Büro. Das können Sie so nicht machen.«

Spinnellis Gesicht verfinsterte sich. »Im Leichenschauhaus liegen fünf Leichen, die behaupten, ich könnte durchaus.«

»Ich will diese Liste auch. Wir brauchen Hieb- und Stichfestes, damit wir ihn schnappen. Aber ich will auch, dass sie ihre Lizenz behält. Wenn wir uns die Daten hiervon ansehen, ist sie den Wisch garantiert los. Es wird so aussehen, als hätte sie uns den Stick überlassen. Warten wir bis morgen, warten wir auf die richterliche Anordnung, dann kriegen wir die Information.«

»Morgen ist es vielleicht schon zu spät«, knurrte Spinnelli. Dann seufzte er. »Verdammt, Reagan, Sie haben ja recht. Seit wann sind ausgerechnet Sie der Besonnene?« Ohne auf eine Antwort zu warten, reichte er Aidan ein gefaltetes Blatt Papier. »Hier ist der Bericht der toxikologischen Untersuchung von Adams.«

Aidan las den Bericht und gab ihn an Murphy weiter. »Psylocybin? Was ist denn das?«
»Ich habe Julia angerufen«, sagte Spinnelli. »Sie meint, das ist ein Pilz. Ein Halluzinogen. In Adams' Blut war zwar nur die ungefähr zehnprozentige Menge von dem, was ein Süchtiger in seinem Kreislauf hat, aber es deutet alles darauf hin, dass sie das Zeug schon eine ganze Weile nimmt. Julia hat es in Kapselform in einer der Flaschen gefunden, die ihr aus Adams' Badezimmerschrank genommen habt.«
»Warum dann noch das PCP?«, fragte Aidan, doch einen Moment später wusste er es schon. »Der Geburtstag ihrer Schwester näherte sich. Unser Mann muss ungeduldig geworden sein, weil die Pilze nicht genügend Wirkung zeigten.«
»Und auch Winslow balancierte schon kräftig am Abgrund entlang«, fügte Spinnelli hinzu. »Julia wird auch bei ihm nach Anzeichen von diesem Zeug suchen.«
Aidan dachte an Seward und den irren Blick in seinen Augen. »Und Seward?«
Spinnelli schüttelte den Kopf. »Laut Julia war bei der ersten Untersuchung nichts zu finden. Sie wird sich beeilen, aber bis morgen müssen wir trotzdem warten.« Er zögerte, dann wandte er sich an Rick. »Rick, ich muss mit den dreien allein sprechen.«
Rick stand auf. »Das muss man mir nicht zweimal sagen. Gute Nacht.«
Als die Tür hinter ihm geschlossen war, schloss Spinnelli kurz die Augen. »Die Dienstaufsichtsbehörde mischt mit.«
Aidan verzog das Gesicht. Internal Affairs. »Warum?«

Spinnelli blinzelte. »Weil wir fünf verschiedene Fingerabdrücke von den Drohbriefen genommen haben, die Tess nach dem Green-Prozess erhalten hat. Drei stammen von Cops. Alles Freunde von Preston Tyler.«
»Und was ist mit der Archivangestellten?«, fragte Murphy. »Konnte sie jemanden identifizieren?«
»Nein. Sie behauptet, sie könne sich nicht erinnern, aber die Dienstaufsicht ist der Meinung, dass sie lügt.«
»Sie ist jung«, dachte Murphy laut. »Sie hat Angst zu reden.«
»Falls einer von den Typen in diesen Mist verwickelt ist, dann hat sie auch Grund dazu«, sagte Aidan düster.
»Um wen handelt es sich, Marc?«, fragte Jack.
»Tom Voight, James Mason und Blaine Connell.« Spinnelli legte den Kopf zurück. »Alle mit makellosen Akten. Kein Fleckchen auf der weißen Weste.«
Aidan schüttelte den Kopf. Er wollte seinen Ohren nicht trauen. »Kann nicht sein. Ich kenne Blaine Connell.«
»Sie meinen, er kann so was nicht getan haben?« Spinnelli seufzte. »Ich weiß. Ich weiß.«
Murphy schlug sein Feuerzeug rhythmisch in seine Handfläche. »Falls einer von ihnen hinter dieser Sache steckt, dann bedeutet das, dass er mehr getan hat, als nur Selbstmorde zu forcieren. Nicole Rivera ist kaltblütig und professionell exekutiert worden. Es ist schwer zu glauben, dass es sich um einen Cop handelt, aber falls doch …«
»Ein Cop weiß ganz gut, wie man jemand anderem einen Mord anhängt«, sagte Jack.
Aidan warf Spinnelli einen Blick zu. »Jetzt haben wir also Namen. Und was tun wir?«

Ein Klopfen ließ alle vier Köpfe herumfahren. Rick tauchte in der Tür auf. »Tut mir leid, Jungs, aber hier steht Dr. Ciccotelli und will dich sprechen, Aidan. Sie sieht nicht besonders fit aus.«

Aidan kam auf die Füße. Die Sorge um sie löschte sofort alles andere aus. »Sie sollte mich anrufen, wenn sie das Krankenhaus verlässt. Wo ist sie?«

»Hier.« Tess schob sich an Rick vorbei und erstarrte, als sie die Kameras auf dem Tisch entdeckte. Ihr Gesicht war bereits blass gewesen, aber nun verließ sie jedes bisschen Farbe, so dass ihre Haut wächsern aussah. »Die alle?«, flüsterte sie. »Die alle haben mich beobachtet? Und meine Patienten?«

Aidan nahm ihren Arm und führte sie zu einem Stuhl. Er ging neben ihr in die Hocke und drehte mit einem Finger ihr Gesicht zu sich, damit sie die Kameras nicht mehr anstarrte. »Was ist passiert, Tess?«

Sie machte sich von ihm los. Ihre Lippen bebten. Sie blickte wieder zum Tisch, und ihr Blick blieb an ihrem Schlüssel hängen. Langsam und mit einem Audruck tiefster Kränkung wandte sie sich wieder Aidan zu. »Du hast ihnen meine Daten gegeben?« Sie war kaum zu hören, flüsterte nur ein Hauch von Worten.

»Ich wollte sie mir nehmen, Tess«, sagte Spinnelli, bevor Aidan etwas einwenden konnte. »Er hat sich geweigert, sie mir zu geben.«

Sie nickte, der Schmerz wich aus ihren Augen, und an seine Stelle trat eine schreckliche Trauer. Und da wusste er es. Dennoch fragte er in der Hoffnung, dass er sich irrte.

»Was ist passiert, Tess?«

Sie holte zitternd Luft. »Harrison ist tot.«
Ihr Kummer krampfte ihm das Herz zusammen, und er hätte sie am liebsten in die Arme gezogen und getröstet, aber er konnte es nicht. Nicht hier. Nicht vor den Augen seines Lieutenants, der schon jetzt glaubte, Murphy und er seien emotional zu stark beteiligt. Wenn Spinnelli wüsste. Also nahm er nur ihre Hand. »Wann ist es passiert?«
Sie schüttelte betäubt den Kopf. »Vor einer halben Stunde. Er war schon in der OP, aber die inneren Blutungen waren zu stark. Seine Kinder sind gekommen, um bei Flo zu bleiben. Also bin ich gefahren.« Sie hob die Augen, die dunkel und gequält waren. »Ich habe die restlichen Nachrichten von meiner Mailbox abgehört, während ich im Wartezimmer saß«, fuhr sie mit tonloser Stimme fort. »Man hat mir meine Lizenz entzogen. Vorübergehend zumindest. Und drei weitere Patienten haben mich bedroht.«
Sein rasendes Herz setzte aus. »Weißt du, welche?«
»Nein. Ich habe überlegt, ob ich jeden Einzelnen anrufen soll, um ihnen zu sagen, dass ich natürlich nichts ausplaudern werde, aber die, die mir glauben würden, hätten schließlich auch nicht angerufen, um mir zu drohen. Und falls *sie* auch anruft und mit meiner Stimme spricht, ist es ohnehin sinnlos. Der Schaden ist schon getan, so oder so. Harrison ist gestorben, weil er ihre Privatsphäre schützen wollte. Ihre verdammten Geheimnisse.« Ihre Stimme brach. »Aber er ist umsonst gestorben.« Sie senkte den Kopf, umklammerte seine Hand und ließ stumm die Tränen fließen.
Auch Aidans Augen brannten, und er blinzelte, als ihre Tränen auf seine Hand tropften. »Tess, es tut mir so leid.

So schrecklich leid.« Die Worte schienen unpassend, aber sie nickte und holte wieder bebend Atem. Dann machte sie ihre Hand los und wischte sich die Wangen trocken.

»Nein, mir tut es leid. Ich hätte nicht einfach hier so reinplatzen dürfen. Sie alle müssen arbeiten.« Sie stand auf und straffte die Schultern. »Und deswegen gehe ich jetzt wieder. Ich nehme an, nach Hause kann ich nicht?«

»Noch nicht«, sagte Jack. »Vielleicht morgen. Ich will noch einmal alles durchsehen.«

Sie ließ den Kopf hängen, nickte aber. »Danke. Wenn Sie mir meine Schlüssel überlassen würden, bin ich jetzt weg.«

Aidan legte ihr die Hand auf die Schulter und spürte, wie sie zusammenzuckte. »Warte auf mich. Bitte.« Er warf Rick einen Blick zu, der die Szene mitfühlend von der Tür aus beobachtet hatte. »Könntest du bei ihr bleiben, bis ich fertig bin?«

Rick nickte. »Kommen Sie, Tess.« Er legte ihr einen Arm um die Schulter. »Ich besorge Ihnen einen Kaffee.«

Als die Tür wieder verschlossen war, drehte Aidan sich zu Spinnelli um. »Wir müssen ihr sagen, dass Rivera tot ist.«

Spinnelli rieb sich den Nacken. »Ja. Wir können von der Frau zwar kein Geständnis mehr kriegen, aber wenigstens kann Tess beruhigt sein, dass niemand sie mehr am Telefon imitieren wird.«

»Aber genau das sollen wir denken«, sagte Murphy langsam. »Es war zu leicht, sie zu finden. Er hätte sie irgendwo anders umbringen können, so dass wir eine Weile gebraucht hätten, um sie zu identfizieren.«

Aidan fuhr sich frustriert mit den Fingern durchs Haar. »Er wusste, dass wir nach ihr suchen würden. Er hat zugehört, als ich Seward sagte, wir hätten Beweise, dass jemand Tess imitiert hat. Aber was wird er jetzt tun? Er hat keine Marionette mehr.«

»Vielleicht ist er durch mit seinem Programm«, sagte Jack.

Aidan schüttelte den Kopf. »Nein, das ist er nicht. Obwohl er sein Ziel schon erreicht haben könnte. Er hat weiß Gott wie viele Patienten höllisch wütend gemacht. Er mag es, die Dinge zu kontrollieren, ohne sich die Hände schmutzig zu machen. Durch seine Manipulation haben es nun ein paar zornige Gestörte auf Tess abgesehen.«

»Und möglicherweise trägt er ein Abzeichen.« Murphy sah Spinnelli mit hartem Blick an. »Was machen wir jetzt mit unseren Briefeschreibern?«

Spinnelli schüttelte den Kopf. »Das weiß ich nicht. Auf jeden Fall will ich, dass Sie Augen und Ohren offen halten. Bald ist es durch, dass die Dienstaufsicht sich eingemischt hat, und dann kann es ungemütlich werden.« Er stand auf. »Jack, sagen Sie mir so bald wie möglich, ob wir einen Treffer für die Fingerabdrücke haben. Dann nehmen wir den Kerl wegen Mordes an Dr. Ernst Harrison fest. Aidan, Sie bringen Tess in ein Hotel, so dass sie ein bisschen Schlaf bekommt. Wir sehen uns morgen früh wieder hier.«

12

Dienstag, 14. März, 23.55 Uhr

Tess sah die weißen Highway-Lichter vorbeigleiten. Sie würde in kein Hotel gehen. Reagan brachte sie nach Hause. In sein Zuhause.

Mit der Gummientchentapete und den Motorteilen in der Garage. Sie hätte ihn bitten können, sie in ein Hotel zu fahren, aber sie hatte nicht die Kraft dazu. Sie sollte ihm danken. Würde ihm danken. Wenn diese enorme Last, die ihr auf die Brust drückte, sich weit genug hob, dass sie wieder frei atmen konnte.

Er war nicht mehr da. Harrison war nicht mehr da. Genau wie Eleanor, und beide hatten ihr so viel beigebracht, so viel gegeben. Es war nicht ihre Schuld. Das wusste sie. Genau wie sie wusste, dass die Anklage in den Augen seiner Kinder eine normale Reaktion auf unendliche Trauer war. Aber die Blicke waren wie Dolchstöße gewesen, und verbunden mit der Tatsache, dass drei weitere Menschen sie bedrohten … Sie war wie in Trance aus dem Krankenhaus getaumelt, hatte sich ein Taxi genommen und war zu dem ersten Menschen gefahren, der ihr in den Sinn gekommen war. Sie war zu Aidan Reagan gefahren.

Dumm war das gewesen. Das Krankenhaus allein zu verlassen. Ob es ebenfalls dumm gewesen war, dem Drang nachzugeben, Aidan zu sehen, würde sich noch herausstellen. Wallace Clayborn hätte ihr draußen auf der Straße auflauern können, um sie umzubringen, so wie er auch Harrison umgebracht hatte. Je länger sie darüber nachdachte, desto sicherer war sie, dass es Clayborn gewesen sein musste. Tess erinnerte sich nur allzu gut daran, wie Clayborn in ihrer Praxis gesessen und seine Hände mit einer Mischung aus Stolz und Furcht betrachtet hatte. Seine Waffe waren seine bloßen Hände. Und damit hatte er Harrison Ernst umgebracht.

»Hat Jack Fingerabdrücke finden können?«, fragte sie tonlos.

Er blickte sie überrascht an. »Ich dachte, du schläfst.«

»Nein. Noch nicht.« Als ob sie später schlafen würde. Zu vieles ging ihr durch den Kopf. Zu vieles wühlte sie auf. Angst. Trauer. Wut. Hass. »Und? Hat er?«

»Als wir gingen, lief die Anfrage noch.«

Sie blickte aus dem Fenster. Wog die Privatsphäre ihrer Patienten gegen die Verpflichtung Harrison gegenüber ab. Sich selbst gegenüber. Aber alles, was sie sah, war Harrison. Und die weinende Flo und seine Kinder. »Ruf Jack an.« Sie schluckte. »Frag nach, ob er einen Namen hat. Bitte.«

Ohne etwas zu sagen, holte er sein Handy aus der Tasche und drückte die Kurzwahl. »Jack, hier ist Aidan ... Nein, mit ihr ist alles in Ordnung. Sie möchte wissen, ob du einen Namen aus dem Zentralregister hast.« Eine kurze Pause. »Er hat die Auswahl auf fünfzig Männer einengen können. Was willst du tun, Tess?«

Hass wallte in ihr hoch. »Fängt irgendeiner davon mit C an?«

Er fragte Jack. »Ja. Drei.«
Die hilflose Wut drohte sie zu ersticken. Sie hätte seinen Namen so leicht aussprechen können. Wallace Clayborn. Aber wenn er es doch nicht gewesen war, hatte sie grundlos den Namen eines Patienten preisgegeben. Und einen Unschuldigen in Schwierigkeiten gebracht. Aidan würde sie nicht verraten. *Aber ich würde es wissen. Und er auch.* Und plötzlich war das wichtiger, als ihren Zorn zu befriedigen. Sie legte ihre Stirn an die kalte Fensterscheibe. Sie war so müde. »Es tut mir leid. Ich will keine Spielchen spielen, aber könnte er mir die Namen nennen?«
Reagan fragte Jack und wiederholte die Namen, die er hörte. »Camden, Clayborn und …«
»Ja.« Vor Erleichterung war ihr schwindelig. Sie hielt die Hand hoch. »Clayborn. Wallace Clayborn.«
»Es ist Clayborn, Jack«, sagte Aidan. »Gib Spinnelli Bescheid. Er hat bereits ein Team zusammengestellt.« Er klappte das Telefon zu und steckte es weg.
»Aidan?« Sie hörte, wie brüchig ihre Stimme klang, aber es war ihr egal.
Er schob seine Hand unter ihr Haar in den Nacken und begann, sie sanft zu massieren. »Schon gut, Tess. Wir wissen, dass du uns den Namen nicht einfach so geben konntest. Spinnelli schickt ein paar Leute los, die ihn festnageln.«
Sie schauderte. Seine Hand fühlte sich so gut an. »Bitte sorgt dafür, dass Paul Duncan das Gutachten erstellt. Dieser Scheißkerl Clayborn wird auf Unzurechnungsfähigkeit plädieren, aber er ist keinesfalls geistig gestört. Er ist einfach nur widerwärtig gemein. Paul ist in der Lage, den Geschworenen den Unterschied klarzumachen.«

»Du willst, dass er zahlen muss«, sagte er ruhig. »Das ist normal, Tess.«

»Ich will nicht, dass er zahlt«, fauchte sie. »Ich will, dass er *stirbt*. Aber ich weiß, dass das nicht geschehen wird. Es wird wahrscheinlich auf Totschlag hinauslaufen.« Sein Daumen fand eine verspannte Stelle in ihrem Nacken und drückte leicht. »Ich will, dass Wallace Clayborn im Gefängnis verrottet, bis er ein alter Mann ist.« Ein Schluchzen stieg in ihrer Kehle auf. »Dann zeigt ihm vielleicht irgendein junger Dreckskerl, wie sich Harrison heute gefühlt haben muss.«

Der Wagen wurde langsamer und hielt an. Er zog seine Hand weg, und sie musste sich auf die Zunge beißen, um ihn nicht zu bitten, sie wieder in ihren Nacken zu legen. Ein kalter Wind traf sie, als er aus dem Wagen stieg. Sie hob den Blick und fühlte, wie der Druck auf ihrer Brust leicht nachließ. Sie waren in seiner Garage, und er ging um das Auto herum, um ihr die Tür zu öffnen. Ohne ein Wort zu sagen, zog er sie auf die Füße und in seine Arme.

Sicherheit. Sie fühlte sich so sicher und geborgen wie seit Jahren nicht mehr. Nein, nicht einmal damals. Phillip hatte ihr nie diese Art von Geborgenheit vermitteln können.

Es wird nicht andauern. Die Stimme der Realität war niederschmetternd in dieser Nacht, in der sie nicht noch mehr schlechte Nachrichten verkraften konnte. Also sperrte sie die Realität aus und holte tief Luft, um seinen Duft einzuatmen und zu genießen. Das hatte sie vor ein paar Stunden nicht tun können. Weil sie an nichts weiter gedacht hatte als an seine Lippen.

Und diese Lippen pressten sich nun sanft auf ihr Haar, ihre

Schläfen. Sie schlang die Arme um ihn und hielt ihn fest. Sein Herz schlug gleichmäßig an ihrem Ohr, und sie lauschte dem beruhigenden Rhythmus. Er tat nichts, hielt sie nur, bis der Sturm in ihrem Inneren ein wenig nachließ.

Sie war noch immer wütend. Und unendlich traurig. Aber weder die Wut noch die Trauer drohten sie mehr zu ersticken. »Danke.«

Er drückte sie kurz. »Gern geschehen.« Er tippte ihr Kinn an, bis sie ihn ansah. »Ich bringe dich in ein Hotel, wenn du das willst.«

Sie wollte nicht. Aber genauso wenig wollte sie ihm Hoffnungen machen. »Wenn ich bleibe, wo schlafe ich?«

Er lächelte leicht. »In meinem Bett. Ich nehme das Sofa. Das kann man ausziehen.« Er wurde ernst. Sein Daumen strich über ihre Unterlippe, und sie spürte ein Prickeln auf ihrem Rücken. »Tess, du musst dir keine Sorgen mehr machen, dass jemand Reporter oder Patienten anruft. Jedenfalls nicht mit deiner Stimme.«

»Wieso nicht?«

»Die Frau, die dich nachgemacht hat, ist tot.«

Ihre Augen weiteten sich. »Bist du sicher?«

»Wir sind sicher, dass sie tot ist. Und ziemlich sicher, dass sie es war, die deine Stimme imitiert hat. Ich will nicht, dass du dir noch länger Sorgen deswegen machst. Und ich will nicht, dass du hier bei mir bleibst, weil du glaubst, es gäbe einen Grund dafür, dass einer dieser Vollidioten seine Drohung wahr machen könnte.«

»Das weiß ich zu schätzen.« Das tat sie wirklich. Aidan Reagan hatte sich nun schon mehrmals als ehrenhafter Mensch erwiesen.

»Aber ich will dich trotzdem«, fügte er hinzu, und sie sog scharf die Luft ein, als es in ihrem Magen und weiter abwärts zu prickeln begann. »Ich möchte, dass du dir auch darüber im Klaren bist, falls du dich entscheidest, hier zu bleiben.«

»Ich …« *Kann schon wieder nicht atmen.* »Ich verstehe. Und ich danke dir für deine Gastfreundschaft.«

Er grinste unerwartet, und der Anblick erleichterte sie. »Frau Doktor ist lernfähig«, neckte er sie.

Plötzlich knurrte ihr Magen. »Frau Doktor hat Hunger.«

»Den habe ich auch.« Er ließ sie los, hielt aber seinen Arm um ihre Taille gelegt, als er sie zur Tür führte. Und diese Geste war nicht länger als Stütze gedacht, wie sie erkannte. Er meldete einen Besitzanspruch an. Und das gefiel ihr.

»Ich erinnere mich, glaube ich, an etwas von unserem Gespräch vorhin.« Er deutete auf das Motorrad, und sie spürte, wie ihre Wangen warm wurden.

»Ich kann mich noch an sehr vieles von unserem Gespräch erinnern, Detective.«

Er hielt inne, zog die Brauen zusammen. »Ich mag das nicht.«

»Was?«

»Wenn du ›Detective‹ sagst. Ich heiße Aidan.«

Sie verstand seinen Ärger, als ihr bewusst wurde, dass er sie sehr viel eher mit ihrem Vornamen angesprochen hatte als umgekehrt.

Für sie war es eine Methode gewesen, die Barriere zwischen ihnen aufrechtzuerhalten. Doch die Barriere war nun niedergerissen worden, durch das Schicksal oder die Umstände. Vielleicht war beides dasselbe. »Ich kann mich noch sehr gut an das Gespräch erinnern, Aidan«, verbesserte sie sich.

Seine Stirn wurde wieder glatt. »Du hast gesagt, du würdest entweder in ein Restaurant gehen oder zu Hause kochen.«

Ihre Lippen zuckten. »Das habe ich gesagt. Soll das heißen, du möchtest, dass ich für dich koche?«

Seine Augen blitzten. Er wollte die Bemerkung anscheinend zweideutig verstehen. »Ja. Und ja. Aber alles der Reihe nach. Ich bin wirklich vollkommen ausgehungert. Ich habe ewig nichts mehr gegessen.« Er öffnete die Tür zur Küche, blieb aber ganz plötzlich stehen, so dass sie gegen ihn prallte. Ein Zettel hing über seinem Kopf am Türrahmen, und er riss ihn herunter. Sie verspannte sich, bis er plötzlich leise lachte. »Kleine Ratte«, sagte er liebevoll. »Rachel! Ich bin da!«

Er betrat die Küche und fuhr nicht einmal zusammen, als der Rottweiler schwerfällig auf ihn zugesprungen kam. Er hatte das riesige Tier Dolly genannt. Sie musste lächeln. Ein junges Mädchen mit einer Katze auf dem Arm betrat die Küche. Bella schien sich wohl zu fühlen; der Hund machte ihr jedenfalls keine Angst.

»Du kommst schon wieder so spät«, sagte Rachel und streichelte Bella.

»Und du bist mal wieder unerlaubt von zu Hause weg«, erwiderte er. Er warf den Zettel auf den Tisch, und Tess las »Aidan, ich bin hier« in rundlichen Druckbuchstaben. »Warum diesmal?«

Das Mädchen beäugte Tess misstrauisch. »Du hast Besuch.«

»Ja. Rachel, das ist Tess Ciccotelli. Tess, meine Schwester Rachel.«

Dass die beiden verwandt waren, war nicht zu übersehen. Beide hatten Augen vom gleichen Blau. Rachels wirkten jedoch seltsam düster, und Tess erinnerte sich daran, dass Kristen erwähnt hatte, das Mädchen schien sich wegen etwas Sorgen zu machen. Allerdings war das eine Familienangelegenheit, also würde sie sich nicht einmischen.

»Schön, dich kennenzulernen, Rachel. Und danke, dass du dich um Bella gekümmert hast.«

Rachel rieb ihre Wange an dem Katzenkopf. »So heißt sie? Das passt zu ihr.«

»Das ist italienisch und heißt hübsch.«

»Ich weiß.« Rachel musterte Tess eingehend. »Sie sind die Psychiaterin aus dem Fernsehen.«

»Rachel«, mahnte Aidan.

»Schon gut, Aidan.« Tess nickte dem Mädchen zu. »Stimmt. Wie stellt mich die Presse denn dar?«

»Meine Englischlehrerin würde sagen, sie würden Sie ›verunglimpfen‹. Wird bei Collegetests immer gern genommen. Das Wort, meine ich«, fügte sie hinzu, und Tess musste unwillkürlich grinsen.

»Freut mich zu hören, dass du deine Hausaufgaben machst«, bemerkte Aidan trocken. »Du willst mit mir reden, Zwerg?«

Rachel warf Tess einen verlegenen Blick zu. »Ich kann auch morgen wiederkommen.«

Was immer das Mädchen auf dem Herzen hatte, es wog schwer. »Aidan. Geh mit deiner Schwester ins Wohnzimmer. Ich mache uns etwas zu essen.«

Er legte ihr erneut die Hand in den Nacken, und sie musste sich zwingen, nicht die Augen zu schließen und zu stöhnen. »Sicher?«
»Ja. Und jetzt verschwinde. Lass mich in Ruhe kochen.«

Sie sprachen schon gut zwanzig Minuten. Sie hörte das Flüstern, und obwohl sie sich Mühe gab, lauter als notwendig mit Töpfen und Pfannen zu klappern, bekam Tess genügend mit, um zu erkennen, dass das Mädchen in ernsthaften Schwierigkeiten steckte. Und genügend, um nicht überrascht zu sein, als Rachel leichenblass und am ganzen Körper zitternd in die Küche kam.
Tess' erster Impuls war, alles fallen zu lassen und dem Mädchen auf einen Stuhl zu helfen, aber Rachels ›Rühr-mich-nicht-an‹-Blick verhinderte das effektiv. Also blieb sie stehen, wo sie war. Aidan erschien einen Moment später, sein Gesicht beinahe noch blasser als das seiner Schwester.
»Warte im Wagen auf mich, Rachel.« Als sie fort war, wandte er sich ihr zu. »Wie viel hast du mitbekommen?«
Sie zögerte. »Nicht alles – ich habe versucht, wegzuhören. Sie war auf einer Party, die aus dem Ruder gelaufen ist. Sie hat den Rückzug angetreten, aber als sie weg war, ging es erst richtig los, und einem Mädchen ist etwas passiert.«
Er presste die Kiefer zusammen. »›Etwas passiert‹ ist leider nicht richtig. Sie wurde vergewaltigt, Tess. Mehrfach!« Er sah zur Seite und schluckte hart. »Brutal.«
Sie nickte ruhig. »Ich dachte es mir schon.« Sie legte ihm eine Hand auf den Arm und spürte, wie er zitterte. »Du denkst daran, dass es deiner Schwester auch hätte passieren können.«

Er legte den Kopf in den Nacken, und der gequälte Blick in seinen Augen tat ihr in der Seele weh. »Mein Gott«, flüsterte er. »Ich …«

Sie strich ihm über den Arm. »Aber ihr ist nichts passiert, Aidan.«

Er schauderte und ließ den Kopf wieder sinken. »Ich weiß. Ich weiß.« Er hob den Blick. »Das Mädchen hat die Sache nicht angezeigt.«

Tess blinzelte. Das hatte sie nicht mitbekommen. »Was hat Rachel jetzt vor?«

»Ich weiß nicht. Sie hat Angst. Furchtbare Angst. Und ich auch.«

»Woher weiß Rachel, dass das Mädchen nicht bei der Polizei war?«

»Sie ist heute nicht in der Schule gewesen, aber es gab Gerüchte.« Seine Lippen bildeten einen blutleeren Strich. »Ich nehme an, die Jungs konnten eine solche Großtat nicht für sich behalten. Rachel ist nach der Schule bei ihr vorbeigegangen. Sie hat es nicht einmal ihren Eltern erzählt. Die glauben bloß, ihre Tochter hätte eine Party gefeiert und zu viel getrunken, so dass sie jetzt krank ist. Sie haben ihr einen Monat Hausarrest aufgebrummt. Rachel hat versucht, sie zu überreden, die Polizei anzurufen, aber das Mädchen wollte nicht. Sie hat zu viel Angst.«

»Das ist nicht ungewöhnlich, Aidan. Das weißt du.«

Seine Hand sauste auf den Küchentisch nieder und überraschte sie beide. »Verdammt, natürlich weiß ich das.« Seine Schultern fielen nach vorn. »Und ich weiß auch, dass ich es melden muss.«

»Und wenn du das tust, ist Rachel in die Sache verwickelt.«

Er sah sie direkt an. »Sie hat Angst, dass die Jungs rausfinden, wer gepetzt hat. Und dass sie dann ihr auflauern.«
Sie konnte seine Angst schmecken, metallisch und bitter. Sie verstand sehr gut, wie Rachel sich fühlte. »Dann musst du dafür sorgen, dass niemand herausfindet, wer es gesagt hat.«
Er nickte knapp. »Ich fahre sie jetzt nach Hause. Meine Eltern sind bestimmt schon krank vor Sorge.« Er griff hinter sich und zog eine schwarze Halbautomatik aus seinem Hosenbund, kleiner als die, die er in seinem Schulterholster trug, aber größer als die an seinem Knöchel. »Weißt du, wie man damit umgeht?«
Mit erzwungen ruhiger Hand nahm sie ihm die Waffe ab und legte sie behutsam neben der selbst gemachten Salatsauce auf die Arbeitsfläche. »Ja. Vito hat es mir beigebracht.«
»Dolly sorgt dafür, dass niemand hereinkommt. Meine Eltern wohnen nur zehn Minuten von hier entfernt, aber ich muss mit meinem Vater sprechen, und das kann ein bisschen dauern.« Er warf einen Blick auf die dampfenden Töpfe. »Tut mir leid. Es riecht fantastisch, aber …«
»Ich halte es warm, Aidan. Fahr schon.«
Er zog eine Jacke über. »Ich rufe dich auf der Festnetzleitung an, sobald ich auf die Garage zufahre, dann weißt du, dass ich es bin. Dolly, bleib.«
Dann war er fort, und sie hörte die Garagentür auf- und zugehen. Bella tappte in die Küche und strich ihr um die Beine, und sie hob die Katze auf und drückte ihr Gesicht in ihr Fell. »Bella«, murmelte sie, »weißt du noch, wie Eleanor gerne gesagt hat, dass die Dinge sich manchmal

von Zucker in Dreck verwandeln? Heute ist genau so ein Tag.« Der Gedanke an Eleanor brachte augenblicklich die Erinnerung an Harrison zurück, und sie spürte, dass der Kummer sie erneut zu überwältigen drohte. *Benimm dich wie eine Psychiaterin*, hatte er gesagt.

Er hatte recht. Schluss mit der Opferrolle. *An die Arbeit, Tess.*

Mittwoch, 15. März, 6.00 Uhr

Seine Mutter machte Frühstück, und es duftete himmlisch. Aidan drehte sich auf die Seite und spürte das Sofakissen an seiner Wange. Mit einem wohligen Gefühl schlug er die Augen auf.

Und starrte in die gelben Schlitzaugen einer kleinen Katze. Seine Mutter hatte keine Katze. Tess schon. Mit einem Ruck setzte er sich auf, und sein Hirn begann zu arbeiten, als die Katze hastig davonstob. Er befand sich in seinem eigenen Wohnzimmer, auf seiner eigenen Couch. Er hatte gestern Nacht Rachel nach Hause gebracht, bis in die frühen Morgenstunden mit seinem Vater gesprochen und war nach Hause gekommen, um Tess schlafend am Küchentisch vorzufinden.

Sie hatte etwas auf einen seiner Notizblöcke geschrieben und war darüber offenbar eingeschlafen. Sie hatte dagelegen, den Kopf auf den verschränkten Armen, einen Stift in der Hand, Dolly zu ihren Füßen, seine Pistole neben ihrem Ellenbogen. Er erinnerte sich noch gut an die heiße Angst, die ihn überfallen hatte, als er sie von der Straße aus angerufen hatte und sie nicht ans Telefon gegangen war. Doch als er sie schließlich sah, war die Angst einer Erregung gewichen, die ihm den Atem geraubt hatte. Sie war so warm und zerzaust gewesen, dass es ihn übermenschliche Kraft gekostet hatte, nicht über sie herzufallen. Aber er hatte sie brav ins Bett gesteckt und sich dann auf seiner Couch eingerichtet.

Wenn er nicht ein echter Heiliger war!

Sein Magen knurrte beharrlich. Ein hungriger Heiliger. Mit einem tiefen Stöhnen stemmte er sich auf die Füße, tappte barfuß in die Küche und blieb wie angewurzelt im Türrahmen stehen. Tess Ciccotelli stand mit dem Rücken zu ihm am Herd. Sie trug eine Jeans und eines seiner alten CPD-Sweatshirts, die langen Ärmel bis über die Ellenbogen geschoben. Ihr dunkles Haar fiel in weichen Wellen über ihre Schultern und ein Fuß tappte zur treibenden Musik von Aerosmith, die leise aus dem Radio drang. Sie legte einen kleinen Tanzschritt ein und schwang dabei ihren unglaublichen Hintern, als sie einen Pfannkuchen auf einen Teller gleiten ließ, und Aidan kam zu dem Schluss, dass das der netteste Anblick war, den man sich an einem Morgen wünschen konnte.

Zwei lange Schritte brachten ihn zu ihr, und bevor sie etwas sagen konnte, wühlte er seine Hände in ihr Haar und drückte seine Lippen auf ihre. Ihr kleines überraschtes Quieken verwandelte sich in ein Stöhnen, das ihm den Rest seiner Selbstbeherrschung raubte. Seine Hände glitten unter das abgetragene Sweatshirt und streichelten die seidige Haut ihres Rückens, als sie die Arme um seinen Nacken legte, die Lippen öffnete und seiner Zunge entgegenkam. Sie hielt immer noch den Pfannenwender in der Hand, und der Stil piekte in seinen Rücken, aber das kümmerte ihn nicht, denn sie stellte sich auf die Zehenspitzen, presste ihre Brüste an ihn, ihre Hüften an seine Erektion, und alles, was er denken konnte, war: *Jetzt, jetzt, jetzt.* Seine Finger tasteten nach dem Verschluss ihres BHs, aber erst als er die Unterseiten ihrer Brüste berührte, wurde er fündig.

Sie wimmerte leise, und seine Hände zitterten. »Schnell«, flüsterte sie an seinen Lippen. »Bitte.« Er nestelte und fummelte, und dann war der Verschluss offen, und er legte die Hände über ihre Brüste. Sie verharrte, warf den Kopf zurück, schloss die Augen, und er bemerkte, dass sie den Atem anhielt. Wartete, dass er sie berührte. Und plötzlich war es ihm sehr, sehr wichtig, dass sie wirklich bekam, was sie brauchte.

Er ließ sie los, zog seine Hände unter dem Pulli hervor. Sie schlug die Augen auf und sah ihn mit wildem, erregtem und verwirrtem Blick an. »Was ist los? Warum?«

»Darum.« Er küsste sie, nahm ihr den Wender ab und schaltete mit der anderen Hand den Herd ab. »Ich will mir Zeit für dich nehmen.«

Langsam führte er sie rückwärts hinaus ins Wohnzimmer, bis ihre Waden gegen das Sofa stießen. Er ließ sie behutsam herab, folgte ihr, legte ihren Kopf auf die weiche Armlehne und schob seine Hüften zwischen ihre Schenkel. Sie bog sich ihm entgegen, und ihre Lust machte beinahe seinen Entschluss zunichte. Mit einem lachenden Stöhnen presste er seine Hüften auf sie, so dass sie sich nicht mehr regen konnte.

»Nicht so schnell«, murmelte er, mehr zu sich selbst als zu ihr. Mit einem Ruck zog er ihr das Sweatshirt über den

Kopf, so dass ihre Arme gefesselt und ihre Brüste bloß waren. Er hielt den Atem an. Sein Herz tat ihm tatsächlich weh. »Mein Gott«, hauchte er. »Sieh dich nur an, Tess.« Und er tat es, starrte auf ihre perfekten, runden, festen Brüste. Die Spitzen standen hart hervor und lockten seinen Mund, und er senkte den Kopf, riss sich aber im letzten Moment zusammen und rang ihr damit einen frustrierten Aufschrei ab. Sie wand sich unter ihm, um ihre Arme zu befreien, und ihre Brüste wippten. Das war beinahe zu viel für ihn.

»Lass mich los.«

»Nein.« Er ließ seine Zunge an der Unterseite der einen Brust entlanggleiten, und sie schauderte. »Noch nicht, Tess. Schließe einfach die Augen.« Sie gehorchte, und er wiederholte die Liebkosung auf der anderen Seite, dann vergrub er sein Gesicht zwischen ihren Brüsten und atmete ihren Duft ein.

»Aidan.« Tess bog den Rücken durch, aber er drehte nur den Kopf, leckte ihre rechte Brust, hörte wieder zu früh auf. Sie spürte seinen Atem heiß auf ihrer Haut. Sie fühlte sich, als habe man sie in Brand gesetzt, und jeder Nerv in ihrem Körper schrie nach seiner Berührung. Sie wollte seine Lippen, seine Hände spüren. Überall. Unbedingt.

Sie versuchte, ihre Hüften anzuheben, aber er drückte sie nieder. Seine Erektion pulsierte. Mit einem Ruck befreite sie ihre Arme, und das Sweatshirt flog durch den Raum. Sie packte seinen Kopf und zog ihn tiefer und schrie auf, als sein Mund sich endlich über einen Nippel senkte. Und dann begann er zu saugen und zu lecken, und sie spürte, wie die Lust sich in ihr aufbaute. »O Gott, hör nicht auf.«

Er hob den Kopf und starrte auf sie herab, seine blauen Augen dunkel, die Lippen nass. »Kann ich gar nicht«, murmelte er. »Will ich nicht.« Dann senkte er wieder den Kopf und widmete sich der anderen Brust, bis sie stöhnte und sich unter ihm wand, um sich an der harten Schwellung in seiner Hose zu reiben.

Er schob sich hoch und nahm ihren Mund mit einem wilden Kuss. Seine Hüften bewegten sich, und sie klemmte ihre Füße um seine Waden, um dem Druck entgegenzukommen. Ihre Brüste rieben sich an seinem Hemd, und sie zerrte mit bebenden Händen an den Knöpfen, bis sich das Hemd teilte und nichts mehr zwischen ihnen war. Sie wand sich an ihm, genoss das Gefühl seiner Haut auf ihrer. Er atmete schwer. Schweißperlen waren auf seine Stirn getreten.

»Mach das noch mal«, sagte er heiser, und sie tat es noch einmal und beobachtete, wie seine Lider sich schlossen. Seine Bewegungen verlangsamten sich und wurden eindringlicher, rhythmischer. Wären sie nackt gewesen, wäre er nun in ihr und würde sie auf den Orgasmus zutreiben, nach dem sie sich schon so lange sehnte.

Gott, warum tat er es nicht?

Sie sah seinen Adamsapfel arbeiten, und er schlug die Augen auf. Als er sprach, war seine Stimme tief und heiser und jagte ihr eine Gänsehaut über den Körper. »Was willst du, Tess?« Er senkte den Kopf und ließ seine Lippen über ihr Gesicht wandern. »Willst du mit mir schlafen?«

Mehr alles andere auf dieser Welt wollte sie ja sagen, aber zuverlässig schaltete sich die Stimme ihres Vaters in ihrem Kopf ein. Bei all seiner Heuchelei hatte er ihr seine Grundsätze fest ins Bewusstsein gepflanzt, und sie verunsicherten sie immer wieder. Sie war schon Monate mit Phillip, zur Hölle mit ihm, zusammen gewesen, bevor sie zum ersten Mal miteinander geschlafen hatten, und vor ihm hatte es nur sehr wenig andere Liebhaber gegeben. »Ich … ich weiß es nicht.«

Seine Hüften bewegten sich noch einmal, und sie stöhnte. »Ich schon«, flüsterte er ihr ins Ohr.

Dennoch zögerte sie, und er verharrte. »Beweg dich nicht«, befahl er, mit nun zitternder Stimme. Er drückte sich hoch, bis er kniete und betrachtete sie. »Du bist wunderschön, Tess.«

Und das von einem Mann, der mit seinem muskulösen Oberkörper und seinem schönen Gesicht leicht als Model hätte arbeiten können. Aber er war Polizist geworden. Um andere zu schützen. Den Menschen zu dienen. Bisher hatte er beides ganz ausgezeichnet getan. Sie räusperte sich. »Du auch.«

Vorsichtig stellte er sich auf die Füße, bückte sich mit einer Grimasse und hob das Sweatshirt auf, das sie getragen hatte. Er reichte es ihr und wandte ihr dann den Rücken zu, während er sein eigenes Hemd zuknöpfte.

Sie hakte ihren BH zu und zog sich das Sweatshirt über. Noch immer prickelte es zwischen ihren Beinen und überall sonst. »Es tut mir leid.«

»Muss es nicht.« Er warf ihr über die Schulter einen reuigen Blick zu. »Ich habe dir schon gesagt, dass ich die Situation nicht ausnutzen will.«

»Und das hast du auch nicht.« Sie stand auf und drückte ihm einen Kuss auf die stoppelige Wange. »Du hast mir in

Erinnerung zurückgerufen, wie es ist, begehrt zu werden. Und zu begehren. Danke.«

Seine Augen blitzten. »Ich denke, wir sollten jetzt frühstücken.« Er ging in die Küche und murmelte etwas, das wie »verfluchter Heiligenschein« klang.

Sie folgte ihm. »Setz dich. Ich hole dir Pfannkuchen.« Sie betrachtete den schlappen Haufen auf dem Teller und verzog das Gesicht. »Die sind kalt. Aber ich kann sie in der Mikrowelle aufwärmen.«

Er setzte sich mit gequältem Gesicht. »Du hättest nicht extra für mich kochen müssen.« Er streckte behutsam die Beine unter dem Tisch aus, und sie musste sich ein Grinsen verbeißen. »Und guck bloß nicht so verdammt selbstzufrieden.« Das Letzte war ein gutmütiges Brummeln.

»Ich koche, wenn ich unter Druck stehe.« Sie deckte den Tisch und schenkte ihm Kaffee ein. »Meine Mutter macht das auch immer so.« Sie zog die Brauen zusammen. Das hatte sie nicht sagen wollen.

Er warf ihr einen neugierigen Blick zu. »Dein Freund Jon sagt, ihr sprecht nicht mehr miteinander. Du und deine Eltern.«

Tess biss verärgert die Zähne zusammen. »Mein Freund Jon ist eine Plaudertasche.« Dann schnitt sie eine Grimasse. »Ich habe ganz vergessen, ihn und Amy anzurufen, um zu sagen, dass alles in Ordnung ist.« Sie nahm ihr Handy. »Ich habe es gestern Nacht ausgemacht. Du hattest gesagt, du gehst übers Festnetz, und ich war ganz paranoid, dass das Ding vielleicht auch verwanzt sein könnte. Blöd, nicht?« Die Mikrowelle machte »Ping«, und sie stellte den Teller auf den Tisch.

Aidan nahm sich. »Nicht blöd. Wahrscheinlich nicht nötig, aber nach allem, was du in den letzten Tagen erlebt hast, eher vernünftig.« Er nahm einen Bissen und seufzte. »Pfannkuchen, Aerosmith und ein großartiger Hintern. Sie sind eine bemerkenswerte Frau, Doktor.«

Tess lachte und wandte sich ihrem Handy zu. »Sehr poetisch. Oh, Mist.« Sie sah mit einem Stirnrunzeln auf. »Schon wieder tausend Nachrichten. Aber die meisten scheinen von Jon und Amy zu sein.« Sie ging die Nummern durch. »Zwei unbekannte.«

Sein Kiefer verspannte sich. »Wir werden versuchen, die Drohanrufe von gestern zurückzuverfolgen.«

Sie kämpfte die Panik nieder. »Danke. Und ...« Sie blinzelte bei der nächsten Nummer. »Vito?«

»Dein Bruder?«

»Ja.« Hastig wählte sie die Nummer. »Vito? Tess hier.«

»Wo zum Teufel bist du?«, brüllte er.

Sie zuckte zusammen. »Ja, dir auch hallo.«

»Spar dir den Kram, Tess. Ich drehe hier fast durch vor Angst. Und Mom auch.«

»Wie hast du davon erfahren?«

»Mein Gott, ich gucke Nachrichten. CNN und ESPN. Da warst du und dieser Footballspieler, der Selbstmord begangen hat. Mom hat es gestern Abend gesehen und mich völlig verzweifelt angerufen. Hast du überhaupt mal nachgedacht, Tess? Mein Gott. Du wirst mit der Waffe bedroht und erzählst uns nichts. Mom hat gedacht, er hätte dich erschossen. Wir haben stundenlang versucht, bei dir zu Hause anzurufen.«

»Ich bin nicht da.«

»Was du nicht sagst, mein Herz.« Seine Stimme war voller Zorn. »Das weiß ich, denn ich habe die ganze Nacht bei dir unten in der Eingangshalle gestanden und gewartet, dass du nach Hause kommst.«

Ihre Kinnlade fiel herab. »Du bist hier? In Chicago?«

»Ja, ich bin hier. In Chicago. Ich habe gestern den letzten Flug erwischt.«

»Oh, Vito. Das hättest du nicht tun müssen.« Erinnerungen an den Tag zuvor strömten in ihr Bewusstsein, und ihre Kehle verengte sich. »Aber ich bin so froh, dass du's getan hast. Gestern Abend hat man in meine Praxis eingebrochen.«

»Ich weiß. Auf der Titelseite des *Bulletin* ist ein Bild von den Sanitätern, die deinen Partner auf einer Bahre hinausschaffen. Wie geht's ihm?«

Wieder kochte der Zorn in ihr auf, aber diesmal war er nicht nur gegen Wallace Clayborn gerichtet, sondern auch gegen die Zeitung, die von ihrer Notlage profitierte. »Er ist tot.«

Vitos Schweigen war angespannt. »Was ist passiert?«

»Was sagt die Zeitung?«

»Nur, dass es ein Unbekannter war und die Polizei noch den Spuren nachgeht«, sagte Vito. »Was ist passiert?«

»Einer meiner Patienten hat mich in den Nachrichten gesehen und …«, sie holte tief Luft, »wollte mir an den Kragen. Er hat stattdessen Harrison getroffen.«

»Oh, mein Gott.« Seine Stimme war nicht länger empört. Sondern voller Angst. »Wo bist du jetzt?«

»In Sicherheit. Wir können uns treffen, aber nicht in meiner Wohnung.«

»Warum nicht?«, fragte er misstrauisch.

»Das sag ich dir, wenn wir uns sehen. Wo wohnst du?«

»Im Holiday Inn, downtown.«

Tess legte die Hand auf die Sprechmuschel. »Kannst du mich auf dem Weg zur Arbeit absetzen?«

Aidan nickte. »Natürlich.

»Tess?« Vitos Stimme dröhnte. »Bist du da mit einem *Mann?«*

Tess seufzte. Wie alt sie auch wurde, sie war immer noch Vitos kleine Schwester, und sie alle waren die Kinder ihres Vaters. »Ja, Vito.«

»Er setzt dich nicht einfach ab«, grollte Vito. »Er kommt rein und stellt sich vor.«

Tess seufzte wieder. »Ja, Vito. Wir sehen uns in einer Stunde.« Sie legte auf und zuckte die Achseln. »Hast du was dagegen, meinen Bruder kennenzulernen?«

Aidan riss die Augen in gespielter Panik auf. »Wird er mich hauen?«

»Ich denke nicht. Er hat eigentlich noch keinen meiner Freunde wirklich zusammengeschlagen. Allerdings hat er Phillip eine blutige Nase verpasst.«

»Dr. Zur-Hölle-mit-ihm?« Er lächelte, als sie lächelte. »Klingt, als hätte er darum gebettelt.«

»Hat er auch.« Sie wurde wieder ernst, und ihr fiel ein, wie besorgt Aidan wegen seiner eigenen Schwester gewesen war. »Was ist eigentlich gestern Abend noch passiert, Aidan? Mit Rachel?«

Das Lächeln schwand aus seinen Augen. »Dad meint, er wird sich darum kümmern. Er war auch Polizist und ist zwar jetzt pensioniert, hat aber noch genug Freunde, die einen anonymen Hinweis entgegennehmen können.«

»Und wenn jemand den mit Rachel zusammenbringt?«

Er wurde blass. »Dann werden Abe und ich dafür sorgen, dass die Jungs in der Schule wissen, mit wem sie es zu tun haben. Wenn jemand sie anrührt, ist er tot.« Er legte sich weitere Pfannkuchen auf den Teller. »Die Dinger sind fantastisch. Besser sogar als die von meiner Mom, aber wenn du ihr das verrätst, behaupte ich, du lügst.«

Sie wusste, dass er das Thema wechseln wollte, also nickte sie nur. »Ich schweige wie ein Grab. Ich habe dir gestern Abend Linguini gemacht. Du kannst sie dir heute Abend aufwärmen.«

Er zog eine Braue hoch. »Kann ich? Und du? Ich denke nicht, dass du heute allein sein solltest.«

Die Panik begann in ihrem Magen zu flattern. Um ihr nicht nachzugeben, legte sie den Kopf schief. »Du willst ja bloß, dass ich wieder für dich koche.«

Sein Grinsen war träge und jagte ihren Puls erneut hoch. »O ja, bitte.«

Entwaffnet sah sie zur Seite und entdeckte den Notizblock, den sie am Abend zuvor benutzt hatte. »Ich habe etwas für dich.« Sie griff danach. »Ich wollte nicht ohne deine Erlaubnis deinen Computer benutzen, habe mich aber bei deinem Papier bedient. Du hast übrigens eine interessante Büchersammlung. Von Geschichte bis Mathematik ist ja alles da.« Und dazwischen ein bunter Mix aus Psychologie, Philosophie und Dichtung. Die Buchrücken anzusehen hatte ihr einen spannenden Einblick in Aidan Reagans Persönlichkeit gewährt.

Er schwieg ein wenig länger, als er es hätte tun sollen. »Ich habe vor nicht allzu langer Zeit meinen Bachelor gemacht.«

Plötzlich waren seine Augen ausdruckslos, nicht mehr lesbar. Was ihr genügend sagte.

Tess seufzte verärgert. »Verdammt, lass das!«

»Lass was, Doktor?«

»Die Nummer, die du jetzt plötzlich abziehst«, fuhr sie ihn an. »Du denkst, ich würde auf dich runtersehen, nur weil ich ein paar Diplome mehr an der Wand hängen habe.«

Er musterte sie kühl, dann zuckte er die Achseln. »Tut mir leid.« Aber seine Stimme war keinen Hauch herzlicher als zuvor.

»Warum machst du das? Warum denkst du das Schlechteste von mir?« Sie stieß sich wütend vom Tisch ab. »Eben gerade noch hast du mich flachgelegt. Jetzt schubst du mich auf irgendein Podest. Überleg dir, was du willst, Aidan. Ich kann zu dir aufschauen oder auf dich herabsehen, entscheide du.«

Etwas flackerte in seinem Blick, und sie verengte die Augen und sprach weiter, als er schwieg. »Okay. Dann nicht.« Sie blätterte in dem Block. »Während du gestern unterwegs warst, habe ich an einem psychologischen Profil der Person gearbeitet, nach der wir suchen. Ich hatte damit gestern in der Praxis begonnen, bevor ich … zu Seward gelaufen bin.« Resolut kämpfte sie den Schrecken zurück. »Ich hatte es noch nicht gesichert, und man kann wohl davon ausgehen, dass momentan keiner mehr an meine Festplatte rankommt.« Weil ihr Computer in Stückchen auf ihrem Fußboden lag. »Ich ziehe mich jetzt um. Wir können dann los, wenn du so weit bist.«

»Tess.«

Sie war schon im Wohnzimmer, blieb aber stehen und drehte sich um. Er hatte sich den Block herangezogen und schaute nun davon auf. »Danke dafür.«

»Harrison wollte, dass ich es tue.« Ihre Lippen verzogen sich. »Wir waren gestern zusammen zum Lunch. Wir haben uns beraten.« Sie zeigte auf den Block vor ihm. »Und das ist dabei herausgekommen. Ich würde es zu schätzen wissen, wenn du mir eine Kopie davon machst.« Sie hatte es fast bis in den Flur geschafft, bis er sie wieder rief.

»Tess.«

Sie hielt an, drehte sich aber nicht wieder um. »Was ist?«

»Es tut mir leid. Ich habe mich geirrt, und es tut mir leid.«

Sie hörte ihn das Zimmer durchqueren und schauderte, als seine Hände sich auf ihre Schultern legten. »Ich schleppe noch ein paar Altlasten mit mir herum.« Er küsste sie in den Nacken. »Wie jeder wahrscheinlich.«

»Wie hieß sie?«

»Shelley.« Er hielt inne und fügte dann mit einem Lächeln in der Stimme hinzu: »Zur Hölle mit ihr.« Er schob ihr Haar zur Seite und hauchte weitere kleine Küsse auf ihren Hals. »Ich springe unter die Dusche und bin in zwanzig Minuten fertig. Du kannst mir das Profil im Auto erklären. Da sind ein paar Begriffe, die ich nicht verstehe.«

Er schob sich an ihr vorbei und verschwand im Bad mit der Gummientchentapete, und sie seufzte, da sie wusste, dass es ihm schwerer gefallen war, seine Unkenntnis zuzugeben, als sich bei ihr zu entschuldigen. Sie fragte sich, wer Shelley war und was sie getan hatte, doch dann setzte sie sich in Bewegung.

Sie musste sich fertig machen. Vito wartete nur ungern.

13

Mittwoch, 15. März, 7.20 Uhr

Es war nicht schwer, Vito Ciccotelli zu erkennen, dachte Aidan, der den Mann in der überfüllten Lobby des Holiday Inn augenblicklich ausmachte. Es konnte nur der große Kerl mit dem welligen schwarzen Haar und dem knurrigen, finsteren Blick sein. Selbst ohne die eindeutige Schwellung seines Schulterholsters schrie alles an dem Mann »Cop«. Und als seine durchdringenden schwarzen Augen Tess entdeckten, schrie alles an ihm »vor Sorge zerfressener großer Bruder«.

Sie ging einen Schritt auf ihn zu, dann rannten sie einander entgegen. Vito riss sie in seine Arme und umklammerte sie, als ob sie etwas enorm Kostbares war, das er beinahe verloren hätte. Aidans Kehle verengte sich. Beides entsprach der Wahrheit.

Sie hatte ihren Bruder nicht mehr gesehen, seit er, wie sie Aidan im Auto erzählt hatte, vor zehn Monaten zweimal kurz hintereinander nach Chicago geflogen war. Das erste Mal war er ins Krankenhaus gekommen, in dem sie lag, nachdem der »Knasti mit der Kette«, wie sie es so schön ausdrückte, sie attackiert hatte. Er fragte sich, ob sie sich bewusst war, dass sie sich jedes Mal an den Hals fasste, wenn sie von der Erfahrung erzählte. Das zweite Mal war

Vito sechs Wochen später gekommen, um Dr. Zur-Hölle-mit-ihm eine blutige Nase zu verpassen.

Jetzt sah Vito sie mit sorgenvoller Miene an. »Du bist immer noch viel zu dünn. Warst du wieder krank? Und warum bist du nicht in deiner Wohnung?« Er blickte über ihre Schulter und unterzog Aidan einem visuellen Kreuzverhör. Sein Blick wurde kalt. »Ist das der Cop?«

Tess blickte sich um und lächelte leicht. »Nein, bin ich nicht, nein, war ich nicht, es ist eine lange Geschichte, und, ja, das ist er.« Sie drehte sich, bis Vitos Arm um ihre Schultern lag. »Vito, Aidan Reagan. Aidan ...« Sie seufzte. »Mein Bruder Vito.«

Vito schüttelte seine Hand fest, aber nicht übertrieben fest. »Schlafen Sie mit ihr?«, wollte er wissen.

Tess schnappte nach Luft. »Vito!«

»Noch nicht«, erwiderte Aidan, und Vitos Kiefer verspannten sich. Einen Moment lang sagte keiner etwas, dann zog Vito die Brauen zusammen.

»Warum ist sie nicht in ihrer Wohnung?«

Aidan sah sich um. »Hier können wir nicht reden.« Er sah auf die Uhr. Spinnelli hatte für genau acht ein Treffen angesetzt. »Ich habe ungefähr zehn Minuten Zeit. Haben Sie hier ein Zimmer?«

»Ja.« Vito ging bereits auf die Treppe zu und zog Tess mit sich. »Nur zwei Etagen, Kleine. Heute ist dein Glückstag.« Dann ließ er sie in sein Zimmer und baute sich mit dem Rücken zur Tür und vor der Brust verschränkten Armen vor ihnen auf. »Reden Sie.«

Rasch und effizient informierte Aidan den Mann über all das, was er sagen durfte, während Tess auf dem Bett saß

und die Augen verdrehte. Als er fertig war, machte sie eine abwehrende Geste. »Wie du siehst, bin ich noch da.«
Vito warf ihr einen wirklich beißenden Blick zu. »Ja, und wir wollen alle, dass das auch so bleibt.« Er wandte sich wieder Aidan zu. »Wen haben Sie in Verdacht?«
Aidan schüttelte den Kopf. »Tut mir leid.«
Vitos Frustration war beinahe greifbar. »Weil Sie es nicht wissen?«
Weil es möglicherweise ein Cop ist. »Ich muss jetzt los.« Er warf Tess aus dem Augenwinkel einen Blick zu. »Wie lange werden Sie bleiben, Vito?«
Er zögerte. »Ein paar Tage werden es wohl werden.«
»Gut.« Wieder ein Blick zu Tess. »Clayborn läuft noch immer frei herum.«
Sie setzte sich kerzengerade auf. »Ich dachte, Spinnelli hätte Leute auf ihn angesetzt.«
»Sie haben ihn noch nicht aufgespürt. Können Sie bei ihr bleiben?«
»Ja«, sagte Vito grimmig. »Sag mal, Tess, wie bringst du dich eigentlich immer in solche Situationen?«
Sie sprang auf die Füße und boxte ihren Bruder so fest gegen die Schulter, dass er zusammenzuckte. »Ich habe überhaupt nichts getan, du Arschloch.«
Aidan blinzelte, sowohl erstaunt über die Blitzartigkeit ihrer Bewegungen als auch über die Wucht ihres Boxhiebs. Beides hatte wenig mit Opferverhalten zu tun. »Ich wusste gar nicht, was alles in Ihnen steckt, Doktor.«
Sie warf ihm einen biestigen Blick zu. »Jetzt, da du es weißt, vergisst du es besser nicht. Verschwinde. Du kommst zu spät. Und ruf mich an, wenn ich wieder in die

Praxis kann. Ich muss anfangen, die Akten im Tresor zu sortieren.« Sie zog eine Braue hoch. »Patrick wird sie sicher bald einfordern.«

»Wer ist Patrick?«, fragte Vito.

»Der Staatsanwalt.« Aidan zog an Tess' Hand. »Ich muss noch mit dir reden.« Er führte sie in den Flur und schloss die Tür vor Vitos verärgertem Gesicht. »Ich fange an, Rachel zu bedauern.«

Sie grinste. »Sie hat Glück, einen Bruder zu haben, der sie liebt.« Sie zog seinen Kopf für einen kurzen Kuss zu sich. »Lass Spinnelli nicht warten. Er wird immer rasch ungeduldig.«

Er schob eine Hand unter ihr Haar, nahm sich den Kuss, den er wirklich wollte, und sah zufrieden, dass sie zittrig Atem holen musste, als er sie endlich wieder losließ. »Ich übrigens auch.« Er küsste sie noch einmal, hart und besitzergreifend. »Tut mir leid wegen heute Morgen. Ich wollte dich nicht verletzen.«

»Schon okay.« Und das stimmte. Er sah es in ihren Augen, und das Hämmern seines Herzens ließ nach. Er begann, zurückzuweichen, kam jedoch nur zwei Schritte weit. Sie hatte sich in seine Arme geworfen, bevor er noch einatmen konnte, klammerte sich an ihn und küsste ihn, wie sie es heute Morgen getan hatte, und er fragte sich, wie er sie jemals für unterkühlt hatte halten können. Denn nun setzte ihr Feuer seinen Körper in Brand. Schaudernd vergrub er sein Gesicht an ihrem Hals.

»Sei vorsichtig«, flüsterte er. »Ruf mich an, wenn du mich brauchst.«

»Das tue ich. Versprochen.«

Er drückte ihr einen Kuss auf die Schläfe. »Bitte iss heute Abend mit mir.«
»Und was mache ich mit Vito?«
»Bring ihn mit. Solange er nicht die ganze Nacht bleibt.«
Sie schauderte. »Und tu ich das?«
Er knabberte leicht an ihrer Unterlippe. »Das musst du entscheiden. Aber jetzt komme ich wirklich zu spät. Bis dann.«
Tess drückte sich den Handrücken an die Lippen. Wow. Sie war noch nie so geküsst worden – niemals. Weder von Phillip, zur Hölle mit ihm, noch von jemand anderem. Sie machte einen unsicheren Schritt auf die Tür zu, und sie öffnete sich, bevor sie noch klopfen konnte.
»Du hast durch den Spion geguckt«, sagte sie anklagend, und Vito grinste.
»Das habe ich immer schon getan, Kleine. Woher sollte ich sonst wissen, wem ich in den Hintern treten muss, weil er sich an meiner Schwester vergreift?« Er wurde ernst, als sie das Zimmer betrat. »Mom will kommen.«
Ihr gutes Gefühl löste sich in nichts auf. »Dann soll sie kommen.«
»Sie will, dass du sie bittest.«
»Das habe ich.« Zu oft schon in den vergangenen fünf Jahren. »Misch dich da nicht ein, Vito.«
»Ich stecke aber mittendrin, Tess.«
»Ja, nur du«, murmelte sie. Nur Vito war auf ihrer Seite und trotzte dem Zorn ihres Vaters. »Wie geht's ihnen?« Sie musste sich nicht deutlicher ausdrücken. *Ihnen*, damit war die Familie gemeint.
»Dino wird schon wieder Vater. Noch ein Junge.«

»Die arme Molly.« Dann hätten ihr ältester Bruder und seine Frau fünf Jungen. Zwei Neffen, die sie nie gesehen hatte, und drei andere, die sie vermutlich nicht wiedererkennen würde.

»Gino hat gerade einen fetten Vertrag für den Entwurf eines Gebäudes bekommen. Und Tino ist verlobt.«

Ihr Herz krampfte sich zusammen. »Ist sie nett?«

»Ja.« Er schluckte. »Ja, das ist sie. Tess, komm nach Hause.«

Nach Hause. Der Gedanke weckte Sehnsucht in ihr. »Warum?«

»Weil du mir fehlst. Weil du uns allen fehlst.« Er setzte sich aufs Bett und schloss die Augen. »Dad ist krank.«

Sie spürte einen Stich in den Eingeweiden. »Wie krank?«

»Er hatte einen Herzanfall.«

Sie hob das Kinn. »Nicht zum ersten Mal.«

»Diesmal ist es schlimmer. Er verkauft sein Geschäft.«

Sie wandte sich zum Fenster um. »Will er, dass ich komme?« Vito schwieg, was Antwort genug war. Sie drehte sich wieder zu ihm um, als sie sich gefasst hatte. »Ich muss heute Morgen noch zu Flo Ernst. Ich muss ihr etwas von Harrison ausrichten. Kommst du mit mir?«

Vito stand auf. »Natürlich. Tess, dieser Cop …«

»Aidan? Er ist nett, Vito. Wirklich nett. Er liebt seine Mutter.«

Er lächelte. »Gut. Dann muss ich ihn ja nicht umbringen.«

Sie erwiderte das Lächeln. »Es ist schön, dass du hier bist.«

Mittwoch, 15. März, 8.03 Uhr

Aidan zog den Kopf ein, als er die Tür des Konferenzraums öffnete und vier Augenpaare ihn anstarrten. »Tut mir leid«, murmelte er und setzte sich neben Jack und Murphy. »Was habe ich verpasst?«

»Nichts«, sagte Spinnelli trocken. »Aber Rick platzt gleich, also soll er direkt loslegen.«

»Ich habe eine Spur von den Kameras.« Ricks Grinsen reichte von Ohr zu Ohr. »Die älteste.«

Die Kamera aus Tess' Dusche. Die Kamera, die den ganzen Morgen schon im Winkel seines Bewusstseins lauerte. Sogar als er sie geküsst, liebkost hatte, hatte ein kleiner, böser Teil von ihm daran gedacht, wer sie alles gesehen haben mochte. »Und?«

»Mir fiel wieder ein, dass dieses Modell einen Schalter im Inneren hat, der umgelegt werden muss, also habe ich nachgesehen.« Rick hielt das Gehäuse der Kamera hoch. »An der Unterseite befindet sich ein Teilabdruck.«

Murphy bedeutete ihm, weiterzumachen. »Ich will hier nicht alt werden, Rick.«

»Wir haben den Abdruck durchs Zentralregister gejagt und eine Reihe von Treffern bekommen«, fuhr Jack fort. »Rick hat einen der Namen wiedererkannt.«

»Es war ein Perverser, der in einer Mädchenumkleide in einer Schule Kameras installiert hat«, erklärte Rick. »Er war angestellt worden, um Leitungen im Gebäude zu verlegen und hat sich selbst einen kleinen Abzweig installiert. Und er hat dasselbe Modell wie dieses hier verwendet.«

»David Bacon«, sagte Spinnelli und schob ein Polizeifoto

in die Tischmitte. »Hat drei von fünf Jahren dafür gesessen. Das Gericht hat den Vorfall in Zusammenhang mit Kinderpornographie gebracht, weil die Mädchen minderjährig waren. Vor acht Monaten ist er rausgekommen.«

»Bei seinem Urteil hat er wie ein Baby geheult«, sagte Rick. »Ekelhafter Kerl.«

Aidan starrte auf Bacons Bild und die Beschreibung und zwang seinen Verstand, logisch zu arbeiten. »Er hat geheult? Das passt nicht.« Er zog Tess' handgeschriebene Notizen hervor. »Tess hat gestern Abend ein Täterprofil erstellt.«

Spinnelli verengte die Augen. »Wann hat sie Ihnen das gegeben?«

Aidan behielt seine ausdruckslose Miene bei. »Ich habe sie heute Morgen gesehen, bevor ich herkam. Da hat sie es mir gegeben.«

Spinnelli nickte, sichtlich ungläubig. »Aha. In welchem Hotel wohnt sie denn?«

»Holyday Inn. Downtown.«

»Aha. Und was sagt das Profil, Aidan?«

Anscheinend würde Spinnelli nichts weiter zu der Sache sagen. Aidan entspannte sich ein wenig. »Tess meint, diese Kombination von Charaktermerkmalen sei ihr bisher noch nicht untergekommen. Auffällig ist jedenfalls die extreme Zielstrebigkeit des Täters. Auf der Basis der Anzahl der Getöteten kann man davon ausgehen, dass die Person männlich ist, und wahrscheinlich nicht mehr allzu jung, da sie Geduld und einiges an Planungsgeschick gezeigt hat. Er ist ein antisozialer Voyeur, gebildet und mit einer Vorliebe fürs Theatralische. Er könnte Schauspieler sein oder gerne ins Kino oder Theater gehen – vielleicht hat er ein Abo. Er weiß einiges über Stimmen und deren Imitation und kennt sich mit Überwachungstechnik aus. Darüber hinaus mit Medikamenten, vor allem Psychopharmaka und weiß auch, wie er sie einsetzen muss, um einen bestimmten Effekt zu erzielen. Psychologie ist ihm nicht fremd; er hat drei Patienten ausgesucht, die ausgesprochen verletzlich und manipulierbar waren, und sich ihr Leiden zunutze gemacht. Oder aber er erkennt diese Talente in anderen und weiß sie für sich einzuspannen.«

Aidan legte das Papier auf den Tisch, so dass Murphy es sehen konnte, und fuhr fort. »Er sieht andere gerne leiden. Er hat wahrscheinlich bereits kleinere Gewalttaten begangen, wenn er auch wahrscheinlich nie erwischt worden ist. Dazu ist er zu schlau. Noch. Außerdem macht er sich nicht gerne die Hände schmutzig, tut es aber, falls es notwendig ist. Er ist sehr zielorientiert und konzentriert. Möglicherweise hat er ein eigenes Geschäft. Er ist daran gewöhnt zu delegieren und macht es gut. Er wird vermutlich keine untergeordnete Stelle haben.« Er runzelte die Stirn. »Dieser Typ Mensch würde seine Mutter umbringen, wenn es seinen Zwecken dient.«

»Das ist recht umfangreich«, sagte Spinnelli nachdenklich. »Sie hat einiges an Zeit darauf verwendet.«

Aidan dachte daran, wie sie allein in seinem Haus, die Waffe an der Seite und den Hund zu ihren Füßen, gesessen und sich Gedanken gemacht hatte, bis sie vor Erschöpfung eingeschlafen war. »Sie war gestern Abend ziemlich unruhig. Kein Wunder nach dem Tag.«

»David Bacon hat Kabel verlegt«, sagte Murphy.

»Er wusste auch, wie man drahtlose Verbindungen einrichtet.«

»Aber er hat alleine gearbeitet«, sagte Rick. »Ihm gefiel es, die Mädchen zu beobachten und zu wissen, dass er der Einzige war, der es konnte. Das ist auch der Grund, warum er nur fünf Jahre gekriegt hat. Man konnte ihm nicht nachweisen, dass er Komplizen hatte oder die Aufnahmen verbreitet hat.«

»Vielleicht ist Bacon bloß einer der Menschen, die unser Mann für seine Zwecke eingesetzt hat«, bemerkte Jack. »In jedem Fall werden wir das erst wissen, wenn wir Bacon haben.«

»Und wir werden ihn finden«, sagte Aidan ruhig.

»Ich habe übrigens auch etwas«, sagte Spinnelli. »Die Dienstaufsicht hat die Angestellte so weit bearbeitet, dass sie zugegeben hat, die Adams- und Winslow-Akten an Blaine Connell ausgegeben zu haben.«

Aidan schloss die Augen. »Das kann nicht sein.« Er war nie mit Connell befreundet gewesen, aber der Mann war ihm immer hochanständig vorgekommen.

»Die IA holt ihn heute zum Verhör. Wenn die durch sind, nehmen wir ihn uns vor.«

»Falls dann noch was von ihm übrig ist«, murmelte Jack. »Himmel.«

Aidan brach das Schweigen, das darauf folgte. »Was ist mit Wallace Clayborn? Haben wir ihn schon festgesetzt?«

Spinnelli schüttelte den Kopf. »Ich habe zwei Beamte gestern Abend losgeschickt, aber sie haben ihn nicht finden können. Heute Morgen sind Abe und Mia darauf angesetzt. Ist Tess allein?«

Dass sein Bruder und seine Partnerin beteiligt waren, gefiel Aidan. Abe und Mia waren gute Polizisten. Sie würden unter jeden Stein blicken, bis sie Clayborn gefunden hatten.

»Nein. Ihr Bruder ist gestern Abend aus Philadelphia gekommen. Offenbar ist ihr Anteil an der Seward-Geschichte auch landesweit eine Nachricht. Ihre Familie hat sich Sorgen gemacht.«

»Ich habe es gestern auf ESPN gesehen«, stimmte Rick zu. »Und du wurdest auch genannt, Aidan.«

»Jetzt entwickeln Sie bloß keine Starallüren«, sagte Spinnelli trocken. »Was noch?«

Jack überflog sein Notizbuch. »Ich warte noch auf die Seriennummer der Waffen, die wir in Adams' Wohnung gefunden haben. Wenn ich bis zum Lunch nichts gehört habe, rufe ich an.«

»Wir haben noch die Quittungen, die in Nicole Riveras Wäscheschublade gelegen haben«, sagte Murphy. »Wenn wir Bacon aufgespürt haben, können wir im Spielzeugladen nachfragen, ob sich jemand an sie erinnert.«

»Und wir müssen herausfinden, wer Zugang zu allen Wohnungen hatte.« Aidan sah Spinnelli an. »Können Sie jemanden abstellen, der sich die Sicherheitsaufnahmen noch einmal ansieht?«

»Ja. Ihr Jungs konzentriert euch jetzt auf David Bacon. Ich kümmere mich um Connell und die Dienstaufsicht. Ich melde mich, wenn wir etwas wissen. Ich kenne Connell. Ich könnte zur Not glauben, dass er Akten weitergegeben hat, aber nicht, dass er Nicole Rivera kaltblütig erschossen hat. Aber man kann sich immer täuschen. Gehen Sie und halten Sie mich auf dem Laufenden. Oh, und Aidan?«

Aidan wandte sich an der Tür um. »Ja?«
»Sagen Sie Tess, sie muss die Akten für uns sortieren. Patrick hat heute Morgen angerufen. Er hat die richterliche Anordnung und möchte, dass sie sie mit uns durchgeht. Während wir versuchen, diesen Kerl zu fassen, können wir uns wenigstens bemühen, seinen nächsten Schritt vorauszusehen und zu vereiteln. Sagen Sie ihr, ich schicke einen Beamten in ihre Praxis, der die Aufräumarbeiten überwacht und die Papiere und den USB-Stick mitnimmt. Patrick kann die elektronischen Daten verwenden, bis die Unterlagen wieder in Ordnung sind.«
»Machen Sie sich Sorgen, dass sie uns die Akten nicht übergeben will?«
»Nein. Sie tut, was nötig ist. Aber wir müssen unbedingt den Amtsweg einhalten. Ich habe keine Lust, Schlupflöcher für schlaue Verteidiger zu schaffen, Aidan. Ihnen kann ich auch sagen, dass der Beamte im Grunde zu ihrer Sicherheit da sein wird. Ich habe Angst, dass Clayborn ihre Praxis beobachtet.«
Der Gedanke allein machte ihn krank. »Ich sag's ihr. Danke, Marc.«
Abe wartete schon an seinem Schreibtisch auf ihn. »Ich muss mit dir reden.« Er beugte sich vor. »Dad hat die Sache gemeldet.«
Der Klumpen in Aidans Magen wurde noch dicker. »Geht Rachel heute in die Schule?«
»Ja. Wir dachten, wenn sie es nicht tut, ist es auffällig.«
»Wahrscheinlich.« Er pustete sich die Haare aus der Stirn. »Gott, Abe, ich wünschte fast, sie hätte sich nicht darum gekümmert und nie nach dem Mädchen gesehen.«

Abe drückte seine Schulter. »Ich weiß. Das hat sie auch gesagt. Aber sie meint auch, sie hätte sich nicht mehr im Spiegel ansehen können, wenn sie es nicht getan hätte.«
Und darauf war Aidan bei aller Übelkeit stolz. »Sie ist ein tolles Mädchen.«
Er schluckte. »Mann, Abe, wenn einer der Arschlöcher sie auch nur schief ansieht …«
»Ich weiß«, gab Abe grimmig zurück. »Mia und ich machen uns jetzt auf die Suche nach Clayborn. Versuch, dir nicht zu viele Sorgen zu machen.«
Aidan rieb sich die Stirn, als Murphys Telefon zu klingeln begann. »Murphy ist, glaube ich, draußen rauchen. Am liebsten würde ich auch damit anfangen. Es kommt mir vor, als würden wir von allen Seiten beschossen.«
»Ich weiß, wie du dich fühlst.«
Ja, Abe konnte es verstehen. Es war noch gar nicht so lange her, dass Kristen Ziel wütender Killer gewesen war. »Finde einfach Clayborn, okay?«
»Wir sind dabei. Ich rufe dich an, wenn ich etwas weiß.«
Aidans Telefon begann zu klingeln, und Abe zog eine Braue hoch.
»Da will jemand unbedingt einen von euch sprechen. Bis dann.«
Aidan ließ sich auf den Stuhl sinken und nahm den Hörer ab. »Reagan.« Er ging sein Telefonregister nach der Nummer der Bewährungsstelle durch. Die mussten Bacons letzte Adresse kennen.
»Detective Reagan, mein Name ist Stacy Kersey.« Die Stimme war kaum mehr als ein Flüstern. »Ich bin Assistentin von Lynne Pope, *Chicago on the Town*.«

»Kein Kommentar«, sagte Aidan knapp und wollte auflegen.
»Warten Sie, verdammt!«, fauchte sie, dann wurde die Stimme wieder leise. »Hören Sie mir erst mal zu.«
»Wir brauchen Ihr Band noch.« Riveras letzte Imitation von Tess' Stimme war ein Beweisstück.
»Es geht nicht um das Band«, zischte sie. »Lynne Pope ist gerade von einem Treffen mit einem Typen gekommen, der behauptet, Pornoaufnahmen von Ihrer Psychiaterin auf CD zu haben.«
Aidan sprang auf die Füße. Sein Puls begann zu jagen. »Was? Können Sie ihn festhalten?«
»Ein kleines bisschen noch. Aber er wird nervös. Ich soll ihm gleich fünfzig Riesen bar auf die Hand geben. Aber viel länger wird er wohl nicht warten.«
»Wie sieht der Kerl aus?«
»Eins neunzig, grauschwarzes Haar, ungefähr fünfzig. Schmierig.«
Bacon. »Ich bin in fünfzehn Minuten da. Ich schicke einen Streifenwagen an die Tür, für den Fall, dass er verschwinden will, bevor wir da sind. Danke.« Er rannte zu Spinnellis Büro. »Vielleicht haben wir Bacon.«
Spinnelli schaute auf und verengte die Augen. »Das könnte ein Durchbruch sein. Gehen Sie. Ich rufe Tess an und sage ihr, dass sie mit den Akten beginnen soll.«
Aidan fand Murphy vor der Tür, wo er die Kippe ausdrückte. »Los.«

Mittwoch, 15. März, 8.55 Uhr

»Gottverdammter Mist!«, fluchte Murphy aus ganzem Herzen.

Aidan schloss die Augen und mühte sich, seinen eigenen Zorn zu dämpfen. Sie waren fünf Minuten zu spät. David Bacon war weg und hatte die CD mitgenommen.

»Es tut mir so leid.« Lynne Pope wirkte niedergeschmettert. »Ich habe versucht, ihn aufzuhalten. Ich hätte 911 wählen müssen.« Sie schüttelte den Kopf. »Es tut mir leid.«

Murphy zwang sich zu einem Lächeln. »Sie haben es versucht, und dafür sind wir dankbar. Hat er etwas gesagt, bevor er ging? Irgendwas, was darauf verweist, wo wir ihn finden können?«

»Nein. Er wurde immer nervöser. Es war fast, als ob er einen Radar oder so was hätte. Er fing an zu schwitzen, dann sprang er auf und rannte los. Ich habe die Security gerufen, aber er war schon raus.«

»Wie hat er ursprünglich mit Ihnen Kontakt aufgenommen, Miss Pope?«, fragte Aidan. Er versuchte, nicht daran zu denken, dass dieser schleimige Mistkerl mit einer CD von Tess herumlief.

»Er hat gestern Abend nach der Sendung die Zentrale angerufen. Er sagte, er hätte noch weitere Beweise für Ciccotellis unethisches Verhalten. Ich traf ihn heute Morgen, und da zeigte er mir die CD. Meinte, sie sei jetzt eine lokale Berühmtheit, und er wolle fünfzigtausend.«

»Sie hätten das Ding kaufen können«, sagte Aidan und musterte ihr wütendes Gesicht. »Warum haben Sie es nicht getan?«

»Ich habe Cops sagen hören, dass sie keine Zufälle mögen«, sagte sie gepresst. »Tja, ich auch nicht. Und ich mag auch nicht vor der Kamera wie ein Depp dastehen. Ich habe gestern den Schock in Ciccotellis Augen gesehen, Detective. Sie ist auch nur ein Opfer in dieser Sache, was immer das für eine ist. Und ich denke nicht daran, mich auch zu einem machen zu lassen.«

Aidan gab ihr seine Karte. »Dr. Ciccotelli wird Ihnen ebenfalls dankbar sein. Rufen Sie mich bitte an, wenn der Kerl wiederkommt.«

Draußen eilte Murphy auf den Fahrstuhl zu. »Die Bewährungsstelle hat gerade aufgemacht. Holen wir uns die Adresse von diesem Spanner.« Er hämmerte fester auf den Rufknopf, als nötig gewesen wäre. »Dann besorge ich mir einen Durchsuchungsbefehl. Irgendwo müssen wir doch endlich den Hebel ansetzen können.«

Mittwoch, 15. März, 9.45 Uhr

»Was für ein Chaos.«

Tess warf einen Blick zu Vito, der an der Tür zum Tresor stehen geblieben war und den Schaden betrachtete. Neben ihm stand der Polizist, den Spinnelli abgestellt hatte, angeblich um die Aufräumarbeiten zu überwachen. Aber Aidan hatte Tess' den wahren Grund für die Anwesenheit des Cops erklärt, und es gab ihr ein besseres Gefühl. Clayborn würde sich mit Vito und Nolan auseinandersetzen müssen, wenn er ihr etwas tun wollte. Und falls es ihm doch gelang, sie allein zu erwischen, hatte Tess noch immer Aidans Pistole in der Tasche, die seine Mutter ihr am

Abend zuvor besorgt hatte. »Danke, Vito. Wäre mir gar nicht aufgefallen.«

»Sei nett zu mir, Kleine. Ich bin hier auf Urlaub.« Sein Tonfall war locker, aber sein Blick war hart, als er das blutbeschmierte Papier am Boden entdeckte.

Tess' Herz zog sich schmerzhaft zusammen. Harrisons Blut. Sie zog ein paar Plastikhandschuhe über und begann, die ruinierten Dokumente einzusammeln. »Ich denke, diese hier werden uns nicht mehr viel nützen, Officer Nolan. Ich stecke sie in eine Tüte, und Sie können sie als Beweis einreichen.«

Nolan nickte ihr zu. »In Ordnung, Doktor.«

Er mochte sie nicht, das wusste Tess. Sie hatte so viel Zeit mit Aidan, Jack und Murphy verbracht, dass sie beinahe vergessen hatte, wie viel Hass der Rest der Polizei ihr entgegenbrachte. Sie und Vito arbeiteten fast eine Stunde lang, bis Amys Stimme sie unterbrach. Sie hatten eine Pause nötig.

»Tess?« Amys Gesicht erhellte sich. »Vito! Wie schön, dich zu sehen.«

Er erwiderte das Lächeln. »Du siehst gut aus, Amy.«

»Wann bist du angekommen?«

»Gestern Abend. Ich habe mir Sorgen um Tess gemacht.«

Amy blickte sie finster an. »Wir anderen auch. Leider hat jemand vergessen, anzurufen und zu sagen, dass alles okay ist.«

»Ich habe mich doch schon entschuldigt«, brummelte Tess. »Bist du gekommen, um dich über mich zu beschweren oder was?«

»Ich bin gekommen, um mich zu *vergewissern*, dass mit

dir alles in Ordnung ist.« Amys Miene wurde weicher. »Ist es?«

»Es ging mir schon mal besser.« Ihr Besuch bei Flo Ernst war nicht gerade gut gelaufen. Man hatte der trauernden Frau Sedativa gegeben, und einer der Söhne hatte ihr frostig geraten, nach der Beerdigung am Samstag wiederzukommen. Willens, den Kummer der Familie zu respektieren, hatte sie die Kränkung heruntergeschluckt und war ohne ein weiteres Wort gegangen. »Aber wahrscheinlich auch schon schlechter.« Amy wusste das besser als jeder andere, hatte sie doch einige schlechte Zeiten mit ihr durchgestanden.

»Ich weiß, Liebes«, sagte Amy leise. »Und du wirst auch das hier hinter dir lassen.« Sie sah sich um. »Wo ist Denise?«

»In Harrisons Büro.« Tess blickte auf die geschlossene Tür, sah jedoch vor ihrem inneren Auge das Blut an der Kante seines Tischs. »Sie macht sauber. Das konnte ich nicht.«

Amy strich ihr mit der Hand übers Haar. »Schon gut. Du musst nicht jeden Tag Superwoman spielen.«

»Dr. Ciccotelli?« Ein junger Mann in einer Jacke mit dem Emblem eines Paketservice steckte seinen Kopf durch die Tür. »Ich habe eine Sendung für Sie.« Er trat ein, den Fahrradhelm unterm Arm, einen flachen Pappumschlag in der Hand. »Sie müssen unterschreiben.«

Stirnrunzelnd tat Tess es, aber Vito trat vor und nahm den Umschlag in Empfang. »Lass mich das Ding erst mal ansehen«, sagte er, während er die Quittung in die Tasche steckte. Er betastete den Umschlag. »Eine CD. Erwartest du eine Lieferung?«

Sie sah auf den Absenderstempel. »Von Smith Enterprises? Nein. Aber ich kriege oft Buchsendungen auf CD. Soll ich ihn mal aufmachen?«

»Nein, das mach ich. Bleib zurück.« Er ging zum Empfang, öffnete den Umschlag und zog ein Blatt Papier und eine CD heraus. »Ruf Reagan an. Sofort.«

»Was ist das?« Tess trat zu ihm und zog die Brauen zusammen, als er das Blatt umdrehte, so dass sie es nicht sehen konnte. »Verdammt, Vito, lass mich das sehen.« Sie nahm das Blatt, ohne zu wissen, was sie erwarten sollte. Und ohne zu erwarten, was sie schließlich sah.

Wie angewurzelt starrte sie … auf sich selbst. In Farbe. Nackt. Unter dem Bild stand: »Deponieren Sie 100 000 Dollar auf das unten genannt Konto, oder das beigelegte Video wird an die Medien verkauft. Sie haben heute bis Mitternacht Zeit.« Mechanisch reichte sie das Bild an Vito zurück, drehte sich um, ging in den Flur und übergab sich.

Mittwoch, 15. März, 11.15 Uhr

Aidan war aus dem Fahrstuhl, bevor die Türen sich noch ganz geöffnet hatten und rannte den Flur entlang, wo vor ihrer Tür ein Uniformierter stand. »Wo ist es?«, fragte Aidan barsch.

Der Beamte, der Nolan hieß, deutete auf den Empfangstisch. »Da. Ein Botenjunge hat es abgegeben. Sie hat unterzeichnet und alles.«

»Gut, dass Sie der Zentrale gleich den Namen der Gesellschaft durchgegeben haben«, sagte Murphy. »Wir haben einen Wagen losgeschickt, der den Jungen bei der nächsten Lieferung abgefangen hat.«

Der Botenjunge wartete downtown auf sie. Aber weder Aidan noch Murphy erwarteten, dass er ihnen mehr würde sagen können als die Lieferfirma. Das Päckchen war heute Morgen eingereicht worden. Die Beschreibung des Mannes, der es gebracht hatte, passte ungefähr auf Bacon, konnte aber auch auf die Hälfte aller Männer mittleren Alters in Chicago zutreffen.

»Der Bote sah aus wie ein Student«, sagte Nolan. »Ich kann mir nicht vorstellen, dass er wusste, was er da mit sich schleppte. Wenn, dann hätte er es bestimmt für sich behalten.« Verlegen sah er über die Schulter. »Sie war absolut kooperativ, was die Papiere im Tresor betrifft. Das hatte ich nicht erwartet.«

Murphy warf einen Blick in die Praxis. »Wer ist heute Morgen hier drin gewesen?«

»Ihr Bruder, die Empfangsdame und die Anwältin. Als sie die CD gesehen hat, ist sie ganz blass geworden, und ihr Bruder wollte die 911 rufen, aber sie hat es ihm verboten. Die Anwältin hat einen Ärztefreund angerufen, der ihr etwas zur Beruhigung geben wollte, aber sie hat sich geweigert. Dann kam einer von der Hausmeisterei hoch, um den Teppich zu reinigen. Das war's.«

Aidan nickte ihm knapp zu. »Danke.« Drinnen entdeckte er Vito auf der anderen Seite des Empfangstisches. Seine Arme waren vor der Brust verschränkt, und ein Kiefermuskel zuckte, während er in Tess' Büro starrte, wo sie auf den zerschlissenen Resten eines grünen Sofas saß. Sie sah fix und fertig aus. An beiden Seiten befanden sich Amy

Miller und Jon Carter, die genauso entsetzt aussahen, während eine junge Frau in der offenen Tür von Dr. Ernsts Zimmer sauber machte. Das musste Denise Masterson sein, dachte Aidan, der ihren Namen von der Recherche zu Tess' Praxis und den Angestellten kannte.

»Haben Sie eine Vorstellung davon, wie sehr ich mir wünsche, den Kerl umzubringen?«, murmelte Vito, ohne den Blick von seiner Schwester zu nehmen.

Aidan stieß langsam die Luft aus. »Ja, habe ich.«

Vitos Kopf fuhr herum, und der Zorn in seinen Augen war brennend. »Sie wussten davon?«

»Nicht bis eben. Und wir wussten nicht, dass er ihr eine Kopie schicken wollte.«

Vito verengte die Augen. »Eine Kopie. Dann gibt es mehrere CDs.«

Murphy räusperte sich. »Wie weit sind Sie damit gekommen, die Papiere in Kisten zu verpacken?«

Vito blinzelte, als würde er Murphys Anwesenheit gerade erst wahrnehmen.

»Das ist mein Partner, Todd Murphy«, sagte Aidan ruhig.

»Wir hatten gerade erst angefangen. Sagen Sie Ihrem Lieutenant, er soll jemanden schicken, der die Sache zu Ende bringt.« Vito schob trotzig das Kinn vor. »Ich bringe sie jetzt nach Hause.«

»Sie kann nicht in ihre Wohnung zurück«, sagte Murphy bestimmt.

Vito biss die Zähne zusammen. »Ich rede nicht von diesem Mausoleum auf der Michigan Avenue. Ich bringe Sie nach Hause. Wir nehmen den nächsten Flieger nach Philadelphia.«

»Nein.« Tess stand vom Sofa auf, blieb aber davor stehen, als wolle sie erst probieren, ob ihre Beine sie trugen. Amy Miller und Jon Carter standen ebenfalls auf, um sie aufzufangen, falls es nicht klappte. Tess schob sanft Amys Hände weg. »Alles okay, Amy.« Sie durchquerte ihr Zimmer und kam zu Vito, ihre Freunde direkt hinter ihr. »Ich gehe nirgendwohin, Vito.«

Ihr Gesicht war blass, aber die Augen waren klar. Sie hob das Kinn und begegnete Aidans Blick, und er war plötzlich ungemein stolz auf sie. »Das war nicht derselbe Kerl.«

Aidan dachte dasselbe, aber er wollte hören, was sie zu der Meinung brachte. »Warum nicht?«

»Dies ist nicht mit der gleichen Kälte durchgeführt worden wie die anderen Sachen. Das hier scheint mir eher … opportunistisch. Als ob einer seiner Untergebenen die Leine durchgebissen hätte und abgehauen wäre.« Sie zuckte die Achseln. »Alles, was bisher geschehen ist, sollte Angst und Schrecken verbreiten. Kranke, verletzliche Menschen wurden manipuliert, bis sie zusammengebrochen sind. Dieser Typ hier kann nichts Schlimmeres vollbringen, als mich zu demütigen. Und das nur, wenn ich es ihm erlaube. Und das werde ich nicht.«

»Wir kriegen ihn, Tess.«

»Ja, das weiß ich. Er ist die einzige Verbindung zu der Person, die vier Menschen auf dem Gewissen hat. Ich bin nur ein Teil davon. Konzentriert euch auf die anderen. Mir geht's wieder gut, Aidan, ich werde mich schon erholen. Mach deinen Job.« Ihre Tapferkeit schwand, als sie den Umschlag auf Denises Tisch sah. »Musst du das mitnehmen?«

»Das ist ein Beweisstück, Liebes. Aber ich verspreche dir, dass niemand reinsieht, der nichts damit zu tun haben muss.« Aidan wandte sich an Vito. »Fliegen Sie nach Philadelphia zurück?«
»Haben Sie den Schweinehund, der das getan hat, schon erwischt?« Mit einer wütenden Geste deutete Vito auf die Praxisräume.
Clayborn war noch auf freiem Fuß. »Nein. Noch nicht.«
»Dann bleibe ich.«
»In diesem Fall essen Sie heute Abend mit uns. Dann können wir weiter reden. Ich rufe dich an, Tess.« Er war so in Gedanken versunken, dass ihm erst, als er bereits in Murphys Auto saß, auffiel, dass sein Partner seit einer ganzen Weile kein einziges Wort mehr gesagt hatte. »Was?«
»Nichts.« Murphys Lippen zuckten.
»Was?«
Murphy warf ihm einen Blick zu, bevor er sich in den Verkehr einfädelte. »Du hast sie ›Liebes‹ genannt.«
Aidan verdrehte die Augen. Erwischt. »Na und?«
»Und sie hat für dich gekocht.«
Oh, ja. Erinnerungen an den Morgen fluteten sein Bewusstsein, und er rutschte auf dem Sitz umher. »Fahr einfach, okay?« Er sah auf seinen Notizblock. »Das Haus von Bacons Mutter ist draußen in Cicero.« Sie waren schon bei der Adresse gewesen, die ihnen Bacons Bewährungshelfer gegeben hatte. Der überarbeitete Mann hatte sich offenbar nie die Zeit genommen, die Daten zu überprüfen, sonst wäre ihm wohl aufgefallen, dass es sich bei der »Wohnung« in Wahrheit um eine Tierhandlung handelte.
»Was, wenn wir den Typ nicht rechtzeitig erwischen?«,

fragte Murphy, und plötzlich war alle Fröhlichkeit aus seiner Stimme verschwunden. »Falls eine Kopie der CD rausgeht, können wir ihr nicht garantieren, dass das Video nicht irgendwann gesendet wird. Heute oder in zehn Jahren. Sie wird damit leben müssen. Kannst *du* das?«
Aidan war sich nicht sicher, und das machte ihm Sorgen. »Ich esse bloß mit ihr zu Abend, Murphy.«
Murphy klappte den Mund auf, besann sich aber, und zuckte die Achseln. »Meinetwegen.«

Mittwoch, 15. März, 11.55 Uhr

David Bacon war ein unschuldiger Mensch, den die Polizei grundlos piesackte.
Davon war jedenfalls Bacons Mutter überzeugt, die die beiden Detectives durch die Fliegengittertür anstarrte. Die verhärmte, alte Frau war über siebzig, hatte schütteres schwarzes Haar mit einer weißen Strähne darin, und ihre dünnen Lippen waren leuchtend rot bemalt. Der Geruch von Mottenkugeln und Katzen drang ihnen entgegen.
»Wir wollen ihn nicht piesacken«, versicherte Murphy ihr. »Können wir reinkommen?«
»Er ist nicht da«, fuhr sie ihn an. »Und sie können nicht reinkommen.«
»Wir kommen gerade von der Adresse, die er dem Bewährungshelfer gegeben hat, Mrs. Bacon«, sagte Aidan, während er versuchte, an ihr vorbei ins Wohnzimmer zu sehen. »Es handelt sich um ein Tiergeschäft. Das ist eine Verletzung der Bewährungsauflagen.«
Sie erbleichte, wodurch das Rouge auf ihren Wangen her-

vorstach. »Sie können ihn nicht wieder ins Gefängnis stecken. Das bringt ihn um.«

Bloß nicht. Das Vergnügen will ich mir nicht nehmen lassen. Und Vito Ciccotelli wohl auch nicht. »Wo ist er, Mrs. Bacon? Wohnt er hier bei Ihnen?«

»Nein, das schwöre ich. Er ist ausgezogen.« Und hatte sie damit schwer gekränkt, das konnte man sehen. »Er meinte, er brauchte mehr Raum für sich. Ich weiß nicht, wo er jetzt ist. Bitte gehen Sie jetzt.«

Aidan und Murphy tauschten einen Blick aus, und Murphy nickte. »Ich fürchte, Sie werden mit uns kommen müssen, Mrs. Bacon«, sagte er.

Ihre Kinnlade fiel herab. »Bin ich verhaftet?«

»Nein, Ma'am.« Murphys Stimme war täuschend freundlich. »Wir möchten nur, dass Sie uns ein paar Fragen beantworten, weil Ihr Sohn das im Moment nicht tun kann.«

Und damit sie ihn nicht anrufen und warnen konnte.

Ihre dünnen roten Lippen bebten. »Aber ich kann nicht.« Sie deutete schwach hinter sich. »Meine Katzen. Wer wird sich um sie kümmern?«

»Sie werden ja nicht lange weg sein, Ma'am«, sagte Aidan. »Sie können Ihnen etwas Futter und Wasser hinstellen, wenn Sie mögen, aber dann müssen wir Sie dabei begleiten.«

Sie folgten ihr durch die Küche in die Waschküche, wo sie vier kleine Schüsseln mit Katzenfutter füllte. Hier roch es noch schlimmer als im Wohnzimmer, und der riesige Mülleimer quoll über.

Aidan hielt den Atem an und ließ seinen Blick durch den

kleinen Raum schweifen. Auf dem Trockner stand ein Wäschekorb. Säuberlich gefaltet lagen obenauf einige kurzärmelige Polohemden. Männer-Polohemden. Auf der Brust war das Emblem von Wires-N-Widgets genäht, einer ortsansässige Kette von Läden, in denen man eine große Anwahl an elektronischen Kinkerlitzchen bekam. Leise räusperte Aidan sich, und Murphy folgte seinem Blick. Und lächelte leicht.

»Holen wir Ihren Mantel, Ma'am«, sagte Murphy. »Es ist kalt draußen.«

Mittwoch, 15. März, 12.15 Uhr

»Noch Kaffee?«, fragte die Kellnerin hinter der Theke. Es war ein besseres, kleines Restaurant, eingerichtet im Stil der Vierziger, das den Betrachter an Kulissen aus Filmklassikern erinnerte. Da es sich neben dem Art Institute befand, herrschte hier eine bunte Mischung aus Geschäftsleuten und Akademikern, und die Luft war erfüllt mit Diskussionen und aufgeregten Gesprächen. Niemand achtete auf eine einsame Person, die an einem kalten Mittag vor ihrer Kaffeetasse saß.

Normalerweise war dies ein Ort zum Nachdenken. Heute eher zum Grübeln.

»Ja, bitte, aber nur halbvoll. Danke.« Etwas war schiefgelaufen. Ein loser, nicht vernähter Faden hatte das ganze Konstrukt des Plans gefährdet. Eine Kamera in Ciccotellis Badezimmer. Wer hätte auch an so etwas denken können? *Ich hätte es tun müssen. Ich hätte alles genau überprüfen müssen. Ich hätte ihn töten sollen.* Aber eine solche Tötung zog nach sich, dass man eine Leiche verschwinden lassen musste, was wiederum nur noch mehr mögliche Angriffsflächen bot. Bacon einzusetzen war ein kalkuliertes Risiko gewesen. Wer ein Risiko einging, musste auch mit einem Fehlschlag rechnen.

Nun waren Filme im Umlauf, deren Inhalt ... nicht kontrolliert war. *Und wann versucht er, mich zu erpressen?* Dieser Faden musste abgeschnitten werden. So schnell wie möglich.

Der Kaffee hinterließ einen bitteren Geschmack im Mund, aber noch bitterer war das Wissen, dass Ciccotelli einmal mehr auf den Füßen gelandet war. Die Cops hatten einen Schutzwall um sie errichtet.

Sie hatte eine Nacht mit Reagan verbracht. Schlampe. *Ja, jetzt, Aidan. Du hast mir das Gefühl gegeben, begehrt zu werden, Aidan.* Wer da keinen Brechreiz verspürte, dem war nicht zu helfen.

Reagan wollte etwas von ihr. Auch das musste im Keim erstickt werden. *Und ich weiß, wie man das bewerkstelligt.* Aber alles der Reihe nach. Erst war Bacon dran. Diesen kranken Spinner loszuwerden würde das reine Vergnügen werden.

Aber noch vergnüglicher würde Ciccotellis Reaktion auf ihren neusten Verlust werden.

Er hatte so gelitten, so um Hilfe gestöhnt. Nach Ethel gestöhnt. Um Gnade, um Antworten gefleht. *Warum?* Sein Gejammer hatte die Blades nur zu noch mehr Gewalt angestachelt. Die Jungs der Gang hatten ihren Job gut gemacht. Sie hatten ihn zusammengeschlagen, aber keine Spuren hinterlassen. Manche würden ihre Vereinbarung

Erpressung nennen. *Ich ziehe es vor, es als geschäftlichen Vorschlag zu bezeichnen, von dem beide Seiten profitieren*. Der Tag schien plötzlich ein wenig heller zu werden. Schluss mit der Grübelei. Es gab Arbeit.

»Zahlen, bitte.«

14

Mittwoch, 15. März, 15.10 Uhr

Aidan blickte zu dem Schild über dem Laden auf und seufzte. Es war die dritte Filiale von Wires-N-Widget in der Chicagoer Umgebung. Die nächste befand sich in Milwaukee, eine Stunde Fahrt entfernt. »Drei Wünsche hast du frei«, murmelte er, und Murphy blickte ihn finster an.

»Und der dritte ist meist der entscheidende, Aidan.«

»Jaja. Hör auf zu qualmen, und dann sehen wir, ob du noch immer so munter bist.« Es war so entmutigend. Mit jeder Stunde, die Bacon frei herumlief, stiegen die Chancen, dass irgendein mieser Wichser Tess auf einer Webseite betrachten konnte. Er wollte ihr nicht sagen müssen, dass sie es nicht geschafft hatten.

Sie betraten den Laden und gingen direkt zur Theke, hinter der ein fleischiger Kerl stand und Kleinteile sortierte. Das Namensschild auf dem Poloshirt besagte, dass er »Gus« hieß.

Murphy legte Bacons Bild auf den Tisch, und Aidan sah, dass Gus zusammenzuckte. »Bacon arbeitet hier nicht mehr«, sagte der Mann und wandte sich wieder seinen Kleinteilen zu.

Murphy lehnte sich an die Theke. »Und warum nicht?«

Der Mann holte ein paar kleine Tütchen aus einer Schublade und begann, die Teile in die Tüten zu füllen. »Weil der Boss ihn gefeuert hat.« Aidan legte eine Hand auf die Tüten, und Gus schaute entnervt auf. »Ich muss diesen Kram bis zum Ende meiner Schicht eingetütet haben, okay?«

Aidan beugte sich vor, bis sein Gesicht nur Zentimeter von Gus' Nase entfernt war. »Dies ist eine Mordermittlung, Sir. Es kümmert mich überhaupt nicht, ob Sie Ihre Kondensatoren eingetütet haben oder nicht, aber ich kann Ihnen versprechen, dass Sie es nicht schaffen werden, wenn Sie jetzt nicht mit uns reden. Also antworten Sie. Warum hat Ihr Boss Bacon rausgeworfen?«

Die Augen des Mannes weiteten sich. »Mord? Hat Bacon jemanden umgebracht?«

»Das haben wir nicht gesagt«, erwiderte Aidan. »Aber er könnte Kontakt mit jemandem haben, der es getan hat.«

Gus seufzte und senkte die Stimme. »Wir wollen nicht, dass das an die Öffentlichkeit kommt.«

Aidan und Murphy sahen einander an. »Hat er etwas gestohlen?«, fragte Murphy.

Gus schüttelte den Kopf. »Schlimmer. Wir haben Kameras im Damenklo entdeckt. Dann haben wir in Bacons Akte gesehen und rausgefunden, dass er uns belogen hat. Er hat gesagt, er war nie im Knast, aber das stimmte nicht. Er hat gesessen, und zwar, weil ...« Er beugte sich vor. »... er ein paar Schulmädchen beobachtet hat«, flüsterte er.

»Das wissen wir«, sagte Murphy unverblümt. »Überprüft ihr Jungs denn die Leute nicht, die ihr einstellt?«

Gus wurde rot. »So was ist teuer«, brummelte er, und da wurde das Bild klarer.

»Ihr Chef setzt sich also über gewisse Vorschriften hinweg und hat jetzt Angst, dass jemand ihn am Hintern kriegen könnte«, sagte Aidan.

Gus sah ihn verkniffen an. »So ähnlich.«

»Wann ist Bacon denn gefeuert worden?«, fragte Murphy.

»Ungefähr vor einem Monat.«

»Seine Mutter hat aber noch alle Polohemden«, sagte Murphy, und Gus zog ein Gesicht.

»Die kann sie behalten. Der Kerl roch immer nach Katzenpisse. Wir haben die Hemden nie sauber gekriegt. Mein Chef wollte nur, dass er verschwindet. Wir hatten keine Lust, von irgend 'ner Frau, die hier aufs Klo geht, verklagt zu werden.«

»Hat er eine Nachsendeadresse für seinen Lohn hinterlassen?«, hakte Aidan nach.

»Nein, sorry.« Gus zog die Stirn in Falten, als die beiden ihn stumm ansahen. »Ich lüge nicht. Mein Chef hat gesagt, er würde seinen Lohn nicht mehr kriegen, und wenn der Kerl jemals wieder einen Fuß in diesen Laden setzt, holt er auf jeden Fall die Bullen. Bacon ist ganz blass geworden und verschwand schneller, als wenn wir ihm mit der Mistgabel nachgesetzt hätten. Obwohl wir uns echt gewünscht haben, genau das zu machen.«

»Das Gefühl kenne ich«, sagte Aidan. »Haben Sie vielleicht eine Ahnung, wo er wohnen könnte?«

Gus konzentrierte sich. »Nein. Aber einmal kam er an und sagte, er hätte keine Lust mehr, bei seiner Mutter zu leben. Dann hat er den ganzen Morgen Wohnungsanzeigen durchgesehen und telefoniert. Der Boss hat seinen Lohn gekürzt, als er das rausfand.«

Aidan spürte, wir sich die Haare im Nacken aufrichteten. »Wissen Sie noch, wann genau das war?«
Gus konzentrierte sich wieder, dann strahlte er. »Moment.« Er wühlte unter der Theke und holte einen Basketball-Spielplan hervor. »Der zweite Montag im Dezember.« Er blickte auf. »Am Abend fand ein wichtiges College-Spiel statt. Ein Typ kam und brauchte dringend einen Fernseher, weil seiner kaputt war und er am Abend eine Party feiern wollte. Ich musste ihn bedienen, weil Bacon an dem verdammten Telefon hing. Hilft Ihnen das weiter?«
Aidan lächelte grimmig. »Und ob.« Er gab ihm eine Karte. »Rufen Sie uns an, wenn Ihnen noch etwas zu Bacon einfällt.«
Gus blickte auf die Karte, dann wieder hoch. »Jetzt weiß ich wieder, wo ich Sie schon mal gesehen habe. Sie sind der Detective aus dem Fernsehen gestern. Sie sind aus Sewards Wohnung gekommen.« Seine Augen verengten sich leicht. »Kann ich ein Autogramm haben?«
Murphy kicherte auch noch eine Stunde später, als sie die Einzelnummernaufstellung von Wires-N-Widget vom zweiten Montag im Dezember durchsahen. Aidan gelang es nicht, seine plötzliche Berühmtheit lustig zu finden.
»Was ist überhaupt ein Kondensator?«, fragte Murphy. »Das, was Gus da eingetütet hat.«
»Er speichert Ladung.« Aidan musterte die Liste der Wohnungen. Sie waren überall in der Stadt verstreut. Es würde Stunden dauern, alle zu überprüfen. Er schaute auf und sah, dass Murphy ihn fragend anblickte. »Ich habe auf dem College …«
»… einen Elektronikkurs belegt.« Murphy schüttelte grin-

send den Kopf. »Komisch, wieso dachte ich mir das beinahe schon?«

Spinnelli kam hinzu und sah sie finster an. »Was ist denn so lustig?«

Aidan verdrehte die Augen. »Nichts. Wir haben einen Hinweis, wo wir Bacon vielleicht finden können.« Er zeigte Spinnelli den Zettel mit den zwanzig Telefonnummer, die Bacon auf der Suche nach einer Wohnung angerufen hatte. »Wir haben bis jetzt ungefähr ein Dutzend abgehakt, aber niemand kann sich an ihn erinnern.«

»Wahrscheinlich hat er einen anderen Namen verwendet«, sagte Murphy. »Wir werden sein Bild rumzeigen müssen. Das wird aber einige Zeit dauern.«

»Teilen Sie es auf«, befahl Spinnelli gepresst.

Aidan betrachtete ihn aufmerksam. »Was ist passiert?«

Spinnelli wollte gerade antworten, als Abe und seine Partnerin Mia Mitchell hereinkamen. Beide trugen dieselben finsteren Mienen zur Schau wie Spinnelli.

Langsam stand Aidan auf. Sein Herzschlag verlangsamte sich. »Clayborn?«

Abe schüttelte den Kopf. »Wir sind heute Morgen allen möglichen Spuren nachgegangen, aber er ist untergetaucht. Dann mussten wir uns vorübergehend um etwas anderes kümmern.«

Aidans schleppendes Herz begann stolpernd zu rasen. »Rachel?«

Mias Augen verengten sich. »Was ist mit Rachel?« Abe schüttelte wieder den Kopf.

»Alles in Ordnung mit Rachel. Aidan, kennst du jemanden namens Hughes?«

Aidan dachte einen Moment nach, dann fiel es ihm wieder ein. »Er ist Portier in Tess' Haus. Wieso?«
Mia machte ihren Mantel auf und zog den Schal vom Hals. »Weil er tot ist. Man fand ihn nicht weit von seiner Wohnung in einer Gasse. Zu Brei geschlagen.«
Aidan ließ sich langsam auf die Tischkante sinken. Es war Zufall. Es musste Zufall sein. Aber im Grunde wusste er, dass das nicht stimmte. »Ist er ausgeraubt worden?«
»In seiner Brieftasche war nichts mehr bis auf die Papiere«, sagte Abe. »Jemand wollte, dass er identifiziert werden konnte, weil sein Gesicht nicht mehr zu erkennen war. Er ist übel zusammengeschlagen worden, Aidan, richtig übel.«
Er holte Luft. »Zwei Zettel waren an sein Hemd festgemacht. Auf dem einen stand, ›Du wirst beurteilt nach den Leuten, mit denen du verkehrst.‹«
»Der zweite war ein Zeitungsartikel über Tess«, fügte Mia hinzu.
Aidan rieb sich mit dem Handrücken über die Lippen. Die möglichen Auswirkungen dieser Tat waren zu erdrückend, um sie zu Ende denken zu können. »Er war Tess' Freund. Das wird sie vernichten.«
Einen Moment lang schwiegen alle, dann seufzte Spinnelli. »Sie hatten recht, Aidan. Er ist noch nicht fertig. Aber wenigstens haben wir jetzt ein Motiv. Es geht nicht um mögliche Berufungen, und es geht auch nicht darum, Selbstmorde aus Profitstreben zu filmen.«
»Es geht um Tess«, sagte Aidan ruhig. »Jemand will sie fertigmachen, egal wie.«
Spinnellis Miene war grimmig. »Und unsere einzigen Tat-

verdächtigen sind ein Cop, der sich weigert, mit der Dienstaufsicht zu sprechen, und Bacon.«

Abe zog die Brauen zusammen und tauschte mit Mia einen Blick aus. »Ein Cop?«

»Um welche Zeit ist der Portier gestorben?«, fragte Spinnelli.

»Vor zehn Stunden«, antwortete Mia. »Plus minus dreißig Minuten. Welcher Cop, Marc? Warum?«

»Ein Cop, der den ganzen Tag bei der Dienstaufsichtsbehörde gehockt hat, also kann er Hughes nicht umgebracht haben«, antwortete Spinnelli, ohne wirklich zu antworten. »Also bleibt Bacon.« Er klopfte mit den Knöcheln auf die Liste der Wohnungen. »Sehen Sie zu, dass Sie ihn finden.«

»Wir müssen mit Hughes' Frau sprechen«, sagte Abe. »Sie weiß es noch nicht.«

»Und ich muss es Tess sagen«, fügte Aidan hinzu. »Ich will nicht, dass sie es aus den Nachrichten erfährt.«

»Und wir müssen immer noch Clayborn erwischen«, sagte Mia. »Wie gehen wir vor, Marc?«

Spinnelli dachte nach. »Mia, Sie übernehmen die Witwe. Abe, überprüfen Sie ein paar Wohnungen, dann macht ihr zwei euch wieder auf die Suche nach Clayborn. Ernsts Kinder rufen den ganzen Thier schon an und fragen, wann der Mörder ihres Vaters endlich gefasst wird.« Er rieb sich die Schläfen.

»Anscheinend hatte Harrison Ernst recht einflussreiche Freunde, denn mich haben auch ein paar große Tiere angerufen. Murphy, Sie nehmen die Hälfte der Liste, und Aidan das, was übrig bleibt. Rufen Sie erst Tess an, dann fangen

Sie mit der Suche an.« Mit einem Hauch von Galgenhumor zuckten seine Lippen. »Den Letzten beißen die Hunde.«

Mittwoch, 15. März, 17.10 Uhr

David Bacon schob den Riegel an seiner Wohnungstür vor und verzog das Gesicht, während er seinen Mantel auszog. Diese Bude würde wohl ewig nach Zigarettenqualm stinken. Das lag am Teppich. Die Fasern sogen den Geruch auf wie ein Schwamm. Dennoch war es immer noch besser als bei seiner Mutter zu wohnen.

Zigaretten waren erträglicher als Mottenkugeln und Katzenpisse. Und lange würde er sich nicht mehr über den Teppich ärgern müssen. Auch ohne das Geld von dieser Pope würde ihm die erste Zahlung Ciccotellis eine Wohnung in einer besseren Gegend verschaffen. Und er dachte ja gar nicht daran, seine Forderungen anschließend einzustellen. Er würde diesen Gaul reiten, bis er zusammenbrach und starb.

Er war zwei Schritte in sein Wohnzimmer gegangen, als er stehenblieb. Irgendetwas war anders. Irgendetwas? Er ließ seinen Mantel fallen und rannte zu seinem Computer. Alles! Der Monitor lag auf dem Boden. »O Gott«, flüsterte er. »O nein.« Man hatte ihn beraubt.

Der Laptop war vom Verbindungskabel gerissen worden, die Tastatur herausgebrochen. Die Festplatte war weg. Weg! Er zwang sich, ruhig zu atmen und nachzudenken. Das war schlimm, aber nicht das Ende der Welt. Er ließ nie etwas auf der Festplatte – nicht, seit die Cops ihn deswegen letztes Mal hatten festnageln können. Alles von Wert befand sich auf CDs. Sein Herz setzte aus. *Mein Gott, die CDs. Wenn jemand die CDs geklaut hat …*

Er rannte ins Badezimmer und kam rutschend zum Halten. Sein Versteck war noch in Ordnung. Er holte tief Luft und seufzte erleichtert.

Und merkte plötzlich, dass es hier stärker nach Zigaretten roch. Vorsichtig drehte er sich um. Die Zigarette glomm noch und steckte in behandschuhten Fingern, die er lange nicht mehr gesehen hatte. Bacon war einen Moment aus dem Gleichgewicht gebracht. »Was zum Teufel machen Sie denn hier?«

»Ich wollte dich besuchen, David.«

Er erstarrte und blickte auf den Lauf einer schmalen .22er. Mit Schalldämpfer. »Ich … ich verstehe nicht.«

»Du hast mich betrogen. Ich habe dich für einen Job eingestellt, dafür, dass du das Kameranetz in Ciccotellis Wohnung installierst. Du hast aber noch eine eigene Kamera installiert. Hast du wirklich geglaubt, dass ich das nicht herausfinden würde?«

Er schüttelte den Kopf, als die Panik in ihm aufstieg. »Sie haben mich nicht eingestellt.«

»Natürlich. Nur nicht persönlich. Ich will die Videos.«

»Nein«, sagte er, keuchte dann aber auf, als der Schmerz durch seinen rechten Arm schoss. Unwillkürlich umklammerte er mit der Hand den Oberarm, aus dem Blut quoll. Seine rechte Hand begann bereits, taub zu werden. Ungläubig hob er den Blick. »Sie haben auf mich geschossen.«

Das amüsierte Lächeln verursachte ihm eine Gänsehaut. »Willst du die Cops anrufen, David? Aber das kann ich mir nicht wirklich vorstellen. Denn stell dir bloß vor, sie kämen und würden deine Wohnung durchsuchen. Was würden sie wohl finden?« Ein nachsichtiges Kopfschütteln. »Haufenweise Videos. Ein paar neue, aber auch die, die deine Mami versteckt hat, während du im Knast gesessen hast. Hol sie mir. Sofort.«

»Woher wissen Sie das?«, fragte er, während er verzweifelt versuchte, sich eine Fluchtmöglichkeit auszudenken.

»Du hast es mir gerade verraten, indem du sofort zu deinem Versteck gelaufen bist, als du gesehen hast, dass die Festplatte fehlt. Sherlock Holmes hat einen ähnlichen Trick in *Ein Skandal in Böhmen* angewandt. Du solltest lieber ein paar Klassiker lesen, anstatt kleine Mädchen anzuglotzen.«

Er zog die Tapete von der Wand und wand sich unter dem leisen Lachen hinter ihm. »Wie clever, David. Aber das warst du ja immer schon. Leider nicht clever genug. Weiter.«

Mit ungeschickten Bewegungen machte er weiter und enthüllte … alles. Alles.

»Oh, wow. Sind wir aber ein vielbeschäftigter Bursche. Das sind doch bestimmt mindestens … wie viel?«

»Fünfhundert«, presste er hervor. Jetzt war alles aus.

»Fünfhundert CDs. Dafür hast du doch bestimmt Jahre gebraucht, David.«

Mittwoch, 15. März, 17.15 Uhr

Aidan hatte Tess zu sich nach Hause gebeten, damit sie in Ruhe trauern konnte, sobald sie die Nachrichten hörte. Sie wartete auf ihn auf dem Beifahrersitz eines Autos, das er noch nicht kannte, aber schließlich als Mietwagen identifizierte. Vito saß am Steuer. Sie stieg aus und kam die Auffahrt hinauf in seine Garage. In ihren Augen stand Furcht. Vito kam, beladen mit Einkaufstüten, hinterher.

Sie setzten sich an den Küchentisch, und Vito stellte die Tüten auf dem Boden ab. Dolly stand mit aufgestellten Nackenhaaren mitten im Zimmer und knurrte den fremden Mann an.

»Platz, Dolly«, sagte Aidan ruhig, und der Hund gehorchte. Er hatte keine Möglichkeit, zu beschönigen, was gesagt werden musste, also sagte er es einfach. »Tess, Mr. Hughes ist tot.«

Das Blut wich ihr aus dem Gesicht. »Was?«

Aidan hockte sich vor sie und nahm ihre Hände. »Es tut mir leid, Liebes.«

»War es ein Unfall?« Aber ihre Stimme zitterte, und er wusste, dass sie es wusste.

»Nein.« Er sprach so sanft, wie er konnte. »Er ist zu Tode geprügelt worden, Tess.« Er schaute zu Vito auf, und las in seiner entsetzten Miene, dass der Mann bereits die richtigen Schlüsse zog. »Das war leider noch nicht alles. Du wirst es früher oder später sowieso erfahren, deshalb …«

»Sag's mir einfach, verdammt noch mal«, zischte sie. »Sag's mir.«

»An der Leiche hing eine Botschaft. ›Du wirst beurteilt nach den Leuten, mit denen du verkehrst.‹« Er stieß geräuschvoll den Atem aus. »Und ein Artikel über dich.«

Ihre Hände flogen zu ihrem Mund, als sie verstand. Ihre Augen waren trocken, geweitet, und voller Entsetzen. »Oh, mein Gott«, sie flüsterte und begann, sich zu wiegen. »Oh, mein Gott.«

Er schlang die Arme um sie, und obwohl sie sich nicht wehrte, spürte er, dass sie ihn nicht akzeptierte. Sie war wie eine Marmorstatue, erstarrt. »Tess?« Er schob eine Hand unter ihr Haar und legte sie ihr an die Wange. »Hör mir zu.« Er übte mit den Fingerspitzen leichten Druck auf ihren Nacken aus, bis sie ihn endlich ansah. Ihre Augen wirkten glasig. »Hör mir zu«, wiederholte er. »Du hast das nicht getan. Du bist nicht schuld daran.«

Sie sah ihn nur an. Frustriert und hilflos sah er zu Vito auf. »Ich kann nicht bleiben. Ich wollte nur nicht, dass sie die Nachricht von jemandem hört und dann gerade vielleicht in der Öffentlichkeit ist.«

»Danke«, sagte Vito zögernd. »Haben Sie Clayborn erwischt?«

»Noch nicht. Aber wir haben wenigstens einen Anhaltspunkt, was die CD betrifft. Ich muss jetzt gehen.« Aber er konnte nicht, konnte Tess nicht allein lassen. »Tess«, murmelte er. »Verdammt.«

Sie blinzelte. »Weiß Ethel es schon?«

»Einer der Detectives müsste jetzt bei ihr sein. Mia Mitchell.«

Tess nickte. »Ich kenne Mia. »Sie wird ...« Sie schluckte. »Sie wird nett zu ihr sein.«

Aidan stand auf und zog sie mit auf die Füße, und sie lehnte sich an ihn. Sie umarmte ihn nicht, aber sie zeigte ihm, dass sie es brauchte. Er schlang ihre Arme erneut um sie und küsste sie auf die Wange. »Ich muss jetzt los.«

Sie nickte steif und trat zurück. »Wohin soll ich gehen? In meine Wohnung?«

»Nein, noch nicht. Du kannst hierbleiben, wenn du willst.«

Er warf Vito einen Blick zu. »Ich kann Dolly in den Garten bringen. Dann kann sie Sie immer noch warnen, wenn jemand kommt. Andernfalls wird sie Sie nicht mehr reinlassen, falls Sie gehen wollen.«

»Ich verstehe.« Vito nickte, immer noch zögernd.

Aidan ging zur Tür, wandte sich dort aber noch einmal um. Tess saß wieder auf dem Stuhl, hatte die Augen geschlossen und die Hand an Dollys Hals. Sie sah so unglaublich zerbrechlich aus.

Dann öffnete sie die Augen, und er erkannte, dass sie das nicht war. Er sah eiserne Entschlossenheit gemischt mit furchtbarer Trauer. »Geh«, sagte sie streng, doch in der Stimme waren Tränen. »Finde ihn.« Ihre Stimme brach, und die Tränen strömten ihr über das Gesicht. »Bitte.«

Mittwoch, 15. März, 18.45 Uhr

Geschafft. Joanna Carmichael las ihre Story ein letztes Mal, bevor sie sie ausdruckte. Sie wollte Ciccotelli, aber für den Augenblick reichte auch die Fliege, die sie auf dem Klebepapier gefangen hatte. Vielleicht würden die engsten Freunde dieser Frau ein wenig Druck auf sie ausüben, damit sie das Exklusivinterview bekam. In jedem Fall war der Artikel gut und bereits für die Wochenendausgabe eingeplant worden.

Die Tür hinter ihr öffnete sich, und sie wandte sich um. Ein müder Keith trat ein. Er hasste seinen Job bei der Bank, das wusste sie. Er hatte eine fantastische Stelle bei einer Investmentfirma in Atlanta ausgeschlagen, um mit ihr nach Chicago zu ziehen, damit sie ihren Traum, sich aus dem Schatten ihres Vaters und dessen Zeitung zu befreien, wahr machen konnte. Aber dass das Lächeln nicht seine Augen erreichte, hatte, wie sie ebenso gut wusste, nichts mit seinem Bankjob zu tun. Sondern mit ihr. Er war noch immer gekränkt wegen Montag. »Es tut mir leid, Keith. Es war mein Fehler.«

Er kam zu ihr und küsste sie auf den Scheitel. »Ich weiß, Süße. Schon okay.« Aber das stimmte nicht. Sie hörte die Anspannung in seiner Stimme.

Sie öffnete das Druckerfenster und klickte auf »OK«. »Hast du Lust, etwas essen zu gehen?«

»Ich bin müde. Lassen wir eine Pizza kommen, okay?« Er band seine Krawatte los und verengte die Augen, als er die erste Seite aus dem Drucker kommen sah. »Das ist ja gar nicht über Ciccotelli, Jo. Was soll das?«

Sie gab die E-Mail-Adresse des Ressortleiters ein und hängte den Artikel an. »Nennen wir es subtile Manipulation.«

Sein Mund verhärtete sich. »Ich würde das Erpressung nennen. Das kannst du nicht machen, Jo.«

Sie drückte auf »Senden«. »Hab ich schon.«

Keith trat einen Schritt zurück, und sein Blick wurde kalt. »Ich weiß nicht, für wen du dich hältst, aber wenn du glaubst, dass du wieder klar im Kopf bist, dann lass es mich wissen.« Er wandte sich zur Tür.

»Wohin gehst du?«

»Raus. Spazieren. Bevor ich etwas sage, das ich bereue.«

Mittwoch, 15. März, 19.25 Uhr

»Verdammte Scheiße«, murmelte Murphy. »Wir sind schon wieder zu spät.«

Aidan stand im Türrahmen zu Bacons Badezimmer und betrachtete die Leiche mit dem Gefühl, vom Pech verfolgt zu werden. Er war derjenige gewesen, der endlich die richtige Wohnung gefunden hatte. Es war die fünfte auf seiner Liste gewesen; eine renovierte Kellerwohnung in dem alten Haus eines Pensionärsehepaars, das keine Ahnung hatte, dass sie einen Spanner in ihrem Haus beherbergt hatten. Der Mann hatte Bacon sofort erkannt, ihn aber Mr. Ford genannt. Aidan hatte rasch einen Durchsuchungsbefehl angefordert und dann unruhig darauf gewartet. Murphy war gleichzeitig mit dem Befehl gekommen, also waren sie zusammen hineingegangen.

Bacons Computer war vernichtet, der Monitor zerschmettert worden, die Festplatte in einer Schüssel mit Schwefelsäure eingeschmolzen worden, sofern das Etikett auf der Flasche daneben den tatsächlichen Inhalt kennzeichnete. Bacon dümpelte in der mit blutigem Wasser gefüllten Badewanne. Er hatte sich die Pulsadern aufgeschnitten, der miese Kerl.

Ein Stapel Kleidung lag neben dem Klo auf dem Boden, und Aidan hob vorsichtig Hose und Hemd auf. Die Hose war durchnässt von dem Wasser, das aus der Wanne geschwappt war. Er schnupperte an den Sachen. Und runzelte die Stirn. »Riech mal.«

Murphy zuckte die Achseln. »Ich rieche nur Zigarettenrauch.«

»Die Hose riecht nach Qualm. Das Hemd nicht.«

Murphy zuckte wieder die Achseln. »Tut mir leid.« Er sah sich stirnrunzelnd um. »Warum heute? Warum hat er sich ausgerechnet heute das Licht ausgeknipst?«

»Das frage ich mich auch. Er musste doch noch auf das Geld gehofft haben, das Tess ihm vielleicht geben würde. Also warum sich heute umbringen?«

»Entschuldigen Sie bitte, Detectives.« Der Fotograf der Spurensicherung war angekommen, und Aidan machte ihm Platz. »Ich sehe zu, dass ich so schnell wie möglich fertig bin.«

Jack und Rick waren direkt hinter ihm. Rick sah sich bereits kopfschüttelnd im Raum um. »Wir müssen sein Lager finden«, sagte er. »Diese Jungs haben immer eine Videosammlung, und sie haben immer hübsche Verstecke.«

Aidan ging mit den anderen ins Wohnzimmer. »Können wir mit der Festplatte noch etwas anfangen?«

Rick betrachtete zweifelnd den Klumpen, der in der Säure schwamm. »Ich denke nicht. Bacon muss etwas ziemlich Verräterisches auf dem Ding gehabt haben. Wenn ich mich recht erinnere, haben wir ihn damit beim letzten Mal überführt. Der Idiot hatte alles – die Mädchen, die Videos – auf der Platte gespeichert. Ohne das hätten wir ihn nie verurteilen können.«

Murphy suchte die Decke ab. »Wir sollten auch hier nach Kameras sehen.«

»Es kommt mir unwahrscheinlich vor, dass er ausgerechnet hier welche installiert hat«, sagte Jack. »Aber wer weiß – vielleicht haben wir ja Glück, und der Kerl hat sich selbst überwacht. Das wäre wirklich Ironie.«

»Und eher untypisch«, fügte Rick hinzu. »Bacon beobachtet gerne. Hat gerne beobachtet. Beobachtet zu werden wird ihm das Gefühl von Kontrollverlust gegeben haben. Aber ich werde alles absuchen.«

»Im Moment konzentrieren wir uns auf sein Versteck«, entschied Jack. »Was denkst du, wie groß es in etwa ist, Rick?«

»Manche von den Typen haben Hunderte von Videos. Bacon war ziemlich lange dabei.«

Hunderte, dachte Aidan grimmig. *Aber ich muss nur eins finden.* Dann überkam ihn das schlechte Gewissen. Jedes Video stand für ein Opfer – ein Opfer wie Tess. »Ich übernehme das Schlafzimmer.«

Jeder suchte sich ein Zimmer, während die Gerichtsmedizin eintraf und die Leiche aus der Wanne fischte. Aidan hatte in jeder Schublade, unter der Matratze und in sämtlichen Winkeln, Fächern und Kästen nachgesehen, bis er die Schranktür öffnete. Und staunend erstarrte. »Murphy!«

»Was hast du … – Verdammt!«, zischte Murphy, als Aidan einen braunen Mantel mit Bügel aus dem Schrank nahm. »Nicole Riveras Mantel. Und die Perücke.«

Aidan hängte den Mantel zurück. »Warum hat Bacon Mantel und Perücke?«

»Und die Waffe.«

Sie wandten sich um und sahen Jack, der eine Halbautomatik in der Hand hielt. »Dasselbe Kaliber wie bei der Pistole, die Rivera getötet hat«, sagte Aidan tonlos.

Jack nickte. »Sie war in der Zimmerdecke versteckt. Mit ein paar anderen Dingen, die ihr euch ansehen solltet.«

Die andere Dinge waren Bilder … Kopien der Polizeifotos

von Cynthia Adams' Schwester und Avery Winslows Sohn. Listen von Tess Ciccotellis Patienten und eine genaue Aufstellung ihrer täglichen Angewohnheiten – Training, Einkaufen, Arbeiten etc. Sonntags Brunch mit ihren Freunden. Ihre Vorliebe für Treppen. »Quittungen«, murmelte Aidan. »Die Originalquittungen für die Puppe und den Teddy.«

»Und eine Speicherkarte für eine Kamera.« Rick legte sie auf den Küchentisch neben die Bilder und die Quittungen. »Wir schauen uns im Labor an, ob etwas drauf ist. Und dann habe ich das hier gefunden.« Rick zog zwei weitere Fotos aus dem Stapel.

Murphy seufzte. »Blaine Connell.« Es war eine Nachtaufnahme, die zwei Männer zeigte. Der eine war Connell, der Geld annahm. Auf dem zweiten Foto, einer Nahaufnahme, war zu sehen, wie Connells Hand sich über einen Stapel Dollarnoten mit dem Bild von Benjamin Franklin legte.

»Kennst du den anderen Typen?«, fragte Aidan, und Murphy zögerte.

Dann weiteten sich seine Augen, und er nickte. »Ich weiß nicht, wie er heißt, aber ich habe ihn schon mal gesehen. Er war auf den Aufnahmen der Security in Sewards Wohnhaus. Er hatte einen Overall der Haustechnik an. Bacon muss ihn angeheuert haben.« Murphy sog scharf die Luft ein. »Bacon soll das alles geplant und organisiert haben? *Alles?*«

Aidan betrachtete die Bilder, die Pistole. Alles. »Irgendwie ist das schwer zu glauben.« Es fühlte sich … falsch an. »Warum? Was für ein Motiv sollte er dafür haben?«

Jack schob ein Blatt Papier in die Tischmitte. »Das ist Bacons psychisches Gutachten.«

Murphy überflog es mit gerunzelter Stirn. »Tess hat das Gutachten erstellt.«

»Und noch etwas.« Jack hielt ein anderes Blatt Papier hoch, so dass alle es sehen konnten. »Ein Abschiedsbrief. Er gesteht, dass er das alles getan hat.«

Mittwoch, 15. März, 20.15 Uhr

Neben ihr setzte sich Dolly knurrend auf und stellte die Ohren nach vorne. Tess hörte die Garagentür gehen. Aidan war zurück. Er würde Neuigkeiten von dem Mann haben, der sie gefilmt hatte. Der ihre Bilder vielleicht schon verkauft hatte. Der dafür gesorgt hatte, dass sie vielleicht im Internet von jedem betrachtet werden konnte, der sich auf Pornoseiten klickte, und sie konnte überhaupt nichts dagegen tun. Aber obwohl ihr Magen rebellierte, ließ sie den Kopf sinken.

Es war beschämend, dass sie sich über Videos sorgte, wenn Ethel Hughes' Leben ganz und gar ruiniert war.

Mr. Hughes. Zu Tode geprügelt. Sie konnte noch Aidans Stimme hören, die so sanft geklungen hatte. *Nicht deine Schuld.* Ja, na klar. *Du wirst nach den Leuten beurteilt, mit denen du verkehrst.* Mr. Hughes war tot, weil er ihr Freund gewesen war. Wer würde der Nächste sein? Amy? Jon? Sie hatte sie angerufen und gewarnt, sie sollten vorsichtig sein. Nicht allein ausgehen. Vor dem Anruf bei Ethel Hughes hatte sie sich bisher gedrückt. Aber sie würde anrufen müssen. Der Frau sagen, wie leid es ihr tat. Das war das mindeste, was sie tun konnte, aber sie schaffte es im Augenblick nicht.

Du bist ein Feigling, Chick. Die Tatsache ließ bittere Galle in ihrer Kehle aufsteigen. Ihre Freunde waren in Gefahr, aber sie versteckte sich in Aidans Wohnung. Und tat nichts.

Aidan kam durch die Tür und riss überrascht die Augen auf, als Dolly ihn ansprang. Liebevoll schubbelte er sie hinter den Ohren und begegnete Tess' Blick. »Wo ist dein Bruder?«

Tess legte sich einen Finger auf die Lippen. »Schläft. Auf deinem Sofa. Bevor er hergekommen ist, hatte er eine Doppelschicht und war dann die ganze Nacht auf, weil er Angst um mich gehabt hat.«

Aidan sah durch die Tür ins Wohnzimmer und entdeckte Vito, der auf dem Bauch auf seinem Sofa lag und leise schnarchte. Die Füße hingen über der Sofakante, und Bella hatte sich auf seinem Hintern zusammengerollt.

»Hier riecht's aber gut.« Er öffnete seinen Mantel, ging zum Tisch und beugte sich darüber, wobei er anerkennend schnupperte. »Sind das Cannoli?«

Ihre Mundwinkel hoben sich. Die Ehrfurcht in seiner Stimme machte ihr Herz ein klein wenig leichter. »Jawohl. Und Ravioli. Alles selbst gemacht.«

Er nahm ein Stück von der Süßspeise, steckte sie in den Mund und schloss die Augen. »Hmm, die sind ja gut. Ich bin völlig ausgehungert. Wo hast du denn die Zutaten für all das her?«

»Wir haben es uns anliefern lassen.« Sie machte eine ungeduldige Geste, als er sie finster ansah. »Vito ist an die Tür gegangen. Ich bin nicht blöd, Aidan.«

»Das habe ich auch nicht gesagt. Wie geht's dir?«

Achselzuckend machte sie sich daran, einen Korkenzieher in eine Flasche Rotwein zu treiben und fand das Zustoßen, Drehen und Zerren sehr befreiend. »Willst du ein Glas? Das ist gut fürs Herz, weißt du.«

»Und deswegen trinkst du das?«, fragte er.

»Tatsächlich deswegen. Mein Vater hat ein schwaches Herz, also laufe ich dreimal die Woche, nehme jeden Morgen ein Aspirin und trinke jeden Abend ein Glas Rotwein.« *Damit ich nicht wie er ende.* In mehr als einer Hinsicht. »Willst du jetzt eins oder nicht?«

»Ein halbes. Hat der Supermarkt den auch gebracht?«

»Den? Nein. Den habe ich in einem Weinladen in der Nähe meiner Praxis erstanden. Ich bin vorbeigefahren, nachdem ich im Tresor fertig war und Joanna Carmichael angepflaumt habe.«

Seine Brauen wanderten aufwärts. »Carmichael ist in deine Praxis gekommen? Warum?«

»Sie will immer noch das Exklusiv-Interview.«

»Immer, wenn ich bei ihr vorbeigehe, ist sie nicht da.«

»Weil sie mich offenbar ständig beschattet.« Tess sah das junge Mädchen mit dem unschuldigen Zopf und dem Raubtierleuchten in den Augen vor sich. »Sie droht, meine Freunde bloßzustellen. Also habe ich Amy, Jon und Robin inzwischen noch einmal gewarnt.« Einmal vor der Bloßstellung, einmal vor Lebensgefahr. *Weil sie meine Freunde sind.* Den ganzen Tag schon versuchte sie, deswegen nicht zusammenzubrechen.

Seine Brauen zogen sich zusammen. »Was haben deine Freunde denn zu verbergen, Tess?«

Sie zuckte die Achseln, verärgert über seine Frage. Verärgert, dass ihre Freunde verwundbar waren. »Jeder hat etwas, das er lieber im Verborgenen weiß. Du wahrscheinlich auch, Aidan.«

Seine Augen wurden ausdruckslos. »Du warst also einkaufen?«

Eine holprige Überleitung, aber sie ließ sie zu. »Ja. Ich habe Schuhe gekauft und ein Geschenk für deine Mutter und Wein.« Sie widmete sich wieder dem Korken und spürte, wie die schlechte Laune sich in ihr ausbreitete. »Die Frau, die den Weinladen betreibt, war mal mit einem wichtigen Geschäftsführer verheiratet, bis er ihr eines Tages – zack!«, sie zog den Korken mit einem Ploppen aus der Flasche, »sagte, ›Das war's, Marge‹, und sie für irgendeine dürre, blonde Schlampe, die kaum den Kinderschuhen entwachsen war, verlassen hat.« Die Worte kamen so bitter heraus, dass sie selbst das Gesicht verzog.

»Er hat sie betrogen«, sagte Aidan ruhig.

»Ich bin wahrscheinlich in solchen Dingen etwas voreingenommen. Jedenfalls hat Marge alles, was sie besaß, in diesen Weinladen gesteckt.« Tess schnupperte am Korken. »Ich kaufe nur bei Marge. Ich finde, sie hat Unterstützung verdient.«

Er betrachtete sie eingehend. »Wie geht's dir, Tess?«

Ihre Hände zitterten, als sie sich einschenkte, und der Wein schwappte über den Rand des Glases. »Ich habe Angst. Ich frage mich dauernd, wer der Nächste wird. Ich fühle mich wie ein elender Feigling, dass ich mich hier verstecke.«

»Setz dich.«

Sie gehorchte und seufzte, als er einen Arm um ihre Schultern legte und sie an sich zog. Er bot Stärke und Wärme zu einer Zeit, wo sie beides bitter nötig hatte, also ließ sie ihn, lehnte sich gegen ihn, legte den Kopf an seine Schulter.

»Du bist kein Feigling«, murmelte er. »Denk noch nicht einmal an so was.«

»Meine Freunde sind in Gefahr, weil ...« Sie schluckte und zwang die Worte in einem heiseren Flüstern hervor. »Weil sie mit mir verkehren. Und ich kann nichts dagegen tun, weil ich nicht einmal weiß, wo ich ansetzen soll.«

Er drückte ihr einen Kuss auf den Scheitel. »Du hast nichts getan. Tess, hast du schon einmal von einem David Bacon gehört?«

Sie hob den Kopf und konzentrierte sich. »Ich glaube ja. Er ... Er war einer von den Angeklagten, für die Eleanor ein Gutachten erstellen sollte, als sie starb. Es muss beinahe vier Jahre her sein.«

»Drei Jahre und acht Monate.«

»Könnte stimmen.« Sie legte den Kopf zur Seite und musterte ihn. »Warum?«

»Eleanor war eine ehemalige Partnerin, richtig?«, fragte er, statt ihr zu antworten.

»Ja. Sie hat mich unter ihre Fittiche genommen, als ich noch studierte. Hat mich darauf getrimmt, ihre Praxis zu übernehmen. Wir glaubten, sie hätte noch so viel Zeit. Dann hatte sie einen Herzanfall – ohne Vorwarnung. Nach ihrem Tod übernahm ich ihre Gutachten. Ich erinnere mich an David Bacon. Eleanor hatte den größten Teil der Arbeit schon getan, also sprach ich nur noch einmal mit ihm und unterschrieb dann den Bericht. Ich musste nicht einmal vor Gericht aussagen.« Sie schauderte. »Es war unheimlich.«

»Du scheinst dich recht gut an ihn zu erinnern. War er dein erstes gerichtliches Gutachten?«

»Nein. Ich hatte schon vorher andere erstellt, aber bei diesem hatte ich es zum ersten Mal mit zwei Strafverfolgungsbehörden zu tun. Das FBI war daran beteiligt, weil … Oh, mein Gott. Er hat Kameras in Mädchenumkleiden installiert. Da ging es um Kinderpornographie, weil die meisten Mädchen unter achtzehn waren, und die Bundesagenten ermittelten. *Er* ist derjenige, der die Kamera in meine Dusche eingebaut hat?«

»So sieht es aus.«

Sie fürchtete sich zu fragen. »Habt ihr ihn gefasst?«

Er nickte, und Erleichterung durchströmte sie. Das Mitternachtsultimatum, das sie den ganzen Tag gequält hatte, bestand nicht mehr. Bacon würde das Video weder den Medien noch sonst jemandem verkaufen. Aber etwas stimmte nicht. »Er ist tot, nicht wahr?«

»O ja.«

»Habt ihr ihn getötet?«

»Nein.«

»Eigentlich dachte ich, dass das eine gute Nachricht sei. Ich müsste erleichtert sein. Warum bin ich es nicht wirklich?«

Seine blauen Augen sahen sie gequält an. »Weil ich den Eindruck habe, dass es nicht stimmig ist. Wir haben genügend Beweise gefunden, dass er für die Selbstmorde von Adams und Winslow und Seward verantwortlich ist. Wir haben eine Pistole mit demselben Kaliber gefunden wie die, mit der die Stimmimitatorin ermordet wurde. Wir haben das Gutachten mit deiner Unterschrift gefunden. Und wir haben Beweise, dass ein Cop aus meinem alten Bezirk in die Sache verwickelt ist.«

»So ist er also an die Polizeifotos gekommen«, murmelte sie. »Ich habe mich schon gefragt, wie er das gemacht hat. Und wo habt ihr diese Beweise gefunden?«

»Alle passenderweise hinter der Deckenverkleidung verborgen.«

»Ja, hübsch«, stimmte sie ihm zu. »Du glaubst nicht, dass er es getan hat.«

»Nein, tue ich nicht.«

»Ich bin dem Mann nur einmal begegnet, Aidan, aber in meiner Erinnerung ist er nicht der Typ Mensch, der so ... extrem organisiert und kaltblütig handelt.«

Er seufzte. »Das dachte ich mir. Morgen werden wir uns ein bisschen eingehender mit Mr. Bacon beschäftigen. Jetzt muss ich leider wieder los.«

»Zurück an die Arbeit?«

»Nein, zu meinen Eltern. Ich muss mit Rachel reden.«

»Ist alles in Ordnung mit ihr?«

»Mein Vater meint ja, aber ich will dennoch mit ihr reden.« Er zuckte die Achseln. »Ich muss mich selbst davon überzeugen.«

Tess dachte an die Art, wie Vito sie am Morgen umarmt hatte. Seine Furcht und die Liebe waren spürbar gewesen.

»Ich habe ein kleines Dankeschön für deine Mutter. Kannst du es ihr geben?«

»Komm doch mit und gib es ihr selbst. Wir lassen Vito eine Nachricht da.«

Mittwoch, 15. März, 21.00 Uhr

Wenn man bedachte, dass Destin Lawe nur ein schmieriger, ständig alkoholisierter Privatdetektiv war, dann machte er sich gar nicht mal so schlecht. Er hatte seinen Job jedenfalls erledigt. Nun würde er frühzeitig in den Ruhestand gehen.

Er stieg mit einem beeindruckten Blick in den Wagen. »Neue Reifen?«

»So ähnlich.« Es war wirklich eine Schande. Lawe hatte trotz seines Namens überhaupt keine Probleme, das Gesetz zu umgehen oder zu brechen, wenn es nötig war. Er war der perfekte Mittler gewesen – ein amoralischer Mensch mit Spielschulden und einem beinahe unheimlichen Talent, normale brave Bürger bei etwas Ungehörigem zu ertappen. Es würde schwer werden, den Mann zu ersetzen.

»Was hat es denn mit dem Regenmantel auf sich?«, fragte Lawe und musterte den hässlichen Mantel, der für den einmaligen Gebrauch viel zu viel gekostet hatte. »Laut Wetterbericht bleibt es noch ein paar Tage kalt und klar.«

»Ich würde sagen, es wird noch beträchtlich kälter. Haben Sie sie gefunden?«

»Natürlich. Obwohl mir schleierhaft ist, warum Sie ein Collegemäuschen wollten. Hier ist Name, Adresse und Stundenplan.« Er zog einen Zettel aus der Tasche und reichte ihn hinüber, während er das Radio in dem teuren Mercedes betrachtete, der nur allzu leicht zu stehlen gewesen war. *Ich habe in all den Jahren nichts verlernt.* Dass es ein neueres Modell war als der von Ciccotelli machte den Fund noch hübscher.

Die Studentin wohnte auf dem Campus in der Nähe des Schuhgeschäfts, in dem Ciccotelli heute gewesen war. Armes Mädchen. Falscher Ort, falsche Zeit für sie. Lawe hatte ihr auch das Foto des Mädchens zurückgegeben. Wunderbar. Joanna Carmichael hatte Ciccotelli durch die halbe Stadt verfolgt und Bilder gemacht. Die kleine Reporterin war wirklich sehr hilfreich. »Sie hat einen schlechte Schuhgeschmack.«

Lawe erstarrte plötzlich, den Mund halb geöffnet zu einer Antwort, die ihm im Hals steckengeblieben war. Selbst im schummrigen Licht der Straßenlaternen konnte man sehen, dass jeder Tropfen Blut aus seinem Gesicht gewichen war.

Der Lauf einer schallgedämpften Waffe hatte meistens einen solchen Effekt.

»Warum?«, fragte er heiser. Er glaubte, sich verstohlen zu bewegen, aber die Hand, die nach seiner Pistole tastete, war so deutlich sichtbar wie seine Blässe. Die Kugel in seinem Handgelenk ließ ihn aufschreien und sich rasch umwenden, um den Türgriff zu packen, doch dieser war nicht mehr da. Schwer atmend presste er sich mit dem Rücken an die Tür.

»Es ist nur zu Ihrem Besten. Blaine Connell wird reden.«

Er stöhnte. »Nein, wird er nicht. Die Cops haben nichts in der Hand. Das kann ich versprechen.«

»Doch, das haben sie jetzt.«

Seine Augen weiteten sich, als er begriff. »Sie haben denen einen Beweis gegeben? Warum denn?«

»Weil es hier um Sie oder mich ging.« Die nächsten sechs Schüsse trafen ihn sauber ins Herz, der achte und neunte in den Kopf, als er vornüberfiel. »Und da fällt die Wahl natürlich leicht, Mr. Lawe. Bei der Alternative wähle ich immer mich selbst.«

Der Mantel ließ sich, genau wie in der Werbung, zu einem kleinen Päckchen zusammenfalten. Das war wahrscheinlich ein Vorteil für Zeltfans, die es aus unerfindlichen Gründen liebten, primitiv zu leben. Der blutige, zusammengeknüllte Mantel würde sich leicht in irgendeinem Großstadtmülleimer entsorgen lassen – *ein Vorteil für mich*.

Der Umstieg in den anderen Wagen war fast eine Erleichterung. Der Mercedes hatte bei der Schießerei doch sehr gelitten, denn Bacons Körperflüssigkeiten hatte das ganze Interieur besudelt. Blieb nur zu hoffen, dass die Besitzer gut versichert waren, weil es sich nun um Mr. Lawes letzte Ruhestätte handelte.

In ungefähr dreißig Sekunden würde Mr. Lawes irdische Ruhestätte die Temperatur seiner ewigen erreichen. Drei … zwei … eins. Sehr hübsch. Die Explosion erhellte kurz den Himmel, bevor das Feuer sich behaglich einbrannte.

Somit waren so gut wie alle losen Fäden abgeschnitten. Rivera, Bacon, Lawe. Die Blade-Jungs, die Hughes getötet hatten, mussten im Auge behalten werden, obwohl die Chance, dass einer von ihnen zu plaudern begann, mehr als gering war. Aber zu vernachlässigen, dass Handlanger noch eigene Interessen verfolgen könnten, hatte es Bacon beinahe ermöglicht, das Schiff zu versenken. Die Cops hatten ihn schon entdeckt. Früher als erwartet. Reagan war nicht zu unterschätzen.

Aber nun hatten sie ja alle Beweise gefunden, die sie zur

Beruhigung brauchten. Sie konnten den Fall abschließen und sich um den nächsten kümmern. Bilder, Berichte, die Waffe … brillant, die Waffe auch dort zu verstecken. Die Polizei musste nun glauben, dass sie das Rätsel gelöst hatte. Sie würde Ciccotelli sagen, dass sie nun in Sicherheit war. Vielleicht würde sie heute Nacht sogar schlafen.

Bis das nächste Opfer fiel. Was schon bald sein würde. *Du wirst beurteilt nach den Leuten, mit denen du verkehrst. Wenn ich fertig bin, wird niemand mehr auf ihrer Seite stehen. Sie wird allein und ganz und gar verwundbar sein. Dann gehört sie mir.*

15

Mittwoch, 15. März, 21.45 Uhr

Nanu?« Die Augen von Aidans Mutter leuchteten auf, als er in die Küche kam, und blickten dann interessiert, als Tess kurz hinter ihm eintrat. Becca und Rachel saßen am Küchentisch; seine Mutter schnitt Coupons aus, während Rachel Mathematik-Hausaufgaben machte. Aidan stellte die gratinierten Ravioli auf die Küchentheke und küsste die Wange seiner Mutter.

Becca lächelte Tess an. »Wie nett von Ihnen, dass Sie an uns gedacht haben, Tess.«

Tess hielt ihr eine hübsch verpackte Schachtel mit Schleife hin. »Das ist für Sie, Mrs. Reagan. Ein Dankeschön für Ihre Hilfe gestern Abend.«

»Aber das wäre doch nicht nötig gewesen!« Dennoch nestelten ihre Finger bereits an dem Papier, und kurz darauf sog sie entzückt die Luft ein. »Meine Güte!« Sie hob einen weichen Kaschmirpullover aus der Schachtel. Dann legte sie ihn schnell wieder hinein. »Das ist zu teuer. Das kann ich nicht annehmen.«

»Doch, können Sie«, sagte Tess fröhlich. »Der war im Ausverkauf.« Sie zwinkerte Becca verschwörerisch zu. »Das ist Ihre Farbe, Mrs. Reagan. Probieren Sie ihn an. Wenn er nicht passt, habe ich noch die Quittung.« Becca sauste davon, und Aidan sah ihr perplex hinterher. »Ich wusste gar nicht, dass sie auf Kaschmir steht.«

Tess schnalzte verächtlich mit der Zunge. »Du schenkst ihr wahrscheinlich Töpfe und Pfannen zum Muttertag, oder?« Er schwieg, und sie schüttelte den Kopf. »Ich habe also recht. Schäm dich, Aidan.« Ihr Handy klingelte und sie versteifte sich. »Bitte nicht«, murmelte sie. Doch als sie die Nummer auf dem Display sah, entspannte sie sich. »Vito. Er scheint aufgewacht zu sein. Entschuldigt mich bitte.« Sie ging in die Waschküche, außer Sicht, und Rachel sah ihn neugierig an.

»Sie hat bei dir gekocht?«

»Und Cannoli gemacht. Selbst gemacht.«

Rachel setzte sich auf. »Cannoli? Wo?«

»Sind noch bei mir. Du glaubst doch nicht ernsthaft, dass ich dir welche abgebe.«

Sie zog die Brauen zusammen. »Ekelhafter Kerl. Glaubst du wirklich, dass sie den Pulli im Ausverkauf erstanden hat?«

»Bestimmt nicht. Aber ich werde den Teufel tun und Mom das sagen.« Er setzte sich neben Rachel und betrachtete sie. Sie sah müde aus. »Harter Tag?«

»Ja. In der Schule habe ich die ganze Zeit eigentlich nur darauf gewartet, dass mich jemand auf die Sache mit Marie anspricht, aber es ist nichts passiert. Die Cops kamen in der fünften Stunde und haben die Mistkerle eingesammelt.«

»Also hat Marie gesagt, wer sie vergewaltigt hat?«

Rachel schloss die Augen. »Vermute ich. Sie war heute wieder nicht in der Schule, aber es gingen Gerüchte um, dass ihr Vater nach der ersten Stunde beim Rektor war und einen Riesenaufstand gemacht hat, also scheinen ihre Eltern es jetzt zu wissen.« Sie schlug die Augen auf und sah ihn bittend an. »Habe ich das Richtige getan, Aidan?«

Er drückte sie an sich. »Ja, Kleines, das hast du.« Er hoffte, dass er die Wahrheit sagte.

Tess kam mit dem Telefon in der Hand zurück. »Vito will mit dir reden.«

»Wer ist Vito?«, hörte er Rachel fragen, als Tess sich neben sie setzte.

»Mein großer Bruder«, antwortete Tess. Sie tippte auf Rachels Buch. »Was ist das?«

»Kurvendiskussion.« Rachel verzog das Gesicht. »Und ich kapier's nicht.«

Tess beugte sich über das Buch. »Vor langer, langer Zeit in einer fernen Galaxie konnte ich das mal. Lass mich sehen, ob es vielleicht noch geht …«

Aidan schloss die Tür zur Waschküche. »Ja, Vito? Was gibt's?«

»Ihr Nachbarkind hat mich geweckt.«

»Zwölf Jahre? Sommersprossen? Er geht manchmal mit meinem Hund.«

»Tja, das wollte er diesmal nicht. Er hat beinahe die Cops gerufen, als ich die Tür aufmachte. Wollte einfach nicht glauben, dass ich zu Gast bin.«

»Er will auch zur Polizei«, sagte Aidan mit Zuneigung in der Stimme. »Er ist ein netter Bursche.«

»Ja.« Vito lachte beißend. »Ihnen gegenüber vielleicht. Er wollte erst mit mir reden, nachdem ich ihm so gut wie jeden Ausweis gezeigt hatte, den ich besitze. Er sagt, ein paar Häuser weiter steht auf der Straße den ganzen Nachmittag schon ein Auto. Ein Typ drin, groß, rasierter Schädel.«

Aidans Nackenhaare stellten sich auf. Clayborn. »Scheiße. Woher weiß er, dass Tess bei mir ist? Woher hat der Kerl meine Adresse?«

»Keine Ahnung. Der Junge sagte, er wollte es Ihnen eigentlich erzählen, sobald Sie nach Hause kommen, aber er hätte bei einem Videospiel die Zeit vergessen.«

»Der Wagen wird wohl jetzt nicht mehr da stehen.«

»Ich bin schon zweimal um den Block gegangen und habe nichts gesehen. Hören Sie, ich habe ein paar Dinge zu erledigen. Sie bleibt bei Ihnen?«

»Ich lasse sie nicht aus den Augen. Da können Sie sicher sein.«

»Haben Sie den Mistkerl erwischt, der ihr die CD geschickt hat?«

»In gewisser Hinsicht. Er ist tot. Sieht aus, als hätte er Selbstmord begangen.«

Vito war einen Moment still. »Sieht aus?«

»Im Moment. Sagen wir einfach, es sind noch nicht alle Fragen beantwortet. Wo finden wir Sie? Später, meine ich.«

»Ich werde im Hotel sein.« Vitos Tonfall veränderte sich. Nun klang er leicht drohend. »Sagen Sie Tess, dass ich sie in ein paar Stunden abhole. Ich habe ihr ein Zimmer besorgt, dann kann sie bei mir bleiben.«

Aidans Lippen zuckten bei der kaum verschlüsselten Warnung, die Finger von Vitos Schwester zu lassen. »Ich sag's ihr.« Ob sie Vitos Forderung entspräche, würde eine ganz andere Sache sein.

Er kehrte in die Küche zurück, wo Tess und Rachel ins Gespräch vertieft waren. Tess hatte Rachels Stift in der Hand und erklärte ihr die Hausaufgabe.

Seine Mutter kehrte zurück und fummelte am Kragen des Pullis herum. »Und?«

Aidan strahlte sie an. »Tess hat recht, Mom. Die Farbe passt zu dir.«

Draußen hörte man eine Autotür zuschlagen. »Dein Vater ist da«, sagte Becca. Ihr Lächeln war einem besorgten Ausdruck gewichen. Aidan sah, wie sie Tess einen kurzen Blick zuwarf, als sein Vater auch schon hereinpolterte.

Tess war Becca Reagans Blick ebenfalls nicht entgangen. Sie sah wachsam auf, als ein Mann von draußen hereinkam. Er war so groß wie Aidan, und sein schwarzes Haar war mit Grau durchzogen, aber die Augen waren von demselben intensiven Blau. Und plötzlich herrschte in der Küche eine spürbare Spannung.

»Dad«, sagte Aidan. »Das ist Tess Ciccotelli. Tess, mein Vater, Kyle Reagan.«

Kyle Reagan, der Ex-Polizist. Kyle Reagan, der sie nun unter buschigen Augenbrauen finster anblickte. Tess sog die Luft ein. »Nett, Sie kennenzulernen, Sir.«

Er stand nur einen Moment da, dann wandte er sich zu Aidan um. »Was hat sie hier zu suchen?«

»Kyle!«, sagte Becca empört. »Das reicht.«

Mit einem Grunzen stolzierte er vorbei und ging ins Wohnzimmer. »Keine Sorge«, sagte Rachel fröhlich. »Kristen fand er am Anfang auch nicht toll.« Sie zog eine Braue hoch und sah ihren Bruder an. »Und du auch nicht, Aidan.«

Aber Aidan reagierte nicht. Seine Wangen hatten sich gerötet, seine Miene war angespannt. »Ich bin gleich wieder da.«

Tess stand auf und legte ihm eine Hand auf die Brust. »Nicht, Aidan. Schon gut. Ich möchte nicht zwischen dir und deinem Vater stehen.«

»Nein, es ist *nicht* gut.« Entschlossen marschierte er ins Wohnzimmer.

»Oje«, murmelte Becca. »Rachel, setz dich«, fügte sie hinzu, als Rachel an die Tür trat, um zu lauschen. Rachel verdrehte die Augen, gehorchte aber. Die Männer sprachen mit leiser Stimme, aber Tess konnte hier und da ein Wort aufschnappen und sich den Rest leicht zusammenreimen. Vor allem konnte sie sich zusammenreimen, dass Aidan und sein Vater sich stritten und sie der Grund dafür war. Und obwohl sie … *interessiert* an Aidan Reagan war, wollte sie doch nicht die Ursache für einen familiären Bruch sein. Die Ursache für einen Bruch in der eigenen Familie war schlimm genug. Schweigend streifte sie sich ihren Mantel über.

»Danke für alles, Mrs. Reagan.« Sie drückte Rachels Schulter. »Dein Bruder ist sehr stolz auf dich«, murmelte sie. »Du bist ein tolles Mädchen.« Dann marschierte sie ins Wohnzimmer, wo Aidans Vater in einem alten Lehnstuhl saß, die Arme fest vor der Brust verschränkt. Aidan stand mit in die Hüften gestemmten Händen breitbeinig vor ihm. Ihre zornigen Mienen waren identisch, die barschen Stimmen fast nicht zu unterscheiden.

Sie räusperte sich. »Gentlemen.« Sie verstummten und wandten sich ihr zu. »Mr. Reagan, ich weiß nicht, was Sie über mich zu wissen glauben, aber Sie haben ehrenhafte Kinder großgezogen, also muss ich davon ausgehen, dass sie es von Ihnen haben. Ich bin nicht der Mensch, für den Sie mich halten, und wenn Sie mir eine Chance gäben, würden Sie das auch feststellen. Aber ich will nicht der Grund für Reibungen in Ihrer Familie sein. Glaub mir, Aidan, das ist es nicht wert. Ich warte auf dich, bis du so weit bist.«

Sie machte auf dem Absatz kehrt und ging, innerlich bebend, jedoch entschlossen, es sich nicht anmerken zu lassen. Sie winkte Becca zu und ging durch die Waschküche nach draußen, wo der kalte Wind sofort ihr Haar erfasste. Aidans Wagen stand am Straßenrand. Nur noch ein paar Schritte und …

Eine Hand packte ihr Haar und riss sie hoch auf die Zehenspitzen, gleichzeitig spürte sie den kalten Lauf einer Waffe an ihrer Schläfe. »Sag ja kein Wort, Doktor.«

Clayborn. *Verdammter Dreck!* Zum zweiten Mal innerhalb von zwei Tagen mit einer Waffe an ihrem Kopf konfrontiert, explodierte etwas in ihr mit wilder Verzweiflung. Sie fuhr ihm mit den Nägeln ins Gesicht und wand sich wie ein gefangenes Raubtier in seinem Griff. Ein scharfes Reißen in ihrer Kopfhaut trieb ihr die Tränen ins Gesicht, doch sie riss sich los, war frei und machte einen Satz nach vorne. Er grunzte überraschte, bekam ihre Schulter zu fassen, und dann schien sie nur noch über Autopilot zu funktionieren. Sie schlug ihm mit der Handkante fest auf die Nase, hörte den schrillen Schmerzensschrei und trieb ihm gleichzeitig das Knie zwischen die Beine.

Heftig atmend sah sie, wie er zu Boden ging, die linke Hand in den Schritt gepresst, die rechte um die Waffe, und sie hob den Fuß und trat mit dem Absatz ihrer neuen Stiefel mit aller Kraft auf sein Handgelenk ein.

Sie versuchte, ihm die Pistole zu entwinden, und der Ruck ließ sie rückwärts auf den Hintern fallen. Die kalte Nässe des Bodens sickerte durch ihre Jeans, und sie drückte sich mit den Händen hinter dem Rücken ab und hastete im Krebsgang ein paar Schritte rückwärts. Dann tasteten ihre kalten Finger nach dem Abzug der Pistole, und sie sprang auf und wich noch einen Schritt zurück.

Clayborn kam taumelnd auf die Knie. Blut strömte aus seiner Nase und lief über seine Vinyljacke. Er spuckte aus. »Du blöde Fotze«, knurrte er. »Du hast mir die Nase gebrochen. Dafür bring ich dich um.«

Atme, Tess, atme. Sie zwang sich zur Ruhe und hielt die Waffe in beiden Händen, wie Vito es ihr beigebracht hatte. Ließ ihre Stimme so kalt wie möglich klingen, obwohl ihr das Blut so laut in den Ohren rauschte, dass sie glaubte, taub zu werden.

»Wenn Sie noch einen Schritt näher kommen, dann schieß ich Ihnen den Schädel weg, das schwöre ich.« Sie warf den Kopf, um die Haare aus dem Gesicht zu entfernen, und spürte, wie sie ihre Fassung zurückerlangte. »Aber wenn ich es so bedenke … dann komm doch. Ich bring dich um, du Mistkerl. Für Harrison. Na los, komm. Nur einen Schritt. Ich will dich wirklich gerne umlegen.«

»Das wagst du nicht«, sagte er. Seine Augen waren zu schmalen Schlitzen geworden. Er wischte sich das Blut mit dem Ärmel aus dem Gesicht, aber es strömte weiter. »Das kannst du gar nicht.« Er spuckte wieder, kämpfte sich auf die Füße, und sie zog den Hahn durch.

Er blieb wie angewurzelt stehen und starrte auf den Boden, wo die Kugel nur wenige Zentimeter vor seinem Fuß eingeschlagen war.
»Ach nein, das kann ich nicht?« Ihr Herz hämmerte schmerzhaft gegen ihre Rippen, und sie hob die Waffe, bis der Lauf auf seine Brust zeigte. »Hast du Lust, darauf zu wetten? Ich hatte einen verdammten Scheißtag, Wallace Clayborn, aber wenn du es versuchen willst, dann mal los. Ich warne dich – die Chancen stehen ganz, ganz schlecht!«
»Tess? Oh, mein Gott. Dad!« Aidan schoss aus dem Haus und war in Sekunden an ihrer Seite, die Waffe in der Hand. Weitere Sekunden später befand sich Clayborn auf den Knien, die Hände hinter dem Rücken mit Handschellen zusammengebunden, und doch fuhr ihr der Blick, mit dem er sie bedachte, durch Mark und Bein. Er hätte sie umgebracht. So einfach war das.
»Tess«, sagte Aidan sanft. »Nimm die Waffe runter.«
Sie blickte auf die Pistole in ihren Händen, dann wieder zu Clayborn. »Er hat Harrison getötet.«
»Ich weiß, Liebes. Und du hast ihn gefasst. Er kann dir nichts mehr tun.«
»Er hat Harrison getötet«, wiederholte sie. Nun, da Clayborn auf den Knien lag, zeigte der Lauf auf seinen Schädel. Die Tür krachte wieder, und er hörte eine rauhe Stimme Becca die Order geben, 911 anzurufen. Einen Moment später nahm ihr eine Hand behutsam die Waffe ab, und ein Arm legte sich um ihre Schultern.
»Kommen Sie wieder rein«, sagte Kyle Reagan ruhig. »Alles in Ordnung.«

Tess sah über Clayborn hinweg zu Aidan. »Ruf Mia und Abe an. Sag ihnen, wir haben ihn.«
Aidan nickte. »Mach ich.«

Mittwoch, 15. März, 22.45 Uhr

Aidans Herz hämmerte immer noch wild, als er den Camaro in die Garage fuhr. Obwohl sie nun an seiner Seite in Sicherheit war, sah er immer noch vor sich, wie sie im Vorgarten seiner Eltern stand und mit ruhigen Händen und entschlossener Miene die Waffe auf Clayborn richtete.
Danach waren Abe und Mia gekommen, hatten Clayborn in den Wagen geschafft und ihr Fragen gestellt, die sie mit vollkommen untypischer Knappheit beantwortet hatte.
Sie war wütend gewesen. Sie war es noch immer. Sie hatte kein Wort auf dem Heimweg gesagt, aber er konnte den Zorn in ihr spüren. Aidan schaltete den Motor aus, und sie sprang aus dem Wagen und rannte hinein.
Mit einem Seufzen folgte Aidan ihr und fand sie in seinem Schlafzimmer, wo sie am Fuß des Bettes mit dem Rücken zu ihm stand und am Knopf ihrer Jeans riss. Ihr Pullover lag bereits am Boden, und sie trug nur noch den Spitzen-BH, den er ihr an diesem Tag schon einmal entfernt hatte.
Er kämpfte den Anfall von Begierde nieder, hob den Pullover auf und schluckte erneut, als er das getrocknete Blut am Ärmel fühlte. Clayborns Blut, das ihm aus der Nase geströmt war. Es war das zweite Mal in zwei Tagen, dass sie Blut anderer auf ihrer Kleidung hatte. Aber so leicht hätte es ihr eigenes sein können.
Sie schleuderte ihre schlammige Jeans von sich, setzte sich

in Richtung Bad in Bewegung, blieb dann aber plötzlich stehen und ließ das Kinn auf ihre Brust sinken. Sie schauderte und stieß den Atem aus. »Ich weiß, ich sollte dir danken, dass du mich aufgehalten hast. Ich hätte ihn sonst erschossen.«

»Du hättest ihn nicht erschossen. Nicht einfach so.«

Sie hob den Kopf und lachte bitter.

»Das würde ich auch gerne glauben. Aber ich habe ihn gereizt. Ich habe ihm gesagt, er solle ruhig kommen. Ich wollte ihn umbringen.«

Sein Blut gefror bei dem Gedanken, dass sie einen irren Killer gereizt hatte, aber er zwang seine Stimme, ruhig zu bleiben, als er den Pullover auf ihre Jeans fallen ließ. »Aber du hast es nicht getan. Tess, glaubst du nicht, dass ich weiß, wie du dich fühlst? Manchmal stehe ich da und muss alles, was ich an Kraft habe, aufbieten, um irgendeinem Mistkerl nicht den Kopf von den Schultern zu reißen. Dass ich es nicht tue, macht mich zu einem guten Cop. Dass ich es mir aber wünsche, macht mich zu einem Menschen. Du standst eben vor einem Mann, der deinen Freund getötet hat. Wenn du nicht voller Hass und Zorn gewesen wärest, wärst du nicht normal.«

»Jetzt klingst du wie ein Seelenklempner.« Sie schüttelte langsam den Kopf. »Ich stand da und sah ihn vor mir … und plötzlich ging es nicht nur um Harrison. Sondern um … alle. Um Cynthia und Avery. Und Gwen und Malcolm.« Ihre Stimme brach. »Mr. Hughes«, flüsterte sie. »Gott, Aidan, er ist tot. Nur wegen …«

Er packte ihre Schultern und wirbelte sie herum, damit sie ihn ansah. »Hör auf. Wag ja nicht zu sagen, ›wegen mir‹.«

Ihre Augen blitzten zornig auf. »Aber es stimmt doch«, zischte sie.

Frustriert packte er ihre Schultern fester. »Verdammt, Tess, du hättest heute sterben können.«

Die Glut in ihren Augen verschwand und hinterließ eine derart gequälte Verwundbarkeit, dass auch sein Ärger verblasste. »Denkst du nicht, dass ich das weiß?«, flüsterte sie.

Es war ganz typisch: Dem Adrenalinrausch nach einer lebensgefährlichen Situation folgte der Abstieg in die totale emotionale Erschöpfung. Aidan hatte das schon hundertmal zuvor bei Hunderten von Opfern erlebt. Aber diesmal war es anders. Diesmal ging es um Tess. Er sah die Angst in ihren Augen und wollte sie beseitigen. »Du lebst«, murmelte er. Dann küsste er sie, weil ihm nichts Besseres einfiel, um ihr die Wahrheit seiner Worte zu beweisen.

Sie wehrte ihn nicht ab, also vertiefte er den Kuss, und sein Herz legte an Tempo zu, als sie nach einem Moment regloser Akzeptanz plötzlich in Bewegung geriet, sich auf die Zehenspitzen stellte, die Arme um seinen Nacken schlang und sich an ihn presste. Aus einem Kuss wurden zwei, dann drei, als seine Hände über ihren nackten Rücken glitten. Er umfasste ihre Pobacken und zog sie hoch, drückte sie fester an sich, als sie sich an ihm wand und ein tiefes Geräusch aus ihrer Kehle drang.

Sie nahm den Kopf zurück, und er sah eine beinahe verzweifelte Leidenschaft in ihren Augen. »Heute Nacht, Aidan, bitte.«

Er tat nicht einmal so, als ob er es missverstand. »Ich glaube nicht …« Dann wurde sein Mund trocken, und er konnte überhaupt nicht mehr denken, als sie einen Schritt zurücktrat, mit geschickten Fingern ihren BH aufmachte und sich den Slip abstreifte. Nackt war sie atemberaubend. Goldene Haut und ... Kurven. Überall. Sein Schlucken war in der Stille hörbar. »Mein Gott, Tess.«

Ohne ihren Blick von seinem zu lösen, zog sie ihm das Hemd aus der Hose und öffnete jeden Knopf mit einer zielstrebigen Konzentration, die ihn hypnotisierte. Nach der Hälfte der Knöpfe erwachten seine Sinne mit der Wucht eines Tornados. Mit bebenden Finger befreite er sich von Gürtel, Hose, Boxershorts und Schuhen, während sie immer noch mit seinem Hemd beschäftigt war. Mit einem leisen Lachen riss er am letzten Knopf, schüttelte sich aus dem Hemd und sank im gleichen Atemzug mit ihr aufs Bett. Er drehte sie auf den Rücken und schob sich zwischen ihre Schenkel. Sein Herz hämmerte in seiner Kehle. »Du musst dir sicher sein«, sagte er heiser.

»Und du musst still sein.« Sie bog sich ihm entgegen, schob ihre Hände in sein Haar, zog seinen Kopf herunter und küsste ihn heißer, als er je geküsst worden war. Sie legte ihre Schenkel um seine Hüften, und mit einem gemurmelten Fluch stieß er tief in sie hinein. Sie schrie auf.

Er verharrte. »Hab ich dir weh getan?«

»Nein.« Ihre Augen waren geschlossen, und sie sog scharf die Luft ein. »Es ist schon lange her.« Seine Hände packten ihren Rücken, und sie bewegte sich unter ihm, damit er noch tiefer in sie eindrang. »Denk nicht mal daran, aufzuhören.«

Die Erleichterung ließ ihn schaudern, der Druck ihrer Hüften setzte ihn in Bewegung. Er betrachtete ihr Gesicht, sah, wie sie den Kopf auf dem Kissen warf, sah, wie sie sich auf die Unterlippe biss, als ihre Hüften jedem seiner Stöße entgegenkamen. Sie fühlte sich unglaublich an, aber zu beobachten, wie ihre Lust sich immer weiter steigerte … Gott, er hatte noch nie etwas Erotischeres gesehen, noch nie eine schönere Frau betrachtet. Dann gingen ihre Augen schlagartig auf, und in den braunen Tiefen sah er eine Intensität und Ehrfurcht, die ihn verblüffte, und er erkannte, dass sie an einem Punkt war, an dem sie nie zuvor gewesen war.

»Aidan.« Es war ein Flehen, und er wusste, dass sie gleich so weit war. Entschlossen, dass sie alles bekommen sollte, schob er die Hand unter ihre Schenkel, spreizte ihre Beine weiter und drang noch tiefer ein. Sein Ziel war klar. Genuss für sie. *Und für mich.* Aber er kam an seine Grenzen. *Noch nicht.* Er biss sich fest auf die Lippe und hielt sich zurück. Und endlich, als er glaubte, nicht länger warten zu können, bäumte sie sich auf und kam und riss ihn mit, ohne dass Gegenwehr möglich war. Ihren Namen stöhnend, brach er über ihr zusammen.

Mittwoch, 15. März, 23.45 Uhr

Sie erwachte, weil seine Lippen an ihrer Brust nibbelten, und sie streckte und dehnte sich wie eine Katze, um sich unter ihm zurechtzuschmiegen. Er lag zwischen ihren Beinen, seine Brust an ihrer Scham, und es fühlte sich gut an. Nicht ganz so gut wie eben, als er in ihr gewesen war, aber doch verdammt gut. Auf jeden Fall besser als der Traum, aus dem er sie gerissen hatte. »Ich habe geträumt.«

Er hob den Kopf. »Ich weiß. Du hast geschrien. Und mir einen Riesenschrecken eingejagt.« Er verzog den Mund. »Irgendwie scheint dir das zur Gewohnheit zu werden.«

Sie strich ihm über das Haar in seinem Nacken. »Tut mir leid.«

»Und was hast du geträumt, Tess?«

»Dasselbe wie jede Nacht, nur waren diesmal mehr Leute anwesend.« Cynthia, Avery, Winslow. Die Sewards. Und nun noch Harrison und Mr. Hughes. »Kennst du noch das Video von ›Thriller‹ mit all den Zombies? Tja, leider wollen meine nicht tanzen.« Sie schob sich mit einer Hand das Haar aus dem Gesicht. »Es fing Samstagnacht an. Da war Cynthia … und du auch. Sie lag da, aufgespießt …« Sie verzog das Gesicht bei der Erinnerung. »… und aufgerissen, aber das Herz schlug noch, das konnte man sehen. Und du standst über ihr, hast das Herz genommen und es mir hingehalten.« Sie schluckte. »Du hast gesagt, ich soll es nehmen.«

Er sah sie entsetzt an. »O Gott.«

»Ja. Und da muss ich wohl auch geschrien haben, denn Jon hat mich geweckt.«

»Er war in deiner Wohnung?«

Sie nickte. »Er hat einen Schlüssel.«

Er zog die Brauen zusammen. »Wer hat noch alles Schlüssel zu deiner Wohnung, Tess?«

»Amy. Robin. Und Phillip wahrscheinlich auch noch.« Sie richtete sich auf und blickte finster auf ihn herab. »Nie im Leben. Es ist einfach unmöglich, dass einer von ihnen etwas damit zu tun hat.«

»Das habe ich auch nicht gesagt.«

»Aber gedacht.«
»Das ist mein Job, Tess.« Seine Kiefer verspannten sich. »Ich bin dazu da, für deine Sicherheit zu sorgen. Obwohl ich heute Abend ja eine tolle Leistung erbracht habe.«
Sie ließ sich wieder auf das Kissen zurücksinken, nicht gewillt, mit ihm über ihre Freunde zu streiten. Er würde mit der Zeit schon begreifen, dass er sich irrte. »Du hast mich davon abgehalten, dieses Dreckschwein umzubringen. Dafür sollte ich dir wohl dankbar sein.«
»Gib dir Zeit. Warum haben so viele Leute Schlüssel zu deiner Wohnung, Tess? Damit gehst du ein ziemlich hohes Risiko ein. Immerhin konnte jemand lange genug bei dir ein und ausgehen, um die Kameras zu installieren.«
Furcht kroch in ihr Herz. »David Bacon.«
»Er mag die ersten Kameras eingebaut haben, aber was ist mit den Mikrofonen in deinen Jacken? Wie lange hast du die schon? Die Jacken?«
»Unterschiedlich.« Sie schluckte. »Meistens hängt es mit dem Ausverkauf zusammen. Hast du auch in der roten Jacke, die ich am Sonntag anhatte, ein Mikrofon gefunden?«
»Ja.«
»Die habe ich erst seit einem Monat. Ein Valentinssonderangebot.« Sie schloss die Augen. »Jemand muss in den vergangenen vier Wochen in meiner Wohnung gewesen sein.«
»Nicht unbedingt. Lässt du deine Jacken reinigen?«
»Alle bis auf die rote. Die war brandneu. Mein Gott, Aidan.«
Er küsste die Kuhle zwischen ihren Brüsten. »Sch. Darüber machen wir uns jetzt keine Gedanken. Erzähl mir von deinen Freunden.«

Sie riss die Augen auf. »Nein. Das ist einfach nicht möglich. Meinst du nicht, dass ich etwas spüren müsste?« Er schwieg, und das machte sie wahnsinnig. »Ich kenne Jon seit dem Studium, Robin auch. Amy und ich sind seit der Junior High befreundet, um Himmels willen.«

»Vielleicht hat ihnen jemand einen Schlüssel entwendet und nachmachen lassen.«

Sie dachte darüber nach. »Das ist natürlich möglich.«

»Warum haben sie also diese Schlüssel?«

»Phillip hat sie ihnen gegeben, als ich krank war.«

»Du meinst, als du vergangenes Jahr attackiert worden bist?«

Sie schüttelte den Kopf, als die verhasste Erinnerung in ihr aufstieg. »Nein, nach dem Knasti mit der Kette. Ich war für ein paar Tage im Krankenhaus. Phillip war wegen einer Konferenz nicht in der Stadt, kam jedoch früher zurück und brachte mich nach Hause.« Sie starrte an die Decke. »Die meiste Zeit hat er mich allerdings nur ängstlich beobachtet, als sei ich eine Zeitbombe oder etwas Ähnliches. Er konnte mit Krankheit nicht gut umgehen.«

»Was macht er? Beruflich, meine ich.«

»Er ist auch Arzt. Ich habe ihn genau wie Jon an der Uni kennengelernt.«

Er runzelte die Stirn. »Und er kann mit Krankheit nicht gut umgehen? Ist das denn nicht quasi eine Grundvoraussetzung für den Job?«

»Deswegen ist er auch in die Forschung gegangen.«

»Und wieso warst du krank? Hat Vito das gemeint, als er sagte, du seiest zu dünn?«

»Vito hält mich immer für zu dünn.«

»Du weichst meiner Frage aus, Tess.«
Sie seufzte. »Ich liege hier splitterfasernackt, und du willst, dass ich über Krankheiten spreche? Das ist nicht normal, Aidan.«
Er rieb die Nase an ihrer Brust und küsste den Nippel innig genug, dass sie nach Luft schnappte, und sanft genug, dass sie sich ihm entgegenreckte. »Sag mir, was ich wissen will, dann kümmere ich mich um andere Themengebiete.«
Sie lachte. »Ist das deine übliche Verhörtechnik?«
»Tess«, warnte er. »Ich meine es ernst.«
Sie seufzte wieder. »Das ist peinlich, okay? Ich rede nicht gerne drüber, weil es peinlich ist. Nachdem Phillip mich aus dem Krankenhaus geholt hatte, sollte ich eigentlich eine Woche zu Hause bleiben und dann wieder arbeiten gehen, aber immer, wenn ich aufstand, wurde mir schlecht. Ich war tatsächlich arbeiten, hing aber fünfundsiebzig Prozent der Zeit überm Praxisklo und habe mir die Seele aus dem Leib gekotzt.«
»Was war denn?«
Sie sah ihn finster an. »Nichts. Ich habe sämtliche bekannten Tests gemacht, aber niemand konnte einen Grund finden.«
»Also psychosomatisch.«
Sie verdrehte die Augen. »Posttraumatische Stressstörung hat der Arzt es schließlich genannt. Es war demütigend. Ich bin Psychiaterin, und mein Unterbewusstsein stellte sich quer. Ich hatte Angst zu arbeiten.« Sie zuckte die Achseln. »Aber dann war es ohnehin egal. Drei Wochen später war ich meinen Vertrag mit dem Gerichtshof los und

musste mir keine Gedanken mehr über Knastis mit Kette machen.«

»Wurde es wieder besser?«

Sie blickte wieder an die Decke. »Tatsächlich wurde es sehr viel schlimmer. Phillip verlor die Geduld mit mir. Er war so besorgt, wie er sein konnte, aber er stand mehr auf gesunde Freundinnen. Er wollte … Sex. Und ich konnte nicht. Ich konnte nichts essen. Ich konnte mich kaum selbst anziehen, geschweige denn irgendwelche Akrobatik im Bett vollbringen.« Sie wechselte das Thema. »Er war immer viel unterwegs, also gab er Robin und Jon die Schlüssel. Amy hatte schon welche. Sie kamen vorbei, wann immer ich zu schlapp zum Arbeiten war. Sahen nach mir. Machten mir Suppe.« Sie schnitt eine Grimasse. »Ich hasse Suppe. Obwohl Robins eigentlich gut schmecken. Amys Suppe allerdings war furchtbar. Sie kocht nicht besonders gut.«

»Ich werd's mir merken. Also eine Suppenphobikerin«, fügte er hinzu, und sie kicherte. »Und was ist mit Dr. Zur-Hölle-mit-ihm passiert?«

»Nach ein paar Monaten erzwungener Abstinenz beschloss er, seine Bedürfnisse woanders zu stillen.« Der Schmerz tauchte wieder auf, doch er war nicht mehr so vernichtend. »Er hat sie in mein Bett geholt.«

Aidan sah sie ruhig an. »Ziemlich billig von ihm.«

Sie kicherte wieder. »Ja. Und noch billiger von ihr, einen Ohrring unter meinem Kissen liegen zu lassen und den Slip zwischen Matratze und Bettkasten zu stopfen. Es passierte, während ich in der Praxis war. Als ich wiederkam, war er weg. Ihr Parfüm nicht.«

»Hast du es ihm auf den Kopf zugesagt?«

»O ja. Und er hat es auch gar nicht geleugnet. Er hat einfach seine Sachen gepackt und ist abgehauen. Hat sich sonst nicht geäußert. Seitdem haben wir kein Wort mehr miteinander gesprochen. Das ist alles.«

»Und wann ging es dir langsam besser?«

»Nach den Flitterwochen.«

Er zog die Brauen hoch. »Bitte?«

»Die Tickets für die Kreuzfahrt konnten nicht zurückgegeben werden, also haben Amy und ich uns die mexikanische Küste hoch- und wieder runtergesoffen. Irgendwann auf der Reise ging die Übelkeit weg, und als ich nach Hause kam, konnte ich wieder arbeiten. Alle meine Freunde wussten natürlich, was geschehen war. Man kann eine große Hochzeit nicht zwei Wochen vor dem Termin absagen, ohne eine Erklärung abzugeben. Phillip ist in unserer kleinen Gruppe zu einer Persona non grata geworden. Neulich habe ich noch gehört, dass er eine neue Freundin hat. Eine reiche Schlampe von der North Shore.«

Er lächelte. »Tess, du bist auch reich.«

»Quatsch. Ich habe mein Auskommen. Eleanor war reich. Im nächsten Sommer läuft der Vertrag für meine Wohnung aus, und ich ziehe irgendwo in einen weniger schicken Stadtteil.«

Er sah sie wieder stirnrunzelnd an. »Wieso?«

»Tja. Eleanor bezahlte gern im Voraus. Sie hatte die Miete ihrer Wohnung schon für mehrere Jahre bezahlt, und als sie starb, hinterließ sie mir die verbleibenden Monate plus den Mercedes, der ebenfalls geleast ist. Am dreißigsten Juni, wenn es Mitternacht schlägt, verwandelt sich alles wieder in einen Kürbis.« Er sah überrascht aus, und das befriedigte sie. »Ich hab's dir ja gesagt, ich bin gar kein Snob. Eher eine Hausbesetzerin. Eine anspruchsvolle, vielleicht.«

Er brach in lautes Gelächter aus. »Ja, okay, ich habe ja heute Abend gesehen, dass du kein verweichlichtes, reiches Töchterchen bist. Wie hast du dem Kerl eigentlich die Nase gebrochen? Er wollte es uns nicht sagen.«

Sie zeigte es ihm, indem sie die Handkante vorsichtig an seine Nase führte. »So.«

Er küsste ihr Handgelenk. »Hat Vito dir gezeigt, wie man das macht?«, murmelte er.

Sie zögerte. »Nein. Vito hat mir gezeigt, wie man eine Waffe benutzt.«

Er drückte die Lippen auf ihr Kinn. »Du weichst schon wieder aus.«

»Mein Vater hat es mir gezeigt«, sagte sie verärgert. »Wir wohnten in einer rauhen Gegend. Mein Vater erlaubte mir nicht, einen Freund zu haben, bis ich ein paar Grundlagen der Selbstverteidigung kannte. Obwohl kein Junge so dumm gewesen wäre, mich anzufassen. Nicht bei vier Brüdern.«

»Sind die alle so groß wie Vito?«

»Ungefähr.« Sie seufzte. »Sie fehlen mir. Sehr. Vito will, dass ich wieder zurückkomme. Für immer.« Sie sah, dass er die Stirn runzelte. »Mein Vater ist sehr krank. Ich will nicht, dass es mir etwas ausmacht, aber das tut es. Und als ich dich heute mit deiner Familie erlebt habe ...« Sie schloss die Augen. »Ich habe meine Familie schon lange nicht mehr gesehen.«

»Wie lange?«
»Fünf Jahre.«
»Warum?«
»Wir haben uns auseinandergelebt.«
»Tess.«
Sie hob müde eine Schulter. »Mein Vater war immer sehr streng. Sehr katholisch und sehr streng. Wir mussten jeden Sonntag zur Messe. Abgesehen von der Sache mit dem Weihnachtsmann und der Zahnfee, war ich überzeugt, dass er mich niemals anlog.«
»Aber er tat es doch.«
»Er … hat meine Mutter belogen.«
»Ist er fremdgegangen?«
»Ja. Er und Mom kamen nach Chicago zu Besuch. Damals hatte ich Eleanors Wohnung noch nicht. Amy und ich teilten uns eine kleine Wohnung in der Nähe des Krankenhauses, in dem ich lernte, also gingen sie in ein Hotel. Dann wollten Mom und ich shoppen gehen.« Sie zog die Mundwinkel herunter. »Das haben wir immer unheimlich gern gemacht. Wir waren schon fast im ersten Laden, als Mom bemerkte, dass sie ihre Kreditkarte vergessen hatte, also ging ich zurück ins Hotel, um die Karte zu holen.«
»Und da war eine andere bei ihm.«
»So eine magere Tussi, die seine Tochter hätte sein können«, bestätigte sie bitter. »Ich habe an diesem Tag meine Kindheit verloren. Ich bin immer Daddys Mädchen gewesen. Jetzt weiß ich nicht mehr, wer der Mann ist. Er hat alles abgestritten und meinte, ich hätte das falsch interpretiert.«
»Kann das vielleicht stimmen?«

Tess presste die Lippen zusammen. »Sie war nackt und hing an ihm wie eine Klette. Ich fand das sehr eindeutig. Zuerst behielt ich es für mich, aber als ich es schließlich meiner Mutter sagte, glaubte sie ihm. Das hat eine echte Familienkrise ausgelöst. Dad war fuchsteufelswild, dass ich es verraten hatte. Er tobte und schrie und hatte einen Anfall. Einen echten Anfall.« Sie schluckte. »Ich dachte, er simuliert bloß und bin gegangen.«

»Aber er hat nicht simuliert.«

»Nein. Er hatte wirklich einen Herzanfall. Keinen schlimmen, aber es reichte, um sein Leben zu verändern. Und meins auch. Von nun an wollte er nicht mehr mit mir reden. Seine Tochter, die Ärztin, hatte ihm ihre Hilfe verweigert.«

»Klingt ziemlich dramatisch.«

Sie nickte. »Manchmal kann er das auch sein. Wie auch immer, Vito meint, dieses Mal ist es wirklich schlimm. Er muss sein Geschäft verkaufen. Er ist Kunsttischler. Einer der letzten großen Handwerker in Philadelphia. Er hat Möbel für die reichsten Familien der Stadt gefertigt. ›Blaues Blut‹ hat er sie immer genannt. Er fand es spaßig, dass sie ihm Tausende für ein Bücherregal bezahlten, obwohl sie ihn auf der Straße regelmäßig ignorierten. Als Kind verabscheute ich sie.«

Verständnis leuchtete in seinen Augen auf. »Weil sie Snobs waren.«

»Ich bin ziemlich durchschaubar, Detective.«

»Nicht so, wie ich gedacht habe«, gab er ruhig zu. »Aber die Mühe wert.« Er küsste sie zärtlich auf die Lippen. »Vorhin war ich irgendwie in Eile. Da sind mir ein paar Stellen entgangen.«

Instinktiv streckte sie sich und brachte ihn damit zum Lächeln. »War nicht wirklich schlimm.«
»Aber ich denke, wir können das besser machen.« Er küsste sie auf den Hals, auf die Narbe und sie rückte automatisch von ihm ab. »Mach das nicht, Tess«, befahl er zwar sanft, aber bestimmt. »Du brauchst dich vor mir nicht zu verstecken.«
Phillip war angewidert gewesen. Tatsächlich hatte er mehr als die Hälfte der Schals und Tücher, die sie besaß, gekauft.
»Das sieht hässlich aus.«
»Du bist wunderschön.« Er küsste ihren Hals von einer Seite zur anderen, bis sie seufzte. »Manche Stellen«, er rutschte abwärts, bis seine Lippen wieder ihre Brüste berührten, »mehr als andere. Ich zeig es dir.«
Und das tat er. Und es war besser als zuvor. Er zollte jedem Körperteil mit Augen, Händen und Lippen Respekt. Und Tess schloss die Augen und ließ ihn tun, was er wollte. Ließ ihn an ihren Brüsten saugen, erst an der einen, dann der anderen, bis jedes Zupfen seiner Lippen ein Pulsieren in ihrem Inneren erzeugte. Ließ ihn gewähren, als er sich mit Küssen einen Weg hinab über ihren Bauch und zu den Innenseiten ihrer Schenkel bahnte, womit er ihr ein verzweifeltes Flehen entlockte, bis sie heiser war. Er schob eine Hand unter ihr Hinterteil und hielt sie so, dass er tief mit seiner Zunge eindringen und sie zum Höhepunkt bringen konnte. Und bevor sich ihr Herz wieder beruhigen konnte, trieb er sie mit geschickten Fingern erneut zum Orgasmus, bis sie vollkommen erschöpft und reglos dalag.
Und als er endlich in sie eindrang, geschah es mit einer

solchen Behutsamkeit und Ehrfurcht, dass ihr die Tränen in den Augen brannten, obwohl sie vor Lust und Freude stöhnte, nach so vielen einsamen Monaten wieder jemanden in sich zu spüren. Er füllte sie so perfekt aus, wie es nie zuvor jemand getan hatte. Sie blinzelte, und eine Träne löste sich und lief ihr ins Haar hinein.

Er hörte auf, sich zu bewegen, und verharrte vollkommen reglos. »Tue ich dir weh?« Seine Stimme war tief und heiser.

»Nein, nein. Hör nicht auf.« Sie zog die Knie an, damit er tiefer eindringen konnte, und hörte, wie er scharf die Luft einsog. »Du fühlst dich nur so gut an.«

Er hörte nicht auf. Er machte weiter, bis sie sich um ihn zusammenzog. Bis der Schrei, den sie hörte, ihr eigener war. Er erstarrte, das Gesicht verzerrt und stieß ein letztes Mal zu, um endlich zitternd und schaudernd ebenfalls zu kommen.

Dann ließ er sich auf sie fallen und presste ihr die Luft aus den Lungen. Sein Atem in ihrem Haar. Er war verschwitzt und schwer wie ein Felsbrocken, aber als er sich von ihr rollen wollte, schlang sie die Arme um seinen Rücken und hielt ihn fest. Fühlte, wie sein Herz an ihrer Brust trommelte. »Noch nicht. Bleib.«

Er holte mühsam Atem. »Ich bin zu schwer für dich.«

Im Flur knurrte Dolly, und Aidan hob den Kopf. Eine Minute später ging die Türklingel und löste ein wildes Gebell aus.

»Reagan! Machen Sie auf!«

Tess' Augen weiteten sich. »Vito. Was macht der denn hier?«

Aidan rollte sich von ihr und landete auf dem Rücken wie ein gefällter Baum. »Wahrscheinlich will er dafür sorgen, dass ich nichts von dem tue, was ich gerade getan habe. Ich habe keine Energie, aufzustehen.« Aber Vito begann, an die Tür zu hämmern, und Dollys Gebell wurde noch lauter.

»Er wird die ganze Nachbarschaft aufwecken«, zischte Tess. Sie rollte sich aus dem Bett, stellte zögernd die Beine auf den Boden und musste lachen, als sie sich wie Gummi anfühlten. Rasch zog sie eine Jeans und Aidans Sweatshirt über und ging zur Tür.

Vito stand draußen und sah aus, als sei der Leibhaftige hinter ihm her. Er wollte eintreten, aber Dolly fletschte die Zähne und knurrte drohend.

»Platz, Dolly«, befahl Aidan sanft. »Sie mag es nicht besonders, wenn nachts fremde Männer hereinplatzen.«

Vito ignorierte ihn und legte Tess die Hände auf die Schultern. »Hat er dir etwas getan?«

Sie blinzelte. »Wer – Aidan?«

»Nein«, sagte er heftig. »Wallace Clayborn. Ich habe versucht, dich auf dem Handy zu erreichen, aber du hast nicht reagiert. Ich habe mir höllische Sorgen gemacht.« Er musterte sie eingehend. »Dein Gesicht ist so rot.« Er rieb ihr mit dem Daumen über die Wange, dann flog sein Blick zu Aidans stoppeligem Kiefer, und seine Augen verfinsterten sich. Aidan zuckte mit keiner Wimper.

Sie tätschelte Vitos Arm. »Komm rein. Dann erzähl ich dir von Clayborn. Du wärst stolz auf mich gewesen.«

16

Donnerstag, 16. März, 6.15 Uhr

Tess, deine Katze steht im Waschbecken.«

Tess drehte sich träge auf die Seite und sah ihn vor dem Waschtisch im Badezimmer stehen. Nackt und mit feuchter Haut von der Dusche, bot Aidan Reagan am frühen Morgen einen höchst angenehmen Anblick. »Mach das Wasser an. Sie will vom Hahn trinken.«

»Ich dachte, Katzen mögen kein Wasser.«

»Sie schon.« Sie taumelte ins Bad, setzte sich auf den Badewannenrand und lächelte, als er die Katze aus dem Becken scheuchte und sich Rasierschaum ins Gesicht schmierte. Beleidigt sprang Bella auf ihren Schoß. »Du bist schuld, dass wir keine Zeit mehr fürs Frühstück haben. Nur einmal noch, hast du gesagt. Ein Quickie. Ja, ja.«

Er grinste breit. »Ich hatte nicht den Eindruck, dass du Grund zur Klage gehabt hättest.«

Sie erwiderte das Grinsen, und es tat so gut. »Nö.« Sie beobachtete ihn noch einen Moment lang, während sie die schnurrende Bella streichelte. Dann wurde sie ernst. »Was hast du heute vor, Aidan?«

»Mich um die Bacon-Geschichte kümmern. Vielleicht hat die Spurensicherung etwas gefunden.«

»Weil du nicht glaubst, dass er es war.«

»Richtig. Aber es gibt noch andere Fälle, die abzuschließen sind.«
Ihr fiel der Autopsiebericht ein, den sie auf seinem Tisch gesehen hatte. »Der kleine Junge.«
»Ja. Ich habe seinen Vater immer noch nicht gefunden. Dabei bin ich mir ziemlich sicher, dass die Mutter weiß, wo er ist.«
»Ein Vater, der seinen eigenen Sohn umbringt.« Sie stieß geräuschvoll den Atem aus. »An so etwas könnte ich mich nie gewöhnen.«
»Ich kann es auch nicht. Und du? Was hast du vor?«
»Ich weiß nicht. Bacon ist tot, Clayborn im Gefängnis … Wahrscheinlich fahre ich zur Praxis und räume auf. Und heute Abend findet Harrisons Totenwache statt.« Der Kummer stieg erneut hoch. »Die Beerdigung ist am Samstag.«
»Sag mir, wann, und ich gehe mit dir.«
Dankbarkeit milderte ihre Trauer. »Danke. Ich muss heute zu Ethel Hughes. Wirst du ihr von der Nachricht an dem Mantel erzählen?« *Du wirst beurteilt nach den Leuten, mit denen du verkehrst.*
»Darüber sprechen wir heute Morgen noch. Ich sage dir Bescheid.« Er trocknete sein Gesicht ab und wandte sich ihr mit grimmiger Miene zu. »Da ist etwas, das ich dir noch nicht gesagt habe. Komm her.«
Die Furcht packte sie, als sie aufstand und Bella zu Boden sprang. »Okay.«
»Rick ist der Überzeugung, dass Bacon irgendwo ein ganzes Videolager hat, aber wir konnten nichts finden.«
Sie schluckte. Im Grunde hatte sie es gewusst. Aber es war

leichter gewesen, nicht darüber nachzudenken. »Also ist das Video von mir noch im Umlauf.«
»Irgendwo muss es sein. Vielleicht hat er noch ein anderes Versteck. Wir können uns noch zwei Orte denken, wo wir suchen werden, aber das hat für die Mordkommission natürlich keine hohe Priorität mehr. Die Elektronikabteilung wird es übernehmen. Sie kümmern sich normalerweise um Internet-Pornographie und dergleichen.«
Sie konnte nicht verhindern, dass sie das Gesicht verzog. »Falls es also in die Öffentlichkeit gerät ... wird dir das etwas ausmachen?«
Er sah sie ernst an. »Ich denke schon. Ich gehe nicht fremd, und ich teile nicht, und ich fürchte, ich habe genug Macho-Allüren in mir, um nicht zu wollen, dass andere Kerle sehen, was ich sehe. Was willst du tun?«
Sie versuchte ein Grinsen. »Einen Kalender herausgeben und auf Autogrammreise gehen?«
Er lachte leise und küsste sie. »Zieh dich an. Wenn ich dich bis halb acht nicht bei Vito abgesetzt habe, komme ich zu spät zum Meeting, weil ich dann wahrscheinlich zu Brei geschlagen werde.«

Donnerstag, 16. März, 7.30 Uhr

Den Arm fest um ihre Taille gelegt, klopfte Aidan an Vitos Tür und ertrug klaglos, dass Tess' Bruder ihn schweigend von Kopf bis Fuß musterte.
»Reagan. Tess.«
Tess verdrehte die Augen und gab ihm einen Kuss auf die Wange. »Meine Güte, Vito, hör endlich auf damit.« Dann

legte sie Aidan die Hand in den Nacken und zog seinen Kopf zu einem braven Abschiedsküsschen zu sich herunter. »Jetzt geh, sonst kommst du zu spät.«

»Er kann noch ein paar Minuten warten.«

Aidan zuckte zusammen, als Tess' Nägel sich beim Klang der Stimme in seinen Nacken gruben. Zusammen drehten sie sich um und sahen einen älteren großen Mann, der seine massiven Arme vor der Brust verschränkt hatte. Dass er viele Jahre körperliche Leistung vollbracht hatte, war seinem Oberkörper deutlich anzusehen. Die Miene, die er zur Schau trug, war – positiv ausgedrückt – finster zu nennen; es war die Miene eines Vaters, der den Mann musterte, mit dem seine Tochter eine heiße Nacht verbracht hatte.

»Mr. Ciccotelli.« Er hielt ihm die Hand entgegen. »Ich bin Aidan Reagan.«

Tess' Vater betrachtete die Hand nur, ohne sie zu nehmen, und das Schweigen wurde peinlich. Schließlich ergriff Tess Aidans Hand selbst und seufzte müde. »Dad. Ich habe dich nicht erwartet.«

Er betrachtete sie mit kühlen Augen, und Aidan erkannte, von wem sie dieses Talent geerbt hatte. »Das denke ich mir«, sagte er schließlich. »Können wir uns unter vier Augen unterhalten?«

Sie warf Aidan einen wachsamen Seitenblick zu. »Fahr ruhig. Ich rufe dich an.«

Aidan trat zurück und stieß selbst einen Seufzer aus, als ihm die Tür vor der Nase zugeschlagen wurde. Dann wandte er sich um. Er wollte nicht zum zweiten Mal hintereinander zu spät kommen.

Donnerstag, 16. März, 7.30 Uhr

Joanna sah stirnrunzelnd in ihre Schreibtischschublade. Sie suchte Fotopapier, um ein paar Bilder auszudrucken, die sie für ihren Enthüllungsartikel über Dr. Jonathan Carter gemacht hatte, aber es fehlte die Hälfte. »Keith, hast du Bilder ausgedruckt?«

Er band sich gerade die Krawatte und sah nicht auf. »Nein.« Die Aktenmappe in der Hand, ging er auf die Tür zu.

Seine Stimme war eisig gewesen, und sie starrte seinen Rücken an. »Ich sagte, es tut mir leid, Keith.«

Er blieb stehen, die Hand auf dem Türknauf. »Ich bin mir nicht sicher, ob du die Bedeutung dieses Ausspruchs kennst, Jo. Ich bin mir nicht einmal mehr sicher, wer du bist. Wir sehen uns heute Abend.«

Die Tür klickte, als er sie behutsam schloss. Es wäre besser gewesen, wenn er sie zugeworfen hätte, aber Keith war kein solcher Mensch. Dann hob sie die Schultern. Er würde das schon verarbeiten. Das tat er immer. Jetzt gab es Wichtigeres. Einer von Ciccotellis Freunden zappelte am Klebestreifen. Nun die nächste Fliege einfangen. Sie hatte bereits ein wenig nachgeforscht. Da war etwas Interessantes. Sie spürte es.

Donnerstag, 16. März, 7.40 Uhr

Mit Michael Ciccotelli war noch nie gut Kirschen essen gewesen. Aus dem angrenzenden Zimmer kam ihre Mutter, die erschöpft und müde und … hin und her gerissen wirkte.

Tess sah wachsam von einem zum anderen. »Wann seid ihr angekommen?«
»Gestern Abend«, sagte ihre Mutter.
Jetzt verstand sie Vitos mitternächtlichen Besuch. Tess setzte sich. »Ich weiß nicht, was ich sagen soll.«
Ihre Mutter rang nervös die Hände. »Du wolltest nicht zu uns kommen, also …«
»Gina, setz dich.« Sanft drückte ihr Vater ihre Mutter auf einen Stuhl, dann stellte er sich hinter sie und legte ihr die Hände auf die Schultern. »Was geht hier vor, Tess?«
Er war blass, seine Lippen farblos. Seine großen Hände zitterten. »Setz du dich auch hin, Dad.«
»Ich entscheide, ob ich mich setze. Ich habe dich gefragt, was hier los ist. Du kannst mit diesem Reagan anfangen.«
»Er ist sehr nett. Wir …« Ihr fehlten die Worte. Er hatte sich um sie gekümmert, aber das war nicht das selbstbewusste Bild von sich, das sie übermitteln wollte. »Wir sind zusammen«, sagte sie schließlich.
Ihr Vater hob die Brauen. »Ich verstehe.«
Auch sie hob die Brauen. »Da bin ich mir sicher«, erwiderte sie kalt.
»Tess«, mahnte ihre Mutter, und Tess sprang auf die Füße. »Warum seid ihr gekommen?«
»Sei nicht so unhöflich«, brummelte Vito.
»Sei du bloß still. Ich habe keine Lust, mich von euch als gefallene Frau abstempeln zu lassen. Ich bin dreiunddreißig Jahre, um Himmels willen. Er ist der erste Mann seit … seit einem Jahr.«
»Nach Phillip.« Ihr Vater verzog das Gesicht. »Zur Hölle mit ihm.«

Das Bedürfnis zu Lachen schien aus dem Nichts zu kommen, und Tess musste es sich verbeißen. »Aidan nennt ihn ›Dr. Zur-Hölle-mit-ihm‹«, sagte sie, und die Lippen ihres Vater zuckten.

Ihr Herz wurde ein ganz klein wenig weicher und ihre Stimme auch. »Dad, Vito hat gesagt, du seiest krank. Warum bist du die weite Strecke geflogen?«

Er schluckte. »Du steckst in Schwierigkeiten. Deine Mutter wollte herkommen. Also haben wir es getan.«

Ihre Mutter sah ihn traurig über die Schulter hinweg an. »Du hast es mir versprochen.«

Er schloss die Augen. »Also gut. Ich wollte kommen. Ich wollte mich vergewissern, dass mit dir alles in Ordnung ist.« Er schlug die Augen auf, und sie war verblüfft, als sie Tränen darin entdeckte. Niemals in ihrem ganzen Leben hatte sie ihren Vater weinen sehen. Niemals. »Du bist letztes Jahr im Krankenhaus gewesen, und wir konnten nicht kommen, weil wir nichts wussten. Du hast uns nichts gesagt. Jetzt steckst du wieder in Schwierigkeiten, und wir müssen es erst aus den Nachrichten erfahren. Weißt du, wie weh das tut, Tess?«

Ihre Mutter tätschelte seine Hand. »In den Nachrichten hieß es, du hättest Geheimnisse deiner Patienten verraten«, sagte sie. »Man wirft dir unethisches Verhalten vor, und angeblich hat man dir deine Lizenz entzogen.«

»Das sind doch dreckige Lügner«, stieß ihr Vater hervor. Seine Stimme zitterte vor unterdrücktem Zorn. Er hob das Kinn. »So etwas würdest du niemals tun.«

Wieder bekam ihr verhärtetes Herz einen Riss. »Das Lizenzamt hat mir tatsächlich meine Lizenz entzogen,

Dad. Woher willst du wissen, dass es nicht zu Recht geschehen ist?«

Er durchbohrte sie mit seinen dunklen Augen. »Weil ich dich kenne. Und ich weiß vor allem, dass du nicht lügst. So habe ich dich nicht erzogen.«

»Einfach so?« Ihre Stimme war bitter, sarkastisch. »Du glaubst mir einfach so?«

»Wir haben immer an dich geglaubt, Tess«, sagte ihre Mutter sanft. »Wir lieben dich.«

Ihr Vater seufzte. »Und ich weiß, dass die Dinge nicht immer so sind, wie sie scheinen.«

Tess schloss die Augen. Sie dachte nicht daran, sich auf die Gegenseite ziehen zu lassen. »Ich weiß doch, was ich gesehen habe, Dad.«

»Und das sah übel aus. Aber ich habe nichts getan, Tess. Diese Frau behauptete, das Zimmermädchen zu sein, und bevor ich mich versah, war sie im Zimmer und …«

Tess straffte den Rücken, denn sie hatte das Bild noch allzu deutlich in ihrer Erinnerung. »Ich weiß es. Ich war dabei.«

Er zog einen Stuhl unter dem kleinen Tisch hervor. »Ich glaube, ich muss mich jetzt doch setzen. Du bist immer ein schwieriges Kind gewesen, Tessa. Du hast immer Fragen gestellt, auf die ich keine Antwort wusste. Ich wusste auch schon immer, dass du Anwältin oder Ärztin werden würdest … irgendetwas Großes. Wichtiges.« Er sog angestrengt die Luft ein. »Alles in Ordnung. Manchmal ist das Atmen nur etwas mühsam.« Er fasste sich, sah ihr direkt in die Augen. »Aber du hast mich nie gefragt, was wirklich geschehen ist, Tessa. Ich habe immer darauf gehofft, aber du hast es nie getan. Jahrelang habe ich gewartet.« Ihre Mutter nahm seine Hand und hielt sie fest.

»Ich habe es doch *gesehen*«, presste Tess hervor. Plötzlich war sie unsicher und hasste sich für diese Schwäche, genau wie sie ihre Mutter dafür gehasst hatte.

»Du hast nur einen Teil gesehen«, sagte er. »Ich habe mich stets gewundert, wie du nach all den Jahren deines Lebens ausgerechnet so etwas von mir denken wolltest. Wie ein einziger Moment deinen ganzen Glauben umstoßen konnte.« Er sah weg. »Und ich wusste nicht, dass mich etwas derart verletzen könnte.«

Sie betrachtete die ineinanderliegenden Hände ihrer Eltern. Und beneidete sie um ihre Solidarität, obwohl es sie gleichzeitig wütend machte. »Ich auch nicht. Ich habe erwartet, dass du einen Fehler eingestehen würdest, wie du es von uns immer verlangt hast. Aber das hast du niemals getan.«

Seine Lippen pressten sich aufeinander, aber er schwieg.

»Und du.« Sie sah ihre Mutter an. »Du hast gesagt, ihr hättet an mich geglaubt. Aber das stimmt nicht. Du hast mich geohrfeigt und bist zu ihm gekrochen.«

Ihr Vater wandte den Kopf und starrte seine Frau schockiert an. »Du hast sie geschlagen?«

»Ich war wütend.« Sie seufzte. »Es war falsch, Tess, das weiß ich. Ich war so wütend und so gekränkt, und ich hatte Angst. Aber ich bin niemals zu irgendwem ›gekrochen‹, weder zu deinem Vater noch zu sonst jemandem. Ich habe ihn gefragt, was geschehen ist. Und ich habe ihm geglaubt.«

Ihre Lippen verzogen sich zu einem humorlosen Lächeln. »Du hältst mich also für eine dumme Kuh.«

»Das habe ich nicht gesagt.«

Aber sie hatte es gedacht. Dachte es immer noch.

»Hältst du mich für eine dumme Kuh, weil ich jetzt an dich glaube?«

»Nein.« Tess schüttelte den Kopf. »Weil ich weiß, dass *ich* nichts falsch gemacht habe.«

Das Lächeln ihres Vaters war bitter. »Ist es nicht erstaunlich, wie ähnlich sich die Situationen, in denen wir beide uns befinden, nun sind? Denn auch ich habe nichts Falsches getan. Wenn ich sagen würde, dass ich noch nie einer anderen Frau hinterhergesehen habe, dann würde ich lügen. Aber ich schwöre, dass ich noch nie eine andere angefasst habe. Damals nicht und auch sonst niemals.«

Sein Vergleich berührte etwas in ihr und sie zögerte, unsicher. »Aber sie hat dich regelrecht umklammert, Dad«, flüsterte sie.

Er sah sie direkt an. »*Sie* hat mich umklammert. Ich habe sie nicht angefasst.«

Seine Stimme klang so aufrichtig. Er war hier ... obwohl er es nicht sein musste. Er glaubte ihr, obwohl so viele es nicht taten.

War es möglich, dass das alles ein Missverständnis gewesen war? Sie dachte an den Tag, an dem es geschehen war. Das magere Ding hatte an ihm geklebt wie eine Klette. Aber hatten seine Hände sie berührt? Sie konnte sich nicht erinnern.

Aber sie wusste sehr gut, dass sie ihn niemals zuvor bei einer Lüge ertappt hatte. Nicht ein einziges Mal. Er sah ängstlich und verletzlich aus, und sie erkannte plötzlich, dass dieser Augenblick die Kluft zwischen ihnen entweder überbrücken oder für immer unüberwindbar machen würde. »Ich hätte dich damals fragen müssen. Dad, was ist an diesem Tag passiert?«

Er atmete schaudernd aus, seine breiten Schultern sackten erleichtert nach vorne, und sie erkannte, dass er sich keine blinde Hinnahme, sondern Vertrauen erhofft hatte. »Sie kam einfach hereinmarschiert, Tess. Sie erzählte, sie sei ein Geschenk, aber ich bat sie zu gehen. Bevor ich wusste, wie mir geschah, war sie splitterfasernackt, und ich hatte keine Ahnung, wo ich meine Hände hintun sollte, um sie aus meinem Zimmer zu entfernen. Ich solle mich nicht so zieren, sagte sie. Und plötzlich bist du gekommen. Als du wieder weg warst, drohte ich ihr mit der Polizei, wenn sie nicht sofort verschwinden würde. Das gefiel ihr gar nicht. Sie meinte, man habe sie gewarnt, dass ich schwer zu knacken sei, aber Kaution sei in ihrem Lohn nicht enthalten. Und weg war sie.« Er zuckte die Achseln. »Das ist alles.«

Das ist alles. Sie musste kämpfen, um den dicken Klumpen in ihrer Kehle herunterzuschlucken, während er angespannt wartete, und plötzlich war die Wahrheit des schrecklichen Augenblicks vor fünf Jahren überlagert von einer weit wichtigeren Wahrheit. Er glaubte ihr, dieser Mann, der immer ihr Held gewesen war. Weil er sie liebte. Konnte sie anderes tun? Sein Gesicht verschwamm, als die Tränen in ihre Augen traten. »Es tut mir leid, Dad«, flüsterte sie. »Kannst du mir verzeihen?«

»Komm her.« Er zog sie auf seine Knie und drückte ihre Wange an seine Schulter. »Können wir vielleicht einfach wieder da ansetzen, wo wir damals abgebrochen haben?«

Sie atmete den Zederduft ein, der stets seiner Kleidung

anhaftete. Ihre Tränen sickerten in sein Hemd und trockneten. »Das klingt vernünftig.«
Er legte seine Wange auf ihren Scheitel. »Ich habe dich vermisst, meine Kleine.«
»Ich dich auch, Daddy. Es war ein hartes Jahr. Und eine noch härtere Woche.«
»Dann erzähl mir davon, Schätzchen.«
Ihre Mutter drückte seine Schulter. »Erst legst du dich hin. Du hast es versprochen.«
»In einer Minute, Gina«, sagte er scharf und sah sie finster an.
Kopfschüttelnd ging ihre Mutter in den angrenzenden Raum und kehrte mit einer Sauerstoffmaske und einer Pumpe zurück. Tess riss die Augen auf. »Du brauchst Sauerstoff? Und bist in ein Flugzeug gestiegen? Bist du verrückt geworden?«
»Ich musste dich sehen«, sagte er und verdrehte die Augen, als ihre Mutter ihm die Maske aufsetzte. »Jetzt sprich mit mir, Tessa.« Er zog die Brauen zusammen. »Und fang bei Reagan an.«
»Er hat mir das Leben gerettet, Dad«, sagte sie und sah, wie er unter der Maske blass wurde. »Atme.« Sie küsste ihn auf die Stirn. »Und nächstes Mal schüttelst du ihm die Hand, okay?«
Er kämpfte mit einem Atemzug. »Okay.«

Donnerstag, 16. März, 8.00 Uhr

»Also Akte geschlossen.« Spinnelli blickte die Anwesenden nacheinander an. »Wir sind durch.«

Murphy und Aidan saßen an der einen Tischseite, Staatsanwalt Patrick Hurst und Spinnelli an der anderen. Rick und Jack nahmen die Enden ein. Keiner wirkte begeistert. Spinnelli zog die Stirn in tiefe Falten. »Bacon ist tot, wir haben die Bilder, sein Geständnis. Clayborn hat heute Morgen seine Anhörung. Tess kann wieder in ihr normales Leben zurück.«

»Abgesehen davon, dass die ganze Stadt sie für eine Klatschtante hält«, murmelte Murphy. »Ich weiß nicht, Marc. Irgendetwas stimmt da nicht.«

»Vielleicht denken Sie das, weil Sie Bacon nicht verhaften konnten«, sagte Patrick. »Die Tatsache, dass er sich umgebracht hat, gibt Ihnen das Gefühl, keinen echten Abschluss erreicht zu haben.«

»Das spielt sicher eine Rolle«, gab Aidan zu. Er erinnerte sich gut an seinen hilflosen Zorn beim Anblick des toten Bacon in der Wanne. »Aber Murphy hat recht – irgendetwas stimmt da nicht. Ich habe Bacons psychiatrisches Gutachten gelesen. Tess hat es übrigens nicht komplett geschrieben. Sie hat ihn nur einmal gesehen. Die Hauptarbeit ist von Eleanor Brigham getan worden, die vor Beendigung gestorben ist.«

Murphy schüttelte langsam den Kopf. »Es kommt mir komisch vor, dass er sie so hassen kann, obwohl er sie nur einmal gesehen hat.«

»Ja, das ist genau das, was ich auch denke«, sagte Aidan. »Bacon war ein Streuner mit einem Laster – er hat gern gespannt. Er hat es nie geschafft, lange bei einem Job zu bleiben und keine großen Ziele gehabt, außer arglose nackte Frauen zu beobachten.«

»Er passt nicht ins Profil«, sagte Jack nachdenklich.
»Was für ein Profil?«, wollte Patrick wissen.
»Tess' Profil«, sagte Aidan. »Antisozialer Voyeur. Organisiert, zielorientiert, gewöhnt zu delegieren. Bacon passt da einfach nicht rein.«
»Tess kann sich irren«, gab Patrick zu bedenken. »Sie war vielleicht nicht wirklich konzentriert.«
Aidan zuckte die Achseln. »Das erklärt immer noch nicht den Selbstmord. Wieso sich ausgerechnet jetzt umbringen?«
»Vielleicht hat er den Streifenwagen vor dem Gebäude, in dem Lynne Pope arbeitet, gesehen«, sagte Spinnelli. »Er hat begriffen, dass wir ihn einkreisen, und ist in Panik geraten.«
»Unser Täter ist kalt und berechnend, Marc«, argumentierte Aidan. »Er hat Adams mindestens drei Wochen lang gequält. Diese Person kommt mir nicht wie eine vor, die leicht in Panik gerät.«
»Sie reden im Präsens«, bemerkte Patrick. »Sie glauben wirklich nicht an Bacon als Täter.«
»Nein.« Aidan sah frustriert auf den Tisch. »Aber es ist nur ein Gefühl.«
Spinnellis Miene war streng. »Aidan, wir haben ein unterschriebenes Geständnis, die Tatsache bleibt bestehen. Alle Beweise deuten auf Bacon. Wir haben sogar Bilder des toten Hughes in der Gasse auf der Memory-Karte, die Sie in der Wohnung gefunden haben. Wenn Sie nicht mehr als ein Gefühl zu bieten haben, schließen wir diesen Fall ab und kümmern uns um andere Dinge.«
»Na ja, ich finde es noch immer seltsam, dass wir keine Videos entdeckt haben«, meinte Rick.

»Oder die Kamera, aus der die Speicherkarte stammt«, fügte Jack hinzu. Alle wandten sich zu ihm um. »Die Karte passte nicht in die Digitalkamera, die wir aus Bacons Wohnung mitgenommen haben. Diese Bilder stammen von einem anderen Apparat.«

»Verdammt«, murmelte Spinnelli und sah nun wirklich sehr missvergnügt aus.

»Und der Typ auf dem Foto mit Connell«, sagte Murphy. »Er ist derjenige gewesen, der bei Seward die Kameras installiert hat. Da sind verflixt viele lose Enden, Marc.«

Spinnelli warf Patrick einen Blick zu. »Sie haben alles, was Sie brauchen, um die Berufungen abzuwehren?«

»Die Bänder mit Tess' Stimme, die Sie in der Wohnung dieser Rivera gefunden haben, reichten schon. Der Fund des Mantels und der Perücke waren nur ein Bonus.«

»Na schön.« Spinnelli hielt den Zeigefinger hoch. »Noch einen Tag. Und verschaffen Sie mir etwas Konkretes. Aidan, Sie bleiben noch.« Alle anderen gingen und ließen Aidan und Spinnelli allein. »Aidan, ich möchte sicher sein, dass Ihr Gefühl wirklich aus dem Bauch heraus kommt und nicht von irgendeinem anderen Körperteil. Sie müssen einen klaren Kopf bewahren.«

Aidans Kopf fuhr hoch. »Das ist unangemessen, Marc!«

»Nein, das ist mein Job. Sie wollen etwas von Tess. Sie wohnt bei Ihnen. Sie ist keine Verdächtige mehr, also ist das Ihre Sache. Aber ich denke nicht daran, meine Leute zu verheizen, nur weil Sie zu hormongesteuert sind, um diese Geschichte fallenzulassen.«

Aidan musste die aufkommende Wut niederkämpfen. »Die anderen sehen die Unstimmigkeiten auch.«

»Was der Grund dafür ist, dass ich Ihnen noch einen Tag gebe. Aber Sie haben noch andere offene Fälle, Aidan. Denken Sie daran.«

Aidan nickte knapp. »Ja, Sir.«

Donnerstag, 16. März, 8.15 Uhr

Tess schloss die Tür zu dem angrenzenden Hotelzimmer. »Er schläft jetzt.«

Das tat er, aber nicht mit dem gesunden Schnarchen, an das Tess sich noch aus ihrer Kindheit erinnerte. Sein Schlaf war leicht, seine Atmung flach. Während ihres Praktikums war sie auch in der Kardiologie gewesen. Sie kannte die graue Haut, die angestrengte Atmung. Die Hoffnungslosigkeit der Patienten, wenn das Herz aufgab und sie auf den Tod warteten.

Ihr Vater würde sehr bald einer dieser Patienten sein. Kummer und Reue stiegen in ihr auf und erzeugten auch in ihr Hoffnungslosigkeit. »Ich wusste nicht, dass es so schlimm ist«, flüsterte sie und wandte sich zum Fenster um, wo ihre Mutter und Vito saßen und Kaffee tranken. Das Gesicht ihrer Mutter war gelassen, aber die Angst in ihren Augen verriet sie.

»Er wollte nicht, dass ich es dir sage. Gott weiß, dass du deine Sturheit von ihm geerbt hast.«

Tess setzte sich zu Tode erschöpft auf Vitos Bett. »Er sagt, dass er auf der Liste für eine Transplantation steht.«

»Ja.« Gina zuckte die Achseln. »Aber in seinem Alter …« Sie sah zur Seite und blinzelte.

Vito drückte ihre Hand. »Mom, nicht. Bitte nicht weinen.«

Gina warf Tess einen Blick zu. »Als er dich in den Nachrichten sah ... bekam er Schmerzen.«

»Es tut mir leid.«

Gina schüttelte den Kopf. »Lass gut sein. Er hat in letzter Zeit viel über euch beide nachgedacht. Wenn er glaubt, dass ihn niemand sieht, weint er manchmal.«

Tess' Augen brannten, und ihre Kehle verengte sich. »Hör auf«, flüsterte sie heiser.

»Entschuldige.« Ruhig nippte ihre Mutter an dem Kaffee. »Ich wollte dir nicht noch Schuldgefühle einimpfen. Ich möchte nur, dass du weißt, wie es steht. Die Ärzte sagen, er lebt vielleicht noch ein Jahr, vielleicht auch nur sechs Monate. Und wenn sie wüssten, dass wir gerade hier sind, würden sie garantiert ziemlich wütend werden.«

»Er hätte nicht herkommen dürfen«, flüsterte Tess.

»Nichts auf der Welt hätte ihn davon abhalten können, ins Flugzeug zu steigen, Tess. Es war ihm wichtig, die Dinge wieder ins Lot zu bringen. Er hat sich viel zu lange nicht geregt.«

Mit einem tiefen Atemzug stellte ihre Mutter die Tasse beiseite und stand auf. »Was er dir heute gesagt hat, war die Wahrheit.«

Tess nickte. »Ja, das weiß ich jetzt. Du hast ihm sofort geglaubt, ich nicht.«

Ginas Lachen war bitter. »Nein, das habe ich nicht.«

Tess sah stirnrunzelnd zu ihr auf. »Aber ... das verstehe ich nicht. Du hast gesagt ...«

»Ich weiß, was ich gesagt habe. Und ich weiß, was ich getan habe. Ich musste die vergangenen fünf Jahre damit leben. Ich wusste, dass an jenem Tag damals etwas Schreckliches passiert war. Du kamst zurück in den Laden und warst leichenblass. Aber zuerst hast du nichts gesagt.«

»Ich wusste nicht, was ich tun sollte. Ich wollte dir nicht weh tun.«

»Ich weiß. Aber was du nicht weißt, ist, dass ich bereits von der Frau wusste, als ich es dir einen Monat später aus der Nase gezogen habe.«

»Das … verstehe ich nicht«, wiederholte sie.

Ihre Mutter ging zum Fenster. »Wusstest du, dass teure Prostituierte gerne Visitenkarten mit sich herumschleppen? Später fand ich so eine in der Hosentasche deines Vaters. Ich sagte mir, dass das keine Bedeutung hatte, dass diese Frau bloß eine neue Kundin war und dir einfach übel gewesen ist, wie du damals behauptet hast. Als ich dich endlich dazu brachte, mir zu sagen, was du gesehen hast … Ich weiß nicht, was da über mich kam. Was ich getan habe, war schrecklich, und ich bereue es bis heute.«

Sie seufzte bitter. »Ich habe dich geschlagen und Lügnerin genannt, dann konfrontierte ich deinen Vater mit dem, was du mir gesagt hattest. Ich wollte an eine Lüge deinerseits glauben. Aber er bestätigte es. Er erzählte mir eine Räuberpistole von einer Frau, die einfach so im Hotelzimmer auftauchte und sich auszog. Dass er sie nicht angerührt habe. Und wie eine brave Ehefrau habe ich ihm gesagt, ich würde ihm glauben.«

»Hast du aber nicht«, murmelte Tess.

Gina warf einen Blick über die Schulter.

»Welche Frau, die vor sich selbst Respekt hat, würde das wohl tun?«

»Mom.« Vito sah sie schockiert an.

Sie seufzte wieder. »Ja, ja. Nachdem ich mit deinem Vater gesprochen hatte, wollte er mit dir sprechen.«
»Ja, ich erinnere mich.« Ihre Mutter hatte sie gebeten, nach Hause zu kommen – sie müssten reden. Jetzt verstand sie die Bitte. »Und an dem Tag hatte er seinen ersten Herzanfall.«
Ihr Gesicht verhärtete sich. »Ich kümmerte mich um ihn, hasste ihn aber zu der Zeit. Und hasste mich, dass ich es tat und dass ich dir das angetan hatte. Als es ihm schließlich wieder gut genug ging, sagte ich ihm, dass ich eine Weile zu meiner Schwester ziehen würde. Ich bräuchte eine Pause. In Wirklichkeit kam ich aber hierher.«
Tess riss die Augen auf. »Du warst in Chicago? Das hast du mir nie gesagt.«
»Ich wollte auch nicht, dass es jemand weiß. Ich hatte noch die Visitenkarte und machte mich auf die Suche nach der Frau.« Gina drehte sich vom Fenster weg. »Sie erinnerte sich noch an deinen Vater und bestätigte mir jedes Wort, das er gesagt hatte. Nachdem er sie an jenem Tag aus dem Zimmer geworfen hatte, hatte sie ihre Agentur angerufen, die sich wiederum bei der ursprünglichen Kundin meldete. Die entschuldigte sich und sagte, ihr Geschenk sei für einen Mann im selben Zimmer nur eine Etage höher gewesen. Ich ging in die Agentur, und sie zeigten mir die Quittung der Kundin.«
Tess stieß den Atem aus, gleichzeitig erleichtert und entsetzt. »Es war alles nur ein Irrtum. Ich habe fünf Jahre wegen eines Irrtums verloren.« Sie verengte die brennenden Augen. »Aber warum hast du mir das um Himmels willen denn nicht *gesagt?«*

Eine Minute lang schwieg Gina. Dann sagte sie sehr leise: »Weil ich dann hätte zugeben müssen, dass auch ich ihm nicht geglaubt habe. Und jedes Mal, wenn ich ihm in die Augen sah, begriff ich, dass ich ihm das nicht antun konnte. Es war ihm zu wichtig, glauben zu können, dass ich das Vertrauen in ihn hatte.«

»Und warum sagst du es ihr jetzt?«, fragte Vito mit unsicherer Stimme.

»Weil sie sich jetzt innerlich zerfleischt, ihm nicht geglaubt zu haben – genau wie ich«, erklärte sie, als ob Tess nicht dabei sei. »Sie denkt, sie bringt deinen Vater um, weil sie ihm nicht geglaubt hat. Sie denkt, ihre Sturheit ist schuld an seinem jetzigen Zustand.« Sie lächelte Tess traurig an. »Habe ich recht?«

Tess nickte. Der Klumpen in ihrer Kehle verhinderte jedes Wort.

»Du bist immer Papas Mädchen gewesen, Tess, mehr als meins. Dass er die letzten fünf Jahre keinen Kontakt mehr zu dir hatte … das hat ihn tatsächlich fast umgebracht, und das ist keine Übertreibung. Aber nur weil du Michaels Kind gewesen bist, heißt das nicht, dass ich dich weniger liebe oder verstehe. Er wollte seinen Frieden mit dir machen, und ich wusste, dass ich es auch tun musste. Aber ich habe mehr Grund, mich zu entschuldigen, denn im Gegenteil zu deinem Vater, der tatsächlich nichts getan hat, habe ich einen bösen Fehler begangen. Verzeih mir, Tess.«

Ein langes Schweigen breitete sich im Raum aus. Vito ließ den Kopf hängen, während Gina und Tess einander ansahen.

»Weißt du, Mom, ich weiß nicht, ob ich dir dankbar sein

soll, weil du versuchst, mir meine Schuldgefühle zu nehmen, oder ob ich böse auf dich bin, weil du das Geheimnis so lange für dich behalten hast«, murmelte Tess schließlich, und Vito hob den Kopf und bedachte sie mit einem müden, traurigen Blick.

»Ich denke, das eine schließt das andere nicht aus«, erwiderte ihre Mutter ruhig.

»Die Wahrheit ist, dass ich dir vor dem heutigen Tag wahrscheinlich sowieso nicht geglaubt hätte. Nach heute wäre es nicht mehr wichtig, ob *du* ihm glaubst oder nicht. Also hat es sich irgendwie ausgeglichen.« Ihr Blick glitt zur Tür, hinter der ihr Vater schlief. »Ich sollte hierbleiben … bei ihm … irgendetwas tun …«

Gina schüttelte den Kopf. »Das würde er nicht wollen. Du hast andere Dinge zu erledigen. Er ist wieder wach, wenn du zurückkommst.«

Tess warf Vito einen Blick zu. »Ich muss meine Praxis aufräumen und um meine Lizenz kämpfen. Bacon ist tot und Clayborn verhaftet. Du brauchst nicht mehr hierzubleiben, Vito. Du hast dir schon lange genug Urlaub genommen.«

Vito schüttelte den Kopf. »Reagan glaubt nicht daran, dass Bacon für die Selbstmorde verantwortlich ist. Er hat zwar nichts gesagt, aber es war zu spüren.«

Tess spürte, wie ihre Brust sich verengte. »Nein, er glaubt es nicht. Da ist noch etwas, das ihr wissen solltet. Der Mann, den sie gestern tot in der Badewanne gefunden haben, hat die Kameras in meiner Wohnung und in der Praxis installiert.«

Gina nickte. »Daher wusste der Täter von deinen Patienten. Das hast du uns schon erzählt.«

Tess richtete den Blick zur Decke. »Ich habe euch allerdings nicht erzählt, dass auch eine Kamera in meinem Bad war. In ... in meiner Dusche.«
Ginas Kaffeetasse klapperte auf den Tisch. »O Gott.« Es war ein kaum hörbares Flüstern.
»Ja. Na ja. Gestern hat er gedroht, das ... das Video an die Medien zu verkaufen.«
»Dann kann man nur froh sein, dass er tot ist«, sagte ihre Mutter heftig.
»Nur hat die Polizei die CDs nicht gefunden. Die Originale.«
Vito runzelte die Stirn. »Reagan hat gesagt, Bacon hätte die Festplatte zerstört.«
»Hat er. Aber die Spurensicherung hat erwartet, irgendwo eine Sammlung zu finden, aber da war nichts. Diese Filme von mir könnten in Umlauf geraten. Wir müssen Dad für alle Fälle darauf vorbereiten. Das wäre bestimmt nicht gut für sein Herz.«
»Warte damit noch ein bisschen«, sagte Vito. »Vielleicht werden die Videos noch gefunden.«
Tess stand auf. »Also gut. Und jetzt gehe ich in meine Praxis und danach einkaufen für das Essen heute Abend. Hilfst du mir kochen, Mom?«
Gina nickte. Das Friedensangebot war eindeutig, und sie nahm es an. »Ich glaube zwar nicht, dass du Hilfe brauchst, aber ich tue es gerne.«

»Ihr Jungs wisst wahrlich, wie man ein Mädchen auf Trab hält«, bemerkte Julia VanderBeck, als Aidan und Murphy die Gerichtsmedizin betraten. »Mit euch langweilt man sich nie.«

»Hat Bacons Autopsie dir irgendetwas Brauchbares gesagt?«, fragte Aidan ungeduldig.

Julia lächelte schief. »Mr. Bacon hat mir eine ganze Menge gesagt. Wäret ihr nicht runtergekommen, hätte ich euch angerufen. Kommt mit.«

Sie zog das Tuch von Bacons Leiche, und Aidan verspürte wieder Zorn auf diesen Mann, der durch den Tod seiner Strafe entkommen war. Aber er drängte die Wut zurück und zwang sich, Murphy und Julia zuzuhören.

»Todesursache?«

»Sagen wir einfach, Bacon hätte sich den Spitznamen Rasputin verdient.«

Sie drehte Bacons Arme, so dass die langen roten Schnittwunden an den Innenseiten zu sehen waren. »Er wurde wahrscheinlich mit dem Teppichmesser, das ihr am Badewannenrand gefunden habt, aufgeschlitzt.«

Aidan hob den Kopf. »Er *wurde?*«

Sie nickte. »Ja. Das hat er nicht selbst gemacht, auch wenn ihr das denken solltet. Seht euch die Arme an. Die Schnitte sind gerade ausgeführt worden. Normalerweise bedeutet das, dass das Selbstmordopfer wirklich Erfolg haben will, falls man das so ausdrücken darf.«

»Aber?«, hakte Murphy nach, und Julia lächelte.

»Euer Freund ist Linkshänder.« Sie hob die linke Hand an.

»Schwielen am Mittelfinger vom Schreiben. Daher habe ich erwartet, dass die Schnitte an seinem rechten Arm tiefer und gerade sein würden. Er hätte zuerst die dominante Hand benutzt und den rechten Arm aufgeschnitten. Gewöhnlich ist der Schnitt an der anderen Seite dann nicht so schnurgerade und auch nicht so regelmäßig, weil das Opfer Schmerzen hat und der andere Arm sich bereits taub anzufühlen beginnt. Und natürlich weil es nicht die dominante Hand ist.«

»Aber Bacon folgt diesem Muster nicht«, sagte Aidan.

»So ist es. Die Schnitte sind beide genau gleich tief, und das habe ich noch nie gesehen. Seltsam ist allerdings, dass ich keine Spuren eines Kampfes an seinem Körper gefunden habe. Man sollte meinen, dass der Kerl sich gewehrt hätte, wenn ihn jemand aufzuschlitzen versucht.«

»Er muss bewusstlos gewesen sein«, überlegte Murphy.

»Das glaube ich nicht. Erinnert ihr euch an den toxikologischen Bericht von Cynthia Adams?«

»Pilze«, antwortete Aidan. »Psiloirgendwas.«

»Psilocybin«, half Julia aus. »Bacons Blut weist keine Spuren davon auf, aber ich habe etwas von einer anderen Pflanze gefunden. Eingenommen verursacht sie Bewegungslosigkeit bestimmter Glieder. Inhalieren beschleunigt und verstärkt den Effekt. Ich denke, er war die ganze Zeit bei Bewusstsein – und hat alles gespürt.«

»Gut«, sagte Aidan zufrieden, und Julia lächelte leicht.

»Was das angeht, bin ich deiner Meinung, Aidan. Irgendwann hat er dann genug Blut verloren, um das Bewusstsein zu verlieren, und ist ins Wasser gerutscht. Basierend auf der Wassermenge und Bacons Größe und Gewicht, hätte ich nicht erwartet, dass sein Kopf unter Wasser gerät, aber er hatte Wasser in den Lungen.«

»Jemand hat ihn runtergedrückt«, sagte Aidan langsam.

»Würde ich sagen, ja. Aber damit noch nicht Schluss. Seht euch das mal an.« Sie drehte wieder an Bacons Arm, bis seine Schulter zu sehen war. »Hier hat ihn eine Kugel gestreift.«

»Angeschossen, aufgeschlitzt, vergiftet und ertränkt.« Murphy schüttelte den Kopf. »Du hast recht. Nennen wir ihn Rasputin. Woran ist er denn nun gestorben?«

»Offiziell? Wahrscheinlich ist er ertrunken. Jedenfalls hat der Kerl hier sich nicht selbst umgebracht, Jungs.«

17

Donnerstag, 16. März, 9.35 Uhr

Jack traf Aidan und Murphy in Bacons Wohnung. »Rick meint, wir müssen das Videoversteck suchen. Und er ist sicher, dass es hier irgendwo ist.«

»Wir werden die Dinger schon finden. Aber ich möchte vor allem wissen, was zum Teufel hier geschehen ist.« Aidan ging zum Badezimmer und blieb im Türrahmen stehen. »Angeschossen, aufgeschlitzt, vergiftet und ertränkt. Aber wie?«

»Ertrunken ist er zuletzt, das wissen wir«, sagte Murphy. »Das mit dem Gift muss vor dem Schlitzen passiert sein, sonst wären die Schnitte nicht so gerade geworden. Bleibt noch die Schusswunde.«

Aidan überlegte. »Ich denke, die muss ihm zuerst zugefügt worden sein.«

»Und warum?«, fragte Murphy.

»Erinnerst du dich daran, wie wir gestern seine Sachen gefunden haben?«

»Ja. Genau da.« Murphy zeigte zu seinen Füßen. »Hemd, Krawatte, Hose, Unterhose und Socken. Seine Anzugjacke war im Wohnzimmer.«

»Seine Jacke roch nach Mottenkugeln und Zigaretten.«

»Wie bei seiner Mutter zu Hause.«

»Aber keine Katzenpisse. Das fällt mir erst jetzt auf. Ich kann mir nicht vorstellen, dass Sachen, die so lange in einem stinkenden Haus hängen, nicht etwas von dem Katzengeruch aufnehmen. Die Polohemden von der Arbeit haben es jedenfalls getan.«

»Im Wohnzimmer haben wir gestern Kisten mit Klamotten gefunden«, sagte Jack. »Ebenfalls Mottenkugeln. Kein Katzenpipi.«

»Gut. Jetzt wissen wir also, dass er seine Kleidung nicht bei Mama lagert. Aber wie kommst du darauf, dass er erst angeschossen wurde?«

»Weil sein Anzug außerdem nach Schweiß gerochen hat, sein Hemd aber nach Weichspüler und Zigarettenqualm.«

Murphys Brauen flogen aufwärts. »Er hat das Hemd nicht getragen.«

»Der Mann hat eine gute Nase«, bemerkte Jack grinsend. »Und ich ein gutes Auge. Seht mal.«

Aidan folgte Jacks ausgestrecktem Zeigefinger zur gegenüberliegenden Badezimmerwand. »Ein Loch.« Sie hatten es am Tag zuvor nicht gesehen. Weil sie von den vermeintlichen Beweisen abgelenkt gewesen waren.

Jack trat zur Wand und inspizierte das Loch. »Könnte eine Kugel verursacht haben. Wenn ja, dann hat sie jemand rausgepult. Da ist jetzt nichts mehr als Putzbrösel.« Er wandte sich wieder um und sah Murphy an. »Geh mal einen Schritt in den Flur zurück.« Murphy gehorchte, und Jack stellte sich in den Türrahmen, den Rücken zum Bad. »Ich bin jetzt Bacon und du hast die Waffe.« Er zeichnete eine imaginäre Linie in die Luft. »Auf Grundlage der Höhe des Lochs in der Wand und Bacons Größe und der Wunde an der Schulter, müsstest du ungefähr da stehen, wo du jetzt bist. Und du bist kleiner als Bacon. Fünf oder zehn Zentimeter. Bacon war etwas unter eins achtzig. Du bist, eins achtundsechzig, höchstens eins siebzig.«

Aidan grinste grimmig. »Dann haben wir also einen antisozialen Voyeur mit einem Napoleonkomplex. Du schießt ihm in den Arm. Warum?«

»Um ihn in die Wanne zu zwingen? Oder das Gift zu inhalieren?«, schlug Murphy vor.

»Oder beides«, sagte Aidan. »Du wirst in die rechte Schulter geschossen, Jack. Was machst du?«

Jack umklammerte mit der linken Hand die rechte Schulter. »Autsch«, sagte er mit regloser Miene.

Aidan lachte leise. »Und jetzt hast du eine blutige Hand.«

Jack nickte. »Ich hole das Luminol.«

Dreißig Minuten später schaltete Jack das Licht aus, und sie sahen leuchtende Fußabdrücke und zwischen Toilette und Waschbecken einen vollständigen Handabdruck.

Aidan hockte sich über den Schuhabdruck. »Ich habe Schuhgröße 13. Was ist das? Neun?«

»Ungefähr«, sagte Jack. »Sieht nach Abendschuh aus. Also ist unser Bursche ungefähr eins siebzig groß und hat kleine Füße. Das ist ein Anfang. Was ist mit dem Handabdruck?«

Die Tapete im Bad hatte eine Borte mit blauen Blumen. Darüber war der Putz gestrichen, darunter klebte blaue Tapete. Der Handabdruck befand sich auf der unteren Hälfte.

»Wenn ich Bacon bin und herumtaumele, würde ich mich weiter oben abstützen, über der Borte. Finden wir also heraus, warum das nicht so ist.«

Jack nahm ein Messer, schob es unter die Borte und zog vorsichtig an der Tapete, bis sie sich löste. »Sie ist nicht festgeleimt«, sagte Murphy.
Jack sah über die Schulter. »Und die Kante ist wellig. Das ist schon oft gemacht worden.«
Aidans Puls beschleunigte sich. »Sein Versteck.« Tess würde jede Menge Peinlichkeit erspart bleiben. »Schnell, Jack.«
»Willst du es schnell oder richtig?«
»Beides«, erwiderte Aidan.
»Er klingt wie Spinnelli«, murmelte Jack, und Murphy lachte.
»Ausnahmsweise mal okay. Mach zu, Jack.«
Jack schob seine Finger in ein Loch in der Wand. »Mach das Licht an, Aidan.« Jack zog an einer Rigips-Platte und legte Balken frei.
»Und?«, fragte Aidan, als Jack mit der Taschenlampe hineinleuchtete.
Jack wandte sich um und schüttelte den Kopf. »Leer.«
Aidan sackte vor Enttäuschung förmlich in sich zusammen. »Und ich muss ihr das sagen.« Wieder wünschte er sich, Bacon wäre nicht gestorben, so dass er ihn selbst umbringen könnte.
Jack seufzte. »Sie ist ein großes Mädchen. Sie kann mehr verkraften, als du ihr zutraust.«
Aidan straffte die Schultern. Jack hatte recht. Tess war stark. Er grinste schief. »Sie hat gesagt, dass sie einen Kalender bastelt und auf Tour geht, wenn das Video veröffentlicht wird.«
Jack fuhr sich mit der Zunge über die Zähne. »Na, mich

hat sie garantiert nicht als Kunden. Ich will meine Ehe intakt halten und«, er starrte betont auf Aidans Fäuste, »mein Gesicht auch.«
Murphy hustete. »Los, Jungs, machen wir weiter.«
»Okay. Ich bin Bacon«, sagte Aidan. »Ich komme von Lynne Pope, bin frustriert … und hoffe darauf, dass Tess mir hundert Riesen bezahlt. Dann werde ich von einem Besucher überrascht.« Er sah Murphy an, als er begriff. »Der Killer wollte die Videos.«
»Und er kam vorbereitet her. Versteckte alle Beweise in der Decke, wo wir ziemlich sicher nach Kameras suchen würden. Was war auf den Videos, dass sich unser Junge so davor fürchtete?«
»Das müssen wir herausfinden. Du sagst also: ›Gib mir deine CDs‹ und ich antworte: ›Du kannst mich mal.‹«
»Ich schieße auf dich, um meiner Forderung Nachdruck zu verleihen. Streifschuss am Arm. ›Her damit‹, sage ich.«
Jack klopfte an die Wand. »Und mit blutigen Händen tust du, was er sagt.«
Murphy zeigte auf die Wanne. »Und jetzt da rein. Du tust es, weil ich die Waffe habe.«
»Okay, ich tu's. Und dann lässt du mich das Gift inhalieren.«
»Wir haben einen Zigarettenstummel in der Wanne gefunden«, sagte Jack. »Ich lasse ihn sofort analysieren.«
Aidan nickte. »Ich kann mich nicht bewegen, also schlitzt du mir die Arme auf, drehst das Wasser an und siehst zu, wie ich verblute.«
»Aber es dauert ewig, oder vielleicht bin ich einfach nur grausam«, endete Murphy. »Also drücke ich deinen Kopf

unter Wasser, bis du tot bist, und lass dich liegen, damit die blöden Bullen dich finden.«

Aidan starrte die Wanne an. »Dann wischst du die Wand ab, legst ein anderes Hemd hin und plazierst die Beweise, so dass die blöden Bullen in die Irre geleitet werden. So hast du freie Bahn für den nächsten Mord.« Er wandte sich mit grimmiger Miene zu Murphy um. »Die Leute, mit denen du verkehrst.«

Donnerstag, 16. März, 11.00 Uhr

»Wow.« Murphy stieß einen Pfiff aus, als sie Tess' Praxis betraten. »Dem Laden hier hat Clayborn aber wirklich seinen Stempel aufgedrückt.«

»Tja«, sagte Aidan grimmig. »Und gestern Abend hätte er beinahe Tess seinen Stempel aufgedrückt.«

Murphys Lippen zuckten. »Ich hätte ihn ja gerne mal gesehen, nachdem sie mit ihm fertig war.«

Denise, die Empfangsdame, kam mit einer Kiste Müll aus Harrisons Büro. Sie blieb stehen und sah die beiden mit flackerndem Blick an. »Kann ich Ihnen helfen?«

»Wir wollten zu Tess.« Aidan betrachtete sie genau. Denise hatte überrascht gewirkt, sie zu sehen, überrascht und ein wenig ängstlich. Und Aidan hätte gerne gewusst, warum.

»Sie ist den ganzen Morgen schon in ihrem Zimmer.« Mit dem Kopf deutete sie auf die Tür, die nur angelehnt war. »Gehen Sie hinein.«

Aidan drückte die Tür auf und sah Tess mit einem Klemmbrett in der Hand mitten im Raum stehen. Sie hatte das

Haar zu einem Pferdeschwanz gebunden, was sie jung und gleichzeitig sexy aussehen ließ. Sie wandte sich um, und der alarmierte Blick verwandelte sich rasch in Freude.

»Aidan! Und Murphy auch«, fügte sie hinzu, als Murphy einen Schmollmund zog.

»Du hast ja schon einiges geschafft«, bemerkte Aidan.

»Wir haben endlich das zertrümmerte Mobiliar hinausgeschleppt.« Sie streckte den Arm aus, an dem eine kleine Kamera baumelte. »Ich mach mir Notizen für die Versicherung.«

»Bist du allein hier?«, fragte er mit zusammengezogenen Brauen.

»Denise ist in Harrisons Büro. Vito ist unten mit den Jungs, die die schweren Teile rausgeschleppt haben. Jon ist vorbeigekommen.« Sie lächelte. »Und Robin hat Suppe vorbeigeschickt.«

Aidan schnitt eine übertriebene Grimasse. »Und das einer Suppenphobikerin.«

Sie lachte leise, und ihre Wangen wurden einen Hauch rosiger, und er wusste, sie dachte an den Abend zuvor, als er dasselbe gesagt hatte, während er auf ihr gelegen hatte und ihre Brüste liebkost hatte. Er musste plötzlich unruhig von einem Fuß auf den anderen treten, als sich ein bestimmter Körperteil zu regen begann.

Sie räusperte sich. »Amy hat eine Pflanze mitgebracht. Sie hat den grünen Daumen, aber ich werde das Ding vermutlich im Handumdrehen umgebracht haben.« Sie biss sich auf die Lippen. »Warum seid ihr gekommen?«

»Bacon hat sich nicht selbst umgebracht, Tess«, antwortete Aidan ohne Umschweife. »Er wurde ermordet.«

Sie atmete langsam und kontrolliert aus. »Aha. Das heißt ... es ist noch nicht zu Ende, richtig?«

»Nein. Ich will, dass du weiterhin vorsichtig bist. Wachsam bist. Und nie allein, verstanden?«

»Ich hatte schon befürchtet, dass es zu schön ist, um wahr zu sein. Und du ja schließlich auch. Ich werde auch Robin, Jon und Amy sagen, sie sollen weiterhin Augen und Ohren offen halten.«

Aidan wollte ihr am liebsten die Sorgenfalten um den Mund wegküssen. »Und sag es auch Vito.«

»Was?«, fragte Vito, der hinter ihnen eintrat.

»Dass die Legende weitergeht. Der Bursche mit den Kameras wurde ermordet. Meine Freunde sind immer noch in Gefahr.«

Vito zog die Stirn in Falten. »Na, fantastisch. Und was unternehmt ihr Jungs dagegen?«

»Wir ermitteln«, sagte Aidan ruhig. »Wann reisen Sie ab?«

Vitos Grinsen war im Grunde nur ein Entblößen der Zähne. »Nicht bald genug für Sie, Ace.«

Tess verdrehte die Augen. »Vito. Aidan, meine Eltern würden dich heute Abend gerne kennenlernen. Kann ich deine Küche benutzen? Ich möchte kochen.«

Er wollte sie so gerne berühren, dass er es schmecken konnte, aber Vitos finsterer Blick schweißte seine Hände in den Taschen fest. »Hast du den Schlüssel noch?«

»Ja. Wird Dolly mich auffressen wollen?«

»Wahrscheinlich nicht. Wenn sie knurrt, sag Rachel Bescheid. Sie kommt um drei von der Schule. Ich sehe dich dann bei mir um sieben, okay?«

»Sagen wir acht.« Ihre Augen wurden dunkler. »Harrisons Totenwache ist um sieben.«
»Ich komme mit dir. Aber jetzt müssen wir los.« Er warf Vito einen Blick zu. »Um zu ermitteln.«
Auf dem Weg zum Fahrstuhl bedachte Murphy ihn mit einem vergnügten Seitenblick. »Eltern?«
»Spende einfach meine Lebensversicherung einer gemeinnützigen Organisation, okay, Murphy?«
Murphy lachte. »Okay, Ace.«

Donnerstag, 16. März, 11.00 Uhr

Andrew Poston war der Sohn eines Richters und daher bereits auf Kaution frei, während die anderen Jungen, die Marie Koutrell vergewaltigt hatten – die aus ärmeren Familien – noch in Untersuchungshaft saßen. Poston hatte bei seiner Anhörung ein knappes »Nicht schuldig« von sich gegeben und dann gemurmelt, wenn er die Person finden würde, die ihn verpfiffen hätte, würde er sie mit bloßen Händen erwürgen.
Poston hatte sehr große Hände, daher war die Drohung sicherlich keine leere. Sein Anwalt hatte ihm geraten, den Mund zu halten, und Poston hatte reagiert, indem er dem Mann mit kreativen Wortschöpfungen gesagt hatte, wohin er sich seinen Rat schieben könne. Alles in allem hatte der Junge einen gewissen Stil. Er würde in ein paar Jahren ein ziemlich einflussreicher Mensch sein, wenn es ihm gelingen sollte, seinen Hintern aus dem Gefängnis zu halten. Was durchaus ein Problem sein konnte. Das Opfer hatte ihn namentlich genannt. Das allein wäre noch nicht so

schlimm; es gab ein halbes Dutzend andere Jungen, die beschwören wollten, dass es sich um gegenseitiges Einvernehmen gehandelt hatte. Aber ein anderer Zeuge hatte anonym die Anklage bestätigt und behauptet, der Junge sei im Haus des Opfer gewesen und habe das Mädchen im betrunkenen Zustand belästigt.

Dieser anonyme Zeuge musste beseitigt werden, oder Andrew Poston würde in absehbarer Zeit ein Vorstrafenregister besitzen. Eine Nacht Spaß mit einer Schlampe, die förmlich darum gebettelt hatte, konnte das Leben eines jungen Mannes zerstören. Also musste der Zeuge weg.

Dass dieser Zeuge außerdem der schnellste Weg zu Aidan Reagan bedeutete, war reines Glück. Kismet. Richtig gutes Karma. Denn Aidan Reagan musste ebenfalls weg. Er war Ciccotelli zu nah. Zum ersten Mal, seit ihr Verlobter das Weite gesucht hatte … schlief sie mit einem Mann.

Das musste aufhören. Reagan musste beseitigt werden. Aber einen Cop zu töten, war eine gefährliche Sache und konnte nicht unbemerkt oder ungestraft geschehen. Ihn zu verscheuchen war daher die bessere Lösung.

Sie waren nun fast zu Hause, Andrew und sein Vater, der Richter. Fuhren im Lexus-SUV in die Anfahrt. Mrs. Poston wartete an der Tür, einen besorgten Ausdruck im Gesicht und einen wattierten Umschlag in der Hand. Die drei gingen ins Haus.

Der Umschlag war am Morgen gekommen und an Andrew adressiert. Der Effekt wäre verdorben gewesen, hätte seine Mutter ihn geöffnet. Sie hätte verraten, was darin war. Oder vielleicht auch nicht. Jedenfalls hatte Andrew den Umschlag jetzt in der Hand und öffnete ihn, wie das

Mikrofon im Inneren des Briefes verriet. Nun hatte er die CD gefunden, auf der »Spiel mich ab« stand. Eine lange Stille dehnte sich aus. Die Aufnahme war jämmerlich und unsauber, aber sie würde ihm sagen, was er wissen musste. Ein heftiger, ziemlich einfallsreicher Fluch kam von Andrews Lippen. Jetzt wusste er es. Wunderbar. Man hörte Scharren und Schlurfen, dann die Stimme des Jungen.

»Hey, ich bin's«, sagte er. »Ich weiß jetzt, wer uns verpfiffen hat ... Rachel Reagan. Diese kleine Schlampe.« Er hörte zu, dann lachte er. »Da hast du recht. Sie hätte viel mehr Spaß gemacht als Marie. Tu mir einen Gefallen, ja? Zeig ihr, wie sehr ich es zu schätzen weiß, dass sie die Cops angerufen hat. Sie soll wissen, dass wir es wissen, und wenn sie die Anzeige nicht zurückzieht, dann wird sie es bereuen. Und mach es noch heute. Danke, Kumpel. Ich würd's ja selbst machen, aber ich muss den Ball flach halten, bis sich der Staub gelegt hat.«

Kurz darauf dröhnte zu laute Rockmusik durch das Mikro und kennzeichnete das Ende des Telefonats. Die Kakophonie endete, als der Schalter im Auto umgelegt wurde. Die Räder waren in Bewegung, wirklich und sinnbildlich. Etwas Druck auf das Gaspedal brachte den Wagen auf die Straße. Es war Zeit, wieder an die Arbeit zu gehen. Und Zeit, die Lokalnachrichten anzuschalten, um zu sehen, ob Marge Hooper schon entdeckt worden war.

Ciccotelli würde diese Nachrichten niederschmettern. *Wundervoll.* Sie hatte mit Hughes einen Freund verloren, mit Hooper eine gute Bekannte. Bald würde sie auch Reagan, ihren Liebhaber, los sein.

Er würde nicht bei ihr bleiben *können*, wenn ihm klar

wurde, dass seine Schwester in Gefahr war. Wenn die kleine Rachel von Postons Freunden erst einmal anständig vorgewarnt worden war, würde Detective Reagan eine Nachricht bekommen, in der seiner Schwester weitaus mehr angedroht werden würde. Und das nur, weil *er* mit bestimmten Leuten verkehrte. Und als kluger Mensch würde er wissen, was zu tun war.

Der nächste Schachzug würde viel beiläufiger aussehen. Ein fremdes Opfer, das genügend Pech hatte, zufällig mit Tess Ciccotelli in Kontakt zu kommen. Das würde sie wahnsinnig machen. Sie würde sich entsetzlich schuldig fühlen, würde Angst haben, auch nur ihre Wohnung zu verlassen. Was für ein angenehmer Gedanke.

Natürlich würde der Gnadenstoß weit näher bei ihr erfolgen. In der Familie nämlich. Die Auswahl war mit der Ankunft ihres Bruders und der Eltern aus Philadelphia viel größer geworden. Eine unerwartete Entwicklung. Und das typische zweischneidige Schwert. Einerseits waren die Familienprobleme bereinigt worden, so dass sie nicht mehr allein in der großen Stadt war. Das war mehr als schade. Andererseits eröffneten sich plötzlich ganz neue Möglichkeiten. Da hatte sich die Familie gerade wiedergefunden, schon musste jemand ins Gras beißen. Aber wer? Bruder oder Elternteil? Was würde sie mehr treffen?

Aber zuerst das fremde Opfer.

Donnerstag, 16. März, 12.15 Uhr

»Das ist einfach unfair«, murmelte Tess, die, Vito an ihrer Seite, vor dem Büro der Lizenzbehörde stand. »Sie wissen, dass ich nichts getan habe, behalten aber meine Lizenz ein. Da stehe ich doch noch schuldiger da.«

»Wir hätten Amy mitnehmen sollen«, sagte Vito. »Sie hätte die da drin schon zerlegt.«

»Ja, du hast recht. Ich hätte einfach nicht geglaubt, dass sie sich so mies benehmen.«

Das nächste Mal würde Tess mit Fenwick nicht mehr ohne Anwalt sprechen. Anscheinend war das das Einzige, was der Mann verstand. »Gehen wir. Dad ist bestimmt schon wach und hat Hunger.« Sie gingen am Fahrstuhl vorbei zur Treppe.

»Dr. Ciccotelli?«

Sie erstarrte, als sie die Stimme hinter sich hörte.

»Reporter«, knurrte Vito. »Geh weiter.«

»Moment.« Es war eine junge Frau in einem konservativen Kostüm. »Sind Sie Dr. Ciccotelli?«

»Ja. Und Sie?«

Die Frau hielt ihr ein dickes Bündel Papiere entgegen. Ihre Miene verriet nichts. »Ich soll Ihnen das zustellen.«

Verdattert nahm Tess das Bündel und überflog die erste Seite. »Ich werde verklagt.«

Vito nahm ihr die Papiere aus der Hand. »Von wem?« Rasch las er die Seite. »Deine Patienten verklagen dich, weil du ihre Akten der Polizei übergeben hast?« Er sah stirnrunzelnd auf. »Das war ein richterlicher Beschluss. Du hattest keine Wahl.«

Sie nahm ihm die Papiere wieder ab und lachte tonlos. »Schmerzensgeld. Fünf Millionen Dollar. Damit kommen sie nicht durch, aber ich habe erst einmal den Ärger und die Kosten am Hals.«

»Woher wissen die denn, dass du die Akten übergeben hast?«
Tess schüttelte den Kopf. »Keine Ahnung. In den Nachrichten haben sie nichts davon gesagt. Gott. Was noch?«
Und wie aufs Stichwort klingelte ihr Handy, und das Display zeigte eine Nummer, die sie nicht kannte. Obwohl sie am liebsten nicht reagiert hätte, befürchtete sie, es könne ihre Mutter aus dem Hotel sein, und drückte auf ›Annehmen‹. »Ciccotelli.«
»Tess? Hier ist Rachel.« Das Mädchen klang seltsam. Unheimlich. »Ich … ich brauche Hilfe. Dringend.«
Tess hörte einen Moment zu, dann rannte sie auf die Treppe zu. »Schnell, Vito.«

Donnerstag, 16. März, 13.30 Uhr

Aidan sah auf, als die braune Tüte auf seinem Tisch landete. Spinnelli sah auf ihn herab und wirkte reuig. »Glückwunsch.«
Aidan öffnete die Tüte und schnupperte daran. »Baklava. Ich bin gerührt, Marc«, sagte er trocken.
»Man munkelt, damit ließen Sie sich am ehesten bestechen.« Sein Lächeln war kurz, dann wurde er wieder ernst. »Sie hatten recht mit Bacon. Und Sie hatten außerdem recht, dass meine Bemerkung heute Morgen unangemessen war. Sie haben saubere Arbeit geleistet.«
Aidans Wangen wurden warm. Er zuckte die Achseln. »Aber Sie hatten teilweise auch recht. Ich habe tatsächlich ein persönliches Interesse an dem Fall.« Er deutete auf einen Stapel Akten. »Ich habe den Danny-Morris-Fall seit

zwei Tagen nicht mehr angerührt. Sein Vater könnte inzwischen schon in Mexiko sein.«

»Ist er nicht. Er versteckt sich irgendwo. Und er wird irgendwann wieder auftauchen.«

»Sie scheinen sich da sehr sicher zu sein.«

Spinnelli setzte sich auf die Tischkante. »Bin ich. Dannys Vater hat sich einen feuchten Staub um sein Kind gekümmert. Er hat den Jungen höchstens als Eigentum betrachtet, als einen Gegenstand, über den man Verfügungsgewalt hat. Und er kommt gar nicht auf die Idee, dass es Leute gibt, die das anders sehen könnten. Aber es gibt solche Leute wie Sie, und wenn er aus seinem Loch kriecht, dann stehen Sie da und warten. Wenn Sie heute Abend nach Hause gehen, sehen Sie noch mal an den Orten nach, wo er sich normalerweise aufhält. Zeigen Sie sich so oft, bis seine Freunde nervös werden. Irgendjemand wird schon reden.«

»Danke.« Und er meinte es ernst. Er hatte ein schlechtes Gewissen gehabt, dass er den Fall dieses armen Kindes vernachlässigt hatte.

Spinnelli verschränkte die Arme vor der Brust. »Also, was haben wir, Aidan?«

»Nachdem wir Bacons Versteck hinter der Tapete gefunden hatten, haben wir Rick angerufen. Der meinte, diese Typen hätten meistens ein Back-up von ihren Dateien. Murphy ist jetzt in Bacons Lagerraum. Wir haben beschlossen, uns aufzuteilen. Ich bin zurückgekommen, um eine Verbindung zwischen David Bacon und Nicole Rivera zu unserem Täter auszuarbeiten.«

»Gute Arbeit«, sagte Spinnelli. »Das mit dem Lagerraum.«

»Das war keine große Kunst. Nachdem wir den Durchsuchungsbefehl für das Haus seiner Mutter bekommen hatten, haben wir in ihrer Küchenschublade Quittungen für das Lager gefunden.« Aidan schnupperte mit angewiderter Miene an seinem Ärmel. »Diesen Anzug kriege ich nie wieder geruchsfrei.«

Spinnelli lachte leise. »Ich wollte ja nichts sagen, aber ich denke auch, Sie sollten sich umziehen, bevor Sie Tess heute Abend abholen.« Sein Blick wurde wieder scharf. »Und haben Sie eine Verbindung gefunden?«

Aidan betrachtete angewidert den Stapel Papiere auf seinem Tisch. »Noch nicht. Rivera war Schauspielerin und Kellnerin. Bacon ein Ex-Knackie, der bei einem Elektronikhändler arbeitete. Ich habe ihre Telefonabrechnungen und ihre Bankunterlagen durchgesehen, aber keine Überschneidung gefunden. Das Einzige, was sie gemein hatten, war, dass sie Geld brauchten. Aber Rivera hat ihre alte Wohnung für eine lausige Bude aufgeben müssen, weil sie die Miete nicht mehr zahlen konnte. Falls sie Geld von unserem Burschen bekommen hat, hat sie das nicht für die Miete ausgegeben. Ich treffe mich nachher mit einer ehemaligen Mitbewohnerin von ihr. Vielleicht erfahre ich da etwas Nützliches.«

»Halten Sie mich auf dem Laufenden.«

Als Spinnelli fort war, kam Abe mit ein paar Zetteln in der Hand herüber. »Ich habe den Papierkram für Clayborn erledigt.« Er grinste. »Tess hat ihm anständig eins übergebraten, Aidan. Er sah aus, wie nach ein paar Runden im Ring.«

Aidan schüttelte den Kopf. »Ich weiß nicht, ob ich je zuvor in meinem Leben solche Angst gehabt habe.«

»Das Gefühl kenne ich. Hör mal, Mia und ich haben Clayborn gestern Abend stundenlang bearbeitet. Er hat schließlich gestanden, warum er nicht wollte, dass sein Bericht an die Öffentlichkeit gerät.« Abe verdrehte die Augen. »Er hat sich bei der Polizeiakademie beworben und wollte nicht, dass seine psychiatrische Vorgeschichte seine Chancen verdirbt.«

Aidan zog den Kopf ein. »Man sollte doch meinen, dass er schon vorher durch sein Persönlichkeitsprofil ausgesiebt worden wäre.«

»Das kann man nur hoffen. Außerdem hat uns interessiert, woher er wusste, dass Tess mit dir in Moms und Dads Haus war. Er hat schließlich zugegeben, dass er angerufen worden ist. Jemand hat ihm gesagt, wo er suchen soll. Er wollte uns nicht sagen, wer, aber ich habe seine Handy- und Festnetznummeraufstellung angefordert. Da ist ein Einweghandy bei, und mir ist ein Gedanke gekommen. Hast du den Nummernnachweis von Tess' Telefonen?«

Aidan suchte durch seine Ablage, bis er die Liste ihres Praxistelefons hatte.

»Sie hat nur einen Anruf auf der privaten Festnetzleitung – in der Nacht, in der Cynthia Adams starb. Die anderen beiden gingen in der Praxis ein.« Er sah finster zu Abe auf. »Sie hat uns nicht erlaubt, ihre Praxisleitung anzuzapfen. Ärztliche Schweigepflicht.«

»Und euer Bursche weiß das«, sagte Abe. »Nutzt es aus, dass sie sich an die ethischen Maßstäbe hält.«

Aidan verglich Clayborns Nummernaufstellung mit Tess', und sein Puls beschleunigte sich. »Ein Treffer. Dieser Anruf, der ihr von Seward berichtet hat. Nicole Rivera hat den Anruf getätigt.« Er schaute wieder zu Abe auf. »In Riveras Wohnung haben wir aber kein Handy entdeckt.«

»Dann hat ihr Mörder es mitgenommen.«

»Mitsamt dem Mantel und der Perücke. Die Nummer ist jedenfalls dieselbe. Dieses Schwein. Er hat Clayborn verraten, wo er sie finden kann.«

»Wir haben Claybornss Namen nicht veröffentlicht, Aidan. Allerdings haben wir eine Personenbeschreibung ausgegeben.« Aidan biss die Zähne zusammen. »Er weiß also, dass sie mit mir zusammen ist. Er hat Clayborn quasi ein blutiges Stück Fleisch vor die Nase geworfen. Dieser miese, elende Schweinehund. Anscheinend findet er immer jemanden, der die Drecksarbeit für ihn erledigt.« Er senkte seinen Blick wieder auf die Nummernliste von Tess' Praxistelefon. Und zog die Brauen zusammen. »Das ist mir bisher noch gar nicht aufgefallen. Ich war so beschäftigt mit den eingehenden Anrufen, dass ich auf die ausgehenden nicht geachtet habe.«

Abe stellte sich hinter ihn und sah auf die Liste. »Du meinst die 911?«

»Ja. Tess hat den Anruf, bei dem es um Seward ging, um drei Uhr fünfzehn bekommen. Sie hat mir erzählt, sie ist hinausgelaufen und hat Denise gesagt, sie soll den Notruf wählen.«

»Denise war die Empfangsfrau?«

»Genau.« Sein Blick wurde noch finsterer, und er legte die Liste von Tess' Handyverbindungen daneben. »Sie hat mich um fünfzehn Uhr zweiundzwanzig angerufen, sieben Minuten später.«

Abe richtete sich kerzengerade auf. »Aber Denise hat die

911 erst zehn Minuten, nachdem Tess wieder aufgelegt hat, gewählt.«

Aidan sah seinen Bruder über die Schulter hinweg an. »Tess meinte, sie hätte sich gewundert, warum die Cops so lange gebraucht hätten, um bei Seward einzutreffen. Sie wollte eigentlich nicht eingreifen, aber dann hat Seward seine Frau mit der Waffe bedroht. Sie ist davon ausgegangen, dass die Polizei vor ihr hätte dort sein müssen.«

»Und das wären sie auch gewesen, wenn Denise sofort angerufen hätte, wie sie es hätte tun sollen. Warum hat sie so lange gewartet?«

Aidan rief sich die Assistentin in Erinnerung. Sie hatte Zugang zu allen Patientenakten. Sie konnte, wenn sie wollte, nicht nur ihre Vorgeschichte in Erfahrung bringen, sondern auch ihre Adressen und Telefonnummern. Sie war da gewesen, als der Kurier die CD gebracht hatte, also wusste sie auch von Bacons Filmen. Und sie hatte ihnen nicht in die Augen sehen können, als Murphy und er vor ein paar Stunden in der Praxis aufgetaucht waren.

Aidan breitete die Papiere auf seinem Tisch aus und überflog sie. »Denise Masterson. Ich habe sie schon überprüft. Vorstrafen hat sie nicht.« Rasch las er das Wenige, das er über sie gefunden hatte. »Sie arbeitet nun seit fünf Jahren für die Praxis. Davor war sie auf dem College. Keine nennenswerten Schulden. Sie fährt ein zehn Jahre altes Auto und teilt sich die Wohnung mit einer Mitbewohnerin. Mehr weiß ich nicht.« Er blies die Backen auf. »Ich muss hier in ungefähr einer Stunde losfahren, um mich mit Riveras ehemaliger Wohnungsgenossin zu treffen. Danach spreche ich mit Denise.«

»Du könntest Tess fragen.«

»Was fragen?«

Tess sah beide Männer zu ihr herumfahren und sie überrascht anstarren. Von hinten sahen sie beinahe vollkommen gleich aus, breite Rücken in weißen Hemden und schwarzen Hosen. Dieselben dunklen Haare, dieselben Schulterholster. Aber Tess war sich sicher, dass sie Aidan in einem ganzen Raum voller ähnlicher Männer augenblicklich entdeckt hätte. Sie hatte in der Nacht zuvor diesen Rücken gestreichelt. Aber nun musste sie ihm – ihnen beiden – schlechte Nachrichten überbringen.

Aidans Augen verengten sich. »Was ist los?«

»Setzt euch. Beide.«

»Tess ...«

Sie hielt die Hand hoch. »Bitte.« Aidan setzte sich auf den Stuhl, Abe auf den Tisch. Ihre Mienen waren besorgt. »Es geht um Rachel.« Beide sprangen auf die Füße, aus beiden Gesichtern wich das Blut. Mit einem leisen Seufzer sah sie sie an. »Sie ist nicht schlimm verletzt.«

»Wo ist sie?« Aidans Stimme war drohend. »Tess, spiel keine Spielchen mit uns.«

»Seh ich aus, als wollte ich spielen?«, fragte sie scharf. »Setzt euch gefälligst wieder hin. Das ist einer der Gründe, warum sie nicht euch angerufen hat.«

Langsam gehorchten die beiden Männer. »Sie wartet draußen mit Vito. Sie hat Kristen und ihre andere Schwägerin angerufen, aber da war immer nur die Mailbox dran. Sie wollte so, wie sie aussah, nicht zu euch oder euren Eltern, und ich habe ihr gestern, als ich ihr bei den Hausaufgaben geholfen habe, meine Nummer gegeben. Sie hat mich gebeten, zu dir nach Hause zu kommen, damit sie sich da einigermaßen wieder herrichten konnte, bevor sie euch trifft.«

Aidan schluckte. »Das hast du ihr aber nicht erlaubt, nicht wahr? Wir brauchen … Beweise.«

»Ich habe sie in die Notfallambulanz gebracht. Aber *nicht*«, fügte sie hinzu, als sie sah, wie die Brüder sich versteiften, »weil es so schlimm war. Eine Wunde musste genäht werden, das ist alles. Ich habe die Polizei angerufen, und jemand kam und hat einen Bericht aufgenommen. Dann habe ich sie direkt hierhergebracht.« Sie hockte sich neben Aidan und nahm seine Hand. »Man hat sie zusammengeschlagen und ihr die Kleider zerrissen. Es sieht weit schlimmer aus, als es ist. Sonst hat man sie nicht belästigt, verstehst du, was ich meine?«

Steif nickte er. »Wer war es?«

»Zwei Jungen aus der Schule. Hört zu, sie ist vollkommen fertig. Macht es nicht noch schlimmer. Und mach vor allem sofort ein anderes Gesicht.« Sie schaute zu Abe auf. »Und du auch. Ihr zwei seht aus, als wolltet ihr jemanden umbringen. Sie hat Angst, dass ihr vollkommen ausrastet, Ärger bekommt und eure Jobs verliert.«

Abe sog die Luft ein und zwang sich zu einer entspannteren Miene. »Hol sie rein.«

Tess erkannte, dass sie mehr nicht erreichen würde, und eilte in den Korridor, wo Rachel mit Vito wartete. Das Mädchen hatte Tess' neuen Mantel um die Schultern und den Kragen bis über die Ohren hochgeschlagen. »Sie sind so gut vorbereitet, wie es geht, Mädchen«, sagte sie. »Komm, bringen wir es hinter uns.«

»Sie werden durchdrehen«, flüsterte Rachel mit zitternden Lippen.
»Ja, natürlich. Und dazu haben sie ja auch ein Recht. Aber sie sind erwachsene Männer mit einer guten Portion gesundem Menschenverstand. Sie werden keine Dummheit begehen.« Sie nahm Rachel am Arm und führte sie in das Großraumbüro, wo die beiden warteten. Einen Blick auf ihr Gesicht, und beide ballten die Fäuste.
Rachel versuchte ein Lächeln. »Es ist wirklich nicht so schlimm, wie es aussieht.« Und dank einer Eispackung, Desinfektionsmittel und Verbandsmaterial wirkte sie tatsächlich längst nicht mehr so lädiert wie vorher.
Aidan zwang sich zu einem Lächeln. »Ich weiß nicht, Küken. Ich finde, du siehst scheiße aus.« Er rollte seinen Stuhl vom Tisch weg. »Setz dich.« Sie gehorchte vorsichtig. »Und jetzt erzähl uns, was passiert ist.«
»Es war ein ziemliches Gedränge auf der Treppe in der Schule, und ich kam nicht weiter. Im Nachhinein denke ich, dass sie es geplant haben, denn plötzlich klingelte es, und die Menge zerstreute sich. Jemand packte mich von hinten und hielt mir die Augen zu. Ich habe mich gewehrt, aber die waren viel größer und stärker.«
Aidan und Abe wurden noch blasser, und Rachel schauderte. »Ich dachte, sie wollten mir das antun, was sie auch mit Marie getan haben, aber darum ging es gar nicht. Sie haben mir einen Lappen in den Mund gestopft und auf mich eingeschlagen. Dann haben sie mir das T-Shirt zerrissen und meinen Kopf gegen die Wand geschlagen. Ich sollte bis fünfzig zählen, bevor ich aufstand. Ich bin nicht zum Rektor gegangen, weil der Mom und Dad angerufen hätte,

und ich wollte nicht, dass sie sich Sorgen machen. Also bin ich durch den Notausgang entwischt.«

Aidan wischte sich die Hände an seiner Hose ab. »Ist denn der Alarm nicht losgegangen?«

»Der ist kaputt. Bei uns verschwinden die Kids ständig dadurch.«

»Haben diese Kerle irgendwas gesagt?«, fragte Abe.

Sie zuckte die Achseln. »Dass ich die Klappe halten sollte. Und sie haben mich ziemlich beschimpft.«

Abe hob sanft ihr Kinn. »Meinst du, du könntest sie identifizieren?«

»Ja.« Rachel nickte grimmig. »Ich habe sie nämlich später gesehen. Wenn ihr sie fasst, werde ich das gerne bestätigen.«

»Sie hat dem Cop, der die Aussage aufgenommen hat, die Namen schon genannt«, sagte Tess. »Die Jungs dürften jetzt gerade schon im Streifenwagen sitzen.«

Aidans Lächeln war unsicher. »Braves Mädchen.« Er tippte mit dem Finger auf den Verband über ihrer Braue. »Wie viele Stiche, Küken?«

»Nur drei.«

»Himmel, mehr nicht? Beim Schlittschuhlaufen letztes Jahr hatte es dich schlimmer erwischt. Wie viele waren es damals – neun Stiche?«

»Elf.« Sie stieß erleichtert den Atem aus. »Ihr seid ruhiger, als ich es für möglich gehalten hätte.«

Aidans Lächeln verblasste. »Ich bin ein verdammt guter Schauspieler, Küken.«

»Warum hast du uns nicht angerufen, Kleines?«, fragte Abe.

Sie sah zu ihm auf, dann wieder zu Aidan. »Weil es echt übel aussah. Ich wollte Mom und Dad nicht aufregen, deshalb bin ich zu dir nach Hause gegangen.« Sie sah weg. »Ich weiß, dass es dumm war, allein zu gehen, aber ich habe nicht klar gedacht.«

»Schon okay«, sagte Aidan. »Das passiert jedem mal. Wann hast du die beiden gesehen?«

»Ich drehte mich um und sah, dass sie mir folgten, und da habe ich echt Angst bekommen.« Ihr Lächeln war grimmig. »Wahrscheinlich sind sie im Nachhinein in Panik geraten, ich könnte sie anzeigen, und wollten mich noch einmal richtig einschüchtern. Jedenfalls bin ich losgelaufen. Als ich bei dir war, habe ich sofort den Hund rausgelassen.« Sie grinste schief, aber keiner erwiderte das Grinsen. »Dolly hat ihnen die Hölle heißt gemacht. Sehr cool.«

Das fand Aidan auch. »Hat der Hund einen von ihnen erwischt?«

»Leider nein.« Jetzt erreichte das Lächeln auch ihre Augen. »Aber einer von beiden hat eine kaputte Hose. Dein Hund ist wirklich toll, Aidan. Danach habe ich versucht, Kristen und Ruth zu erreichen, aber immer nur die Mailbox gekriegt. Also habe ich mich an Tess gewandt. Sie ist ja Ärztin, und ich dachte, sie würde schon wissen, was zu tun ist.«

»Wie konnte sie genäht werden? Sie ist minderjährig«, bemerkte Abe. »Normalerweise müssen die Eltern doch einwilligen.«

Tess blickte auf Rachel herab. »Ich habe es selbst gemacht. Bis Dienstag hatte ich noch regelmäßig Visite im County, daher besitze ich ein offizielles Namensschild, und niemand hat eine Frage gestellt. Außerdem habe ich während meines Praktikums in der Notfallambulanz gearbeitet, ich weiß also, wo alles ist. Das Krankenhaus hat keine Schuld. Ich bin allein verantwortlich.« Sie zwinkerte Rachel zu. »Aber wenn deine Familie mich verklagen will, muss sie sich hinten anstellen.«

Aidan runzelte die Stirn. »Was soll denn das heißen?«

»Drei meiner Patienten verklagen mich, weil ich euch die Akten überlassen habe. Sie wollen Schmerzensgeld.« Sie grinste humorfrei. »Falls ich vorher Geld gehabt haben sollte, Aidan, dann war es das jetzt.« Sie strich Rachel über die Haare. »Zeig ihnen den Rest, Süße. Sie werden es früher oder später doch sehen.«

Mit einem Seufzen klappte Rachel den Kragen herunter. Ihr dickes schwarzes Haar, das bis zur Rückenmitte gereicht hatte, hing ihr in unregelmäßigen struppigen Strähnchen nur noch bis in den Nacken. »Eigentlich fühlt sich das ziemlich gut an«, sagte sie aufgesetzt fröhlich. »Ich bin um mindestens fünf Pfund leichter.«

Niedergeschmettert berührte Aidan ihren gerupften Kopf. »Oh, Schätzchen. Das tut mir leid.«

»Hör auf«, sagte Rachel brüsk und nahm Aidans Hand in ihre. »Das sind bloß Haare, Aidan. Im Übrigen habe ich schon einen Friseurtermin gemacht.«

Tess nickte. »Einer von Robins Kellnern arbeitet nebenbei als Friseur. Er macht das gaaaaanz zucker, Schnuckelschätzchen. Ein flotter Schnitt, ein paar Strähnchen …«

Rachel tätschelte Aidans Hand. »Und ich sehe besser aus als vorher.«

»Hört sich an, als hättest du die Situation gut im Griff gehabt, Tess«, bemerkte Abe. »Nur noch eine Sache. Welcher

Cop hat ihre Aussage aufgenommen?« Tess blickte quer durch das Großraumbüro zu dem leeren Tisch neben Abes Platz, und Abe seufzte. »Ich hätte mir denken können, dass da was im Busch ist, als sie so lange beim Lunch war. Wo ist Mia jetzt?«

»Sie bekam noch einen Anruf, als sie in der Notaufnahme war. Ich habe sie gebeten, euch nicht anzurufen, bevor ich nicht mit euch gesprochen habe. Sie meinte, ihr solltet ihr Bescheid geben, wenn ihr so weit seid.«

»Dann, denke ich, muss ich jetzt mal los.« Abe strich mit dem Daumen über die Prellung an Rachels Wange. »Das nächste Mal rufst du uns an, Küken. Wir sind schon große Jungs. Wir können uns zusammenreißen.«

»Okay.« Jetzt, da es vorbei war, füllten sich Rachels blaue Augen mit Tränen. »Es tut mir leid.« Abe hockte sich vor ihren Stuhl, nahm sie in die Arme und streichelte ihren Rücken. »Oh, Abe, ich hatte solche Angst.«

»Ich weiß. Aber du warst toll. Sei einfach nur nicht noch einmal so tapfer, ja?«

Mit einem Schaudern nickte sie, und Abe versetzte ihrem Rücken einen abschließenden Klaps, bevor er sich aufrichtete und Tess an seine Brust zog. Er küsste sie auf den Scheitel. »Danke«, sagte er und ließ sie mit einem verlegenen Grinsen los. »Wenn sich der Staub ein bisschen gelegt hat, solltest du ihr beibringen, was du gestern Abend mit Clayborn gemacht hast. Sehr, sehr cool, Tess.«

»Mach ich. Aber jetzt geh. Mia wartet auf dich.«

Aidan setzte sich auf die Tischkante und verschränkte die Arme vor der Brust. »Und was mache ich jetzt mit dir, Küken? Ich habe ein paar Anrufe zu erledigen.«

»Wir können sie nach Hause bringen«, schlug Tess vor. »Vito und ich.«
Aidan warf einen Blick zu Vito, der an der gegenüberliegenden Wand lehnte. »Danke. Ich ...« Das Telefon klingelte, und Tess bewunderte seine geschmeidigen Bewegungen, als er über den Tisch griff und den Hörer abnahm. »Reagan ... Ja.« Sein Blick schoss zu ihr, und sein Gesicht wurde noch blasser. »Hol Spinnelli«, formte er lautlos mit den Lippen. Tess rannte los, aber als sie mit Spinnelli zurückkam, hatte Aidan schon aufgelegt und wählte erneut, um den Anruf zurückverfolgen zu lassen.
Spinnelli fixierte Rachel. »Mein Gott. Was ist denn mit dir passiert?«
Tess beobachtete Aidan und spürte, wie die Furcht erneut in ihr aufstieg. Er war sichtlich erschüttert, sagte aber nichts und begegnete auch nicht ihrem Blick. »Aidan? Wer war das? Was ist los?« Sie zupfte an seinem Arm. »Aidan, verdammt, sieh mich an.«
Langsam gehorchte er und starrte sie an, während die Sekunden verstrichen. Dann glitt sein Blick zu Rachel und blieb dort.
Und Tess begriff. Eine Hand auf dem Mund wich sie zurück. »Nein.« Sie dachte daran, wie sie Rachel gefunden hatte, verletzt, blutend, vollkommen verängstigt. Es war schlimm genug gewesen zu glauben, dass es sich um Rache für Rachels anonymen Tipp gehandelt hatte. Sie schluckte die bittere Galle, die in ihrer Kehle aufstieg. *»Du wirst beurteilt nach den Leuten, mit denen du verkehrst*?«
Aidan nickte.
»Verdammter Mist«, murmelte Spinnelli. Er holte Murphys

Stuhl unter dessen Tisch hervor. »Setzen Sie sich, Tess, bevor sie mir umkippen. Und wer sind Sie?«
»Vito Ciccotelli.« Vitos Stimme war barsch, und er drückte Tess mit festen Händen auf den Stuhl nieder. »Philadelphia PD. Ich bin ihr Bruder.«
Spinnelli presste die Lippen zusammen. »Ich rufe deinen Dad an, Rachel. Er soll dich abholen.«
»Nein.« Sie schüttelte den Kopf. *»›Du wirst beurteilt nach den Leuten, mit denen du verkehrst‹*. Was soll das heißen?«
»Das heißt, dass du angegriffen wurdest, weil du mich kennst«, sagte Tess tonlos. »Und du bist nicht die Erste.«
Rachel schüttelte wieder den Kopf. »Diese Kerle waren Freunde von diesen Arschlöchern, die Marie vergewaltigt haben. Das hat nichts mit dir zu tun.«
Tess wandte den Kopf und sah das Mädchen direkt an. »Und wie, denkst du, haben sie erfahren, dass du es warst, die sie verraten hat?«
Rachel öffnete den Mund und schloss ihn wieder, als sie begriff, was Tess da sagte. »All diese Leute … die sind nur gestorben, weil sie dich *kannten?«* Sie riss entsetzt die Augen auf. »Und dein Freund, der Doktor, auch?«
Tess nickte, während ihre Gedanken herumwirbelten und ihre Glieder taub wurden. »Und der Portier in meinem Haus.«
Spinnelli zögerte. »Tess.«
Ihr Blick begegnete seinem. Er schüttelte traurig den Kopf, und Tess spürte, wie ihr Herz stolperte und stehenblieb. Ihre Lippen wollten die Worte nicht bilden. »Wer noch?«
»Kennen Sie Marge Hooper?«

Sie blinzelte, nicht fähig, nicht gewillt, zu begreifen. »Sie hat einen Weinladen.«

»Es tut mir leid, Tess. Mia hat gerade angerufen, als Sie zu mir kamen. Sie ist jetzt am Tatort. Abe ist auch auf dem Weg dorthin.«

Der Raum begann sich zu drehen, und sie schloss die Augen und konzentrierte sich auf die Kraft von Vitos Händen auf ihren Schultern. »Wie?«

Spinnelli räusperte sich. »Ich denke nicht …«

Sie riss die Augen auf und starrte Spinnelli böse an. »Verdammt und zugenäht«, zischte sie. »Sagen Sie es mir, Marc.«

Er warf einen Blick zu Rachel, die wie vom Donner gerührt dasaß. »Nicht hier. Nicht jetzt. Rachel, ich rufe jetzt deinen Vater an, damit er dich abholt.«

Aidan stand auf, und seine Miene war erneut unlesbar. »Ich bringe sie nach Hause, Marc. Ich muss sowieso jetzt weg.«

Rachel stand unsicher auf und ließ sich von Aidan stützen. Sie wollte den Mantel abstreifen, aber Tess schüttelte den Kopf. »Behalte ihn«, sagte sie und blickte in Aidans ausdruckslose Augen. »Ich schulde deinem Bruder ohnehin noch einen.«

Er sagte nichts, nickte nur und ging.

Wie betäubt sah Tess ihm hinterher. Er war fort. Ohne ein Wort. Aber was hätte er auch sagen sollen? *Tschüs, Tess, danke für eine herrliche Nacht, aber wegen dir ist meine Schwester beinahe umgebracht worden?* Und das wäre sein Recht gewesen. Sie konnte ihm nicht einmal vorwerfen, einfach zu gehen. Nur mit ihr gesehen zu werden, gefährdete seine Familie, seine Schwester. Jeder andere, der Ziel gewesen war, war nun tot. Auch Rachel hätte sterben können. Nichts war wichtiger als die Sicherheit dieses Mädchens.

Nicht einmal dein Herz, Tess? Nein, nicht einmal das.

»Dieser verdammte Mistkerl«, murmelte Vito. »Am liebsten würde ich ...«

»Vito, hör auf. Was soll er denn sonst tun? Wir würden es dem Täter doch nur noch leichter machen«, murmelte sie. »Er hat es geschafft, dass meine Patienten sich vor mir zurückziehen. Jetzt ziehen sich auch die Leute, die mir etwas bedeuten, vor mir zurück.«

Vito ging neben ihr in die Hocke und nahm ihre kalte Hand in seine. »Komm mit mir nach Hause, Tess. Wo du hingehörst.«

»Kann ich nicht. Nicht, bevor das hier vorbei ist.« Sie sah zu Spinnelli. »Und jetzt erzählen Sie mir von Marge.«

»Man hat ihr irgendwann zwischen Mitternacht und vier Uhr morgens die Kehle durchgeschnitten.«

Sie schloss die Augen, schlug sie aber wieder auf, weil sie das Bild, das sie dort sah, nicht ertrug. »Sie hat zwei Kinder, Marc. Beide sind auf dem College.«

Spinnellis Miene war freundlich. »Wir finden sie. Tess, was Aidan betrifft. Er wollte nicht so barsch sein. Er steht unter Schock, und Sie auch.«

Sie stand mit zitternden Knien auf. »Vito, wir können jetzt gehen. Bring mich zu Aidans Haus.«

Vito sah sie finster an. »Dahin noch? Nachdem er dich so behandelt hat?«

Sie nickte. »Ich denke, ich sollte meine Sachen holen.« Ihre

Miene entspannte sich ein wenig. »Und Bella. Wenn ich sie nicht mit ins Hotel nehmen kann, dann nimmt Amy sie vielleicht für ein Weilchen auf.«

»Tess, überstürzen Sie nichts«, sagte Spinnelli. »Bitte.«

Ohne auf seine Bitte einzugehen, straffte sie die Schultern und sah zu ihm auf. »Marc, jemand beobachtet mich und wusste, dass Rachel etwas mit der Anzeige wegen Vergewaltigung zu tun hatte. Dies geht über die Zerstörung meines beruflichen Leumunds hinaus – oder was immer dieser widerliche Mistkerl für ein Motiv hat. Jemand will mir schaden, und es ist ihm egal, wer sonst noch darunter zu leiden hat.« Sie seufzte. »Aber ich kann mir einfach nicht vorstellen, wer mich so sehr hasst.«

18

Donnerstag, 16. März, 14.00 Uhr

Aidan fädelte sich in den Verkehr ein, das Handy am Ohr. »Kristen?«

»Aidan.« Kristens Stimme klang gehetzt. »Ich bin heute wirklich zugeworfen mit Arbeit. Kannst du dich kurzfassen?«

»Rachel ist verletzt.« Neben ihm starrte Rachel aus dem Fenster und schüttelte den Kopf.

»Ach du lieber Himmel.« Das Geraschel im Hintergrund hörte abrupt auf. »Schlimm?«

»Es geht. Ich bringe sie jetzt nach Hause.« Und davor fürchtete er sich. Er wollte die Angst und die Sorge in den Augen seiner Eltern gar nicht sehen.

Und die Schuldzuweisung. Sie würden das nicht bewusst tun, aber er und Abe hatten ihrem Vater versprochen, dass Rachel nichts geschehen würde. Natürlich war das ein dummes Versprechen gewesen.

»Kannst du mir verraten, ob einer von den Jungs, die durch ihren Tipp festgenommen worden sind, auf Kaution frei ist?«

Er hörte ihre Tastatur klicken. »Ja, einer. Andrew Poston ist heute Morgen auf Kaution freigekommen. Der Sohn eines Richters. Das wird ziemlich hässlich, Aidan.«

»Es ist mir scheißegal, wessen Sohn er ist. Ich will einen Durchsuchungsbefehl für Postons Haus.«

»Aidan …« Kristen zögerte. »Du solltest dich da nicht einmischen. Das ist nicht dein Bezirk.«

»Ich habe einen Anruf bekommen, direkt nachdem Tess Rachel zu mir gebracht hat. Die Stimme sagte, das nächste Mal würde es meiner Schwester schlimmer ergehen, falls ich mir nicht überlege, mit welchen Leuten ich verkehren wollte.«

Kristen schnappte hörbar nach Luft. »Abe hat mir von dem Portier und dem Zettel erzählt. War der Anrufer männlich oder weiblich?«

»Weiß ich nicht. Die Stimme war verzerrt.«

Kristen seufzte. »Also gut. Ich versuche, dir einen Durchsuchungsbefehl zu besorgen. Aber du musst mir versprechen, Murphy mitzunehmen.«

»Mach ich. Hör mal, ich hab noch einen Anruf auf der anderen Leitung.« Er drückte einen Knopf. »Reagan.«

»Murphy hier. Wir haben sie gefunden.«

Aidan brauchte einen Moment. »Bacons Videos? Du hast sie gefunden? Alle?«

»Das ist wahrscheinlich sein Kopienvorrat. Er hat sie säuberlich geordnet. Nach Jahren. Frauen und … Kinder.« Murphy klang, als ob ihm übel sei. »Bah. So was habe ich noch nie gesehen.«

»Murphy, die von …«

»Tess?«, fragte er. »Ich fordere eine Polizistin an, die sie durchsieht.«

»Danke. Triff mich bei mir zu Hause, und ich bringe dich auf den neusten Stand. Wir haben viel zu tun, und ich habe

Tess versprochen, mit ihr zu Harrisons Totenwache heute Abend zu gehen.« Er ließ sein Telefon in die Tasche gleiten und bemerkte, dass Rachel ihn mit großen Augen anstarrte. »Was ist?«

»Du gehst heute Abend mit ihr weg? Mit Tess?«

»Das ist keine Verabredung, sondern eine Totenwache, aber, ja, ich gehe heute Abend mit ihr weg. Wieso?«

»Weil du eben rausmarschiert bist, als wolltest du sie nie wieder sehen.«

»Das ist doch albern. Das hat sie nicht gedacht.«

»Oh, und ob sie das gedacht hat. Ich habe ihr Gesicht gesehen, als du gegangen bist. Ich meine, es ist ja nicht ihre Schuld, aber du bist plötzlich völlig abweisend und kalt geworden. Ich wusste gar nicht, was ich ihr sagen sollte. Sie war so nett zu mir, und du bist sauer auf sie.«

»Ich bin überhaupt nicht sauer auf sie. Auf die Idee kommt sie garantiert nicht.«

»Ich bin nicht blöd, Aidan, ich hab's doch gesehen. Und ich würde sie an deiner Stelle mal ganz schnell anrufen, wenn du nicht willst, dass sie auf Nimmerwiedersehen verschwindet. Sie ist viel netter als Shelley. Die hat immer nur auf uns heruntergeguckt. Tess … sie passt richtig gut zu uns.«

»Woher willst du denn das wissen? Du hast doch kaum mehr als vier Stunden mit ihr verbracht.«

Ihr Blick war kühl und sehr erwachsen. »Sie hat gestern und heute viel über ihre Familie erzählt. Vorhin zum Teil, weil sie mich von den Schmerzen durchs Nähen ablenken wollte, aber ich glaube auch, sie musste einfach mit jemandem reden. Schon komisch. Ich hätte nie gedacht, dass

Psychiater auch mit jemandem reden müssten. Ihre Familie kommt mir vor wie unsere. Nur, dass ihr Dad krank ist. Sie hat gerade erfahren, dass er eine Herztransplantation braucht, sonst stirbt er.«

Aidans Inneres zog sich zusammen. »Arme Tess. Auch das noch.«

»Ruf sie an, Aidan. Lass sie nicht abhauen, oder ich trete dich in den Hintern. Ach, noch besser: Ich sage ihr, dass sie es tun soll. War ziemlich beeindruckend, was sie mit dem Typen gestern Abend gemacht hat.«

Ja, das war es gewesen. Und nachdem er sich von dem tödlichen Entsetzen erholt hatte, hatte er es auch noch ziemlich erregend gefunden. Tess war definitiv nicht die Frau, für die er sie anfangs gehalten hatte. »Du bist ein kluges Kind, Kleines. Wie kommt das bloß.«

Rachel grinste breit, und er stellte verblüfft fest, dass sie erwachsen geworden war. »Gute Gene.«

Donnerstag, 16. März, 14.55 Uhr

»Tess, wieso brauchst du denn so lange?«, rief Vito aus der Küche.

»Ich kriege Bella nicht in die Transportbox.« Tess saß auf der Kante von Aidans Bett und war zu Tode erschöpft. Sie betrachtete die glattgezogene Überdecke, die sie und Aidan in den letzten Nächten beinahe verschlissen hatten. Ja, jetzt konnte sie ehrlich mit sich sein. Sie hatten richtig guten Sex miteinander gehabt. Und wenn das alles vorbei und sie keine Bedrohung mehr für alle um sie herum war, dann konnten sie vielleicht wieder richtig guten Sex haben.

Aber momentan sah das nicht sehr wahrscheinlich aus. Er war weggegangen, als ob sie eine ansteckende Krankheit gehabt hätte. Und traf das nicht eigentlich zu? Aber natürlich sah immer alles schlimmer aus, wenn man einen höllischen Tag gehabt hatte.

Marge Hooper hatte einen noch schlechteren Tag gehabt. Sie war tot. Sie hatte es erst auf der Fahrt zu Aidans Haus richtig begriffen. Sie waren nicht wirklich befreundet gewesen, nur gute Bekannte. Aber sie war tot, und die Botschaft klar. Niemand, der Tess kannte, war noch sicher.

»Das war ein echter Scheißtag, Bella«, erzählte Tess ihrer Katze, die nur darauf wartete, wieder wegzuhuschen. Die Enthüllungen ihrer Eltern, die Klage der Patienten, Rachel Reagans Verletzung, dann Aidans Abmarsch ... und über allem die Tatsache, dass Marge tot war. Und Mr. Hughes und Harrison auch. »Gestern dachte ich, es könnte nicht schlimmer kommen. Aber ich habe mich gerirrt.« Sie stand auf. »Also hör auf, dich ekelhaft zu benehmen und komm her, damit wir hier verschwinden können.« Sie streckte den Arm aus, doch die Katze entwischte ihr und sprang auf das oberste Brett von einem der Regale, die Aidans Schlafzimmerwände säumten. Jedes Regal bog sich vor lauter Büchern durch.

Wütende männliche Stimmen lenkten sie ab, und sie lauschte. Aidan und Vito stritten in der Küche. Mit einem müden Kopfschütteln entschied Tess, sich nicht einzumischen. Sie waren immerhin erwachsen. Und sie musste ihre Katze einfangen. Sie stellte sich auf Zehenspitzen und griff nach Bellas Halsband, als Aidan mit zorniger Miene eintrat.

»Was zum Teufel machst du da?«

»Ich versuche, meine blöde Katze einzufangen«, fauchte sie. »Aber es klappt nicht.«

»Tess- ... Ach, du Schande.« Sie spürte, wie das Regal kippte und seine Hände sie packten, als sie gerade Bellas Halsband zu fassen bekam, dann polterten die Bücher über sie, und die Katze sprang panisch davon. Aidans Arm schlang sich um ihre Mitte und zog sie an sich, und verdutzt starrte sie auf das Halsband in ihrer Hand.

»Alles in Ordnung?«, fragte er heiser.

»Ja, aber ich weiß nicht, was das Ganze soll«, sagte sie ruhig. »Was willst du von mir, Aidan?«

»Das weiß ich noch nicht.« Er drehte sie in seinen Armen um und nahm ihr Gesicht in die Hände. »Ich will auf jeden Fall nicht, dass du gehst. Nicht so. Wenn du zu deinen Eltern möchtest, ist das eine Sache. Aber geh nicht wegen etwas, das ich gesagt habe.«

»Du hast gar nichts gesagt. Das war das Problem.« Sie schüttelte müde den Kopf. »Aber im Grunde genommen ändert das nichts. Was ist mit Rachel?«

»Sie ist zu Hause und in Sicherheit.« Er lachte, aber es klang mehr wie ein Schnaufen. »Das Küken hatte recht. Sie meinte, ich hätte dich gekränkt, aber das wollte ich nicht. Ich habe dir versprochen, dass ich das niemals tun würde. Ich dachte, du würdest schon ...« Er zuckte die Achseln. »Versteh bitte, wie ich mich gefühlt habe. Aber ich bin bestimmt nicht wütend auf dich, Tess.«

»Auf wen bist du dann wütend?«

»Auf die Situation. Auf mich. Ich hätte sie beschützen sollen, aber das habe ich nicht. Aber mit dir hat das nichts zu tun. Du bist für all das nicht verantwortlich.«

»Du sagst das auch nicht nur so, damit ich bleibe und für dich koche?«

Ein Mundwinkel wanderte aufwärts. »Jetzt, da du es erwähnst … die Cannoli sind weg.« Er küsste sie sanft, und sie schmiegte sich an ihn. »Bleib bei mir, Tess.«

»Ja. Wenn du etwas für mich tust.«

Er warf einen Blick zum Bett. »Geht leider nicht. Murphy kommt gleich.«

Sie grinste. »Das meinte ich nicht, Aidan. Ich bin Psychiaterin, keine Gedankenleserin. Den Unterschied kennst du doch, oder?«

Sein Daumen strich über ihren Mund. »Ich bin noch immer beim Bett. Tut mir leid.«

Sie kicherte. »Meine Güte, Männer sind doch alle gleich.« Ernüchtert fuhr sie fort: »Ich habe keine Ahnung, was du fühlst, wenn du es mir nicht sagst, Aidan. Mein Job ist es, die Leute dazu zu bringen, mit mir zu reden, so dass ich verstehe, was in ihrem Kopf vor sich geht. Du aber redest nicht mit mir.«

»Ich rede die ganze Zeit.«

»Aber nicht über das, was wichtig ist. Ich habe dir alles über mich gesagt, aber wenn ich dich frage, weichst du mir aus.«

»Du willst, dass ich rede … jetzt gleich?«

»Nicht jetzt gleich. Aber ganz sicher später. Warum bist du überhaupt gekommen?«

»Ich wollte Murphy hier treffen. Wir durchsuchen das Haus von einem der Arschlöcher aus Rachels Schule. Danach treffe ich mich mit einer Zeugin.« Er küsste sie fest. »Ich bin rechtzeitig zu Ernsts Totenwache zurück.«

Tess packte sein Hemd und hielt ihn fest, als er weggehen wollte. »Du bist auch jemand, der mit mir verkehrt«, sagte sie eindringlich.

»Ich weiß. Ich passe auf.«

»Ich überlege die ganze Zeit, wer mich bloß so hassen kann, aber mir fällt niemand ein.«

»Ich weiß, Tess.«

»Ich überlege, ob er wohl zu Harrisons Totenwache heute Abend kommt.« Sie packte sein Hemd fester. »Aber wenn ich hingehe, wird jeder, der dort anwesend ist, ein potenzielles Ziel. Wenn ich einkaufe gehe, sind andere Leute potenzielle Ziele. Du bist eins. Deine Familie. Meine Familie.« Sie schloss die Augen. »Ich werde langsam wahnsinnig.«

»Und genau das will er«, murmelte Aidan. »Aber die Befriedigung geben wir ihm nicht.« Er küsste sie wieder, dieses Mal langsam und gründlich, bis sie sich schwer atmend voneinander lösten. »Jetzt muss ich gehen. Bring mich zur Tür und verriegele sie hinter mir.«

Sie brachte ihn zur Eingangstür und winkte, als er in Murphys Wagen stieg, ihr Körper ein einziges sehnsuchtsvolles Pochen. Dann schloss sie die Tür, drehte sich um und stand einem knurrig aussehenden Vito gegenüber. »Lass es«, sagte sie. »Lass es einfach.«

Er folgte ihr in die Küche. »Der muss dich ja toll bequatscht haben da drin«, sagte Vito sarkastisch, und Tess knallte das Katzenhalsband auf den Tisch.

»Was ist eigentlich dein Problem, Vito? Spuck's aus.«

»Okay. Du kennst diesen Kerl seit drei Tagen.«

Sie nahm ein Schälmesser und begann, Tomaten zu

malträtieren. »Vier, aber ich verstehe schon, was du meinst. Ich bin ein Flittchen, das sich viel zu schnell flachlegen lässt. Das ist es doch, was du denkst. Also sag es.«

»Fein. Es geht zu schnell.«

Tess fuchtelte mit dem Messer vor seiner Nase herum. »Du schläfst mit Frauen, die du nur ein paar Tage kennst. Und sag mir bloß nicht, dass das nicht stimmt.«

Vito funkelte sie böse an. »In letzter Zeit nicht mehr.«

»Na, dann such dir doch mal wieder eine. Vielleicht bist du ja dann besser drauf!« Sie legte das Messer weg und versuchte, sich zu beruhigen. »Vito, es geht dich im Grunde überhaupt nichts an, aber ich liebe dich, und es ist mir wichtig, was du von mir denkst, also sage ich es dir trotzdem. Ich habe vier Männer in meinem Leben gehabt. Vier. Ich habe jeden Einzelnen höllisch lange warten lassen, bis auf Aidan. Aber es lag nicht an ihm. Sondern an mir. Ich brauchte es. Und ich brauche es jetzt. Also sei nett zu ihm. Tu's für mich.«

»Ist es dir egal, dass er versucht hat, dir wehzutun?«

»Wann? Bei der Polizei? Das war ein Missverständnis.«

»Wegen eines Missverständnisses hast du dich bei Dad fünf Jahre lang nicht gemeldet. Dieser Typ braucht nur daherzukommen, und plötzlich ziehst du bei ihm ein. Er tritt dir auf die Zehen, und du verzeihst es ihm einfach so.« Er schnippte mit den Fingern.

»Vielleicht hat mir das Missverständnis mit Dad ein paar Dinge beigebracht. Ich habe einige Jahre verloren. Und ich gebe es gerne zu, ich habe mich seit Phillip ziemlich einsam gefühlt. Mir fehlte jemand bei mir. Und ich finde nicht, dass das verwerflich ist.«

Vito lehnte sich gegen die Wand und sah plötzlich niedergeschlagen aus. »Ich will bloß nicht, dass er dir wehtut.«
»Und wenn, dann werde ich's überleben.« Bella kam herein, und Tess hob sie auf. »Hier, halt sie mal fest. Ich muss ihr das wieder anlegen.« Sie nahm das Halsband und zog an der Schnalle.
Und hielt inne. Erstarrte. »Oh, mein Gott.«
Vito bückte sich, sah ebenfalls genau hin, dann schaute er zu ihr auf, seine Augen verengt und voller Zorn.
Sie legte das Halsband auf den Tisch und rannte hinaus durch die Tür auf die Straße, während sie auf die Tasten ihres Handys einhämmerte. »Aidan? Ich weiß jetzt, wie er das von Rachel erfahren konnte.«

Donnerstag, 16. März, 15.15 Uhr

Kristen wartete vor Postons Haus auf sie, den Durchsuchungsbefehl in der Hand. »Was ist los?«, fragte sie, als sie die finsteren Mienen bemerkte.
»Tess' verdammte Katze war verdrahtet«, knurrte Aidan. »Rachel hatte sie die ganze Zeit auf dem Schoß, als sie mir die Geschichte von Marie erzählte. Daher wusste der Kerl das. Warum bist du überhaupt hier?«
»Andrew Poston senior ist Richter. Patrick hat es präventive Schadensbegrenzung genannt.«
Mrs. Poston stand an der Tür und sah ihnen angstvoll entgegen. »Was wollen Sie?«
»Wir haben einen Durchsuchungsbefehl, Mrs. Poston«, sagte Kristen, die Aidan und Murphy die Treppe hinauf folgte. »Es hat alles seine Ordnung.«

Aidan drückte gegen Andrews Zimmertür. »Abgeschlossen. Lass uns rein, Andrew.« Als der Junge nicht reagierte, rammte Aidan seine Schulter gegen die Tür. Das Bersten von Holz mischte sich mit dem empörten Schrei Mrs. Postons. Andrew stand mitten im Zimmer und hielt eine CD in der Hand.

»Gib die her«, befahl Aidan.

»Nein.« Andrew zerbrach die CD in zwei Teile, und das Knacken war so laut wie ein Gewehrschuss. Sein überraschter Blick verwandelte sich rasch zu einem durchtriebenen Grinsen.

»Ich bin die ganze Zeit hier gewesen, seit mein Anwalt mich heute Morgen frei gekriegt hat.«

Aidan sah die zerbrochene CD und das schmierige Grinsen des Jungen und kämpfte seinen Zorn nieder; wenn er dem Jungen jetzt sein verdammtes Gesicht verbeulte, würde das die Ermittlungen gefährden und seine Karriere ruinieren. Andererseits war es die Sache beinahe wert. »Ich hoffe, dir ist klar, dass die Person, die dir die CD geschickt hat, verantwortlich für acht Todesfälle ist. Wenn du nicht mehr gebraucht wirst, könnten es durchaus neun werden.«

Andrews Grinsen verblasste, und Mrs. Poston schnappte nach Luft.

Andrew warf den Kopf zurück. »Ich kann schon auf mich aufpassen.«

»So wie du auf das Mädchen am Montagabend aufgepasst hast? Und auf Rachel Reagan?«, fragte Murphy mit kaum verhohlenem Zorn.

»Die Mädchen wollten es doch. Ich muss mich niemandem aufzwingen. Und diese Reagan-Schlampe habe ich nicht angefasst. Wenn sie das behauptet, dann lügt sie. Ich war hier. Den ganzen Tag. Richtig, Mom?«

Seine Mutter rang die Hände. »Ja, das war er. Ich habe meinen Mann angerufen. Er ist auf dem Weg.«

»Schön, Mrs. Poston«, sagte Aidan milde. »Sehr schön. Sagen Sie Ihrem Mann, er soll uns auf dem Revier treffen. Da er Richter ist, kennt er das Prozedere ja. Oh, Murphy, wir haben uns dem jungen Poston hier noch gar nicht ordnungsgemäß vorgestellt. Das ist Detective Murphy. Sie ist Staatsanwältin Kristen Reagan, und ich bin Detective Reagan.«

Dass der Junge leichenblass wurde, war sehr befriedigend. »Gehen wir.«

»Wohin?« Seine arrogante Haltung war gänzlich verschwunden.

»Downtown«, sagte Aidan. »Im Augenblick geht es nur um Behinderung der Polizeiarbeit. Aber wir sehen mal, was wir dir noch anhängen können.«

Donnerstag, 16. März, 16.00 Uhr

»Kriegst du das wieder hin?«, fragte Aidan, nachdem Rick die Teile der CD eine Weile betrachtet hatte. Er, Murphy und Spinnelli hatten so lange geschwiegen wie möglich.

»Dass man sie wieder abspielen kann? Nein. Aber das heißt nicht, dass ich nicht vielleicht einen Teil der Daten retten kann. Aber es dauert eine Weile.«

»Wie lange?«, fragte Spinnelli ungeduldig.

»Ein paar Tage? Und möglicherweise kommt nichts dabei heraus.«

»Fangen Sie an«, befahl Spinnelli. »Was ist mit dem Mikrofon im Katzenhalsband?«
Rick zuckte die Achseln. »Ähnlich wie die, die wir in Tess' Sachen gefunden haben. Es hat über deine drahtlose Internetverbindung funktioniert, Aidan. Du brauchst eine bessere Firewall. Ich habe Jacks Leute durch dein Haus geschickt, aber sie haben sonst nichts gefunden.«
»Danke.« Aidan wollte gar nicht darüber nachdenken, was das Mikrofon gestern Nacht noch alles aufgefangen hatte. Weder er noch Tess waren in ... in ihrer Leidenschaft besonders leise gewesen.
Rick sammelte die CD-Teile behutsam ein. »Ich melde mich, wenn ich etwas habe.«
Murphy fiel förmlich in sich zusammen, als die Tür sich hinter Rick schloss. »Das könnte eine Sackgasse sein.«
»Und du behauptest immer, ich sei der Pessimist«, sagte Aidan. »Vielleicht findet er etwas Brauchbares. Und wir haben noch Poston zum Verhör. Was wollen wir mit der kleinen Kröte anfangen?«
Spinnelli sah frustriert aus. »Im Augenblick muss ich ihn wieder laufen lassen. Bis wir nicht wissen, was auf der CD ist, will ich ihm nichts anhängen. Übrigens haben wir die zwei erwischt, die Rachel zusammengeschlagen haben. Als professionelle Schläger sind sie übrigens jämmerlich. Beinahe jeder Schüler hat mitbekommen, dass sie nachher kalte Füße gekriegt haben und dem Mädchen nachgelaufen sind.« Sein Schnurrbart zuckte. »Ihr Hund ist zur Legende geworden, Aidan. Man munkelt von einem zweihundert Pfund schweren Mastiff, der sie auf der Flucht in den Hintern gebissen hat.«

»Schön. Ich wünschte, Dolly hätte ihnen tatsächlich einen ordentlichen …« Ein Klopfen an der Konferenztür unterbrach ihn. Eine Angestellte steckte den Kopf herein und hielt ihnen Papiere entgegen.

»Aidan, hier ist der Nummernnachweis, den du angefordert hast.«

»Danke, Lori.« Er wandte sich an Spinnelli und Murphy. »Denise Mastersons Einzelnummernaufstellung.«

»Denise Masterson ist Tess' Sprechstundenhilfe«, erklärte Murphy Spinnelli.

»Die Frau, die nicht sofort die 911 angerufen hat?«

»Genau die.« Aidan ging mit den Fingern über die Liste, während Lori wartete. »Hier ist es. Ein Anruf eine Minute nachdem Tess sich auf den Weg zu Sewards Wohnung gemacht hat. Achteinhalb Minuten lang.« Er schaute auf. »Kannst du rausfinden, wem die Nummer gehört?«

»Schon getan.« Loris Brauen wanderten aufwärts. »Feature-Redaktion vom *National Eye*.«

Aidan blinzelte. »Eine Boulevardzeitung? Tess' Sekretärin hat statt der 911 ein Revolverblatt angerufen?«

»Willst du, dass ich mal ihre Bankkonten überprüfe?«, fragte Lori.

»O ja. Sobald du Zeit hast. Danke.« Er wandte sich wieder zu Spinnelli und Murphy um. »Kein Wunder, dass die Cops so lange gebraucht habe. Wenn sie vorher eingetroffen wären, wäre Sewards Frau vielleicht noch am Leben.«

»Holt sie her«, sagte Spinnelli. »Wir sollten ihr dringend auf den Zahn fühlen.«

»Sie hat Zugang zu allen Patientenakten, Marc«, überlegte Aidan. »Aber unser Freund muss erfahren haben, dass

Bacon die Videos gemacht hat … sonst hätte er ihn womöglich gar nicht umgebracht.«
Murphy zog die Stirn in Falten. »Denise war da, als Tess den Erpresserbrief bekam. Sie könnte eine Helferin sein, vielleicht sogar, ohne es zu wissen.«
»Holt sie her«, wiederholte Spinnelli. »Und bittet Tess, zu kommen und zuzusehen, wenn wir sie verhören. Sie kennt diese Frau. Vielleicht hat sie eine Idee, was Mastersons Motive anbelangt.«

Donnerstag, 16. März, 17.05 Uhr

Durch das Fenster starrte Tess Denise Masterson an, die am Tisch des Verhörraums saß und nervös den Ring an ihrem Finger drehte. »Das könnt ihr nicht ernst meinen. Denise? Sie ist doch keine Mörderin.«
Aidan neben ihr lächelte nicht. »Vielleicht nicht, aber wie es aussieht, hat sie dem *Eye* Informationen verkauft. Und wenn sie Informationen an die Presse verkauft, dann vielleicht auch an jemand anderen. Jemand muss Zugang zu deiner Praxis gehabt haben, Tess, um all die Kameras und Mikrofone zu plazieren. Falls sie es nicht selbst getan hat, hat sie vielleicht jemand hineingelassen. Gegen eine kleine Gebühr.«
»Und du bist sicher, dass sie dem *Eye* etwas verkauft hat?«
»Sie hat heute Morgen einen Zehntausend-Dollar-Scheck eingereicht, Tess«, sagte Murphy ruhig.
»Haben Sie ihr in letzter Zeit eine Gehaltserhöhung gegeben?«

Sie seufzte. »Jedenfalls keine über zehntausend Dollar. So ein Mist. Fangt an.«
Spinnelli stellte sich neben Tess, als Aidan und Murphy den kleinen Raum betraten, in dem sie selbst noch vor wenigen Tagen gesessen hatte. Aidan platzierte sich so, dass er über Eck zu ihr saß, und verschränkte die Arme vor der Brust, während Murphy es sich neben ihr bequem machte.
»Wie viel Geld verdienen Sie, Miss Masterson?«, begann Aidan.
Denise blinzelte. »Ich … ich denke nicht, dass Sie das etwas angeht.«
»Aidan«, schalt Murphy sanft. »Du weißt doch schon, was sie verdient.« Er lächelte Denise freundlich an. »Wir haben es überprüft, bevor wir Sie abgeholt haben.«
Ihr Blick ging von einem zum anderen. »Warum fragen Sie dann?«
Murphy lächelte noch immer. »Wir hatten gehofft, Sie würden uns sagen, woher die zehntausend Dollar kommen – Sie wissen schon, das Geld, das Sie erst heute Morgen auf dem Konto hatten.«
Sie erbleichte. »Das war ein Geschenk. Ich hatte Angst, dass ich meinen Job verlieren könnte, jetzt, da Dr. Ernst tot ist und Dr. Ciccotelli ihre Lizenz entzogen wurde. Meine Tante hat mir das Geld gegeben.«
»Großzügig, die Tante.« Aidan beugte sich vor. »Wie heißt sie?«
Denise leckte sich ihre Lippen. »Lila Timmons.«
Tess warf Spinnelli einen Blick zu, bevor sie sich wieder der Frau zuwandte, die zu kennen sie geglaubt hatte. »Lila

Timmons war eine unserer Patienten. Sie ist vergangenes Jahr gestorben. Ein besserer Name ist ihr nicht eingefallen?«

»Anders als Sie brechen manche Menschen unter Druck zusammen«, bemerkte Spinnelli.

Aidan schrieb den Namen auf seinen Notizblock. »Wir werden das überprüfen.« Dann legte er den Stift beiseite und sah sie nur schweigend an. Tess erinnerte sich daran, wie er dieselbe Taktik bei ihr versucht hatte, und trotz ihres Zorns über das, was Denise getan hatte, verspürte sie einen Anflug von Mitleid.

Nachdem Denise eine Minute lang Aidans Blick ertragen hatte, schlug sie die Augen nieder. »Kann ich jetzt gehen?«

»Sie stehen nicht unter Arrest, Miss Masterson. Aber ich habe noch eine Frage.« Aidan legte ein Foto auf den Tisch, und Tess zuckte zusammen. Es war Gwen Sewards Autopsiefoto. Denise schlug sich die Hand vor den Mund und erstickte ein Wimmern.

»Miss Masterson, ich wollte, dass Sie sehen, was mit Gwen Seward passiert ist, während Sie mit dem *National Eye* telefoniert haben. Es war nicht mehr viel von ihrem Kopf da, als wir kamen.«

Denise würgte und erbrach sich in den Mülleimer, den Murphy neben ihren Stuhl gestellt hatte.

Aidan machte weiter. »Gwen Seward könnte noch am Leben sein, wenn Sie, wie Dr. Ciccotelli Ihnen gesagt hat, sofort die 911 angerufen hätten.« Denise schlug die Hände vors Gesicht. »Ich hab sie nicht umgebracht. Das hat ihr Mann getan.«

Aidan zog ihr die Hände vom Gesicht und hielt ihr das Bild hin. »Weil Sie nicht sofort die Polizei gerufen haben. Warum haben Sie zehn Minuten gewartet, Denise?«

Denise kniff die Augen zusammen. »Nehmen Sie das weg. Bitte.«

»Wenn Sie mir sagen, warum Sie zehn Minuten gewartet haben.«

»Die anderen waren immer schon tot. Ich hatte nicht geglaubt, dass es hier eilig sein könnte.«

Aidan schüttelte den Kopf, als ob er seine Gedanken klären müsste. »Wollen Sie uns sagen, dass Sie die Presse angerufen haben, weil Sie meinten, Malcolm Seward wäre schon tot?«

Denise nickte zittrig. »Sie hatten mich am Morgen angerufen und gesagt, sie würden für einen Hinweis Zehntausend zahlen.«

Tess runzelte die Stirn. »Daran glaube ich nicht, Marc. Als ich bei Seward ankam, standen schon gut zwanzig Reporter draußen, die Neuigkeit war also gar keine. Die Zeitung hätte dafür nichts gezahlt.« Plötzlich zog sich ihr Inneres zusammen. »Oh, mein Gott. Sie war da, als der Kurier die CD brachte.« Sie packte Spinnelli am Arm. »Finden Sie heraus, ob es das war, was sie ihnen verkauft hat.«

Spinnelli tätschelte ihre Hand. »Geben Sie Aidan und Murphy noch ein paar Minuten.«

»Also haben Sie Dr. Ciccotelli verkauft«, sagte Aidan gerade.

Denise hob das Kinn. »Ich habe nichts Illegales getan. Das hat mir mein Anwalt bestätigt.«

»Wer ist denn Ihr Anwalt, Miss Masterson?«, fragte Murphy. Seine Stimme war immer noch freundlich trotz der

Verachtung, die Tess in seinen Augen las. »Er könnte Ihnen etwas Falsches gesagt haben.«

»Kann ich jetzt gehen?«

»In einer Minute«, sagte Aidan und holte ein anderes Foto aus der Mappe.

»Wer ist der Mann?«, fragte Tess.

»Wir haben gesehen, wie er in Sewards Wohnung ging«, murmelte Spinnelli.

»Ich kenne ihn«, sagte Tess und sah, wie Denises Blick flackerte. »Und sie auch.«

Spinnellis Kopf fuhr herum. »Und wer ist das?«

»Ich weiß es nicht«, sagte Tess. »Ich komme nicht drauf.«

Denise schüttelte den Kopf. »Keine Ahnung. Den habe ich noch nie gesehen.«

»Oh, kommen Sie, Denise«, sagte Aidan spöttisch. »Hat er Sie auch bezahlt?«

Denises Augen verengten sich. »Nein.«

»Fragen Sie sie nach der CD«, sagte Tess. *Und wenn sie es jemandem verraten hat, bring ich sie eigenhändig um.*

Spinnelli steckte den Kopf durch die Tür und winkte Murphy. Er flüsterte ihm etwas ins Ohr, dann nickte Murphy und wandte sich wieder Denise zu. »Da wäre noch etwas, Miss Masterson. Aber vorher möchte ich noch einmal genau festhalten, woher jetzt dieses Geld kam. Von Lila Timmons, die seit einem Jahr tot ist, oder vom *National Eye?*«

Denise presste die Zähne zusammen. »Das habe ich doch schon zugegeben. Von der Zeitung. Und das war nicht illegal.«

»Okay. Ich wollte das nur noch einmal klarstellen.« Murphy lächelte. »Und nun erzählen Sie mir doch, wieso man

Ihnen zehntausend Dollar für eine Neuigkeit bezahlen sollte, die eine Stunde später schon überall gesendet wurde? Seward war keine Sensationsnachricht.«

Denise schluckte. »Ich gehe jetzt.«

Murphy und Aidan tauschten einen Blick aus, und Tess erkannte, dass Aidan seine eigenen Schlüsse gezogen hatte.

»Sie haben ihnen von den Videos mit Dr. Ciccotelli erzählt, nicht wahr?« Aidan stand auf und stemmte die Hände in die Hüften.

Denise, die schon an der Tür stand, drehte sich halb um. »Und wenn? Auch das war nicht illegal.«

»Nein, nur widerwärtig«, spuckte Aidan aus. »Wie konnten Sie nur?«

Denise wandte sich nun ganz um, das Gesicht verzerrt vor Wut.

»Weil ich das Geld brauchte. Weil sie mir so gut wie nichts bezahlt. Weil sie eine schicke Wohnung und einen Mercedes hat, und ich eine zehn Jahre alte Rostlaube fahre. Eleanor hat sie aus der Gosse aufgelesen und sie die Karriereleiter hochgeschubst. Sie hat sie zu dem gemacht, was sie jetzt ist. Hat sie dasselbe mit mir gemacht? Hat sie mich gefragt, ob ich auch Teilhaberin der Praxis sein will?«

»Ich erinnere mich nicht, in Ihrem Lebenslauf eine medizinische Ausbildung entdeckt zu haben, Miss Masterson«, sagte Aidan kalt. »Oder auch nur ein Diplom. Welche Rolle hätten Sie denn Ihrer Meinung nach in der Praxis spielen sollen?«

Denise zitterte, ihre Wangen waren fleckig rot. »Ich habe einen Abschluss. Wenn sie es nur gewollt hätten, hätten sie etwas tun können. Jahrelang habe ich darauf gewartet, dass sie und der Alte eine Entscheidung treffen, aber sie haben mich wie eine Art *Sekretärin* behandelt!«

»Sie *sind* eine Sekretärin, Miss Masterson«, sagte Murphy sanft.

Aidan trat zu ihr und sah sie angewidert an. »Wenn ich Ihr Arbeitgeber wäre, würde ich Sie auf der Stelle rauswerfen. Aber falls Sie sich entscheiden, morgen nicht zur Arbeit zu erscheinen, dann könnte ich damit leben. Du auch, Murphy?«

Murphy verzog die Lippen, als würde er schmollen. »Von mir aus. Ich bringe Sie hinaus.«

Als sie fort waren, kehrte Aidan in den Raum zurück, in dem Tess ungläubig den Kopf schüttelte. »Harrison und ich haben ihr zwanzig Prozent mehr bezahlt, als man in der Stadt durchschnittlich bekommt. Außerdem haben wir ihre Gesundheitsvorsorge übernommen. Ich habe ihr sogar angeboten, Fortbildungen zu finanzieren.«

»Und was sollte das heißen, dass Eleanor dich ... die Karriereleiter hinaufgeschubst hat?«

Tess seufzte. »Ich lernte sie kennen, während ich noch auf dem College war. Amy und ich arbeiteten nebenbei für eine Zeitarbeitsfirma, und die Agentur schickte mich zu Eleanor und Harrison. Sie mochten mich und boten mir eine feste Stelle an, aber ich konnte nicht, weil ich noch lernen musste. Also arbeitete ich, wann immer ich konnte. Ich kümmerte mich am Wochenende und abends um die Unterlagen.«

»Das klingt nicht gerade verwerflich«, sagte Aidan.

Tess holte tief Luft. »Außerdem hat sie mir das Medizinstudium bezahlt.«

Aidan blinzelte. »Wow.«

»Aber nur leihweise. Sie berechnete mir die normalen Bankzinsen, und ich konnte mich auf mein Studium konzentrieren und musste nicht nebenbei arbeiten gehen. Nachdem ich den Abschluss hatte, zahlte ich es ihr in Raten ab. Als sie starb, waren achtzig Prozent getilgt. In ihrem Testament hat sie mir den Rest erlassen.«

»Warum hat diese Frau Ihnen einen solchen Kredit gegeben?«, wollte Spinnelli wissen.

»Eleanor brauchte einen Laufburschen. Ich half ihr, erledigte Aufträge für sie. Es ging mir nicht ums Geld. Sie war ein guter Mensch, und ich mochte sie. Außerdem habe ich so viel von ihr gelernt ...« Ihre Kehle verengte sich. »Und von Harrison auch. Sie haben mich in die Praxis geholt, als ich meine Lizenz hatte. Als Eleanor starb, dachte ich, Harrison würde sich einen erfahreneren Partner reinholen, aber er meinte, er habe sich an mich gewöhnt und bat mich, zu bleiben.« Sie hob ihr Kinn. »Aber sie haben mich nicht ›gemacht‹. Sie haben mir dabei geholfen, aus mir etwas zu machen.«

»Woher kannte Denise diese Geschichte? Oder wusste das jeder?«

»Ich weiß nicht. Meine Freunde natürlich. Phillip auch. Warum?«

»Weil es die Saat ist, die deine Sekretärin dazu gebracht hat, dich zu hassen.«

»Ich kann mir trotzdem nicht vorstellen, dass Denise all diese Selbstmorde geplant haben soll. Ehrlich gesagt ist sie nicht so besonders schlau.«

»Aber sie kannte den Typen auf dem Foto«, sagte Spinnelli.

»Der die Kameras in Sewards Wohnung installiert hat. Vielleicht war er auch in Ihrer Wohnung.«

Sie dachte darüber nach. »Sie haben recht. Sie muss diejenige gewesen sein, die ihn reingelassen hat, auch wenn sie vielleicht nicht wusste, was er vorhatte. Ich will mir nicht vorstellen, dass sie es doch wusste.« Sie rieb sich die Schläfen und sah zu Aidan auf. »Du denkst, dass Phillip etwas damit zu tun hat.«

Aidan erwiderte ihren Blick direkt. »Hast du nicht auch schon daran gedacht?«

»Vielleicht. Auch bei ihm kann ich mir nicht vorstellen, dass er so etwas tut, aber ich hätte auch nie gedacht, dass Denise so viel aufgestauten Zorn in sich hat. Ich mochte sie zwar nicht sonderlich, aber ich habe ihr auch nicht *nicht* vertraut, wenn du weißt, was ich meine.«

Aidans Handy klingelte. »Murphy? … Hat Sie? Gut. Sag mir Bescheid, wenn sie anhält.« Er klappte das Handy zu. »Murphy fährt ihr nach. Sie hat von einem öffentlichen Telefon aus jemanden angerufen. Ich lasse die Nummer ermitteln.«

Tess musterte das Foto, dass Aidan Denise gezeigt hatte. »Ich habe diesen Kerl schon mal gesehen, aber ich weiß nicht mehr wo oder wann. Kannst du mir einen Abzug geben? Vielleicht frischt das meine Erinnerung auf.«

Aidan führte sie zu Tür. »Mache ich. Hör zu, ich muss noch etwas erledigen, bevor ich nach Hause fahre. Wenn ich später komme, warte unbedingt auf mich. Geh nicht allein raus. Wie kommst du nach Hause?«

»Vito wartet unten. Aidan, ich muss die Leute warnen, die mich kennen.«

»Du kannst deinen Freunden sagen, sie sollen besonders vorsichtig sein. Aber sag nichts von der Botschaft.«
»Du wirst beurteilt nach den Leuten, mit denen du verkehrst«, wiederholte Tess bitter. »Keine Sorge.«

19

Donnerstag, 16. März, 19.15 Uhr

Aidan legte ihr den Arm um die Taille, als sie vor der Tür des Beerdigungsinstituts zögerte. »Bereit?«

Tess nickte abgehackt. »Ich denke schon.« Aber sie zitterte.

»Komm, bringen wir es hinter uns. Dann fahren wir nach Hause, damit dein Vater mich würgen kann.«

Sie kicherte, wie er gehofft hatte. »Er wird dich nicht würgen. Hoffe ich jedenfalls.«

Ein schwarzgekleideter Mann wies ihnen den Weg zu einem Raum voller Männer in Anzügen und Frauen in geschmackvollen Kleidern. *Ein Querschnitt der Chicagoer High Society*, dachte Aidan, als er in einigen Leuten Gäste von Shelleys Stiefvater wiedererkannte.

Schweigen legte sich über den Raum, als sie eintraten, bis nur noch die klassische Musik zu hören war, die aus den Lautsprechern klang. Eine zartgebaute Frau stand, flankiert von Harrisons Kindern, neben dem Mahagonisarg.

»Willst du, dass ich mit dir zu ihr gehe?«, murmelte Aidan.

»Nein. Bleib hier. Ich muss ihr etwas sagen, aber es wird nicht lange dauern.« Sie umarmte Flo, flüsterte ihr etwas ins Ohr, und Flo verharrte reglos, während stumme Tränen über ihre Wangen liefen und ihr Mund sich zu einem zittrigen Lächeln verzog. Tess kehrte zu Aidan zurück.

»Was hast du ihr gesagt?«, fragte er und schob ihr die Hand unter das Haar.

»Dass Harrisons letzte Worte lauteten, er liebe sie. Sie wusste es, aber sie musste es noch einmal hören.«

»Dann bin ich froh, dass wir hergekommen sind.« Er blickte sich über ihren Kopf hinweg im Raum um. »Kennst du jemanden hier?«

Sie betrachtete die Menschenmenge. »Ich kenne einige, aber niemanden, der mich hasst.«

»Lass uns noch ein wenig bleiben«, murmelte er. »Vielleicht tauchen noch andere auf. Ich halte mich zurück und beobachte. Du kannst dich unters Volk mischen.«

Der Erste, der auftauchte, war Murphy, der in seinem zerknitterten Anzug wie Columbo im Country Club wirkte. »Hast du Denises Anruf zurückverfolgen können?«

Aidan blickte zu Tess, die sich mit dem Bürgermeister unterhielt. Der Bürgermeister. Teufel. Shelleys Kreise. Allein im selben Raum mit diesen hohen Tieren zu sein, machte ihn nervös. Er konzentrierte sich auf Murphys Frage. »Ja. Sie hat eine Firma namens Deering angerufen. Ein Bierimporteur.«

»Interessant. Nach dem Anruf ist sie schnurstracks zu einer Wohnung gegangen, die nicht ihre ist. Aber es war keiner da. Ich habe mit der Vermieterin gesprochen, die meinte, da würde ein Typ namens Lawe wohnen. Er sei ein Privatdetektiv, sagt sie. Sie hat ihn auf dem Bild erkannt.«

»Was will Denise denn mit einem Detektiv? Anwalt verstehe ich ja, aber Detektiv?«

»Weiß ich nicht. Die Vermieterin meinte, sie hätte Lawe gestern Morgen gesehen, aber seitdem nicht mehr. Sie hat ein Paket für ihn angenommen.«

»Vielleicht musste er für ein paar Tage weg.«

»Vielleicht. Aber ich hatte so ein komisches Gefühl und habe das Leichenschauhaus angerufen. Sie haben gerade einen Mann reingekriegt, der die gleiche Größe und ungefähr die gleiche Statur hat wie der Schnüffler. Nur, dass er jetzt verkohlt ist.«

Aidan zuckte zusammen. »Autsch. Unschön.«

»Ja. Der gestohlene Wagen, in dem er gesessen hat, hat Feuer gefangen, aber die Anwohner haben ein tolles Notrufsystem, daher konnte ihn die Feuerwehr rausholen, bevor er ganz zu Asche zerfallen war. Arson hat Überreste einer kleinen Sprengladung und einem Zeitzünder gefunden. Seine Brust war mit Blei vollgepumpt, gleiches Kaliber wie bei Bacon. Julia war nicht im Leichenschauhaus, aber Johnson hat mir versprochen, das Gebiss mit Lawes Zahnarztunterlagen abzugleichen.«

»Tess sagt, sie habe ihn schon einmal gesehen, wusste aber nicht, wo.«

»Vielleicht in Denises Gegenwart. Die Vermieterin glaubt, Lawe und Masterson hätten was miteinander.«

»Lass uns morgen früh direkt mit Blaine Connell sprechen. Vielleicht löst ihm das ja noch ein bisschen die Zunge. Übrigens weiß ich jetzt, was Bacon und Nicole Rivera gemein hatten.«

Murphy zog die Brauen hoch. »Spuck's aus, Kumpel«, sagte er, und Aidan gluckste.

»Nicoles Bruder sitzt im Knast und wartet auf seinen

Prozess. Nicoles Mitbewohnerin sagte, sie hätte jeden Penny für einen Anwalt gespart. Sie hielt wohl nichts von dem Rechtsbeistand, den der Staat ihm gönnen wollte.«

»Also haben sowohl Bacon als auch Rivera Bekanntschaft mit unserem Rechtssystem gemacht«, sagte Murphy nachdenklich. »Und wo wir gerade vom Rechtssystem reden … sieh an, wer da ist.«

»Jon Carter und Amy Miller.« Mit einem zweiten Mann, den Aidan nicht kannte. »Gehen wir mal hin.«

»Detective Reagan.« Jon Carter schüttelte seine Hand ernst.

»Dr. Carter. Das ist mein Partner, Detective Murphy.«

»Ich kann mich an Sie erinnern. Sie waren letztes Jahr bei Tess im Krankenhaus.«

Murphy nahm seine Hand. »Genau. Kannten Sie Dr. Ernst?«

»Natürlich. Arme Flo. Ich mag mir nicht vorstellen, was sie durchmachen muss. Aber wir sind vor allem wegen Tess hier.« Seine Kiefer pressten sich zusammen. »Wir wollten dem Typ, der für all das verantwortlich ist, ein gemeinsames ›Verpiss-dich‹ präsentieren. Wenn er wirklich glaubt, dass wir sie jetzt im Stich lassen, dann irrt er sich gewaltig.«

»Jon«, murmelte der andere Mann. »Nicht hier.«

Jon zwang sich sichtlich zur Ruhe. »Tut mir leid. Aber diese ganze Sache macht mich furchtbar wütend. Sie erinnern sich an Amy, Detective?«

»Natürlich«, sagte Aidan, während er Jon musterte. Der Mann beherrschte sich gut. Aidan sah die Ader an seiner Schläfe pulsieren. »Es ist nett von Ihnen, dass Sie gekommen sind. Tess hatte einen schlimmen Tag.«

»Eine harte Woche«, korrigierte Amy traurig. »Schön, Sie wiederzusehen, Detectives. Danke, dass Sie sich so gut um Tess kümmern. Sie ist keine Person, die einem das Kümmern leichtmacht.«

»Das kannst du laut sagen«, meinte der zweite Mann und hielt ihnen die Hand entgegen. »Wir kennen uns noch nicht. Ich bin Robin Archer. Ich kenne Tess schon lange.«

Aidans Augen weiteten sich, als er die Hand des Mannes nahm. »Sie sind Robin?«

Jons Mund verzog sich zu einem halb amüsierten Lächeln. »Wie ich schon sagte – Tess und ich sind nur gute Freunde.«

Aidan räusperte sich. »Ja, das sagten Sie. Wie ich höre, kochen Sie anständige Suppen.«

Robin grinste. »Sie hasst Suppe, ich weiß. Deshalb bringe ich immer welche vorbei.«

Aidan stieß geräuschvoll die Luft aus. »Nun ja.«

Jon saugte eine Wange ein. »Nun ja.« Dann wurde er wieder ernst.

»Was haben Sie denn herausgefunden, Detectives? Tess hat uns heute erzählt, dass der Mann, von dem Sie meinten, er sei der Täter, es doch nicht war.«

»Wir haben ein paar vielversprechende Spuren. Ich werde Ihnen etwas sagen, sobald ich kann. Dr. Carter, kann ich Sie einen Moment sprechen?« Er nahm Jon beiseite. »Da Sie mir von ihrem Vater erzählt haben, wollte ich Ihnen mitteilen, dass er in der Stadt ist und die beiden sich ausgesprochen habe.«

Jon seufzte. »Ja, sie hat es mir erzählt. Auch, dass er schwer herzkrank ist. Sie wird in den nächsten Monaten eine

Stütze brauchen. Da kriegt sie ihn zurück, und dann das … Arme Tess.«

»Und ich habe noch eine Frage, wenn es nichts ausmacht. Können Sie mir etwas über Phillip erzählen?«

Jon zog die Brauen zusammen. »Glauben Sie, dass er etwas damit zu tun hat?«

»Ich muss diese Frage stellen. Bei dem Täter handelt es sich um jemanden, der sehr viel persönlichen Groll gegen Tess hegt.«

»Aber Phillip?« Jon seufzte. »Er und Tess haben sich während des Medizinstudiums kennengelernt. Er gehörte nur durch Tess zu unserer Clique. Wir anderen mochten ihn nicht so besonders, aber das haben wir Tess nie gezeigt. Sie schien ihn zu lieben, aber ich dachte immer, es müsse daran liegen, dass er so anders als ihr Vater ist. Ihr Vater ist dramatisch und laut, Phillip ganz das Gegenteil.«

»War er gewalttätig?«

»Phillip?« Jon schien ehrlich erstaunt. »Ich habe ihn nie so erlebt. Er war sehr beherrscht. Und sehr penibel. Zwei Wochen vor dem großen Tag fand Tess heraus, dass er fremdging. Der Typ hat nichts abgestritten. Nur seine Sachen gepackt und ist gegangen.«

»Ja, das hat Tess erzählt«, sagte Aidan nachdenklich, und Jons Erstaunen wuchs.

»Sie hat Ihnen von Phillip erzählt? Ich musste Sie mit Waffengewalt zwingen, etwas zu sagen.«

Aber sie hatte es ihm ohne Probleme gesagt, während er sie in den Arme gehalten hatte. Heute wollte er Gleiches tun. Ihr Dinge anvertrauen, die noch wehtaten. »Wissen Sie, wer die Frau war?«

»Nein. Phillip und ich haben uns nicht mehr gesprochen. Wir haben auch sonst nie gesprochen, was das angeht. Er ist sehr … zugeknöpft. Ich habe zwar keine Privatadresse, aber er arbeitet am Kinsale-Krebsinstitut.«

»Sein Nachname?« Aidans Lächeln war schief. »Ich kenne ihn nur als Dr. Zur-Hölle-mit-ihm.«

Jon lachte leise. »Das gefällt mir. Parks. Phillip Parks.«

»Nur noch eine letzte Frage. Sie haben Ihre Clique erwähnt – wer gehört noch dazu?«

Seine Augen weiteten sich. »Sie verdächtigen doch nicht wirklich … Okay, das müssen Sie wahrscheinlich. Selbst mich. Tja, wir waren mal mehr, aber die Leute ziehen weiter. Tess und ich und Robin und Amy natürlich. Gen Lake, Rhonda Perez, aber die beiden kommen nicht mehr oft.«

»Wer hat die Gruppe in den letzten … sechs Monaten verlassen?«

Etwas flackerte in Jons Blick. »Jim Swanson.«

»Und warum?«

John zögerte. »Er ist nach Afrika gegangen. Mit *Ärzte ohne Grenzen*.«

Dahinter steckte mehr, das war zu spüren. »Ganz plötzlich?«

»Er meinte, er habe schon eine Weile darüber nachgedacht. Uns kam es plötzlich vor.«

Er war sicher, dass Jon mehr wusste. Aber er wollte nicht drängen. Er würde Tess später fragen. »Danke für Ihre Hilfe, Dr. Carter.«

»Sie können mich alles fragen, Detective. Nach Robin ist mir Tess der liebste Mensch auf dieser Welt.«

Donnerstag, 16. März, 22.45 Uhr

»Komm her, Tess.« Ihr Vater klopfte auf Aidans Sofa neben sich, und sie setzte sich, zog die Beine an und legte den Kopf an seine Schulter.

»Hat es dir geschmeckt? Die Ziti?« Sie hatte etwas Raffinierteres als nur Nudeln geplant, aber da sie am Nachmittag auf dem Revier gewesen war, hatte sie aus Zeitmangel ein Standardgericht zusammenkochen müssen.

»Fast so gut wie die deiner Mutter«, sagte er laut genug, dass Gina es in der Küche hören konnte. Dann flüsterte er: »Genauso gut. Also – wo ist dein junger Mann?«

»Noch unterwegs. Er ist angerufen worden.« Und der Anruf hatte Aidan sichtlich erschüttert. Seit beinahe zwei Stunden versuchte sie, nicht darüber nachzudenken, um was es sich gehandelt haben könnte. »So ist das nun mal, wenn man mit einem Cop zusammen ist.«

»Er scheint … nett.« Das Wort war widerwillig herausgepresst worden, und Tess musste lächeln.

»Das ist er auch.« Sie lauschte auf seinen Atem. »Dad, bitte krieg das jetzt nicht in den falschen Hals, aber fahr nach Hause.«

Seine Schultern versteiften sich. »Warum?«

»Weil du in der Nähe deiner Ärzte sein solltest.«

»Aha.« Er küsste sie auf den Scheitel. »Red nicht um den heißen Brei herum, Tessa. Ich kann mit der Wahrheit umgehen.«

Sie seufzte. »Weil ihr hier nicht sicher seid. Drei Menschen, die mir mehr oder weniger nahestanden, sind tot. Aidans Schwester ist heute Nachmittag angegriffen worden. Ich habe euch gerade erst zurückbekommen. Ich will nicht, dass auch euch etwas passiert.«

»Wenn du mitkommst, fliege ich zurück.«

Tess sah ihn finster an. »Das ist unfair.«

Er zuckte die Achseln. »Du kannst mich ja verklagen. Entweder so oder so. Wenn du mitkommst, fliege ich nach Hause.«

»Du fliegst nach Hause, weil du bei deinem Kardiologen sein solltest. Ich bleibe, weil ich hier zu Hause bin.« Und es war seltsam, dass das Bild, das ihr bei dem Wort Zuhause in den Sinn kam, dieses Zimmer war. In Eleanors Wohnung zu leben war herrlich gewesen, aber Aidans Haus fühlte sich wie ein Heim an. »Außerdem ist ja Aidan hier, der auf mich aufpasst.«

»Und ich habe Vito, also befinden wir uns in einer Pattsituation. Hattest du nicht gesagt, du hättest Cannoli gemacht?«

Sie lachte. »Gott, bist du dickköpfig.«

»Ich weiß.« Er stand auf. »Es war nett, Amy wiederzusehen. Fast wie in alten Zeiten.« Amy war nach der Totenwache vorbeigekommen und hatte mit ihnen zu Abend gegessen. All die vertrauten Gesichter um einen Tisch versammelt zu sehen, hatte wirklich etwas von alten Zeiten gehabt.

»Sie hätte euch nicht fernbleiben müssen, nur weil ich es getan habe«, meinte Tess.

Ihr Vater nahm die Folie von den Cannoli ab. »Ist sie auch nicht.«

»Michael!« Gina nahm ihm die Platte aus der Hand. »Die darfst du nicht essen!«

»Ach, eins kann nicht schaden.« Er sah seine Frau mit einem unschuldigen Augenaufschlag an. »Schließlich hat Tess sie gemacht.«

»Was soll das heißen, Amy ist euch nicht ferngeblieben?«, fragte Tess.

»Ich sagte, nein«, wiederholte ihr Mutter und stellte die Platte zurück auf den Tisch.

Ihr Vater seufzte. »Amy kam jedes Jahr zu Thanksgiving nach Hause. Ich dachte, du wüsstest das.«

Tess schüttelte den Kopf. »Nein. Sie hat mir gesagt, dass sie bei Freunden vom Jurastudium war.«

»Sie wollte dir nicht wehtun«, sagte Vito voller Unbehagen, wich dann zurück, als Dolly zu knurren begann. »Dieser Hund ist gemeingefährlich.«

»Nein, sie sagt uns nur, dass Aidan gekommen ist.« Ein paar Sekunden später hörten sie die Garagentür. Ihr Magen drehte sich um, als sie überlegte, welches Opfer er nun gefunden haben mochte. »Entschuldigt mich.« Sie betrat die Garage, um einen Moment mit ihm allein zu haben.

Aidan stieg aus dem Wagen und ließ den Kopf hängen, als er sie sah. »Tess.«

»Wer war es diesmal?«

Seine Lippen bildeten einen Strich. »Danny Morris' Mutter.«

»Der kleine Junge«, murmelte sie. »Sie ist umgebracht worden?«

Selbst aus der Entfernung sah sie den kalten Zorn in seinen Augen. »Hat sich selbst umgebracht. Sie hat einen Brief hinterlassen. Fühlte sich schuldig, weil sie ihr Kind nicht beschützt hatte. Ich hätte recht gehabt, stand da.«

Sie wollte so gerne zu ihm, aber sie spürte, dass er einen Moment allein sein musste. »Womit?«

Er ließ das Kinn auf die Brust sinken. »Mir war klar, dass sie wusste, wo ihr Mann sich versteckt hatte. Montagabend war ich bei ihr, nachdem dieser Vollidiot in der Bar mich angegriffen hat. Ich sagte ihr, dass sie ein Ungeheuer deckte. Und dass eine Mutter so etwas nicht tun dürfte.« Er sah auf, Furcht und Qual in seinem Blick. »Ich war zu hart mit ihr.«

»Nein, Aidan, warst du nicht.« Unfähig, sich noch länger zurückzuhalten, ging sie zu ihm, schlang die Arme um seinen Nacken und zog seinen Kopf zu sich. »Du hast nichts gesagt, was sie nicht schon wusste. Und wenn ihr Sohn ihr egal gewesen wäre, hätte nichts, was du hättest sagen können, irgendetwas daran geändert. Hat sie dir in dem Brief verraten, wo ihr Mann sich aufhält?«

Er hob den Kopf. »Ja, hat sie. Aber er war an keinem der Orte. Woher wusstest du das?«

»Es ist nicht unüblich, dass jemand versucht, ein paar Dinge zu regeln, bevor er den letzten Schritt macht. Sie hat es ja wohl versucht.«

Seine Kiefer pressten sich zusammen. »Sie hätte am Leben bleiben und gegen ihren Mann aussagen sollen.«

»So hättest du es gemacht«, sagte sie ruhig, und seine Augen blitzten auf.

»Ich hätte nicht zugelassen, dass irgendein Schwein meinen Sohn umbringt.«

»Nicht jeder ist stark, Aidan. Und nicht jeder tut, was im Grunde richtig wäre.« Sie küsste ihn zärtlich. »Es tut mir leid.«

Müde ließ er seinen Kopf wieder an ihre Schulter sinken. »Kennst du Sylvia Arness?«

Sie schüttelte den Kopf, als die Furcht sich erneut in ihren Eingeweiden breitmachte. »Nein.«

Er straffte den Rücken, nahm ihre Unterarme. »Nicht? Bist du sicher?«

»Ja.« Ihr Herz hämmerte nun so heftig, dass es wehtat. »Warum?«

Sein Griff wurde fester. »Afroamerikanerin, dreiundzwanzig Jahre alt?«

»Nein, Aidan. Sag mir doch, warum.«

»Weil sie tot ist. Howard und Brooks aus unserem Revier wurden gerufen, als ich gerade Morris' Wohnung verließ. Sie riefen mich an, als sie die Botschaft an ihrem Mantel fand.«

Ihre Kehle verschloss sich. »Du wirst beurteilt nach den Leuten, mit denen du verkehrst?«

»Ja. Und du bist wirklich sicher, dass du sie nicht kennst? Sylvia Arness war der Name auf ihrem Ausweis.«

Sie schüttelte den Kopf. »Vielleicht handelt es sich um einen Nachahmer.«

»Kann sein. Könntest du mitkommen und einen Blick auf sie werfen, damit wir es sicher wissen?«

Hölzern nickte sie. »Natürlich. Ich muss nur meiner Familie sagen, dass ich gehe.«

Er blieb an der Tür stehen. »Dein Vater wird einen … Schrecken bekommen, wenn er dich so sieht.«

Herzanfall. Er hatte Herzanfall sagen wollen und sich gerade noch zurückhalten können. Sie richtete sich kerzengerade auf, schloss die Augen und konzentrierte sich. Als

sie die Augen öffnete, nickte er. »Besser. Er wird zwar immer noch wissen, dass etwas nicht stimmt, aber er wird sich nicht mehr erschrecken.«
»Danke«, murmelte sie. »Ich habe nicht nachgedacht.«
»Das kann dir niemand verübeln.« Er drückte die Tür auf und begrüßte ihre wartende Familie mit einem müden Lächeln. »Tut mir leid, dass ich so lange auf mich habe warten lassen. Ich musste mich noch um einen anderen Fall kümmern.«
Tess betrat die Küche hinter ihm, begegnete Vitos Blick und sah, dass er verstand.
»Dad, es wird spät«, sagte er. »Lass uns zum Hotel zurückfahren.«
Michael setzte sich auf den Küchenstuhl und schob starrsinnig das Kinn vor. »Ich bin nicht blind und ganz bestimmt nicht blöd. Sag mir die Wahrheit, Tess.«
Sie drückte Aidans Hand. »Danke für den Versuch«, murmelte sie und sah ihren Vater an. »Dad, Aidan war tatsächlich mit einem anderen Fall beschäftigt. Aber als er gerade gehen wollte, ist eine andere Sache passiert, die vielleicht etwas mit mir zu tun hat, vielleicht aber auch nicht. Das müssen wir jetzt herausfinden. Bitte geh mit Vito. Du brauchst Ruhe. Ich rufe dich an, versprochen.«
Michael stand langsam auf. »Und Sie lassen sie nicht aus den Augen, Reagan?«
Aidan schüttelte den Kopf. »Ganz bestimmt nicht.«

Donnerstag, 16. März, 23.20 Uhr

Spinnelli und Murphy trafen sie am Leichenschauhaus.
»Wenn das ein Trittbrettfahrer ist, kann die Sache ziemlich übel werden«, grummelte Murphy. »Wir haben es bisher aus der Presse raushalten können, aber jetzt geht das nicht mehr. Eine Menge Leute haben Arness und die Botschaft gesehen.«
Tess' Körper neben Aidan war steif. »Bringen wir es hinter uns.«
Johnson wartete neben dem Metalltisch, auf dem eine Gestalt unter einem Laken lag. »Sie ist um einundzwanzig Uhr fünfzehn erschossen worden. Die Kugel hatte ein schweres Kaliber, wahrscheinlich fünfundvierzig. Sie ist durch den Rücken direkt ins Herz eingedrungen und vorne wieder ausgetreten.« Seine Miene war sanft. »Wenn sie Schmerzen gehabt hat, dann höchstens eine Minute.«
»Aber sie muss sich in dieser Minute gefürchtet haben«, murmelte Tess und starrte auf die verhüllte Gestalt. Aidan wusste, dass sie nun bei der Frau im Augenblick ihres Todes war. Das war es, was sie tat. Sie drang in den Kopf ihrer Patienten ein und erlebte ihre Furcht. Weil es ihr etwas bedeutete. Es war seltsam, dies in Gegenwart einer Leiche zu erkennen.
»Der Schuss hat die Menge aufgescheucht. Die Leute liefen weg. Alles eine große Verwirrung, also hat natürlich niemand etwas gesehen«, sagte Aidan. »Die Spurensicherung ist noch am Tatort.«
»Moment.« Murphy hielt eine Hand hoch. »Rivera wurde mit einer Zweiundzwanziger erschossen und, laut Julia,

wahrscheinlich mit Schalldämpfer. Warum jetzt eine Fünfundvierziger nehmen und jemand töten, wenn so viele Leute dabei sind?«

»Er wollte, dass sie schnell gefunden wird«, sagte Aidan.

»Aber er hat sich die Zeit genommen, einen Zettel anzuheften, obwohl er damit rechnen musste, dass ihn jemand sieht.« Spinnelli zog die Stirn in Falten. »Das klingt nicht gerade nach einem vorsichtigen Killer.«

Tess richtete sich zu voller Größe auf. »Können wir jetzt vielleicht anfangen? Ich bin so weit.«

Aidan drückte sie kurz an sich, als Johnson das Laken wegzog und den Oberkörper einer Frau entblößte, und einen Moment lang sah Tess die Gestalt nur an.

»Ich habe sie noch nie …« Sie hielt inne. »Moment. Wo ist sie gefunden worden?«

»Auf dem UI-Campus. Sie ist eine …«

»Studentin«, endete Tess tonlos, und alle Farbe wich aus ihrem Gesicht. Johnson zog ihr schnell einen Stuhl heran, und Aidan drückte sie sanft darauf nieder. Tess befeuchtete die Lippen. »Ich habe ›Hallo‹ zu ihr gesagt. Mehr nicht.«

Aidan hockte sich neben sie und sah ihr ins Gesicht. »Wann?«

»Gestern. Ich brauchte neue Stiefel. Weil alle meine Sachen noch bei euch waren.«

Spinnelli drückte sanft ihre Schulter. »Sie haben Sie im Schuhgeschäft getroffen?«

Sie nickte, der Körper erstarrt.

»Woher wissen Sie, dass sie Studentin war?«, fragte Murphy.

»Sie … sie flirtete mit Vito. Die meisten Mädchen flirten mit Vito. Ich habe Stiefel ausgesucht und wollte zur Kasse, und da war sie hinter mir. Ich habe ›Hallo‹ gesagt. Draußen habe ich Vito aufgezogen, und er meinte, sie sei bloß ein Collegemädchen. Und ich habe nur ›Hallo‹ gesagt.« Ihr Atem ging flach. »Mehr nicht.« Ihre Hand legte sich über den Mund, und sie starrte ins Leere. »Und jetzt ist sie tot. O Gott. Wie soll ich Menschen warnen, die ich nicht einmal kenne?«

Aidan kannte die Lösung. »Es wird Zeit, dass wir in die Offensive gehen. Morgen rufe ich Lynne Pope von *Chicago on the Town* an. Wir schulden ihr einen Gefallen, und ich gebe ihr ein Exklusiv-Interview.«

»Hey, jetzt wirst du doch noch ein Star, Ace«, sagte Murphy verschmitzt.

Aidan streichelte Tess' Knie. »Bist du einverstanden? Dann weiß es jeder.«

Sie sah so verloren aus, dass ihm beinahe das Herz brach. »Niemand wird mehr mit mir reden wollen«, murmelte sie. »Sie werden mir aus dem Weg gehen, sobald ich auf der Straße bin.« Dann hob sie den Blick zu Sylvia Arness' Leiche. »Aber sie bleiben am Leben. Hast du Popes Karte?«

Aidan zog sie aus seiner Brieftasche. »Tess, ich rede mit ihr.«

»Nein, ich tue es. Ich will diesem Arschloch ein paar ganz konkrete Dinge sagen. Ich hole mir mein Leben zurück. Er glaubt, er könnte mich in ein Schlupfloch scheuchen, in dem ich mich wie ein Baby zusammenrolle und … heule. Aber er irrt sich. Johnson, kann ich Ihr Telefon benutzen?«

»Nein, das lasse ich nicht zu«, sagte Aidan und versperrte ihr den Weg. »Du wirst ihn so wütend machen, dass er dich angreift.«

Sie sah trotzig zu ihm auf. »Ich habe weit mehr Schutz, als sie gehabt hat.« Sie deutete mit dem Daumen auf Arness. »Ich habe euch. Sie hatte niemanden. Und der Nächste, den es trifft, wird auch niemanden haben. Und verdammt noch mal, wehe, es gibt einen Nächsten. Soll er es doch bei mir versuchen. Wir sind bereit!«

Freitag, 17. März, 2.35 Uhr

Tess setzte sich auf die Kante von Aidans Bett. »Es war nett von Lynne, dass sie sich noch so spät mit uns getroffen hat.«

Sie und ihr Kameramann hatten die ganze Geschichte aufgenommen, während Aidan außerhalb des Bilds gewartet hatte.

Der Blick, den er ihr über die Schulter zuwarf, war schief. »Sie wird einen hübschen Bonus bekommen, wenn das morgen durch den Äther geht.« Er zog die Krawatte ab und den Pullover aus. »Ich denke, davon profitieren alle.«

Unruhig kämpfte sie gegen das Bedürfnis an, aufzustehen und hin und her zu gehen, während er sein Hemd aufknöpfte. »Sie sagte, der Bericht würde in *Good Morning, Chicago* und *Chicago on the Town* gesendet werden«, sagte sie. Sie wusste, dass sie Belanglosigkeiten von sich gab, war aber nicht in der Lage, den Mund zu halten. Er streifte sein Hemd ab, und ihr Mund wurde trocken. Angezogen war der Mann unglaublich attraktiv. Aber ausgezogen …

»Ja, ich erinnere mich.« Er betrachtete sie eingehend. »Tess, bist du nervös?«
Sie schloss die Augen, nun außerdem verlegen. »Ja.«
Er setzte sich neben sie und zog sie an sich. »Warum?«
»Ich habe gerade einen Mörder ›rückgratlosen Feigling‹ genannt und ihn herausgefordert, sich bei mir blicken zu lassen.«
Er lachte leise. »Und da denkst du *jetzt* drüber nach?« Er küsste sie auf den Kopf. »Du hast getan, was du tun musstest, Tess. Ich mag das auch nicht, aber etwas muss passieren.«
Die Unruhe in ihr veränderte sich und wurde zu etwas Drängenderem, Intensiverem. »Ich will auf keine Beerdigung mehr gehen, Aidan.«
»Ich weiß. Wir finden ihn bald, und dann ist das alles vorbei.«
Sie hob den Kopf und begegnete seinem Blick. »Und was dann?«
Er tat, als würde er nicht verstehen. »Keine Ahnung. Was willst du denn?«
Sie überlegte genau, bevor sie antwortete. Was sie sagte, würde der Beziehung, die sie tatsächlich bereits hatten, eine Richtung geben. Sie war in einer Extremsituation entstanden, und sie musste nicht zwingend weitergehen, wenn alles vorbei war. Vielleicht war sie deshalb so nervös. »Ich will ein Zuhause und jemanden, der mich liebt.«
»Du willst einen Ehemann.«
In seiner Stimme lag ein Hauch Sehnsucht, der ihr die Kehle verengte. »Ja.« Sie holte tief Luft. »Und wenn dich das abschreckt, dann sagst du es mir besser direkt.«

»Es schreckt mich nicht ab, Tess – jedenfalls nicht so, wie du befürchtest.«

»Wie dann? Bitte rede mit mir, Aidan.«

Er schnitt ein Gesicht. »Das versuche ich. Aber ich kann so etwas nicht besonders gut.«

Sie drückte ihre Lippen leicht auf seine. »Hilft es dir, wenn du dich auf die Couch legst?« Sie legte ihm die Hand flach auf die haarige Brust und drückte ihn sanft nieder, so dass er mit dem Oberkörper auf dem Bett lag, während seine Füße noch fest auf dem Boden standen. Sie legte sich neben ihn und stützte den Kopf auf die Hand. »Entspann dich.«

Er sah sie misstrauisch aus dem Augenwinkel an. »Okay.«

»Du bist nicht entspannt.« Langsam ließ sie ihre Hand über seine Brust gleiten und genoss das Gefühl der rauhen Haare an ihrer Haut.

»Das entspannt mich auch nicht gerade«, sagte er trocken.

Sie hörte auf. »Tut mir leid. Wer war Shelly, Aidan. Und wie hat sie dich so verletzt?«

Seine Lider schlossen sich. »Für eine Weile war sie meine beste Freundin. Das dachte ich wenigstens.«

»Wenn ein Freund einem wehtut, kann das manchmal schlimmer als alles andere sein.«

»Als ich klein war, hieß mein bester Freund Jason Rich.« Er hielt inne, und sein Daumen strich über ihre Hand. »Jason und ich waren unzertrennlich. Und immer zu Unsinn aufgelegt.« Seine Lippen zuckten. »Wusstest du, dass Plastikspielzeugsoldaten in der Pfanne schmelzen, wenn man den Herd nur stark genug aufdreht?«

»Nein. Aber ich habe mit Vitos G.I. Joe gespielt. Der

passte klasse zu meiner Barbie. Meine Mutter wäre wahrscheinlich ausgerastet, wenn ihr ihre Pfanne vernichtet hättet.«

»Ist meine Mutter auch.« Er schwieg, dachte eine Weile nach. »Als wir zehn waren, zog Shelley nebenan ein. Ihre Mom war geschieden, und das war in unserer Gegend eine ganz schön heikle Sache.«

»In meiner auch. Und hat Shelley an der Soldatenschmelzmission teilgenommen?«

»Nein. Denn Shelley hatte sich in Jason verguckt, und ich war plötzlich das fünfte Rad am Wagen.«

»So ähnlich fühle ich mich, wenn ich mit Jon und Robin zusammen bin«, sagte sie.

Ein Auge öffnete sich. »Du hättest mir von Robin erzählen können.«

»Du hast nicht gefragt.« Sie grinste, wurde dann wieder ernst. »Und ehrlich gesagt denke ich oft nicht dran. Sie beide sind meine Freunde. Sind Jason und Shelley deine Freunde geblieben?«

»Ja, aber alles änderte sich, als wir in die Pubertät kamen. Jetzt waren Jason und Shelley unzertrennlich. Mit siebzehn wurde sie schwanger. Und die beide brannten miteinander durch.«

»Oje«, murmelte Tess.

»Shelleys Mutter war inzwischen wieder verheiratet und einigermaßen gutsituiert. Sie gab Shelley und Jason das alte Haus.« Er seufzte. »Dann verlor Shelley das Baby. Aber sie wollte sich nicht scheiden lassen wie ihre Mom, und sie liebte Jason, also blieben die beiden zusammen. Ich beschloss irgendwann, wie mein Bruder und mein Vater zur Polizei zu gehen. Jason tat es mir nach. Ich ging auf Streife, er zum Drogendezernat.« Er schüttelte den Kopf. »Man erwischte ihn dabei, sich Beweismaterial für den persönlichen Konsum ›anzueignen‹. Er wurde entlassen. Shelley war fix und fertig. Und Jason …« Er schürzte die Lippen. »…ein Selbstmörder.«

Ihr Herz schlug fester. »O nein.«

»Aber er war sehr rücksichtsvoll, mein alter Kumpel Jason. Er wollte nicht, dass Shelley ihn fand. Also kam er stattdessen in meine Wohnung.« Seine Kehle arbeitete schwer, als er schluckte. »Er hatte eine Menge Pillen genommen und sie mit Jack Daniel's runtergespült. Dann hat er sich hingelegt. Als ich von der Arbeit nach Hause kam, war er tot.«

»Das war grausam von ihm.« Ihre Stimme klang härter, als sie es beabsichtigt hatte.«

Er öffnete die Augen. »Ich dachte, du hättest Mitgefühl für Selbstmörder.«

»Ich habe Mitgefühl für Menschen mit einem emotionalen Trauma oder mit mentalen Störungen, die sie zum Selbstmord treiben. Ich habe Mitgefühl für die Hinterbliebenen. Ich habe Respekt für die, die sich Hilfe holen. Jason hat sein Leben vergeudet. Und er hat dich mit hineingezogen. Das ist nicht richtig.«

Sein Blick flackerte. »So habe ich das auch immer gesehen. Und mich gefragt, ob ich nicht unfair bin.«

»Das würde mir auch so ergehen, wenn jemand, der mir wichtig war, sich das Leben nimmt. Es sei denn, jemand ist zu krank, um zu verstehen, was er anderen damit antut. War er das? So krank?«

»Ich weiß nicht. Ich werde es wohl auch nie rausfinden. Aber Shelley war vollkommen fertig. Sie hatte keine Arbeit, keine Lebensversicherung. Keine Pension. Keine Ausbildung. Und niemanden, der ihr half.«

»Bis auf dich.«

»Bis auf mich. Wir kamen uns näher. Als Jugendlicher hatte ich auf sie gestanden, aber sie war immer Jasons Freundin gewesen. Jetzt war sie meine. Und ich war glücklich.«

»Und fühltest dich schuldig, weil du zu Lasten deines Freundes glücklich warst?«

»Ein bisschen, ja. Jedenfalls fragte ich Shelley, ob sie mich heiraten wollte, und sie sagte ja. Ich hatte ein bisschen gespart und kaufte ihr einen ganz anständigen Ring.«

»Mochte sie ihn?«

»Sie behauptete es, zeigte ihn aber nicht ihren Freundinnen. Einmal sagte sie etwas von einem größeren Stein, aber ich weigerte mich. Ich konnte es mir nicht leisten. Doch der Neue ihrer Mutter hatte inzwischen ein Vermögen verdient, und Shelleys Mutter kaufte ihr diesen Ring.«

»Oje.«

»Ja. Wir hatten den ersten großen Streit. Und es sollte nicht der letzte sein. Stiefväterchen badete in Geld, und er ging sehr großzügig damit um. Shelley bekam neue Kleider, sogar Pelze. Dann wollte sie ein Haus in einer schickeren Gegend.« Seine Kiefermuskeln pressten sich zusammen. »Daddy wollte helfen.«

Ein Schlag gegen seinen Stolz.

»Und du hast nein gesagt.«

»Und ob ich nein gesagt habe. Dieses Arschloch hat bei jeder Gelegenheit auf mich herabgesehen.«

Das erklärte eine Menge. »Und was war der Tropfen, der das Fass zum Überlaufen brachte?«

»Daddy hat mir einen Job angeboten.« Der Hohn verhärtete seine Stimme. »Ich wollte ihn nicht annehmen, und Shelley schmollte. Schließlich könne ich da dreimal so viel wie bei der Polizei verdienen. Ich hätte ja nur ein Cop-Gehalt. Cop-Gehalt«, wiederholte er verbittert. »Sie sagte das, als müsse ich mich dafür schämen.«

Tess versuchte stets, nicht über die Motive von Leuten zu urteilen, die sie nicht kannte. Aber dieser Mann war kein Patient. Er war ihr Liebhaber, und er war gekränkt worden. »Sie hat dich nicht wirklich geliebt, wenn sie dich unbedingt ändern wollte. Und sie hat dich nicht gekannt, wenn sie geglaubt hat, sie könnte es.«

Seine Brust dehnte sich, als er tief Luft holte. »Danke.«

Sie schob ihre Finger zwischen seine. »Und weiter?«

»Das war's.«

Nein, das war es nicht. Aber es war deutlich, dass er nicht mehr sagen wollte. »Okay.«

Er öffnete wieder ein Auge. »Okay? Mehr nicht?«

Sie schenkte ihm ein schiefes Lächeln. »Soll ich schmollen? Das ist nicht mein Stil.« Sie legte ihren Kopf auf seine Schulter. »Obwohl es da noch etwas gibt, was ich ansprechen möchte.«

Er versteifte sich. »Was?«

»Harold Green.«

Abrupt setzte er sich auf, so dass ihr Kopf aufs Bett zurückfiel. »Nein.«

Tess blinzelte. »Warum nicht?«

»Weil …« Er stand auf und ging zum Fenster. »Weil ich

nicht darüber reden will. Es war eine Ausnahme, nichts weiter. Ende der Diskussion.«

»Das hast du deinem Vater gestern Abend auch gesagt.«

»Tess, lass es. Bitte.«

»Kann ich nicht. Wenn du nicht reden willst, hörst du mir dann wenigstens zu?«

»Kann ich dich daran hindern, etwas zu sagen?«, fragte er gepresst.

Sie versuchte, nicht gekränkt zu sein. »Ja. Sag mir einfach nein, und ich lege mich schlafen.«

»Ich habe bereits nein gesagt, und wir reden immer noch darüber.« Er klang nun eisig.

»Du hast recht.« Sie gab sich Mühe, ihre Stimme ruhig zu halten. »Es ist spät, Aidan. Lass uns schlafen.« Sie warf ihm einen hilflosen Blick zu, ging ins Bad und schloss die Tür.

20

Freitag, 17. März, 2.55 Uhr

Tess kam in einem Hemd von Aidan aus dem Bad und sah verblüfft, dass er sich nicht bewegt hatte. Er stand noch immer am Fenster. »Ist da draußen jemand?«, fragte sie, und er schüttelte den Kopf.

»Nein. Dolly würde uns das schon anzeigen.«

»Komm ins Bett, Aidan. Ich verspreche dir auch, dich in Ruhe zu lassen.«

Sie schlüpfte unter die Decke und machte das Licht aus, so dass der Raum im Halbdunkel lag. Sein Profil war scharf umrissen, und sie betrachtete ihn, während er nach draußen starrte, ohne wirklich etwas zu sehen. Einen Moment lang herrschte vollkommene Stille.

»Ich habe sie gefunden«, sagte er plötzlich. »Das dritte kleine Mädchen.«

Tess setzte sich auf. Das dritte kleine Mädchen, das Harold Green so grausam ermordet hatte. »Ich weiß. Murphy hat es mir erzählt. Es tut mir leid.«

»Sie war komplett ausgeweidet. Wusstest du das?«

Sie schluckte. »Ja.« Es war scheußlich gewesen. Die Fotos der drei Kinder, die so sinnlos geschändet worden waren, schienen in ihrer Blutrünstigkeit jeden, der sie betrachtete, zu verspotten. Aber sie hatte hinsehen müssen, um den

Mann zu beurteilen, der etwas derart Furchtbares getan hatte.

»Wir glaubten, sie sei noch am Leben«, sagte er heiser. »Green hatte uns gesagt, dass sie noch lebt.«

»In Harold Greens Kopf tat sie das auch noch.«

»Bullshit«, zischte er. »Harold Green ist ein widerwärtiger Mörder.«

Es war besser, es direkt auszusprechen. »Und ich habe ihn gehen lassen?«

Er sagte nichts, was natürlich alles bedeutete. Sie versuchte, nicht betroffen zu sein, aber es fiel ihr enorm schwer. Also tat sie das, was sie am besten konnte, und sprach mit ihm wie mit einem Patienten, obwohl sie keinesfalls vergaß, dass sie auf seinem Bett saß und nichts als ein Hemd von ihm trug. »Was hast du getan, als du sie fandest? Das Mädchen?«

Seine Kehle arbeitete. »Ich bin auf die Knie gefallen und hab geheult wie ein verdammter Schlosshund.«

»Da warst du bestimmt nicht der Einzige«, murmelte sie.

»Sie war doch erst sechs.« Er würgte an den Worten. »Verdammt noch mal. Ich wollte nie wieder an sie denken, aber als ich in dieser Nacht die aufgerissene Frau sah …«

Cynthia Adams. Selbstmord. Ein Fall, der von einem Mann aufgenommen worden war, bei dem ein Selbstmord eine persönliche Narbe hinterlassen hatte. »Und ich habe ihn gehen lassen«, wiederholte sie, und er sog schaudernd die Luft ein.

»Es war ein Fehler«, sagte er, ein wenig zu verzweifelt. »Du hast bei so vielen anderen die richtige Entscheidung getroffen. Du darfst auch einmal einen Fehler machen.«

Sie begriff, wieso er das sagen musste, aber sie wusste nicht, wie sie ihm erklären konnte, dass er sich irrte. »Hast du *The Sixth Sense* gesehen? Den Film?«, fragte sie plötzlich.

Sein Kopf fuhr herum, seine Augen waren weit aufgerissen. Entgeistert. »Du redest über einen *Film?«*

Sie nickte ruhig, obwohl die Spannung an ihren Innereien zerrte. »Ja. Kennst du den? Ein kleiner Junge sieht um sich herum Geister.«

»Ich habe ihn gesehen«, presste er hervor. »Jede Menge Oscar-Nominierungen.«

»Die unheimlichste Stelle war, als er am helllichten Tag einen Geist sah, obwohl er glaubte, zu dieser Zeit eigentlich davor sicher zu sein.«

»Hat dieses Gespräch irgendeinen Sinn, Frau Doktor?«, fragte er beißend.

»Ja. Harold Green hat keine Geister gesehen, Aidan. Sondern Dämonen, und nicht nur nachts in seinen Träumen. Sie waren überall, belauerten ihn, beobachteten ihn, warteten nur darauf, ihn anzufallen und ihm Stücke herauszureißen. Sie hatten Klauen, von denen Blut troff. Es stellte sich heraus, dass diese Dämonen Kinder waren. Aber er konnte den Unterschied nicht erkennen.«

»Natürlich hat er das behauptet«, entfuhr es ihm voller Bitterkeit. »Er hätte doch alles geschworen, damit er nicht ins Gefängnis geht.«

»Es gibt verschiedene Arten von Gefängnissen, Aidan. Warst du mal in einer psychiatrischen Klinik?«

»Nein.«

»Wenn das hier vorbei ist, solltest du mit mir in eine gehen. Green wird permanent sediert, damit er nicht die Pfleger angreift. Nur starke Medikamente halten seine Dämonen einigermaßen in Schach, aber er sieht sie immer noch. Er schreit und schlägt um sich, und meistens müssen sie ihn am Bett anschnallen. Er weint und jammert, weil er dauernd tödliche Angst hat. Alles ist auf das reduziert, was er sieht und nicht verschwinden lassen kann. Er ist vollkommen allein.«

»Und seine reichen Eltern besuchen ihn nicht einmal?«, fragte Aidan beißend.

Wie konnte ich das nur vergessen? »Geld bedeutet meistens Macht, aber manchmal auch gar nichts. Seine Mutter kommt ab und an, aber die Besuche sind mit der Zeit seltener geworden. Sie hofft immer noch, dass er wieder gesund wird, dass er wieder der Mann wird, den sie geliebt hat. Und sie liebt ihn noch immer. Aber die Zeit verstreicht, und er ist gefangen in seinem gestörten Verstand, wo ihm alles Angst macht und niemand für ihn da ist.« Sie sog die Luft ein und stieß sie langsam wieder aus. »Manchmal ...« Sie schüttelte den Kopf, und ihre Augen füllten sich mit Tränen.

Er stand eine Weile steif da, bis er sich langsam umdrehte und sie ansah. »Manchmal was, Tess?«, fragte er ruhig.

Sie schämte sich für das, was sie sagen musste, aber sie wollte unbedingt, dass er verstand. »Manchmal, wenn ich ihn in seiner Qual erlebe, denke ich, es wäre besser, wenn er einfach stürbe. Und manchmal ...« Sie sah weg. »Manchmal überlege ich, ob ich ihm dabei helfen soll. Und ich bin nie sicher, ob ich gnädig oder rachsüchtig bin.« Sie seufzte. »Damals im Gerichtssaal hielt ich sein Schicksal in den Händen, Aidan, und ich habe ihn verschont, weil er nicht fähig war, vor Gericht auszusagen, und das Gesetz will, dass er dann für seine Taten nicht zur Rechenschaft gezogen werden kann. Aber ich habe gesehen, was er getan hat, und *verdammt* …« Ihre Stimme brach, aber sie räusperte sich resolut. »Ich habe in die Augen der Mütter gesehen, deren Töchter ermordet worden waren, und ich habe die Frau des Polizisten gesehen, den er erwürgt hat. Und ich hasste Harold Green. Trotzdem musste ich tun, was ich getan habe.« Sie schloss die Augen, und die Tränen rannen über ihre Wangen. »Unter ähnlichen Umständen würde ich dasselbe wieder tun.«

Aidan stand da, und ihre Tränen taten ihm weh. Sie war eine Frau, die getan hatte, was sie für richtig hielt, obwohl sie auf so viele Widerstände gestoßen war. Er hatte sie zuerst für kalt gehalten, wusste nun aber, dass sie mitfühlender war, als für einen Menschen gut sein konnte, und nur durch ihren eisernen Willen gelang es ihr, das vor anderen zu verbergen. Und er wusste, wie es war, wenn man seinen Job erledigen musste, obwohl es einem das Herz herauszureißen drohte. Sie hatten sehr viel mehr gemein, als er ursprünglich geglaubt hatte. Und irgendwo tief in seinem Herzen blühte etwas auf. Für den Moment wollte er es Respekt nennen.

»Es tut mir leid. Ich hatte es nicht verstanden.« Er setzte sich neben sie. »Weine bitte nicht mehr.«

Sie biss die Zähne zusammen, um ein Schluchzen zurückzuhalten. »Ich kann das Bild von dieser Frau nicht verdrängen – Sylvia Arness. Sie sollte jetzt lernen oder auf einer Party sein, aber sie ist tot.«

Er fuhr ihr mit dem Daumen über die nasse Wange. »Weil

irgendein kranker Mistkerl weiß, wie er dich treffen kann. Aber er wird nicht gewinnen, Tess. Das erlauben wir ihm nicht.« Der Schluchzer brach sich Bahn, und er zog sie in die Arme, strich ihr mit den Händen über den Rücken und küsste sie, als das Weinen heftiger wurde, bis er sich nicht mehr zu helfen wusste, als sie mit seinem Mund zum Schweigen zu bringen.

Er löste ihr Gesicht von seiner Brust und drückte die Lippen auf ihre, hart und eindringlich. Ein paar Sekunden lang kämpfte sie dagegen an, dann stützte sie sich auf die Knie und erwiderte den Kuss verzweifelt, drängend, die Finger in seinem Haar. Die andere Hand neckte seine Brustwarze, und er stieß ein tiefes Knurren aus.

Er sprang vom Bett, riss sie auf die Füße und fummelte an den Knöpfen des Hemds, fluchte, als sie sich nicht öffnen wollten, und riss sie schließlich mit einem Ruck ab. Ihre Hände waren mit seiner Hose beschäftigt, die plötzlich auf seine Knöchel rutschte, und er trat sie weg. Dann schob sie ihm die Shorts hinunter, bis er nackt vor ihr stand, während ihr noch immer das geöffnete Hemd um die Schultern lag. Er wollte es ihr abstreifen, hielt aber verdutzt inne, als sie das Licht einschaltete.

Ihr Haar war zerzaust, ihre Lippen geschwollen und ihr Gesicht nass und gerötet von Tränen. Aber ihre Augen brannten, und sie zitterte.

»Ich habe dich gestern Nacht nicht sehen können«, sagte sie. »Ich will dich jetzt sehen.« Sie schob ihn aufs Bett, setzte sich rittlings auf ihn und drückte seine Hände neben seinem Kopf auf die Decke, als er nach ihr greifen wollte. »Nein«, flüsterte sie. »Heute bin ich dran. Bitte lass mich.«

Ihm stockte der Atem, und er nickte, da er wusste, dass es jetzt um Kontrolle ging. Ihr Leben war Stück für Stück auseinandergebrochen und in den Staub getreten worden. Hier konnte sie wieder die Macht übernehmen.

Sie glitt an seiner Brust herab und bahnte sich küssend einen Weg abwärts, und als Reaktion bog er sich ihr unwillkürlich entgegen. Sie hielt kurz vor seinem harten Schwanz an, und er stöhnte. »Tess.«

»Sch, lass mich.« Ihre Finger strichen über ihn und sorgten dafür, dass er zusammenzuckte.

»Lass mich.« Dann folgte ihre Zunge dem Weg ihrer Finger, und er stöhnte wieder.

»Bitte.« Er wand sich hilflos. Flehte. »Bitte.«

Aber nichts geschah, und schließlich stützte er sich auf die Ellenbogen und sah an sich herab. Sie musterte ihn eindringlich, ihre Miene neugierig und konzentriert. Sie wandte den Kopf und begegnete seinem Blick, ohne zu lächeln. »Das habe ich noch nie gemacht.«

Sein Körper erstarrte. *Nicht aufhören. Bitte ändere bloß nicht deine Meinung*, dachte er halb panisch.

Sie leckte sich die Lippen. »Du musst mir sagen, wenn ich etwas falsch mache.«

Dank dir, lieber Gott, dachte er, dann konnte er überhaupt nicht mehr denken, als ihr Mund sich über ihn schloss, so heiß und nass und so verdammt gut. Er schloss die Augen und fühlte nur noch. Ließ die Hässlichkeit der Realität hinter sich, um sich auf das zu konzentrieren, was wirklich zählte – diese Frau und das wunderbare Vergnügen, das ihm den Atem verschlug und ihn immer unruhiger werden ließ. Er legte die Hände an ihren Kopf, zeigte ihr, wie er es mochte, und ließ sie stöhnend wieder sinken, als Tess seinen Rhythmus mühelos aufnahm.

Sein Stöhnen setzte auch ihren Körper in Brand. Sie hatte ihm Vergnügen bereitet und ihre eigene Lust entfacht. Ihre Haut prickelte und schmerzte fast, und das Pulsieren zwischen ihren Beinen war unerträglich. Sie wollte es, nein, sie *brauchte* es, wie noch nie zuvor. Es war noch nie so gewesen, noch nie wie ein entfesselter Sturm, wie ein zwingendes Bedürfnis, ihn in sich zu spüren. Sex war immer etwas gewesen, das sie einfach getan hatte. Nett, aber nicht notwendig. Aber mit diesem Mann war er notwendig. Ihn stöhnen zu hören schien wichtiger, als zu atmen, also drehte sie den Kopf, erhöhte den Druck ihrer Lippen und umfasste ihn sanft mit ihrer Hand.

Mit einem erstickten Schrei bäumte sich sein schöner Körper auf und verharrte dann. Entzückt über ihre Macht, ließ sie von ihm ab und drückte ihn zurück auf die Matratze. Sie war sich ihrer Weiblichkeit mehr denn je bewusst und schwang sich nun über ihn und küsste ihn an jeder Stelle, die sie erreichen konnte. Seine Hände packten ihren Hintern und kneteten ihn.

Dann schlug er die Augen auf, und sie hielt den Atem an. »Ich will dich jetzt.« Ohne auf eine Reaktion von ihr zu warten, rollte er sie beide herum und drang mit einem einzigen Stoß in sie ein. Ihr Schrei mischte sich mit seinem Stöhnen, und er hielt ihren Blick fest, während er verharrte und vollkommen still auf sie herabsah. »Ich wollte dich nicht begehren«, sagte er heiser und begann sich zu bewegen. »Ich wollte nichts für dich empfinden. Aber ich tue es, und das sollst du wissen.«

»Ich weiß es.« Sie bog sich ihm entgegen und stieß unsinnige Laute aus, als er ihren Hals küsste. Dann öffnete er die Lippen über ihrer Narbe und begann zu saugen, und sie begriff, dass er dem Mal, das sie so hasste, sein eigenes aufdrücken wollte. Ihr hämmerndes Herz zog sich schmerzhaft zusammen. »Aidan.«

Das Gefühl wurde intensiver, zu intensiv. Die Empfindungen schienen sich zu stauen, und sie zog sich um ihn zusammen, während seine Stöße härter, ihr Griff um seine Hände fester wurde. Sie hatte Angst, Angst, dass sie niemals dahin kommen würde, und Angst vor dem, was geschehen würde, wenn es ihr gelang.

»Lass es zu«, hauchte er an ihrem Ohr, als habe er ihre Gedanken gelesen. »Lass los. Ich will dich sehen. Fühlen. Bitte, Tess.«

»Aidan.« Es war ein Wimmern, ein Flehen, dann endlich, endlich die Freude, als der Knoten sich plötzlich löste und ihren Körper förmlich unter Strom setzte. Sie presste sich gegen ihn und stöhnte, während sie wie durch einen Nebel wahrnahm, dass er ebenfalls kam, als sein Körper erstarrte und er den Kopf zurückwarf.

Er ließ sich auf sie fallen, ohne ihre Hände loszulassen, ohne sich aus ihr herauszuziehen. Ihre Brust schmerzte. Ihre Kehle schmerzte. Sie fühlte sich unglaublich, sie fühlte sich, wie sie sich noch nie zuvor gefühlt hatte. »Oh.«

Sein Brustkasten dehnte sich. Vielleicht hatte er ein wenig gelacht. Sie lag dort scheinbar eine Ewigkeit, bis er seine Finger von ihren löste, sich auf die Ellenbogen stützte und auf sie herabsah. Ernst. »So sollte es heute Nacht eigentlich nicht sein.«

Sie blinzelte. »Bitte?«
»Ich wollte es nicht so hart, so schnell tun. Ich hatte vor, dich langsam zu verführen, aber nach dem, was du getan hast … ging es nicht mehr.«
Sie lächelte und küsste sein stoppeliges Kinn. »Da war ich wohl wieder unkooperativ.«
Er lächelte nicht zurück. »Warum hast du das gemacht?«
»Du meinst …? Du weißt schon.« Sie konnte nicht weitersprechen, spürte, wie ihr die Röte ins Gesicht stieg und blickte weg. »Du musst mich ja für furchtbar prüde halten, dass ich das nicht sagen kann.«
»Ich fand, das war das Unglaublichste, was ich je gefühlt habe«, sagte er ruhig.
Sie gab sich Mühe, nicht zu strahlen. »Wirklich?«
Nun musste er doch lächeln. »Wirklich. Also warum, Tess? Warum bei mir?«
»Bisher wollte ich es nicht«, antwortete sie wahrheitsgemäß. »Aber nach der Nacht gestern …« Sie seufzte. »Ich will nicht kokettieren, Aidan. Ich weiß, dass ich attraktiv bin, dass Männer mir hinterhersehen. Aber Phillip hat meinem Selbstbewusstsein einen empfindlichen Schlag verpasst. Du hast mir das Gefühl gegeben, wunderschön zu sein. Begehrt zu werden. Ich wollte, dass du auch das Gefühl bekommst.« Sie zuckte die Achseln und wandte verlegen den Blick ab. »Das kannst du vielleicht nicht verstehen.«
Er sah auf sie herab. Im abgeschirmten Licht der Nachttischlampe leuchteten seine Augen eindringlich. »Du weißt nicht, was ich alles verstehen kann, Tess.« Dann schaltete er das Licht aus und breitete die Decke über sie. Im Dun-

keln zog er sie halb auf seinen Körper, so dass ihre Wange an seiner Brust lag, und schlang die Arme um sie.
Ihre Atemzüge waren tief und regelmäßig, und sie war schon fast eingeschlafen, als er wieder zu sprechen begann. Seine Stimme vibrierte an ihrer Wange. »An diesem Tag ... als ich das dritte Mädchen gefunden hatte ... kam ich nach Hause, und Shelley nutzte ihre Chance. Ich war niedergeschmettert, und sie sah das als Gelegenheit, mich dazu zu bewegen, die Polizei zu verlassen.«
Sie strich ihm mit den Fingerspitzen über das rauhe Brusthaar und war froh, dass diese Frau jetzt nicht hier war. Sie hätte sie geohrfeigt. »Das war ziemlich mies.«
Sein Lachen war heiser. »Am Ende hatte ich keine Ahnung mehr, was ich eigentlich einmal so attraktiv an ihr gefunden hatte. Ich weiß nur noch, dass ich so fertig war ... und so wütend, dass ich am liebsten zugeschlagen hätte. Ich hatte schon ausgeholt, konnte mich aber noch fangen. Dann setzte ich ihr ein Ultimatum. Noch einmal das Thema Job bei ihrem Stiefvater, und ich würde gehen. Ich meinte es sehr ernst.«
Er schwieg eine Weile lang. Schließlich fragte sie: »Und hast du es getan? Bist du gegangen?«
»Damals nicht. Es wurde erst einmal besser, und ich dachte wirklich, wir könnten es wieder hinbekommen. Der Tag, an dem ich ging, war der von Harold Greens Prozess. Ich hatte mir extra freigenommen. Und dann hast du ausgesagt, und alle Cops standen aus Protest auf und verließen den Saal. Ich war unglaublich wütend auf dich. Ich brauchte jemanden an diesem Tag, und eigentlich hätte es Shelley sein müssen, also ging ich nach Hause.«

Sie ahnte, was kommen würde. »Und?«
»Und ertappte sie mit einem anderen Mann. In unserem Bett.«
Sie sog die Luft ein und sagte das Einzige, das ihr in den Sinn kam. Das, was auch er in der vergangenen Nacht gesagt hatte. »Wie billig.«
Sein Lachen war grimmig. »Touché. Sie hat mich gesehen, aber er war ... beschäftigt. Ich glaube, er weiß bis heute nicht, dass ich da war. Sie aber sah mich. Sie blickte mich nur über seine Schulter an und zog die Brauen hoch. Das war alles. Ich ging und kam nicht zurück. Kristen hat noch meine Sachen geholt, als sie nicht zu Hause war. Ich hatte Shelley einmal dieses Haus gezeigt, aber sie hatte es nicht haben wollen. Also kaufte ich es zwei Wochen nach dem Bruch. Ich wollte Nägel mit Köpfen machen. Das will sie wohl auch. Sie heiratet den Typ in ein paar Wochen. Er arbeitet für Daddy, und sie kriegt ihren Wohnsitz mit Adresse an der North Shore.« Er seufzte. »Jetzt weißt du alles.«
»Danke für das Vertrauen.«
Seine Zähne blitzten auf. »Und danke für ... du weißt schon. Verdammt gut für eine Anfängerin.«
Sie riss die Augen auf. »Eben hast du gesagt, das war das Beste, was du jemals gekriegt hast.«
»Stimmt auch. Aber wenn das dein erster Versuch war, dann kann es ja nur noch weiter aufwärtsgehen.«
Ihre Lippen zuckten. »Und dann schnell wieder abwärts, wie man sehen konnte. Schlaf, Aidan. Bald wird es wieder hell.«

Freitag, 17. März, 7.30 Uhr

»Diese Ziege.« Joanna stand mit offenem Mund vor dem Fernseher und hatte die Hände in die Hüften gestemmt. Tess Ciccotelli füllte den Bildschirm aus, und ihre Miene war abwechselnd nervös, traurig, gefasst und ernst. Dann kehrte das Bild zur Moderatorin zurück. »Sie spricht mit Lynne Pope.«

Keith sah mit gerunzelter Stirn von seiner Zeitung auf. »Und für dich wird es jetzt Zeit, damit aufzuhören, Jo. Du kriegst dein Interview nicht. Finde dich damit ab und wende dich anderen Dingen zu.«

Sie sah ihn über die Schulter finster an. »Vielen Dank für die tolle Unterstützung.«

»Werd endlich erwachsen.« Er faltete die Zeitung zusammen. »Ich habe gestern einen Anruf von einer Bank in Atlanta bekommen. Ich könnte da am nächsten Ersten anfangen. Das ist eine gigantische Chance für mich. Jo, ich will nach Hause. Und vielleicht kannst du ja deine Meinung ändern, wenn du einen Grund hast.«

»*Du* hast einen Grund«, sagte sie wütend. »Das ist deine Karriere. Dein Leben.«

»Von dem ich dachte, dass wir es miteinander teilen«, sagte er ruhig. »Ich habe denen noch keine Antwort gegeben. Ich ziehe mich jetzt zur Arbeit an. Wir können heute Abend darüber reden.«

Wütend sah sie ihm nach und wusste, dass sie keine Lust hatte, mit ihm darüber zu reden. Sie würde bleiben und diese verdammte Verfasserzeile bekommen, und wenn es das Letzte war, was sie tat. Sie wandte sich gerade zur

Küche um, als ein Bild auf dem Fernsehschirm ihre Aufmerksamkeit fesselte.
»Sylvia Arness wurde heute mit einer schwerkalibrigen Waffe erschossen. Die Polizei ermittelt. Zeugen berichten, sie hätten den Schuss gehört und die Tote gefunden. Am Mantel der Frau war ein Zettel befestigt, auf dem ›Du wirst beurteilt nach den Leuten, mit denen du verkehrst‹ stand. Die Polizei war zu keinem Kommentar über die Bedeutung dieses Satzes bereit. Wir werden Sie auf dem Laufenden halten …«
Langsam ließ sich Joanna auf dem Stuhl vor ihrem Computer nieder und klickte, bis die Fotos, die sie am Mittwochnachmittag von Ciccotelli gemacht hatte, zu sehen waren. Da war das Weingeschäft, die Boutique, der Blumenladen, das Schuhgeschäft … *Da ist es.* Die tote Frau auf einem Foto mit Ciccotelli. Sie hatten kaum miteinander gesprochen. Und nun war die Frau tot. Ein eiskalter Schauder rann ihr über das Rückgrat. *Mein Gott.* Ihr Magen krampfte sich zusammen, während sie in den Fotos zurückblätterte, bis sie zum Weingeschäft kam. Da war etwas gewesen. Sie verglich das grobkörnige Foto auf Seite vier des *Bulletin* von heute mit ihrem eigenen. »Marge Hooper, dreiundfünfzig, Opfer eines Raubüberfalls auf ihr Geschäft«, stand als Überschrift über dem kurzen Artikel. Dieselbe Frau.
Sie ging die anderen Fotos durch, hielt den Atem an. Der Portier war auch zu sehen. Drei Tote. Alle auf Bildern, die sie gemacht hatte. Sie dachte an das fehlende Fotopapier. Jemand hatte ihre Dateien geplündert. Ihr wurde eiskalt.
Ruf die Polizei an, Jo. Sofort. Sie bemerkte, dass ihre Hand

zitterte, als sie nach dem Hörer griff, und fuhr zusammen, als es plötzlich klingelte. »Hallo?«

»Miss Carmichael? Mein Name ist Dr. Kelsey Chin von der Frauenklinik in Lexington, Kentucky. Man hat mir gesagt, Sie hätten gestern angerufen.«

Mit bebenden Händen blätterte Joanna durch ihren Notizblock, bis sie den Namen gefunden hatte. Er war bei ihrer »Fliegenfalle-Recherche«, wie sie es nannte, aufgetaucht.

»Dr. Chin. Vielen Dank, dass Sie zurückrufen. Ich recherchiere für eine Geschichte und hoffe, dass Sie mir helfen können.«

Freitag, 17. März, 7.30 Uhr

Aidan hatte Tess vor zwanzig Minuten am Hotel ihrer Eltern abgesetzt, gerade noch rechtzeitig, dass sie ihr Interview mit Lynne Pope gemeinsam sehen konnte. Ihr Vater saß sehr still da, als die Aufnahme endete. Ihre Mutter saß neben ihm und hielt seine Hand. Vito ging auf und ab. Tess seufzte.

»Also ist es wahr, wenn man sagt, dass man im Fernsehen locker fünf Kilo dicker aussieht«, sagte sie aufgesetzt fröhlich und zog den Kopf ein, als drei Augenpaare sich wütend auf sie richteten.

»Bist du sicher, dass das klug war, Tess?«, fragte ihre Mutter. »Ihn so zu reizen?«

»Natürlich war das nicht klug«, explodierte Vito. »Und wo zum Teufel war Reagan, als ihr das Interview gemacht habt?«

»Er ist nervös auf und ab gegangen, genau wie du gerade.

Gestern Abend haben sie noch eine Leiche gefunden, Vito. Erinnerst du dich an das junge Mädchen im Schuhladen, das mit dir geflirtet hat?«

Vito wurde blass. »Sie ist tot? Darum ging es gestern Abend? Du kanntest sie doch nicht einmal. Jetzt bringt der Kerl schon Fremde um?«

Tess nickte. »Ich musste dafür sorgen, dass die Leute gewarnt werden. Und ich finde, dass Lynne Pope das sehr einfühlsam gemacht hat.«

Ihr Vater stand auf. Sein Gesicht war grau. »Wen kannst du nur so wütend gemacht haben, dass er so etwas tut? Mein Gott. Eine Fremde.«

Tess verbiss sich eine ärgerliche Erwiderung zu seiner Formulierung. »Ich weiß es nicht, Dad. Die Polizei hat alle Leute überprüft, für die ich ein gerichtliches Gutachten erstellt habe.«

»Hast du ihnen eine Liste der Patienten aus deiner Praxis gegeben?«

»Ja, habe ich. Aber ehrlich gesagt bezweifle ich, dass irgendeiner meiner Patienten sich einen so ausgeklügelten Plan ausdenken und ihn dann auch noch so ausführen könnte. Der Täter muss eine Persönlichkeit haben, wie ich sie noch nie erlebt habe. Dad, leg dich hin. Du siehst schrecklich aus.«

Er setzte sich aufs Bett. »Ich fühle mich auch nicht besonders«, gab er zu. »Gina, kannst du mir meine Tabletten geben?«

Tess drückte ihn sanft auf den Rücken und hob seine Füße aufs Bett. »Ich passe auf, Dad. Das verspreche ich. Ruh dich jetzt aus.« Sie und Vito gingen in den angrenzenden

Raum, und sie ließ die Schultern hängen. »Er muss nach Hause.«

»Aber er fliegt erst, wenn du mitkommst«, brummelte Vito. »Tess, bitte. Komm nach Hause. Wenigstens bis das hier vorbei ist. Ich kann dich beschützen.«

Tess schüttelte den Kopf. »Du verstehst es immer noch nicht, Vito. Hier geht es ausschließlich um mich. Wenn ich nach Philadelphia zurückkehre, dann wird er mitgehen. Und wir verschieben das Problem nur in eine andere Stadt. Aidan und Murphy haben einige Spuren, denen sie nachgehen. Ich vertraue ihnen.« Sie rieb seinen Arm. »Du nicht?«

Er sank auf einen Stuhl. »Ich fühle mich so hilflos. Ich muss bald wieder zu meiner Arbeit zurück. Man hat mir den Urlaub relativ problemlos gewährt, aber ich bin schon drei Tage weg.«

Tess legte ihre Wange an seinen Kopf. »Es muss aufhören, Vito. Bevor noch jemand stirbt.« In ihrer Tasche klingelte das Handy, und wieder packte sie die Furcht. »Gott. Ich möchte am liebsten gar nicht rangehen.«

»Aber vielleicht ist es Reagan.«

Tess holte das Telefon aus der Tasche. Es war Amy. »Hey.«

»Tess? Ich bin's. Wo bist du?«

Bei Amys Tonfall gefror ihr das Blut in den Adern. »Im Hotel bei Vito. Wieso?«

»Es geht um einen Artikel. Im *National Eye*. Du wirst beschuldigt, die Videos freiwillig gemacht zu haben.« Amy zögerte. »Du bist auf der Titelseite, Tess.«

Denise. Verflucht sollte sie sein. »Denise hat die Geschichte verkauft«, presste sie hervor. »Ich schwöre, wenn ich die in die Finger kriege …« Sie holte tief Atem. »Wie schlimm ist es?«

»Sehr, sehr schlimm. Auf Seite zwei ist ein Bild von dir. Das auch dem Erpresserbrief beigelegt worden war. Es tut mir leid.«

Bittere Galle stieg ihr in der Kehle auf, und sie drückte Vito das Telefon in die Hand und sank auf das Bett, den leeren Blick auf die Hände gerichtet. Sie hörte Vito eine Erklärung verlangen, hörte seinen Fluch. Dann sank er vor ihr auf die Knie und nahm ihre Hände.

»Was kann ich tun?«, flüsterte er.

Tess saß eine lange Weile schweigend da und überlegte, was sie antworten sollte. »Du könntest dieses Miststück umbringen. Aber das wäre leider illegal.« Dann traf sie eine Entscheidung und stand resolut auf. »Fahr mich zum Gericht. Ich muss mit jemandem sprechen.«

Freitag, 17. März, 7.30 Uhr

Sie ist also in die Offensive gegangen. Hätte nicht gedacht, dass sie es wagt. Jedes Augenpaar im Coffee Shop war auf den Bildschirm gerichtet, und Ciccotelli schlug geballte Sympathie entgegen. Aber jeder gab auch zu, dass er die Straßenseite wechseln würde, sobald er sie kommen sähe. Nun würde es sogar schwer werden, sich Fremde auszusuchen. Aber vielleicht hatte sich das Katz-und-Maus-Spiel einfach erschöpft. Ciccotelli blieb nicht mehr viel.

Es war Zeit für den Gnadenstoß. Und dann … Befriedigung.

Die Kellnerin kam mit der Kaffeekanne. »Noch einen?«
»Ja, bitte. Und die Rechnung.«

Freitag, 17. März, 8.15 Uhr

Blaine Connell sah aus, als habe er seit Tagen nicht geschlafen. Neben ihm am Tisch des Konferenzraums saß sein Gewerkschaftsvertreter, der, nach seiner kämpferischen Miene zu schließen, auf Krawall gebürstet war. Spinnelli und Patrick standen auf einer Seite des Tischs, während Murphy und Aidan sich gesetzt hatten. Der Mann von der Dienstaufsichtsbehörde, im schwarzen Anzug, lehnte in einer Ecke an der Wand.
Murphy schob das Foto von Connell, der von Lawe Geld annahm, quer über den Tisch, und Connell versteifte sich.
»Das haben wir bereits besprochen«, sagte der Mann von der Gewerkschaft. »Officer Connell kennt den Mann nicht. Dieses Foto ist eindeutig eine Montage.«
»Dieser Mann heißt, wie wir inzwischen wissen, Destin Lawe«, sagte Murphy, ohne sich aus dem Konzept bringen zu lassen. »Privatermittler. Gewesen. Er ist tot.«
Aidan sah, dass Connells Schultern sich leicht entspannten. »Hat er sie bedroht, Blaine?« Connells Blick flackerte. Er hatte Familie, das wusste Aidan. »Sandra oder die Jungen?« Wieder das Flackern, diesmal stärker, und Aidan seufzte. »Blaine, ich habe Sie immer für einen guten Cop gehalten. Sie können immerhin ein guter Mensch bleiben. Zehn Menschen sind gestorben. Falls Lawe Ihre Familie bedroht hat, besteht nun keine Gefahr mehr. Helfen Sie uns, Blaine. Sagen Sie uns, wo Sie ihn getroffen haben. Wir müssen eine

Verbindung zwischen Lawe und seinem Mörder finden, sonst werden noch mehr Menschen sterben.«

Connell flüsterte dem Mann neben ihm etwas ins Ohr. »Er möchte Immunität«, sagte der Vertreter.

Patrick zog die Stirn in Falten. »Kommt drauf an, was er getan hat. Ich kann keine Pauschalimmunität gewähren.«

Der Anwalt stand auf. »Dann sind wir hier fertig. Kommen Sie, Blaine.«

Aidan begann, die Bilder der Toten nebeneinander zu legen. »Arness. Hooper. Hughes. Malcolm und Gwen Seward. Winslow. Adams.« Connell zog den Kopf ein, blieb aber sitzen, die Lippen fest zusammengepresst.

Der Rechtsberater zog an seiner Schulter. »Wir gehen, Blaine.«

Aidan fuhr fort. »Das waren die Unschuldigen. Und hier die Komplizen. Unser Täter mag keine Mitwisser. David Bacon. Nicole Rivera. Destin Lawe.« Connell erbleichte, als er den verkohlten Leichnam sah. »Keiner von ihnen hat sich mit uns in Verbindung gesetzt. Unseres Wissens waren sie ergeben bis zum bitteren Ende. Denken Sie, dass Sie eine Ausnahme machen? Wenn Sie geglaubt haben, dass Lawe die größte Bedrohung für Ihre Familie war, dann, fürchte ich, täuschen Sie sich. Sie sind ein potenzieller Störfaktor.«

»Gehen wir, Blaine.«

Connell machte sich los. »Er ist zu mir gekommen. Wollte, dass ich ihm einen Gefallen tue. Ihm Tatortfotos besorge. Damit würde er die Hexe zur Strecke bringen, die Prestons Mörder vor der Verurteilung bewahrt hat.«

»Dr. Ciccotelli«, sagte Murphy, und Connell nickte knapp.

»Genau die. Dieses Miststück hat Eis in den Adern.«
Aidan dachte an ihre Furcht in der Nacht zuvor, ihre herzzerreißenden Tränen. Er hätte wütend auf Connell sein sollen, aber er verspürte nur Trauer. »Nein, hat sie nicht«, sagte er.
Connells Lippen waren ein blutleerer Strich. »Sie vögeln sie, Reagan, also sind Sie als objektiver Beobachter wohl kaum geeignet. Wollen wir hoffen, dass sie eine Kanone im Bett ist, denn schließlich haben Sie dafür Ihren Ruf verkauft.« Er grinste höhnisch. »Im *Eye* ist auf Seite zwei ein hübsches Bild von ihr abgedruckt. Jetzt können alle sehen, wieso Sie Ihr Gewissen ins Klo gespült haben.«
Damit war es um Aidans Ruhe geschehen. Er spürte, wie Murphy sich neben ihm verspannte, und starrte auf den Tisch, bis er das Gefühl hatte, wieder vernünftig sprechen zu können. Dann sah er wieder zu Connell auf. »Wie hat Lawe Kontakt mit Ihnen aufgenommen?«
Connell blickte zur Seite. »Er fing mich ab, als ich aus dem Gericht kam. Später rief er mich von einem öffentlichen Telefon an, um die Übergabe zu vereinbaren. An den Lagerhäusern am See.«
»Erinnern Sie sich an die Daten?«, wollte Murphy wissen.
»Vor dem Gericht am vierzehnten Dezember. Siebzehnter die Übergabe.«
»Sie hören sich sehr sicher an«, sagte Murphy. »Wie kommt das?«
Blaine sah erneut weg. »Ich kann mich einfach daran erinnern, das ist alles.«
Aidan stand auf. »Vielleicht, weil das die Tage waren, an

denen Sie Ihr Gewissen ins Klo gespült haben«, sagte er gepresst. Murphy erhob sich ebenfalls und berührte ihn an der Schulter.

»Das ist es nicht wert, Aidan«, murmelte er, und Aidan holte tief Luft.

»Ich weiß.« Sie verließen mit Spinnelli und Patrick den Raum, und er schwieg, bis sie an Murphys und seinem Schreibtisch angekommen waren. Aidan ließ sich auf seinen Stuhl fallen. »Dem hätte ich am liebsten das Grinsen aus dem Gesicht geschlagen.«

»Haben Sie aber nicht«, sagte Spinnelli. »Seien Sie stolz darauf.«

»Was haben Sie jetzt vor?«, fragte Patrick.

»Wir werden uns diese beiden Daten genauer ansehen«, sagte Murphy. »Vielleicht taucht etwas auf.«

»Und wir werden Tess' Ex-Verlobten einen Besuch abstatten. Dr. Phillip Parks.« Aidan sah auf die Uhr. »Er sollte in der nächsten halben Stunde in seinem Büro sein.«

»Was werden Sie wegen Connell unternehmen?«, fragte Spinnelli.

Patrick seufzte. »Er hat Beweismittel weitergegeben. Ich werde auf Kündigung pochen. Ich lasse es Sie wissen, falls es weitere Konsequenzen gibt.« Er kehrte zurück in den Konferenzraum, wo der Mann von der Dienstaufsicht, der Gewerkschaftler und Connell warteten.

»Ich habe das Interview mit Tess in *Good Morning, Chicago* gesehen«, sagte Spinnelli. »Sie wirkte sehr selbstsicher und sympathisch. Hoffen wir, dass Pope sie auch auf Sendung nimmt, wenn die ganze Sache vorbei ist, damit die Leute nicht mehr die Straße wechseln, sobald sie sie sehen.

Und machen Sie sich wegen der Regenbogenpresse keine Sorgen, Aidan. Nach ein paar Tagen rennt eine andere Sau durchs Dorf.«

Spinnelli ging in sein Büro und schloss die Tür, und Murphy setzte sich hinter seinen Tisch. »Es stimmt, was er sagt. Mit der Presse, Aidan. Im Augenblick sieht es zwar schlimm aus, aber das wird schnell vergessen sein.«

Aidan biss die Zähne zusammen. »Hast du das Bild gesehen?«

Murphy zögerte. »Ja. Aber man kann im Grunde nicht viel drauf erkennen. Die Story selbst ist allerdings voller Andeutungen. Ich hätte es dir gesagt, aber ich dachte, du wüsstest es bereits.«

Aidan schüttelte den Kopf. »Ich will es gar nicht sehen. Wahrscheinlich ziemlich feige.«

»Nein, menschlich. Wie geht's übrigens Rachel?«

»Sie geht heute nicht zur Schule.«

Murphy zog den Kopf ein. »Das Veilchen?«

Aidan lachte leise, als er an ihren verzweifelten Telefonanruf um sechs Uhr morgens dachte. »Eigentlich eher eine massive Haarkrise. All die tapferen Sprüche zum Thema ›Ist ja nur Haar‹ waren verschwunden, als sie aufwachte und in den Spiegel sah. Tess wollte sie am Nachmittag zu ihrem Friseurfreund mitnehmen, also dürfte sie heute Abend wieder hübsch und zufrieden sein.«

Er senkte den Blick auf die Berichte, die ein Angestellter auf seinen Tisch gelegt hatte, entschlossen, sich nicht vom *National Eye* in seiner Konzentration auf die wirklich wichtigen Dinge ablenken zu lassen. Lawe tauchte als Präsident von Deering, Inc., auf, seine Wohnung, sein Wagen, sogar seine Kreditkarten waren ebenfalls auf den Namen der Firma angemeldet. Er hatte Konten bei drei verschiedenen Banken in der Stadt. Wahrscheinlich auch Geld im Ausland. Die lokalen Banken hatten alle Schließfächer, die sie überprüfen würden, nachdem sie bei Dr. Zur-Hölle-mit-ihm gewesen waren. Einen Moment lang fragte er sich, ob er sich bei Dr. Hölle wohl zurückhalten können würde, aber seine Konfrontation mit Blaine Connell hatte es ihm eigentlich gezeigt. Wenn er sich beherrschen konnte, Connell die Nase zu verbeulen, dann sollte er mit allem zurechtkommen.

Aidan zog die Stirn in Falten. Also hatte das *National Eye* ein Bild von ihr. Es musste von Masterson stammen. Und das *war* illegal. Er würde dafür sorgen, dass die kleine Denise dafür ein wenig büßen würde. Er hatte nichts von dem Foto gewusst, bis Connell es ihm verraten hatte. Aidan fragte sich, ob Tess es gesehen hatte. Ob es ihr gut ging. Sie war am Abend zuvor Lynne Pope gegenüber sehr ehrlich gewesen und hatte gesagt, dass sie ohne ihr Wissen fotografiert worden war. Also hatte die kleine Bombe des *Eye* entweder nicht so explosiv gezündet, wie erhofft … oder die Verkaufszahlen sprangen in die Höhe, weil die Zeitung zusätzliche Werbung gehabt hatte.

Wie auch immer – sie war stark genug, damit umzugehen. *Also werde auch ich das sein.*

»Und, ist sie es?«, fragte Murphy aus heiterem Himmel, und Aidan sah auf. Murphy konzentrierte sich ganz auf den Notizblock, auf dem er angestrengt schrieb.

»Ist wer was?«

»Tess. Eine Kanone im Bett.«

Aidan blinzelte, dann erschien ein träges Grinsen auf seinem Gesicht. »Außer Konkurrenz würde ich sagen.«

»Das dachte ich mir irgendwie.«

Murphys resignierter Tonfall ließ ihn leise lachen. »Und? Bist du bereit, Dr. Zur-Hölle-mit-ihm zu besuchen?«

»Aber immer. Gehen wir.«

21

Freitag, 17. März, 9.30 Uhr

Ein Lächeln erhellte Kristens Gesicht, als Tess den Kopf durch die Bürotür steckte. »Komm rein. Und setz dich.«

»Ich bleibe nicht lange.« Tess lächelte reuig. »Du *hast* schließlich noch eine Karriere.«

Kristens Lächeln schwand. »Du auch. Irgendwann ist das hier vorbei.«

»Tja, vielleicht dennoch nicht. Hast du das hier gesehen?« Sie hielt ihr die Zeitung vor die Nase und sah, wie Kristens Augen sich verengten und ihr das Blut in die Wangen stieg.

»Verdammter Bockmist«, presste sie hervor. »Woher haben die das denn?«

»Von meiner Sekretärin.« Tess blickte zur Decke. »Ich muss sagen, dass mein berufliches Selbstvertrauen ein wenig gelitten hat. Dieses Frau hat mich die ganze Zeit gehasst, und ich hab's nicht bemerkt.«

»Ich weiß durchaus, wie du dich fühlst. Ich habe beinahe jeden Abend bei einem Killer zu Abend gegessen und nichts gewusst. Manchmal lassen die Leute dich nur die Fassade sehen. Und nicht einmal Psychiater blicken dahinter.«

»Hm. Ich weiß nur, dass ich es verdammt satt habe, mir Sorgen um irgendwas machen zu müssen, und deshalb bin ich gekommen. Gestern Abend habe ich mit dem Interview angefangen, mein Leben wieder in die Hand zu nehmen.« Und mit dem, was danach geschah. Allein der Gedanke daran, wie Aidan im Bett reagiert hatte, beschleunigte ihren Herzschlag. »Ich will meine Sekretärin und die Zeitung verklagen. Und ich möchte dich bitten, mir einen Anwalt zu empfehlen.«

»Das ist eine gute Idee. Aber wieso nicht Amy Miller? Ihr seid doch schon so lange befreundet.«

»Eben darum. Als ich noch verdächtig war und sie hinzugezogen hatte, haben wir uns heftig gestritten, weil sie nicht einverstanden war, dass ich mit der Polizei zusammenarbeite. Das war ziemlich böse, und ich will die Freundschaft nicht durch so etwas riskieren. Oh, und der Anwalt sollte mich auch verteidigen können. Ich werde von ehemaligen Patienten auf Schmerzensgeld verklagt.«

Kristen verzog das Gesicht. »Gibt es einen Silberstreifen am Horizont?«

»Fragst du nach Aidan?«

Sie grinste. »Hatte ich vor. Und?«

»Abwarten. Ich weiß noch nicht, was er dazu sagen wird.« Sie zeigte auf die Zeitung.

»Er ist ein lieber Kerl, Tess. Vielleicht ein bisschen … aufbrausender als Abe, aber tief im Inneren sind sie beide grundsolide und anständig. Du hast auf ihren Vater übrigens einen ziemlich starken Eindruck gemacht. Kyle erzählt überall herum, dass du die beste weibliche Schlägertype bist, die ihm je begegnet ist.«

Tess verdrehte die Augen. »Na toll. Das dient meinem Ruf ungemein.«

»Aus dem Mund von Kyle Reagan schon. Es geht um Respekt, und für die Reagans bedeutet das viel.«

»Bleibt zu hoffen, dass es reicht. Ich bin müde. Ich habe die letzten Nächte nicht viel geschlafen.«

Kristens Grinsen wurde breiter. »Ach, nein?«

Tess wurde rot. »Ich gehe jetzt. Und lege mich ein bisschen aufs Ohr.«

»Ja, tu das. Wenn man geschlafen hat, sehen die Dinge immer etwas rosiger aus.«

Freitag, 17. März, 10.15 Uhr

»Tja, das sieht nicht gerade gut aus«, sagte Murphy, als Aidan vor Parks' Wohnhaus hielt. Drei Streifenwagen und eine Ambulanz standen am Gehweg.

»Mir scheint, wir sind mal wieder zu spät, Partner.«

»Mir scheint, du hast recht«, erwiderte Murphy grimmig.

Parks' Etage war leicht zu finden. Vor der Wohnungstür standen Uniformierte, innen befanden sich zwei Detectives aus ihrem Revier, Howard und Brooks, und Gerichtsmediziner Johnson. Johnson, der auf dem Boden kniete, sah auf, als sie eintraten.

»Dachte mir schon, dass ihr zwei bald hier aufkreuzen würdet.«

Howard sah sie überrascht an. »Wieso? Wer ist der Mann, dass Sie sich für ihn interessieren?«

»Tess Ciccotellis Ex-Verlobter«, erklärte Murphy. »Wir wollten ihn eigentlich zu dem Fall befragen. Verdammt.

Das ist schon das dritte Mal, dass wir zu spät auftauchen.«

»Ja, der Zufall hat Methode«, murmelte Aidan. »Wie und wann?«

»Drei Kugeln in den Unterbauch, eine vierte in den Kopf«, sagte Johnson. »Die Bauchschüsse wurden aus ein paar Schritt Entfernung abgefeuert. Der letzte mit dem Lauf direkt am Schädel, wahrscheinlich, um sicherzugehen. Zeit: null Uhr sechsundfünfzig.«

»Und zwölf Sekunden«, fügte Brooks säuerlich hinzu.

»Er hatte eine Taschenuhr«, erklärte Howard. »Das muss Jahre her sein, dass ich zuletzt eine gesehen habe. Wurde von einer Kugel getroffen. Die Sicherheitsleute des Gebäudes kopieren uns die Überwachungsbänder. Ist das jetzt Ihr Fall?«

Murphy blies die Backen auf und stieß die Luft aus. »Wir können uns eigentlich nicht über Arbeitsmangel beschweren.«

Jack trat mit mürrischer Miene ein. »Toll, Leute. Ich wollte heute eigentlich frei machen.«

Aidan betrachtete Dr. Zur-Hölle-mit-ihm, der auf dem Rücken ausgestreckt lag. Der Teppich hatte sein Blut aufgesogen. »Am liebsten würde ich das Tess gar nicht erzählen. Parks war ein Arschloch, aber …« Er verengte die Augen. »Murphy. Gestern Abend habe ich Carter nach Parks gefragt. Und fünf Stunden später ist er tot.«

»Carter?« Murphy sah ihn skeptisch an. »Er ist Tess' Freund.«

»Mit einem Schlüssel zu ihrer Wohnung und chirurgischen Utensilien.«

»Die Schnitte an Bacons Armen.« Murphy zog die Brauen zusammen. »Und Kenntnisse über Medikamente. Okay, Jungs, wir nehmen euch den Fall ab. So ein Mist.«

»Detectives?« Ein Mann mittleren Alters steckte den Kopf durch die Tür. »Ich habe Ihnen die Aufnahmen von gestern Nacht kopiert. Eingangsbereich und Fahrstuhl im Parterre und sechsten Stock.«

Aidan blieb an der Tür stehen. »Kommst du mit, Jack?«

Jack stand inmitten des Zimmers und sah sich um. »Nein. Ich werde hier alles genau unter die Lupe nehmen. Irgendwas muss er hinterlassen haben.«

Der Manager führte sie in den Kontrollraum. »Das ist das Video vom sechsten Stock. Ich habe es bis zehn Minuten nach Parks' Tod durchgesehen.« Er drückte einen Knopf, und Aidan hielt den Atem an.

»Verdammt.« Eine Gestalt im braunen Mantel und mit schwarzer Perücke betrat den Fahrstuhl, ohne dass man ihr Gesicht sehen konnte. »Das kann nicht Tess sein.«

»Natürlich nicht«, knurrte Murphy. »Aber nur aus Spaß – sag mir noch mal, warum nicht.«

»Erstens, weil sie unter Klaustrophobie leidet. Sie hätte niemals den Fahrstuhl genommen, sondern die Treppe. Zweitens, weil sie bei mir war.« Brooks und Howard tauschten einen Blick. »Bei mir und Lynne Pope und ihrem Kameramann«, fügte er finster hinzu. »Heute Nacht um eins befand sie sich mitten im Interview.«

»Das ist ein ziemlich wasserdichtes Alibi«, sagte Howard.

»Tja, da hat jemand wohl beim Perücken-Discount ein echtes Schnäppchen gemacht«, murmelte Murphy. »Schauen wir uns mal das Video aus dem Eingangsbereich an.«

Der Sicherheitsmanager drückte ein paar weitere Knöpfe. »Gleiches Zeitfenster.«
Murphy trat näher an den Bildschirm heran. »Können Sie das Bild einfrieren? Aidan, sieh dir mal die Schuhe an.«
Aidan kniff die Augen zusammen. »Business-Schuhe. Sieht nach einer kleinen Größe aus. Dieselbe, die wir in Bacons Bad entdeckt haben?«
»Die Schultern sind auch etwas zu breit«, meinte Brooks. »Sehen Sie mal, wie sich der Mantel am Rücken spannt. Könnte ein Typ in Frauenkleidern sein.«
»Carter ist zu groß«, sagte Murphy und zog eine Braue hoch. »Aber sein Sweetheart nicht. Robin Archer müsste ungefähr – was denkst du Aidan? Eins dreiundsiebzig sein?«
Aidans Puls begann zu rasen. »Auf geht's.«

Freitag, 17. März, 10.30 Uhr

Tess ließ ihre Tasche auf Aidans Küchentisch fallen. »Vito, du brauchst nicht hierzubleiben. Dolly ist hier, und Aidan hat mir seine Pistole dagelassen.«
Vito sah sie düster an. »Und du glaubst wirklich, dass du mich damit vertreiben kannst? Dummkopf.«
»Wie du meinst. Ich lege mich jedenfalls ein bisschen hin, bevor ich mit Rachel nachher zum Friseur gehe. Was machst du in der Zwischenzeit?«
»Ich nehme mir ein Buch und lese. Reagan hat ja genug davon.«
»Er hat vor kurzem seinen Bachelor gemacht. Ich habe allerdings keine Ahnung, worin.«

Vitos Brauen zogen sich noch weiter zusammen. »Psychologie.«
Tess blieb in der Tür stehen und wandte sich zu ihm um. »Was?«
»Er hat einen Abschluss in Psychologie. Ich dachte, du wüsstest das.«
Sie fühlte sich plötzlich auf anderer Ebene frustriert. Sie hatten etwas gemeinsam, aber er behielt es für sich. »Nein, wusste ich nicht.«
Vito seufzte. »Wahrscheinlich war es für ihn ein … Problem, dass du einen Doktor vor deinen Namen setzen darfst. Nimm's ihm nicht übel, Tess. So sind Jungs eben.«
»Woher weißt du von seinem Abschluss?«
»Ich habe ihn gestern Abend gefragt, als Mom und du noch mit dem Essen beschäftigt wart.« Vito sah sie eindringlich an. »Er hat jahrelang verschiedene Kurse belegt und ein ziemlich breites Spektrum abgedeckt; wahrscheinlich musste er erst herausfinden, was für ihn das Richtige ist. Letztendlich hat er sich wohl für Psychologie entschieden, obwohl er mindestens vier Nebenfächer hatte. Du solltest ihn mal danach fragen.«
Sie nahm an, dass der Selbstmord seines Freundes Jason der Auslöser für die Wahl gewesen war. Aber das war etwas, das nur Aidan anging, und er hatte es ihr allein anvertraut, also hielt sie den Mund. »Das erklärt die vielen Bücher.« Einerseits war sie stolz auf ihn, andererseits fühlte sie sich gekränkt, weil er es ihr nicht gesagt hatte.
Vito schien Gedanken lesen zu können. »Du wünschst dir, er hätte es dir gesagt.« Er seufzte. »Na, jedenfalls ist er ein Kerl. Es gibt nicht viele von uns Möchtegernmachos, die

es ertragen können, dass ihr Mädchen höher in der Nahrungskette steht.«

Ihr Mädchen. Sie spürte ein warmes Gefühl im Bauch.

»Und du denkst, er kann es ertragen?«

»Das wird die Zeit zeigen. Was meinst du?«

»Ich weiß, was ich gern hätte. Nämlich dass er es kann und es tut.« Plötzlich und unverständlicherweise füllten sich ihre Augen mit Tränen. »Ich muss wohl ein bisschen schlafen.«

Vito schlang seine Arme um sie. »Tess. Manchmal geschehen Dinge, auf die wir keinen Einfluss haben. Und manchmal entsteht aus einer schrecklichen Sache etwas Gutes. Vielleicht ist Reagan das Gute.«

»Ich finde es unerträglich, dass mein Bild in der Zeitung ist«, flüsterte sie. »Seinet- und meinetwegen.«

»Ich weiß. Aber du überstehst das. Und jetzt schlaf. Wenn du aufwachst, ist alles schon nicht mehr ganz so trüb.«

Freitag, 17. März, 11.15 Uhr

»Detectives.« Robin Archer öffnete die Tür seines hübschen dreistöckigen Hauses. Seine Überraschung verwandelte sich rasch in Sorge. »Was ist passiert?«

»Wir müssen mit Ihnen und Dr. Carter sprechen«, sagte Aidan. »Ist er da?«

»Ja.« Robin ließ sie ein. »Hier entlang. Jon, die Detectives sind da.«

Jon stand im Wintergarten und hielt eine Fernbedienung in der Hand. Er sah ihre Mienen und wurde blass. »Tess?«

»Alles in Ordnung. Sie ist bei Vito«, sagte Aidan. »Dr. Carter, ich muss Ihnen beiden einige Fragen stellen. Könnten Sie und Mr. Archer mit uns aufs Revier kommen?«

Jon und Robin sahen sich an. »Können wir nicht hier reden?«, fragte Jon.

Aidan und Murphy hatten sich darauf geeinigt, nicht zu drängen, wenn die beiden nicht wollten. Sie hatten noch zu wenig Fakten, um sie verhaften zu lassen. »Sie und ich können uns hier unterhalten. Mr. Archer und mein Partner können wohin gehen?«

»Kommen Sie mit«, sagte Robin ruhig. »Gehen wir in die Küche.«

»Was soll das, Reagan?«, fragte Jon scharf, als sie allein waren.

»Wo waren Sie gestern Abend, Dr. Carter? Nach der Totenwache?«

Jon setzte sich. »Wir sind essen gegangen. Wir waren im Morton's.«

Aidan hob eine Braue. »Nicht im Blue Lemon?«

»Manchmal isst Robin gern das Essen anderer. Wir haben das Restaurant gegen halb zwölf verlassen. Das war wahrscheinlich Ihre nächste Frage.«

»Ja. Und dann?«

»Sind wir im Kino gewesen. *Die Regenschirme von Cherbourg*. Ein französischer Film. Sehenswert.«

»Ja, ich kenne ihn. Ziemlich spät, um noch ins Kino zu gehen, finden Sie nicht?«

»Einer der Vorteile, in einer Großstadt zu leben, Detective. Robin macht das Bistro meistens gegen Mitternacht zu, und ich habe unterschiedlich Dienst. Ich bin sicher,

dass sich sowohl im Restaurant als auch im Kino jemand findet, der für uns bürgen kann.«
Aidans Hoffnung sank. Sie waren so nah gewesen. Aber er zweifelte nicht daran, dass ihre Alibis bestätigt werden würden. »Wir werden das überprüfen.«
Jon nickte. »Ich habe Ihre Fragen beantwortet. Sagen Sie mir jetzt, worum es geht?«
»Phillip Parks ist tot.«
Der Schock weitete Jons Augen. »O mein Gott. Wann ist es passiert?«
»Gegen Mitternacht. Wir haben nur wenige Stunden zuvor über ihn gesprochen. Ich musste fragen.«
»Ja, natürlich. Weiß Tess es schon?«
»Noch nicht. Dr. Carter, Sie müssen es uns nicht erlauben, aber ich würde es zu schätzen wissen, wenn Sie uns in Ihre Schränke sehen ließen.«
»Wonach suchen Sie?« Er schüttelte den Kopf. »Nein, das können Sie uns natürlich nicht sagen. Das verstehe ich.«
Dreißig Minuten später trafen Aidan und Murphy sich wieder. Jon und Robin saßen im Wintergarten, bewacht von einem Uniformierten an der Tür.
»Nichts«, murmelte Aidan. »Carter hat nichts Außergewöhnliches in seinem Schrank.«
»Archer trägt Slipper, keine Business-Schuhe«, sagte Murphy. »Und eine halbe Nummer größer als die aus Bacons Bad.«
»Ich habe das Kino angerufen. Es hat noch nicht geöffnet, aber ich habe Kartenabrisse in einer von Carters Hosentasche gefunden. Sie haben *Regenschirme* gesehen.«
Sein Handy klingelte. »Reagan.«

»Aidan, hier ist Lori. Du hast einen Anruf aus Afrika bekommen. Ein Dr. Trucco von ›Ärzte ohne Grenzen‹. Er meinte, du hättest ihm eine E-Mail geschickt. Es ginge um einen Jim Swanson.«

Das hatte er in der Nacht zuvor getan, nachdem er und Tess nach dem Interview nach Hause gefahren waren. »Ja. Was sagt er?«

»Dass Swanson nicht in den Tschad gekommen ist. Trucco hat einen Brief von ihm bekommen. Er wolle doch lieber in Chicago bleiben.«

»Aha. Danke, Lori. Gut, dass du angerufen hast.« Er legte auf und wandte sich an Murphy. »Swanson ist nie bis Afrika gekommen.«

»Hast du Tess nach ihm gefragt?«

»Bisher hatte ich noch keine Gelegenheit dazu. Aber wir sollten Carter fragen, ob er heute mehr darüber weiß als gestern.« Sie betraten den Wintergarten und setzten sich zu den beiden Männern. »Tut uns leid, dass das nötig war.«

»Schon gut. Ich denke, wir verstehen es«, murmelte Jon.

»Nein, eigentlich nicht«, protestierte Robin. »Was wollten Sie hier? Wir haben Parks nicht mehr gesehen, seit er sich von Tess getrennt hat.«

»Kehren wir bitte zu gestern Abend zurück«, warf Murphy ein. »Dr. Carter, Sie haben meinem Partner erzählt, dass jemand aus Ihrer Clique die Stadt verlassen hat, um zu ›Ärzte ohne Grenzen‹ zu gehen.«

»Jim. Jim Swanson. Er ist in den Tschad gegangen.«

Aidan schüttelte den Kopf. »Nein, ist er nicht.«

Carter und Archer sahen sich verdutzt an. »Doch«, sagte

Robin. »Ungefähr sechs Wochen nachdem er abgereist war, haben wir eine Postkarte bekommen.«

»Ich habe eben Nachricht von der Klinik erhalten, bei der er sich eigentlich hätte melden sollen. Er war nie da. Der Leiter hat einen Brief von ihm bekommen, in dem er sagte, er hätte sich anders entschieden.«

Robin verließ das Zimmer und kehrte mit einer Karte zurück. »Meine Nichte sammelt Briefmarken, daher habe ich sie behalten.«

Aidan drehte die Karte um. »Das ist eine stinknormale Karte aus Ihrem Krankenhaus, Dr. Carter.«

»Ja, er hat einen Stapel davon mitgenommen. Er wusste nicht, was er dort drüben alles bekommen würde. Aber die Briefmarke ist doch eindeutig. ›Tchad‹. Französisch.«

»Dr. Carter.« Aidan wartete, bis Jon seinem Blick begegnete. »Swanson ist nie dort angekommen. Wenn Sie mehr über die Sache wissen, wäre dies jetzt ein guter Zeitpunkt, um es uns zu sagen.«

»Sag's ihnen, Jon«, murmelte Robin. »Sie sollten es wirklich wissen.«

Jon sah zu Boden, dann blickte er mit einem Seufzen wieder auf. »Ich dachte wirklich, dass er außer Landes ist. Jim stand auf Tess. Wahrscheinlich schon lange, aber sie war mit Parks zusammen. Als sie ihn vor die Tür setzte, war Jim im siebten Himmel. Ich habe etwas vermutet, aber ich glaube nicht, dass die anderen etwas gemerkt haben. Er wartete etwa ein halbes Jahr, dann gab er sich einen Ruck. Und gestand es ihr.«

»Und was hat sie gesagt?«, wollte Aidan wissen.

»Dass er nur ihr Freund sei und nichts weiter. Er war am

Boden zerstört. Er wollte nicht in Chicago bleiben. Beim nächsten Sonntagsbrunch verkündete er, dass er nach Afrika gehen würde. Wir alle waren zuerst vollkommen verblüfft. Diese Entscheidung schien aus dem Nichts zu kommen. Aber ich sah Tess' Gesicht. Sie war nicht verblüfft, sondern entsetzt. Aber keiner von beiden sagte etwas.«

»Woher wissen Sie das dann?«, fragte Murphy.

»Am Abend, bevor er loswollte, stand er vor unserer Tür. Betrunken«, nahm Robin den Faden auf. »Und hat uns alles erzählt. Armer Kerl.«

»Ich habe versucht, ihn irgendwie nüchtern zu kriegen«, sagte Jon. »Er sollte am nächsten Morgen seinen Flug erwischen. Aber als er mit seiner Erzählung fertig war, verstand ich, warum er gehen musste. Er liebte sie wirklich, aber es war vollkommen einseitig. Das muss verdammt wehtun.«

Aidan mochte es sich nicht vorstellen. Tess Ciccotelli war eine Frau, der die Männer mit Wonne hinterhersahen. Und von der Männer träumten. Aber sie zu lieben und nicht haben zu können ... Das konnte einen Mann verbittern. Und rachsüchtig machen. »Und was haben Sie getan?«

»Ihn nach Hause gefahren und den Wecker gestellt. Ich habe später noch einmal angerufen, um sicherzugehen, dass er aufgestanden war, aber er ist nicht drangegangen. Einen Monat später bekamen wir alle einen Brief, dass er sich gut eingelebt hat und alles okay sei. Dann bekamen wir noch diese Postkarte und seitdem nichts mehr.«

»Haben Sie ein Foto von Swanson?«, fragte Murphy.

Jon dachte nach. »Nein, aber Tess. Es hängt bei ihr im

Wohnzimmer an der Wand. Es ist im Lemon gemacht worden, kurz bevor Jim abgereist ist.«

Aidan nickte. »Ja, ich habe es gesehen. Direkt neben einer Bleistiftzeichnung von ihrem Bruder. Aber auf dem Bild sitzen alle. Wie groß ist Swanson?«

»Ungefähr wie ich«, sagte Robin. »Ungefähr eins fünfundsiebzig.«

Ja. »Und wann ist er abgereist? Genau, meine ich?«

Jon sah Robin fragend an. »Kurz vor Weihnachten. Vielleicht am zehnten Dezember?«

»Ja, am zehnten«, bestätigte Robin. »Ich war gerade im Lemon mit der Weihnachtsdekoration fertig.«

Aidan warf Murphy einen Blick zu, der mit einem knappen Nicken reagierte. Swanson hatte die Stadt nur Tage vor Lawes erstem Kontakt mit Blaine Connell verlassen. Die beiden Vorfälle mussten zusammenhängen. Er spürte es. »Dr. Carter, haben Sie jemandem von unserem Gespräch gestern erzählt?«

»Robin und ich haben beim Essen darüber gesprochen, aber nicht bei der Totenwache. Aber Sie haben uns nicht gesagt, das wir nicht sollten.«

Aidan seufzte. »Jemand wusste, dass wir Parks verdächtigten, denn jetzt ist er tot.«

Murphy räusperte sich. »Könnten wir Ihre Sachen von gestern untersuchen?«

Jon fuhr sichtlich zusammen. »O nein. Sie denken doch nicht – doch, tun Sie. Ich war ebenso verwanzt wie Tess.«

Als Jon mit der Kleidung zurückkehrte, standen Aidan und Murphy schon an der Tür. »Hatte Swanson einen Schlüssel zu Tess' Wohnung?«, fragte Murphy.

»Das glaube ich nicht.« Jon reichte ihnen die Mäntel und nahm die Quittung, die Aidan ihm ausgestellt hatte. »Hören Sie, Detectives, Jim mag argen Liebeskummer gehabt haben, aber er war kein kranker Mörder. Ich kann mir einfach nicht vorstellen, dass er so etwas tun könnte.«

»Tja, nun, jemand tut es aber«, sagte Aidan gepresst. »Und im Moment ist Swanson der beste Verdächtige, den wir haben. Danke für die Hilfe, meine Herren.«

Freitag, 17. März, 12.15 Uhr

Tess' Handy klingelte und weckte sie. Benommen tastete sie danach und versetzte Bella einen Klaps, die es sich auf ihrem Hinterteil bequem gemacht hatte. »Ja?«

»Tess, Amy hier. Wach auf.«

Die Dringlichkeit in Amys Stimme ließ sie hellwach werden. Hastig setzte sie sich auf. »Was ist los?«

»Vito hat mich angerufen. Dein Dad ist auf der Intensivstation. Ich bin unterwegs, um dich abzuholen.«

Tess Herz setzte aus. »Was ist passiert?«

»Er hatte wieder einen Herzanfall, Liebes. Einen schlimmen. Deine Mom hat Vito angerufen, und er wollte dich nicht wecken, weil es vielleicht nicht nötig sein würde, aber es ist doch schlimmer als gedacht.«

»O Gott, o Gott.« Tess sprang aus dem Bett und sah sich desorientiert um. »Ich brauche meine Schuhe. Wo sind meine Schuhe? Wo bist du?«

»Ich biege gerade in Aidans Straße. Komm raus, und ich fahre dich zum Krankenhaus.«

Tess rannte mit heftig hämmerndem Herzen los. *Halt aus,*

Dad. Amys Wagen stand auf der Auffahrt, und Tess sprang hinein. »Fahr los!« Amy tat es, während Tess ohne Erfolg versuchte, wieder richtig zu Atem zu kommen. »Ich krieg kaum noch Luft. Verdammt. Ich muss Aidan anrufen.« Sie tastete nach ihrem Handy, aber ihre Finger wollten ihr nicht gehorchen.

Amy fuhr an den Straßenrand. »Tess, du musst dich beruhigen.«

»Warum hältst du an? Jetzt fahr doch, verdammt noch mal.«

»Gib mir dein Handy. Ich wähle. Und du entspannst dich, oder du kriegst auch einen Herzanfall.« Sie legte ihre Hand auf Tess' Hand. »Du machst ihn fix und fertig, wenn du so zu ihm gehst. Beruhige dich. Komm, ich helfe dir. Meine Masseuse kennt verschiedene Druckpunkte.«

Tess schloss die Augen und versuchte, langsamer zu atmen. Sie wusste, dass Amy recht hatte. Es würde ihren Vater umbringen, wenn sie so aufgebracht an sein Bett stürmte. Amys Finger kneteten ihren Nacken und drückten fest auf die verspannten Muskeln. »Das tut gut«, murmelte Tess. Dann zuckte sie zusammen, als Amy fest zukniff. »Au. Das tat weh.«

»Auch ein Druckpunkt. Lässt dich sanft einschlafen«, gurrte Amy. »Schlaf, Tess. Wenn du aufwachst, ist alles in Ordnung. Warte ab.«

Tess wurden die Lider schwer, und sie fiel im Sitz zurück. Dunkelheit umgab sie, als der Wagen wieder anfuhr.

Freitag, 17. März, 14.15 Uhr

»Ich habe was.« Aidan stand auf, damit er Murphy über den kleinen Berg Papiere auf ihren Tischen hinweg ansehen konnte. Sie hatten aus allen drei Schließfächern Lawes Akten entnommen. Aidan hatte die letzte Stunde damit verbracht, sie durchzusehen, während Murphy versuchte, eine Spur von Swanson zu finden.

Murphy kam auf seine Seite. »Sieht aus, wie sein Geschäftsbuch.«

»So ist es. Hier sind Daten von Kundentransaktionen aufgelistet. Er hat die Zahlung für jeden Auftrag notiert, aber der Auftrag selbst ist kodiert. Der Kerl hat verdammt viel Geld gescheffelt.«

»Ja, aber jetzt ist er zu einem Kohleklumpen verschmort, da nutzt ihm das ganze Geld auch nichts.«

»Danke für den philosophischen Ansatz. Hast du schon etwas entdeckt?«

»Bisher nicht. Falls Jim Swanson in diesem Land ist, benutzt er keine Kreditkarten und zahlt auch keine Steuern. Seine Eltern starben, als er noch auf dem College war, und auch die entfernteren Verwandten haben seit Jahren nichts von ihm gehört. Scheint ein sehr zurückgezogener Mensch gewesen zu sein.«

»Hm. Ich werde mich weiter durch diese Bücher hier arbeiten, und du …« Das Telefon klingelte. »Reagan.«

»Hallo?« Ein Flüstern. Weibliche Stimme. Angstvoll. »Suchen Sie nach Dan Morris?«

Aidan legte die Hand über den Hörer.

»Es geht um Danny Morris' Vater.«

Er räusperte sich. »Ja, Ma'am. Wissen Sie, wo er ist?«

»Hier. In meiner Wohnung. Wenn er wüsste, dass ich anrufe ...« Man hörte ein Krachen im Hintergrund. »O nein. Ich muss auflegen. Nicht. Bitte!« Die letzten zwei Worte waren schrill hervorgestoßen worden, dann brach die Verbindung ab. Aidan rief die eingegangene Nummer auf und überprüfte sie. »South Side.« Er blickte auf den Stapel Papiere, dann zu Murphy, der nickte.

»Holen wir uns Morris, damit wir schnell wieder zu dieser Sache zurückkommen können.«

Freitag, 17. März, 14.45 Uhr

Die Wohnung war leer. Absolut leer. Keine Möbel, kein gar nichts. Kein Mensch zu sehen.

»Was soll das?«, murmelte Aidan.

»Sind Sie sich mit der Adresse sicher?«, wollte der Anführer des Sondereinsatzkommandos wissen.

»Ich habe sie zweimal überprüft«, sagte Murphy. »Der Anruf kam aus dieser Wohnung.«

Ein Mann im Schutzanzug kam aus dem Schlafzimmer. »Da drin steht ein Telefon. Eingestöpselt. Aber sonst nichts.«

»Weil die Leute gerade ausgezogen sind«, erklärte der Hausmeister, der stirnrunzelnd eintrat.

»Man hat uns übers Ohr gehauen«, sagte Aidan grimmig. »Da versucht uns jemand abzulenken.«

»Was bedeutet, dass wir nah dran sind«, folgerte Murphy.

Aidans Handy klingelte, und sein Herz stolperte, als er Rachels Nummer auf dem Display sah. »Aidan.« Ihre Stimme war hoch und dünn. »Bitte komm.«

»Rachel. Beruhige dich. Was ist passiert?«

»Tess wollte mich abholen, um mit mir zum Friseur zu gehen. Sie ist nicht gekommen, da habe ich versucht, sie über Handy zu erreichen, aber sie ist nicht drangegangen.«

Eiskalte Furcht machte sich in seinen Eingeweiden breit.

»Sie ist wahrscheinlich bei Vito.« *Bitte lass sie bei Vito sein.*

»Hast du ihn schon angerufen.«

Murphy fuhr alarmiert herum. »Tess?«

»Vito ist hier. Bei dir zu Hause.« Rachels Atem kam stoßweise, und auch Aidan rang plötzlich nach Luft. »Wir haben ihn vor der Kellertreppe draußen gefunden. Er ist verletzt. Mom ist bei ihm. Ich habe die 911 gewählt, aber bitte ...« Ihre Stimme brach. »Bitte komm. Wir haben überall gesucht. Tess ist weg.«

Aidan rannte schon und hörte, wie Murphy Spinnelli anrief. »Wir sind unterwegs zu Aidans Haus. Jack Unger soll hinkommen.«

Freitag, 17. März, 15.00 Uhr

Es war stockdunkel. *Ich sehe nichts*. Panisch versuchte Tess, sich zu bewegen, aber ihre Glieder gehorchten nicht. *Schlaf, Tess.* Amy sagte ihr, sie solle schlafen. Tat sie es jetzt, oder war das vorhin gewesen? Sie versuchte sich zu konzentrieren. Sie hatte geschlafen. Schlafe ich immer noch? Sie glaubte es nicht. Es tat weh.

Es tat weh. Ihr Kopf. Ihr Hals. Ihr Rücken ... *Etwas stimmt mit meinem Rücken nicht. Kann mich nicht bewegen. Autounfall? War es das? Wo bin ich? Wo ist Amy? Aidan*. Sie hatte versucht, Aidan anzurufen. Warum? Es war wichtig gewesen. Sie wusste es. *Konzentriere dich. Denk nach.* Sie versuchte, die Wirklichkeit festzuhalten, aber es wollte ihr nicht gelingen. Ihr Bewusstsein wurde erneut eingehüllt in einen dunklen Nebel, und sie sank zurück in das dunkle Nichts. *Nein, bitte. Nicht wieder.*

Freitag, 17. März, 15.15 Uhr

Vito saß am Küchentisch, als Murphy und Aidan durch die Tür stürmten. Spinnelli wartete am Herd, während Dolly aus irgendeinem Zimmer wild und aufgeregt bellte. Rachel und Aidans Mutter standen links und rechts von Vito, dessen Gesicht leichenblass war. Ein Sanitäter versorgte die Wunde am Hinterkopf. Die Prellungen in Vitos Gesicht bildeten einen starken Kontrast zur Blässe seiner Haut.

Vito hob den Blick zu Aidan. In seinen Augen stand Furcht und Hilflosigkeit. »Sie ist weg«, flüsterte er tonlos.

Spinnelli räusperte sich. »Wir haben eine Personenbeschreibung rausgegeben. Es gibt keine Anzeichen für gewaltsames Eindringen. Entweder hat sie jemanden hineingelassen oder ist selbst hinausgegangen.«

»Dolly hätte niemanden reingelassen«, sagte Aidan gepresst. Er schien nicht genug Luft zu bekommen. »Was zum Teufel ist passiert, Vito?«

»Der Hund hat geknurrt.« Er zuckte zusammen, als ihm der Sanitäter den Verband anzulegen begann. »Ich ging hinaus, um nachzusehen. Mit gezogener Waffe bin ich nach hinten gegangen. Dann lag ich plötzlich unten an der Kellertreppe. Meine Pistole war weg und Ihre Mutter hier.« Er schloss die Augen. »Und Tess war verschwunden. Ich habe Jon und Amy und Robin gefragt, während Rachel die Polizei anrief. Niemand hat sie gesehen.«

Aidans Außentreppe zum Keller war aus Beton. »Es ist nass und matschig im Garten. Haben wir Fußabdrücke?«

»Ja.« Jack kam aus dem Keller herauf. »Wir machen gerade einen Abdruck. Könnten dieselben Schuhe sein wie bei der Person, die bei Parks gewesen ist.«

Vito sah von Aidan zu Jack und wieder zurück. »Phillip Parks?«

»Er ist tot.« Aidan zog einen Stuhl zu sich heran und sank darauf nieder. »Er ist gestern Nacht erschossen worden. Wann ist das passiert, Vito?«

»Gegen Mittag. Tess hatte sich hingelegt ... Sie war ziemlich aufgewühlt wegen des Fotos in der Zeitung. Ich habe ihr gesagt, dass Schlaf ihr guttun würde.«

Ein Gedanke traf Aidan wie ein Blitzschlag, und er betrachtete Vito mit finsterem Blick. »Wieso sind Sie nicht tot?« Er winkte ab, als seine Mutter empört nach Luft schnappte. »Ich meine, alle anderen, die ihm in die Quere kamen, sind tot. Wieso Sie nicht?«

Vito bedeckte das Gesicht. »Keine Ahnung. Gott, wie soll ich das nur meinen Eltern erzählen? Ich sollte sie doch beschützen. Das wird meinen Vater umbringen.«

Aidan rieb sich die Stirn. »Verdammt, ich kann nicht denken.« Seine Mutter trat hinter ihn und legte ihre Hände auf seine Schultern. Er lehnte den Kopf zurück und war dankbar für die Kraft, die sie ihm gab. »Ich kann einfach nicht denken.«

»Aidan, wieso bleibst du nicht hier?«, sagte Murphy sanft.

»Ich kehre zurück ins Büro und mache da weiter, wo wir aufgehört haben, als man uns wegen Morris in die Irre geleitet hat.«

Aidan stemmte sich auf die Füße. »Ich komme mit. Ich werde verrückt, wenn ich hier herumsitzen muss.«

Vito erhob sich ebenfalls. Er schwankte leicht, aber sein Blick war scharf. »Lassen Sie mich helfen. Ich habe bisher noch nicht gefragt und mich bemüht, Ihnen nicht im Weg zu stehen, aber verdammt, jetzt müssen Sie mich helfen lassen.« Er funkelte den Sanitäter an. »Und ich gehe nicht ins Krankenhaus.«

Der Mann wich zurück und hob die Hände. »Okay.«

»Ihre Eltern werden Sie brauchen, Vito«, sagte Aidan.

»Ich hole sie ab und bringe sie her«, schlug seine Mutter vor.

Aidan küsste sie auf die Stirn. »Danke, Mom. Vito, wenn Sie mitkommen wollen, dann kommen Sie.«

Ein Handy klingelte, und alle tasteten nach ihren Taschen.

»Das ist meins«, sagte Vito. Er lauschte und sank wieder auf den Stuhl zurück. »Wann? Bleib, wo du bist. Ich komme sofort.« Er klappte das Handy zu. »Das war meine Mutter«, sagte er so tonlos, dass Aidan die Haare zu Berge standen. »Sie war einkaufen, als mein Vater schlief. Als sie wiederkam, war er weg.«

22

Freitag, 17. März, 17.00 Uhr

Es war dunkel. Und sie konnte sich noch immer nicht bewegen. *Ich bin gelähmt.* Aber wenn sie gelähmt wäre, hätte sie keinen Schmerz spüren können. Sie hätte gar nichts spüren dürfen, aber dem war nicht so. Alles tat ihr weh, ihr ganzer Körper. Nach und nach erwachten ihre Sinne. Es war nicht dunkel, sondern sie trug eine Binde über den Augen. *Und ich bin nicht gelähmt.* Ihre Hände und Füße waren gefesselt, ein Knebel steckte in ihrem Mund.

Gefesselt. Geknebelt. *Er hat mich erwischt.* Sie hatte Angst. *Und wie. Und ich bin allein.*

Ihr Rücken schmerzte von der gekrümmten Position, in der sie lag. Sie hörte ein schwaches Stöhnen zu ihrer Rechten. *Ich bin nicht allein.*

Ihr Schädel pochte, und ihr Herz hämmerte so heftig, dass es wehtat. Sie holte durch die Nase Luft und roch modrige Erde. War sie draußen? Nein, es war nicht kalt genug. *Was ist passiert?*

Sie konnte sich noch erinnern, dass sie mit Amy im Auto gewesen war. Wo war Amy? War sie verletzt? War das Amys Stöhnen gewesen?

Eine Tür öffnete sich, und Tess versteifte sich. Wartete.

Schritte auf hartem Boden. Wieder hörte sie das Stöhnen, und plötzlich ein Schnalzen.

»Du bist also wach, alter Mann.«

Beim Klang der vertrauten Stimme setzte Tess' rasendes Herz aus, und der Schock sandte ihr einen Schauder durch den ganzen Körper. Fassungslosigkeit machte sich in ihr breit. Das konnte doch nicht sein. Es war nur wieder die Imitation einer bekannten Stimme. Oder ein Alptraum. *Bitte lass es ein Alptraum sein*. Ein schrecklicher Alptraum. Aber ein sehr realer Fuß trat ihr in den Rücken und entlockte ihr ein sehr reales Stöhnen.

»Du bist also auch wach. Dann kann unsere kleine Familienzusammenführung ja beginnen.«

Die Binde über ihren Augen wurde fester gezogen, dann war sie plötzlich weg, und Tess starrte in die Augen, denen sie so viele Jahre lang vorbehaltlos vertraut hatte. Nun funkelten sie hell. Grausam. Krank. Entsetzen packte sie, und sie konnte nicht mehr wegsehen. *Lieber Gott.*

Amys Lächeln verwandelte ihr Blut zu Eis. »Ich habe dir doch gesagt, dass alles gut sein wird, wenn du aufwachst. Schau, Daddy ist hier.«

Betäubt drehte Tess den Kopf zur Seite. Ihr Vater lag zusammengerollt neben ihr, die Augen geschlossen, den Kopf nur Zentimeter von ihrem entfernt. Ihr Blick suchte die Umgebung ab. Sie befand sich in einer Art Schrank. Klein, beengt. Kalter Schweiß trat ihr auf die Haut, und sie spürte, wie Übelkeit in ihr aufstieg. Ein Wimmern kam aus ihrer Kehle, und wieder lächelte Amy.

»Ein kleines Kämmerchen. Du fragst dich wahrscheinlich, was mit dir passieren soll.«

Tess konnte sie nur ansehen.

»Und du denkst, die ist ja verrückt.« Amy packte ihr Haar und riss ihren Kopf hoch. Ihre Augen blickten nun eiskalt. Grob schüttelte sie Tess. »Nicht wahr?« Sie ließ Tess' Kopf mit einem Ruck los, und er krachte auf den harten Boden, aber Tess spürte erstaunlich wenig. Sie fühlte sich … losgelöst. Als würde sie im Nichts treiben.

»Der Tranquilizer wirkt noch. Weißt du, dieser ganze Quatsch mit deiner Gesundheit, Joggen, Aspirin, ein Glas Rotwein – alles unnötig. Du bist stark wie ein Ochse. Wenn das Beruhigungsmittel dich nicht umgebracht hat, dann schafft das nichts und niemand.« Sie öffnete die Tür, dann lachte sie. »Nein, stimmt nicht. Ich schaffe das schon. Aber ich will, dass du ganz bei dir bist, wenn ich das tue. Ich will, dass du alles spürst.« Dann schloss sie die Tür und ließ Tess zurück. Eine erstarrte, entsetzte, hilflose Tess.

Ihr Vater stöhnte wieder. *Ich muss ihn hier rausschaffen.* Er wird sterben. Dann stieg ein entsetztes Lachen in ihrer Kehle auf. *Natürlich wird er sterben. Und ich auch.*

Freitag, 17. März, 17.15 Uhr

Aidan stand im Konferenzraum und starrte auf die weiße Tafel, während die Minuten in seinem Kopf vorbeitickten. Fünf Stunden schon. Die Tafel war über und über bedeckt mit Namen von Kunden, die er in Lawes Büchern gefunden hatte. Alles waren Firmen, die keinem anderen Zweck dienten, als eine Verbindung zu anderen Firmen herzustellen. Pfeile zeigten in alle Richtungen.

Mittendrin stand Deering, die mit Davis verbunden war, die mit Turner verbunden war, die wieder zu Deering zurückwies. Das Gewirr von Firmennamen roch nach Geldwäsche oder jemandem, der Aktivposten besaß oder etwas tat, was es zu verbergen galt. Wer war Lawes eigentlicher Kunde?

Das Gewirr sagte ihm nicht, wo Tess zu finden war. Vito und Jon und Amy riefen jede Stunde an, und jedes Mal musste er ihnen dasselbe sagen. Sie ist noch immer nicht gefunden. Wir arbeiten noch dran. Er hatte sich noch nie im Leben so hilflos gefühlt.

»Was zum Teufel ist das denn?«, fragte Murphy hinter ihm. Er war in den Konferenzraum gekommen und starrte nun auf die Tafel. Sein normalerweise sanftes Gesicht war hart und wütend.

»Ich kann also davon ausgehen, dass du Swanson nicht gefunden hast.«

Murphys Kiefermuskeln zuckten. »Keine Spur von ihm. Er ist nicht außer Landes gereist. Außerdem habe ich einen Briefmarkenexperten gefragt, der mir erklärt hat, dass die Marke aus dem Tschad im Sammlerpaket bei eBay zu kaufen ist. Der Stempel ist gefälscht. Niemand hat Swanson gesehen. Entweder ist er tot oder untergetaucht.« Er schloss die Augen. »Tut mir leid. Ich denke nur immer daran, dass es jetzt fünf Stunden her ist.«

Aidan unterdrückte die Furcht, die ihm die Kehle zu verschließen drohte. »Ich weiß.«

»Also – was ist das da? Sieht aus, als hättest du dich an Mindmapping versucht.«

»Dies sind die Firmen, die Lawe als Kunden auflistet. Die

Einzelpersonen betreffen meistens Scheidungsfälle, also nehme ich an, dass Lawe für Sorgerechtsangelegenheiten Überwachungen oder Ähnliches durchführt. Die Firmen sind deswegen verdächtig, weil sie eine perfekte Möglichkeit für verdeckte Operationen sind.«

»Ein Hütchenspiel«, bemerkte Murphy.

»Exakt. A und B tun sich zusammen und gründen die Gesellschaft C, die Lawe beschäftigt und bezahlt. Ich kann keine einzige Einzelperson finden. Aber Deering ist die Hauptfirma.«

Spinnelli und Jack traten ein und sahen ebenso finster auf die Tafel. »Nichts?«, fragte Spinnelli.

»Nichts«, bestätigte Aidan verbittert. »Und das macht mich wahnsinnig.«

»Na ja, wenigstens habe ich etwas Neues«, sagte Jack. »Ich habe Dr. Carters Mantel untersucht – den, den er gestern Abend getragen hat.« Er hielt ihnen die Hand hin, und sie sahen das winzige Mikrofon. »Ich bin zu ihm gefahren und habe die anderen Kleidungsstücke von ihm und Archer untersucht, aber dies war das Einzige, das ich gefunden habe.«

»Das heißt, er war gestern Abend da«, sagte Murphy. »Bei der Totenwache.«

»Aber es gibt noch ein paar andere interessante Dinge, die ihr euch ansehen solltet. Das hier hat einer meiner Jungs gestern in Parks' Wohnung gefunden.« Er hielt ihnen eine Plastiktüte mit einem Haar hin. »Das gehört nicht Parks' Verlobter. Das habe ich abgeklärt. Vielleicht seiner Putzfrau, da muss ich mich noch erkundigen. Jedenfalls ist es wahrscheinlich ein Frauenhaar. Chemisch behandelt. Helle Strähnchen.«

Aidan starrte das Haar an, und sein Verstand begann zu rasen. »Und die Schuhe?«
»Wir haben die Gipsabdrücke von deiner Kellertreppe mit den Abdrücken aus Bacons Badezimmer verglichen. Die Umrisse stimmen überein. Aber das Muster in diesen neuen Abdrücken ist nicht beständig. Die Tiefe wechselt mit jedem Schritt von vorn nach hinten und von Seite zu Seite. Als wäre der Fuß im Schuh hin und her gerutscht. Und die Person in diesen Schuhen wiegt zwischen vierundfünfzig und sechzig Kilo.«
»Kein Mann also«, sagte Spinnelli. »Eine Frau. Masterson?«
»Denise Masterson passt zu der Beschreibung, aber sie war gestern Abend nicht bei der Totenwache, zumindest nicht, während wir dort waren«, sagte Murphy, während Aidan sich den Abend in Erinnerung zurückrief. Plötzlich tauchte ein Gesprächsfetzen in seinem Bewusstsein auf.
»Sie ist keine Person, die einem das Kümmern leicht macht«, murmelte Aidan.
Jack runzelte die Stirn. »Was?«
»Das hat Amy Miller gestern Abend bei der Totenwache über Tess gesagt. Ich dachte, sie meinte, Tess ließe es nicht zu, dass man sich um sie kümmert.« Er mochte nicht glauben, zu welchen Schlüssen sein Verstand kam.
»Sie hat die richtige Größe, das passende Gewicht«, sagte Murphy ruhig und sprach Aidans Gedanken laut aus. »Und ihr blondes Haar ist aufgehellt.«
»Aber sie sind seit zwanzig Jahren befreundet. Sie hat sich um Tess gekümmert, als sie krank war, und verteidigt, als sie glaubte, wir würden sie verdächtigen. Sie und Amy

sind praktisch wie Schwestern. Allerdings hat sie einen Schlüssel zu ihrer Wohnung und auch Zugang zur Praxis.« Er rieb sich die Schläfen. »Sie ruft mich ständig an und fragt, ob es etwas Neues gibt. Warum? Warum sollte sie so etwas tun? Das ergibt doch keinen Sinn.«

»Können wir sie mit Rivera oder Bacon in Verbindung bringen?«, fragte Spinnelli. »Oder Lawe? Wir brauchen etwas mehr als nur die Verbindung zu Tess, um einen Haftbefehl beantragen zu können.«

Aidan erhob sich. Jeder seiner Muskeln war angespannt. »Wenn es eine Verbindung gibt, finden wir sie. Aber zuerst besuchen wir sie in ihrer Wohnung. Vielleicht hat sie Tess bei sich. Ich fahre sofort los.«

Spinnelli hielt ihn zurück. »Nein, Sie nicht.«

Die Verzweiflung packte ihn, aber er kontrollierte sie. »Ich mache schon keine Dummheiten.«

»Nicht absichtlich. Aber falls es Miller ist, ist sie überaus gerissen. Falls sie glaubt, dass wir sie verdächtigen, könnte sie untertauchen, und dann finden wir Tess nie. Besser ist, wenn wir sie herbitten, wo wir sie im Auge behalten können, während wir einen Durchsuchungsbefehl für ihre Wohnung beantragen. Ich rufe sie an, sage ihr, dass wir eine Spur haben und bitte sie, sich ein paar Karteifotos anzusehen. Sie suchen in der Zwischenzeit nach einer Verbindung.«

»Was ist mit Swanson?«, fragte Murphy. »Brechen wir die Suche nach ihm ab?«

Spinnelli schürzte die Lippen. »Seid ihr sicher, dass Swanson gestern Abend nicht bei der Totenwache war?«

»Ich habe mir das Video angesehen, das wir im Beerdi-

gungsinstitut gemacht haben«, sagte Murphy. »Er war nicht dabei.«
Spinnelli nickte. »Dann konzentrieren wir uns auf Miller. Ich will diese Verbindung.«
»Bacon war im Gefängnis«, sagte Aidan. »Riveras Bruder sitzt im Gefängnis, und Miller ist Verteidigerin.«
»Das ist ein Anfang«, sagte Spinnelli. »Rufen Sie mich an, wenn Sie etwas haben.«
Dreißig Minuten später war Spinnelli zurück. »Miller geht weder an ihr Privat- noch an ihr Bürotelefon. Haben Sie eine Handynummer?«
»Nein. Tess hatte sie in ihrem Handy eingespeichert. Aber ich habe Jon Carters Nummern.« Aidan holte aus seiner Brieftasche die Notfallliste, die Jon ihm an dem Tag gegeben hatte, an dem Seward Tess beinahe umgebracht hätte. »Um diese Zeit wird er wahrscheinlich im Krankenhaus sein.«
Spinnelli zögerte. »Ich will nicht, dass er Miller warnt.«
»Ich denke nicht, dass er das tut, Marc«, sagte Murphy nachdenklich.
Aidan starrte auf den Zettel in seiner Hand und dachte an den Nachmittag, an dem Carter ihn ihm gegeben hatte. »Ich auch nicht. Ich meine sogar, wir sollten ihn einweihen. Er kennt Amy. Weiß, wie sie ist, wie sie reagiert. Wir müssen sie verstehen lernen, um herauszufinden, was sie als Nächstes tun wird.«
Spinnelli nickte steif. »Also gut. Rufen Sie ihn an. Aber er soll herkommen. Wir sagen es ihm hier. Und da es uns um Leute geht, die Miller am besten kennen, holen wir auch Vito Ciccotelli und seine Mutter her. Der Bursche dürfte ohnehin schon langsam durchdrehen.«

Freitag, 17. März, 18.00 Uhr

Die Bühne stand bereit. Alle Schauspieler waren auf ihren Plätzen. Aber es blieb das Gefühl der Unzufriedenheit. Das Ende würde nur allzu schnell kommen. Die aufwendige Planung, die Geduld, die Mühe, die hineingesteckt worden war ... das alles erforderte ein bedeutungsvolleres Ende. Ciccotellis Leben ließ sich mit einer einzigen Kugel beenden. Und wahrscheinlich wäre das sicherer.

Aber nicht besonders befriedigend. *Ich spiele nur noch ein kleines bisschen mit ihr. Nur aus Spaß. Denn wenn es vorbei ist, wird nichts mehr da sein.* Die Zukunft breitete sich leer und öde vor ihr aus. Und nur ihretwegen. Wegen Tess Ciccotelli. *Dieses verdammte Miststück.*

Der Zorn kochte hoch, und Bilder von einer verstümmelten Ciccotelli tauchten vor ihr auf. Lockten. Aber noch nicht. *Reiß dich zusammen. Setz dich hin und reiß dich zusammen.*

Der Stuhl vor dem Computer war der einzige Sitzplatz, aber dort lenkte sie der Bildschirm ab. Und der war besser als Zauberei. Er bedeutete Zugriff auf alles und jeden. Totaler Zugriff zu jeder Zeit. Informationen. Informationen bedeuteten Macht. Und Macht war alles.

Die Mikrofone mussten überprüft werden. Nun nicht mehr so viele, da Ciccotellis Wohnung und Praxis durchsucht worden waren.

Aber der Vorteil war, dass sie nun keinen Wohnort mehr hatte. Sie war buchstäblich obdachlos. Arbeitslos. Und das war es wert.

Dass die Polizei die Geräte finden würde, war zu erwarten

gewesen. Nicht zu erwarten war jedoch der Fund des Mikros im Katzenhalsband gewesen. Pech.

Die Übertragungsqualität war schlecht gewesen, das Schnurren der Katze eine ständige Störung, aber die Informationen qualitativ unschlagbar, wobei Rachels anonymer Tipp an die Polizei und Reagans Sorge über den mordenden Vater des kleinen Jungen wahrscheinlich die nützlichsten gewesen waren. Es hatte nur wenige diskrete Anrufe gebraucht, um den Namen des Jungen und seines Vaters herauszufinden. Der Anruf bei einer Mandantin mit einem Geheimnis garantierte eine Reihe von Anrufen, die Reagan an verschiedene Orte der Stadt scheuchen würde, wo er den Vater des Jungen vermeintlich erwischen konnte.

Natürlich würde er rasch begreifen, jedoch nicht in der Lage sein, den Anrufen *nicht* nachzugehen – einer davon könnte echt sein. Menschen mit Skrupeln waren unglaublich leicht zu manipulieren.

Und dann war da noch Joanna Carmichael. Ihre Überwachungsgeräte waren noch da und intakt und arbeiteten ganz vorzüglich. Das Mädchen hatte Ciccotelli sehr schön beschattet. Ihre Drohung, ihre Freunde bloßzustellen, war zunächst alarmierend gewesen, doch der Artikel über Jon Carter war eher amateurhaft und würde Robins Bistro höchstens mehr Kundschaft verschaffen.

Ja, Jon und Robin. Die Polizei würde wahrscheinlich das Video aus Parks' Wohnhaus gesehen haben und die zwei nun verdächtigen. Parks war ein Unsicherheitsfaktor gewesen, der beseitigt werden musste, und es hatte nicht genug Zeit gegeben, ihn an einen sicheren Ort zu locken. Die Schuhe waren ein kluger Schachzug gewesen und würden, kombiniert mit der Idee, Reagan durch die Stadt zu scheuchen, die Polizei noch eine Weile ablenken. Im Grunde genommen waren die meisten Mistkerle in Uniform zu blöd, ihren eigenen Hintern zu finden. Obwohl Reagan und Murphy unbestritten etwas klüger waren als der Rest. Und leider unerschütterlich loyal.

Diese Art von Loyalität war wirklich erstaunlich. Narren, allesamt.

Die Datei, die Joannas Privattelefon anzapfte, war nun geöffnet. Sechs Anrufe insgesamt seit Mittwoch. Ein Mausklick ließ die Auflistung erscheinen. Die ersten fünf Anrufe waren nicht weiter bedeutend, aber der sechste …

»Joanna Carmichael, hier spricht Kelsey Chin.«

Schock durchdrang alle Nerven. Sie hatte Chin gefunden. Chin wusste etwas, Privates.

Joanna hatte sich verabredet … heute Morgen. Genau wie Bacon besaß Joanna nun Informationen, die sie nichts angingen. Und genau wie Bacon würde sie nun gehen müssen.

Freitag, 17. März, 18.10 Uhr

Murphy hängte den Hörer ein. »Rate mal, wer David Bacon verteidigt hat.«

Aidan sah nicht von der Liste der Leute auf, die Nicole Riveras Bruder im Gefängnis besucht hatten. »Arthur hatte jedenfalls jemanden von der Rechtsbeihilfe. Das habe ich schon überprüft.«

»Aber dann rate doch mal, von wem die Rechtsbeihilfe von Arthur den Fall übernommen hat, nachdem die

Anwältin sich wegen Interessenkonflikten anstandshalber zurückgezogen hatte.«

Nun sah er auf. »Amy Miller?«

»Ebenjene. Arthur meinte, sie hätte gerade mal ein paar Papiere ausgefüllt und abgeheftet, als Eleanor Brigham für das Gutachten engagiert wurde. Da Miller Eleanor durch Tess kannte, bat sie, von dem Fall befreit zu werden. Damals dachte Arthur allerdings, es läge daran, dass sie zu viel zu tun hatte.«

Aidans Puls beschleunigte sich. Endlich etwas, das sie gebrauchen konnten. »Wenn das keine Verbindung ist. Und sie wusste von Bacons Talent. Wahrscheinlich hat sie ihn für die Zukunft auf ihre Kontaktliste gesetzt.«

Murphy nahm den Hörer auf. »Ich rufe Patrick an.«

»Dann haben Sie endlich etwas?«

Aidan wirbelte auf seinem Stuhl herum und sah Vito und Gina Ciccotelli in der Tür stehen, Spinnelli direkt hinter ihnen. Vito sah miserabel aus, und Aidan empfand eine Woge von Mitgefühl für ihn. Bei Gina Ciccotelli fiel ihm das nicht so leicht. Tess hat ihm am Abend zuvor auf dem Weg zur Totenwache die Geschichte von der Versöhnung mit ihrem Vater erzählt und auch erklärt, welche Rolle ihre Mutter in diesem schrecklichen Missverständnis gespielt hatte. Er glaubte nicht, dass er so leicht hätte vergeben können. Dennoch hatte ihm seine eigene Mutter Respekt beigebracht, und deshalb stand er auf.

»Vielleicht«, bestätigte Aidan. »Bitte nehmen Sie Platz. Wir wollten Sie gemeinsam mit Jon Carter hier haben, aber er ist noch in der OP.« Aidan zog einen Stuhl für Gina heran und machte sich anschließend gerade, um Vitos

Blick zu begegnen. Seine Augen erinnerten ihn so stark an Tess, dass er erneut die wilde Furcht, die in ihm aufstieg, niederkämpfen musste. »Es handelt sich um eine Frau«, sagte er ohne Umschweife. »Wir glauben, um Amy Miller.«

Gina schnappte nach Luft und presste die Hand auf ihr Herz. »Nein. Das ist unmöglich. Sie ist wie meine eigene Tochter. Sie könnte Tess nie etwas antun.«

Vito setzte sich mit ausdruckslosem Blick. »Ich weiß nicht, Mom. Vielleicht doch.«

»Wieso?«, fragte Murphy. »Vito, was wissen Sie?«

»Nichts Spezifisches«, murmelte er. »Da ist nur so ein Gefühl, das ich schon seit Jahren habe. Ich wollte es nicht haben, also sagte ich mir, dass ich mich bestimmt täuschte.« Sein Mund verzog sich. »Aber man sollte immer auf sich selbst hören. Vielleicht wissen Sie ja, dass sie bei uns wohnte, seit sie fünfzehn war.«

»Tess hat mir erzählt, dass sie wie Schwestern waren«, sagte Aidan, »aber dass sie bei Ihnen gewohnt hat, wusste ich nicht. Wieso denn?«

»Weil ihr Vater umgebracht worden war. Amys und mein Vater waren Geschäftspartner und gute Freunde. Amys Mutter starb ... oh, schon lange vorher.«

»Als Amy zwei war«, flüsterte Gina. »Sie hat Selbstmord begangen.«

Vito runzelte die Stirn. »Das hast du uns nie erzählt.«

»Amys Vater wollte es nicht, und wir haben uns daran gehalten. Wir haben sie aufgenommen. Vito, du musst dich irren. Sie kann nichts damit zu tun haben.«

»Wie wurde ihr Vater umgebracht?«, fragte Aidan gepresst.

»Er und seine Verlobte wurden bei einem Raubüberfall erstochen.« Vito senkte den Blick. »Amy wurde vergewaltigt.« Er machte eine bedeutungsvolle Pause. »Sagte sie damals. Schließlich verhafteten sie einen Nachbarsjungen.«

»Leon Vanneti«, fügte Gina mit zitternder Stimme hinzu. »Ein Taugenichts. Er war mit einer Gruppe von Motorradtypen zusammen.« Sie schluckte hart. »Aber du hast immer gesagt, er sei unschuldig.«

»Weil ich davon ausgegangen bin.«

»Sie sagten, ›sagte sie damals‹«, bemerkte Murphy. »Was hat es damit auf sich?«

»Ich kannte Leon. Er war vielleicht ein Taugenichts, wie meine Mutter es so schön nennt, aber er war kein schlechter Mensch. Jedenfalls wurde Amy untersucht, und man fand Sperma und Anzeichen von Gewaltanwendung. Das kam beim Prozess heraus.«

»Man fand auch ein blutiges Messer unter seinem Bett«, fauchte Gina. »Vito, wie kannst du so etwas sagen?«

»Weil es vollkommen unsinnig war. Leon war doch kein Vollidiot. Er hätte die Beweise verschwinden lassen. Er sagte, er habe Amy nicht angerührt, aber die Geschworenen glaubten ihm nicht. Abgerissener Biker kontra nettes, kleines Mädchen. Es gab noch keine DNS-Analyse, dafür war es ungefähr sieben Jahre zu früh. Also sitzt Leon jetzt lebenslang.«

»Und Amy wurde Verteidigerin«, murmelte Murphy. »Man sollte meinen, ein ehemaliges Opfer würde sich eher auf die Seite der Staatsanwaltschaft schlagen.«

Amys berufliche Motive waren sicher noch etwas, über das

man nachdenken konnte. Doch zuerst gab es anderes. »Warum denken Sie, dass Amy Tess etwas antun könnte?«
Vito zuckte verlegen die Achseln. »Wie gesagt, es war immer nur so ein Gefühl. Tess hatte als Einzige von uns Kindern ein eigenes Zimmer, weil sie ein Mädchen war, aber sie freute sich, es mit Amy zu teilen, als sie zu uns kam. Amy wollte allerdings ihr eigenes Zimmer. Machte einen Riesenwirbel. Sie wollte immer eine Sonderbehandlung.«
»Sie hatte ihre Eltern verloren«, protestierte Gina.
»Das hast du immer gesagt«, meinte Vito. »Dann verschwanden plötzlich Dinge. Kleinigkeiten, nichts Besonderes. Und dann war da die Sache mit dem Kriechkeller.«
Gina schüttelte beinahe verzweifelt den Kopf. »Das war ein Versehen, Vito.«
»Was für eine Sache mit dem Kriechkeller?«, fragte Aidan, obwohl er es bereits ahnte.
»Mit sechzehn war Tess im Kriechkeller unter dem Haus, in dem wir damals wohnten, eingeschlossen«, erklärte Vito. »Dort war es sehr eng und dunkel, man konnte nicht aufrecht stehen, und ...«
»Deswegen fährt sie heute nicht mehr Fahrstuhl«, murmelte Aidan, und Vito nickte.
»Wir wollten über das Wochenende wegfahren. Tess und Amy sollten bei einer Freundin bleiben, aber Amy änderte wohl ihre Meinung und kam im letzten Moment mit. Tess wollte auch mitkommen, wurde aber versehentlich im Keller eingesperrt. Sie verbrachte drei volle Tage da unten. Ohne etwas zu essen oder zu trinken. Sie hat sich die Fäuste blutig gehämmert und an der Tür gekratzt, bis alle Nägel abgerissen waren.«

Aidan verzog das Gesicht. »Mein Gott.«
»Amy behauptete, sie habe nicht gewusst, dass Tess ebenfalls mit uns kommen wollte. Es war schwer, ihr etwas anderes zu beweisen. Sie wirkte entsetzt und kümmerte sich danach rührend um Tess.«
Gina stieß sich von der Tischkante ab. »Vito, was du da andeutest, ist ungeheuerlich.«
Sie verschränkte die Arme vor der Brust und begann, wütend auf und ab zu laufen. Dann blieb sie plötzlich wie angewurzelt vor der Tafel stehen. »Was ist denn das?«, fragte sie heiser.
Aidan stand auf und trat neben sie an die Tafel. Ihre Hand zitterte, als sie zögernd auf einen Gesellschaftsnamen tippte. Deering. Die Hauptfirma.
»Diesen Namen. Den kenne ich.« Sie wandte sich zu Vito um, und in ihren Augen war entsetztes Begreifen zu lesen. »Das war der Kunde, der die Frau engagiert hat.«
Die Frau. Die Erkenntnis traf Aidan wie ein Schlag, als Vito auf die Füße sprang. Amy. Das Missverständnis, aufgrund dessen sich Tess und ihr Vater entfremdet hatten, war gar keines gewesen. Kein Versehen. Heißer Zorn wallte in seinem Inneren auf.
»Welche Frau?«, wollte Murphy wissen.
Aidan erzählte es ihm in knappen Worten.
»Dieses Biest hat unsere Familie auseinandergerissen«, knurrte Vito. »Das glaube ich einfach nicht. Amy wollte Tess aus dem Weg schaffen, also hat sie Dad eine Falle gestellt.«
»Während sie Thanksgiving zu uns kam und sich auf Tess' Platz setzte.« Ginas Augen füllten sich mit Tränen.

»Und fünf Jahre lang hat es funktioniert.« Aidan rieb sich müde den Nacken.

»Phillip Parks«, sagte Murphy hinter ihm, und Aidan verstand.

»Amy war die andere.«

Murphy nickte. »Hätten wir Parks befragt, hätte er es uns vielleicht gesagt.«

Aidan sank auf seinen Stuhl. »Sie versucht seit Jahren, systematisch Tess' Leben zu ruinieren.«

»Warum hat Amys Mutter eigentlich Selbstmord begangen?«, fragte Spinnelli.

»Sie litt unter paranoider Schizophrenie.« Gina zitterte nun unkontrolliert. »Wir haben Amy immer genau beobachtet. Wir wussten, dass so etwas vererbbar ist, aber sie erschien uns immer normal und glücklich. Wir wollten ihr keine Angst machen, also sagten wir ihr auch nichts davon.«

Vito schloss die Augen. »Gott.«

»Wusste Tess davon?«, fragte Aidan, und Gina schüttelte den Kopf.

»Es war der Wunsch von Amys Vater, dass niemand es erfahren sollte. Also behielten wir es für uns.«

Das Telefon im Konferenzraum klingelte, und Murphy nahm ab. »Danke«, sagte er und legte wieder auf. »Patrick sagt, er kommt mit dem Durchsuchungsbefehl zu Millers Wohnung. Los geht's.«

Freitag, 17. März, 18.45 Uhr

Manchmal war der direkte Ansatz der beste. Ein kräftiges Klopfen an der Tür, und ein Mann öffnete. Der Freund ...

wie hieß er noch? Ach ja, Keith. Details waren wichtig. Aber dieser Freund war im Augenblick unwichtig. Joanna Carmichael war gefordert. »Kann ich Ihnen helfen«, sagte er im gedehnten Südstaatentonfall.
»Ich wollte mit Miss Carmichael über ihre laufende Recherche sprechen.«
Keith presste die Kiefer zusammen. »Oh«, sagte er tonlos. »Tja, sie ist im Augenblick nicht zu Hause. Da müssen Sie später wiederkommen.« Er wollte die Tür schließen, verharrte jedoch schockiert, als er in den schallgedämpften Pistolenlauf starrte.
»Na, na, wo bleibt denn die viel gepriesene Gastfreundschaft der Südstaatler? Bitten Sie mich hinein.«
Er wich zurück, doch in verdächtiger Haltung mit den Händen im Rücken, und sie sah den kleinen Tisch hinter ihm. Er bewegte sich schnell, aber nicht schnell genug. Er ging in die Knie, noch bevor er die Waffe aus der Schublade auf sie richten konnte, und schon sickerte rotes Blut durch sein gestärktes weißes Hemd. Nun, das war nicht zu ändern. Er war ein toter Mann gewesen, kaum dass er die Tür geöffnet hatte. Er hatte das Ganze einfach beschleunigt, indem auch er eine Waffe gezogen hatte. Selbst Schuld.
Wahrscheinlich hätte er ohnehin nicht den Mut gehabt, das Ding zu benutzen. Er fiel nach vorn, und die Pistole rutschte aus seinen Händen und plumpste harmlos auf den Teppich. Das würde ein hübsches Andenken abgeben. Die Wohnungen hier waren der von Cynthia Adams, zehn Etagen höher, recht ähnlich. Carmichael würde bald kommen. Der Schrank war der geeignete Ort –
Das Krachen von Keiths Waffe zerriss die Luft, als der

Schmerz sie auch schon heiß und scharf durchdrang. Dem Schmerz folgte der Schock. *Er hat mich angeschossen. Mein Arm.* Er stützte sich auf den Ellenbogen und hielt die Waffe unsicher in beiden Händen. Ein grimmiges Lächeln verzog seine Lippen. Dieser kleine Mistkerl hatte es doch gewagt. »Scheiß auf dich«, presste er hervor. Dann brach er zusammen und begrub die Waffe unter sich.

Angst trat an die Stelle des Schockzustands. *Raus. Raus hier.* Eine Sekunde verstrich, bevor ihre Füße gehorchten. Die Treppe war näher. *Lauf. Ein Stockwerk, das nächste. Atme.* Im Ärmel des braunen Mantels war ein sauberes Loch zu sehen, aus dem Blut zu sickern begann.

Vorsichtig zog sie ihn aus und betrat im zehnten Stock wieder den Flur, den Mantel sorgfältig über die Wunde drapiert. Der Fahrstuhl kam, und ohne weitere Vorkommnisse fuhr sie hinab in die Eingangshalle. Von dort war es ein Kinderspiel, das Gebäude zu verlassen, als sei nichts geschehen.

Freitag, 17. März, 19.00 Uhr

Sie war nicht da. Aidan stand mitten in Amy Millers Wohnzimmer und sah zu, wie Jacks Team nach etwas suchte, das ihnen einen Hinweis geben konnte, dass Tess hier gewesen war. Aber da war nichts. Gar nichts. Und er empfand Angst. Echte, kalte Angst. Die ihn handlungsunfähig machte. Die ihn lähmte.

Tess und ihr Vater waren nicht hier. Amy auch nicht. Zorn kochte wieder in ihm auf, und er ballte stumm die Fäuste an seinen Seiten. Wenn er nun durchdrehte, konnte er Tess nicht retten. Er musste Amy verstehen lernen. Überlegen, was sie tun würde. Nur so konnte er Tess zurückholen.

Ich bin keine Gedankenleserin, hatte Tess gesagt. Aidan wünschte sich plötzlich nichts inniger, als dass er einer wäre. Er musste in Amys Kopf eindringen.

Du kannst aber keine Gedanken lesen. Du bist ein Cop. Also erledige deinen Job, wie du ihn jeden Tag erledigst. Der Krampf in seinem Magen ließ gerade weit genug nach, dass er sich wieder konzentrieren konnte. *Lerne sie kennen.* Langsam drehte Aidan sich um seine eigene Achse und blickte sich um. Filmposter hingen an den Wänden. »Sie ist Sammlerin«, murmelte er, leicht überrascht. Und es war eine stattliche Sammlung, die Filme von 1930 bis 1990 umfasste. Einige waren Klassiker, andere eher unbekannt.

Und alle hatten ein gemeinsames Thema. In seinem Kopf begann es zu pochen. »Murphy. Komm mal.«

Murphy kam aus der Küche, in jeder Hand ein Schraubglas. »Was ist?« Er schaute sich um und pfiff. »Das dürfte einiges wert sein.«

»Ja, aber das meine ich nicht. Schau dir die Plakate mal genau an.« Er zeigte auf eines am Ende der Wand. »*Frau ohne Gewissen* mit Barbara Stanwyck.«

»Kenne ich nicht«, sagte Murphy.

»Eine Frau benutzt einen Mann, um ihren Gatten umzulegen, und kommt damit durch. *Alles über Eva*.«

Murphys Augen begannen zu leuchten. »Anne Baxter als intrigante Ziege. Alles Filme über Frauen, die die Oberhand behalten.«

Aidan betrachtete ein Plakat in der Mitte der Wand, und

begriff plötzlich. Sein Herz raste inzwischen. »Murphy, hör mal zu.« Er las die Namen der Schauspielerinnen vor. »Stanwyck, Turner, Davis, Baxter.«

Murphy riss die Augen auf. »Die Firmennamen, die du an die Tafel geschrieben hast.« Er sah sich die anderen Poster an. »Aber Deering war der Name, der am häufigsten auftauchte. Den sehe ich hier nicht.«

Aidan tippte auf ein anderes Plakat. »Der stammt aus *Wiegenlied für eine Leiche*. Olivia de Havilland treibt ihre Freundin Bette Davis in den Wahnsinn. Havillands Rolle hieß Miriam Deering. In jedem dieser Filme manipuliert eine Frau eine andere. Im Prinzip hängt alles hier an den Wänden. Sie muss sich für verdammt clever gehalten haben. Tess hat die Plakate garantiert hundertmal gesehen.«

»Und nie Verdacht geschöpft. Amy hat sie mit der Wahrheit verspottet, und Tess war die ganze Zeit über arglos gewesen. Wie viel sind diese Plakate wohl wert, Aidan?«

»Falls es Originale sind? Zweihunderttausend bestimmt.«

»Du hast in deinem Studium einen Kurs in Filmgeschichte belegt, richtig?«

»Ja«, sagte Aidan humorlos. Die Freude darüber, den Code geknackt zu haben, verschwand rasch. »Aber was nützt mir das jetzt? Wie finden wir damit heraus, wo Miller sich gerade aufhält?«

Murphy umfasste seine Schulter und drückte sie ermutigend. »Versuche, deinen Kopf frei zu kriegen, Aidan. Denk an das, was wir wissen und was wir nicht wissen. Überleg mal. Zweihundert Riesen ist verdammt viel, um es an die Wand zu pinnen. Ich habe Millers Steuererklärung vom letzten Jahr überflogen, und sie hat nur sechzigtausend als

Einkommen angegeben. Die Miete für diese Wohnung passt da rein. Die Plakate nicht.«

Aidan zog die Brauen hoch. »Vorhin hast du gesagt, du seiest erstaunt, dass sie keine Staatsanwältin geworden ist. Aber wenn man zwielichte Gestalten braucht, die nach der eigenen Pfeife tanzen …«

»Eben. Als Verteidigerin konnte sie mit all den bösen Buben Kontakt aufnehmen, die sie für ihre Pläne benötigte.« Murphy sah sich im Wohnzimmer um. »Weißt du, was mich stört? Ich hätte erwartet, hier ein fettes Computersystem vorzufinden. Als Rick uns die vielen Kameras zeigte, hatte ich die Vision von einem riesigen Steuerpult à la James Bond, in das mindestens zehn Monitore integriert sind. Hier aber ist nirgendwo ein Computer. Nicht einmal ein Bildschirm.«

»Sie hat wahrscheinlich einen Laptop.«

»Ja, wahrscheinlich, aber sie musste ja eine ganze Menge Orte überwachen. Tess' Praxis, ihre Wohnung, Cynthia Adams' Wohnung … Ich kann mir nicht vorstellen, dass sie die Zeit gehabt hat, jede Kamera einzeln aufzurufen, zumal sie auch noch berufstätig ist. Sie muss mindestens zwei oder drei Monitore haben, Aidan. Sonst wäre die Sache nicht möglich gewesen.«

Aidan nickte grimmig. »Dann muss es einen anderen Ort dafür geben. Ich werde mir die Adressen dieser Firmen ansehen, und Deering zuerst.«

»Aidan, Murphy«, rief Jack aufgeregt aus dem Schlafzimmer. »Kommt mal her.«

Aidan blieb bei dem Anblick wie angewurzelt stehen. Die Schranktüren standen offen und zeigten Dutzende von

Fotos. Ein Gesicht war ihnen nur allzu bekannt. »Swanson«, murmelte Aidan.

Vito stand am Fuß des Bettes und hatte den dünnen Vorhang zur Seite gezogen. »Hier hängen noch mehr.«

Aidan und Murphy beugten sich vor, um die Fotos an der Schranktür genauer zu betrachten. »Das ist in Robins Bistro aufgenommen worden. Tess hat auch eins davon.« Aber bei näherer Betrachtung zog sich sein Inneres erneut zusammen. »Sie hat Tess aus dem Bild geschnitten.«

»Und aus allen anderen Bildern auch«, murmelte Murphy. »Sieht aus, als habe Swanson dauernd neben ihr gesessen. Miller scheint von diesem Kerl besessen zu sein.«

Aidan warf Vito einen Blick zu. »Swanson wird seit drei Monaten vermisst.«

»Ich dachte eigentlich, dass er tot ist, aber falls Miller ihn nicht in Ruhe gelassen und er sich bedroht gefühlt hat, hat er vielleicht die Sache mit den ›Ärzten ohne Grenzen‹ als Vorwand benutzt, um untertauchen zu können«, überlegte Murphy.

»Schaut mal hier«, sagte Vito und trat vom Bett zurück.

Aidan blickte unter den Betthimmel und blinzelte. »Heilige Scheiße.« Die ganze freie Fläche unter dem Vorhang war mit Bildern von Jim Swanson, der sich auszog, zugeklebt. »Sie muss die Bilder durch sein Schlafzimmerfenster gemacht haben.«

»Ich bin gestern noch bei seiner letzten Adresse vorbeigegangen«, sagte Murphy. »Das Schlafzimmer geht zur Straße. Die Fotos könnten aus dem Haus gegenüber aufgenommen worden sein.« Er zog eine Braue hoch. »Vielleicht ist das ja ihr Spielplatz.«

Aidan spürte einen kleinen Hoffnungsschimmer. »Dann los.«
»Ich rufe Spinnelli an. Er kann die anderen Adressen überprüfen. Und uns verschiedene richterliche Anordnungen besorgen.«
»Moment. Bevor ihr geht ...« Jack holte aus dem Schrank ein paar Business-Schuhe. »Richtige Größe. Blut auf den Schuhbändern.« Er drehte sie um. »Kein Schlamm an den Sohlen. Wir werden sehen, ob das Blut von Bacon ist.«
»Sie hatte also zwei Paar von diesen Schuhen«, überlegte Murphy. »Dieses und das, das sie anhatte, als sie Vito attackiert hat.«
»Sie hatte eine ganze Menge mehr als nur das«, sagte Jack. »Seht euch das an.«
Zwei große geöffnete Koffer lagen auf dem Boden, darin Männerkleidung.
»Auf dem Kofferschild steht Jim Swanson. Da ist seine Brieftasche mit Führerschein, Flugticket und sein Pass. Und dies hier war in ein Hemd eingewickelt.« Jack zeigte ihnen ein Schlachtermesser mit dunklen, verkrusteten Flecken.
Aidans Blut gefror. »Also ist er tot. Sie hat ihn umgebracht.«
»Aber wieso?«, fragte Murphy. »Wieso hat sie das getan?«
»Sie liebte Swanson, war wie besessen von ihm«, dachte Aidan laut. »Am Abend bevor er abfliegen wollte, betrank er sich, weißt du noch? Er ist zu Jon Carter gegangen und hat sich ausgeheult.« Er sah zu Vito. »Swanson liebte Tess, aber sie hatte ihn abgewiesen. Deshalb wollte er nach Afrika.«

Vitos Augen weiteten sich. »Er war das? Sie hat mir davon erzählt, aber nie einen Namen genannt. Sie war todunglücklich deswegen.«

»Spielen wir es mal durch.« Aidan zeigte auf sich. »Ich bin Amy, du Swanson. Du kommst nach Hause, betrunken und mutlos. Kannst nicht mehr gerade gucken. Ich dagegen stehe absolut auf dich. Liebe dich. Du reist morgen ab, und ich sehe dich vielleicht nie wieder. Also gehe ich zu dir und … was? Gestehe dir meine Liebe?«

»Vielleicht.« Murphy nickte. »Aber ich sage, ›Tut mir leid, Schätzchen, ich will nur Tess‹. Du drehst durch. Was passiert, wenn sie durchdreht, Vito? So richtig durchknallt?«

Vito wurde blass. »Ich habe sie bisher nur ein einziges Mal richtig wütend gesehen. Sie ist von einem Typen versetzt worden, der mit ihr zum Schulball wollte. Er hatte ein besseres Angebot von einem anderen Mädchen. Sie hat ihr Zimmer komplett zertrümmert, alles rumgeschleudert …« Er schluckte. »Dann zerfetzte sie das Kleid, das sie tragen wollte, mitsamt der ganzen Matratze. Sie flehte mich an, die Matratze aus dem Zimmer zu schleppen, bevor Mom und Dad sie sahen. Sie behauptete, es sei ein Versehen gewesen, aber das Ding sah aus, als habe sie darauf eingehackt. Wenn meine Eltern uns doch nur von ihrer Mutter erzählt hätten … diese Sache hätte ich bestimmt nicht für mich behalten.«

»Wahrscheinlich war sie entsetzt, als sie feststellte, was sie getan hatte. Sie hatte den Mann, den sie liebte, getötet. Und in ihrem Verständnis war allein Tess daran schuld.«

»Und das war wahrscheinlich der Auslöser, der die kleinen Schikanen in einen zielgerichteten Rachefeldzug verwan-

delte.« Aidan holte tief Luft. »Sie wollte Tess alles nehmen. Ihren Beruf, ihre Karriere, ihre Glaubwürdigkeit.« *Ihr Leben*. Aber er schaffte es nicht, die Worte auszusprechen.
»Und dich«, fügte Murphy hinzu. »Als Rachel bedroht wurde, hättest du dich von ihr zurückziehen sollen.«
»Aber das haben Sie nicht getan«, sagte Vito. »Danke.«
Aidan dachte an Tess' Gesichtsausdruck, als sie glaubte, er wolle es doch tun. Er hatte gedacht, dass sie bereits wüsste, wie er gestrickt war. Dass sie ihn längst durchschaut hatte, weil es zu ihrem Beruf gehörte. Schließlich analysierte und diagnostizierte sie. Und sie half selbstmordgefährdeten Menschen. Verhinderte, dass Mörder und Vergewaltiger auf Unzurechnungsfähigkeit plädieren und ihrer Strafe entkommen konnten. Und sie machte es verdammt gut.
Er hatte gedacht, dass diese Fähigkeit wie ein Reflex war, dass sie es mit jedem tat. Aber wie es schien, waren die Menschen, die ihr mehr bedeuteten, davon ausgeschlossen. Weil sie keinen Hehl aus ihrer Zuneigung machte und nichts zurückhielt, erwartete sie dasselbe von anderen. Und so war sie extrem verwundbar allen gegenüber, deren Motive egoistisch oder sogar kriminell waren. Phillip Parks. Denise Masterson. Amy Miller.
»Jack.« Ein Techniker der Spurensicherung kam mit einem braunen Umschlag in der Hand zu ihnen.
Jack holte einen Stapel Postkarten und einen Bogen Briefmarken hervor. Letztere stammten aus dem Tschad. »Sie sind schon beschrieben«, sagte Jack. »Sie wollte wahrscheinlich alle paar Monate eine losschicken.«
»Und vermutlich hat sie auch den Brief an den Klinikleiter geschickt«, fügte Murphy hinzu. »Damit der keine

dummen Fragen stellt, wenn Swanson nicht auftaucht. Los, sehen wir uns die Häuser rund um Swansons ehemalige Wohnung an.«

»Und auch alle anderen Gebäude, mit denen Deering etwas zu tun hat.« Aidan war schon fast aus der Tür, als sein Handy klingelte.

»Reagan, Jon Carter hier. Ich bin gerade aus dem OP gekommen und habe meine Nachrichten abgehört. Eine von Ihnen und eine von Amy.«

Aidan blieb wie angewurzelt stehen. »Was wollte sie?«

»Es war seltsam. Sie sagte, sie bräuchte Hilfe – ein Notfall. Ein Mandant von ihr, ein junger Bursche, ist angeblich durchgedreht und hat sie angeschossen. Sie hat mich gebeten, sie zu versorgen, weil sie es nicht melden wolle; das Leben des Burschen, meinte sie, sollte nicht wegen eines dummen Fehlers ruiniert werden.«

»Wann und wo wollen Sie sich treffen?«

»Ich habe sie zu mir nach Hause bestellt. In einer halben Stunde. Ich habe Sie angerufen, weil ich während der OP die ganze Zeit an gestern Abend denken musste. Amy hat meinen Mantel gehalten, während ich Flo Ernst mein Beileid ausgesprochen habe. Ich hoffe, ich irre mich, aber ich will kein Risiko eingehen, was Tess' Leben betrifft.«

»Wir sind unterwegs, Jon. In einer Viertelstunde sind wir bei Ihnen.«

»Dann habe ich recht.« Er klang müde.

»Ja.« Aidan holte tief Luft. »Haben Sie.«

Freitag, 17. März, 19.30 Uhr

»Tess?« Ein schwaches Stöhnen, kaum hörbar.

Tess hob den Kopf und blinzelte erleichtert in die Dunkelheit. Ihr Vater war bei Bewusstsein. Am Leben. Behutsam rollte sie sich auf die Seite und sah ihn an. Seine Hände und Füße waren ebenfalls gefesselt, aber aus irgendeinem Grund hatte Amy ihn nicht geknebelt.

Amy. Das war so unfassbar. Bis sie begann, Verbindungen herzustellen. *Der Kriechkeller unter dem Haus*. Sie war damals so entsetzt und fassungslos gewesen, und Amy so besorgt. Genau wie sie es nach dem Knasti mit der Kette gewesen war. *Sie hat mir Suppe vorbeigebracht*. Ekelhafte Suppe. Tess hatte immer gedacht, Amy sei nur eine miese Köchin gewesen. Doch jetzt begann sie zu verstehen, warum sie sechs Wochen lang schwach gewesen und sich ständig erbrochen hatte. *Sie hat mich vergiftet*. Was für ein Miststück. Aber wieso?

Weil sie krank ist, Tess. Und Tess hatte längst erfahren, dass es manchmal der einzige Grund war, den ein Mensch brauchte. Aber Amys Zorn hatte sich verändert. Vor Cynthia Adams war ihre aufgestaute Wut nie tödlich gewesen. Sondern nur … gemein. Was war geschehen?

Zögernd berührte sie mit dem Knie das ihres Vaters.

»Tess«, flüsterte er. »Du lebst.«

Aber wie lange noch. Sie stieß ihn erneut an, versuchte Trost zu spenden und gleichzeitig Trost zu bekommen.

»Ich habe ein Messer in meiner Tasche«, murmelte er. »Mein Schnitzmesser. Kommst du dran?«

Sein Schnitzmesser. Er hatte ihr, als sie klein war, mit diesem Messer, das in seiner Zimmermannshose steckte, immer irgendetwas geschnitzt. Sie sah das Messer vor ihrem inneren Auge. Wenn sie es jetzt nur noch mit den gefesselten Händen erreichen könnte.

Freitag, 17. März, 19.30 Uhr

Joanna ging mit federnden Schritten auf ihr Wohnhaus zu. Ihr Abstecher nach Lexington war ausgesprochen erhellend gewesen. Dr. Chin hatte ihr Informationen gegeben, dank deren sich ihr Artikel in ein Stück seriösen Journalismus verwandeln würde.

Sie hatte zwar kein Exklusiv-Interview von Ciccotelli bekommen, dafür aber etwas über ihre beste Freundin, das noch viel besser sein würde. Sie konnte es kaum erwarten, Keith davon zu erzählen.

Sie hatte es geschafft. Endlich geschafft. Eine eigene Verfasserzeile. Und nicht nur über einem albernen Artikel über Dr. Jon Carters sexuelle Vorlieben, der in der Klatschspalte erscheinen würde. Dies war knallharter Journalismus. Seite eins. Über dem Falz.

Endlich. Und in diesem Fall würde Cyrus Bremin ihr nichts abnehmen. Sie hatte das Versprechen des Chefredakteurs. Andererseits hatte der Mann ihr schon einmal etwas versprochen und es dann nicht gehalten. Nun, sie würden sehen. Sie bog mit einem Grinsen um die letzte Ecke.

Das Grinsen schwand, als sie den Eingang sah. Zum zweiten Mal in dieser Woche stand ein Krankenwagen vor der Tür. Sie legte die letzten Meter im Laufschritt zurück. Während sie beim ersten Mal aufgeregt gewesen war, weil sie über den Selbstmord von Cynthia Adams berichtete, empfand sie jetzt nur noch Furcht.

Dann hatte sie einen Polizisten erreicht. »Entschuldigen Sie, ich wohne hier. Was ist passiert?«

Er sah sie mit verengten Augen an. »Wie heißen Sie?«

»Joanna Carmichael.«

Seine Augen wurden ausdruckslos. »Wir haben Sie gesucht. Bitte kommen Sie mit.«

Nein. Die Furcht wuchs, als er sie zum Fahrstuhl führte und sie zu ihrer Etage hinauffuhren. *Nein*. Die Tür zu ihrer Wohnung stand offen. Im Inneren sah sie Leute. Nein, Cops. *Keith*.

Ein paar Schritte vor der Tür wurde sie von einem großen, dunklen Mann und einer kleinen, blonden Frau aufgehalten. Der Mann legte ihr eine Hand auf die Schulter. »Miss Carmichael?« Wie betäubt nickte sie.

»Ich bin Detective Mitchell, und das ist Detective Reagan«, sagte die Frau. »Können Sie uns sagen, wo Sie vor etwa einer Stunde waren?«

Ihr Herzschlag verlangsamte sich. Der große Dunkle war der Bruder von Ciccotellis Lover. »Beim *Bulletin*. Gespräch mit dem Chefredakteur. Warum?«

Die Frau sah ihr direkt in die Augen. »Wir haben leider schlechte Nachrichten.«

Die Stimme der Frau wurde übertönt vom Quietschen der Räder, mit denen eine Bahre aus ihrer Wohnung gerollt wurde. Darauf ein Leichensack. »Keith?« Sie hastete hinter der Bahre her und verspürte Panik in jeder Faser ihres Körpers. Die Stimme, die sie schreien hörte, war ihre eigene. »*Keith!*«

23

Freitag, 17. März, 19.30 Uhr

Die Blutung hatte beinahe von selbst aufgehört, und es pochte auch nicht mehr so schlimm wie kurz nach dem Schuss. Trotzdem musste die Wunde genäht werden. Jon würde bald da sein. Er würde sie wieder zusammenflicken, und sie konnte sich endlich Ciccotelli widmen.

Durch das Fernglas sah sie Jons Auffahrt, die einen Block entfernt war. Genau wie den niedrigen Camaro, der nun langsam die Straße entlangkroch.

Aidan Reagans Wagen. Es dauerte einen Moment, bis die Erkenntnis sich als Schock in ihr breitmachte. Jon Carter hatte sie verraten. Sie hatten einen Verdacht. Unmöglich. Die Schuhe waren ein cleverer Schachzug gewesen. Sie hätten eigentlich Robin Archer verdächtigen müssen, aber nach dem morgendlichen Besuch der Polizei hatte er zu Hause bleiben dürfen. *Und jetzt verdächtigen sie mich.* Aber warum?

Und noch wichtiger – was nun? Die Wunde musste versorgt werden. Dann musste Ciccotelli es eben tun. *Hoffen wir, dass Daddy noch lebt, denn wahrscheinlich wird nur ein Lauf an seiner Schläfe sie dazu bringen, es anständig zu tun.* Danach mussten die beiden sterben. Leider viel schneller und schmerzloser als ursprünglich geplant, aber es ging nicht anders. *Ich muss hier weg*. Weit weg.

Freitag, 17. März, 20.15 Uhr

»Sie muss uns gesehen haben.« Wütend schleuderte Aidan den Mantel auf seinen Tisch.

»Wir haben eine Dreiviertelstunde gewartet«, erklärte Murphy Spinnelli. »Aber sie ist nicht aufgetaucht.«

Spinnelli seufzte. »Wir wissen, wie Miller angeschossen wurde. Als ihr gerade zu ihrer Wohnung losgefahren seid, kam ein Anruf herein. Man hat Joanna Carmichaels Freund tot in ihrer gemeinsamen Wohnung gefunden. Der junge Mann lag auf seiner Waffe, mit der einmal geschossen worden war. Und wir haben in Carmichaels Computer einen Haufen Fotos gefunden. Von Tess. Sie muss ihr quer durch die Stadt gefolgt sein.«

Noch ein Todesopfer. Verdammt. »Tess meinte schon, dass Carmichael sie beschattet hat.«

»Ja, und sie scheint es ziemlich gut gemacht zu haben. Wir haben Bilder von Marge Hooper und Sylvia Arness und ein halbes Dutzend anderer Leute gesehen, denen Tess an diesem Tag begegnet ist. Carmichael hat Abe und Mia erzählt, sie hätte den Verdacht gehabt, dass sich jemand in ihre Dateien eingeloggt hat, sei aber von einer Story ›abgelenkt‹ worden. Es ist also anzunehmen, dass Miller mit einem Einschussloch durch die Gegend rennt.«

»Carmichael muss Miller ziemlich nah gekommen sein«, murmelte Murphy. »Was war denn das für eine Story, die sie abgelenkt hat?«

»Das hat sie nicht gesagt. Mia meinte nur, sie hätte ständig etwas von Titelseite und ›über dem Falz‹ gemurmelt.«

»Ihr Freund bezahlt also dafür, dass sie nicht von Tess und dem Exklusiv-Interview lassen kann.« Aidan seufzte. »Habt ihr etwas in Swansons Wohnung gefunden?«

»Ein junges Paar hat die Wohnung vor zwei Monaten übernommen«, sagte Spinnelli. »Miller ist also momentan nicht da. Aber vorher waren die Räumlichkeiten von Deering Inc. angemietet.«

Zu spät. Knapp daneben, auch vorbei. »Haben wir schon nach den Deering-Immobilien geforscht?«

»Lori ist dran. Wir sollten in ungefähr einer Stunde etwas haben. Ich habe übrigens noch einmal Denise Masterson hergebeten. Sie wollte erst ihren Anwalt anrufen, und ratet mal, wer das war?«

»Destin Lawe«, sagte Murphy, und Spinnelli nickt.

»Sie war sehr unzufrieden, als sie erfuhr, dass er tot ist. Und dass er nur behauptet hat, Anwalt zu sein.«

»Sie hat ihn gestern angerufen, sobald wir sie haben gehen lassen«, sagte Murphy.

»Außerdem haben wir drei weitere Anrufe bekommen, die auf Danny Morris' Vater hingewiesen haben. Alle falsch.«

»Sie weiß, dass wir jedem Hinweis folgen würden. Dieses verdammte Miststück«, zischte Murphy.

Aidan hätte am liebsten laut geschrien. »Nichts davon bringt uns auf der Suche nach Tess weiter.«

»Wir haben eine Personenbeschreibung von Miller rausgegeben«, sagte Spinnelli geduldig. »Aidan, wir können nichts tun, bis Lori das Archiv durchgesehen hat. Nutzen

Sie diese Zeit, um wieder Kraft zu tanken.« Er verengte die Augen. »Und das ist ein Befehl. Sobald Sie den Ausdruck der Deering-Räumlichkeiten in der Hand haben, können Sie losstürmen. Und wenn Sie es tun, müssen Sie sich konzentrieren.«

Aidan verließ widerwillig das Großraumbüro und stieß auf dem Weg zum Fahrstuhl mit Rick zusammen.

»Dich habe ich gesucht«, sagte Rick. »Ich habe etwas.« Als Aidan ihn nur verständnislos ansah, runzelte Rick die Stirn. »Die CD, die dieser Poston-Junge zerbrochen hat. Ich habe was.«

Frische Energie durchdrang Aidan. »Das will ich sehen.«

Freitag, 17. März, 20.15 Uhr

Tess hätte beinahe gelacht. Das war doch lächerlich. »*Was* soll ich tun?«

Amy lachte nicht. »Hier ist die sterilisierte Nadel und Faden.« Sie zog den Ärmel hoch und entblößte den zerschossenen Unterarm. »Los, näh die Wunde.« Sie presste mit der linken Hand den Lauf an Michaels Schläfe. »Und sieh zu, dass ich nicht zusammenzucken muss. Die linke Hand beherrsche ich nicht so gut.«

Tess wurde augenblicklich ernst. »Schon gut. Nur tu ihm nichts.«

»Sie tötet mich sowieso. Hilf ihr bloß nicht.« Er grunzte, als Amy ihm in den Magen trat.

»Klappe, alter Mann.«

»Schon gut, Dad«, murmelte Tess, dann sah sie Amy an. »Mit gefesselten Händen kann ich nichts tun.« Nach etwa einer Stunde wüster Verrenkungen hatte sie es geschafft, das Messer ihres Vaters aus seiner Tasche zu ziehen. Da ihre Hände auf den Rücken zusammengebunden waren, hatte sie es nur in den hinteren Hosenbund schieben können. Im Augenblick war es da vollkommen sinnlos. Aber wenn sie die Hände frei hätte …

Amy griff ebenfalls nach einem Messer, ein großes Fleischmesser, und zerschnitt den Strick um ihre Handgelenke. »Eine falsche Bewegung, und dein Vater braucht sich nicht mehr um sein Herz zu sorgen.«

»Das wird jetzt weh tun«, warnte Tess. »Ich habe nichts, um den Schmerz zu betäuben.«

Amy grinste höhnisch und ließ ihren Blick über die Regale in der Kammer wandern. »Ich schon, aber ich bin garantiert nicht so blöd und lass dich da ran.«

Tess unterdrückte die Übelkeit, die die enge Kammer ihr verursachte, und betrachtete die getrockneten Pflanzen und Flaschen, die sich auf den Regalen befanden. Es handelte sich hauptsächlich um Pilze, und plötzlich fügte sich ein weiteres Puzzleteil ein. »Halluzinogene. Du hast meine Patienten unter Drogen gesetzt.«

Amy hielt ihr den Arm hin. »Halt die Klappe und mach.«

Tess schüttelte den Kopf. »Mir wird schlecht hier drin. Ich werde es nicht gut machen können.«

»Das Risiko kann ich eingehen«, sagte Amy trocken. »Fang an.«

Tess zog den Faden auf. »*Hast* du meine Patienten unter Drogen gesetzt?«

Amy gab einen ungeduldigen Laut von sich. »Ja.«

Tess stach mit der Nadel in die Haut, und Amy sog scharf

die Luft ein. »Und hast du mir auch was davon in die Suppe getan?«

»Natürlich. Ich hielt die Gelegenheit für günstig, dich von Phil zu trennen.«

Tess machte ein paar weitere Stiche. »Hast du mit ihm geschlafen? Mit Phillip?«

Amy grinste. »Aber sicher. Und ich habe das große Ereignis sogar fotografiert. Es reichte, um Phil davon zu überzeugen, dass er dich besser verlässt. Ich konnte nicht zulassen, dass du heiratest.«

»Und warum nicht?«

»Weil du dann glücklich gewesen wärest. Die Sache mit Green oder deinem ›Knasti mit Kette‹, wie du so schön sagst, hätte mir nicht besser gelingen können, wenn es auf meinem Mist gewachsen wäre, aber ich habe zugesehen, dass ich aus dem Nachspiel das Beste gemacht habe.«

»Und ich dachte, ich verliere den Verstand«, murmelte Tess und dachte an die Wochen, in denen sie zu schwach gewesen war, zur Arbeit zu gehen, und sich gefragt hatte, ob ihr Unterbewusstsein sich gegen ihren Beruf sträubte.

Amy gluckste vergnügt. »Ich weiß. Übrigens fand ich am Sonntag wirklich, dass du wie ein billiges Flittchen aussahst.«

Tess presste die Kiefer zusammen. »Eleanor hat recht gehabt. Sie konnte dich nie leiden.«

Amys Arm verspannte sich unter Tess' Händen. »Dieses Biest. Aber sie hat dafür bezahlt.«

Tess sah entgeistert auf. »Was?«

»Sie hat immer irgendwas für dich getan. Dir Vorteile verschafft. Dich beschenkt.«

Tess musste plötzlich an Eleanors unerwarteten Tod denken. »Du hast Eleanor umgebracht.«
»Stimmt auffallend.« Sie presste die Lippen zusammen. »Die Haut an ihrem Hals war so faltig, dass der Gerichtsmediziner den kleinen Einstich nie gefunden hat.«
»Aber man hat doch keine Drogenrückstände gefunden.«
»Die Reinheit der Luft, liebe Tess.«
Dumpf vor Entsetzen senkte Tess den Blick wieder auf die Wunde. »Du hast ihr Luft injiziert.«
»Der alte Mann hätte dich eigentlich hochkant rauswerfen müssen.«
»Aber das hat er nicht getan«, murmelte Tess, die immer klarer sah.
»Tja, du bist wieder auf den Füßen gelandet«, sagte Amy voller Bitterkeit. »Wie immer.« Dann schüttelte sie den Kopf. »Aber nun ist deine Glückssträhne zu Ende.«
Tess war beinahe fertig mit der Arbeit, und ihre Füße waren immer noch gefesselt. »Was hast du mit uns vor?«
»Ich werde euch erschießen. Damit schließt sich der Kreis. Ich musste mich mit dir abfinden, weil ich meinen Vater getötet habe. Jetzt höre ich mit allem auf, indem ich deinen umbringe.«
Tess stach daneben, und Amy fluchte. Michael sah mit verengten, blitzenden Augen auf. »Du hast deinen eigenen Vater umgebracht?«
Amys Gesicht verhärtete sich. »Er wollte heiraten. Aber ich wollte es nicht. Sie hatte fünf Kinder, und alle wären in *mein* Haus eingedrungen. Hätten *meine* Sachen angefasst!« Ihr leises Lachen war böse. »Aber was habe ich dafür gekriegt? Euch fünf Kinder. Ich hatte wirklich nichts gewonnen.«

»Du hast Leon ausgeliefert«, murmelte Tess und nahm sich Zeit für die letzten Stiche.
»Das war nicht schwer.« Ihr Gesicht verfinsterte sich. »Und dich auszuliefern hätte genauso leicht sein sollen.«
»Und was war das Problem?«, fragte Tess.
»Ich hatte Sorge, dass die Polizei es nicht kapiert, daher habe ich zu viele Spuren hinterlassen.«
»Du hast deinen Job zu gut erledigt«, murmelte Tess. Sie würde das Spiel mitspielen.
»Stimmt.« Amy schien erfreut. »Aber deinen alten Herrn reinzulegen, war nun wirklich ein Kinderspiel.«
Tess biss die Zähne zusammen. Auch diese Sache hatte Amy inszeniert. »Ja, damit hast du mich wirklich getäuscht.«
»Die große Psychiaterin. Auch nicht schlauer als jeder andere. Du siehst nur, was du sehen willst.« Amy spreizte die Finger. »Das hast du ja ganz anständig gemacht. Dafür hat der alte Mann einen schnellen Tod verdient.«
Tess wusste, dass sie nur eine einzige Chance hatte. Jetzt oder nie. Sie griff nach hinten und riss das Messer aus dem Hosenbund, und während Amy noch ihre genähte Wunde inspizierte, stach sie ihr tief in den gesunden Arm. Mit einem Schmerzensschrei schwang Amy die Pistole aufwärts, und Tess verpasste ihr denselben Hieb, den sie auch bei Clayborn angewandt hatte. Amy kreischte, als Blut aus ihrer Nase sprudelte, und Tess warf sich gegen sie und krachte mit ihr gegen ein Regal. Gläser klirrten und Flaschen schepperten, und Amy war für einen Moment bewegungsunfähig.
Tess packte Amys Pistole mit einer Hand und sägte mit

der anderen am Strick um ihre Fußknöchel. Dann streckte sie sich, den Lauf der Waffe auf Amy gerichtet. Amy grinste höhnisch. »Das bringst du sowieso nicht.«

Tess wusste, dass Amy in gewisser Hinsicht recht hatte. Sie hatte diese Frau für ihre beste Freundin gehalten. Leider war diese Freundschaft die ganze Zeit vollkommen einseitig gewesen. Doch so viel Hass sie momentan auch empfand, diese Frau war krank. Sie hatte Harold Green verschont. Musste sie Amy nicht denselben Dienst erweisen? Immerhin hatte sie sie einmal geliebt wie eine Schwester. »Ich will dich nicht töten, Amy. Aber wenn ich es muss, werde ich es tun. Steh auf, und wenn du meinen Vater berührst, drück ich ab.«

Amy stand auf. »Und das in solch einem kleinen, stickigen Kämmerchen? Du kriegst hier doch bestimmt nicht genug Luft.«

Tess biss die Zähne zusammen. »Ich staune selbst, wie gut es funktioniert.« Und zu ihrem Erstaunen merkte sie, dass es stimmte. »Beweg dich. Weg von meinem Vater.« Amy bewegte sich mit wachsamen Augen ein paar Schritte auf die Tür zu. Tess wusste, dass sie nur auf eine Gelegenheit wartete. »Das reicht. Dad, ich kann dich nicht losbinden, weil ich sie dann aus den Augen lassen muss.«

»Schon gut, Tess.« Er klang so schwach. »Hol Hilfe.«

»Vorwärts, Amy. Wir gehen jetzt telefonieren, und diesmal spreche ich für mich selbst.«

Freitag, 17. März, 20.20 Uhr

Aidan, Murphy und Spinnelli starrten auf die Fotos, die Rick auf dem Tisch ausgebreitet hatte. »Die fehlenden CD-Splitter entsprechen den fehlenden Bereichen auf den Fotos«, erklärte Rick.

»Fotos?«, fragte Aidan. »Ich hätte eher Audiodateien erwartet.«

»Oh.« Rick schüttelte den Kopf, um seine Gedanken zu klären. »Na klar. Ich war so begeistert von dem hier, dass ich es ganz vergessen habe. Ja, ich habe eine Audiodatei gefunden, aber nur in Bruchstücken. Es wird allerdings reichen, um Poston festzunageln. Aber während ich nach den Audiosegmenten gesucht habe, habe ich eine Bilddatei gefunden – ziemlich tief vergraben. Wahrscheinlich hat sie versucht, die CD mit Regierungssoftware zu löschen. Das funktioniert nur, wenn man die Daten siebenmal überschreibt, aber selbst dann bleiben Reste übrig. Schauen Sie sich an, ob Sie mit den Fotos etwas anfangen können.«

Ein Bild zeigte eine Wand mit Bildern. Bleistiftzeichnungen von einem Strand. Er kannte das Bild und die Wand. Sein Herz hüpfte in seine Kehle. »Das ist Tess' Wohnzimmer.«

Murphy nahm sich ein Foto. »Du machst Witze.«

Aidan sah auf. »Sie hat Tess genauso überwacht wie Swanson. Diese Fotos sind durchs Fenster gemacht worden. Irgendwo in der Nähe von Tess' Wohnung ist ihr Spielplatz.«

Murphy nickte aufgeregt. »Das Gebäude gegenüber. Allerdings hat es vierzig Stockwerke. Können Sie vom Aufnahmewinkel her etwas Genaueres sagen?«

»Vielleicht«, meinte Rick. »Die Auflösung ist mies, aber ich kann Vermutungen anstellen.«

Spinnelli klopfte auf den Tisch, um auf sich aufmerksam zu machen. »Vermutungen reichen nicht. Wir brauchen eine genaue Angabe, um einen Durchsuchungsbefehl zu beantragen.«

Aidan nahm den Hörer ab. »Lori, hast du schon die Liste der Räumlichkeiten, die Deering besitzt?«

Zwei Minuten später brachte Lori ihnen die Ausdrucke, und Aidan strich mit dem Finger über die Liste. »Ihr gehören zwanzig Wohnungen. Aber nur eine gegenüber von Tess' Haus. Los, Leute.«

Freitag, 17. März, 20.45 Uhr

»Stehenbleiben«, sagte Tess, und Amy blieb stehen. Ein spöttisches Lächeln lag ihr auf den Lippen.

»Und wenn ich nicht gehorche?«

Tess drückte ab und ließ die Kugel dicht an Amys Kopf vorbeizischen. »Dann erschieße ich dich.«

Auf Amys Gesicht erschienen rote Flecken. »Du Miststück. Du hast immer alles bekommen.«

»Und jetzt sorge ich dafür, dass du ins Gefängnis gehst. Wo du mich hinschicken wolltest.«

»Was auch funktioniert hätte, wären die verdammten Cops nicht gewesen.«

»Du klingst wie der Böse von Scooby-Doo«, sagte Tess, und Amys Augen blitzten vor Zorn. »So weit zum Thema

Filmklassiker.« Sie sah sich um, entdeckte aber unglücklicherweise kein Telefon.

»Tja, anrufen geht nicht«, sagte Amy grinsend. »Hier gibt es nur das Internet. Und nun?«

»Komm mit. Wir klopfen an ein paar Türen. Irgendjemand in diesem Gebäude hat bestimmt ein Telefon.« Sie bedeutete Amy, vor sie zu treten. »Geh.«

Doch Amy griff an. Tess flog rückwärts, landete mit dem Rücken an der Balkontür, und Amy entwand ihr die Waffe. Dann richtete sie den Lauf auf Tess' Herz und lachte.

»Und jetzt bewegst du dich. Raus auf den Balkon. Mit deinem Vater schließt sich der Kreis, mit dir ebenfalls. Alles hat damit angefangen, dass deine Patientin gesprungen ist. Jetzt kann sich die Presse über die tolle Meldung freuen, dass du gesprungen bist. Mach die Tür auf.«

»Nein.« Tess wusste, dass sie tot war, sobald sie auf den Balkon hinaustreten würde.

Amy entriegelte die Tür, stieß sie auf und ließ die kalte Nachtluft herein. Mit der einen Hand packte sie Tess' Haar, mit der anderen drückte sie ihr die Pistole an die Schläfe. »Ich sagte, raus. Los!« Sie zerrte Tess auf den Balkon und stieß sie gegen das Geländer. Tess schrie auf, als der Griff der Pistole in ihre Lendenwirbel krachte, und versuchte instinktiv, sich dem Schmerz zu entziehen. Doch dadurch verlor sie das Gleichgewicht. Amy versetzte ihr mit beiden Händen einen Stoß.

Und Tess kippte über das Geländer.

»Polizei!« Aidan tat einen Schritt zur Seite, um das Sondereinsatzkommando die Tür eintreten zu lassen, und Aidans Hoffnung sank ins Bodenlose. Auf dem Balkon stand Amy. Allein. Doch gerade noch zu sehen waren zwei Hände, die sich verzweifelt an das Geländer klammerten. *Tess.* Aidan stürzte vor, während Amy Miller sich umdrehte und ihm mit wildem Blick entgegensah.

»Verschwindet, oder ich schieße auf ihre Hände«, sagte Amy kalt. »Und dann fällt sie zwölf Stockwerke tief. Wenn sie davon nicht stirbt, wird sie es sich wünschen, und ihr alle auch.«

Murphy war hinter ihm. »Auf drei, Aidan«, sagte er leise. »Eins, zwei …«

Drei. Murphy und Aidan schossen gleichzeitig, und die geballte Feuerkraft hatte eine solche Wucht, dass sie Amy über das Geländer schleuderte. Gleichzeitig rannten die beiden Männer los, packten Tess' Hände und zerrten sie in Sicherheit. Sie war leichenblass und keuchte, unfähig, auch nur ein Wort herauszubringen.

Aidan zog sie in seine Arme und trug sie ins Wohnzimmer.

»Sie liegt unten auf der Straße«, sagte Murphy vom Balkon aus. »Sie ist tot.«

»Der Kreis hat sich geschlossen«, murmelte Tess. »Wie Cynthia.«

Aidan glaubte, sie nie wieder loslassen zu können. Ihre schmalen Hände das Geländer umklammern zu sehen, hatte ihn mindestens zehn Jahre seine Lebens gekostet.

Tess kämpfte sich auf die Füße. »Mein Vater. Ruf den Notarzt. Er braucht Sauerstoff.«

Den brauchte auch Tess, dachte Aidan, stützte sie aber, als sie ins Hinterzimmer zurückeilte, in dem Michael Cicco-

telli noch immer gefesselt lag. Er sah auf und schloss erleichtert die Augen. »Du lebst. Ich habe Schüsse gehört.«
Tess sank neben ihm auf die Knie und suchte nach dem Messer, mit dem sie ihm die Fesseln durchschneiden konnte. Tränen liefen ihr über die Wangen, und Aidan war sicher, dass es ihr nicht bewusst war. Ihre Hände bebten so stark, dass das Messer zu einer Gefahr wurde. »Sie ist tot, Dad. Amy ist tot.«
»Tess.« Aidan ging neben ihr in die Hocke und nahm ihr das Messer ab. »Setz dich und versuche, zur Ruhe zu kommen.«
Rasch durchtrennte er die Stricke und half dem alten Mann, seine Glieder zu strecken. »Sie beide gehen ins Krankenhaus, und ich will keine Diskussion darüber, verstanden?«
Michael sah Tess an. »Ich gehe, wenn du auch gehst.«
Sie nickte, die Hand auf die Lippen gepresst. »Okay.«
»Tess? Dad?« Vito kam schlitternd am Türrahmen zu stehen. »O mein Gott, Tess!« Er ließ sich neben ihr auf die Knie fallen und zog sie in die Arme. »Spinnelli rief mich an, und wir kamen gerade an, als du draußen am Balkon hingst. Ich dachte, es wäre aus.« Seine Arme umschlangen sie fester, und er wiegte sie.
Michaels Augen weiteten sich. »Du hast am Balkon gehangen? Mein Gott.«
»Ich dachte, ich kriege einen Herzanfall«, stieß Vito hervor. »Mom und ich standen da, konnten nicht mehr atmen. Dann fiel Amy über die Brüstung, und Reagan zog dich wieder hinauf.« Er sah unsicher auf und begegnete Aidans Blick. »Danke.«

Aidan brachte mühsam ein Nicken zustande. »Schon okay. Ich weiß auch nicht, ob ich jemals wieder richtig atmen kann.« Er stieß die Luft aus und sog sie versuchsweise wieder ein. »Na ja, scheint zu klappen.«

Tess löste sich behutsam aus Vitos Armen und ließ sich in Aidans ziehen. Sie legte den Kopf an seine Schulter. »Ich glaube, ich war noch nie so glücklich, ein Gesicht zu sehen, wie eben, als du dich über das Geländer gebeugt hast.« Sie legte leicht ihre Lippen auf seine. »Danke.«

Aidan vergrub sein Gesicht in ihrer Halsbeuge und schauderte. Es war vorbei. Es war endlich vorbei. »Gern geschehen. Komm, sehen wir zu, dass wir dich versorgen, und dann will ich nach Hause.«

Sie legte den Kopf schief und sah ihn an. »Heute Abend will ich nicht kochen, Detective.«

Sein Lachen klang erstickt. »Schon gut. Ich glaube, ich würde sowieso keinen Bissen runterkriegen. Vielleicht morgen.«

»Das klingt gut.«

Samstag, 18. März, 8.30 Uhr

Tess trat vorsichtig aus dem Fahrstuhl und zwang ihr rasendes Herz zur Ruhe. Sie stand einen Moment lang nur da und atmete so regelmäßig wie möglich.

»Hassen Sie Fahrstühle immer noch, Tess?«

Sie schaute auf und sah Marc Spinnelli, der sie, eine Tasse Kaffee in der Hand, freundlich anlächelte. »Ja, aber ich denke, ich habe seit kurzem Höhenangst, die ich unangenehmer finde.«

Er grinste. »Na, ich würde sagen, Sie haben ein Recht auf diese Phobie, Doktor.« Er legte ihr einen Arm um die Schultern. »Gestern Abend konnten wir nicht mehr miteinander reden. Wie geht es Ihnen?«

»Ganz gut, denke ich. Mir tut alles weh, aber das ist nicht so schlimm.« Sie war vor einer Stunde in Aidans Bett aufgewacht und hatte eine Nachricht auf dem Kopfkissen gefunden. »Schlaf dich aus«, hatte er ihr befohlen, aber sie brauchte jetzt Antworten. Und sie brauchte ihn. »Ist Aidan da?«

Er nickte. »Im Konferenzraum. Ich bringe Sie hin.«

Fünf Augenpaare schauten auf, als sie eintraten. Jack, Rick, Patrick und Murphy. Und Aidan. Er stand auf und sah sie finster an. »Du solltest doch schlafen.«

»Es ging nicht mehr.« Sie hielt ihm den *Bulletin* hin. »Hast du das gelesen?«

Aidan seufzte. »Ja, wir alle. Setz dich, Tess.«

Sie nahm den Stuhl, den er ihr bot, und breitete die Zeitung auf dem Tisch aus. Die Schlagzeile lautete: *Verteidigerin eine Mörderin*. Unter den fetten Buchstaben standen zwei Artikel, der größere von Cyrus Bremin, der über Amys Rolle in der Mordserie der vergangenen Woche berichtete. Zu dem Artikel gehörten Fotos der letzten beiden Opfer, Phillip Parks und Keith Brandon. Ihre Gesichter starrten ihr in Schwarzweiß entgegen, und Tess empfand nur Trauer. Auch ihr Bild prangte auf der Titelseite, daneben eine grobkörnige Aufnahme von ihr, wie sie am Balkongeländer hing. Dieses Foto verursachte ihr ein Brennen im Magen. In der vergangenen Nacht hatte sie den Moment wieder und wieder durchlebt, hatte sich ausgemalt, wie ihre Finger langsam vom Geländer abrutschten, doch sie hatte es überlebt. Dreizehn andere nicht.

Die zweite Story war kürzer, aber ebenso schockierend. Amy hatte für verschiedene mächtige und kriminelle Familien in Chicago gearbeitet und sich Blutgeld verdient, indem sie ihnen geholfen hatte, alle Angestellten, die ihnen auf die Zehen getreten waren, ins Gefängnis zu bringen. Jeder dieser Angestellten war im Gefängnis zu Tode gekommen, eine überaus effektive Warnung an alle, die einen Verrat in Erwägung zogen. Irgendwie war Joanna Carmichael dahintergekommen. Und das hatte ihren Freund das Leben gekostet.

»Jetzt hat sie endlich ihre Verfasserzeile«, murmelte Tess. »Carmichael meine ich.«

»Zu einem hohen Preis«, erwiderte Aidan ruhig. »Alles in Ordnung mit dir?«

Ja, wollte sie sagen, dann starrte sie wieder auf die Titelseite. »Nein.«

»Wie geht's Ihrem Vater?«, fragte Murphy.

»Sein Zustand ist stabil.« Sie schaffte ein flüchtiges Lächeln. »Und er quengelt. Er will nach Hause.« Ihr Lächeln schwand. »Und ich soll mitkommen.«

Etwas blitzte in Aidans Augen auf, aber er lächelte. »Darüber reden wir, wenn wir uns alle ein wenig beruhigt haben. Hast du etwas gegessen?«

»Deine Mutter hat mich dazu gezwungen.« Tess war vom Duft gebratener Eier mit Speck aufgewacht, und Becca Reagans Lächeln war so fröhlich gewesen, dass sie tatsächlich etwas hatte zu sich nehmen können. Am Abend zuvor war sie im Krankenhaus gewesen, wo man sie untersucht und schnell wieder entlassen hatte. Ihr Vater war natürlich aufgenommen worden. Vito und ihre Mutter waren bei ihm geblieben, aber er hatte sie angewiesen, nach Hause zu gehen und sich auszuschlafen. Nach Hause war bei Aidan.

»Was habt ihr denn gestern noch herausgefunden?«

»Sie hat einige Unschuldige ins Gefängnis gebracht«, sagte Patrick verbittert. »Ein paar habe übrigens ich angeklagt. Immer wenn die Polizei den Familien, für die Miller arbeitete, zu nah kam und ein Verbrechen aufgedeckt zu werden drohte, kam diese Frau ins Spiel. Sie suchte sich einen Sündenbock und fälschte Beweise. Dann ›verteidigte sie‹ den armen Burschen, so dass er keine Chance hatte.« Er presste die Kiefer zusammen. »Und ich habe nichts geahnt. Kristen auch nicht. Neulich habe ich mir Sorgen gemacht, dass Sie mir eine Flut von Berufungen bescheren könnten, Tess. Jetzt droht mir die Wiederaufnahme von jedem einzelnen Verfahren, bei dem sie mitgewirkt hat.«

»Was für eine Ironie«, murmelte Tess.

»Nicole Riveras Bruder war einer dieser Unschuldigen«, sagte Aidan. »Sie hat ihn ausgesucht, weil sie Riveras Talent zur Stimmenimitation erkannt hatte. Sie hat Miguel Rivera einen Mord angehängt und seine Schwester erpresst.«

»Ist der Junge wieder frei?«, fragte Tess.

Aidan nickte. »Seit gestern Abend.«

»Aber seine Schwester ist tot.« Tess schloss die Augen. »Und all die anderen Leute. Ich verstehe es immer noch nicht. Wieso hat sie mich so gehasst?« Das Schweigen am Tisch zog sich in die Länge und wurde angestrengt. Tess sah einen nach dem anderen an. »Sagt es mir.«

»Wegen Jim Swanson«, sagte Aidan leise. »Sie liebte ihn abgöttisch.«

»Aber er wollte mich.« Sie zog die Brauen zusammen. »Er ist vor drei Monaten nach Afrika gegangen. Hat dieser Entschluss das hier alles ausgelöst?« Aidans Blick flackerte, und Tess begriff.

»Er ist tot, richtig?«

»Es tut mir leid, Tess. Swanson ist nie in dieser Klinik im Tschad angekommen. Wir haben seine Sachen und ein Messer mit getrocknetem Blut von seiner Blutgruppe in Amys Schrank gefunden. Sie hat ihn wahrscheinlich im Affekt getötet und im Nachhinein dich für die Sache verantwortlich gemacht.«

»Sie hat mich gehasst, all die vielen Jahre.« Ihr Mund verzog sich verbittert. »Was bin ich doch für eine tolle Psychiaterin. Ich habe eine Mörderin vor meiner Nase und merke es nicht.«

»Millers Mutter war schizophren, Tess«, sagte Murphy. »Ihre Mutter kann Ihnen mehr dazu sagen, aber wie es aussieht, war Amy schon seit Jahren krank. Sie war nur clever genug, es vor anderen zu verbergen. Selbst vor Ihnen.«

»Ich denke, dass die Krankheit erst kürzlich ihren Verstand zu übernehmen begann. Sie konnte sie nicht mehr kontrollieren, nicht mehr verstecken.«

»Und meine Mutter wusste davon?« Tess schluckte angestrengt. »Sie wusste es?«

»Sie wusste, dass Amys Mutter krank gewesen war. Dass es bei Amy auch durchbrechen würde, wusste sie nicht.«

Steif nickte Tess. »Es spielt auch keine Rolle mehr. Sie hat mich übrigens vergiftet. Mit dieser scheußlichen Suppe.«

Jack schnitt auf der anderen Seite des Tisches eine Grimasse. »Pilze, hm? Julia hat sich schon so etwas gedacht.«
»Und sie hat mit Phillip geschlafen.«
»Das haben wir uns auch gedacht«, bemerkte Murphy.
Tess nickte wieder und ließ die Ereignisse des vergangenen Abends noch einmal vor ihrem inneren Auge durchlaufen. »Außerdem hat sie ihren Vater ermordet.« Zu ihrer Überraschung sah niemand schockiert aus. »Das wusstet ihr auch schon?«
»Vito hat es vermutet. Ein Nachbarjunge ist verhaftet worden.«
»Leon Vanneti.« Tess schüttelte den Kopf. »Er war unschuldig, wie Vito immer gesagt hat. Aber ihr habt ja nur meine Aussage. Wir können es nicht beweisen.« Dann weiteten sich ihre Augen. »Sie hat behauptet, Leon hätte sie vergewaltigt. Damals führte man noch keine Gentests durch, aber wenn die Beweise noch da sind, dann könnte man es jetzt nachholen.«
»Ich werde mich gleich darum kümmern«, versprach Spinnelli. Vielleicht können wir ja ein paar Dinge wiedergutmachen.«
Tess seufzte. »Und Eleanor hat sie auch auf dem Gewissen.«
Endlich hoben sich die Augenbrauen. »Wirklich?«, fragte Murphy. »Wie denn das?«
»Sie hat ihr Luft injiziert. Weil Eleanor so gut zu mir war.«
Spinnelli räusperte sich. »Aber wir haben auch gute Nachrichten für Sie, Tess. Rick?«
»Wir haben gestern Abend in der Wohnung Bacons Origi-

naldateien gefunden«, erklärte er. »Mitsamt einer CD, auf der Ihr Name stand. Lynne Pope konnte das Etikett als das indentifizieren, das auf der CD klebte, die Bacon ihr verkaufen wollte. Wir können also getrost davon ausgehen, dass wir alle Kopien haben.«

Die Erleichterung ließ sie schwindeln. »Ich weiß, bei allem ist es dumm, sich darum zu sorgen, aber ich habe es trotzdem getan.«

Spinnelli tätschelte ihr die Schulter. »Nicht mehr nötig.«

»Wissen Sie inzwischen, warum Amy Bacons Bänder so unbedingt haben wollte?«

»Eine Polizistin hat das Material bereits gesichtet. Auf einem Video ist zu sehen, wie Amy Flaschen aus Ihrem Medizinschränkchen nimmt.«

»Die Flaschen, die in Cynthia Adams' Wohnung gefunden wurden.«

Aidan zuckte die Achseln. »Ich nehme an, sie befürchtete, dass Bacon sie erpressen könnte. Mit dir hat er es ja auch versucht.«

»Womit im Grunde alles geklärt wäre«, sagte Spinnelli. »Oder haben Sie noch Fragen?«

Tess ließ ihren Blick erneut über den Zeitungsartikel gleiten und blieb bei dem Bild hängen, das sie am Balkongeländer zeigte. »Ich würde gern wissen, wie Carmichael das alles herausgefunden hat.«

Aidan hielt ihr die Hand entgegen. »Statten wir ihr einen kleinen Besuch ab. Danach bringe ich dich zu deinem Vater.«

Aidan schnallte sie auf dem Beifahrersitz an. Sie saß reglos da, die Hände im Schoß, das Gesicht bleich und reglos. Sie wirkte wie ein traumatisiertes Kind. »Du solltest im Bett liegen und schlafen.«

»Es ging nicht, Aidan.«

Das wusste er. Sie hatte in der Nacht wach neben ihm gelegen und stumm geweint, bis er ihr gegeben hatte, was sie beide dringend gebraucht hatten. Sie hatte mit einer Heftigkeit reagiert, die seinen Körper noch immer allein bei dem Gedanken daran zum Prickeln brachte. Gott möge ihm helfen, aber so wollte er sich noch einmal fühlen. Am liebsten sofort. Aber er zwang seine Stimme zu einem zärtlichen Tonfall. »Du hättest das Schlafmittel nehmen können, das Jon dir verschrieben hat.«

»Nach gestern habe ich, denke ich, genug von Beruhigungsmitteln.« Ihr Lächeln war gezwungen. »Aber danke. Es wird schon wieder, Aidan. Ich brauche nur etwas Zeit.«

»Ich habe Zeit, Tess.«

Ihr ernster Blick war wie ein Faustschlag in sein aufgewühltes Inneres. »Gut.«

»Ich habe übrigens doch noch eine gute Nachricht. Erinnerst du dich an den Freund von Danny Morris' Vater?«

»Der, mit dem du dich in der Kneipe prügeln musstest?«

»Genau. Heute Morgen bin ich auf dem Weg zur Arbeit bei ihm vorbeigefahren. Und rate mal, wer bei ihm auf der Couch übernachtete?«

Ihre Augen verengten sich zufrieden. »Du hast den Vater endlich erwischt.«

»Er wollte abhauen, war aber noch zu verschlafen und desorientiert. Er torkelte bloß. Jetzt wird er wegen Mordes vor Gericht gestellt.«

Sie nickte. »Das ist gut.« Dann sah sie zur Seite, und plötzlich verstand er, wie sie sich gefühlt haben musste, als er sich ihr gegenüber verschlossen hatte.

»Tess, sprich mit mir. Sag mir, was du auf dem Herzen hast.« Er lenkte den Wagen auf einen leeren Parkplatz und legte ihr einen Finger unters Kinn. Ihre Kehle arbeitete, als sie versuchte, die Tränen niederzukämpfen, aber dann fingen sie auch schon an zu laufen. »Bitte. Sprich mit mir.«

»Ich hätte sie umgebracht, Aidan. Sie war wie meine Schwester, aber ich hätte sie erschossen.«

Er verengte die Augen. »Sie hatte es verdient. Sie hat kaltblütig viele Menschen umgebracht, die nichts mit ihr zu tun hatten.«

»Sie war krank.« Sie schluckte hart. »Und ich habe ihr nicht geholfen. Es nicht einmal versucht.«

Er seufzte. Trotz allem, was passiert war, war und blieb er ein Cop. Und sie eine Ärztin. »Weißt du, was ich gestern Abend erkannt habe, als ich in Amys Wohnung stand? Dass ich eine ungeheure Angst hatte, du würdest dich in meinen Verstand schleichen und mir meine Privatsphäre nehmen. Aber dann habe ich begriffen, dass du das nicht bei Menschen tust, die dir wirklich etwas bedeuten. Dadurch hast du dich für Amy und auch Phillip angreifbar gemacht. Aber dadurch stellst du dich auf eine Stufe mit mir. Und auf dieser Basis kann ich mich dir gleichberechtigt fühlen.«

Sie blinzelte. »Ich bin also bei denen, die ich liebe, unfähig … was gut ist.«

Er fuhr sich mit der Zunge über die Zähne. »Im Wesentlichen ja.«

Ein Lächeln huschte ihr über die Lippen. »Das ist lieb von dir.« Sie fuhr sich über die Augenwinkel. »Und ich sehe grausig aus.«

»Du bist wunderschön. Tess, vorgestern Nacht habe ich dich gefragt, was du wolltest. Du hast geantwortet, dass du immer nur das eine wolltest. Jemanden, der dich liebt.«

Sie hob das Kinn. »Und du hast gesagt, das schreckt dich nicht ab.«

»Tut es auch nicht. Aber du hast mich nicht gefragt, was ich denn wollte.«

Sie biss sich auf die Unterlippe. »Und? Was wünschst du dir, Aidan?«

Er zögerte verlegen. »Ich wollte immer eine Frau wie meine Mom.«

Sie lächelte. »Die dich bekocht?«

»Das wäre die eine Sache. Aber es geht eher darum, was sie seit vielen Jahren für meinen Vater ist. Früher kam er immer müde, fertig und manchmal traurig von seiner Schicht, und sie war für ihn da. Sie war immer … einfach für ihn da. Und sie liebt ihn für das, was er ist.«

»Das kann man sehen. Sie ist eine wunderbare Frau, Aidan.«

»Und das bist du auch, Tess.« Er nahm ihre Hand und drückte sie an seine Lippen. »Ich denke, ich hatte Angst, dass du mehr tun würdest, als nur da zu sein. Dass du analysieren und beurteilen, mir vielleicht sagen würdest, dass ich verrückt bin, weil ich mich manchmal nämlich so fühle.«

»Das würde ich nie tun.« Sie musste grinsen. »Wie es aussieht, bin ich auf diesem Gebiet unfähig.«

»Aber nur auf diesem. Bei allem anderen bist du ziemlich geschickt. Lass uns mit Carmichael reden.«

Samstag, 18. März, 9.45 Uhr

Joanna Carmichael stand mit einem Koffer in der Hand auf dem Gehweg vor ihrem Haus. Sie hatte dunkle Ringe unter den Augen und war blass. Und sie wirkte überhaupt nicht froh, sie zu sehen.

»Miss Carmichael?«, sagte Tess. »Es tut mir leid, was mit Ihrem Freund geschehen ist.«

Joanna betrachtete sie von Kopf bis Fuß. Ihr Blick war nachdenklich, aber seltsam losgelöst. »Dasselbe könnte ich Ihnen sagen.«

Aber sie tat es nicht, stellte Tess fest. »Ich möchte mit Ihnen reden.«

Sie blickte auf die Straße. »Ich muss zum Flughafen. Ich habe nur ein paar Minuten Zeit.«

Tess nickte. »Das sollte reichen. Ich hätte gern gewusst, wie Sie entdeckt haben, dass Amy Miller für Familien im organisierten Verbrechen gearbeitet hat.«

Ein humorloses Lächeln verzog Joannas Gesicht. »Das war nicht gerade schwer. Ich habe nach schmutziger Wäsche gesucht und sie gefunden. Die Geschichte über ihren Freund Jon war lächerlich, aber Amys … wow! Ich wusste ja, dass sie jeden zweiten Sonntag mit den ganzen Ärzten im Blue Lemon abhing, und ich fragte mich, wieso alle diese Ärzte und eine einsame Anwältin. Dann fand ich heraus, dass sie zunächst auch Medizin studiert hat, aber in Kentucky, während Sie dasselbe hier in Chicago getan haben.«

»Wir sind nicht an derselben Hochschule angenommen worden«, erklärte Tess an Aidan gewandt. »Aber später ist sie ohnehin ausgestiegen, weil sie das Sezieren der Leichen nicht ertragen konnte. Was für eine Ironie.«
»Sie ist nicht ausgestiegen, Dr. Ciccotelli. Sie wurde rausgeworfen, oder sie wäre rausgeworfen worden, wenn es ihr nicht gelungen wäre, belastende Fotos mit ihr und einem Professor zu bekommen.«
Tess blinzelte. »Sie ist erstaunlich beständig, würde ich sagen.«
»Über das Sekretariat konnte ich eine von ihren ehemaligen Zimmergenossinnen ausmachen. Die Frau, die dort arbeitet, konnte Miller eindeutig nicht leiden und hatte daher keine Probleme, mich in die richtige Richtung zu weisen. Ich traf mich mit Kelsey, die jetzt Ärztin in Lexington ist. Auch sie erzählte bereitwillig vom drohenden Rauswurf und den Bildern. Miller hatte versucht, sie als Komplizin zu gewinnen, aber als sie ablehnte, wandte sie sich an die andere Mitbewohnerin.«
»Und wie haben Sie das mit dem organisierten Verbrechen herausgefunden?«, fragte Aidan ungeduldig.
»Ich fragte mich, was für eine Berufsethik jemand haben konnte, der mit Erpressung arbeitete. Außerdem war mir aufgefallen, dass sie viele Fälle verlor, dennoch aber genug Geld für schicke Klamotten und Kreuzfahrten hatte.«
»Die Kreuzfahrt habe ich bezahlt«, sagte Tess.
Joannas Lächeln war bitter. »Dann habe ich wohl einfach nur Glück gehabt, denn aufgrund dieser Kreuzfahrt habe ich ihre Mandanten überprüft. Von da ab musste ich nur noch die richtigen Punkte verbinden.« Ein Taxi hielt am

Straßenrand. »Und jetzt muss ich los. Ich fliege nach Hause, um Keith zu begraben.«
»Und dann?«, wollte Tess wissen.
»Dann komme ich zurück.« Das bittere Lächeln war noch immer da. »Ich bin befördert worden. Habe jetzt einen tollen Job. Aber ich habe vor allem gelernt, dass man aufpassen sollte, was man sich im Leben wünscht.« Sie stieg ins Taxi, ohne noch einmal zurückzusehen.
Tess sah dem Taxis nach, bis es um eine Ecke verschwunden war. »Ich weiß nicht, ob sie mir leidtun soll.«
Er führte sie zurück zum Wagen. »Sie wird mit dem, was sie getan hat, leben müssen. Sie hat den Tiger gereizt, und ihr Freund hat dafür bezahlt.« Er stieg neben ihr ein und drückte ihre Hand. »Aber du hättest nichts dagegen tun können.«
Tess atmete zittrig ein. »Ich weiß. Und vielleicht ist das der Punkt, mit dem ich am wenigsten zurechtkommen kann.«
»Hör mal … ich kenne da einen Cop, der einen Abschluss in Psychologie hat und dessen Couch dir für ein bescheidenes Honorar zur Verfügung steht.«
Sie lachte, und es tat gut. »Bescheiden?«
»Oh, schon gut. Du könntest mit Naturalien bezahlen.«
»An was für Naturalien dachtest du denn?«
Er fädelte in den Verkehr ein. »Wenn du erst fragen musst, bist du nicht halb so schlau, wie ich gedacht habe.«
»Ich sagte ja schon, dass ich keine Gedanken lesen kann, Detective.«
Er grinste. »Stimmt. Na ja, dann werde ich es dir später detailliert erklären. Aber jetzt fahre ich dich zu deinem Vater. Er wartet sicher schon auf dich.«

Epilog

Philadelphia, Samstag, 28. Oktober, 19.25 Uhr

Jedenfalls amüsiert er sich prächtig«, sagte Tess mit belegter Stimme.

Michael Ciccotelli tanzte mit seiner Frau, die ihm ausnahmsweise einmal nicht sagte, er solle es nicht übertreiben. Tess' Hochzeitstag war ein Ereignis, das danach schrie, es zu übertreiben, und jeder feierte es, als sei es das letzte Mal, dass die Familie komplett zusammenfand. Es war ein bittersüßer Gedanke, aber Tess hatte sich mit dem Gesundheitszustand ihres Vaters abgefunden, auch wenn alle noch auf ein Spenderherz hofften.

Aidan stand hinter ihr und hatte die Arme um ihre Taille gelegt. Seine Füße waren vollständig bedeckt von der elendlangen Schleppe ihres Satinkleids, das einmal ihrer Großmutter gehört hatte. »Das tut er wahrhaftig. Und du?«

Sie schauderte, als er sie zart im Nacken küsste. »Es wird immer besser.«

»Und ich kann dir garantieren, dass es morgen noch besser wird.« Sie hatten sich gegen eine Kreuzfahrt entschieden, weil es Tess zu sehr an Phillip erinnerte, und gegen eine Europareise, weil es zu »Shelley« gewesen wäre. Stattdessen würden sie eine Woche an der Küste von Jersey verbringen. Anschließend wollten sie in Chicago im Lemon eine Party mit allen Freunden feiern, obwohl die meisten von ihnen bereits hier waren. Kristen und Rachel waren die Brautjungfern, Abe Aidans Trauzeuge, und sogar Murphy hatte sich überreden lassen, einen Smoking anzuziehen. Vito sah in seinem Anzug blendend aus wie immer, und wie immer hatte er alle Hände voll damit zu tun, irgendeine sehr entschlossene Frau abzuwehren. Das war eben sein Schicksal.

An Vitos Seite befand sich sein alter Freund Leon Vanneti, der vor Monaten freigelassen worden war, nachdem man mit einer DNS-Analyse beweisen konnte, dass er Amy Miller nicht vergewaltigt hatte. Mit Tess' Zeugenaussage und den Beweisen für Amys Geisteskrankheit war das Urteil aufgehoben worden, und Leon würde eine Entschädigung bekommen. Nichts würde ihm die verlorenen Jahre wiederbringen, aber zumindest war ein Anfang gemacht.

Jack und Julia waren da, Robin und Jon, Patrick und Flo Ernst und Ethel Hughes und sogar Lynne Pope, die für *Chicago on the Town* einen kurzen Film der Hochzeit machen wollte. Ein Abschluss, hatte sie gesagt, und das war genau das, was sie alle brauchten.

Darüber hinaus war der Saal mit mehr Ciccotellis gefüllt, als Aidan zählen konnte. Nun kam Michael Ciccotelli zu ihnen und strahlte seine Tochter mit väterlichem Stolz an. »Das hier ist mein Tanz, Tessa. Du wirst sie loslassen müssen, Reagan.«

Aidan gehorchte und stellte fest, dass er nicht der Einzige war, der sich die Tränen aus den Augen wischte, als Michael seine Tochter aufs Parkett führte. Sie waren ein schönes Paar. Als die Musik zu Ende ging, beugte Tess sich vor und flüsterte ihrem Vater etwas ins Ohr. Michael brachte sie wieder zurück zu Aidan und lächelte ihn reuig an. »Du wirst gut auf sie aufpassen«, murmelte er.

Tess verdrehte die Augen. »Sie kann selbst auf sich aufpassen.«

Aidan ignorierte sie. »Verlass dich drauf«, antwortete er inbrünstig, was seinem Schwiegervater zu gefallen schien. Michael kehrte zu seiner Frau zurück und ließ sich neben ihr nieder, und Aidan zog Tess wieder an sich. »Was hast du ihm eben gesagt?«

»Dass er noch ein bisschen ausharren soll, weil er demnächst bei einem weiteren Familienereignis dabei sein muss. Kneifen gilt nicht.«

Aidan verengte die Augen. »Und was soll das für ein Ereignis sein?«

»Eine Taufe.«

Seine Augen weiteten sich schlagartig. »Tess?«

Sie lachte. »Nein, bin ich nicht. Aber ich will es bald sein. Ich kenne einen Cop, dessen Couch sich für weit interessantere Dinge als für Therapien nutzen lässt.«

»Im Ernst?«

»O ja. Und man hat mir gesagt, sein Honorar sei bescheiden.«

»Fast schon würdelos bescheiden, würde ich sagen.«

»Na, worauf warten wir dann noch?«

Aidan küsste sie gründlich, wodurch alle in ihrer Umgebung zu johlen und zu applaudieren begannen. »Ich denke gar nicht daran zu warten. Fangen wir direkt an.«

Dank an …

Carleton Hafer für den technischen Rat zu Überwachungsmethoden und Computernetzwerken. Und für alles andere auch.

Marc und Kay Conterato für die Tipps im Bereich Medizin und Pharmazeutik. Ich liebe euch, Leute.

Niki Ciccotelli, die mich so herzlich in ihre Familie aufnahm und mir mit all dem Gerede von Ziti und »fliegenden Untertassen« den Mund wässrig machte.

Shannon Armstrong für ihre lebendigen Beschreibungen von Chicago und der Schickimicki-Szene.

Danny Agan, der mir all meine Fragen zu Polizeiarbeit und Mordermittlungen beantwortete.

Sam Basso, der mir half, Dolly, den Rottweiler, zu entwickeln.

Alle meine Freunde – Terri Bolyard, Martha Wile, Kathy Caskie, Jean Mason und Lani Rich -, weil sie mich klaglos ertragen. Vielen Dank. Oh, und an Lani, weil sie mich daran erinnert hat, dass das »Gitterdings« im Ofen »Rost« genannt wird.

Den Tierschutz, durch den ich mein süßes Kätzchen, meine Bella, bekommen habe. Und dafür, dass ich jetzt jeden

Morgen spätestens um sechs Uhr aufstehen muss (das war Ironie!).

Megan Scott, die mir die Grundlagen des Zeitungsjournalismus erklärte.

Das Florida Department of Law Enforcement Crime Lab, das mir all meine Fragen zu Tatortuntersuchung und Fingerabdrücken beantwortet hat.

Frank Ahearn, der mir erklärt hat, wie man sich hinter Firmennamen verbergen kann. Wo immer man sich befindet.

An all diese Menschen (und Tiere): Vielen Dank für die Hilfe und die erschöpfenden Informationen. Falls in diesem Buch Fehler auftauchen, bin ich allein dafür verantwortlich.